CYBERMENACE

Tom Clancy est né en 1947 à Baltimore et est décédé en 2013. Il poursuit des études d'anglais puis tente d'intégrer l'US Army. Mais sa mauvaise vue l'empêche de participer à la guerre du Vietnam. Il écrit alors un roman inspiré de l'histoire vraie de sous-mariniers russes désireux de passer à l'Ouest : *Octobre rouge*... C'est ainsi que débute la carrière de Tom Clancy, dont les thrillers, ultradocumentés et souvent prémonitoires, sont tous des best-sellers.

Paru dans Le Livre de Poche :

Le Cardinal du Kremlin
Code SSN
Danger immédiat
Les Dents du Tigre
Dette d'honneur (2 vol.)
Jeux de guerre
Mort ou vif (2 vol.)
Octobre rouge
L'Ours et le dragon (2 vol.)
Rainbow Six (2 vol.)
Red Rabbit (2 vol.)
Sans aucun remords
La Somme de toutes les peurs
Sur ordre (2 vol.)
Tempête rouge

Tom Clancy et Steve Pieczenick présentent

Net Force
Point d'impact
Cybernation
Cyberpirates

Tom Clancy et Martin Greenberg présentent

Power Games
Guerre froide
Sur le fil du rasoir

En collaboration avec Mark Greaney

Ligne de mire (2 vol.)

TOM CLANCY
avec Mark Greaney

Cybermenace

ROMAN TRADUIT DE L'ANGLAIS (ÉTATS-UNIS) PAR JEAN BONNEFOY

ALBIN MICHEL

Titre original :

THREAT VECTOR
Publié avec l'accord de G.P. Putnam's Sons,
a member of Penguin Group (USA) Inc.

Ceci est une œuvre de fiction. Les situations et les personnages
décrits dans ce livre sont purement imaginaires :
toute ressemblance avec des personnages ou des événements
existant ou ayant existé ne serait que pure coïncidence.

© Rubicon, Inc., 2012.
© Éditions Albin Michel, 2013, pour la traduction française.
ISBN : 978-2-253-09298-8 – 1re publication LGF

Prologue

Jours sombres pour les anciens agents de la Jamahiriya Security Organization. La JSO, l'Organisation de la sécurité de la Jamahiriya[1], était le nom officiel des redoutables services d'espionnage libyens du temps de Mouammar Kadhafi. Ceux qui avaient réussi à survivre à la révolution s'étaient éparpillés et planqués, par crainte du jour où leur passé cruel et brutal viendrait les rattraper.

L'année précédente, après la chute de Tripoli, prise par les rebelles soutenus par l'Occident, quelques agents de la JSO avaient choisi de rester en Libye avec l'espoir qu'un changement d'identité suffirait à les protéger des représailles. Ça ne réussit pas toujours : certains connaissaient leur secret et n'étaient que trop heureux de les dénoncer aux chasseurs de têtes révolutionnaires, que ce soit pour régler d'anciennes querelles ou pour se gagner des faveurs nouvelles. Où qu'ils aient pu se cacher, les espions de

---

1. « Jamahiriya » était alors le terme officiel désignant le régime libyen. On peut le traduire par « État des masses ». (Toutes les notes sont du traducteur.)

Kadhafi en Libye étaient traqués, démasqués, torturés puis liquidés ; en somme, ils n'auraient que ce qu'ils méritaient, quand bien même les Occidentaux auraient pu naïvement espérer qu'ils auraient droit à un procès dans les formes pour juger leurs crimes passés, sitôt que les rebelles auraient pris le pouvoir.

Mais non, aucune miséricorde, pas plus après qu'avant la disparition de Kadhafi.

Nouveau régime, mais vieilles habitudes.

Les espions les plus futés avaient réussi à quitter la Libye avant d'être capturés ; certains avaient trouvé refuge dans d'autres pays d'Afrique. La Tunisie était le plus proche, mais elle était hostile aux anciens espions du « chien enragé du Moyen-Orient », pour reprendre l'expression de Ronald Reagan. Au Tchad, pays dévasté, ils n'étaient pas non plus les bienvenus. Quelques-uns avaient réussi à gagner l'Algérie ou le Niger, et dans l'un et l'autre cas, ils y jouissaient d'une sécurité relative mais, dans ces contrées désolées, les perspectives d'avenir étaient minces.

Un petit groupe d'anciens agents de la JSO s'était toutefois débrouillé un peu mieux que les autres, grâce à un avantage indéniable : depuis plusieurs années, cette cellule de taille modeste ne s'était pas contentée de protéger les intérêts du régime, elle avait également veillé à son enrichissement personnel. À cet effet, ces agents faisaient volontiers des heures supplémentaires, en Libye mais aussi à l'étranger, en se mettant à l'occasion au service d'organisations terroristes, tels Al-Qaïda ou le Conseil révolutionnaire des Omeyyades, voire de services d'espionnage d'autres pays du Moyen-Orient.

Dans ce cadre, le groupe avait déjà subi des pertes, bien avant la chute du gouvernement. Plusieurs éléments étaient tombés sous les balles d'agents américains l'année qui avait précédé la mort de Kadhafi et lors de la révolution, d'autres encore avaient péri dans le port de Tobrouk sous les frappes aériennes de l'OTAN. Deux autres avaient été capturés alors qu'ils s'apprêtaient à décoller de Misrata, et avaient fini brûlés vifs à l'électricité avant que leurs cadavres soient pendus, nus, à des crocs de boucher. Mais les sept derniers survivants avaient réussi à fuir le pays et, même si leurs activités parallèles ne leur avaient pas apporté la fortune, quand il leur avait fallu jouer aux rats quittant ce navire dénommé « Grande Jamahiriya arabe libyenne populaire et socialiste », leurs contacts à l'étranger leur avaient permis d'échapper aux rebelles.

Ainsi les sept avaient-ils rejoint Istanbul pour se mettre sous la protection d'éléments de la pègre locale qui avaient une dette envers eux. Deux d'entre eux quittèrent la cellule pour se recaser dans un travail normal. Le premier comme vigile d'une bijouterie, le second comme ouvrier dans une usine de plastique.

Quant aux cinq autres, ils décidèrent de rester dans la partie et de louer leurs services de professionnels du renseignement hautement qualifiés. Dans le même temps, ils s'efforçaient d'appliquer les règles concernant la sécurité personnelle – la PERSEC – mais aussi celles de la sécurité opérationnelle – l'OPSEC – car ils savaient d'expérience que ce n'était qu'en préservant l'une et l'autre qu'ils pourraient être à l'abri des représailles des agents du nouveau pouvoir libyen, sur l'autre rive de la Méditerranée.

Cette attention portée à la sécurité leur permit de rester en vie durant plusieurs mois mais, à la longue, ils reprirent de l'assurance, si bien que l'un d'eux, devenu trop confiant, commit l'erreur de recontacter un ami d'antan resté à Tripoli. Or, cet ami avait retourné sa veste pour servir le nouveau gouvernement et surtout éviter la peine capitale, aussi s'empressa-t-il de le dénoncer auprès du nouveau service de renseignement encore embryonnaire.

Même si l'annonce de la présence à Istanbul de leurs vieux ennemis agita cette nouvelle promotion d'espions, ils n'avaient pas les moyens d'exploiter ce tuyau. Infiltrer un groupe au sein d'une capitale étrangère dans l'intention d'en tuer ou capturer les membres était hors de portée d'un service inexpérimenté qui venait tout juste d'occuper ses nouveaux locaux.

Mais une autre entité avait intercepté la nouvelle, et celle-ci avait tout à la fois les moyens d'agir et de bonnes raisons pour le faire.

Tant et si bien que ces anciens membres de la JSO étaient très vite devenus des cibles. Non pas de révolutionnaires libyens décidés à éradiquer les ultimes vestiges du régime Kadhafi ; ni d'un service de renseignement occidental désireux d'en découdre avec cette ancienne boutique de rivaux. Non, les Libyens étaient devenus les cibles d'une unité clandestine de liquidateurs venus des États-Unis.

Plus d'un an auparavant[1], un membre de cette cellule de la JSO avait tué par balle un certain Brian Caruso, frère d'un de ces Américains et ami proche du reste de son unité. Le tireur avait été éliminé peu après ; son groupe avait toutefois survécu à la révolution et ses membres avaient refait leur vie en Turquie.

Mais le frère et les amis de Brian n'avaient pas oublié. Ni pardonné.

---

1. Lire *Mort ou vif*, Albin Michel, 2012 ; Le Livre de Poche, 2013.

Limite de la zone revendiquée par la Chine

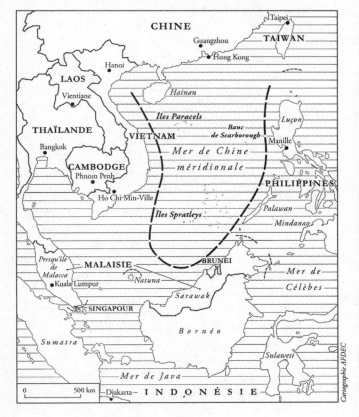

1

Les cinq Américains étaient restés tapis dans cet hôtel borgne pendant des heures à attendre le crépuscule.

Un rideau de gouttes de pluie tiède pianotait sur les carreaux, c'était à peu près le seul bruit régnant dans la pénombre de la chambre, car les hommes parlaient peu. C'est là qu'ils avaient installé leur PC pour ce séjour d'une semaine, même si quatre d'entre eux étaient descendus dans d'autres hôtels éparpillés dans la ville. Leurs préparatifs désormais achevés, ces quatre hommes avaient rejoint le cinquième avec armes et bagages.

S'ils étaient à présent figés comme des statues, ils s'étaient bien agités lors de la semaine écoulée. Surveillance de leurs cibles ; mise au point d'un plan d'action ; établissement de leur couverture ; définition d'un itinéraire de fuite principal et d'itinéraires secondaires ; enfin, coordination de la logistique pour la mission à venir.

Mais les préparatifs étaient achevés et il ne leur restait plus désormais qu'à patienter en attendant la nuit.

L'éclair d'un coup de foudre, loin vers le sud au-dessus de la mer de Marmara, illumina fugitivement la chambre, puis l'obscurité retomba tandis que retentissait le tonnerre.

L'hôtel était situé dans le quartier de Sultanahmet. Ils avaient choisi cet établissement car il possédait, sur l'arrière, une cour pour y garer leurs véhicules et qu'il se trouvait à peu près à équidistance des points où ils comptaient intervenir un peu plus tard dans la soirée. Ce n'étaient certes pas ses couvertures en synthétique, ses couloirs sordides, son personnel ronchon ou l'odeur persistante de hachisch qui montait de l'auberge de jeunesse occupant le rez-de-chaussée qui les avaient séduits.

Mais les Américains avaient autre chose à faire que se plaindre ; ils songeaient avant tout à la tâche qui les attendait.

À dix-neuf heures, le chef du commando qui était assis sur une chaise en bois consulta son chronographe ; il l'avait passé par-dessus le pansement qui recouvrait entièrement sa main et une bonne partie de l'avant-bras. Il se leva et annonça : « On va y aller l'un après l'autre. À cinq minutes d'écart. »

Les autres – deux étaient assis sur un lit maculé de pisse de rat, le troisième se tenait adossé au mur près de la porte et le dernier debout à la fenêtre – acquiescèrent en chœur.

Leur chef poursuivit : « Putain, j'aurais préféré de loin qu'on puisse rester groupés, comme on fait d'habitude. Mais à vrai dire les circonstances ne nous laissent pas le choix. Si nous ne liquidons pas ces connards à peu près simultanément, ça va se savoir et, sitôt éclairés, les cafards vont se disperser vite fait. »

Les autres l'écoutèrent sans mot dire. Ils avaient

discuté de la question une bonne douzaine de fois depuis une semaine. Ils connaissaient les difficultés et les risques, connaissaient les doutes de leur chef.

Ce dernier n'était autre que John Clark ; lequel était dans le métier bien avant que le cadet de son équipe n'ait vu le jour, ce qui donnait à ses remarques un certain poids.

« Je vous l'ai déjà dit maintes fois, messieurs, mais permettez-moi encore d'insister. Inutile d'en faire des tonnes, ce coup-ci. » Il marqua un temps. « On tape, on se tire. Vite fait, bien fait. Pas d'hésitation. Pas de pitié. »

Tous acquiescèrent aussitôt.

Clark termina son topo puis il enfila un imper bleu par-dessus son costume trois pièces à rayures. Il se dirigea vers la fenêtre et tendit la main gauche pour serrer celle que lui tendait Domingo « Ding » Chavez. Ding portait un raglan et il était coiffé d'un bonnet de marin. Un sac en toile était posé à ses pieds.

Ding nota la transpiration sur le visage de son mentor. Il savait que Clark devait souffrir mais il ne l'avait jamais entendu se plaindre de toute la semaine. Il lui demanda néanmoins s'il se sentait en état.

Clark acquiesça. « Je veux que ce soit réglé. »

John tendit alors la main vers Sam Driscoll, toujours allongé. Sam se redressa. Il portait un jean avec veste assortie, mais avec des empiècements de cuir aux genoux comme aux coudes. Un casque de moto était posé sur le lit.

« Oui, monsieur C.

— Et toi, es-tu prêt pour le grand nettoyage ?

— Totalement.

— Tout se résume à choisir le bon angle. Une fois

trouvé le cap, on s'y tient et le reste suivra naturellement. »

Sam hocha simplement la tête alors qu'un nouvel éclair illuminait la pièce.

John s'approcha ensuite de Jack Ryan Junior. Ce dernier était vêtu de noir, de pied en cap ; pantalon de flanelle, pull en laine et cagoule tricotée qui, remontée au-dessus du front, avait des airs de bonnet de marin comme celui de Chavez. Il était chaussé de sandales à semelles en caoutchouc, noires également, évoquant des pantoufles. Clark serra la main du jeune Ryan âgé de vingt-sept ans et lui souhaita bonne chance.

« Vous pouvez compter sur moi.

— Je le sais. »

Enfin, John contourna le lit pour aller serrer la main gauche de Dominic Caruso. Dom portait un maillot de foot rouge et or avec une écharpe or assortie, sur laquelle était imprimé le nom de l'équipe turque de Galatasaray. Son accoutrement détonnait dans la pièce, mais son humeur était nettement moins brillante que ses habits.

L'air sévère, Dom remarqua : « Je te signale que Brian était mon frère, John. Je n'ai pas besoin qu'on me... »

Clark le coupa : « En avons-nous parlé ?

— Oui, mais...

— Fils, qui que soient nos prochaines cibles, cette mission dépasse de loin le simple fait de venger ton frère. N'empêche... aujourd'hui, nous sommes tous les frères de Brian. Alors, on se serre les coudes.

— D'accord. Mais...

— Je veux que tu restes concentré sur ton boulot. Et rien d'autre. Nous savons tous ce qu'il nous reste à faire. Ces enculés ont commis d'autres crimes contre leur propre peuple et contre les États-Unis. Et il est manifeste qu'ils mijotent encore une fois un mauvais coup. Rien ne pourra les arrêter. C'est à nous d'y aller. »

Dom hocha la tête machinalement.

Et Clark d'ajouter : « Ces salopards n'auront que ce qu'ils méritent.

— Je sais.

— T'es prêt à foncer ? »

Le jeune homme releva le menton et regarda Clark, droit dans les yeux. « Absolument », répondit-il d'une voix ferme.

Sur quoi, John Clark saisit sa mallette de sa main valide et quitta la chambre sans ajouter un mot.

Les quatre Américains restants regardèrent leur montre puis reprirent leur attente, assis ou debout, bercés par le crépitement de la pluie sur les carreaux.

2

L'homme désigné par les Américains comme la Cible Un était assis en terrasse à sa table habituelle du café situé juste en face de l'hôtel May, sur Mimar Hayrettin. Presque tous les soirs, pour peu que le temps soit clément, il y faisait halte pour boire un ou deux verres de raki à l'eau pétillante glacée. Le temps d'aujourd'hui était affreux mais la large banne tendue au-dessus du trottoir le protégeait de la pluie.

Il n'y avait que quelques rares clients en terrasse : des couples qui buvaient et grillaient une cigarette avant de retourner à l'hôtel ou d'aller passer la soirée dans la vieille ville.

À la longue, le petit verre de raki était devenu une habitude pour la Cible Un. L'apéritif anisé préparé à base de marc alcoolisé était bien entendu interdit dans sa Libye natale comme dans tous les pays musulmans qui n'appliquaient pas, contrairement à la Turquie, les préceptes libéraux de l'école hanafite, mais l'ex-espion de la JSO avait bien été forcé de temps en temps de boire de l'alcool pour raisons professionnelles lors de ses divers déplacements à l'étranger. Maintenant qu'il était un homme traqué, il avait fini par apprécier la sensation de détente que lui procurait la boisson, ivresse légère qui l'aidait également à s'endormir, quand bien même sa religion, si libérale fût-elle, interdisait l'ébriété.

Seuls quelques rares véhicules passaient dans la rue pavée, à trois mètres à peine de sa table. L'artère n'était pas vraiment fréquentée, même les soirs de week-end par beau temps. Il y avait toutefois pas mal de piétons et Cible Un se plaisait à contempler les séduisantes Stambouliotes abritées sous leur parapluie. De temps à autre, la vue fugitive d'une jambe bien galbée, conjuguée à la légère fièvre du raki, contribuait à transformer cette soirée pluvieuse en véritable enchantement pour l'homme assis à la terrasse du café.

Il était vingt et une heures et Sam Driscoll, au volant de sa Fiat Linea gris métallisé, avançait au ralenti au milieu des voitures qui venaient des faubourgs pour pénétrer dans la vieille ville.

La lueur des réverbères étincelait sur le pare-brise mouillé. Le trafic avait décru petit à petit, à mesure qu'il s'enfonçait dans le dédale des rues ; profitant d'un arrêt au feu rouge, Sam jeta un rapide coup d'œil à la balise GPS fixée par un Velcro sur la planche de bord. Sitôt qu'il eut reconfirmé la distance à la cible, il se pencha vers le siège de droite et sa main enveloppa le casque de moto. Avant que le feu ne repasse au vert, il tourna lentement la tête de gauche à droite pour détendre ses cervicales puis coiffa le casque et en rabattit la visière.

Il grimaça en songeant à ce qui allait suivre, mais il n'y pouvait rien. Même si son cœur battait la chamade, même si toutes les synapses de son cerveau crépitaient à l'approche de l'opération, il prit le temps, avec un hochement de tête, de se livrer à quelques réflexions.

Il avait accompli pas mal de trucs moches, du temps où il était soldat, puis espion, mais là, c'était une première.

« Un putain de nettoyage. »

Le Libyen prenait une gorgée de son second verre de raki de la soirée au moment où une Fiat gris métallisé se présenta au bout de la rue, une centaine de mètres au nord du bistro. Mais il regardait dans la direction opposée : une jeune beauté turque, tenant un parapluie dans la main gauche et dans la droite la laisse de son minuscule schnauzer, passait sur le trottoir, lui offrant une vue superbe sur ses longues jambes hâlées.

Soudain, un cri sur sa gauche. Il reporte son attention vers le carrefour et découvre alors la Fiat gris métallisé qui passe en trombe, brûlant le feu.

Il regarde la berline entrer dans la rue tranquille et, sans s'inquiéter outre mesure, porte le verre à ses lèvres.

Sauf que, dans un crissement de pneus, le véhicule oblique brusquement et que le Libyen voit sa calandre foncer vers lui.

Tenant toujours son verre dans la main, Cible Un se lève d'un coup mais ses pieds restent collés au sol. Nulle part où aller.

La dame au schnauzer pousse un cri.

La Fiat gris métallisé percuta de plein fouet l'homme à la table de bistro et le projeta violemment contre le mur de brique de l'hôtel contre lequel il resta cloué, gisant à moitié écrasé sous l'avant du véhicule. La cage thoracique du Libyen avait été broyée sous le choc, les éclats d'os criblant ses organes vitaux comme une volée de chevrotines.

Les témoins au café et sur le trottoir devaient signaler par la suite que le conducteur dissimulé sous un casque noir avait pris tout son temps pour enclencher la marche arrière, non sans avoir regardé dans le rétroviseur avant de reculer sur la chaussée et de repartir vers le nord. On aurait dit un type normal venu faire ses courses un dimanche qui, s'étant aperçu qu'il avait oublié chez lui son portefeuille, avait reculé pour faire demi-tour et retourner le chercher.

Un kilomètre au sud-est du lieu de l'accident, Driscoll engagea la Fiat dans une voie privée. Le capot de la petite berline était cabossé, la calandre et le pare-chocs avant enfoncés, mais Sam prit soin de garer le véhicule de façon à masquer à peu près les dégâts depuis la rue. Il descendit et se dirigea vers un scooter immobilisé par une chaîne antivol. Avant d'en ouvrir le cadenas pour démarrer et disparaître dans la nuit pluvieuse, il lança un bref message radio sur son téléphone mobile crypté.

« Et d'un. Sam OK. »

Le palais Çirağan est un somptueux édifice bâti dans les années 1860 – soit en plein déclin de l'Empire ottoman – pour le sultan Abdülaziz Ier. Après qu'il eut ruiné le pays par ses dépenses inconsidérées, l'homme avait été déposé et « encouragé » au suicide qu'il devait, horrible détail, commettre à l'aide d'une paire de ciseaux.

Le Çirağan était le symbole flamboyant de cette

extravagance qui avait mené à sa chute. Le palais avait été converti depuis en hôtel cinq étoiles dont les pelouses impeccables et les bassins aux eaux cristallines descendaient en pente douce jusqu'au rivage du Bosphore.

Les salles du restaurant Tuğra aménagées au rez-de-chaussée étaient magnifiques, avec leurs hauts plafonds et leurs fenêtres donnant sur le jardin et le détroit, et malgré l'averse qui avait duré jusqu'à ce mardi soir, les clients attablés pouvaient encore admirer les yachts aux lumières étincelantes qui passaient sur le Bosphore.

Outre les nombreux touristes fortunés venus déguster les mets exquis, on notait la présence de quelques hommes et femmes d'affaires du monde entier, dînant seuls ou en petits groupes.

John Clark ne détonnait pas, seul à sa petite table devant des verres en cristal, des assiettes en porcelaine et des couverts dorés. Il s'était installé près de l'entrée, à l'écart des grandes baies vitrées donnant sur le détroit. Son serveur – âge mûr, belle prestance, vêtu d'un smoking noir – lui avait apporté un repas somptueux et si l'Américain devait bien avouer qu'il se régalait, il n'en surveillait pas moins attentivement une table située à l'autre bout de la salle.

Tandis que John venait d'attaquer sa lotte – elle fondait dans la bouche –, le maître d'hôtel installa trois Arabes vêtus de complets chic autour de la table près de la baie vitrée ; déjà un serveur prenait la commande de leur apéritif.

Deux d'entre eux étaient descendus à l'hôtel ; Clark le savait grâce à la surveillance de son équipe mais aussi au labeur des analystes employés par son organisation.

Ces hommes étaient des banquiers du sultanat d'Oman, sans intérêt pour lui. Le troisième, en revanche, un quinquagénaire libyen grisonnant, barbe courte, intéressait John au plus haut point.

C'était la Cible Deux.

Tout en maniant sa fourchette de la main gauche (une manœuvre qu'il avait dû apprendre, bien forcé, depuis sa blessure), Clark écoutait avec la plus grande attention – grâce au minuscule ampli couleur chair introduit dans son oreille droite – le dialogue entre les trois hommes. Pas facile de les distinguer au milieu du bruit des autres conversations dans la salle, mais au bout de quelques minutes, il réussit à isoler la voix de la Cible Deux.

Clark revint à son poisson et prit son mal en patience.

Peu après, un serveur vint prendre commande à la table des Arabes installés près de la fenêtre. Clark entendit que sa cible allait prendre du veau Kubalasti. Les deux autres avaient fait un choix différent.

Excellent. Si les Omanais avaient commandé le même plat que le Libyen assis à leur table, il aurait dû passer au plan B. Lequel était censé se dérouler dans la rue, mais dans la rue, il y avait bien plus d'éléments imprévus qu'ici, dans cette salle de restaurant.

Mais en attendant, tous avaient pris la même entrée et Clark remercia le Ciel en silence, avant d'ôter son oreillette et de la remettre discrètement dans sa poche.

En guise de pousse-café, John but une gorgée de son verre de porto, alors qu'on apportait à la table de sa cible trois consommés et une bouteille de vin blanc. L'Américain essayait de ne pas lorgner sa montre ; son action était parfaitement minutée mais autant éviter de trahir anxiété ou impatience. Non, mieux valait déguster tranquillement son digestif, tout en décomptant mentalement les minutes.

Peu après qu'on eut débarrassé de la table des Arabes leurs assiettes à soupe, Clark demanda au garçon de lui indiquer les toilettes. Elles étaient situées derrière les cuisines. John s'enferma dans un cabinet, s'assit sur le siège et défit rapidement la gaze entourant son avant-bras.

Le pansement n'était pas une ruse ; il était bel et bien blessé et ça lui faisait un mal de chien. Quelques mois auparavant, on lui avait écrasé la main à coups de marteau ; il était déjà passé trois fois sur le billard pour réduire les fractures et raccommoder les tendons, mais depuis sa blessure, il n'avait pas connu une seule nuit de sommeil décent.

Sans être du chiqué donc, le pansement avait toutefois un autre usage. Sous les bandages et entre les deux attelles qui maintenaient l'index et le majeur, une seringue était dissimulée de telle sorte que, d'un simple mouvement du pouce, il pouvait faire apparaître la fine aiguille pour injecter un poison dans le corps de sa cible.

Mais c'était là le plan B, une solution bancale, et John était bien décidé à s'en tenir au plan A. Il ôta la seringue et la mit dans sa poche, puis, avec lenteur et précaution, il remit le pansement.

La seringue contenait deux cents milligrammes d'une forme spéciale de succinylcholine. La dose pouvait être injectée ou ingérée. Les deux méthodes d'administration étaient létales même si, paradoxalement, l'injection était bien moins efficace.

John ressortit des toilettes, la seringue dissimulée dans la main gauche.

Il aurait pu mieux choisir son moment : alors qu'il passait devant l'entrée des cuisines, il avait espéré voir le serveur de la cible apparaître avec les plats, mais non, personne. John fit mine de contempler les tableaux, puis les moulures dorées du couloir. Enfin, le serveur apparut avec un plateau chargé d'assiettes. John lui bloqua le passage et lui demanda de déposer le plateau sur une desserte à proximité, puis d'aller lui chercher le chef. Masquant sa frustration sous un vernis de courtoisie, le serveur obéit sur-le-champ.

Alors qu'il disparaissait derrière la porte battante, Clark souleva prestement les cloches posées sur les assiettes et localisa le plat de veau. Il planta aussitôt l'aiguille dans la fine escalope. Quelques bulles débordèrent dans la sauce mais l'essentiel du poison avait pénétré dans la tranche de viande.

Quand le chef apparut peu après, Clark avait déjà reposé la cloche sur l'assiette et remis la seringue dans sa poche. Il remercia le chef avec effusion pour la qualité de son dîner tandis que le garçon s'empressait d'aller servir les plats pour ne pas risquer qu'on les renvoie parce qu'ils auraient refroidi.

Quelques minutes plus tard, John réglait son addition et se levait. Le garçon vint aussitôt lui apporter son imper qu'il enfila tout en jetant un coup d'œil du côté de la table de sa victime. Le Libyen prenait l'ultime bouchée de son escalope ; il était toujours en grande conversation avec ses compagnons.

Clark se dirigea vers le hall de l'hôtel tandis que dans son dos, la Cible Deux desserrait sa cravate.

Vingt minutes plus tard, abrité sous son parapluie à l'orée du parc municipal de Yildiz, juste de l'autre côté de l'avenue, l'Américain vit une ambulance s'engouffrer sous le porche de l'hôtel.

Le poison était mortel : aucune ambulance, si rapide fût-elle, ne pourrait en délivrer d'antidote.

Si la Cible Deux n'était pas déjà morte, cela ne saurait tarder. Pour les urgentistes, le décès semblerait dû à un arrêt cardiaque, si bien qu'il n'y aurait sans doute aucune enquête sur les autres clients du restaurant qui s'étaient trouvés témoins de cet incident certes malheureux mais parfaitement naturel.

Clark tourna les talons pour se diriger vers l'avenue Müvezzi, une cinquantaine de mètres plus à l'ouest. Là, il héla un taxi et demanda au chauffeur de le conduire à l'aéroport. Il n'avait pour bagage que son parapluie et un mobile. Il pressa la touche ouvrant le micro alors que la voiture fonçait dans la nuit. « Et de deux. RAS de mon côté », murmura-t-il avant de couper la communication et, de sa main valide, glisser l'appareil sous l'imper, dans la poche de poitrine de sa veste.

Domingo Chavez prit les appels de Driscoll, puis de Clark, avant de se concentrer sur sa partie de l'opération. Il était assis à bord d'un ferry municipal reliant Kraköy, sur la rive européenne du Bosphore, et Üsküdar, sur la rive asiatique. De chaque côté de la cabine, les bancs de bois peints en rouge étaient occupés par une foule de passagers des deux sexes qui rejoignaient lentement mais sûrement leur destination, ballottés par les clapots du détroit.

La cible de Ding était seule, comme indiqué par son informateur. La brièveté de la traversée – une petite quarantaine de minutes – exigeait qu'il s'en débarrasse quand il était encore à bord. Au-delà, l'homme risquait d'apprendre l'élimination de son collègue et d'adopter des mesures défensives.

La Cible Trois était de forte carrure, dans la trentaine. Assis sur la banquette près de la vitre, l'individu lut un peu, puis au bout d'un quart d'heure, il sortit sur le pont fumer une cigarette.

Après avoir pris le temps de s'assurer que personne d'autre à bord ne s'intéressait au Libyen alors qu'il quittait la cabine, Chavez se leva à son tour et sortit par une autre porte.

La pluie tombait sans discontinuer et les nuages bas obscurcissaient le pâle éclat de la lune. Chavez s'efforça de progresser dans la pénombre de l'étroite coursive longeant le pont inférieur. Il rejoignit le bastingage, une quinzaine de mètres derrière sa cible, et s'y accouda, faisant mine de contempler les lumières scintillant sur le rivage, interrompues par l'ombre noire d'un catamaran filant sous le pont de Galata.

Il surveillait du coin de l'œil sa cible qui fumait près du bastingage. Le pont supérieur en surplomb la protégeait de la pluie. Il y avait deux autres passagers dehors, mais Ding suivait le Libyen depuis plusieurs jours et il savait qu'il allait s'attarder quelques minutes encore.

Chavez patienta, tapi dans l'ombre, et finalement les autres s'en retournèrent à l'intérieur.

Ding s'approcha lentement par-derrière.

La Cible Trois avait quelque peu relâché sa vigilance mais son passé, d'abord comme agent de renseignement de son pays, puis comme espion à son compte, attestait qu'il n'était pas né de la dernière pluie. L'individu était sur ses gardes. Quand, pour se rapprocher, Ding dut passer dans une zone éclairée, l'homme aperçut l'ombre mouvante, jeta d'une pichenette sa cigarette et pivota, la main déjà glissée dans sa poche de pardessus.

Chavez se rua sur lui, vif comme l'éclair. En trois enjambées, il avait rejoint le bastingage et tendu la main gauche pour intercepter l'arme que le Libyen s'apprêtait à saisir. De la main droite, Ding abattit une matraque de cuir noir sur la tempe gauche de son adversaire. Il y eut un craquement sinistre et la victime s'effondra, inanimée.

L'Américain rempocha la matraque, puis il se pencha pour saisir l'homme inconscient. Un bref coup d'œil pour s'assurer qu'il n'y avait personne alentour et, d'un geste brusque, il rompit le cou de sa victime. Après avoir balayé du regard le pont inférieur et constaté que la voie était libre, Ding hissa le corps pour le faire basculer par-dessus le bastingage. Le cadavre disparut dans la nuit avec un plouf à peine audible au-dessus du bruit de la houle et du grondement des machines.

Quelques minutes plus tard, Chavez retournait s'asseoir à un emplacement différent sur la banquette rouge ; de là, il envoya un bref message sur son mobile.

« Et de trois. Ding RAS. »

Il ne reste plus une place de libre au Türk Telekom Arena, le tout nouveau stade d'Istanbul, les soirs où joue l'équipe locale du Galatasaray. Malgré la pluie, les cinquante-deux mille spectateurs étaient abrités sous les immenses tribunes couvertes.

Ce soir, c'était un derby avec l'équipe du quartier de Beşiktaş, de l'autre côté de la ville, et ses supporters avaient envahi les gradins, mais dans cette foule, un étranger ne semblait guère s'intéresser aux actions sur le terrain. Il faut dire que Dominic Caruso était un parfait béotien en matière de football. Aussi pouvait-il se concentrer entièrement sur la Cible Quatre, un Libyen barbu de trente et un ans, venu assister au match avec un groupe d'amis turcs. Dom avait dédommagé un spectateur pour troquer sa place contre la sienne, située quelques rangées plus haut, afin de mieux surveiller sa cible et pouvoir ensuite s'éclipser rapidement par la sortie juste derrière.

Durant la première mi-temps, Caruso n'eut guère mieux à faire que singer ses voisins, et donc crier et se lever quasiment en permanence. À la pause, la majorité des supporters se rua vers les buvettes et les toilettes mais la Cible Quatre resta sur place, comme d'ailleurs la plupart de ses compagnons, aussi Caruso fit-il de même.

À la reprise, un but marqué d'entrée par le Galatasaray contre le cours du jeu enflamma les tribunes. Peu après, alors qu'il restait encore trente-cinq minutes à jouer, le Libyen se pencha pour consulter son mobile, puis il se leva pour gagner l'escalier.

Caruso se leva d'un bond pour le précéder et se glisser dans les toilettes les plus proches. Là, il se planqua près de la porte de sortie, guettant sa cible.

Moins de trente secondes plus tard, celle-ci entrait. Dominic sortit aussitôt de la poche de sa veste une feuille de papier marquée *Kapali* – « Fermé » – qu'il scotcha sur le battant extérieur de la porte de sortie. Il réédita la manœuvre avec la porte d'entrée qu'il referma ensuite derrière lui.

Il retrouva la Cible Quatre aux urinoirs ; il y avait deux autres personnes. Ces dernières ressortirent ensemble après s'être lavé les mains. Dom s'installa quatre stalles plus loin et là, il fourragea dans sa poche pour en sortir le stylet.

L'homme remonta sa braguette, quitta l'urinoir, se dirigea vers le lavabo. Alors qu'il passait devant l'inconnu vêtu du maillot et de l'écharpe du Galatasaray, ce dernier se retourna brusquement vers lui. Le Libyen ressentit un impact à l'estomac, avant d'être violemment repoussé vers un cabinet tout au fond. Il voulut sortir le couteau qu'il gardait toujours dans la poche mais son agresseur était trop fort et il ne put que reculer en titubant.

Les deux hommes trébuchèrent et tombèrent sur la cuvette.

À cet instant seulement, le jeune Libyen baissa les yeux pour découvrir le manche d'un couteau planté dans son estomac.

Il défaillit, pris de panique.

Son agresseur le renversa sur le carrelage. Puis il se pencha pour lui parler à l'oreille : « Ça, c'est pour mon frère, Brian Caruso. Tes collègues l'ont tué en Libye et ce soir, tu vas le payer de ta vie, toi comme tous les autres. »

Le Libyen plissa les yeux, éberlué. Parlant anglais, il n'avait eu aucun mal à comprendre son interlocuteur, mais il ne connaissait pas de Brian. Il avait tué beaucoup de gens en Libye, mais c'étaient des Libyens, des juifs, des rebelles. Des ennemis du colonel Kadhafi.

Il n'avait jamais tué d'Américain. Il ne voyait pas du tout de quoi voulait parler son agresseur.

La Cible Quatre mourut, affalée sur le sol des toilettes d'un stade de foot, convaincue d'avoir été victime d'un terrible malentendu.

Caruso ôta son maillot de foot couvert de sang ; dessous, il portait un tee-shirt blanc. Dont il se défit tout aussi vite. Révélant un autre maillot, celui de l'équipe rivale. Le noir et blanc, couleurs de Beşiktaş, l'aiderait à se fondre dans la foule, tout comme auparavant le rouge et or du Galatasaray.

Il noua le tee-shirt et le maillot tachés à sa ceinture, les planquant sous le pantalon, et sortit de sa poche une casquette noire qu'il coiffa aussitôt.

Il s'attarda quelques instants au-dessus du cadavre. Encore aveuglé par son désir de vengeance, il faillit cracher dessus mais sut se reprendre car il aurait été stupide, il le savait bien, de laisser son ADN sur le lieu du crime. Alors, il tourna simplement les talons et retira les deux pancartes scotchées sur les portes avant de se diriger vers la sortie du stade.

Une fois passé le tourniquet, il se retrouva sous l'averse et, alors qu'il quittait l'abri de l'auvent des tribunes, il sortit le mobile de la poche de son baggie.

« Et de quatre. RAS pour Dom. Un jeu d'enfant. »

3

Jack Ryan Junior s'était vu attribuer la cible qui posait le moins de problèmes : un homme solitaire, assis chez lui, à son bureau, si du moins il fallait en croire leurs renseignements.

C'était censé être l'opération la plus facile de la soirée, et Jack en était conscient, tout comme du fait que si on lui avait confié cette mission, c'était justement parce qu'il restait le petit nouveau de la bande. Il avait certes déjà mené des actions clandestines à haut risque, mais quand même pas aussi souvent que ses quatre collègues.

Il avait été d'abord prévu de lui confier l'élimination de la Cible Deux au palais Çirağan. On avait jugé que larder de poison une tranche de viande était encore le truc le plus simple de la soirée. Mais la mission était en fin de compte échue à Clark parce qu'un sexagénaire attablé seul dans un restaurant de luxe ne détonnerait pas quand un jeune Occidental, frais émoulu de la fac, ne manquerait pas d'attirer la curiosité du personnel, avec le risque que quelqu'un soit susceptible de se souvenir de lui après les faits, quand les autorités viendraient poser des questions sur la mort subite d'un client assis à quelques tables de lui.

Jack Junior s'était donc vu chargé d'éliminer la Cible Cinq, un certain Emad Kartal, spécialiste des transmissions d'une cellule de la JSO. Pas vraiment une sinécure, mais au Campus on avait décidé que c'était dans ses cordes.

Kartal passait quasiment toutes ses soirées sur son ordinateur et c'est finalement cette habitude qui avait compromis la sécurité de la cellule de l'ancienne JSO. Six semaines auparavant, son envoi d'un message à un ami libyen avait été intercepté et décodé. Aux États-Unis, Ryan et ses collègues analystes avaient hérité de ces renseignements.

Ils avaient parachevé la tâche en mettant sur écoute la boîte vocale de son téléphone mobile ; les dialogues entre les divers membres de la cellule leur avaient permis de conclure qu'ils étaient toujours actifs.

À vingt-trois heures, Ryan pénétra dans l'immeuble où logeait sa cible grâce à une carte d'accès fabriquée par les as du bricolage du Campus. Depuis le bâtiment situé dans le quartier de Taksim, on pouvait admirer l'antique mosquée de Cihangir, vieille de cinq siècles. L'immeuble de quatre étages, plutôt haut de gamme dans un quartier déjà huppé, avait été toutefois divisé en une foultitude de studios – pas moins de huit par étage. L'objectif de Jack se situait au deuxième.

Ses ordres pour la mission avaient été succincts : pénétrer chez la cible, confirmer visuellement son identité, puis lui tirer dans le torse ou la tête trois balles subsoniques de son pistolet calibre 22 avec silencieux.

Ryan escalada l'escalier de bois. En silence, grâce à ses chaussures à semelles de caoutchouc. Dans le même temps, il abaissa sur son visage une cagoule noire. Il était le seul ce soir à agir masqué, tout simplement parce qu'il était le seul à ne pas opérer en public où une cagoule n'aurait pas manqué d'attirer l'attention.

Parvenu sur le palier du deuxième, il découvrit un couloir bien éclairé. Sa cible logeait derrière la troisième porte sur la gauche. En passant devant les autres studios, l'Américain entendait les gens parler, la radio, la télé, les conversations téléphoniques. Les murs étaient minces, mauvais point, mais d'un autre côté, ces voisins étaient bruyants. Et Jack comptait sur la discrétion du silencieux et des munitions subsoniques.

Une musique de rap traversait la porte du studio de sa cible. Parfait : voilà qui couvrirait son approche.

La porte était verrouillée mais ce n'était pas un problème : Clark avait procédé à une reconnaissance des lieux à quatre reprises au cours de la semaine écoulée, avant de troquer cette mission avec celle prévue à l'origine pour le cadet de l'équipe. Il avait donc pu crocheter les serrures de quelques logements vacants. C'étaient des modèles anciens, pas vraiment difficiles à forcer. Il s'était procuré chez un droguiste une ébauche, puis avait consacré une soirée à enseigner à Jack comment procéder vite et bien.

Les leçons de Clark avaient porté leurs fruits. Dans un imperceptible raclement de métal, Jack crocheta la serrure en moins de vingt secondes. Il dégaina son pistolet, recula d'un pas, puis ouvrit la porte.

Dans le studio, pas de surprise. Une kitchenette, un espace de séjour, et contre le mur opposé, un bureau. Tournant le dos à la porte, un homme y était assis devant une rangée de trois moniteurs à écran plat, disposés au-dessus d'une variété de périphériques, de livres et autres magazines, tous à portée de main. Des cartons de plats chinois préparés et à demi consommés encombraient un sac plastique. À côté, Ryan releva aussitôt la présence d'une arme. Il ne s'y connaissait pas suffisamment pour identifier d'emblée le pistolet semi-automatique à trente centimètres à peine de la main de Kartal.

Jack se glissa dans la kitchenette et referma doucement la porte derrière lui.

La pièce était inondée de lumière mais la partie séjour où se trouvait sa cible demeurait dans l'ombre, seulement éclairée par les moniteurs. Ryan jeta un coup d'œil vers la fenêtre sur sa gauche, pour s'assurer de n'être pas vu des appartements d'en face. Rassuré de ce côté, il avança de quelques pas pour s'approcher le plus possible de la cible tout en s'éloignant du couloir.

Tout l'appartement vibrait au rythme du rap.

Ryan avait-il fait du bruit ? Ou bien son ombre s'était-elle reflétée sur les écrans devant les yeux de sa victime ? Toujours est-il que l'homme de la JSO repoussa brutalement sa chaise en pivotant, la main tendue pour récupérer son Zigana 9 millimètres de fabrication turque. Il saisit le semi-automatique et le levait déjà vers l'intrus avant même d'avoir assuré sa prise sur la crosse.

L'individu correspondait aux photos qu'avait vues Jack ; il tira une première fois, et sa balle atteignit l'homme à l'estomac – elle lui aurait transpercé l'occiput s'il ne s'était pas levé. Le Libyen lâcha le flingue et recula en titubant, moins sous la force de l'impact que dans un mouvement instinctif de recul.

Jack tira une deuxième fois, une balle dans le torse,

une troisième, en plein centre de masse entre les pectoraux. Une fleur rouge s'épanouit sur le maillot de corps blanc de sa victime.

Le Libyen porta les mains à sa poitrine, se retourna et s'effondra sur son bureau quand ses jambes se dérobèrent sous lui. L'ancien agent de la JSO glissa lentement à terre et roula sur le dos.

Ryan s'approcha rapidement, prêt à lui loger une dernière balle dans la tête ; puis il se ravisa. Il savait que la détonation, bien qu'atténuée, n'était en aucun cas silencieuse et il avait pu constater que certains appartements alentour étaient occupés. Alors, au lieu de risquer un nouveau bruit susceptible d'être entendu d'une douzaine de témoins potentiels, il s'agenouilla et prit le pouls carotidien de sa victime pour s'assurer de son décès.

Il se relevait quand ses yeux furent attirés par l'ordinateur de bureau et ses trois moniteurs. Le disque dur de cette machine devait contenir une manne d'informations et, en bon analyste, John n'aurait rien pu trouver de plus tentant que ce trésor de renseignements, ainsi laissé à portée de main.

Dommage vraiment que ses ordres fussent de tout laisser en l'état et de filer, sitôt sa cible neutralisée.

Jack resta quelques secondes immobile, aux aguets.

Nulle exclamation, nul cri, nulle sirène.

Il était à peu près sûr que les coups de feu étaient passés inaperçus. Peut-être pourraient-ils définir malgré tout sur quoi les Libyens travaillaient. Leur surveillance ne leur avait livré que des bribes d'informations, juste de quoi confirmer que les hommes de la JSO étaient toujours opérationnels, sans doute au service de quelque organisation mafieuse des environs d'Istanbul. Jack se demanda s'il avait une chance de trouver dans l'ordi de Kartal assez d'indices pour reconstituer le puzzle.

Merde, se dit-il. Il pourrait s'agir de trafic de drogue, de prostitution, de projets d'enlèvements. Une minute et demie de boulot lui suffirait peut-être à sauver des vies humaines.

Jack s'agenouilla prestement devant le bureau, rapprocha de lui le clavier, agrippa la souris.

Même s'il ne portait pas de gants, peu lui importait de laisser des empreintes : il avait recouvert le bout de ses doigts de pansement liquide, une substance collante transparente, utilisée d'ordinaire pour panser les petites écorchures. Tous les agents s'en servaient en opération quand le port de gants risquait d'être peu pratique, voire exclu.

Jack repéra une liste de dossiers dont il fit glisser les fichiers sur l'un des moniteurs. L'écran était zébré d'une tache de sang et il dut récupérer une serviette en papier dans le sac-poubelle pour le nettoyer.

Une bonne partie des fichiers étaient cryptés et Ryan était pris par le temps. Inutile d'essayer de les décoder sur place. Il examina le bureau et y repéra un sachet plastique contenant une douzaine de clés USB. Il en prit une et l'introduisit dans le port en façade de la tour, puis il y transféra les fichiers.

Remarquant que le logiciel de courrier électronique était ouvert, il se mit en attendant à faire défiler les messages reçus par la Cible Cinq. La plupart étaient rédigés en arabe, l'un d'eux semblait être en turc, quelques-uns n'avaient ni sujet ni texte. Il les ouvrit tous et cliqua sur les éventuelles pièces jointes.

Un bip dans son oreillette. Jack la tapota du bout d'un doigt. « Jack, j'écoute.

— Ryan ? C'est Chavez. T'es hors délai. Que se passe-t-il ?

— Désolé. Juste un léger retard. Cible Cinq traitée.

— Il y a un problème ?

— Négatif.

— T'as terminé ?

— Pas encore. J'ai récupéré un chouette paquet d'infos sur le PC du sujet. Encore trente secondes et j'en aurai fini.

— Négatif, Ryan. Laisse tout en plan. Tire-toi. Tu n'as pas de renfort.

— Pigé. »

Ryan cessa de cliquer sur les mails mais un nouveau message apparut alors dans la boîte de réception de Kartal. D'instinct, il double-cliqua sur le dossier joint et toute une série de photos en .jpg s'afficha en damier sur l'un des moniteurs. « Et si l'on pouvait exploiter ce matériel ? » demanda-t-il distraitement, alors qu'il cliquait sur la première vignette pour l'agrandir.

« Tu dégages fissa, petit. »

Mais Jack n'écoutait plus Chavez. Il se mit à parcourir les images à toute vitesse, avant de ralentir le rythme pour les examiner avec plus d'attention.

Puis il s'arrêta.

« Ryan ? T'es toujours là ?

— Oh, mon Dieu, souffla-t-il.

— Qu'y a-t-il ?

— C'est… c'est *nous*. On est grillés, Ding.

— Qu'est-ce que tu racontes ? »

Les images à l'écran devant Jack semblaient avoir été prises par des caméras de vidéosurveillance et leur qualité variait, mais toutes étaient assez nettes pour que Jack les identifie sans peine : John Clark au seuil d'un restaurant chic. Sam Driscoll en scooter dans une rue sous l'averse. Dom Caruso franchissant un tourniquet dans une galerie sombre évoquant le tunnel de sortie d'un stade. Domingo Chavez, au téléphone, assis sur un banc dans la cabine d'un ferry.

Jack réalisa très vite que tous ces clichés avaient été pris depuis peu. En gros, dans l'heure écoulée.

Alors qu'il se relevait, il sentit ses jambes se dérober sous lui à l'idée que toutes les actions de leur équipe, ce soir à Istanbul, avaient été filmées par des caméras de surveillance. Un nouveau message apparut dans la boîte de réception. Jack se rua sur la souris pour l'ouvrir.

Le mail ne contenait qu'une image ; il double-cliqua pour l'ouvrir.

Jack vit un homme masqué, agenouillé devant un clavier, fixant avec attention un point situé juste au-dessous de la caméra en train de le cadrer. Derrière lui, Ryan distinguait le pied et la jambe d'un homme gisant au sol.

Ryan quitta des yeux le moniteur, regarda derrière lui et contempla le pied de sa victime. Il reporta son attention sur le moniteur et repéra la minuscule webcam incrustée dans la partie supérieure du cadre.

L'image avait été prise une minute auparavant, alors qu'il téléchargeait les données du disque dur.

On l'observait en direct.

Avant qu'il ait pu dire quoi que ce soit, la voix de Chavez retentit dans son oreille droite. « Putain, Jack, tire-toi, merde ! C'est un ordre, bordel !

— Je m'arrache », lâcha-t-il dans un murmure. Les

yeux rivés sur la lentille de la webcam, il se demandait qui se trouvait derrière, à le regarder en direct.

Il allait ôter la clé USB quand il réalisa que toutes les images de leur équipe allaient rester sur le disque de l'ordi, accessibles à quiconque enquêterait sur la mort de sa victime.

Jack se mit illico à quatre pattes, débrancha l'ordinateur, arracha précipitamment tous les câbles branchés à l'arrière de la tour. Puis il souleva ce boîtier avec ses quinze kilos pour l'emporter avec lui. Il sortit du studio, prit le couloir, dévala l'escalier, se retrouva dans la rue. Il se mit à courir sous la pluie, ce qui était à la fois prudent et fort habile : il était en effet logique de voir quelqu'un lesté d'un ordinateur se précipiter pour éviter qu'il ne prenne l'eau. Sa voiture était garée une rue plus loin ; il déposa l'ordi sur la banquette arrière, puis se mit au volant et fila loin du quartier, vers l'aéroport.

En cours de route, il rappela Chavez.

« Ding en fréquence.

— C'est Ryan. Je suis en sûreté mais… oh, et puis merde. Aucun de nous n'est en sûreté. On a tous été placés sous surveillance, ce soir.

— Mais enfin, par qui ?

— Aucune idée mais c'est un fait : quelqu'un nous observe. Et a transmis des photos de tous les membres de l'équipe à la Cible Cinq. J'ai récupéré l'ordi qui les contient toutes. Je serai à l'aéroport dans vingt minutes, on pourra alors…

— Négatif. Rien ne prouve que ce boîtier n'est pas piégé et doté d'une balise. Pas question de ramener ce machin avec nous. »

Jack se rendit compte que Ding avait raison. Il ne réfléchit qu'une seconde.

« J'ai un tournevis sur mon couteau suisse. Je vais ouvrir la tour dans un lieu public et en extraire le disque dur. Je l'inspecterai et laisserai sur place le reste du matos. Je vais également abandonner la voiture, au cas où quelqu'un l'aurait piégée pendant que j'étais dans le studio du numéro Cinq. Je trouverai bien un autre moyen de rallier l'aéroport.

— Magne-toi, gamin.

— Ouais, Ryan out. »

Sous une pluie battante, Ryan franchit plusieurs intersections équipées de caméras de vidéosurveillance et il eut chaque fois la désagréable sensation d'être épié par un œil impavide.

4

Wei Jen Lin était économiste de formation et n'avait jamais servi dans l'Armée populaire de sorte qu'il n'avait jamais touché d'arme à feu. C'est sans doute pour cette raison qu'il regardait comme une poule regarde un couteau le gros pistolet noir posé devant lui.

Il se demanda s'il serait capable de viser juste avec un tel engin, même s'il n'était sans doute pas bien sorcier de l'utiliser pour se loger une balle dans la tête.

Il s'était fait donner un cours de maniement accéléré par Fung, le chef de ses gardes du corps, celui-là même qui lui avait prêté l'arme. Fung avait chargé pour lui une balle, puis ôté le cran de sûreté avant d'expliquer à son protégé, sur un ton grave quoique non dénué de suffisance, de quelle façon presser la détente.

Wei avait demandé à son garde du corps où il devait pointer le canon pour provoquer l'effet maximal, mais la réponse que lui avait fournie Fung n'était pas assez précise au goût de l'ancien économiste.

Avec un haussement d'épaules, Fung lui expliqua que placer le canon à peu près n'importe où contre la boîte crânienne ferait l'affaire, aussi longtemps que les secours tarderaient à venir, sur quoi Fung lui promit qu'il veillerait, de fait, à ce que ce soit le cas.

Puis, après un bref hochement de tête, le garde du corps avait laissé Wei Jen Lin seul à son bureau, le pistolet posé devant lui.

Il soupesa le pistolet. Il était plus lourd que prévu, mais bien équilibré. La crosse était étonnamment épaisse, bien plus massive dans sa paume qu'il ne l'avait imaginé, mais il faut dire qu'il n'avait pas vraiment eu l'occasion de creuser la question.

Puis, après avoir examiné l'arme avec attention et déchiffré, par simple curiosité, le numéro de série et la marque du manufacturier, Wei Jen Lin, président de la République populaire de Chine et secrétaire général du Parti communiste chinois, plaça le canon contre sa tempe droite et mit le doigt sur la détente.

Wei n'était pas vraiment taillé pour diriger son pays et c'était, dans une grande mesure, la raison pour laquelle il avait décidé de mettre fin à ses jours.

À sa naissance en 1958, son père déjà sexagénaire était l'un des treize membres du septième Politburo du Parti communiste chinois. Wei père avait une formation de journaliste, il avait été chroniqueur, rédacteur, mais dans les années 1930, il avait quitté son boulot pour rejoindre le service de propagande du PCC. Il avait été aux côtés de Mao durant la Longue Marche, cette épopée de douze mille kilomètres qui avait fait de Mao un héros national et le leader incontesté du Parti, et qui avait également assuré un avenir confortable à tout son entourage.

Tout comme le père de Wei, ces hommes que les hasards de l'histoire avaient placés aux côtés de Mao durant la révolution avaient été eux aussi considérés comme des héros, ce qui devait les amener à occuper des postes-clés à Pékin durant les cinquante années qui suivirent.

Jen Lin était né avec ce privilège, il avait grandi à Pékin, puis on l'avait envoyé en Suisse dans un pensionnat huppé. Au Collège alpin international Beau-Soleil, sur les rives du lac Léman, il s'était lié d'amitié avec d'autres enfants du Parti, fils de cadres, de généraux, de maréchaux et, dès son retour à l'université de Pékin pour y étudier l'économie, son avenir, comme celui de ses anciens camarades de pensionnat, était tout tracé : à un poste ou un autre, ils étaient destinés à entrer au service du gouvernement.

Wei était membre d'un groupe bientôt baptisé « les princes rouges ». Ils étaient les étoiles montantes de la politique, de l'armée ou du monde des affaires, rejetons d'anciens dirigeants du Parti, pour la plupart des maoïstes de haut rang qui avaient lutté durant la révolution. Dans une société qui niait l'existence de toute aristocratie, ces princes rouges formaient incontestablement une élite ; eux seuls étaient en possession de l'argent, du pouvoir et surtout des relations politiques leur donnant l'autorité nécessaire pour constituer la nouvelle génération de dirigeants.

Diplôme universitaire en poche, Wei entre au conseil municipal de la ville de Chongqing et se retrouve bientôt adjoint au maire. Quelques années plus tard, il quitte le service public et s'inscrit en sciences économiques à l'université de Nankin pour y décrocher un mastère en économie et un doctorat de gestion, puis il passe la seconde moitié des années 1980 et toutes les années 1990 dans le secteur financier à Shanghai, l'une des premières zones économiques spéciales du pays. Dans les ZES, instaurées par le gouvernement communiste, de nombreuses lois nationales sont suspendues pour favoriser les pratiques de l'économie de marché afin d'encourager les investisseurs étrangers. La création de ces poches expérimentales de quasi-capitalisme avait rencontré un succès indéniable et la formation de Wei en économie, et plus encore l'étendue de ses affaires et la quantité de ses relations au sein du Parti, devaient le placer de fait au cœur de la croissance chinoise, le mettant en position idéale pour élargir encore son influence.

À l'orée du troisième millénaire, il fut élu maire de Shanghai, la plus grande ville chinoise. Un poste qui lui permettait de favoriser toujours plus les investissements de l'étranger et l'expansion des principes de l'économie de marché.

Wei était bel homme, il avait du charisme et il était apprécié des milieux d'affaires occidentaux ; étoile montante dans son pays, il était devenu, pour le reste du monde, le symbole de la Chine nouvelle. Mais il n'en demeurait pas moins le partisan d'un ordre social strict. La seule liberté qu'il soutînt était la liberté économique ; ses administrés ne constataient aucune amélioration de leurs libertés individuelles.

Après la défaite humiliante de la Chine face à la Russie et aux États-Uni+s dans la lutte pour s'approprier les mines d'or et les gisements pétroliers sibériens[1], la majeure partie du gouvernement central avait été mise à la porte et l'on avait appelé le jeune Wei, cet éclatant symbole du renouveau chinois, à la rescousse.

---

1. Lire *L'Ours et le Dragon*, Albin Michel, 2001 ; Le Livre de Poche, 2007.

Il fut mis à la tête du Parti communiste de Shanghai et intégré au seizième Politburo.

Au cours des années suivantes, Wei partagea donc son temps entre Shanghai et Pékin. Il se démarquait au sein du gouvernement : un communiste favorable aux affaires, œuvrant à la multiplication des ZES et autres enclaves d'économie de marché tout en soutenant dans le même temps la ligne stricte du Politburo sur la liberté de pensée politique et sur les libertés individuelles.

C'était un enfant de Mao et du Parti, mais *aussi* un étudiant en finance internationale. Le libéralisme économique n'était pour lui qu'un moyen de parvenir à ses fins, un moyen d'apporter au pays des devises pour renforcer le Parti communiste, pas un moyen de le subvertir.

Après le bref conflit avec les Américains et les Russes, on avait cru que les difficultés économiques allaient détruire le pays. La famine, l'effondrement total des infrastructures nationales et provinciales, bref l'anarchie, pointaient à l'horizon. Ce n'est que grâce aux efforts de Wei et d'hommes de sa trempe que la Chine fut en mesure d'éviter la déroute. Wei favorisa l'expansion des zones économiques spéciales et l'instauration de dizaines d'îlots de taille plus modeste consacrés au libre-échange et à l'économie de marché.

Aux abois, le Politburo dut céder, le plan de Wei fut appliqué intégralement et le système quasi capitaliste chinois se développa donc cahin-caha.

Mais le pari réussit. Wei, le *deus ex machina* du plan de réforme financière, vit ses efforts récompensés. Ses réussites, conjuguées à son statut de prince rouge et à son pedigree politique, faisaient de lui le candidat naturel pour occuper le poste de ministre du Commerce au sein du dix-septième Politburo. Lorsqu'il endossa les habits de patron de la politique financière nationale, la Chine connaissait une croissance à deux chiffres qui semblait devoir se poursuivre indéfiniment.

Et puis la bulle éclata.

L'économie mondiale entra dans un cycle de déclin prolongé peu après sa nomination comme ministre du Commerce. Les investissements étrangers en Chine et les exportations furent impactés de plein fouet. Ces deux composantes de l'économie que Wei avait contribué à révolutionner, ces deux sources de devises étaient les éléments essentiels de la croissance à deux chiffres du PNB. Or les voilà qui se tarissaient, le monde ayant cessé d'acheter.

Une nouvelle expansion des ZES orchestrée par Wei ne réussit pas à stopper cette descente en spirale vers le désastre. Les placements immobiliers et boursiers devinrent à leur tour des gouffres sans fond avec la crise financière en Europe et celle du logement aux États-Unis.

Wei avait deviné dans quel sens allait tourner le vent à Pékin. Le succès initial de ses réformes en direction de l'économie de marché allait désormais se retourner contre lui. Ses adversaires politiques décréteraient l'échec de son modèle économique, le resserrement des échanges du pays avec le reste du monde ayant favorisé sa contagion par les maux du capitalisme.

Le ministre Wei choisit donc de masquer l'échec de son modèle économique en mettant l'accent sur des projets pharaoniques de travaux publics et en encourageant leur financement par les instances régionales : extension ou amélioration du réseau routier, construction de villes et de ports, développement des infrastructures de télécommunications. Autant d'investissements dans la lignée du vieux modèle économique communiste, avec une politique centralisée visant à la croissance *via* la planification intensive de grands travaux.

Tout cela semblait parfait en théorie et Wei put se targuer, trois années durant, de taux de développement qui, sans atteindre les sommets des premières années de l'après-guerre, flirtaient tout de même avec les huit ou neuf pour cent. Il étourdit le Politburo, les autres instances gouvernementales et la presse internationale avec des chiffres et des statistiques qui allaient dans le sens correspondant à ses vues.

Mais ce n'était qu'un jeu de miroirs, un écran de fumée, Wei le savait, car les emprunts ne seraient jamais remboursés. La demande à l'exportation s'était réduite comme peau de chagrin, la dette des gouvernements régionaux avait atteint les soixante-dix pour cent du PNB, le quart des prêts bancaires était à fonds perdus mais, malgré tout, Wei et son ministère persistaient à encourager emprunts, dépenses, investissements.

C'était un château de cartes.

Et tandis que Wei essayait désespérément de dissimuler les problèmes économiques du pays, un nouveau phénomène vint balayer le pays comme un typhon.

Le mouvement Tuidang.

Suite à la réaction déplorable des autorités centrales après un séisme catastrophique, la protestation gronda dans tout le pays. Le gouvernement repoussa les manifestants, certes pas avec la violence d'antan, mais avec chaque arrestation, chaque tir de grenade lacrymogène, l'instabilité grandit.

Après l'interpellation et l'emprisonnement des meneurs,

la rue retrouva son calme et le ministère de la Sécurité de l'État crut avoir repris le contrôle de la situation. Mais les manifestations se reportèrent alors sur les réseaux sociaux et les forums accessibles en Chine et à l'étranger, les internautes n'ayant aucun mal à contourner les filtres instaurés par le pouvoir.

Là, sur des centaines de millions d'ordinateurs et de smartphones, la protestation se mua en un mouvement puissant et parfaitement organisé. Le PC chinois fut lent à réagir car si le ministère de la Sécurité de l'État disposait de matraques, de lacrymos et de paniers à salade, il n'avait aucune arme efficace pour contrer les zéros et les uns d'un soulèvement viral dans le cyberespace. Avec les mois, ces manifestations en ligne des contestataires finirent par culminer avec le Tuidang.

Le Tuidang – le mot signifie « quitter le Parti » – était ce mouvement formé par des centaines et bientôt des milliers, puis des millions de Chinois de Chine continentale et d'outre-mer qui affirmaient renoncer à leur adhésion au Parti communiste. Ils pouvaient le faire en ligne, de manière anonyme, ou bien l'annoncer publiquement à l'étranger.

En quatre ans, le mouvement Tuidang pouvait se vanter d'avoir provoqué plus de deux cents millions de démissions.

Mais ce n'était pas le chiffre brut de cette hémorragie qui posait problème au Parti. À vrai dire, il était difficile de donner un nombre exact des défections parce qu'une bonne partie des noms inscrits sur la liste que distribuaient les organisateurs du mouvement étaient en fait des pseudonymes ou des patronymes répandus, impossibles à vérifier un par un. Ces deux cents millions de dissidents n'étaient peut-être en définitive que cinquante. Mais c'était la publicité négative pour le Parti suscitée par les transfuges d'outre-mer ainsi que l'attention rencontrée dans les médias internationaux par le succès de ce mouvement qui chagrinaient le plus le Politburo.

Témoin du succès grandissant du Tuidang, témoin également de la colère, de la confusion et de la peur qui régnaient au sein du bureau politique, le ministre du Commerce se pencha sur les problèmes économiques cachés. Il comprit que le moment n'était pas venu de révéler la crise qui menaçait. Toutes les mesures d'austérité devraient attendre.

Ce n'était pas non plus le moment de révéler la faiblesse du gouvernement central et son impuissance à régler quelque problème que ce soit. Cela ne ferait qu'enflammer les masses et attiser la révolte.

Lors du quatre-vingtième congrès du Parti, il se produisit un événement incroyable que Wei Jen Lin n'avait absolument pas prévu. Il fut élu président et secrétaire général du Parti communiste, devenant *de facto* le maître du jeu de son château de cartes.

L'élection avait été, pour reprendre les termes du Politburo, une affaire rondement menée. Les deux membres favoris pour le poste étaient tombés en disgrâce quelques semaines auparavant, l'un pour un scandale de corruption dans sa ville natale de Tianjian, l'autre à la suite de l'arrestation d'un subordonné convaincu d'espionnage. Parmi les autres membres du Comité central susceptibles d'être élus, tous à l'exception d'un seul appartenaient à l'un ou l'autre clan des postulants disgraciés.

Wei était le fameux outsider. Pourtant considéré comme un électron libre, en dehors de toute allégeance partisane, c'est ainsi qu'il se retrouva, à l'âge encore tendre de cinquante-quatre ans, élu au titre de candidat du compromis.

En Chine, les trois fonctions les plus éminentes sont celles de président de la République populaire, de secrétaire général du Parti communiste et de président de la Commission militaire centrale, c'est-à-dire chef des armées. Il est arrivé que la même personne occupe les trois fonctions simultanément mais dans le cas de Wei, le poste de président de la CMC échut à un autre homme, Su Ke Qiang, général à quatre étoiles de l'Armée populaire de libération. Su, fils d'un des plus fidèles maréchaux de Mao, avait été un ami d'enfance de Wei, tant à Pékin qu'en Suisse. Leur ascension simultanée aux plus hautes fonctions de l'État témoignait de l'avènement de l'ère des princes rouges.

Mais d'emblée, Wei comprit que cette codirection n'avait rien d'un partenariat. Su s'était de tout temps montré un avocat bruyant de l'expansionnisme militaire ; il avait prononcé, à l'intention de ses compatriotes, des discours agressifs sur le pouvoir de l'Armée populaire et le destin de la Chine appelée à devenir un acteur régional et une puissance internationale. Avec le plein soutien de son état-major, il avait au cours des dix années écoulées renforcé les pouvoirs de l'armée, grâce à un accroissement annuel de vingt pour cent du budget militaire et Wei savait que l'homme n'était pas de ces généraux qui se contentent d'impressionner lors des parades officielles.

Wei savait que Su voulait la guerre ; or, pour ce qui concernait Wu, c'était bien là la dernière chose dont il avait besoin.

Trois mois après avoir pris deux des trois rênes du pouvoir, lors d'une réunion du Comité permanent à Zhongnanhai, le complexe gouvernemental situé à l'ouest de la Cité interdite et de la place Tian'anmen, Wei prit une décision tactique qui allait le conduire à placer un pistolet contre sa tempe juste un mois plus tard. Pour lui, ce choix avait été tout aussi inéluctable que la révélation de l'état des finances du pays, à tout le moins devant les membres du Comité permanent. La rumeur de problèmes remontant des provinces avait déjà commencé à filtrer hors du ministère du Commerce. Wei décida donc d'y couper court en informant le Comité de l'imminence d'une crise dans « son » économie. Devant une assemblée de visages impassibles, il annonça donc qu'il allait proposer de réduire les capacités d'emprunt des régions concernées, une disposition assortie d'un certain nombre de mesures d'austérité. Celles-ci, expliqua-t-il, allaient sur le long terme renforcer l'économie mais auraient également le regrettable effet à court terme de provoquer une récession.

« À court terme ? Et pour combien de temps au juste ? » demanda le secrétaire du Comité.

Wei mentit : « Deux à trois ans. » Dans le même temps, sa calculette mentale lui disait que son plan d'austérité allait nécessiter près de cinq ans pour parvenir à l'effet désiré.

« Avec quelle baisse du taux de croissance ? » La question venait du secrétaire du Comité central de l'inspection disciplinaire.

Wei hésita quelques secondes, puis il répondit d'une voix posée mais mélodieuse : « Si notre plan est mis en œuvre, la croissance va forcément se réduire, selon nos estimations, de dix points de base dès la première année. »

Ébahissement perceptible de l'assistance.

Le secrétaire reprit : « Le taux de croissance actuel est de huit pour cent. Et vous nous dites que nous allons connaître une *récession* ?

— Oui. »

Le président de la Commission centrale d'orientation vers une civilisation plus spirituelle s'écria : « Nous avons connu trente-cinq années de croissance ininterrompue ! Même la première année qui a suivi la Révolution culturelle ! »

Wei hocha la tête et répondit, toujours aussi calme, en flagrant contraste avec le reste de l'assistance, de plus en plus agitée. « On nous a trompés ! J'ai consulté les livres comptables de ces dernières années. Si la croissance est revenue, ce fut pour l'essentiel grâce au développement du commerce extérieur que j'ai mis en œuvre, mais certainement pas depuis trente-cinq ans. »

Wei vit assez vite que la plupart de ses collègues ne le croyaient pas. Lui ne se voyait qu'en messager informant les autres d'une crise dont il n'était aucunement responsable, mais les autres membres du Comité permanent se mirent à formuler des accusations. Wei répliqua avec force, exigeant qu'on écoute ses propositions pour redresser l'économie, mais au lieu de cela, ils évoquèrent le mécontentement croissant de la rue, tout en s'inquiétant par ailleurs de l'impact sur leur carrière politique de tous ces problèmes nouveaux.

À partir de là, le climat de la réunion ne fit que se détériorer. Wei se retrouva sur la défensive et, dès la fin de l'après-midi, il se retira dans ses quartiers, conscient d'avoir surestimé la capacité de ses camarades du Comité permanent à saisir la gravité de la menace. Ces hommes ne voulaient pas de son plan ; la discussion était close.

Il était devenu secrétaire général et président parce qu'il ne s'était rallié à aucun clan, mais en ces heures de débat sur les sombres perspectives pour l'économie chinoise, il se rendit compte qu'il aurait bien eu besoin du soutien de quelques collègues au Comité permanent.

En grand politicien, rompu à la realpolitik, il avait conscience que ses chances de sauver sa peau dans le climat actuel étaient minces, sauf à décréter que la croissance et la prospérité, clamées depuis trente-cinq ans par le pouvoir précédent, allaient se poursuivre sous son égide. Or le grand économiste qu'il était, jouissant d'un accès privilégié aux dossiers comptables ultraconfidentiels de son pays, savait que la prospérité chinoise était appelée à cesser et qu'un revers de fortune était inéluctable.

Et il ne s'agissait pas que d'économie. Un régime totalitaire pouvait – du moins en théorie – masquer bien des problèmes fiscaux. C'était du reste plus ou moins ce qu'il avait fait depuis des années par un recours massif aux grands travaux du secteur public pour stimuler l'économie et donner l'impression fallacieuse que celle-ci était viable.

Mais Wei savait que son pays était assis sur un baril de poudre qui grossissait chaque jour.

Trois semaines après la désastreuse réunion dans les bâtiments de Zhongnanhai, Wei se rendit compte que son emprise sur le pouvoir était menacée. Lors d'un déplacement diplomatique en Hongrie, l'un des membres du Comité permanent, directeur de la propagande du Parti, donna l'ordre à tous les médias d'État, ainsi qu'à l'agence Chine nouvelle pour l'étranger, de laisser filtrer des rapports critiques sur la gestion économique de Wei. C'était inédit et Wei entra dans une rage folle. Il retourna dare-dare à Pékin pour exiger un entretien avec le directeur de la propagande mais on lui apprit que l'homme était en déplacement à Singapour jusqu'à la fin de la semaine. Wei convoqua donc à Zhongnanhai une réunion d'urgence des vingt-cinq membres du Politburo mais seize seulement se présentèrent.

En l'espace de quelques jours, des accusations de corruption apparurent dans les médias ; l'on prétendait que Wei avait abusé de son pouvoir personnel pour s'enrichir alors qu'il était maire de Shanghai. Accusations corroborées par les témoignages écrits de dizaines de ses anciens collaborateurs et associés en Chine comme à l'étranger.

Wei n'était pas corrompu. Durant sa mandature à Shanghai, il avait au contraire combattu la corruption où qu'elle se niche, dans les entreprises locales, dans les forces de police, dans l'appareil du Parti. C'est ainsi qu'il s'était créé des ennemis, ennemis qui ne furent que trop heureux de déposer contre lui de faux témoignages, surtout lorsque les instigateurs de ces manœuvres, tous dignitaires de haut rang, faisaient miroiter des postes politiques en récompense de ces déclarations.

Un mandat d'arrêt fut émis contre lui par le ministère de la Sécurité de l'État, l'équivalent chinois du ministère de la Justice.

Wei savait exactement à quoi s'en tenir. C'était bel et bien une tentative de putsch.

Le coup d'État se concrétisa au sixième jour de la crise quand, au palais de Zhongnanhai, le vice-président s'avança devant les caméras pour annoncer à une presse internationale médusée que, jusqu'à ce que la malheureuse affaire impliquant le président Wei soit résolue, c'était lui qui allait assurer l'intérim du gouvernement. Avant de déclarer qu'on avait pu formellement établir que le président était en fuite.

En cet instant précis, le prétendu fuyard n'était qu'à quatre cents mètres de là dans sa résidence de Zhongnanhai. Quelques rares loyalistes s'étaient ralliés à lui mais il sentait bien que le vent avait tourné. Les services de la vice-présidence l'informèrent qu'il avait jusqu'à dix heures le lendemain matin pour laisser des représentants du ministère de la Sécurité de l'État venir procéder à son arrestation. S'il ne se livrait pas de son plein gré, on aurait recours à la force.

En fin de soirée du sixième jour, Wei passa finalement à l'offensive. Il désigna ceux qui dans le Parti conspiraient contre lui et convoqua dans la foulée une réunion secrète avec le reste des membres du Comité permanent du Politburo. Il souligna aux cinq hommes restés en dehors du complot qu'il se considérait toujours « premier parmi des égaux » et que, s'il devait conserver les fonctions de président et de secrétaire général, il aurait à cœur de privilégier la collégialité. En bref, il promit à chacun qu'ils détiendraient un pouvoir supérieur à celui dont ils jouiraient s'ils s'avisaient de le remplacer par un autre.

La réaction fut glaciale. C'était comme s'ils avaient devant eux un condamné et qu'ils ne voyaient pas vraiment l'intérêt de s'aligner sur lui. Le numéro deux du pouvoir, Su Ke Qiang, le président de la Commission militaire centrale, ne pipa mot de toute la réunion.

Wei passa la nuit à se demander s'il serait oui ou non démis au matin – arrêté, emprisonné, contraint à signer une fausse confession, puis exécuté. Aux petites heures du jour, son avenir lui parut encore plus sombre. Trois des cinq membres du Politburo qui n'avaient pas encore rejoint les conjurés l'avertirent que, sans pour autant soutenir sa déposition, ils n'avaient pas un poids politique suffisant pour l'aider.

À cinq heures du matin, Wei rencontra ses proches collaborateurs et leur annonça qu'il allait s'effacer pour le bien de la nation. Le ministère de la Sécurité de l'État fut averti que Wei allait se livrer ; sans plus tarder, une équipe partit de ses locaux de l'avenue Tchang'an, de l'autre côté de la place Tian'anmen, pour procéder à son arrestation.

Wei promit de les suivre sans opposer la moindre résistance.

Mais il avait déjà décidé qu'il n'aurait nul besoin de résister.

Car il ne les suivrait pas.

Le prince rouge n'avait aucune envie de se prêter à ce mélodrame politique, où ses adversaires le désignaient comme bouc émissaire, responsable de la chute du pays.

Ils pourraient récupérer son cadavre, ils pourraient bien faire ce qu'ils voudraient de son héritage, il ne serait plus là pour constater les dégâts.

Alors que la voiture du contingent de policiers du ministère de la Sécurité de l'État s'approchait de sa résidence, Wei s'adressait à Fung, le responsable de sa sécurité personnelle, qui accepta de lui procurer un pistolet et de lui en expliquer le maniement.

Wei tenait le lourd QSZ-92 contre sa tempe ; sa main tremblait légèrement mais il se trouva plutôt calme, vu la situation. Alors qu'il fermait les yeux et pressait un peu plus fort sur la détente, il sentit son tremblement s'accroître ; un frisson gagner tout son corps, en remontant par les pieds.

Un cri retentit dans le couloir. C'était la voix de Fung, surexcitée.

Curieux, Wei rouvrit les yeux.

La porte de son bureau s'ouvrit à la volée, Fung entra précipitamment et Wei se mit à trembler au point qu'il craignit que son garde du corps ne discernât sa faiblesse.

Il rabaissa rapidement le pistolet.

« Qu'y a-t-il ? »

Fung avait les yeux écarquillés ; un sourire incongru se peignait sur son visage. « Camarade secrétaire général ! Des chars ! Il y a des chars dans la rue ! »

Wei reposa l'arme avec précaution. *Qu'est-ce que cela signifiait ?* « C'est juste le ministère de la Sécurité. Ils sont dotés de blindés, répondit-il.

— Non, monsieur ! Je ne parle pas de transports de troupes. Non, des *chars d'assaut* ! Une longue colonne en provenance de la place Tian'anmen !

— Des chars ? Mais lesquels ?

— Ceux de Su ! Ce doit être le général… excusez-moi, je veux dire le président Su ! Il envoie des blindés pour vous protéger. Jamais le ministère de la Sécurité n'osera venir vous arrêter en bravant l'Armée populaire. Comment feraient-ils une chose pareille ! »

Wei restait incrédule devant ce tour pris par les événements. Su Ke Qiang, le prince rouge, le général de corps d'armée, le président de la Commission militaire centrale et l'un des recours qu'il avait désespérément recherchés la veille, voilà qu'il venait à sa rescousse au tout dernier moment.

Le président de la République populaire et secrétaire général du Parti communiste chinois fit glisser le pistolet sur le bureau, en direction du chef de sa protection rapprochée. « Commandant Fung… je n'aurai, semble-t-il, plus besoin de cet objet aujourd'hui. Récupérez-le avant que je ne me blesse. »

Fung prit l'arme, remit le cran de sûreté et la fit glisser dans l'étui contre sa hanche. « Vous m'en voyez intensément soulagé, monsieur le président. »

Wei n'était pas vraiment convaincu de la sollicitude de Fung, mais en cet instant délicat, le président se pencha en avant pour lui serrer la main.

Tout allié, même conditionnel, était bon à prendre en de telles circonstances.

Wei se tourna pour regarder par la fenêtre de son bureau, au loin, par-delà les murs du palais. Des chars avaient envahi les rues, des fantassins de l'Armée populaire de libération marchaient avec discipline à leurs côtés, l'arme au poing.

Alors que le grondement des blindés commençait à ébranler les murs, faire vibrer le sol et le mobilier, Wei esquissa un sourire, mais qui se fit bientôt hésitant.

« Su ? s'exclama-t-il, perplexe. De tous ceux qui auraient pu venir à mon secours… pourquoi lui ? »

Mais il connaissait la réponse. Même si Wei était heureux de cette intervention et reconnaissant à l'armée pour celle-ci, il comprit, dès ces toutes premières minutes, que sa survie l'avait affaibli, et non pas renforcé. C'était là tout le quiproquo.

Jusqu'à la fin de son mandat, Wei Jen Lin en était conscient, il serait redevable à Su et à ses généraux, et il savait parfaitement ce que ces derniers exigeraient de lui.

5

John Clark était devant l'évier de la cuisine ; il contemplait la brume en train de monter du pré à l'arrière de sa maison, alors que l'après-midi de grisaille glissait doucement vers une soirée plus grise encore. Il était seul, du moins pour quelques minutes, et il décida qu'il ne pouvait plus continuer à esquiver ce qu'il redoutait depuis le début de la journée.

Clark vivait avec Sandy, son épouse, dans cette ferme entourée de vingt-cinq hectares vallonnés mêlant prairies et forêt du comté de Frederick dans le Maryland, tout près de la frontière avec la Pennsylvanie. Il avait encore du mal à s'y faire ; quelques années plus tôt, s'imaginer en gentleman-farmer dégustant du thé glacé sur son porche l'aurait fait soit rigoler, soit grincer des dents.

Mais il aimait cet endroit, Sandy l'aimait encore plus que lui et John Patrick, leur petit-fils, adorait venir à la campagne rendre visite à ses grands-parents.

Clark n'était pas du genre à ruminer ; il préférait vivre dans l'instant. Mais tout en parcourant du regard sa propriété, sans pour autant oublier la tâche en cours, il devait bien admettre qu'il avait réussi à se ménager une existence agréable.

Sauf qu'il était grand temps pour lui de savoir enfin si sa vie professionnelle était oui ou non terminée.

Temps d'ôter ses pansements et de tester sa main blessée.

Encore une fois.

Huit mois auparavant, sa main avait été brisée – non, *pulvérisée* – par des tortionnaires amateurs mais décidés, dans un entrepôt miteux de la banlieue de Moscou. Bilan : neuf fractures aux doigts, à la paume, au poignet et l'essentiel de ces mois avait été consacré à se préparer aux interventions chirurgicales ou à s'en remettre.

Deux semaines s'étaient écoulées depuis son quatrième passage sur le billard et c'était le premier jour où son chirurgien l'avait autorisé à tester la force et la mobilité de cet appendice.

Un coup d'œil à la pendule murale lui révéla que Sandy et Patsy seraient là dans quelques minutes à peine. Sa femme et sa fille étaient allées faire les courses en voiture à Westminster. Elles lui avaient demandé d'attendre leur retour pour être à ses côtés. Au prétexte qu'elles souhaitaient fêter avec lui sa guérison avec un dîner arrosé, mais John n'était pas dupe : la vraie raison était qu'elles ne voulaient pas le laisser seul vivre cette épreuve ; redoutant le résultat, elles préféraient être auprès de lui pour le réconforter si la mobilité de ses doigts n'était pas meilleure qu'avant l'intervention.

Sur le coup, il avait accepté leur requête mais il se rendait compte à présent qu'il préférait faire ça tout seul. L'attente était trop insupportable, et puis il était trop fier pour se débattre et ramer sous les yeux de sa femme et de sa fille, mais plus encore, il savait qu'il allait devoir repousser ses limites bien au-delà de ce qu'auraient autorisé sa famille, son toubib ou son infirmière.

Tous et toutes redoutaient qu'il ne se fasse du mal mais ce n'était sûrement pas ce qu'il craignait le plus. La douleur, il avait appris à la maîtriser sans doute mieux que quiconque au monde. Non, ce qu'il redoutait, c'était l'échec. Décidé à faire tout ce qui était physiquement en son pouvoir pour éviter celui-ci, il avait dans l'idée que ce ne serait pas très beau à voir. Car pour tester sa force et sa mobilité, il était prêt à tout.

Aussi, devant l'évier de la cuisine, il défit ses pansements, ôta les fines attelles métalliques placées entre ses doigts et déposa le tout sur la paillasse. Puis, tournant le dos à la fenêtre, il retourna vers le séjour. S'assit dans son fauteuil en cuir et leva la main pour l'examiner. Les cicatrices des interventions, discrètes et pas franchement spectaculaires, masquaient les incroyables dégâts occasionnés. Son chirurgien orthopédiste à Johns-Hopkins était considéré comme l'un des meilleurs du monde et il avait opéré par de minuscules incisions, recourant à la laparoscopie pour introduire caméra et instruments miniaturisés, utilisant des images par fluorescence pour atteindre les os et les tissus lésés.

John savait que les apparences étaient trompeuses : ses chances de rétablissement complet étaient inférieures à cinquante pour cent.

Peut-être, si le plus gros des traumatismes avait été localisé un peu plus haut, y aurait-il eu moins de tissu cicatriciel sur l'articulation des phalanges, avaient expliqué les médecins. Peut-être que s'il avait été plus jeune, ses capacités de récupération auraient permis de garantir un rétablissement total, avaient-ils laissé entendre, sans le dire.

Dans l'un ou l'autre cas, il n'y pouvait rien, et il le savait.

John chassa de son esprit ce pronostic déprimant pour mieux s'armer de courage.

Il se pencha vers la table basse et prit la balle de racquetball, l'air résolu.

« C'est parti. »

Clark commença à refermer lentement les doigts autour de la balle.

Presque aussitôt, il se rendit compte qu'il était toujours incapable de bouger complètement son index.

Le doigt de la détente.

Merde.

Les os de la phalangine et de la phalangette avaient été quasiment pulvérisés par le marteau du tortionnaire et l'articulation, déjà gagnée par l'arthrite après une vie passée à presser la détente, était à présent sévèrement endommagée.

Alors que les quatre autres doigts appuyaient sur la petite balle bleue, son index tremblotait, sans plus.

Il chassa de son esprit cet échec et la sensation de brûlure qui l'accompagnait, et serra un peu plus fort.

La douleur s'accrut. Il grogna, serra plus fort.

Son pouce semblait parfaitement fonctionnel, l'annulaire et l'auriculaire exerçaient normalement leur pression, le majeur s'était replié sans problème, sa mobilité restaurée, même s'il manquait encore de force.

Il serra encore un peu plus, une crampe lui vrilla le dessus de la main. Il grimaça mais insista. L'index avait cessé de trembloter ; épuisés, les muscles encore frêles s'étaient tétanisés et le doigt était devenu raide comme un piquet.

Cette fois, la douleur allait du poignet au bout des doigts.

Il pouvait vivre avec, pouvait se passer d'une petite partie de ses forces.

Mais le doigt qui pressait la détente restait quasiment paralysé.

John relâcha son étreinte, la douleur décrut aussitôt. Des gouttes de transpiration perlaient sur son front, sur son cou.

La balle tomba sur le parquet et rebondit jusqu'au bout de la pièce.

D'accord, c'était son premier test postopératoire. Mais il savait déjà. Il savait sans le moindre doute que sa main ne serait plus jamais comme avant.

Sa main droite était abîmée et certes, il pouvait toujours tirer de la main gauche. Tous les membres des commandos de marine, tous les agents des forces spéciales de la CIA consacraient d'ailleurs plus de temps à s'exercer avec la main non dominante qu'avec l'autre, et John avait passé près de quarante ans dans l'un et l'autre service. Un tel entraînement était indispensable car tout tireur courait le risque d'une blessure à la main ou au bras dominant.

Une théorie largement répandue veut que, face au danger immédiat d'une fusillade, la victime potentielle tende à se polariser avant tout sur la menace ; moins celle que constitue l'agresseur que celle de l'arme qu'il porte. Le petit bidule cracheur de feu et de plomb prêt à tailler en pièces la victime. Pour cette raison, on ne voit que trop souvent les individus impliqués dans une fusillade être blessés à la main ou au bras dominants.

L'agresseur concentre fatalement son tir dans cette direction. C'est d'une logique imparable.

Tant et si bien que l'aptitude au tir de la main non dominante reste absolument cruciale pour quiconque est à même de se retrouver face à un adversaire armé.

Clark savait qu'il pouvait tirer avec précision de la main gauche, pour peu qu'il se remette à l'entraînement.

Mais il n'y avait pas que la main. Il y avait tout le reste.

« T'es vieux, John », dit-il tout haut en se levant pour gagner le porche à l'arrière de la maison. Il contempla de nouveau le pré, la brume qui se lovait autour de l'herbe humide, vit un renard roux surgir des arbres et filer à découvert. Le suivit un sillage de gouttelettes alors qu'il pataugeait dans les flaques d'eau de pluie pour gagner à nouveau le couvert des arbres.

Ouais, se dit Clark. Il était assurément trop vieux pour le service actif.

Mais quand même pas si vieux que ça. Il avait en gros le même âge que Springsteen ou Stallone et l'un comme l'autre poursuivaient une carrière plutôt exigeante du point de vue physique, quoique dépourvue de tout élément de danger. Et il avait récemment lu un article sur un adjudant des marines, un sexagénaire qui se battait en Afghanistan et patrouillait chaque jour dans la montagne en territoire ennemi, avec des hommes qui pourraient être ses petits-enfants.

L'âge, ce n'est qu'un chiffre, avait-il toujours dit.

Mais le corps ? Le corps, c'était du concret, et à mesure que s'accumulaient les années, les kilomètres parcourus dans un métier comme le sien épuisaient inéluctablement l'organisme, tout comme un torrent creuse son lit dans une vallée. Springsteen, Stallone et tous les zigotos qui gagnaient leur vie à s'agiter en tous sens ne rencontraient pas le cinquantième des épreuves qu'avait endurées Clark, et ce fait-là était incontournable.

Clark entendit le 4 × 4 s'engager sur l'allée gravillonnée. Il s'assit dans un rocking-chair et attendit l'arrivée de son épouse et de sa fille.

Un sexagénaire assis sous le porche d'une ferme tranquille évoquait une image de paix et de tranquillité. Image toutefois trompeuse. Si une idée obnubilait John Clark, c'était de mettre sa main valide autour du cou de ce fils de pute de Valentin Kovalenko, le Russe opportuniste et fourbe qui lui avait fait subir ces mauvais traitements ; et puis de tester la force et la mobilité de cette main sur la trachée de ce beau salopard.

Mais ça, ça n'arriverait jamais.

« John ? » C'était la voix de Sandy.

Elles étaient dans la cuisine. John épongea sur son front les dernières gouttes de sueur et lança : « Je suis ici ! »

Bientôt, Patsy et Sandy s'installaient à leur tour, attendant qu'il parle. Elles avaient passé chacune une minute à le tancer gentiment pour ne pas les avoir attendues. Mais bien vite elles se turent en voyant son air sombre. L'une et l'autre se penchèrent vers lui, inquiètes.

« Ça bouge. J'arrive à serrer... un peu. Peut-être qu'en m'entraînant de mon côté, il y aura encore un léger mieux.

— Mais ? » interrogea Patsy.

Clark hocha la tête. « Pas vraiment le résultat qu'on avait espéré. »

Sandy se leva pour s'approcher de lui et s'asseoir sur ses genoux en le serrant très fort.

« Tout va bien, dit-il pour la réconforter. Ça aurait pu être pire. » Il réfléchit quelques instants. À une seconde près, ses tortionnaires avaient été sur le point de lui planter un scalpel dans l'œil. Il n'en avait rien dit à Sandy ou Patsy, bien évidemment, mais le souvenir lui revenait parfois quand il s'échinait avec sa main cabossée. C'était déjà ça.

Il poursuivit. « Je vais me concentrer sur l'entraînement perso pendant un moment. Les toubibs ont fait leur part pour me remettre en état ; à mon tour, maintenant. »

Sandy relâcha son étreinte, se redressa, regarda son mari droit dans les yeux.

« Comment ça ?

— Je dis qu'il est temps pour moi de tout plaquer. Je vais d'abord en parler avec Ding, puis j'irai lundi voir Gerry. » Il hésita un long moment avant d'avouer : « C'est terminé.

— Terminé ?

— Je vais prendre ma retraite. Pour de bon. »

Même si elle essayait manifestement de le cacher, John discerna sur les traits de Sandy un soulagement qu'il n'avait plus vu depuis des années. Des décennies. Un soulagement ? Quasiment de l'allégresse.

Jamais elle ne s'était plainte. Elle avait supporté des années durant ses départs nocturnes sans le moindre indice sur sa destination, ses absences qui duraient des semaines, ses retours parfois couvert de plaies et de bosses et, encore plus déroutant, ses silences qui se prolongeaient des journées entières avant qu'il parvienne à se détendre, que la dernière mission cesse de le hanter et qu'il puisse à nouveau sourire et faire ses nuits.

Leurs années passées au Royaume-Uni avec l'unité antiterroriste Rainbow créée sous l'égide de l'OTAN[1] comptaient parmi ses meilleurs souvenirs. Il avait alors des horaires presque normaux et ils avaient pu pleinement profiter de leur temps ensemble. Mais, même durant cet exil britannique, elle avait su que le destin de dizaines de jeunes gens était entre ses mains, et elle savait combien cette charge lui pesait.

Avec leur retour au pays et son engagement chez Hendley Associates, Sandy vit réapparaître chez lui le stress, l'épuisement, physique et mental. Il avait repris sa tâche d'agent actif – elle n'en doutait pas une seconde, même s'il ne donnait guère de détails sur ses nouvelles activités professionnelles.

L'année précédente, la presse avait décrit son mari comme un hors-la-loi poursuivi par toutes les polices du monde, il avait dû fuir et elle s'était rongé les sangs jour et nuit durant toute son absence. Le scandale avait bientôt fait long feu, éteint par des excuses publiques du président sortant, et John avait retrouvé son honneur perdu, mais pas sa vie d'antan. Au lieu de rentrer chez lui, il avait dû passer par la case hôpital. C'est qu'il avait été sévèrement tabassé : il avait frôlé la mort, avait calmement expliqué à Sandy l'un des chirurgiens alors qu'elle patientait dans la salle d'attente pendant que John était sur le billard. Et même s'il s'en était tiré

---

1. Voir *Rainbow Six*, Albin Michel, 1999 ; Le Livre de Poche, 2008 et 2010.

avec une main droite abîmée, elle remerciait chaque jour le ciel qu'il en eût simplement réchappé.

John discuta de sa décision quelques minutes encore avec les deux femmes de sa vie, mais les doutes qu'il avait pu nourrir s'évanouirent dès qu'il lut le soulagement dans les yeux de Sandy.

Elle le méritait. Patsy également. Tout comme son petit-fils méritait d'avoir un grand-père quelques années encore ; assez longtemps pour pouvoir l'encourager au base-ball, le féliciter avec fierté pour ses diplômes, et qui sait, le voir convoler en justes noces.

John était conscient que dans sa profession, et ce, depuis le Vietnam, il avait vécu en sursis.

C'était terminé maintenant. Rideau.

Il s'étonna d'être en paix avec lui-même après une telle décision ; son seul regret sans doute serait d'avoir perdu l'occasion d'étrangler Valentin Kovalenko.

Enfin bon, songea-t-il en serrant sa femme dans ses bras avant de regagner la cuisine et donner un coup de main pour le dîner. Où que pût se trouver désormais Kovalenko, son sort ne devait guère être enviable, c'était une quasi-certitude.

6

Matrosskaïa Tichina – « le silence des marins » – est le nom d'une rue du nord-ouest de Moscou mais aussi la dénomination de l'établissement pénitentiaire IZ-99/1 du Service fédéral d'application des peines de Russie : c'est en effet son adresse mais c'est surtout plus facile à prononcer.

Il s'agit là d'un des plus vastes centres de détention préventive de Russie, mais aussi de l'un des plus anciens ; bâti au XVIIIe siècle, il montre bien son âge. Même si la façade sur rue avec ses six étages est bien entretenue et reste imposante, presque impériale, à l'intérieur les cellules sont exiguës et décrépites, les lits et la literie infestés de poux, la plomberie bien en peine d'alimenter une population carcérale trois fois supérieure à la capacité des lieux.

Il était presque quatre heures du matin et, dans un grincement de roulettes, une civière parcourait un des couloirs aux murs peints en vert et blanc de l'antique bâtisse. Quatre gardiens s'échinaient à le pousser et le tirer tandis que le prisonnier ligoté dessus se débattait contre ses liens.

Le sol en béton et les murs en parpaings répercutaient les cris de l'homme couvrant tout juste le couinement des roulettes, mais pas moins horripilants.

« Répondez-moi, bordel ! Qu'est-ce qui se passe ? Je ne suis pas malade ! Qui a ordonné mon transfert ? »

Les gardiens restèrent muets ; obéir aux injonctions injurieuses des prisonniers sous leur responsabilité était l'exact opposé de leurs attributions. Ils continuèrent donc de pousser la civière comme si de rien n'était. Ils s'arrêtèrent devant un rideau de barreaux métalliques placé en travers du couloir et attendirent. Avec un déclic sonore, la porte aménagée en son centre fut déverrouillée et ils franchirent le sas.

Le détenu sur la civière n'avait pas dit la vérité. Il était bel et bien malade. Tous ceux qui avaient passé un minimum de temps dans cette antichambre de l'enfer l'étaient : l'homme souffrait de bronchite et il avait le ver solitaire.

Même si la condition physique du détenu aurait horrifié n'importe quel citoyen hors de ces murs, il n'était guère plus mal loti que ses compagnons d'infortune, et il avait raison de s'inquiéter d'avoir été extrait de sa cellule au beau milieu de la nuit pour être traité pour des affections communes à tous les autres détenus du centre.

Il continua de crier sur les quatre matons qui, pour leur part, continuaient de garder le silence.

Après bientôt huit mois de détention, Valentin Kovalenko, trente-six ans, n'avait toujours pas accepté d'être ignoré de la sorte. Ancien chef d'antenne adjoint au SVR, le service de renseignement russe, il avait pris l'habitude qu'on réponde à ses questions et qu'on obéisse à ses ordres. Étoile montante du service dès ses vingt ans, il avait, quinze ans après, gagné la sinécure de numéro deux du poste londonien. Et puis, quelques mois auparavant, il avait perdu un pari personnel et professionnel et l'ascension fulgurante s'était muée en chute libre.

Depuis janvier et son arrestation par des agents de la sécurité intérieure dans un entrepôt du quartier moscovite de Mitino, il était resté en détention préventive à la suite d'un décret présidentiel, et les rares responsables qu'il avait pu rencontrer lui avaient dit que l'examen de son cas allait être indéfiniment reporté et qu'il devait se préparer mentalement à passer des années en cellule. Puis, s'il avait de la chance, l'on oublierait tout ça et le renverrait chez lui. D'un autre côté, l'avaient-ils averti, on pouvait aussi l'expédier au fin fond de la Sibérie dans un goulag.

Ce qui, Kovalenko en était bien conscient, équivalait à une sentence de mort.

Pour l'heure, il passait ses journées à se battre pour avoir son coin dans une cellule partagée avec une centaine de prisonniers et ses nuits à dormir par roulement sur un lit de camp infesté de punaises. La maladie, les disputes et le désespoir formaient son quotidien.

Il avait appris d'autres détenus que le délai moyen de comparution devant un juge pour un prévenu dont l'affaire n'avait pas été accélérée par des pots-de-vin ou par la corruption d'hommes politiques était de trois à quatre ans. Valentin Kovalenko ne pouvait pas se permettre d'attendre aussi longtemps. Le jour où ses compagnons de cellule apprendraient qui il était, un ancien haut gradé du renseignement russe, il serait sans doute lynché dans un délai de trois à quatre minutes.

La plupart des résidents de Matrosskaïa Tichina n'étaient pas de grands fans du gouvernement.

Cette menace de révélation suivie de représailles avait de fait été exploitée par les adversaires de Kovalenko à l'extérieur, essentiellement des membres du FSB, le contre-espionnage russe, car elle leur assurait que cet encombrant détenu resterait bouche cousue aussi longtemps qu'il moisirait derrière les barreaux.

Au bout d'un ou deux mois d'incarcération, Kovalenko avait eu des contacts épisodiques avec son épouse, affolée et perdue, et lors de leurs brefs entretiens téléphoniques, il n'avait pu que lui promettre que tout serait réglé bientôt et qu'elle n'avait aucune crainte à avoir.

Mais son épouse avait cessé de lui rendre visite, puis elle avait cessé de l'appeler. Et puis finalement, il avait appris d'un maton qu'elle avait demandé le divorce et réclamé la garde de ses enfants.

Ce n'était pas encore le pire. Il avait eu vent bientôt de rumeurs insistantes révélant que personne n'avait pour le moment examiné son cas. C'était certes frustrant de se voir ainsi dépourvu de défense, mais savoir que personne non plus n'instruisait à charge était encore plus sinistre. Comme s'il était à jamais destiné à pourrir ici, en cage.

Il craignait d'être vaincu par la maladie dans les six mois.

La civière tourna sur la droite et poursuivit son chemin balisé par les tubes encastrés au plafond. Kovalenko regarda ses matons. Il n'en reconnut aucun, mais pour lui, ils étaient tout aussi robotiques que le reste du personnel. Il savait qu'il ne pourrait en soutirer la moindre information exploitable, mais, de plus en plus paniqué, il se remit à hurler alors que, par une autre grille, il quittait le bloc où il était incarcéré pour entrer dans la division administrative du centre.

Peu après, la civière pénétrait dans l'infirmerie de la prison.

Valentin Kovalenko savait ce qui se passait. Il l'avait imaginé. Il s'y était attendu. Il aurait quasiment pu en rédiger le scénario. Le réveil en pleine nuit. Les entraves en cuir et la civière aux roues qui grincent. Les gardiens muets et le trajet vers les entrailles de la prison.

On allait l'exécuter. En secret et au mépris de la loi, ses ennemis s'apprêtaient à le rayer de la liste de leurs soucis.

L'immense infirmerie était vide. Ni médecin, ni infirmière, ni personnel pénitentiaire, hormis les quatre hommes qui poussaient la civière. Cela ne fit que confirmer ses craintes. On l'avait déjà amené ici, le jour où la matraque en caoutchouc d'un gardien avait ouvert une plaie à son visage qui avait nécessité des agrafes ; et même si l'incident s'était produit de nuit, il y avait alors encore pas mal de personnel médical.

Mais ce soir, on aurait dit que quelqu'un avait décidé de retirer tous les témoins.

Valentin se débattit vainement contre ses entraves aux poignets et aux chevilles.

Les quatre matons le firent pénétrer dans une salle d'examen, tout aussi déserte, puis ils ressortirent en refermant la porte sur eux. Kovalenko se retrouva seul dans le noir, entravé, impuissant. Il cria alors qu'ils partaient mais avant que la porte ne se referme, il scruta l'endroit dans la pénombre. Sur sa droite, il y avait un paravent monté sur roulettes et derrière, il pouvait entendre du mouvement.

Finalement, il n'était pas seul.

Il demanda : « Qui est là ?

— Et toi, qui es-tu ? Et où est-on ? » répondit sur un ton bourru une voix masculine. L'homme était apparemment juste de l'autre côté, sur une civière, lui aussi, peut-être.

« Regarde autour de toi, imbécile ! C'est l'infirmerie. Je t'ai demandé qui t'étais. »

Avant que l'autre ait pu lui répondre, la porte se rouvrit et deux hommes entrèrent. Tous deux en blouse blanche, tous deux plus âgés que Kovalenko. Il leur donnait la cinquantaine. Valentin ne les avait jamais vus mais il supposa qu'ils devaient être médecins.

Les deux hommes paraissaient nerveux.

Aucun ne lui jeta un regard alors qu'ils passaient à côté de lui. Ils allèrent replier le paravent contre le mur, offrant à Kovalenko une vue sur le reste de la salle. Dans la pénombre, il distingua l'autre homme sur une civière ; un drap le recouvrait jusqu'aux épaules mais au-dessous, il était manifestement entravé de la même manière que lui.

Le second détenu regardait à présent les médecins. « Que se passe-t-il ? Qui êtes-vous ? »

Valentin se demanda ce qui ne tournait pas rond chez ce type. *Qui êtes-vous ?* Comme si ce n'était pas évident. La question logique eût été : *Putain, mais qu'est-ce qui se passe ici ?*

« Putain, mais qu'est-ce qui se passe ici ? » cria Kovalenko à l'adresse des deux médecins – mais ils l'ignorèrent pour se diriger vers le pied de la civière de l'autre détenu.

L'un des docteurs avait un sac de toile noire en bandoulière ; il y plongea la main et en sortit une seringue.

La main tremblante, la mâchoire serrée – Kovalenko le nota parfaitement malgré la pénombre –, l'homme ôta la protection de l'aiguille, puis il souleva le drap pour dévoiler le pied nu de l'autre prisonnier.

« Putain, mais qu'est-ce que vous faites ? Ne me touchez pas avec votre... »

Le docteur agrippa le gros orteil sous le regard aussi perplexe qu'horrifié de Kovalenko qui jeta un coup d'œil vers le prisonnier et vit un étonnement similaire se peindre sur son visage.

Il fallut un moment au toubib muni de la seringue pour séparer la peau de l'ongle au bout de l'orteil, mais sitôt qu'il y fut parvenu, il enfonça l'aiguille et pressa le piston.

L'homme poussa un hurlement de douleur et d'effroi, sous les yeux horrifiés de Valentin.

« Qu'est-ce que c'est que ça ? Qu'est-ce que vous lui faites ? » demanda-t-il.

L'aiguille se retira, le docteur jeta la seringue dans le sac. Il nettoya le champ à l'aide d'une compresse imbibée d'alcool, puis il se recula et attendit, avec son collègue, les yeux rivés sur le détenu allongé à la droite de Valentin.

Kovalenko se rendit compte que l'autre était devenu silencieux. Il regarda de nouveau son visage et y lut de la confusion et puis, sous ses yeux, ce visage se déforma, en proie à une douleur aussi vive que soudaine.

Les dents serrées, le prisonnier grogna : « Qu'est-ce que vous m'avez fait ? »

Sans piper mot, les deux médecins continuèrent de l'observer, l'air tendu.

Encore quelques instants et l'homme commença à

se débattre ; son bassin se releva, sa tête ballottait de gauche à droite.

Valentin Kovalenko se mit à crier à l'aide de toutes ses forces.

Une écume mousseuse apparut aux lèvres de l'homme à l'agonie, suivie d'un gémissement guttural. Il continuait à convulser au risque de rompre ses entraves, comme s'il essayait en vain de se débarrasser de la mystérieuse toxine qu'on venait de lui injecter.

Il fallut au prisonnier une bonne minute de torture pour mourir. Quand il retomba, inerte, quand son corps se figea, contorsionné mais toujours retenu par les entraves, Kovalenko eut l'impression que les yeux écarquillés de l'homme étaient rivés sur lui.

L'ex-chef d'antenne adjoint du SVR détourna son regard vers les deux médecins. Sa voix était rauque, à force d'avoir hurlé. « Que lui avez-vous fait ? »

L'homme au sac en bandoulière glissa vers le pied de la civière de Kovalenko et replongea la main dans son sac.

Dans le même temps, son collègue saisit le drap et découvrit les jambes et les pieds de Kovalenko.

Valentin se remit à crier, à s'en casser la voix. « Écoutez-moi ! Juste écoutez-moi ! J'ai des associés qui vous paieront… Qui vous paieront ou vous tueront si… »

Valentin Kovalenko se tut sitôt qu'il vit le pistolet.

Ce n'était pas une seringue que le docteur avait retirée de son sac mais un petit automatique en inox, qu'il braqua sur lui. L'autre s'approcha de la civière et entreprit de le libérer de ses entraves. Kovalenko resta immobile et silencieux, la sueur lui brûlait les yeux tout en lui glaçant le corps sous le drap trempé.

Il plissa les paupières et garda les yeux rivés sur le pistolet.

Quand le docteur eut fini de le libérer, il recula pour rejoindre son collègue. Valentin se redressa lentement sur la civière, les mains légèrement relevées, fixant toujours l'arme dans la main tremblante de l'homme qui venait d'assassiner l'autre patient.

« Que voulez-vous ? » demanda-t-il.

Aucun des deux ne répondit mais celui qui tenait l'arme de petite taille – Kovalenko l'avait identifiée comme un Walther PPK/S – fit pivoter son canon pour indiquer un sac en toile posé par terre.

Le prisonnier russe glissa de la civière pour s'agenouiller devant le sac. Il avait du mal à détacher ses yeux du pistolet mais quand il y parvint enfin, ce fut pour découvrir à l'intérieur des vêtements et une paire de tennis. Il releva la tête, regarda les deux autres qui acquiescèrent sans un mot.

Valentin se changea pour passer un blue-jean usé et un pull marron qui sentait la sueur. Les deux autres continuaient de l'observer en silence. « Qu'est-ce qui se passe ? » demanda-t-il tout en s'habillant, mais ils restèrent muets. « OK, on oublie. » Il avait renoncé à obtenir des réponses et, à coup sûr, ils n'avaient pas l'intention de le tuer pour l'instant, aussi laissa-t-il courir.

Ces assassins seraient-ils en train de l'aider à s'évader ?

Ils quittèrent l'infirmerie, Kovalenko ouvrant la marche, les médecins trois mètres derrière et le canon du Walther braqué sur son dos. L'un des deux lui ordonna de prendre à droite et sa voix nerveuse résonna dans le long corridor obscur. Valentin obéit. Ils s'engagèrent dans un autre couloir, descendirent un escalier, franchirent deux grilles qu'on avait déverrouillées et bloquées en position ouverte avec des poubelles, puis ils rejoignirent une grande porte en tôle.

Kovalenko n'avait pas vu âme qui vive durant leur traversée de cette partie du centre de détention.

« Tape », ordonna l'un des hommes.

Valentin tapota doucement sur le métal.

Il patienta quelques instants. Avec pour seuls bruits son cœur qui battait la chamade et sa respiration sifflante, conséquence de sa bronchite. La tête lui tournait, il se sentait faible ; il espérait bien que cette évasion, si évasion il y avait, n'allait pas l'obliger à courir, sauter ou grimper.

Après plusieurs secondes d'attente, il se retourna vers les deux hommes.

Le couloir était vide.

On entendit grincer des verrous, gémir les charnières de la porte lorsqu'elle s'entrouvrit et que le prisonnier russe découvrit l'extérieur.

Valentin Kovalenko avait bénéficié de quelques heures d'air presque frais ces huit derniers mois ; une fois par semaine, on le conduisait sur le toit où avait été aménagé un promenoir à ciel ouvert – il en était simplement séparé par un grillage corrodé. Mais ici, au seuil de la liberté, la brise tiède d'avant l'aube qui lui caressait le visage était la plus douce, la plus agréable qu'il ait jamais connue.

Il n'y avait ni barbelés, ni fossé, ni miradors. Rien qu'un parking de taille modeste devant lui, avec quelques rares voitures garées le long du mur opposé. À l'écart sur sa droite, une rue poussiéreuse s'étirait à l'infini sous de pâles réverbères.

Une plaque de rue indiquait Oulitsa Matrosskaïa Tichina.

Il n'était plus seul. Un jeune gardien avait ouvert la porte de l'extérieur. Valentin l'entrevoyait à peine car on avait dévissé l'ampoule au-dessus. Le gardien le croisa, entra, puis le poussa dehors avant de tirer le battant sur lui.

La porte claqua bruyamment, puis on entendit grincer les deux verrous.

Et voilà. Valentin Kovalenko était libre.

Cinq secondes, tout au plus.

Il découvrit alors une berline BMW série 7 de couleur noire, garée, moteur tournant, de l'autre côté de la rue. Ses feux étaient éteints mais la chaleur émise par le pot d'échappement brouillait le faisceau du réverbère au-dessus. Comme c'était l'unique signe de vie alentour, Kovalenko porta lentement ses pas dans sa direction.

La portière arrière s'ouvrit, comme une invite.

Valentin pencha la tête. Quelqu'un avait le sens du mélodrame. Un rien superflu après ce qu'il venait de vivre.

L'ex-espion pressa le pas et traversa la rue pour rejoindre la BMW. Il monta dans la voiture.

« Fermez la portière », dit une voix dans le noir. Les plafonniers arrière étaient éteints et une cloison de verre fumé divisait l'habitacle. Kovalenko aperçut une silhouette assise à l'arrière, sur l'autre siège. L'homme était grand, baraqué, mais ses traits restaient indistincts. Il avait espéré un visage amical, mais il sut presque aussitôt qu'il ne connaissait pas ce type.

Kovalenko referma la portière et la berline s'ébranla lentement.

Un éclairage rougeâtre, d'origine difficile à déterminer, inonda l'habitacle et Kovalenko vit un peu mieux l'homme assis à l'arrière avec lui. Il était bien plus âgé que lui ; la tête forte, carrée, les yeux enfoncés dans les orbites. Avec cet air de rudesse et d'assurance si répandu dans les hautes sphères du crime organisé.

Kovalenko était déçu. Il avait espéré un ancien collègue, un fonctionnaire gouvernemental compatissant qui l'aurait extrait de sa geôle, quand tout indiquait désormais que son sauveur appartenait à la mafia russe.

Les deux hommes se dévisagèrent sans un mot.

Kovalenko se lassa de ce duel muet. « Votre tête ne me dit rien, donc, je ne sais pas quoi vous dire. Dois-je m'exclamer : "Merci" ou bien "Oh mon Dieu, pas vous !"

— Je ne suis personne d'important, Valentin Olegovitch. »

Kovalenko localisa l'accent : Saint-Pétersbourg. Ce qui confirma un peu plus ses craintes, la ville étant un foyer d'activités criminelles.

L'homme poursuivit : « Je représente des intérêts qui viennent de dépenser des trésors, et pas seulement financiers, pour vous soustraire aux obligations de l'État. »

La BMW se dirigeait vers le sud, comme Valentin put le déduire en déchiffrant les plaques de rue au passage. Il répondit. « Merci. Et merci à vos associés. Suis-je libre de mes mouvements ? » Il présumait que non mais il voulait accélérer un peu le dialogue pour obtenir enfin des réponses.

« Vous êtes libre de retourner en prison. » L'homme haussa les épaules. « Ou bien de travailler pour votre nouveau bienfaiteur. Vous ne venez pas d'être libéré. Vous venez juste de vous évader.

— J'imagine que vous avez tué l'autre détenu.

— Ce n'était pas un détenu. Juste un poivrot récupéré dans la gare de marchandises. Il n'y aura pas d'autopsie. On signalera simplement votre décès à l'infirmerie, des suites d'un infarctus, mais vous ne pouvez pas franchement reprendre votre vie d'antan.

— Donc... je suis impliqué dans ce crime ?

— Oui. Mais n'allez pas vous imaginer que cela influera sur votre inculpation. Vous n'êtes pas inculpé. Vous aviez deux avenirs possibles. Soit le goulag, soit une mort immédiate dans l'infirmerie. Croyez-moi, vous n'auriez pas été le premier à être secrètement exécuté à la Matrosskaïa Tichina.

— Et ma famille ?

— Votre famille ? »

Kovalenko arqua les sourcils. « Oui. Liudmila et mes garçons.

— Ah, fit l'homme au visage carré. Vous voulez parler de la famille de Valentin Olegovitch Kovalenko ? C'était un détenu, décédé d'une crise cardiaque dans la prison de Matrosskaïa Tichina. Vous, cher ami, vous n'avez pas de famille. Pas d'amis. Rien que ce nouveau mécène qui vous a sauvé la vie. Une allégeance qui est désormais votre seule raison d'exister. »

Ainsi donc sa vraie famille avait disparu, et la mafia l'avait remplacée ? Non. Kovalenko redressa la tête, bomba le torse. « *Ia na hui !* », s'exclama-t-il. Un juron qu'on aurait pu traduire par « Allez vous faire foutre ! ».

Le voyou tapota contre la cloison de séparation avant de demander : « Croyez-vous, par le plus grand des hasards, que la salope qui vous a laissé tomber en prenant vos enfants serait contente de vous voir débarquer chez elle, vous, un homme poursuivi pour meurtre par la police, une cible condamnée à mort par le Kremlin ? Elle sera trop contente demain d'apprendre votre décès. Elle n'aura plus à souffrir la honte d'avoir un mari en prison. »

La BMW ralentit puis s'arrêta. Valentin regarda dehors, curieux de savoir où ils étaient, et il aperçut de nouveau le long mur jaune et blanc de la prison.

« C'est ici que vous pouvez descendre. Je sais qui vous étiez, une jeune étoile du renseignement russe, mais c'est terminé. Vous n'êtes plus quelqu'un qui peut se permettre de me dire d'aller me faire foutre. Ici, vous êtes un petit criminel, et ailleurs, un hors-la-loi international. Je dirai à mon employeur que vous m'avez envoyé me faire foutre et il vous laissera vous démerder tout seul. Ou si vous préférez, je peux vous déposer à la gare ; vous pourrez rentrer chez vous retrouver l'autre salope qui s'empressera de vous dénoncer. »

La portière s'ouvrit, tenue par le chauffeur.

À l'idée de retourner en prison, Kovalenko fut pris de sueurs froides. Après plusieurs secondes de silence, il haussa les épaules. « Vous avez des arguments convaincants. Tirons-nous d'ici. »

L'homme au visage carré continua de le fixer, parfaitement impassible. Finalement, il s'adressa au chauffeur : « On y va. »

La portière se referma, le chauffeur remonta se mettre au volant et, pour la seconde fois en cinq minutes, Valentin Kovalenko s'éloigna de la prison.

« Il va falloir que je quitte la Russie.

— Oui. Tout a été arrangé. Votre employeur est à

l'étranger et vous servirez tout aussi bien ailleurs qu'en Russie. Vous verrez tout d'abord un médecin pour régler vos problèmes de santé, puis vous poursuivrez votre carrière dans le renseignement, en quelque sorte, mais pas au même endroit que votre nouveau patron. Vous serez chargé de recruter puis de traiter vos agents afin d'exécuter ses directives. Votre rémunération sera bien supérieure à celle que vous touchiez quand vous travailliez pour le renseignement russe mais, pour l'essentiel, vous agirez seul.

— Êtes-vous en train de dire que je ne vais pas rencontrer mon employeur ?

— J'ai travaillé pour lui durant presque deux ans et je ne l'ai jamais vu. Je ne sais même pas si c'est un homme ou une femme. »

Kovalenko arqua les sourcils. « Vous ne parlez donc pas d'un fonctionnaire officiel. S'agirait-il d'une entreprise… illégale ? » Il en avait la certitude, il feignait simplement la surprise pour mieux marquer son dégoût.

On lui répondit d'un simple hochement de tête.

Les épaules de Valentin s'affaissèrent. Il était las parce qu'il était malade et que son taux d'adrénaline – qui avait grimpé avec l'assassinat de l'autre prisonnier et ses craintes pour sa vie – était en train de retomber. Au bout de plusieurs secondes, il concéda : « J'imagine que je n'ai pas d'autre choix que de me joindre à votre bande.

— Ce n'est pas ma bande. Voici comment se présente l'organisation. Nous… vous, moi, les autres… nous recevons nos ordres *via* Cryptogram.

— Cryptogram ? C'est quoi ?

— Une messagerie instantanée cryptée. Un système de communication impossible à pirater et à effacement instantané.

— Par ordinateur ?
— Oui. »

Valentin se rendit compte qu'il allait devoir trouver une machine. « Donc, vous n'êtes pas mon agent traitant ? »

Le Russe fit non de la tête. « J'en ai terminé avec vous. Et réciproquement. J'imagine que vous ne me reverrez plus.

— OK.

— Vous serez conduit dans une planque où documents et instructions vous parviendront par messager. Peut-être demain. Peut-être plus tard. Puis mes gens vous exfiltreront de la capitale. Et du pays. »

Kovalenko regarda une nouvelle fois dehors et vit qu'ils se dirigeaient vers le centre.

« Laissez-moi toutefois vous mettre en garde, Valentin Olegovitch. Votre employeur – je devrais dire le nôtre – a des agents partout.

— Partout ?

— Si vous tentez de fuir vos responsabilités, de renégocier votre contrat, ses hommes vous retrouveront et ils n'hésiteront pas à vous le faire payer. Ils savent tout, ils voient tout.

— Pigé. »

Pour la première fois, son interlocuteur eut un petit rire. « Non, vous n'avez pas pigé. Au point où vous en êtes, vous ne pouvez pas encore. Mais faites-moi confiance. Doublez-les, peu importe quand ou comment, et vous aurez instantanément un aperçu de leur omniscience. Ils sont pareils à des dieux. »

Il était manifeste pour un homme cultivé et raffiné comme l'était Valentin Kovalenko qu'il avait autrement plus d'expérience que le pauvre bougre de criminel assis à côté de lui. Sans doute le bonhomme n'avait-il jamais eu l'occasion de travailler avec une équipe bien menée avant de passer au service de cet employeur étranger, mais Valentin n'était pas trop inquiet des prétendus pouvoirs et de l'influence de son nouveau patron. Après tout, il avait travaillé dans les services d'espionnage russes et c'était quand même une agence de première bourre.

« Encore un avertissement.

— Je suis tout ouïe.

— Ce n'est pas une organisation dont vous pourrez un beau jour démissionner comme ça ou prendre votre retraite. Vous travaillerez sous leurs ordres aussi longtemps qu'il leur plaira.

— Je vois. »

Le Russe au visage carré haussa les épaules. « C'est ça ou mourir en prison. Vous vous rendrez un fier service en gardant ça en tête. Chaque jour de votre vie est un cadeau qu'on vous accorde. Vous feriez bien d'en profiter du mieux possible. »

Kovalenko regarda dehors, l'aube pointait sur Moscou. *Un laïus de motivation venant d'un truand bas du bulbe.*

Valentin soupira.

Il allait regretter sa vie d'antan.

7

Jack Ryan s'éveilla à cinq heures quatorze, une minute avant que ne sonne son iPhone. Il coupa l'alarme avant qu'elle ne dérange la fille nue qui dormait à côté de lui dans les draps en désordre et il tourna l'écran éclairé pour mieux la contempler. Il faisait ça presque tous les matins mais il ne lui en avait jamais parlé.

Melanie Kraft était couchée sur le côté, tournée vers lui, mais ses longs cheveux bruns couvraient son visage. Son épaule gauche, douce mais ferme, brillait sous la lumière.

Jack sourit, puis il tendit la main pour écarter la mèche de ses yeux.

Elle les ouvrit. Il lui fallut quelques secondes pour se réveiller et formuler une pensée de manière cohérente. « Salut, fit-elle dans un murmure.

— Salut.

— On est samedi ? » demanda-t-elle, sur un ton mêlant espoir et malice, même si elle avait l'esprit encore embrumé.

« Lundi », rectifia Jack.

Elle roula sur le dos, révélant ses seins. « Zut. Mais comment est-ce possible ? »

Jack la fixa et haussa les épaules : « La révolution terrestre. Notre distance au Soleil. Ce genre de truc. On a dû m'en parler en CM1 mais j'ai oublié. »

Melanie était à deux doigts de se rendormir.

« Bon, je vais faire le café », dit-il en se levant.

Elle hocha la tête, toujours dans le vague, et les cheveux que Ryan avait écartés retombèrent sur ses yeux.

Cinq minutes plus tard, ils dégustaient une grande tasse de café fumant, installés sur le canapé du salon de l'appartement de Jack à Columbia. Il était en pantalon de survêtement et tee-shirt de l'université de Georgetown, elle en peignoir. Elle laissait chez Jack quantité de vêtements et d'objets personnels. De plus en plus du reste, au fil des semaines, et Jack était le dernier à s'en plaindre.

Après tout, elle était superbe et il était amoureux.

Ils se fréquentaient depuis plusieurs mois maintenant, et l'un comme l'autre de manière exclusive. Pour Jack, une telle durée, c'était une première. Il l'avait même conduite à la Maison-Blanche pour la présenter à ses parents, quelques semaines plus tôt ; tous deux avaient été accueillis à dessein dans la partie résidentielle, à l'écart de la presse, et Jack avait donc présenté sa petite amie à sa mère dans le salon ouest, attenant à la salle à manger présidentielle. Les deux femmes s'assirent sur le canapé installé sous la magnifique baie vitrée en demi-lune pour deviser d'Alexandria, de son travail et de leur respect mutuel pour sa patronne, Mary Pat Foley. Pendant ce temps, Ryan buvait des yeux Melanie ; fasciné par son aisance et son calme. Il avait déjà ramené des filles pour les présenter à sa mère, bien sûr, mais en général, elles réussissaient tout juste à survivre à l'épreuve. Alors que Melanie semblait franchement apprécier la chose.

Le père de Jack, président des États-Unis, trouva un moment pour passer alors que les deux femmes étaient en grande conversation. Junior vit son paternel, pourtant jugé inflexible, fondre comme du beurre à l'instant même où il posa les yeux sur la jeune et belle amie de son fils. Il badinait, tout sourire ; un numéro de charme qui fit bien rire sous cape ce dernier.

Ils dînèrent dans la salle à manger et la conversation se poursuivit, allègre et détendue. Ce fut Junior qui parla le moins, mais de temps en temps, il interceptait le regard de Melanie et ils échangeaient un sourire.

Jack ne fut pas du tout surpris de voir Melanie poser l'essentiel des questions, tout en évitant au maximum de parler d'elle. Sa mère était décédée, son père avait été colonel de l'armée de l'air et elle avait passé une bonne partie de son enfance à l'étranger. Si elle en parla, ce fut à la demande du président et de la Première dame, et c'était du reste à peu près tout ce que Jack Junior avait appris de son enfance.

Mais il était certain que le service de protection présidentiel qui avait donné son aval à cette visite à la Maison-Blanche devait en savoir bien plus.

Après dîner, alors qu'ils s'étaient esquivés aussi discrètement qu'ils étaient venus, Melanie lui confia qu'elle avait été nerveuse au début mais que ses parents étaient tellement simples que durant presque toute la soirée, elle avait oublié qu'elle était en face du commandant en chef et de la patronne du service de chirurgie de la clinique Wilmer d'ophtalmologie au CHU Johns-Hopkins.

Jack se remémora cette soirée tout en admirant les courbes de Melanie sous son peignoir.

Elle vit son regard et demanda : « Gym ou jogging ? » Ils faisaient l'un ou l'autre tous les matins, qu'ils eussent ou non passé la nuit dans le même lit. Quand elle restait chez lui, ils s'entraînaient dans la salle de remise en forme de l'immeuble ou bien allaient courir dans les environs, autour du lac Wilde puis à travers le terrain de golf de Fairway Hills, un parcours de cinq mille mètres.

En revanche, Jack Ryan n'était jamais resté coucher dans le logis de Melanie à Alexandria. Ça lui faisait un peu bizarre qu'elle ne l'ait jamais invité à passer la nuit mais elle éludait toujours la question en lui expliquant qu'elle avait un peu honte de sa minuscule roulotte – même pas la surface de son séjour.

Il n'insista pas. Melanie était l'amour de sa vie, il en avait la certitude, mais elle demeurait également mystérieuse et circonspecte. Voire évasive.

Ça devait venir de sa formation à la CIA, à coup sûr, et cela ne faisait qu'ajouter à son attrait.

Comme il continuait de la détailler, sans répondre à sa question, elle sourit derrière sa tasse. « J'ai dit : Gym ou jogging, Jack ? »

Il haussa les épaules. « 16 degrés. Pas de pluie. »

Melanie acquiesça. « Alors ce sera jogging. » Elle reposa sa tasse et se leva pour aller se changer dans la chambre.

Jack la regarda s'éloigner, et puis il lui lança : « À vrai dire, il reste bel et bien une troisième option, côté exercice. »

Melanie s'arrêta, se retourna. Cette fois, elle esquissa un sourire mutin. « Laquelle serait-ce, monsieur Ryan ?

— Des scientifiques disent qu'un rapport sexuel brûle plus de calories qu'un jogging. Sans compter que c'est meilleur pour le cœur. »

Elle arqua un sourcil. « Des scientifiques disent ça ?
— Absolument.
— Il y a toujours un risque de surentraînement. Épuisement, surmenage. »

Rire de Ryan. « Ça ne risque pas.
— Eh bien, dans ce cas... » Melanie ouvrit son peignoir et le laissa tomber sur le plancher, puis elle tourna les talons pour retourner, nue, dans la chambre.

Jack but une ultime gorgée de café et se leva pour la suivre.

La journée s'annonçait bonne.

À sept heures trente, douchée, habillée, Melanie était sur le seuil de l'appartement, son sac en bandoulière. Elle s'était noué une queue-de-cheval et portait ses lunettes noires relevées dans les cheveux. Elle prit congé de Jack avec un long baiser qui lui fit comprendre qu'elle n'avait pas envie de partir et qu'elle avait hâte de le revoir, puis elle se dirigea vers l'ascenseur. Elle avait un long trajet devant elle pour rejoindre McLean, en Virginie. Elle était analyste à la CIA mais avait été récemment mutée du Centre national antiterroriste à Liberty Crossing, au bureau du NCTC – la Direction nationale du renseignement – installé de l'autre côté du parking, suivant en cela la promotion de sa patronne Mary Pat Foley de la sous-direction du NCTC à la direction du Renseignement national.

Jack n'était encore qu'à moitié habillé mais lui n'avait pas un aussi long trajet à parcourir. Il travaillait bien plus près, juste au bout de la rue, à West Odenton, aussi prit-il le temps de boutonner sa chemise et nouer sa cravate avant de traînasser avec une nouvelle tasse de café tout en regardant CNN sur l'écran plasma 60 pouces du séjour. Un peu après huit heures, il descendit jusqu'au parking de l'immeuble et réussit à éviter la tentation de prendre son énorme Hummer jaune canari. À la place, il monta dans la BMW série 3 de couleur noire qu'il conduisait depuis six mois et remonta la rampe vers la rue.

Il s'était bien marré avec le Hummer, un moyen de manifester son individualisme et son énergie, mais côté sécurité personnelle, c'était aussi discret qu'une balise GPS de trois tonnes. Quiconque aurait voulu le filer au milieu de la circulation du périphérique pouvait le faire de trois fois plus loin qu'en temps normal, sans problème aucun.

Il aurait dû procéder de lui-même à ce sacrifice pour sa propre sécurité, vu que sa profession exigeait de lui qu'il surveille ses arrières vingt-quatre heures sur vingt-quatre et sept jours sur sept, mais en vérité, renoncer à la cible jaune canari n'avait pas été de son fait.

La suggestion, polie mais ferme, était venue du service de protection présidentiel.

Même si Jack avait refusé leur protection, pourtant de rigueur pour tout descendant adulte de l'occupant du bureau Ovale, le détachement chargé de la sécurité paternelle lui avait quasiment forcé la main pour que ses agents l'initient, en privé, au b.a.-ba des mesures de sécurité.

Même si ses parents n'aimaient pas le voir se balader ainsi sans protection aucune, ils comprenaient parfaitement pourquoi il avait dû refuser. Il eût été, et c'était un euphémisme, problématique pour Jack Ryan Jr. de poursuivre l'activité qui lui servait de gagne-pain avec un duo d'agents du gouvernement à ses basques. Le service de protection avait moyennement apprécié sa décision de se débrouiller seul mais ils auraient été, à coup sûr, considérablement moins ravis s'ils avaient eu la moindre idée du nombre de fois où le jeune homme risquait sa peau.

Lors de ces entretiens, ils lui donnèrent une liste de trucs et d'astuces pour rester discret et bien entendu, le premier sujet abordé avait été le Hummer.

Et le Hummer avait été le premier à en pâtir.

C'était logique, Jack le comprenait fort bien. Des dizaines de milliers de « BM » noires sillonnaient les routes, et les vitres fumées de sa berline toute neuve le rendaient encore plus invisible. Sans compter, admit volontiers Jack, qu'il pouvait plus facilement changer de véhicule que de visage. C'est qu'il conservait toujours cette ressemblance incroyable avec le fils du président des États-Unis et que, sauf à en passer par la chirurgie esthétique, il n'y pouvait pas grand-chose.

Il était connu, certes, le fait était indéniable, mais il n'était pas non plus une célébrité, loin de là.

Ses parents avaient fait de leur mieux pour les tenir, lui et ses frères et sœurs, à l'abri des caméras depuis que son père était entré en politique et Jack s'était lui-même retenu de faire quoi que ce soit qui pût le placer sous les feux des projecteurs en dehors des obligations semi-officielles requises du fils d'un candidat à la présidence, puis d'un président. Contrairement à ces dizaines de milliers de célébrités au petit pied ou d'aspirants à la gloire des reality shows américains, et avant même de travailler clandestinement pour le

Campus, Jack avait toujours vu la célébrité comme un boulet.

Il avait ses amis, il avait sa famille ; qu'est-ce qu'il en avait à fiche si un tas de gens dont il ignorait tout connaissaient son identité ?

En dehors de la soirée électorale et de l'investiture, deux mois après, Jack n'était plus repassé à la télévision. Cela faisait des années. Et même si l'Américain moyen savait que Jack Ryan avait un fils que tout le monde appelait « Junior », ils ne seraient pas forcément capables de l'identifier au milieu d'une rangée de jeunes Américains, grands, beaux et bruns, proches de la trentaine.

Jack voulait que ça continue ainsi, parce que non seulement c'était pratique, mais surtout parce que ça pourrait bien l'aider à rester en vie.

8

La plaque à l'entrée de l'immeuble de bureaux de huit étages où travaillait Jack indiquait Hendley Associates, ce qui ne livrait aucun indice sur l'activité qui se déroulait à l'intérieur. L'aspect anodin de la signalétique était en parfaite harmonie avec le caractère discret du bâtiment. Il ressemblait à des milliers d'autres sur le territoire américain. N'importe quel automobiliste qui lui jetterait un coup d'œil au passage pouvait le prendre pour le siège d'une banque, le centre administratif d'une entreprise de télécoms ou une agence de publicité. Il y avait toute une batterie de paraboles sur le toit, et une forêt d'antennes sur un terrain grillagé jouxtant l'édifice, mais l'une comme l'autre étaient à peine visibles de la rue et quand bien même, elles n'auraient pas forcément attiré la curiosité du passant.

L'individu sur un million qui aurait décidé d'approfondir les recherches sur cette entreprise aurait découvert qu'il s'agissait d'un établissement financier international, un parmi tant d'autres installés autour du District fédéral, dont le seul trait original était d'appartenir à, et d'être dirigé par un ancien sénateur.

Bien d'autres particularités distinguaient toutefois

l'organisme installé derrière le bâtiment de brique et de verre érigé au bord de la route. Même si à l'extérieur les mesures de sécurité restaient discrètes – une clôture basse, quelques caméras de vidéosurveillance –, à l'intérieur, en revanche, sous le côté clair de la firme financière se dissimulait le côté obscur d'un service de renseignement clandestin, connu seulement d'une infime minorité d'alliés dans les services d'espionnage et placé sous l'égide de l'ancien sénateur Gerry Hendley.

Le Campus détenait quelques-uns des plus brillants analystes de la profession et, grâce aux paraboles placées sur le toit et aux casseurs de code travaillant dans son service des interceptions, l'organisme avait un accès direct aux réseaux d'ordinateurs de la CIA et de la NSA.

Toute cette organisation était financée de manière totalement autonome et la société qui lui tenait lieu de couverture, Hendley Associates, était une entreprise de gestion financière discrète quoique prospère. Sa réussite dans le choix des meilleurs placements en actions, obligations et devises était grandement aidée par les gigaoctets de données brutes qui y affluaient chaque jour.

Ryan passa devant la plaque, se gara au parking puis entra dans le hall, sa sacoche en cuir par-dessus l'épaule. À l'accueil, derrière son comptoir, un vigile arborant au revers de sa veste un badge au nom de Chambers se leva et lui sourit.

« Salut, Jack. Comment va madame ?
— Salut, Ernie. Je ne suis pas marié.
— Je revérifierai demain.
— Entendu. »

C'était leur petite blague quotidienne, même si Ryan avait du mal à en discerner le sel.

Il se dirigea vers l'ascenseur.

Jack Ryan Junior, fils aîné du président des États-Unis, travaillait chez Hendley depuis bientôt quatre ans. Même s'il était officiellement directeur financier associé, la majeure partie de son temps de travail était consacrée à l'analyse de renseignement. Il avait par ailleurs étendu ses responsabilités pour devenir l'un des cinq agents du Campus envoyés sur le terrain.

À ce titre, il avait vu de l'action – et pas qu'un peu – au cours des trois dernières années, même si depuis son retour d'Istanbul son activité s'était cantonnée à quelques séances d'entraînement avec Domingo Chavez, Sam Driscoll et Dominic Caruso.

Ils avaient partagé leur temps entre les dojos pour s'entraîner au combat à mains nues et les stands de tir, en intérieur comme à l'extérieur, du Maryland à la Virginie, pour maintenir affûtés au maximum leurs talents aux armes à feu, et ils s'étaient entraînés aux mesures de surveillance et de contre-surveillance, remontant en voiture jusqu'à Baltimore ou descendant jusqu'à Washington, s'immergeant dans les bouchons congestionnant les deux métropoles, soit pour filer des entraîneurs du Campus, soit pour semer ceux qui avaient eu pour tâche de leur coller aux basques.

C'était un boulot fascinant mais surtout éminemment utile pour des hommes appelés à l'occasion à mettre leur vie en jeu lors d'actions offensives et ce, partout sur la planète. Mais c'était sans comparaison avec l'action sur le terrain et Jack Junior n'avait pas rejoint le côté obscur de Hendley Associates pour s'exercer sur un stand de tir ou un dojo, ou pour jouer au chat et à la souris avec un type avec qui il boirait une bière en fin d'après-midi.

Non, il voulait de l'action, de la vraie, celle qui vous gorge d'adrénaline, comme il l'avait vécue maintes fois ces dernières années. C'était comme une drogue – pour un homme de son âge, en tout cas – et Ryan souffrait d'un syndrome de manque.

Seulement voilà, toutes les missions étaient en stand-by et l'avenir du Campus était indécis, tout cela à cause de ce qui était devenu désormais le « Disque stambouliote ».

Il ne s'agissait pourtant que de quelques gigaoctets d'images numériques, d'échanges de mails, de logiciels et autres fichiers informatiques récupérés sur l'ordinateur de bureau d'Emad Kartal, la nuit où Jack l'avait tué par balle dans un appartement du quartier de Taksim, à Istanbul.

Ce soir-là, Gerry Hendley, patron du Campus, avait ordonné à ses hommes de suspendre toute nouvelle action sur le terrain jusqu'à ce qu'ils aient réussi à identifier qui les espionnait ainsi. Les cinq agents qui avaient pris l'habitude de parcourir le monde à bord du Gulfstream de la société se retrouvaient désormais quasiment enchaînés à leurs bureaux. À l'instar des analystes de la boîte, ils passaient leurs journées à chercher à découvrir qui avait si bien réussi à les espionner au cours de leurs cinq assassinats ciblés en Turquie.

Quelqu'un les avait vus et enregistrés en flagrant délit. Toutes les preuves liées à cette surveillance avaient été préservées grâce à la présence d'esprit de Ryan qui avait subtilisé le disque dur et, depuis des semaines, le Campus se démenait pour découvrir la mesure du danger encouru.

Jack se laissa choir dans son fauteuil de bureau et pendant qu'il attendait que démarre son ordinateur, il repensa à cette fameuse nuit. Une fois ôté le disque dur de la tour d'Emad, il avait envisagé tout d'abord de retourner directement au Campus avec sa prise pour la confier à Gavin Biery, le technicien en chef de la boutique, un hacker expert, titulaire d'un doctorat de mathématiques à Harvard et consultant occasionnel pour IBM et la NSA.

Mais Biery avait aussitôt opposé son veto à une telle idée. Au lieu de cela, il retrouva donc l'avion transportant les agents de retour sur l'aéroport de Baltimore-Washington, pour les conduire au plus vite, eux et le disque, vers un hôtel du coin. Dans la suite de ce deux-étoiles et demie, il sortit le disque de son boîtier pour l'inspecter, à la recherche d'un éventuel mouchard, tandis que les cinq agents sur les rotules établissaient un périmètre de sécurité, surveillant les fenêtres, les portes et le parking au cas où ladite balise cachée aurait déjà permis à l'ennemi de localiser le disque. Après deux heures de travail minutieux, Biery put conclure à l'innocuité du disque et, ainsi rassuré, il put retourner chez Hendley avec le reste de l'équipe et cet indice susceptible de leur permettre d'identifier qui les avait espionnés à Istanbul.

Même si pour les autres membres du Campus, apprendre que leur opération en Turquie avait été compromise soulevait une inquiétude légitime, une majorité estimait malgré tout que les mesures de précaution déployées par Gavin étaient excessives et confinaient à la paranoïa. Néanmoins, cela ne surprit personne :

l'obsession sécuritaire de Gavin était devenue proverbiale. On l'avait même surnommé (à son insu) le nazi numérique, tant ses points sécurité hebdomadaires et ses changements réguliers de mots de passe étaient devenus contraignants pour ceux qui avaient à « mériter » leur accès à son réseau.

Biery avait maintes fois promis à ses collègues que jamais aucun virus informatique ne parviendrait à pénétrer son réseau et, pour tenir sa promesse, il maintenait une vigilance perpétuelle, même si parfois cela devenait lourdingue pour ses collègues de travail.

Mais le réseau informatique du Campus était son bébé, soulignait-il avec orgueil, aussi le protégeait-il de tout risque potentiel.

Une fois de retour dans son atelier avec le fameux disque dur, Biery le planqua dans un coffre-fort à combinaison. Il se trouvait que Ryan et Sam Granger, le directeur des opérations, étaient dans les parages. Cette décision les surprit, et c'est peu dire, mais Biery leur expliqua qu'il serait la seule personne de l'immeuble à avoir accès au disque. Même s'il avait eu la satisfaction d'établir que le boîtier n'était pas doté d'un mouchard, il ne pouvait pas encore savoir si son contenu n'abritait pas de virus ou de logiciel malveillant. Mieux valait donc maintenir l'objet isolé de tout autre équipement et en attendant, il tenait à le garder en sécurité et donc à en contrôler l'accès.

Gavin installa un ordinateur de bureau dans la salle de conférences du premier qui était dotée d'un accès par carte. Cette machine n'était connectée à aucun des réseaux de l'immeuble, n'avait ni modem, ni wi-fi, ni Bluetooth. Bref, elle était totalement isolée, tant dans la vraie vie que dans le cyberespace.

Pour taquiner Biery, Jack Ryan lui demanda, sarcastique, s'il ne craignait pas de voir sa machine se doter de pattes et chercher à s'évader toute seule. L'intéressé avait répondu sans se démonter : « Non Jack, mais sérieusement, ce qui m'inquiète, c'est que pour récupérer les données, l'un de tes gars décide un beau jour – ou plutôt une belle nuit – de se pointer dans la salle avec une clé USB ou un portable muni d'un câble de synchro, tout ça parce que vous êtes trop pressés ou paresseux pour procéder à ma manière. »

Au début, Biery avait donc exigé d'être le seul à avoir accès à la salle quand l'ordinateur était allumé, mais Rick Bell avait aussitôt protesté en soulignant à juste titre que Biery n'était pas un analyste et que donc il ignorait quoi chercher sur le disque ou même comment reconnaître des données sensibles, et surtout comment les interpréter.

Tout le monde convint en fin de compte que pour la première session, un seul analyste, Jack Junior, serait présent avec Biery dans la salle de conférences, et qu'il ne serait équipé que d'un calepin et d'un crayon, avec éventuellement une connexion téléphonique filaire avec les collègues restés à l'extérieur, au cas où l'enquête exigerait une recherche par ordinateur.

Gavin eut une hésitation avant d'entrer dans la salle. Il se tourna vers Jack : « Ça ne te dérange pas que je te fouille par palpation ?

— Aucun problème.

— Vraiment ? » Biery était agréablement surpris.

Jack le regarda : « Bien sûr. Et tant qu'on y est, pour être sûr, que dirais-tu d'une inspection des cavités corporelles ? Tu veux que je me mette en position contre le mur ?

— Ça va, Jack. Pas besoin de faire ton malin. Je veux juste savoir si tu n'as pas sur toi une clé USB, un smartphone, n'importe quel appareil susceptible d'être infecté par ce qu'on trouverait sur ce disque.

— Je n'ai rien de tout ça, Gav. Je te l'ai dit. Pourquoi ne pas tabler sur la possibilité qu'éventuellement personne dans ton entourage n'a l'intention de mettre en péril notre réseau ? Tu n'as pas l'exclusivité des mesures de sécurité. Nous avons accédé à toutes tes demandes mais, non, je ne suis pas prêt à te laisser me palper. »

Biery réfléchit une seconde. « Si jamais le réseau est mis en péril…

— J'ai pigé », lui garantit Jack.

Biery et Ryan entrèrent dans la salle de conférences. Biery sortit du coffre le Disque stambouliote, puis il le connecta au PC. Il ralluma la machine et patienta pendant le démarrage du système.

Leur premier examen du disque leur révéla que le système d'exploitation installé dessus était la dernière version de Windows et qu'il contenait par ailleurs un certain nombre de programmes, de mails, de documents texte et tableur qu'il conviendrait d'éplucher.

Le logiciel de courrier électronique et les documents étaient cryptés et protégés par un mot de passe mais Gavin connaissait à fond ce programme de cryptage et il put le craquer en l'affaire de quelques minutes *via* une porte dérobée connue de toute son équipe.

Biery et Ryan parcoururent tout d'abord le courrier. Ils étaient prêts à faire appel à des analystes arabisants ou familiers du turc dans le service de Rick Bell, au second, et ils trouvèrent de fait quantité de documents rédigés dans l'une et l'autre langue, mais il devint bien vite évident que l'essentiel des données et sans doute celles le plus en rapport avec leur enquête étaient rédigées dans la langue de Shakespeare.

Ils trouvèrent près de trois douzaines de messages électroniques en anglais reçus au cours des six derniers mois, tous en provenance de la même adresse. « D'après ces mails, il semblerait que notre homme à Istanbul collaborait directement avec un correspondant anglophone. Ce gars communiquait sous le nom de code "Centre". J'ai cherché dans nos bases de données de pseudos : inconnu au bataillon, mais ce n'est pas une surprise. On s'est polarisés sur les terroristes et ça m'a l'air d'un tout autre profil. »

Jack relut les mails en relayant à mesure ses découvertes. « Le Libyen a négocié un paiement pour une sorte d'à-valoir à verser par Centre, à quoi il lui fut répondu qu'on aurait besoin de lui et de sa cellule pour deux ou trois missions dans le secteur… » Jack marqua une pause, le temps de passer à l'échange suivant. « Là, on les envoie louer un entrepôt » (ouverture d'un nouveau mail), « et là, ils ont ordre de récupérer un colis et de le livrer à un individu à bord d'un cargo amarré dans le port d'Istanbul. Un autre courriel leur demande de récupérer une valise apportée par un type à l'aéroport de Cengiz Topel. Aucune mention du contenu mais ça n'a rien d'étonnant. Ils ont par ailleurs également procédé à des travaux de reconnaissance aux bureaux de Turkcell, l'opérateur de téléphonie mobile ».

Jack résuma les messages suivants : « Juste de vagues tractations financières sans grand intérêt. »

Pas comme toutes les photos de lui et de ses collègues, songea-t-il.

La poursuite de son inspection révéla un autre secret : onze jours à peine avant l'attaque du Campus, Centre avait interrompu toute communication par mail avec le Libyen. L'ultime message envoyé par Centre se réduisait à : « Basculez immédiatement sur l'autre protocole de communication puis effacez toutes les correspondances existantes. »

Jack trouva la chose intéressante. « Je me demande quel peut être ce nouveau protocole. »

Biery répondit après un rapide survol des fichiers système : « Là je peux te répondre : il a installé Cryptogram le jour même de la réception de ce mail.

— Cryptogram ? Quèsaco ?

— C'est une sorte de messagerie instantanée pour les espions et les escrocs. Centre et Kartal pouvaient dialoguer sur Internet et même s'envoyer des fichiers, tout cela sur un forum crypté, avec la certitude que personne ne pouvait assister à leur conversation et que toute trace de celle-ci serait immédiatement et définitivement effacée de leurs deux ordinateurs, et qu'elle ne serait pas hébergée sur un serveur.

— Impossible à casser ?

— Rien n'est jamais impossible à casser. Tu peux être sûr que quelque part, il y a un hacker qui s'échine à démonter Cryptogram, et d'autres programmes analogues, dans le but de vaincre ses protocoles de sécurité. Mais jusque-là, aucun exploit n'a été découvert. Nous utilisons un logiciel de la même famille mais Cryptogram correspond déjà à la génération suivante. Du reste, je compte l'installer d'ici peu. Quant à la CIA, elle a encore quelque chose comme quatre générations de retard.

— Mais... (Jack survola de nouveau le bref message.) Il a ordonné à Kartal d'effacer les anciens mails.
— Exact.
— À l'évidence, ce dernier n'a pas obéi.
— C'est juste, confirma Gavin. Je suppose que Centre ignorait que son homme en Turquie ne les avait pas supprimés. Ou alors, il s'en fichait. »

Jack rétorqua : « Je pense qu'il est prudent d'assumer qu'il était bel et bien au courant et qu'il ne s'en fichait pas du tout.
— Pourquoi dis-tu ça ?
— Parce que Centre n'a pas réagi en nous voyant tuer les copains de Kartal et qu'il n'a pas averti ce dernier de l'attaque contre sa cellule.
— C'est un argument sérieux.
— Bon Dieu, grommela Jack en envisageant les implications. Ce salaud de Centre ne prend pas à la rigolade sa sécurité informatique.
— Un homme selon mon cœur », lâcha Gavin Biery, sans la moindre ironie.

Une fois épluchés les messages en anglais, ils se mirent à la tâche avec les traducteurs pour décrypter le reste de la correspondance électronique, mais ils n'y trouvèrent rien d'intéressant, hormis des échanges internes aux ex-membres de la cellule du service d'espionnage libyen et un échange de potins entre Kartal et un ancien collègue resté à Tripoli.

Biery entreprit ensuite de localiser l'adresse mail de Centre, mais il apparut assez vite que le mystérieux bienfaiteur de la cellule libyenne utilisait un système complexe de masquage d'adresse IP qui faisait transiter la connexion de serveur en serveur. Biery réussit à remonter la piste sur quatre étapes pour aboutir en fin de compte sur un nœud hébergé sur un serveur déporté de la bibliothèque du comté d'Albuquerque au Nouveau-Mexique.

Quand il annonça la nouvelle à Jack, ce dernier le félicita. « Beau boulot. Je demanderai à Granger d'envoyer deux agents dans le secteur, pour vérifier. »

Biery le dévisagea sans rien dire. Puis : « Ne sois pas si naïf, Ryan. La seule chose que je suis parvenu à faire jusqu'ici, c'est d'éliminer ce serveur d'Albuquerque de la liste des sites susceptibles d'héberger à leur insu la base opérationnelle de Centre. Il n'est pas là-bas. Et il doit rester encore une bonne douzaine de stations relais entre lui et nous. »

Puisque les résultats n'étaient pas ceux espérés par les deux hommes, Jack et Gavin entreprirent alors d'éplucher les fichiers du logiciel de gestion bancaire de Kartal pour y repérer les transferts d'argent de Centre aux Libyens en dédommagement de leurs peines à Istanbul. Les sommes émanaient de l'Abu Dhabi Commercial Bank Ltd. Un établissement sis à Dubaï qui semblait de prime abord pouvoir leur fournir une piste solide pour remonter à Centre. Mais l'un des geeks de Biery réussit à accéder au fichier du titulaire du compte. Un traçage de ce dernier révéla un vol électronique : la somme avait été puisée en toute illégalité sur le compte traitement du personnel du siège d'un groupe hôtelier également installé à Dubaï.

Si, pour ce qui était d'identifier Centre, la recherche avait débouché sur une impasse, elle leur avait procuré toutefois un indice : pour Biery, expert en réseaux informatiques, cela confirmait que Centre était un hacker patenté.

En épluchant le dossier des fichiers système, Gavin fit en outre une découverte intéressante. « Eh bien, voyez-vous ça ! » s'exclama-t-il tout en se mettant à cliquer sur les fichiers pour les ouvrir, déplacer des fenêtres et faire courir le curseur sur des passages de texte afin de les souligner – tout cela si vite que Ryan avait du mal à le suivre des yeux.

« C'est quoi, tout ce fourbi ? demanda ce dernier.

— C'est une belle petite boîte à outils de logiciels d'intrusion.

— Et ça fait quoi ? »

Gavin poursuivit ses manipulations sans ralentir. Jack estima qu'il avait dû consulter une vingtaine de fichiers au cours des quarante-cinq dernières secondes. Tout en cliquant – et sans doute en ingérant à mesure le contenu de toutes ces fenêtres – il répondit : « Le Libyen aurait pu utiliser cet arsenal d'utilitaires pour s'introduire dans des ordinateurs et des réseaux informatiques, dérober des mots de passe, récupérer des infos personnelles, modifier des données, vider des comptes bancaires. Enfin, tu vois, la panoplie usuelle de logiciels malveillants.

— Alors, Kartal était donc un hacker ? »

Gavin ferma toutes les fenêtres et se retourna pour regarder Jack. « Nân, ce n'est pas vraiment du hacking.

— Comment ça ?

— C'est une suite logicielle pour *script kiddie*.

— Pardon ?

— C'est un terme de jargon pour désigner un néophyte, incapable de rédiger lui-même du code et qui donc utilise des programmes ou des scripts mis au point par d'autres. Tout cet arsenal forme une sorte de couteau suisse pour criminel informatique. On y trouve en version conviviale toute une panoplie de logiciels espions, de virus, d'enregistreurs de frappe, de craqueurs de code, ce genre de trucs. Le *script kiddie* se contente de les balancer contre sa cible, et ces gadgets font le boulot pour lui. »

Biery reporta son attention sur le moniteur et il se mit à examiner d'autres fichiers. « Tiens, le mode d'emploi est même fourni, avec une liste d'astuces pour accéder aux ordinateurs d'administrateurs réseau.

— Qu'il parvienne à y avoir accès et il pourra voir tout ce que contiennent les machines appartenant au réseau administré ?

— Tout à fait, Jack. Regarde, toi, par exemple : tu te pointes au boulot, tu allumes ta bécane, tu entres ton mot de passe...

— Et là, je fais tout ce que je veux. »

Biery opina. « Enfin, tu as des droits d'utilisateur, donc tu peux faire tout ce que je veux bien te laisser faire. Parce que moi, j'ai les droits d'administrateur. Tu peux voir et accéder à quantité de données sur le réseau mais j'ai bien plus de privilèges à portée de main.

— Donc, ce Libyen avait les outils pour s'introduire dans certains réseaux en tant qu'administrateur. Quel genre de réseau ? Je veux dire, quelles entreprises ? Dans quels secteurs ? À quoi pouvait-il accéder avec de tels scripts ?

— Peu importe le secteur ou le type d'industrie. Il pouvait cibler n'importe lesquels. S'il voulait par exemple dérober des numéros de cartes de crédit, il lui suffisait de s'attaquer à des restaurants ou des commerces de détail. Mais si lui avait pris l'envie d'accéder à l'Intranet d'une université, d'une compagnie aérienne, d'une agence gouvernementale, voire de la Banque fédérale, c'était tout aussi facile. Les outils permettant de forcer l'accès à un réseau sont toujours les mêmes, quelle que soit la branche visée. Ils feront toujours leur possible pour s'y introduire *via* toute une série de vecteurs et de vulnérabilités.

— Comme ?

— Comme les mots de passe du type "motdepasse", "admin", "1234", "ouvremoi" et toute autre combinaison facile à deviner, ou bien des ports de communication laissés ouverts, des informations non protégées par un pare-feu et susceptibles de révéler qui a accès à quoi… tant et si bien que le pirate n'a plus qu'à cibler ces personnes *via* les réseaux sociaux ou le *Meatspace* et ainsi parvenir à mieux cerner le genre de mots de passe qu'elles sont susceptibles d'employer. En gros, ils recourent au même type d'ingénierie sociale que vous autres, les espions.

— Attends voir. C'est quoi, le *Meatspace* ?

— "Le *Carnespace*", "L'espace en chair et en os", si tu veux… le monde réel, concret, Jack. Toi et moi, par opposition au virtuel, au cyberespace. »

Jack haussa les épaules. « OK, continue.

— T'as jamais lu William Gibson ? »

Ryan dut confesser que non et Biery le regarda, les yeux ronds, l'air complètement scié.

Jack fit de son mieux pour qu'ils reviennent à leurs moutons. « Peux-tu me dire contre qui il a fait usage de sa panoplie de pirate ? »

Biery éplucha encore une fois l'écran. « À vrai dire, personne.

— Pourquoi donc ?

— Aucune idée, mais il n'a jamais lancé aucun de ces programmes. Il a téléchargé cette suite une semaine jour pour jour avant que tu ne le dégommes, mais ne l'a jamais utilisée.

— D'où l'avait-il obtenue ? »

Biery réfléchit quelques instants, puis il ouvrit le navigateur Internet présent sur le disque. Il parcourut rapidement l'historique des pages visitées par Kartal, en remontant plusieurs semaines. Il précisa enfin : « Les néophytes peuvent se procurer ces panoplies logicielles sur tout un tas de sites contributifs clandestins. Mais je ne pense pas qu'il en soit passé par là. Je te parie que c'est ce fameux Centre qui la lui aura envoyée *via* Cryptogram. Il l'a récupérée après l'interruption de leur correspondance électronique et le lancement de Cryptogram. Dans ce laps de temps, le Libyen n'a accédé à aucun site web susceptible de vendre ces outils.

— Intéressant, observa Jack même s'il ne savait pas trop ce que cela pouvait signifier. Si Centre la lui a envoyée, c'était peut-être dans le cadre d'un plan plus vaste. Qui n'aura pas pu se concrétiser.

— Peut-être bien. Même si ce fourbi n'est pas ce qu'on fait de mieux en matière de piratage, ça peut quand même occasionner pas mal de dégâts. L'an dernier, le réseau informatique de la Réserve fédérale de Cleveland a subi une telle attaque. Le FBI a passé des mois et dépensé des millions à enquêter, pour découvrir *in fine* que le coupable était un gamin de dix-sept ans connecté depuis la borne Internet d'un bar-karaoké en Malaisie.

— Bigre. Et il avait utilisé le même genre d'outils ?

— Ouaip. L'immense majorité des piratages est le fait de neuneus tout juste capables de cliquer avec une souris. Le code malveillant est rédigé par ce qu'on appelle des "hackers en chapeau noir". Ce sont ceux-là qui sont dangereux. Kartal avait peut-être les outils sur sa machine, mais j'ai dans l'idée que Centre est le "chapeau noir" qui les lui a transmis. »

Après que l'ensemble des documents eurent été épluchés par Jack, à la recherche d'indices signifiants, Gavin Biery s'attaqua aux logiciels également installés sur le disque pour chercher à comprendre comment Centre avait pu piloter à distance la webcam. Il ne trouva aucune application susceptible d'accomplir une telle fonction, pas plus qu'il ne trouva d'échange de correspondance pour en discuter. D'où il conclut que ce mystérieux Centre avait sans doute piraté l'ordinateur du Libyen à son insu. Et décida qu'il lui faudrait sans doute le même temps pour débusquer les outils utilisés par Centre et en savoir un peu plus sur l'identité de ce dernier.

Pareille entreprise sortait du champ de compétence de Jack Junior ; pour lui, ces lignes de code, c'était de l'hébreu.

Ryan rejoignit donc ses collègues analystes pour s'atteler par d'autres moyens à l'examen de la cellule libyenne et de son mystérieux mécène, pendant que Biery consacrait quasiment chaque minute du temps que lui laissaient ses autres missions de renseignement et de sécurité pour Hendley et le Campus, blotti dans sa salle de conférences, isolée mais sûre, en compagnie du Disque stambouliote.

Il lui fallut plusieurs semaines pour ouvrir, tester et retester chacun des fichiers exécutables présents sur le disque afin d'en discerner la fonction précise et de voir dans quelle mesure celle-ci affectait le reste de la machine ; quand cette première tâche ne lui eut rien donné de concret, il se plongea dans le code source de ces programmes, ces dizaines de milliers de lignes de texte codant les instructions qui, en définitive, ne lui dévoilèrent rien de plus.

Alors, après avoir consacré toutes ces semaines à s'échiner, il se mit à creuser le code même des microprogrammes de la machine. On en était désormais au niveau du langage machine, ces longues chaînes de zéros et de uns qui donnaient concrètement ses instructions au processeur.

Si le code source des programmes était déjà complexe et cryptique, ce langage machine était quant à lui quasiment indéchiffrable pour qui n'était pas expert en programmation informatique.

La tâche était d'un ennui sans fond, même pour un gars qui se nourrissait de code informatique, mais nonobstant les remarques de ses collègues geeks évoquant une traque aux fantômes et les appels du pied de ses employeurs pour qu'il accélère la marche ou reconnaisse la vanité de l'exercice, Gavin continuait de travailler à son train, aussi lent que méthodique.

En attendant que démarre son ordinateur, Jack se remémora cette nuit à Istanbul et le mois d'enquête qui avait suivi. Il se rendit compte soudain qu'il avait perdu la notion du temps et revint à la réalité pour s'apercevoir qu'il était en train de fixer la webcam encastrée au-dessus de son écran. Il l'utilisait de temps en temps pour des téléconférences avec les autres services. Même si Gavin avait décrété que leur réseau était inexpugnable, Jack était souvent hanté par cette impression désagréable d'être observé.

Les yeux toujours rivés sur la caméra, l'esprit toujours quelque part du côté d'Istanbul, il hocha la tête et se fit la remarque : « T'es quand même trop jeune pour devenir parano. »

Il se leva pour se rendre à la machine à café, mais auparavant il arracha un Post-it du bloc près de son clavier et le colla sur l'objectif de la webcam.

Une solution low-tech à un problème high-tech, uniquement pour sa tranquillité d'esprit.

Alors qu'il se retournait pour gagner le couloir, Jack s'immobilisa soudain, surpris.

Devant lui se tenait Gavin Biery.

Jack le voyait quasiment tous les jours au bureau et déjà en temps normal, ce n'était pas précisément l'archétype de l'athlète en pleine forme, mais là, on aurait cru un déterré. Huit heures et demie du matin, et déjà les vêtements froissés, les (rares) cheveux en bataille, et de gros cernes noirs au-dessus de ses joues flasques.

Dans ses meilleurs jours, Gavin donnait l'impression que la seule lumière qu'il recevait était celle qui émanait de son moniteur à LCD, mais là, c'était carrément un vampire surgi de son cercueil.

« Nom de Dieu, Gav. T'as passé toute la nuit ici ?

— Tout le week-end, en fait », répondit Gavin d'une voix lasse mais où pointait l'excitation.

« Tu veux un café ?

— Ryan, là, tu vois, je sue le café… »

Le trait fit rire Jack. « Enfin, dis-moi quand même que ce week-end merdique en valait la peine. »

Cette fois, Biery reprit des couleurs et sourit. « J'ai trouvé. Putain, j'ai trouvé !

— T'as trouvé quoi ?

— J'ai trouvé des restes du logiciel malveillant sur le Disque stambouliote. Ce n'est pas grand-chose mais c'est déjà un indice. »

Jack leva le bras, le poing serré. « Fantastique ! » s'exclama-t-il même si, dans son for intérieur, il ne put s'empêcher de penser : *pas trop tôt.*

9

Tandis que Ryan et Biery descendaient de concert vers le service technologie, John Clark, resté dans son bureau, pianotait de sa main valide sur le plan de travail. Il était huit heures et demie tout juste passées ; Sam Granger, le directeur des opérations du Campus, devait être au travail depuis plus d'une heure et Gerry Hendley, directeur du Campus et de sa face « visible », Hendley Associates, devait être en train de s'installer.

Plus aucune raison de faire traîner les choses. Clark décrocha le téléphone, pressa une touche.

« Granger.

— Hé, Sam, salut, c'est John.

— 'Lut. T'as passé un bon week-end ? »

Non, pas vraiment. « Impec. Dis voir, est-ce que je pourrais passer vous parler, Gerry et toi, quand vous aurez un moment ?

— Bien sûr. Gerry vient d'entrer. On est libres pour l'instant. Tu peux passer.

— Entendu. »

Cinq minutes plus tard, Clark pénétrait dans le bureau de Gerry Hendley, au huitième étage de l'immeuble. Gerry contourna son bureau et lui tendit la main gauche – comme le faisait à peu près tout le monde depuis janvier. Sam qui était installé sur une chaise devant le bureau du patron se leva pour inviter John à venir s'asseoir à côté de lui.

Par la fenêtre derrière le fauteuil de Gerry, on voyait s'étendre les champs de maïs et les haras, vers le nord, dans la direction de Baltimore.

« Alors, quoi de neuf, John ? entama Gerry.

— Messieurs, j'ai décidé qu'il était temps d'affronter la réalité. Ma main droite ne se rétablit pas. En tout cas, pas à cent pour cent. On peut espérer, disons soixante-quinze, maxi, et encore, après un paquet de séances de kiné. Et peut-être encore une ou deux opérations. »

Grimace de Hendley. « Merde, John. Je suis franchement désolé de l'apprendre. Nous espérions tous ici que cette dernière intervention serait celle qui te rendrait valide à cent pour cent.

— Ouais. Ben moi aussi.

— Tu prends tout le temps qu'il faudra, intervint Sam. Avec l'enquête en cours sur le Disque stambouliote, la pause forcée pourrait durer encore plusieurs semaines et si l'analyse ne donne...

— Non, coupa sèchement John, d'un revers de main. Il est temps pour moi de bâcher. Prendre ma retraite. »

Sam et Gerry le regardèrent, ahuris. Enfin, Sam remarqua : « Tu es un élément crucial de ce dispositif, John.

— J'*étais*, soupira Clark. Cet enculé de Valentin Kovalenko y a mis fin, avec son gorille.

— Foutaises ! T'as des capacités supérieures à

celles de la plupart des gars du Service clandestin national à Langley.

— Merci, Gerry, mais j'ose espérer que la CIA tient toujours à avoir des agents en capacité de tenir une arme à feu avec leur main dominante, si nécessaire. Une capacité que je n'ai toujours pas retrouvée. »

Ni Gerry ni Sam n'avaient de réplique à ce constat.

Clark poursuivit. « Et il n'y a pas que la main. Mon potentiel d'action clandestine a été entamé par toute cette exposition médiatique l'an dernier. D'accord, on me lâche la grappe pour l'instant, la plupart des médias ont dû se faire tout petits quand il est apparu qu'ils ne faisaient que servir la propagande du renseignement russe, mais réfléchissez : il suffira d'un reporter intrépide qui, à la faveur d'un jour creux, décide de faire un papier du style "Que sont-ils devenus ?". Il me localise ici, il leur suffit de creuser un peu et, ni une ni deux, une équipe de *60 minutes* débarque à la réception avec micro et caméra, et vous demande un entretien. »

Hendley plissa les yeux. « Et moi, je leur répondrai de déguerpir vite fait. »

Sourire de Clark. « Si c'était aussi simple. Sérieusement. Je ne veux pas voir à nouveau débarquer dans ma ferme les gros 4 × 4 noirs des unités d'intervention du FBI. Une fois m'a suffi.

— Le genre d'expertise que tu possèdes est inestimable, insista Sam. Que dirais-tu de raccrocher, niveau opérationnel s'entend, et d'opérer une transition vers un rôle de conseil plus en retrait ? »

Clark y avait songé, bien sûr, mais pour conclure en définitive que la structure actuelle du Campus était déjà parfaitement efficace.

« Je n'ai pas l'intention de rester tourner en rond comme un ours en cage, Sam.

— Mais qu'est-ce que tu racontes ? Bien sûr que tu gardes ton bureau. Et tu continues à faire…

— Les mecs, on est en pause depuis l'affaire d'Istanbul. Toute l'équipe reste bosser derrière ses ordis huit heures par jour. Et je dois reconnaître hélas que mon petit-fils est plus doué que moi en informatique. Je n'ai strictement rien à faire ici, et le jour où le mystère du Disque stambouliote est résolu et que les opérateurs reçoivent le feu vert pour retourner sur le terrain, avec mes capacités réduites, je ne pourrai pas prendre part à l'action.

— Et que pense Sandy quand elle te voit tourner en rond comme un ours en cage, chez vous ? »

La remarque fit rire Clark. « Ouais, ça va être une transition pour nous deux. J'ai largement de quoi m'occuper et, Dieu sait pourquoi, elle semble désirer m'avoir auprès d'elle. Il se peut qu'elle s'en lasse, à force, mais je lui dois au moins de pouvoir tester cette hypothèse. »

Gerry comprenait. Il se demanda ce qu'il ferait aujourd'hui si sa femme et ses enfants étaient encore là. Il les avait perdus dans un accident de voiture, plusieurs années auparavant, et il avait vécu seul depuis. Son travail était toute sa vie et il s'en serait voulu d'imposer ce sort à un homme qui avait de toute évidence quelqu'un sous son toit qui désirait sa compagnie.

Oui, où serait-il si sa famille était encore de ce monde ? Gerry savait déjà qu'il ne travaillerait pas entre soixante et soixante-dix heures par semaine à Hendley Associates et au Campus. Il trouverait à coup sûr un moyen de profiter de sa famille.

Il pouvait difficilement priver John Clark d'une seconde existence pour laquelle il aurait tout donné.

Malgré tout, Hendley dirigeait le Campus et Clark en était un atout maître. Il devait faire tout son possible pour le garder. « Es-tu sûr de ta décision, John ? Pourquoi ne pas t'accorder un délai de réflexion ? »

John hocha la tête. « C'est tout réfléchi. Je suis sûr de moi. Je serai à ma place. Vingt-quatre heures par jour, sept jours sur sept, je serai disponible pour vous ou pour quiconque dans l'équipe. Mais pas de manière officielle.

— En as-tu parlé à Ding ?

— Ouais. On a passé toute la journée d'hier ensemble à la ferme. Il a tenté de me dissuader mais il comprend. »

Gerry se leva et lui tendit la main gauche. « Je comprends moi aussi et j'accepte ta démission. Mais s'il te plaît, tâche de ne jamais l'oublier : tu as toujours ta place ici, John. »

Sam partageait ce sentiment.

« Merci les gars. »

Tandis que Clark était en haut dans le bureau de Hendley, Jack Ryan Jr. et Gavin Biery étaient bouclés dans la salle de conférences qui jouxtait le bureau de Gavin au premier. Devant eux, une petite table sur laquelle trônait un ordinateur de bureau dont le capot avait été retiré pour exposer tous ses composants, câbles et cartes. Plusieurs périphériques y étaient branchés *via* des câbles de couleurs, d'épaisseurs et de connecteurs variés. Et tout ce fourbi était répandu sur la table, dans le plus grand désordre.

Si, outre l'ordinateur, on ajoutait un téléphone, une

tasse à café qui avait laissé des dizaines de ronds bruns sur la surface blanche, et un bloc de papier jaune, on avait fait le tour de la question.

Ryan avait passé maintes heures entre ces quatre murs au cours des deux derniers mois, mais ce n'était rien en comparaison du temps que Biery avait passé enfermé ici.

Sur le moniteur devant lui, Ryan contemplait des lignes et des lignes de chiffres, de tirets et autres caractères.

« D'abord, tu dois comprendre une chose, dit Gavin.

— Quoi donc ?

— Ce type, si Centre est bien un homme, ce type est un bon. Un hacker de toute première bourre. » Biery hocha la tête, bluffé. « Un tel brouillage de code, je n'avais encore jamais vu ça. Il utilise un logiciel malveillant d'un genre absolument nouveau, un truc que je n'ai pu démasquer qu'au prix d'une longue recherche manuelle, ligne à ligne, du code machine. »

Jack acquiesça. Il indiqua une chaîne de chiffres sur l'écran. « C'est donc ça, le virus.

— Une portion, seulement. Il a deux composantes. Le vecteur et la charge. La charge est encore planquée sur le disque. C'est un RAT – *Remote-Access Tool* : un utilitaire de commande à distance. Une sorte de protocole P2P – pair à pair – mais je n'ai pas encore réussi à le localiser sur le disque dur, tant il est bien caché à l'intérieur d'une autre application. Ce que tu vois là, c'est une portion du vecteur. Centre en a supprimé la plus grande partie après s'être introduit dans le système, mais cette courte chaîne de caractères lui a échappé.

— Pourquoi la supprimer ?

— Pour masquer ses traces. Un bon hacker – moi, par exemple – repasse toujours derrière lui-même pour faire le ménage. Imagine un cambrioleur. Une fois qu'il est entré par une fenêtre, la première chose qu'il fait, c'est la refermer derrière lui pour que personne ne se doute qu'il y a quelqu'un à l'intérieur. Une fois entré dans la machine, il n'avait plus besoin du vecteur, alors il l'a supprimé.

— Sauf qu'il n'a pas tout effacé.

— Tout juste. Et c'est important.

— Pourquoi ?

— Parce que c'est l'équivalent numérique d'une empreinte digitale. Ce pourrait être un élément de son logiciel malveillant dont il ignorait l'existence de sorte qu'il ne pouvait se douter qu'il l'avait laissé derrière lui. »

Jack comprenait mieux. « Tu veux dire qu'il pourrait l'avoir laissé sur d'autres machines. Si bien que si tu le retrouves ailleurs, tu sauras alors que Centre en est la cause.

— Oui. Tu saurais alors que ce logiciel malveillant extrêmement rare a été utilisé et que l'agresseur, tout comme Centre, n'a pas nettoyé cet élément sur la machine. D'où tu pourras déduire, me semble-t-il, qu'il s'agit peut-être d'un seul et même bonhomme.

— T'as une idée de la façon dont il s'y est pris pour implanter ce virus sur l'ordi de Kartal ?

— Pour un gars aussi doué que Centre, ça a dû être un jeu d'enfant. Le plus dur pour implanter un virus, c'est la phase d'ingénierie sociale – à savoir, amener des êtres humains à faire ce qu'on veut qu'ils fassent : cliquer sur l'icône d'un programme, accéder à un site web, donner un mot de passe, brancher une clé USB, ce genre de manip. Centre et le Libyen se connaissaient, ils étaient en relation, et, au vu de leur correspondance électronique, il est clair que le Libyen n'a pas soupçonné un seul instant que Centre espionnait sa machine, commandait sa webcam, utilisait les portes dérobées du système pour installer des fichiers avant d'effacer les traces qu'il avait pu laisser. Bref, il tenait Kartal par tous les bouts.

— Pas mal », commenta Jack. Le monde du piratage informatique, c'était pour lui du chinois, mais il reconnaissait que, sous bien des aspects, classique ou électronique, l'espionnage restait toujours de l'espionnage et que nombre de principes étaient similaires.

Gavin poussa un soupir. « Je n'ai pas encore fini d'éplucher ce disque. Ça pourrait prendre encore un mois, voire plus. Pour l'instant, tout ce que nous avons, c'est une empreinte électronique que nous pouvons relier à Centre si on la voit réapparaître. Ce n'est pas grand-chose mais c'est toujours mieux que rien.

— Il faut que je voie Gerry et les autres pour leur faire part de tes découvertes. Veux-tu que j'y aille seul, pour que tu puisses rentrer chez toi dormir un peu ?

— Non (et Gavin hocha la tête). Je tiendrai le coup. Je tiens absolument à être là. »

10

Todd Wicks n'avait encore jamais fait un truc pareil mais, d'un autre côté, Todd Wicks n'avait jamais mis les pieds à Shanghai.

S'il était ici, c'était pour l'Expo High Tech, et même si ce n'était pas sa première foire internationale, c'était sans le moindre doute la première fois qu'il rencontrait au bar de son hôtel une fille superbe qui lui faisait sentir sans la moindre équivoque qu'elle voulait l'inviter dans sa chambre.

C'était une prostituée. Todd n'était peut-être pas du genre cynique, mais il avait quand même réussi à le déduire assez vite. Elle s'appelait Bao, ce qui, lui avait-elle expliqué avec son accent prononcé mais si séduisant, signifiait « trésor précieux ». Elle était superbe, vingt-deux ou vingt-trois ans, des cheveux longs et lisses, aussi noirs et lustrés que le granit de Shanxi, et elle portait une robe rouge moulante qui était à la fois glamour et sexy. Elle était mince et longiligne et en la découvrant, il s'était dit que c'était peut-être une star de cinéma ou une danseuse, mais quand, assise au comptoir de marbre elle avait surpris son regard, elle avait levé son verre de chardonnay tenu entre ses doigts délicats avant de s'avancer vers lui, d'un pas aérien, avec aux lèvres un sourire doux mais plein d'assurance.

C'est à ce moment que Todd avait compris que c'était une « travailleuse » et… qu'elle était au travail.

Il lui demanda s'il pouvait lui offrir un verre et le barman lui resservit du vin.

Là encore, ce n'était pas dans les habitudes de Todd Wicks, mais il était tellement au-delà de l'étonnement que, se dit-il, il pouvait bien faire une exception, rien qu'une fois.

Avant Shanghai, Todd était un type charmant, à la vie tout aussi charmante. Trente-quatre ans, directeur des ventes pour la Virginie, le Maryland et Washington chez Advantage Technology Solutions, une société d'informatique californienne. Propriétaire d'un charmant pavillon dans la fort convoitée banlieue ouest de Richmond, il était le père de deux beaux enfants et l'époux d'une femme encore plus intelligente, encore plus belle, à la réussite professionnelle encore meilleure que la sienne dans son domaine, celui de représentant pharmaceutique.

Bref, il avait tout pour lui, jamais personne n'avait eu à se plaindre de lui et il ne se connaissait aucun ennemi.

Jusqu'à cette nuit.

Plus tard, en repensant à cette soirée, il attribua ses malheurs aux vodka-tonic enfilées depuis le dîner avec ses collègues, et son léger vertige aux médicaments contre le rhume qu'il avait pris depuis qu'il avait chopé cette infection des sinus durant ce vol interminable depuis Washington-Dulles. Mais surtout, à cette putain de fille. Bao, le précieux trésor qui avait foutu sa vie en l'air.

Juste avant minuit, Todd et Bao sortirent de l'ascenseur au dixième étage du Sheraton de Shanghai Hongkou. Ils étaient bras dessus, bras dessous, Todd un peu éméché et le cœur battant d'excitation. Alors qu'ils se dirigeaient vers le bout du couloir, Todd n'éprouvait ni culpabilité ni remords pour ce qu'il s'apprêtait à faire, tout au plus un vague souci : comment diable allait-il cacher à son épouse ce retrait de trois mille cinq cents yuans – plus de cinq cents dollars – à un distributeur automatique ?

L'heure n'était pas au stress.

La suite de la jeune femme était identique à la sienne, un lit king-size dans une alcôve à l'écart de la partie salon meublée d'un divan et d'un grand écran plat, mais la sienne était éclairée par des bougies et sentait l'encens. Ils s'assirent sur le divan et, se dirigeant déjà vers le minibar, elle lui suggéra un nouveau verre, mais comme à présent il redoutait la panne vu son état d'ébriété, il déclina la proposition.

Pour Todd Wicks, leur conversation était tout aussi enivrante que la beauté de la jeune femme. L'histoire de son enfance était désarmante ; ses questions sur sa jeunesse, son éducation, l'endroit où elle avait grandi, ses frères et sœurs, les sports qu'elle avait pratiqués pour être dans une telle condition physique – tout cela ne faisait qu'hypnotiser un peu plus un homme déjà prêt à jeter toute précaution par-dessus les moulins.

Il adorait sa voix ; une petite voix saccadée mais pleine de confiance et d'intelligence. Il avait envie de lui demander ce qu'une jolie fille comme elle faisait dans un endroit pareil, mais ça semblait déplacé. Après tout, l'endroit était super et ses inhibitions réduites l'empêchaient de voir quel mal il y avait à se comporter ainsi. À vrai dire, il était aveuglé par son regard de braise et son décolleté plongeant.

Elle se pencha pour l'embrasser. Il ne lui avait même pas encore donné les trois mille cinq cents yuans mais avait la nette impression que pour le moment, l'argent était le cadet de ses soucis.

Todd savait qu'il était une belle prise, sans doute dix fois meilleure que l'un ou l'autre de ses clients précédents. Bao avait craqué pour lui, la séduction était réciproque, Todd n'avait pas le moindre doute.

Il lui donna un baiser intense, plaça les mains de chaque côté de son visage fin, la retenant pour en avoir plus.

Au bout de quelques minutes, ils avaient glissé du canapé au sol et quelques minutes encore, sa robe et ses talons hauts restaient sur la moquette du salon mais eux avaient émigré vers la chambre. Elle s'était étendue sur le lit ; nu, il la dominait.

Il s'agenouilla, ses mains moites remontèrent sur l'extérieur de ses cuisses, jusqu'à la petite culotte sur laquelle il tira légèrement. Elle se laissa faire, et il y vit une preuve supplémentaire d'un désir partagé. Elle s'arqua pour lui permettre de faire glisser la culotte de soie sur ses hanches étroites.

Elle avait le ventre plat et musclé, sa peau d'albâtre étincelait à la lueur des bougies.

Bien qu'agenouillé, Todd sentait ses jambes trembler. Il se releva lentement, chancelant, puis vint s'allonger sur le lit.

Peu après, ils ne faisaient plus qu'un. Il s'était juché

sur elle, il était à douze mille kilomètres de chez lui, et personne n'en saurait jamais rien.

Il commença sur un rythme lent, mais bien vite, il accéléra ; toujours plus. La sueur gouttait de son front sur le visage de la jeune femme aux mâchoires serrées, aux yeux fermés, dans ce qu'il prenait pour de l'extase.

Il accéléra encore, et bientôt ses yeux restèrent rivés sur ce visage superbe, alors qu'elle dodelinait violemment, en proie à l'orgasme.

Oui, c'était pour elle une transaction, c'était son boulot, mais il sentait bien qu'elle en pinçait pour lui, et il pouvait dire avec une absolue certitude que son orgasme n'avait rien de simulé et qu'elle brûlait de le sentir en elle, comme jamais encore avec aucun autre homme qui l'avait pénétrée.

Elle était submergée par les émotions tout autant que lui.

Il poursuivit sur le même rythme quelques secondes encore mais à vrai dire, il n'avait pas l'énergie espérée et il jouit rapidement.

Alors qu'il haletait, le souffle court, toujours sur elle, leurs deux corps désormais au repos, si l'on exceptait le mouvement de ses poumons et les battements du cœur de sa partenaire, cette dernière ouvrit lentement les yeux.

Il y plongea son regard ; des étincelles d'or y pétillaient à la lueur des chandelles.

Alors qu'il s'apprêtait à lui dire combien elle était parfaite, elle cligna les yeux et son regard alors se concentra sur un point au-dessus de son épaule droite.

Todd sourit et tourna lentement la tête pour suivre son regard.

Se tenait au pied du lit, toisant le corps nu de Todd,

une Chinoise d'âge mûr à l'air sévère vêtue d'un survêtement gris mat. D'une voix aussi coupante qu'une lame aiguisée sur une pierre, elle lança : « En avez-vous enfin complètement terminé, monsieur Wicks ? »

Il sauta précipitamment hors du lit et découvrit en se retournant que d'autres personnes des deux sexes se trouvaient dans la suite. C'était sans doute une bonne demi-douzaine d'inconnus qui avaient réussi, Dieu sait comment, à s'infiltrer dans la chambre alors qu'il s'abandonnait à l'extase.

Il glissa vers le sol et, toujours nu, à quatre pattes, il se mit à chercher son slip à tâtons.

Ses habits avaient disparu.

Dix minutes plus tard, Todd Wicks était toujours nu, même si la mégère en survêtement gris était allée lui chercher une serviette dans la salle de bain. Il était assis au bord du lit, la serviette autour des hanches qu'il devait maintenir parce qu'elle n'était pas assez grande. Le lustre avait été allumé, les chandelles soufflées, et c'était comme si tous ces étrangers avaient totalement oublié sa présence. Il était là, à demi nu, perdu au beau milieu d'un grouillement d'hommes et de femmes en imperméables et gabardines noirs ou gris.

Il n'avait pas revu Bao depuis qu'on l'avait priée de sortir *manu militari*, quelques secondes après leur intrusion.

Sur l'écran plat 52 pouces du salon, parfaitement visible de Todd au bord du lit, deux hommes repassaient l'enregistrement qu'ils avaient manifestement réalisé avec une caméra de vidéosurveillance. Todd leva les yeux au moment où ils en déclenchaient la lecture ; il se vit s'asseoir dans le canapé, papoter nerveusement avec Bao. Ils avancèrent de plusieurs minutes et l'angle de prise de vue changea ; on avait apparemment planqué une seconde caméra à l'angle du mur au-dessus du lit.

Todd se regarda en train de se déshabiller, se retrouver nu, en érection, puis s'agenouiller entre les jambes de Bao.

Les hommes firent à nouveau avancer l'enregistrement. Todd grimaça en voyant son arrière-train tout nu, tout blanc, gigoter à la vitesse d'un dessin animé.

« Mon Dieu », marmonna-t-il. Il détourna les yeux. Se voir ainsi dans une pièce remplie d'hommes et de femmes, tous de parfaits inconnus, était un supplice. Même seul, il n'aurait jamais eu le culot de se mater en train de faire l'amour. Son cœur chavira comme pris dans un nœud coulant, son dos se raidit.

Il se sentit pris de nausée.

L'un des deux hommes devant la télé se retourna vers lui. Il était plus âgé que Todd, quarante-cinq ans peut-être, des yeux de chien battu, les épaules étroites. Tout en s'approchant de lui, il ôta son imper qu'il posa sur son avant-bras ; il tira une chaise de sous le bureau pour l'amener au pied du lit avant de s'asseoir juste devant Wicks.

Les yeux tristes se rivèrent dans ceux de Todd, tandis que la main droite de l'homme lui tapotait doucement l'épaule. « Tout ceci me désole, monsieur Wicks. Nous sommes très indiscrets. Je n'ose imaginer ce que vous devez ressentir. »

Todd baissa les yeux.

L'anglais de son interlocuteur était bon ; il s'exprimait avec un accent britannique légèrement saccadé, à l'asiatique.

« Je me présente, Wu Fan Jun, inspecteur de la police municipale de Shanghai. »

Todd garda les yeux baissés, submergé par l'embarras et l'humiliation. « Pour l'amour du ciel, est-ce que je peux remettre mon pantalon, s'il vous plaît ?

— Je suis désolé mais nous devons le garder à titre de pièce à conviction. Nous allons vous faire parvenir quelque chose de votre chambre – la 1844, c'est cela ? »

Wicks acquiesça.

Dans le salon, sur sa droite, l'écran plasma de 52 pouces continuait de diffuser l'enregistrement. Todd y jeta un coup d'œil et se vit, pris encore sous un nouvel angle.

L'image n'était pas plus flatteuse que les précédentes.

Putain merde. Ces types ont-ils monté la séquence en direct ?

Todd s'entendit haleter et grogner.

« Peut-on éteindre ça ? *S'il vous plaît ?* »

Wu claqua dans ses mains, comme s'il avait lui-même oublié ; il lança un ordre en mandarin. Illico, un homme se précipita vers le téléviseur et fourragea avec la télécommande durant quelques secondes.

Enfin, le ciel soit loué, l'écran s'éteignit et les gémissements de plaisir de Todd disparurent de la pièce où régna de nouveau le silence.

« Eh bien voilà, dit Wu. Bon. Je n'ai pas besoin de vous dire, monsieur, que nous sommes ici devant une situation fort délicate. »

Todd ne dit rien.

« Avez-vous une famille ? »

Wicks faillit répondre non, un réflexe pour garder

les siens en dehors de cette histoire mais il se ravisa. *Et merde, j'ai dans mon portefeuille des photos de moi avec Sherry et les mômes, j'en ai toute une tripotée dans mon putain d'ordi.* Il savait qu'il ne pouvait nier leur existence.

Alors il acquiesça. « Une femme et deux enfants.
— Garçons ? Filles ?
— Un de chaque.
— Veinard. Pour ma part, j'ai moi-même une femme et un seul enfant. »

Todd releva alors la tête, plongea ses yeux dans les yeux de chien battu. « Que va-t-il se passer, monsieur ?
— Monsieur Wicks, vous me voyez désolé de la situation dans laquelle vous vous retrouvez, mais ce n'est pas moi qui vous y ai mis. Vous nous apportez sur un plateau les preuves dont nous avions besoin dans notre procédure contre cet hôtel. Leur promotion de la prostitution suscite un grand émoi dans notre ville. Imaginez un instant que ce soit votre fille qui soit tombée dans cette vie de…
— Je suis désolé, vraiment, sincèrement. Je ne fais jamais, jamais ce genre de chose. Je ne sais vraiment pas ce qui m'a pris.
— Je vois bien que vous n'êtes pas un méchant homme. Si ça ne tenait qu'à moi, on classerait cette affaire comme une malheureuse erreur, un touriste qui s'est fait prendre dans une situation délicate, et l'on en resterait là. Mais… vous devez comprendre, je vais devoir vous arrêter et vous inculper de relations avec une prostituée. » Wu sourit. « Comment sinon puis-je constituer des charges contre cet hôtel et cette femme si je n'ai rien d'autre, personne pour refermer le triangle formé par ce bien triste crime ? »

Todd acquiesça distraitement, il avait encore du mal à y croire. Et puis une idée lui vint et il releva la tête, tout excité. « Je pourrais fournir une déposition. Je pourrais payer une amende. Promettre de... »

Wu hocha la tête et les lourdes poches sous ses yeux parurent descendre encore un peu plus. « Todd, Todd, Todd. Tout cela ressemble à une tentative de corruption.

— Non. Bien sûr que non. Loin de moi l'idée de...

— Non, Todd. Jamais je n'imaginerais pareille chose, moi. Personnellement. Même si je dois bien admettre qu'ici, en Chine, la corruption soit un mal endémique. Mais pas autant que ne l'insinue le reste du monde, et si vous me pardonnez une telle audace, l'essentiel de cette corruption provient d'influences occidentales. » Wu balaya de sa petite main l'ensemble de la pièce, manière d'indiquer que Todd lui-même avait amené la corruption dans son malheureux pays, mais qu'il ne pouvait l'exprimer à haute voix. Il se contenta de dodeliner du chef et conclut : « Je ne sais pas dans quelle mesure je pourrais vous aider.

— Je veux parler à mon ambassadeur, coupa Todd.

— Nous n'avons qu'un consulat américain, ici à Shanghai. L'ambassade se trouve à Pékin.

— Alors j'aimerais parler avec quelqu'un du consulat.

— Bien sûr, on doit pouvoir arranger cela. Je mentionnerai toutefois, et c'est le père de famille qui vous parle, que rapporter une telle situation à des fonctionnaires diplomatiques américains obligera mes services à leur fournir nos preuves. Il est en effet important pour nous de montrer qu'il ne s'agit pas d'une attaque personnelle injustifiée, vous comprenez bien. »

Todd crut voir là une lueur d'espoir. Certes, que le consulat américain sache qu'il avait trompé sa femme avec une putain chinoise serait encore plus humiliant, mais peut-être aurait-il moyen de s'en tirer.

« Et, de grâce, n'allez pas vous imaginer que le consulat pourra planquer cela sous le tapis. Ils n'auront de cesse que d'avertir vos proches de cette fâcheuse situation et de les aider à trouver sur place un avocat. »

Et merde, songea Todd, et la lueur d'espoir s'évanouit en un instant.

« Et si je plaidais coupable ?

— Alors vous êtes ici pour un bout de temps. Direction, la prison. Évidemment, si vous contestez les accusations portées contre vous (Wu se gratta l'occiput), même si j'ignore comment vous pourriez vous y prendre, comme nous avons des enregistrements audio et vidéo de l'intégralité de… l'acte, toujours est-il qu'il y aura dans ce cas un procès, lequel recevra une certaine publicité, et sans aucun doute aussi chez vous, aux États-Unis. »

Todd Wicks sentit la nausée revenir.

C'est à cet instant précis que Wu leva le doigt, comme si une idée venait de lui traverser l'esprit. « Vous savez, monsieur Wicks, vous me plaisez bien. Je vois en vous un homme qui a commis une grave erreur en écoutant ses désirs lubriques plutôt que la voix de la sagesse, c'est bien cela, n'est-ce pas ? »

Todd acquiesça vigoureusement. Était-ce une bouée de sauvetage ?

« Je peux parler avec mes supérieurs, voir s'il n'y aurait pas une autre voie de sortie pour vous.

— Écoutez… demandez-moi tout ce que vous voulez… je le ferai. »

Wu hocha la tête, songeur. « Je pense que, par égard pour votre femme et vos deux petits enfants, ce serait encore le mieux. Je vais passer un coup de fil. »

Wu sortit de la chambre mais il ne passa aucun coup de fil parce que, en fait, il n'avait pas besoin de contacter qui que ce soit. Il n'appartenait pas à la police de Shanghai, n'était pas un brave père de famille, et il n'était pas là pour enquêter sur l'hôtel. Tout cela n'était que mensonges et mentir faisait partie intégrante de ses attributions. Il appartenait au MSE, le ministère de la Sécurité de l'État, et Todd Wicks venait de tomber dans son piège à mouches.

Habituellement, Wu tentait délibérément de leurrer ses victimes mais le cas de Todd Wicks, originaire de Richmond, Virginie, était différent. Wu avait reçu de ses supérieurs un ordre accompagné d'une liste de noms d'employés dans le secteur technologique. L'Expo High Tech de Shanghai était l'une des plus importantes du monde et, sans grande surprise, trois des hommes inscrits sur la liste de préférences de son supérieur y assistaient. Wu avait manqué son coup avec le premier, mais il avait réussi un sans-faute avec le deuxième. Sitôt sorti dans le couloir, il sut avec certitude que de l'autre côté de la cloison à laquelle il s'était adossé, se trouvait un Américain prêt à sauter sur l'occasion d'espionner pour la Chine.

Il ignorait pour quelle raison ses supérieurs avaient besoin de ce Todd Wicks, ce n'était pas son boulot, et c'était bien le cadet de ses soucis. Wu se comportait à l'instar des araignées : toute sa vie, tout son être visaient à détecter l'infime vibration de sa toile qui lui indiquait l'approche d'une nouvelle victime. Il avait pris Todd Wicks dans ses rets comme il l'avait fait pour tant d'autres mais déjà son attention se reportait sur un cadre japonais descendu dans le même hôtel, une cible possible que Wu avait repérée et qu'il escomptait piéger d'ici l'aube.

C'est dire combien le passionnait l'Expo High Tech de Shanghai.

Todd était toujours nu même si, après avoir longuement insisté par gestes, il avait persuadé l'un des flics de lui apporter une serviette assez grande pour lui permettre de la porter sans devoir la tenir d'une main.

Wu rentra dans la suite et Todd leva vers lui des yeux remplis d'espoir mais le Chinois hocha la tête avec regret avant de s'adresser à l'un des jeunes agents.

Des menottes apparurent et Todd fut soulevé du lit.

« J'ai parlé à mes supérieurs et ils voudraient que je vous présente à eux.

— Oh mon Dieu, je ne peux quand même pas...

— La prison locale est épouvantable, Todd. C'est pour moi une humiliation, tant personnelle que professionnelle, de devoir y mener un étranger cultivé comme vous. Elle n'est assurément pas conforme aux normes de votre pays, je vous assure.

— Je vous en conjure, monsieur Wu. Ne me conduisez pas en prison. Ma famille ne doit pas le savoir. Je perdrais tout. J'ai fait une connerie. Je le sais pertinemment, j'ai fait une connerie, mais je vous en implore, laissez-moi partir. »

Wu parut hésiter un moment. Après un haussement d'épaules qui se voulait évasif, il alla murmurer à l'oreille d'un des cinq agents présents dans la suite et lui et ses collègues s'esquivèrent aussitôt, laissant Wu seul avec l'Américain.

« Todd, je constate au vu de votre passeport que vous devez quitter la Chine d'ici trois jours.

— C'est exact.

— Il se pourrait que je puisse vous épargner un séjour en prison, mais il faudra que vous m'aidiez.

— C'est juré ! Vous pouvez me demander n'importe quoi. »

Wu fit mine d'hésiter encore, comme s'il était incapable de prendre une décision. Il se rapprocha finalement et glissa, sur le ton du secret : « Retournez dans votre chambre. Demain, vous reprendrez votre programme habituel à l'expo. Ne parlez à personne de cet incident.

— Certainement ! Certainement ! Oh mon Dieu, je ne sais trop comment vous remercier !

— On vous contactera mais peut-être pas avant votre retour dans votre pays. »

Todd arrêta ses épanchements. « Oh. D'accord. C'est... tout ce que vous voudrez.

— Laissez-moi vous donner un conseil d'ami, Todd. Les gens à qui je vais demander pour vous une faveur s'attendront à être rétribués pour leur peine. Ils garderont sous le coude toutes les pièces à conviction recueillies ici et retenues contre vous.

— Je comprends », répondit-il et c'était la vérité : il avait parfaitement compris. Non, Todd Wicks n'était pas particulièrement cynique, mais il avait désormais la nette impression de s'être fait piéger.

Et merde ! Je suis un vrai con.

Mais piégé ou non, ils le tenaient. Alors il ferait

n'importe quoi pour éviter que cette vidéo parvienne à sa famille.

Il ferait tout ce que pourrait lui demander le renseignement chinois.

11

Sitôt de retour dans son bureau, après avoir noté que la réunion des cadres supérieurs était bien prévue pour onze heures, Jack Ryan Jr. parcourut la nouvelle série d'analyses qu'il comptait présenter aujourd'hui. Ses collègues de travail se concentraient sur le matériel intercepté lors des discussions de la CIA sur la mort en Turquie des cinq Libyens, survenue deux mois auparavant. Ce n'était guère une surprise que la CIA fût particulièrement curieuse de connaître l'identité des tueurs et Jack trouvait à la fois sordide et passionnant de pouvoir lire les théories échafaudées par les espions de Langley pour expliquer cette frappe si bien orchestrée.

Les initiés savaient parfaitement que les espions du nouveau gouvernement libyen n'étaient pas les instigateurs de cette opération de représailles contre la cellule turque, mais au-delà les avis divergeaient.

La Direction du Renseignement national avait trituré l'équation pendant plusieurs jours et même la petite amie de Jack, Melanie Kraft, avait reçu mission d'éplucher les indices recueillis sur les assassinats. Cinq meurtres la même nuit, avec des méthodes toutes différentes, et visant tous les membres d'une cellule restés pourtant en communication permanente et régulière. Melanie était impressionnée et dans le rapport qu'elle avait rédigé pour sa patronne, Mary Pat Foley, la directrice du Renseignement national, elle cachait mal son admiration pour l'habileté des auteurs de ces forfaits.

Jack aurait aimé lui apprendre, un beau soir autour d'une bouteille de vin, qu'il était l'un des tueurs.

Non. Jamais. Jack chassa aussitôt cette idée.

Melanie avait conclu que, nonobstant l'identité des tueurs, rien n'indiquait qu'ils puissent présenter une quelconque menace contre les États-Unis. En un sens, les cibles étaient des ennemis de l'Amérique et les auteurs étaient des tueurs doués qui avaient pris de gros risques mais avaient réussi à s'en tirer avec astuce et talent, tant et si bien que le Renseignement national ne s'était pas attardé plus longtemps sur l'affaire.

Même si le gouvernement américain savait peu de chose des événements en question, Jack jugea intéressant le simple fait qu'il connût l'existence de la cellule libyenne. La NSA avait réussi à récupérer les textos envoyés par les téléphones mobiles des cinq hommes. Jack en lut les transcriptions effectuées par la Sécurité nationale – des dialogues brefs, cryptiques, qui révélaient incontestablement que ces hommes n'en savaient pas plus que lui sur l'identité de ce mystérieux individu surnommé Centre et sur l'objet de sa mission.

Bizarre, songea Jack. *Qui peut bien travailler pour un personnage si bien caché qu'il n'a pas la moindre idée de son identité ?*

Soit les Libyens étaient des imbéciles, soit leur

nouvel employeur se protégeait avec une incroyable compétence.

Jack ne pensait pas que les Libyens fussent des imbéciles. Paresseux du côté de leur sécurité personnelle, sans doute, mais surtout parce qu'ils étaient convaincus que la seule officine lancée à leurs trousses était le nouveau service de renseignement libyen, or ces anciens de la JSO ne se faisaient pas une haute idée des compétences de leurs successeurs.

Jack en aurait presque souri tandis qu'il parcourait les fichiers à l'écran, à la recherche d'autres informations émanant de la CIA, afin de mettre à jour les éléments qu'il comptait présenter à ses collègues.

Puis soudain, il sentit une présence derrière lui. Tournant la tête, il avisa son cousin, Dom Caruso, assis au bord de son bureau enveloppant. Et debout derrière lui, Sam Driscoll et Domingo Chavez.

« Hé les gars, je suis prêt à vous fournir un point d'ici quatre ou cinq minutes. »

Tous arboraient une mine sévère.

« Un problème ? » demanda Jack.

Chavez répondit : « Clark nous quitte.

— Comment ça ?

— Il a donné sa démission à Gerry et Sam. Il reste encore un jour ou deux pour débarrasser son bureau, mais il sera parti en milieu de semaine.

— Oh, merde. » Un sombre pressentiment l'envahit aussitôt. Ils avaient besoin de Clark. « Pourquoi ?

— Il a toujours la main en capilotade, indiqua Dom. Et il craint que son exposition médiatique de l'an dernier nuise au Campus. Alors, sa décision est prise. Il arrête.

— Peut-il vraiment rester à l'écart ? »

Chavez acquiesça. « John ne fait pas les choses à moitié. Il veut pleinement assumer désormais son rôle de grand-père et d'époux.

— Et de gentleman-farmer », compléta Dom avec un sourire.

Ding étouffa un rire. « Un truc dans le genre, je suppose. Merde, qui aurait imaginé ça ? »

La réunion s'ouvrit avec quelques minutes de retard. Sans la présence de John. Il avait rendez-vous avec son chirurgien orthopédiste à Baltimore, et n'étant pas l'homme des adieux théâtraux, il s'était éclipsé discrètement alors que tout le monde se dirigeait vers la salle de conférences du huitième.

On entama la conversation avec John et sa décision de partir mais Hendley ramena rapidement l'attention générale sur le problème en cours.

« OK. Nous avons passé un bon bout de temps à nous creuser la tête et à regarder derrière nous. Jack m'a prévenu qu'il n'avait pas grand-chose de neuf à nous fournir aujourd'hui mais Gavin et lui vont néanmoins nous faire un point sur l'examen du disque dur. »

Pendant une quinzaine de minutes, les deux hommes exposèrent tout ce qu'avaient pu leur livrer le disque dur et leurs interceptions de la CIA. Ils discutèrent du piratage de l'ordinateur d'Emad Kartal opéré par Centre, des missions que ce dernier confiait aux Libyens à Istanbul et du fait que Centre avait semblé vouloir les préparer à infiltrer un réseau même s'il avait apparemment changé d'avis.

Gerry Hendley posa finalement la question qui brûlait les lèvres de tous. « Mais enfin pourquoi ? Pourquoi ce fameux Centre vous regarde-t-il liquider tous ses agents à Istanbul sans réagir ? Quelle raison pourrait-il bien avoir ? »

Ryan parcourut du regard l'assistance sans répondre tout de suite. Il pianota sur la table. « Je n'en sais trop rien mais...

— Mais tu as un soupçon ? »

Jack acquiesça. « Je suspecte Centre d'avoir su depuis un certain temps qu'on s'apprêtait à éliminer les membres de la cellule libyenne. »

Hendley en resta baba. « Il nous avait déjà identifiés ? Mais comment ?

— Aucune idée. Et je pourrais me tromper.

— Si tu as raison, intervint Chavez, s'il savait que nous allions débarquer en Turquie pour liquider les Libyens qui travaillaient pour lui, pourquoi diable ne les a-t-il pas avertis ?

— Là encore, pure spéculation, répondit Jack. Mais... peut-être tenaient-ils lieu d'appât. Peut-être désirait-il nous voir en action. Pour nous jauger, voir si nous en étions capables. »

Rick Bell qui chapeautait Jack au sein du service analyse se pencha en avant. « Tu procèdes là à tout un tas de déductions bougrement hasardeuses, Jack. »

Ryan leva les mains. « Oui, j'avoue. Tu as cent pour cent raison. Peut-être n'est-ce qu'une impression, en effet.

— Suis la piste des données. Pas ton penchant personnel. N'y vois aucune attaque, mais tu surréagis en te découvrant ainsi piégé par la caméra invisible », avertit Bell.

Jack acquiesça mais il n'était pas vraiment ravi par le commentaire de l'analyste en chef. C'est qu'il avait son orgueil et il n'aimait pas devoir admettre qu'il avait laissé ses préjugés entrer dans l'équation. Sauf que dans son for intérieur, il savait que Rick avait raison. « Reçu cinq sur cinq. On en est encore à essayer de reconstituer le puzzle. Je vais m'y tenir.

— Il y a tout de même un truc qui m'échappe, Gavin, intervint Chavez.

— Quoi donc ?

— Centre... le gars qui de toute évidence était aux commandes. Il voulait que Ryan sache qu'il nous observait.

— Ouais, c'est manifeste.

— S'il était capable d'effacer presque toutes les traces de son logiciel malveillant, pourquoi ne pas avoir effacé tous les mails se rapportant à lui et à son réseau ?

— J'ai passé des semaines à me creuser les méninges à ce sujet, Domingo, reconnut Gavin, et je pense avoir trouvé la réponse. Centre aura effacé ce logiciel sitôt après avoir réussi à s'introduire dans l'ordinateur, mais s'il n'a pas effacé le reste du disque, les mails et autres documents, c'est parce qu'il ne voulait pas que Kartal s'aperçoive qu'il avait piraté son ordi. Puis, quand Ryan a débarqué et liquidé Kartal, Centre a transféré ces photos du reste de l'équipe pour que Ryan les découvre et les envoie par mail à sa propre adresse ou bien les grave sur DVD ou les copie sur une clé USB.

— Pour que je les rapporte ensuite au Campus, enchaîna Jack, et les recopie à mon tour sur ma machine.

— Tout juste. Une idée astucieuse, mais il s'est loupé. Il avait imaginé tous les moyens à la disposition de Jack pour transférer les données au Campus, à l'exception d'un seul.

— Carrément voler le putain d'ordinateur, répondit Hendley.

— Exact. Centre n'avait à coup sûr pas prévu que Jack filerait avec l'ordi sous le bras. C'était tellement con que c'en est brillant. »

Jack plissa les paupières. « Peut-être simplement brillant.

— Si tu veux. L'important, c'est que tu n'as pas seulement rapporté un disque à décortiquer. »

Ryan crut bon d'expliquer pour ceux parmi l'assistance qui n'auraient pas suivi. « Il essayait de se servir de moi pour introduire un virus dans notre système.

— Absolument, renchérit Biery. Il t'a agité sous le nez ces mails pour que tu mordes à l'hameçon, ce que tu as fait, mais il avait escompté que tu repartirais avec les seules données, pas avec tout le matos. Je suis sûr que son plan initial était de nettoyer l'ordi de fond en comble avant l'arrivée des flics.

— Dans ce cas, Centre aura-t-il pu infecter notre Intranet ? s'inquiéta Hendley.

— Si son logiciel malveillant avait été assez bon pour ça. Mon réseau est doté de mesures anti-intrusion qui surpassent celles de tout autre réseau gouvernemental. N'empêche... il suffit d'un connard muni d'une clé ou d'un câble USB pour tout foutre par terre. »

Le regard de Gerry Hendley se perdit quelques instants dans le vide avant qu'il ne reprenne : « Bon, les gars... tout ce que vous nous avez dit aujourd'hui renforce ma conviction que quelqu'un en sait décidément plus sur nous que nous aimerions. J'ignore l'identité de ce nuisible potentiel, mais jusqu'à plus ample informé, notre alerte opérationnelle se poursuivra. Rick, Jack et le reste de l'équipe d'analyse vont continuer à bosser pour identifier Centre par le truchement de tout ce que nous pourrons intercepter du trafic entre Fort Meade et Langley. »

Puis Hendley se tourna vers Gavin Biery. « Gavin ? Qui est Centre ? Pour qui travaille-t-il ? Pourquoi de tels efforts de sa part pour nous infiltrer ?

— J'avoue, ça me dépasse. Mais je ne suis pas analyste. »

Gerry Hendley hocha la tête, insatisfait devant cette absence de réponse. « Je te demande ta meilleure hypothèse. »

Gavin Biery ôta ses lunettes et les nettoya avec son mouchoir. « Si je devais lancer une idée ? Je dirais que c'était l'œuvre des meilleurs spécialistes mondiaux de l'espionnage et de la guerre informatiques, les mieux organisés, les plus impitoyables.

« Je dirais les Chinois. »

La réponse déclencha une sourde tempête de protestations.

12

Debout face au soleil, Wei Jen Lin buvait un jus de pêche jaune servi dans un grand verre. Ses orteils étaient enfouis dans le sable mêlé de galets, l'eau léchait ses pieds nus parfois jusqu'à ses chevilles, effleurant l'étoffe de son pantalon qu'il avait remonté sur ses mollets pour l'empêcher d'être mouillé.

Wei n'avait pas franchement l'allure d'un baigneur. Chemise oxford *pin point* blanche et cravate réglementaire, blazer jeté par-dessus l'épaule et retenu d'un doigt, il contemplait la mer, étendue turquoise étincelant sous le soleil de midi.

La journée était magnifique. Wei se prit à rêver de venir plus d'une fois l'an.

Une voix derrière lui l'appela. « Jongshuji ? » C'était l'un de ses titres, secrétaire général, et bien que Wei fût également président, son entourage jugeait autrement plus prestigieux celui de secrétaire général du Parti communiste.

Le Parti primait sur la nation.

Wei ignora la voix alors qu'il examinait maintenant deux vaisseaux gris ancrés à un mille au large. Deux patrouilleurs côtiers 062C aux batteries antiaériennes pointées vers le ciel. Puissants, imposants, menaçants.

Mais Wei les trouvait déplacés. C'est que l'océan était vaste, tout comme le ciel, l'un et l'autre étaient gros de menaces et Wei savait qu'il avait des ennemis puissants.

Et il redoutait qu'après la réunion qu'il s'apprêtait à avoir avec les plus hauts gradés de l'armée, cette liste ne s'allonge encore.

Le sommet du pouvoir en Chine est formé des neuf membres du Comité permanent du Politburo, cette entité minuscule qui définit la politique de ce pays d'un milliard quatre cents millions d'âmes. Chaque année en juillet, les membres du CPP, accompagnés de quelques centaines d'adjoints et d'assistants, quittent leurs bureaux dans la capitale pour gagner, deux cent cinquante kilomètres plus à l'est, la ville balnéaire isolée de Beidaihe.

On laisse entendre que dans les petites salles de réunion des bâtiments dispersés le long de la côte et des forêts de l'arrière-pays se prennent plus de décisions stratégiques pour le pays et ses habitants qu'à Pékin même.

La sécurité autour de la retraite du Comité avait été encore renforcée cette année. Et pour de bonnes raisons. Le président et secrétaire général Wei Jen Lin gardait certes les rênes du pouvoir grâce au soutien de l'armée, mais dans le pays le mécontentement populaire contre le Parti grandissait au point que des manifestations de protestation et des actes de désobéissance civile avaient éclaté dans plusieurs provinces, ce qu'on n'avait plus vu à une telle échelle en Chine depuis le massacre de

Tian'anmen en 1989. De surcroît, malgré l'arrestation et l'emprisonnement des fauteurs de trouble, nombre de complices des instigateurs du complot demeuraient à des postes élevés et Wei redoutait plus que tout au monde une seconde tentative.

Depuis sa création près d'un siècle auparavant, jamais le PCC n'avait été aussi divisé qu'en ce moment.

Quelques mois plus tôt, Wei avait été à deux doigts de se loger une balle dans la tête. Il se réveillait presque toutes les nuits baigné de sueur, après avoir revu en cauchemar ces instants, cauchemars qui s'étaient mués en paranoïa.

Malgré ses craintes, Wei était pourtant bien protégé désormais. Il restait sous la garde renforcée de membres des forces militaires et de sécurité car ces dernières avaient dorénavant tout misé sur lui ; pour tout dire, il leur appartenait, aussi tenaient-elles donc d'autant plus à sa vie.

Maigre consolation : il savait qu'à tout instant l'Armée populaire de libération pouvait se retourner contre lui et que dès lors ses protecteurs deviendraient ses bourreaux.

La conférence de Beidaihe avait pris fin la veille, la majorité des participants avait retrouvé l'agitation et l'air pollué de la capitale mais le président Wei avait retardé d'une journée son retour vers l'ouest pour rencontrer son allié le plus proche au Politburo. Il voulait en effet discuter avec le général Su, le président de la Commission militaire centrale et, avait-il expliqué en demandant cette entrevue, les bureaux officiels à Pékin n'étaient pas un lieu suffisamment sûr pour aborder ces questions.

Wei fondait des espoirs d'autant plus grands sur

cette rencontre que la conférence proprement dite s'était soldée par un échec.

Il avait ouvert la semaine d'entretiens en rendant compte avec franchise des sombres perspectives pour l'économie.

La nouvelle de la tentative de coup d'État avait effrayé un peu plus les investisseurs, affaiblissant d'autant l'économie du pays. Les adversaires de Wei avaient toutefois ignoré ce fait, quand s'accumulaient les preuves que cette ouverture au monde des marchés chinois avait rendu le pays tributaire des caprices et des fantaisies de ces prostituées de nations capitalistes. Si la Chine était demeurée fermée et n'avait commercé qu'exclusivement avec les pays frères, l'économie chinoise ne serait pas devenue si vulnérable.

Wei avait écouté sans ciller les critiques de ses adversaires politiques. Mais il trouvait idiotes ces affirmations et plus idiots encore ceux qui les émettaient. La Chine avait grandement bénéficié de la mondialisation et si elle était demeurée close au commerce mondial ces vingt dernières années alors que le reste de la planète connaissait un développement stupéfiant, soit les Chinois seraient en train de manger des racines comme les Nord-Coréens, soit, plus probablement, le prolétariat aurait balayé Zhongnanhai et tué jusqu'au dernier tous les fonctionnaires gouvernementaux.

Depuis la tentative de coup d'État, il avait travaillé sans relâche, le plus souvent en secret, à un nouveau plan destiné à renflouer l'économie du pays sans détruire le gouvernement. Il avait présenté son projet devant le Comité permanent et ce dernier l'avait rejeté d'emblée.

Ils s'étaient montrés fort clairs : c'est lui qu'ils

tenaient pour responsable de la crise économique et jamais ils n'accorderaient le moindre soutien à l'une quelconque des mesures de son plan visant à réduire les dépenses, les traitements, les profits et le développement économique.

De sorte que Wei avait su, dès la veille à la clôture de la conférence, que le projet qui avait ses faveurs était à l'eau.

Aujourd'hui, il allait donc poser les fondations de son plan B. Il avait le sentiment que celui-ci réussirait mais ce ne serait pas sans embûches ; des obstacles aussi hauts, voire plus, que ceux d'un plan d'austérité à court terme.

La voix derrière lui se fit entendre à nouveau. « Camarade secrétaire général ? »

Wei se retourna et vit l'homme qui le hélait entouré d'une phalange de membres de la sécurité. C'était Cha, son secrétaire particulier.

« Est-ce l'heure ?

— Je viens d'en être informé. Le général président Su est arrivé. Nous devrions rentrer. »

Wei opina. Il aurait bien aimé rester ici toute la journée, en pantalon et bras de chemise. Mais il avait du travail, et ce travail ne pouvait pas attendre.

Il remonta la plage, pour revenir à ses obligations.

Wei Jen Li entra dans une petite salle de conférences adjacente à sa résidence dans la cité balnéaire. Le général président Su Ke Qiang l'y attendait.

Les deux hommes échangèrent une accolade. Wei sentit la brochette de médailles du général presser contre sa poitrine.

Il n'aimait pas Su mais jamais il n'aurait détenu

le pouvoir sans lui. Sans doute ne serait-il même pas encore en vie.

Après cette étreinte sans chaleur, le général sourit et prit place devant une petite table sur laquelle était posé le service à thé traditionnel. Cet homme de haute taille – plus d'un mètre quatre-vingts – versa du thé pour eux deux, tandis que leurs secrétaires particuliers s'asseyaient le long du mur.

« Merci d'être resté pour parler avec moi, commença Wei.

— Mais de rien, *tongji* – camarade ».

La conversation débuta sur un mode léger, par des potins sur les autres membres du Comité, les éventuels projets de retraite, mais bien vite le regard de Wei se durcit. « Camarade, j'ai tenté de dessiller les yeux de nos collègues sur la calamité qui nous guette si nous ne prenons pas des mesures désespérées.

— Tu as eu une semaine difficile. Tu sais que tu peux compter sur le soutien plein et entier de l'armée de libération, tout comme sur le mien. »

Wei sourit. Il savait que ledit soutien était loin d'être inconditionnel. Il dépendait de sa docilité.

Et Wei était prêt à se soumettre. « Parle-moi de l'état de tes forces.

— Leur état ?

— Oui. Sommes-nous en mesure de réagir ? Sommes-nous préparés ? »

Su arqua les sourcils. « Préparés à quoi ? »

Soupir de Wei. « J'ai essayé de mettre en place des mesures d'austérité, difficiles mais nécessaires. J'ai échoué. Mais si nous ne faisons rien du tout, avant la fin de ce plan quinquennal, ce pays se retrouvera ramené de vingt ans en arrière, si ce n'est plus. Nous serons chassés du pouvoir et ces nouveaux dirigeants nous plongeront encore plus loin dans le passé. »

Su ne dit mot.

Wei poursuivit. « Je dois dorénavant accepter mes responsabilités et adopter une direction nouvelle pour renforcer le pays. »

Il regarda Su et vit grandir dans ses yeux une lueur de plaisir, à mesure que le général prenait conscience de la situation.

« Cette nouvelle direction nous obligera-t-elle à recourir à nos forces armées ? » demanda le général.

Wei acquiesça en précisant : « Au départ, il se peut que mon plan rencontre... une certaine... résistance.

— Résistance intérieure ou extérieure ? demanda Su avant de prendre une gorgée de thé.

— Je parle, camarade président, d'une résistance extérieure.

— Je vois », répondit Su d'une voix monocorde. Wei savait qu'il était en train de lui donner précisément ce qu'il souhaitait.

Su reposa sa tasse et demanda : « Que proposes-tu ?

— Je propose une projection de nos forces armées pour réaffirmer notre rôle dans la région.

— Et qu'aurons-nous à y gagner ?

— Notre survie.

— Notre survie ?

— La catastrophe économique n'est évitable qu'au prix d'une expansion territoriale qui procure de nouvelles sources de matières premières, ouvrant la voie à de nouveaux produits, de nouveaux marchés.

— De quels territoires parle-t-on ?

— Nous devons projeter nos intérêts de manière plus agressive en mer de Chine méridionale. »

Su laissa tomber le masque d'intérêt distant pour opiner avec vigueur. « Je suis absolument d'accord. Les événements récents impliquant nos voisins sont… gênants. La mer de Chine méridionale, pourtant un territoire que nous devrions contrôler de plein droit, est en train de nous échapper. Le congrès philippin a voté une loi sur l'extension des eaux territoriales qui leur permet de revendiquer le récif de Huangyan[1], un territoire qui appartient à notre nation. L'Inde a signé un partenariat avec le Vietnam pour prospecter du pétrole au large des côtes vietnamiennes, et ils menacent de déplacer sur zone leur tout nouveau porte-avions, une provocation manifeste visant à tester notre résolution.

« La Malaisie et l'Indonésie interfèrent activement avec nos zones économiques en mer de Chine méridionale, nuisant à nos activités de pêche dans la région.

— Tout à fait. » Wei était en plein accord avec tous les points développés par le général.

Ce dernier reprit avec un sourire : « Quelques avancées calculées avec soin dans cette région et nous renforcerons notre assise financière. »

Wei hocha la tête comme un professeur déçu chez son élève par son manque de compréhension d'un principe fondamental. « Non, camarade président Su. Ce n'est pas cela qui nous sauvera. Peut-être n'ai-je pas souligné suffisamment la gravité de notre problème économique. Nous n'allons pas simplement *pêcher* notre retour à la prospérité. »

---

[1]. Selon la terminologie internationale, il s'agit du *récif de Scarborough*, un atoll revendiqué par les Philippines, la Chine populaire et Taïwan.

Su ne réagit pas à la condescendance de la remarque. « Il y a donc plus ?

— La domination totale en mer de Chine méridionale n'est que l'étape numéro un, indispensable pour mettre en œuvre les étapes deux et trois. » Wei marqua un temps, conscient que Su était loin de deviner ce qui allait suivre.

Wei savait également qu'à partir de là, il atteignait un point de non-retour.

Après une ultime hésitation, il précisa : « L'étape deux est le retour de Hongkong au sein de la patrie, en abolissant sa Loi fondamentale tout en conservant au territoire son statut de zone économique spéciale. Notre politique depuis longtemps définie d'"Un pays, deux systèmes" sera bien sûr maintenue mais je veux réellement avoir un seul pays. Pékin devrait pouvoir bénéficier des flux de revenus des capitalistes hongkongais. Nous assurons leur sécurité, après tout. Mes conseillers me disent que si nous pouvons prendre Hongkong et sa sale petite cousine Macao pour les fondre dans une seule et même unité au sein de la ZES de Shenzhen, nos gains actuels seront multipliés par quatre. Cet argent soutiendra le Parti aussi bien que les capitalistes dont jusqu'ici les affaires ont été florissantes.

« Je veux également renforcer l'éducation morale nationale dans les programmes scolaires et accroître le nombre de membres du Parti communiste chez les fonctionnaires hongkongais. "Nationalisme" est devenu pour eux un gros mot et cela, je veux y mettre un terme. »

Su acquiesça mais dans le même temps, Wu voyait les rouages tourner dans sa tête. En cet instant précis, le général était en train d'évaluer la résistance non seulement de l'entité semi-autonome qu'était Hongkong mais aussi du Royaume-Uni, de l'Union européenne, de l'Amérique, de l'Australie et de tous les autres pays qui y avaient investi d'énormes capitaux.

Hongkong et Macao étaient des régions administratives spéciales, statut qui leur avait permis de profiter du capitalisme et d'une quasi-autonomie depuis la restitution du territoire par les Britanniques en 1997. Un statut valable cinquante ans, selon l'accord signé par la Chine. Et jusqu'ici, personne en Chine et certainement aucun dirigeant du pays n'avait proposé d'abroger l'autonomie des deux cités-États pour les fondre dans le territoire national.

« Je vois, observa Su, la raison pour laquelle il nous faudrait tout d'abord avoir le contrôle de la mer de Chine méridionale. Nombre de pays trouveraient de leur intérêt national de se battre pour conserver le statut actuel de Hongkong. »

Wei balaya quasiment la remarque. « Certes, mais je compte faire clairement entendre à la communauté internationale que je suis un homme d'affaires, que je suis favorable au capitalisme et à l'économie de marché et que les changements apportés au fonctionnement de Hongkong et de Macao seront mineurs et quasiment à peu près imperceptibles pour le reste du monde. »

Avant que Su pût commenter cette dernière précision, Wei enchaîna : « Et l'étape numéro trois sera le parachèvement de l'objectif visé depuis des lustres par notre nation, l'absorption de Taïwan. Y procéder de la meilleure façon, en faisant de l'île notre plus vaste zone économique spéciale, lui assurera, projettent mes conseillers, le maintien pour l'essentiel de sa viabilité économique. Il est évident qu'il y aura des résistances de la prétendue république de Chine et de ses alliés mais je ne parle pas d'une invasion de Taïwan. Je parle de réabsorber la province *via* une pression économique et diplomatique, de contrôler l'accès aux routes maritimes et ce faisant, de leur montrer, à la longue, que la seule option viable pour leur peuple est qu'ils acceptent et soient fiers de leur avenir au sein de la Chine nouvelle.

« N'oublie pas, camarade président, que les zones économiques spéciales, un modèle que j'ai promu et perfectionné tout au long de ma carrière, sont considérées dans le monde entier comme un succès, la manifestation d'une détente avec le capitalisme. L'Occident voit en moi une force de changement positif. Je ne suis pas naïf, je sais que ma réputation personnelle souffrira, sitôt que seront devenus clairs nos objectifs, mais je n'y attache aucune importance. Une fois obtenu ce dont nous avons besoin, nous nous développerons au-delà de tous les pronostics que l'on peut faire aujourd'hui. Et je considérerai de ma responsabilité de renouer toutes les relations malmenées par ces actions. »

Su ne dissimula pas sa surprise devant l'audace du plan exposé par ce président aux manières douces, cet homme qui était après tout un mathématicien, un économiste, et pas du tout un chef militaire.

Wei releva l'étonnement qui se dessinait sur les traits du général et il en sourit. « J'ai étudié les Américains. Je les comprends. Leur économie, évidemment, mais aussi leur culture, leur politique. Ils ont un dicton.

"Seul un Nixon pouvait aller en Chine." Mais tu le connais, bien sûr.

— Bien sûr, opina Su.

— Eh bien, camarade président Su, je veillerai à ce qu'ils en adoptent un nouveau : "Seul un Wei pouvait reprendre Taïwan." »

Su revint plus ou moins sur terre. « Le Politburo, même avec le renouvellement de ses membres après ces... dissensions, restera difficile à convaincre. J'en parle en connaissance de cause, ayant passé presque une décennie à les encourager à adopter une attitude plus ferme vis-à-vis de nos voisins et de nos justes revendications d'espace maritime. »

Wei acquiesça, pensif. « Après les événements qui ont transpiré récemment, je ne compte plus persuader mes camarades par la seule raison. Je ne commettrai pas de nouveau cette erreur. J'aimerais plutôt entamer lentement des manœuvres – politiques mais également militaires – pour concrétiser l'étape numéro un de ma vision, avant de passer aux étapes deux et trois. Une fois que nous aurons récupéré l'ensemble des eaux territoriales entourant les objectifs convoités, le Politburo devra bien constater qu'ils sont désormais à notre portée. »

Su crut comprendre que Wei commencerait par des mesures modestes qui prendraient de l'ampleur à l'approche du succès.

« Dans quel délai envisages-tu la chose, *tongji* ?

— Je compte sur ton aide pour le définir, bien sûr. Mais en restant dans ma perspective d'économiste, je dirais qu'en l'affaire de deux ans, la mer de Chine méridionale et les eaux territoriales jusqu'à huit cents kilomètres de nos côtes devraient être sous notre contrôle. Quelque chose comme trois millions et demi de kilomètres carrés d'océan. Nous dénoncerons notre accord avec Hongkong douze mois après. Puis Taïwan devrait passer sous notre coupe d'ici à la fin de ce plan quinquennal. »

Su réfléchit soigneusement avant de répondre. Finalement, il énonça : « Ce sont là des initiatives audacieuses. Mais je suis d'accord, elles sont nécessaires. »

Wei savait que Su n'y connaissait pas grand-chose en économie, en dehors du domaine impliquant le complexe militaro-industriel chinois. Il ignorait à coup sûr ce qui était nécessaire pour la raviver. Les désirs du général se réduisaient à la projection de forces, point final.

Mais Wei se garda bien de le dire. À la place, il nota : « Je suis heureux de constater que tu es d'accord avec moi, camarade président. Car j'aurai besoin de ton aide à chaque étape du plan. »

Su opina. « Tu as entamé notre conversation en m'interrogeant sur le niveau de préparation de nos forces. Les opérations d'interdiction maritime, c'est bien là ce que tu me demandes, sont dans les capacités de notre marine, mais j'aimerais en discuter plus à fond avec mes amiraux et mon personnel de renseignement. Je te demanderai donc de m'accorder quelques jours pour que je puisse m'entretenir avec mon état-major et définir un plan, basé sur ce que tu viens de m'exposer. Mes spécialistes pourront alors préciser nos besoins avec exactitude.

— Merci, dit Wei en acquiesçant. Je te prierai de préparer un rapport préliminaire à me remettre en main propre d'ici une semaine. Nous en discuterons dans mes quartiers privés à Pékin et nulle part ailleurs. »

Su se leva pour prendre congé et les deux hommes se serrèrent la main. Le président Wei savait que le général Su possédait déjà des plans détaillés pour envahir chaque île, îlot, banc de sable, atoll ou récif en mer de Chine méridionale. Il avait également des plans pour interdire tout accès à Taïwan et la ramener à l'âge de pierre sous une pluie d'obus et de roquettes. Il n'avait en revanche peut-être pas défini de plan précis en ce qui concernait Hongkong. Une semaine devrait lui suffire pour combler ce manque.

Et Wei savait que Su serait ravi de regagner ses quartiers pour révéler à son état-major les activités à venir.

Dix minutes plus tard, le président Su Ke Qiang rejoignait le convoi de huit véhicules qui allait le ramener vers la capitale. L'accompagnait Xia, son adjoint, un général de division qui avait servi à ses côtés tout au long de sa carrière d'officier général. Xia avait été présent lors de l'entretien avec Wei, écoutant en silence et prenant des notes.

Une fois installés à l'arrière de la berline blindée Roewe 950, les deux généraux se dévisagèrent un long moment.

« Votre opinion ? » demanda le général de division à son supérieur.

Su alluma une cigarette. « Wei pense qu'il nous suffira de tirer quelques coups de semonce en mer de Chine méridionale pour que la communauté internationale recule et nous laisse progresser sans encombre.

— Et votre avis personnel ? »

Su eut un sourire matois mais sincère tandis qu'il

glissait son briquet dans sa poche de pardessus. « Mon avis est que nous allons entrer en guerre.

— En guerre contre qui, mon général ? »

Su haussa les épaules. « L'Amérique. Qui d'autre ?

— Si je puis me permettre, mon général... Mais cela n'a pas l'air de vous chagriner. »

Su éclata de rire derrière un nuage de fumée. « J'ai hâte de voir se concrétiser ce projet. Nous sommes parés et ce n'est qu'en mettant un pain dans la gueule de ces diables étrangers par une action aussi rapide que décisive que nous serons en mesure d'atteindre tous nos objectifs dans la région. » Il marqua un temps avant de reprendre, sur un ton un peu plus sombre : « Nous sommes prêts... à la seule condition d'agir maintenant. Le plan quinquennal de Wei est stupide. Tous ses objectifs doivent être remplis dans un délai d'un an ou l'occasion nous échappera. Une guerre éclair, une attaque rapide sur tous les fronts, voilà de quoi créer une nouvelle réalité sur le terrain que le reste du monde n'aura d'autre choix que d'accepter. C'est là le seul moyen de réussir.

— Wei en sera-t-il d'accord ? »

Le général déplia sa grande carcasse sur le siège pour regarder par la fenêtre alors que leur cortège de huit véhicules poursuivait sa route vers l'ouest, vers Pékin.

Puis il répondit, avec détermination. « Non. En conséquence de quoi, je devrai créer une réalité qu'il n'aura, lui non plus, pas d'autre choix que d'accepter. »

13

Valentin Kovalenko s'éveilla un peu avant cinq heures du matin. Il était dans sa chambre à L'Orange Bleue, un hôtel avec club de remise en forme et établissement thermal situé dans le quartier de Letany, au nord-est de Prague. Il s'y trouvait depuis trois jours déjà, avait profité du sauna, des massages et mangé une nourriture excellente, mais au-delà de tous ces aspects luxueux, il s'était préparé avec zèle pour une opération qu'il comptait entreprendre avant le lever du jour.

Il avait reçu ses ordres, comme l'avait promis le mafieux qui l'avait aidé à s'évader, *via* ce programme de messagerie instantanée sécurisé du nom de Cryptogram. Peu après son arrivée à la planque arrangée par la mafia de Saint-Pétersbourg, il s'était vu remettre un ordinateur muni du logiciel, en sus de documents, d'argent et d'instructions pour s'installer en Europe occidentale. Il avait suivi les ordres en allant se fixer dans le midi de la France, et en se connectant une fois par jour pour guetter l'arrivée de nouvelles instructions.

Quinze jours s'écoulèrent sans contact. Il consulta un médecin pour traiter les divers bobos qu'il traînait depuis son séjour dans la prison moscovite et se rétablit rapidement. Et puis, un beau matin, il ouvrit Cryptogram et, comme tous les jours, entra son mot de passe pour s'identifier. Sitôt la procédure achevée, une simple ligne de texte apparut dans la fenêtre de la messagerie.

« Bonjour. »

« Qui êtes-vous ? » tapa Kovalenko.

« Je suis votre officier traitant, monsieur Kovalenko. »

« Comment dois-je vous appeler ? »

« Appelez-moi Centre. »

Avec un demi-sourire, Valentin tapa : « Puis-je savoir si c'est Monsieur Centre, ou Madame Centre, ou bien êtes-vous peut-être quelque avatar de l'Internet ? »

Le temps de réponse fut plus long que les précédents.

« Je pense que c'est la dernière option qui pourrait le mieux correspondre. » Après une brève pause, les mots sur l'écran de Kovalenko semblèrent se précipiter : « Êtes-vous prêt à commencer ? »

Valentin répondit du tac au tac. « Je veux savoir pour qui je travaille. » La requête paraissait raisonnable, même si le mafieux l'avait mis en garde en lui indiquant que son nouvel employeur était tout sauf raisonnable.

« J'admets votre inquiétude à ce sujet mais je n'ai pas le temps de tenir compte de vos inquiétudes. »

Valentin Kovalenko s'imagina en train de mener conversation avec l'ordinateur, tant les réponses étaient rigides, figées, logiques.

L'anglais est sa langue maternelle, se dit Kovalenko. Avant de se raviser. Même s'il parlait couramment la langue, il ne pouvait définir avec certitude la langue natale d'un interlocuteur. Peut-être se ferait-il une meilleure idée en l'entendant parler. Pour l'heure, tout ce qu'il pouvait dire, c'est que son nouveau patron se débrouillait bien par écrit.

« Si, demanda-t-il, vous êtes une entité dont l'activité est de pratiquer l'espionnage informatique, quel est mon rôle ? »

La réponse apparut aussitôt : « L'évaluation des éléments humains en situation. Votre spécialité. »

« L'homme qui m'a récupéré à la porte de la prison disait que vous étiez partout. Omniscient, omniprésent. »

« Est-ce une question ? »

« Si je refuse de suivre les instructions ? »

« Faites travailler votre imagination. »

Kovalenko arqua les sourcils. Il ne savait trop si la remarque traduisait le sens de l'humour de son interlocuteur ou tout simplement une menace. Il soupira. Il avait déjà commencé à travailler pour cette entité en venant s'installer ici, prendre un appartement et utiliser l'ordinateur. Clairement, il n'était pas en position de discuter.

Il tapa : « Quelles sont mes instructions ? »

Centre répondit. Ce qui avait conduit Valentin à Prague.

Il commençait tout juste à se remettre des ravages causés par la bronchite, le ver solitaire et un régime constitué pour l'essentiel de bouillie d'avoine et de pain moisi. Il avait été en bonne santé et en bonne forme physique avant son séjour en préventive et la discipline à laquelle il s'astreignait lui permettait de se rétablir plus vite que la moyenne des gens.

La salle de gym de l'hôtel l'avait bien aidé dans cette entreprise. Il s'était entraîné pendant des heures ces trois derniers jours et ce programme, complété par un jogging matinal, l'avait empli d'énergie et de vigueur.

Il s'habilla pour courir – un survêtement noir décoré d'une discrète bande latérale argentée – et il coiffa son bonnet tricoté noir sur ses cheveux blond filasse. Il glissa dans sa poche de blouson un couteau pliant à lame carbone, un jeu de rossignols et un petit sac en feutre de la taille du poing, puis il tira sur la fermeture à glissière.

Il mit ensuite des chaussettes gris foncé, chaussa ses chaussures Brooks noires et enfila de fins gants Under Armour avant de quitter sa chambre.

Bientôt, il était sorti de l'hôtel et courait vers le sud sous une pluie légère mais glaciale.

Il parcourut le premier kilomètre sur le gazon qui longeait l'avenue Tupolevova. Pas âme qui vive dans la pénombre, en dehors de deux fourgonnettes de livraison qui passèrent en vrombissant.

Il tourna vers l'ouest sur Křivoklátská et poursuivit d'un pas tranquille. Il nota que son cœur battait déjà plus fort que d'habitude, ce qui le surprit un tantinet. Lorsqu'il travaillait à Londres, il courait dix mille mètres dans Hyde Park presque tous les matins et ne finissait en sueur que durant les mois les plus chauds.

Il savait qu'il n'était pas en aussi bonne forme que lors de son séjour en Angleterre mais il soupçonna que sa santé encore fragile n'était pas la seule raison de ces palpitations.

Non, s'il était nerveux ce matin, c'était parce qu'il était de retour sur le terrain.

Même si Valentin Kovalenko avait atteint le rang de chef d'antenne adjoint au Royaume-Uni pour le SVR, le renseignement extérieur russe, comme tout agent à ce poste, il n'effectuait pas en temps normal de mission sur le terrain. Les transmissions de documents, la relève de boîtes aux lettres et autres tâches de courrier clandestin étaient l'œuvre d'agents situés plus bas dans la chaîne alimentaire des réseaux d'espionnage. Non, Valentin Kovalenko exerçait l'essentiel de sa tâche de maître espion depuis son bureau cossu à l'ambassade de Russie, ou bien en dégustant un bœuf Wellington au Hereford Road ou peut-être de la joue de bœuf cuite au four à braises et servie en sauce, accompagnée de cresson et de moelle, aux Deux Salons.

C'était le bon temps, songea-t-il en ralentissant un peu pour calmer ses palpitations. Son travail aujourd'hui n'allait pas être particulièrement dangereux, quand bien même la tâche serait nettement moins intellectuelle que lors de son séjour londonien.

Il avait eu son content de corvées lorsqu'il était en Russie, bien sûr ; nul ne pouvait prétendre devenir chef d'antenne adjoint sans être sorti du rang. Il avait été un illégal, un agent travaillant sans aucune couverture officielle dans nombre de postes en Europe y compris un bref séjour en Australie. Il était alors plus jeune, bien sûr, vingt-quatre ans à peine quand il travaillait à Sydney et il n'avait pas trente ans quand il avait quitté le terrain pour un travail de bureau. Mais il appréciait le boulot.

Il tourna sur Beranových, en direction du nord, suivant l'itinéraire déjà emprunté les deux matins précédents, même si aujourd'hui il allait dévier de sa route, mais juste pour quelques minutes.

La pluie s'intensifia, il était trempé mais au moins était-il encore mieux caché qu'avec la seule obscurité.

Il sourit. Les espions adorent l'obscurité. Et la pluie.

Accomplir cette tâche le comblait d'aise, même si, pour lui, cette petite opération était un rien bizarre et que, nonobstant les espérances de ses commanditaires, il jugeait assez faibles les probabilités de réussite.

Une douzaine de mètres après avoir tourné sur Beranových, il regarda à gauche et à droite, puis derrière lui. La rue était vide, aussi obliqua-t-il aussitôt sur la droite. Il s'agenouilla devant un portail en fer forgé ouvert dans un mur chaulé de blanc et crocheta prestement le verrou. C'était une simple résidence privée et la serrure était aisée à forcer mais cela faisait si longtemps qu'il n'avait pas eu l'occasion de pratiquer ses talents en la matière qu'il se permit un bref sourire alors qu'il glissait à nouveau les outils dans sa poche de blouson.

En quelques secondes, il se retrouva sur la pelouse au pied d'une maison d'un étage. Il courut, ombre noire dans la pénombre matinale, filant vers la droite de la façade et franchissant la clôture en bois qui séparait le jardin de l'arrière-cour. Il longea une piscine surélevée fermée pour la saison, puis se faufila entre une serre et un abri à outils pour gagner le mur de séparation avec la propriété voisine. En quelques secondes, il avait escaladé le mur pour retomber de l'autre côté dans l'herbe grasse et se retrouver précisément là où il l'avait calculé grâce à ses recherches sur Google Maps.

Il avait ainsi évité le mur d'enceinte, les projecteurs

extérieurs et les guérites de gardes entourant le technopôle VZLÚ.

Le nouvel agent traitant de Kovalenko, l'individu anglophone nommé Centre qui communiquait par messagerie instantanée cryptée, ne lui avait pas expliqué la raison de l'exercice du jour, il ne lui avait pas non plus dit grand-chose en dehors de l'adresse de sa cible et des consignes à suivre, une fois sur place. Mais le Russe avait procédé à quelques recherches personnelles qui lui avaient appris que VZLÚ était le sigle d'un centre de recherche et d'essais aérospatiaux et qu'on étudiait ici l'aérodynamique, les moteurs d'avions et les rotors d'hélicoptères.

L'ensemble formait un vaste campus composé de nombreux bâtiments avec plusieurs bancs d'essais.

Si son employeur désirait obtenir quoi que ce soit, ce n'était pas à Valentin qu'en incombait la tâche. Ses ordres avaient été tout simplement de violer le dispositif de sécurité et de laisser derrière lui certains éléments.

À la faveur de la pluie et de l'obscurité, il gagna un parking de taille modeste. Il se mit à genoux et sortit de sa poche de blouson le sachet. À l'intérieur, il y avait une clé USB de couleur grise que, contre toute attente, il abandonna à un emplacement donné du parking. La clé était étiquetée « Résultats du test » mais il prit soin de la poser face contre terre.

Kovalenko n'était pas idiot. Il était certain que cette clé ne contenait pas le moindre résultat de test, ou en tout cas, pas de résultats réels. Elle devait contenir un virus informatique et si son employeur avait deux onces de jugeote, le virus serait masqué et conçu pour s'exécuter sitôt que la clé serait introduite dans le port

USB d'un des ordinateurs en réseau sur ce site. Le plan, c'était clair pour l'ancien espion russe, était que quelqu'un trouve la clé et la branche sur son ordinateur pour examiner son contenu. Aussitôt, le virus infecterait la machine avant de se propager sur le réseau.

Valentin avait reçu ordre de ne déposer qu'une seule clé devant chacun des bâtiments du site pour multiplier les chances de succès. Si une demi-douzaine de techniciens entraient dans le même bâtiment en ayant trouvé chacun une mystérieuse clé USB sur le parking attenant, il serait plus que probable que deux ou trois se croisent, et évoquent l'incident, ce qui leur mettrait la puce à l'oreille. Il demeurait possible que la plupart de ceux qui tomberaient sur une des clés nourrissent des soupçons mais, Kovalenko avait pu le vérifier grâce à ses recherches sur le site, un unique réseau rassemblait l'ensemble des divisions, de sorte qu'il suffirait d'infecter une seule machine pour contaminer toutes les installations de VZLÚ.

Semblable à un mail d'hameçonnage, Valentin Kovalenko était un vecteur d'attaque.

Ce n'était pas un mauvais plan, admit-il, mais il ignorait les détails de la mission permettant de le convaincre de son succès. Il se demanda ce qui arriverait une fois qu'il deviendrait clair pour le service informatique de cette entreprise qu'une douzaine de clés USB identiques ou presque venaient de faire leur apparition dans leurs murs. Cela devrait leur suggérer qu'une tentative de piratage était en cours et les inciterait sans doute à isoler leur réseau pour y entreprendre une traque au virus. Valentin n'y connaissait pas grand-chose en espionnage informatique mais il avait du mal à croire que ledit virus ne serait pas détecté et éliminé avant d'avoir pu occasionner des dégâts notables au système.

Mais une fois encore, Centre n'avait pas jugé bon de le mettre dans le secret de l'opération. Quelque part, c'était un peu insultant. Kovalenko supposa qu'il travaillait pour une officine d'espionnage industriel ; ce gars et ses hommes de main devaient savoir qu'il avait été un espion de haut vol à qui l'on avait confié un poste crucial, au sein d'un des plus grands services d'espionnage existants, le SVR.

Alors qu'il progressait à quatre pattes entre deux fourgonnettes garées sur le parking jouxtant la piste d'atterrissage engazonnée afin de déposer une autre clé USB sur le béton humide, il se demanda qui pouvaient bien être ces mystérieux employeurs qui le ravalaient au rang de simple garçon de courses.

Il devait toutefois admettre que c'était toujours mieux que la prison, que le job était sans grand risque et qu'il était bien payé.

14

La deuxième réunion entre le président et secrétaire général Wei Jen Lin et le général président Su Ke Qiang prit place à Zhongnanhai, le palais gouvernemental situé au centre de Pékin. Les deux hommes y avaient leurs bureaux et pour Wei également sa résidence, de sorte qu'une rencontre privée fut organisée en soirée dans le bureau personnel de celui-ci, attenant à sa chambre à coucher.

Le secrétaire de Wei était présent ainsi que l'aide de camp de Su, tout comme la semaine précédente dans la cité balnéaire de Beidaihe. Cette soirée allait toutefois être différente, car ce serait au tour du général Su de présenter son plan.

Un domestique vint servir du thé aux deux dirigeants, ignorant les deux secrétaires, puis s'éclipsa.

Wei avait laissé à Su une semaine pour échafauder, avec l'aide de son état-major, un nouveau plan de projection de leurs forces en mer de Chine méridionale, en prélude au gambit de Wu visant à absorber Hongkong et Taïwan. Il savait que Su avait dû peu dormir, peu manger et ne penser à rien d'autre dans l'intervalle.

Après tout, le général rêvait depuis plus de dix ans

d'envoyer des hommes, des bateaux et des avions en mer de Chine.

Les deux dirigeants s'assirent. Su avait dans la main son rapport. Un deuxième exemplaire était entre les mains de Xia, son second, et Wei se dit qu'on allait sans doute également lui en procurer un à examiner dans le cours de la discussion.

Mais auparavant, le général Su précisa : « Camarade, tu as failli récemment être chassé du pouvoir pour avoir eu le front de répandre la vérité ; la vérité est toujours difficile à entendre et ton entourage n'a pas voulu l'écouter. »

Wei acquiesça.

« Je me trouve dorénavant dans une position similaire à la tienne. Tu as exposé un plan de cinq ans pour redonner à la nation une puissance, une gloire qu'elle n'a plus connues depuis des générations. À mon grand regret, je dois néanmoins t'informer de certains aspects de notre situation militaire actuelle qui rendent ton plan quinquennal difficile, voire impossible à réaliser. »

Wei inclina la tête, surpris. « Les objectifs que je vise ne seront pas atteints par la seule force militaire. Je n'ai besoin que d'un soutien de l'armée pour contrôler la zone. Ne serions-nous pas aussi puissants que les rapports annuels nous ont conduits à le croire ? »

Su écarta ces doutes d'un revers de main. « Nous le sommes, du point de vue militaire. Jamais nous ne l'avons été à ce point, dans l'ensemble. Vingt pour cent d'augmentation annuelle des dépenses ces vingt dernières années ont permis d'améliorer grandement nos capacités sur terre, sur mer, dans les airs et dans l'espace. »

Su poussa toutefois un soupir.

« Alors, dis-moi ce qui te chagrine.

— Je crains que notre force ne soit parvenue aujourd'hui à son apogée à l'heure où je te parle, mais qu'elle décline bientôt par rapport à celles de nos adversaires. »

Wei ne comprenait plus. Il était toujours sur des sables mouvants quand il s'agissait de questions militaires. « Pourquoi ce déclin ? »

Su laissa à Wei le temps de comprendre qu'il n'allait pas lui fournir une réponse immédiate et directe. L'explication qu'il s'apprêtait à livrer réclamait en effet une mise en perspective. « Nous pouvons, dès demain matin, éliminer toute opposition dans la région. Mais ce n'est pas suffisant. Nous devons nous préparer à combattre un adversaire, et un seulement. Une fois qu'il sera neutralisé, ce qui reste de nos conflits potentiels sera remporté avant même qu'ils soient engagés.

— Tu penses que les États-Unis interviendront contre nos incursions en mer de Chine méridionale ?

— J'en suis certain, camarade.

— Et nos capacités militaires…

— Je serai franc avec toi. Nos capacités conventionnelles sont, dans l'ensemble, l'ombre de celles dont disposent les États-Unis. Dans presque tous les domaines, nombre d'armes, quantité de munitions, qualité de l'équipement, entraînement des forces, matériels – vaisseaux, avions, chars, camions et jusqu'aux sacs de couchage –, les Américains nous surpassent. Ils ont en outre passé les dix dernières années à combattre quand dans le même temps nous ne faisions que nous entraîner. »

Le visage de Wei se durcit. « À t'entendre, il semblerait que notre nation ait été bien mal servie par notre armée lors de ces deux décennies de modernisation. »

Su encaissa la remarque sans broncher. Il acquiesça même. « C'est le revers de la médaille. Et voici justement la bonne nouvelle : sous bien des aspects, notre modernisation stratégique a été une réussite.

« Nous avons un grand avantage dans au moins une des disciplines de la guerre. Dans tout combat contre un adversaire, quel qu'il soit, il est un fait que nous possédons une supériorité totale, complète en matière de renseignement.

« L'armée du président Mao, celle dans laquelle ont servi ton père et le mien, a été remplacée par une entité bien plus vaste. Le concept de C4ISR mécanisé : Commandement, Contrôle, Calcul, Communications, Intelligence, Surveillance et Reconnaissance. Nous possédons quantité de ressources, sommes parfaitement connectés et organisés. Et nos forces sont en place pour une attaque immédiate.

— Une attaque ? Tu parles de guerre informatique, de cyberguerre ?

— De cyberguerre et de cyberespionnage, de communications entre les systèmes et les forces pour en optimiser les effets. L'informatisation totale du champ de bataille. Dans ce domaine, nous sommes, et de loin, meilleurs que les Américains.

— Tu m'as dit que tu avais une mauvaise nouvelle. J'y vois là plutôt une bonne.

— La mauvaise, camarade secrétaire général, c'est que l'agenda que tu m'as demandé de suivre avec mes forces est irréaliste.

— Mais nous devons agir avant la clôture de la conférence du Parti, dans un délai de cinq ans. Tout retard diminuera notre leadership et rien ne garantit que…

— Tu m'as mal compris, interrompit le général. Je dis qu'il n'est pas question pour nous de mettre plus d'une année pour parvenir à nos objectifs. Vois-tu, ces nouvelles capacités constituent notre seul et unique réel avantage tactique sur les Américains. Et c'est un avantage incroyable. Mais il est appelé à fondre. Les Américains sont en train de bâtir leur cyberdéfense à grands pas et les capacités d'adaptation de leur pays et de leurs forces face à l'adversité sont rapides. Le réseau de défense américain, à l'heure actuelle, se fonde pour l'essentiel sur des méthodes de riposte. Mais le cybercommandement américain est en train d'évoluer rapidement et ils s'apprêtent d'ores et déjà à changer le paysage du champ de bataille à venir. Le président Ryan a accru toutes les ressources liées à ce commandement, ce qui aura très bientôt un impact notable sur nos capacités. »

Wei avait compris. « Tu es en train de dire que c'est maintenant qu'il faut passer à l'action ?

— La fenêtre va se refermer et je crains qu'elle ne se rouvre pas de sitôt. Si même elle se rouvre. L'Amérique est en train de combler son retard. Leur Congrès s'apprête à voter des lois visant à pousser la modernisation des infrastructures informatiques du pays. Le gouvernement du président Ryan prend l'affaire très au sérieux. Si nous révélons par petits bouts notre… ton programme d'expansion, nous serons considérablement désavantagés.

— Tu veux donc qu'on commence immédiatement.

— Il le faut. Nous devons réaffirmer que les eaux de la mer de Chine méridionale constituent pour nous un intérêt fondamental et nous devons dès maintenant pousser notre avantage pour en prendre le contrôle.

Ce n'est pas d'ici à quelques semaines, mais bien d'ici à quelques jours que nous devons renforcer nos patrouilles jusqu'au détroit de Malacca et entamer le déplacement de nos forces navales et de nos commandos de marine vers les Spratleys et le récif de Huangyan. Je peux, dans la semaine, faire débarquer des hommes sur certaines de ces îles inhabitées. Tout est détaillé dans le rapport. Nous devrons alors annoncer notre nouvelle relation avec Hongkong et entamer le blocus de Taïwan, le tout dans les six mois. D'ici un an, grâce à notre attitude agressive et à notre évidente clairvoyance, nous aurons rempli tous nos objectifs et les Américains seront trop occupés à lécher leurs blessures pour nous arrêter. »

Wei resta songeur quelques instants. « L'Amérique est-elle la seule menace stratégique ?

— Oui. Surtout avec Jack Ryan à la Maison-Blanche. Tout comme avec notre guerre contre la Russie, c'est à nouveau lui le problème. Non seulement à cause de la menace directe de son armée mais aussi des rodomontades de nos voisins. Ils se disent que jamais la Chine ne s'en prendra à un allié de l'Amérique aussi longtemps que Ryan sera au pouvoir.

— Parce qu'il nous a vaincus à plates coutures lors du dernier conflit. »

Su prit la mouche. « On pourrait discuter de l'identité du vainqueur. Après tout, les Russes étaient à leurs côtés, tu devrais t'en souvenir. »

Wei leva une main en signe d'apaisement. « Certes, même si je me souviens également que c'est nous qui avons attaqué la Russie.

— Nous n'avons pas attaqué les États-Unis, remarqua Su, catégorique. Et quand bien même, c'était il y a sept ans, et depuis la marine américaine continue de patrouiller régulièrement en mer de Chine orientale, en bordure de nos eaux territoriales. Ils viennent encore une fois de vendre à Taïwan pour neuf milliards de dollars d'équipement militaire. Ils nous menacent par leur accès à la région. Je n'ai pas besoin de te dire que quatre-vingts pour cent du pétrole indispensable à notre économie transitent par le détroit de Malacca et que les États-Unis pourraient aisément bloquer ces échanges avec un simple groupe aéronaval[1]. Nous devons donc prendre l'initiative de l'offensive si nous voulons que ton plan réussisse. »

Wei ne s'y entendait guère en affaires militaires mais ce fait était bien connu de tous les membres du Politburo.

« Mais si nous ouvrons les hostilités, Ryan va... »

Su l'interrompit. « Camarade. Nous ouvrirons les hostilités à l'insu de Ryan. Nous pouvons le faire sans nous trahir et révéler que nous sommes les véritables agresseurs. »

Wei but une gorgée de thé. « Tu songes à une attaque informatique ?

— Camarade président, il y a une opération secrète dont tu n'as pas eu connaissance. »

Wei remarqua, sourcilleux : « J'ose espérer qu'il existe maintes opérations secrètes dont je n'ai pas connaissance. »

Sourire du général. « En effet. Mais celle-ci, en particulier, sera cruciale pour la réalisation de tes objectifs. Je n'ai qu'à donner un ordre pour que nous commen-

---

1. Groupe de combat naval articulé autour d'un porte-avions et de ses navires d'escorte (destroyers, sous-marins, ravitailleurs...).

cions, d'abord en douceur et avec le plus grand soin pour éviter qu'on nous en attribue la paternité, à porter atteinte aux capacités des États-Unis à nous vaincre. Nous les enverrons guerroyer contre d'autres ennemis, les amènerons à se concentrer sur des problèmes domestiques qui mobiliseront toute leur attention et leurs ressources, les forçant à mettre à l'arrière-plan nos entreprises dans cette région.

— Voilà un bluff assez remarquable, camarade Su. »

Su rumina le constat de Wei avant de répondre. « Je ne parle pas à la légère. Nous larderons leur corps de milliers de microcoupures, de simples égratignures pour un géant comme l'Amérique. Mais toutes ces éraflures saigneront, je te le promets. Et le géant s'affaiblira.

— Et tout du long, jamais ils ne sauront qui les affaiblit ainsi ?

— Nous serons une armée invisible. L'Amérique ne saura jamais qu'elle a été mise à genoux par l'Armée populaire de libération.

— Ça paraît trop beau pour être vrai. »

Su acquiesça lentement. « Il y aura des revers, des échecs tactiques. Aucun plan de bataille ne se déroule sans anicroche. Mais d'un point de vue stratégique, ce sera un succès. J'y engage ma réputation. »

Wei se raidit sur sa chaise. « En qualité de chef de nos forces militaires, c'est la moindre des choses.

— C'est juste, sourit le général. Mais l'infrastructure est en place et nous devrions pousser notre avantage pendant que nous le détenons. Le besoin est vaste. Nos capacités sont vastes. »

Wei fut décontenancé en comprenant que Su demandait clairement son aval pour, sans plus tarder, déclencher les hostilités. Il eut un instant d'hésitation. « Nos prédécesseurs ont dit la même chose. Peu avant la guerre avec la Russie. »

Le général hocha gravement la tête. « Je sais. Et je ne peux contester ton commentaire, sauf à te rappeler qu'il existe une grande différence entre eux et nous.

— Et qui est ?

— Il y a sept ans, nos prédécesseurs ont sous-estimé Jack Ryan. »

Wei se carra contre le dossier et contempla le plafond durant plusieurs secondes avant d'émettre un ricanement sans joie. « Nous ne commettrons sûrement pas cette faute-là.

— Assurément non. Et si tu acceptes de me confier l'initiative d'ouvrir les hostilités, il demeure toutefois un élément que j'aimerais porter à ta connaissance. Cela fait des années maintenant que je souligne la nécessité d'une action en mer de Chine méridionale pour protéger nos intérêts essentiels. Je suis connu, par-delà tout ce que j'ai pu dire ou faire, comme l'homme qui cherche à reprendre des territoires pour la Chine. Si nous entamons nos mouvements sans que tu te sois exprimé au préalable, je crains que certains en Occident soient portés à croire que je me suis lancé dans cette entreprise sans ton consentement. »

Su se pencha en avant et, sur un ton amical et implorant, il poursuivit : « Loin de moi l'idée de te marginaliser. Je pense au contraire que tu devrais t'exprimer avec vigueur. Montrer au monde qui est aux manettes.

— Je suis bien d'accord, répondit Wei. Je parlerai de nos intérêts essentiels en mer de Chine méridionale. »

Ravi, le général sourit. « Bien, soyons clairs, alors. Tu m'autorises donc à déclencher les premières opérations militaires ?

— Absolument. Fais ce que tu juges le mieux. Tu as ma bénédiction pour lancer les préparatifs. Mais je te mets en garde, camarade général. Si ta petite conspiration est démasquée et si cela risque de compromettre notre entreprise, je te demanderai alors d'arrêter aussitôt. »

Su s'attendait pleinement à cette sanction sans grand enthousiasme. « Merci. Nos premières actions vont viser à réduire l'intensité de la riposte ennemie si jamais les hostilités devaient s'ensuivre. Tu peux dormir sur tes deux oreilles, sachant que la décision que tu as prise ce soir aura grandement contribué à la réussite de notre entreprise. »

Wei Jen Lin acquiesça sans rien dire.

Su quitta la réunion, sachant pertinemment que Wei Jen Lin n'avait pas la moindre idée de ce qu'il venait d'autoriser.

Vingt minutes plus tard, le général président Su était de retour à son bureau. Il avait demandé à Xia, son aide de camp, de passer pour lui un coup de téléphone, et quand il apparut à la porte pour lui dire que son correspondant était au bout du fil, le général hocha brièvement la tête et le congédia d'un mouvement des doigts.

Dès que le battant se fut refermé, Su porta le combiné à son oreille. « Bonsoir, docteur.

— Bonsoir, camarade président.

— J'ai des nouvelles importantes. Cet appel sert à

initier votre autorisation pour lancer l'opération Ombre de la Terre.

— Très bien.

— Quand allez-vous commencer ?

— Les éléments matériels sont en place, comme vous l'avez demandé, aussi l'action va-t-elle démarrer tout de suite. Une fois cette phase achevée, disons dans une semaine, quinze jours tout au plus, nous entamerons les frappes cybercinétiques. Ensuite, tout s'enchaînera rapidement.

— Je comprends. Et où en sont les préparatifs de l'opération Feu du Soleil ? »

Son interlocuteur répondit aussitôt. « Les préparatifs seront achevés sitôt que nous aurons reçu la dernière livraison de matériel envoyé de Shenzhen et que nous l'aurons mise en ligne. Nous serons prêts dans dix jours. J'attends vos ordres.

— Et moi, j'attends les miens.

— Camarade président ?

— Oui, docteur ?

— Je pense qu'il est de mon devoir de vous rappeler encore qu'une fois initialisés les éléments cruciaux d'Ombre de la Terre, je ne serai plus en mesure de les annuler. »

Le général Su Ke Qiang sourit. « Docteur… je compte bien sur notre incapacité à renverser le cours de cette opération quand elle aura été lancée. Le pouvoir civil nous a donné son aval pour renverser le premier domino de la rangée, comme si nous pouvions l'arrêter dans son élan avant que le deuxième et le troisième ne basculent à leur tour. La volonté de notre président est ferme, pour l'instant, tant que nous sommes à l'abri de l'adversité. S'il advenait qu'il hésite sous la pression, je lui ferais bien comprendre qu'il n'y a qu'une issue : en avant.

— Oui, camarade président.

— Vous avez vos ordres, docteur. N'escomptez pas avoir de mes nouvelles d'ici le moment où je vous recontacterai pour vous autoriser à lancer Feu du Soleil.

— Je continuerai à rendre compte par les canaux habituels.

— Que la fortune vous sourie, dit Su.

— *Shi-Shi.* » Merci.

La ligne fut coupée et le général Su regarda le combiné en étouffant un rire avant de le reposer sur sa fourche.

Centre n'était pas du genre loquace.

15

La Silicon Valley accueille Intel, Apple, Google, Oracle et des dizaines d'autres entreprises de haute technologie. Dans l'ombre de ces firmes, des centaines, si ce n'est des milliers de sous-traitants ont fleuri dans la région au cours des vingt dernières années.

Menlo Park est installé dans la vallée, à la sortie nord de Palo Alto et les bâtiments de cette technopole accueillent des centaines de start-up high-tech.

Dans un complexe de taille moyenne sis sur Ravenswood Drive, à deux pas de SRI, le grand centre de recherche technologique, on peut lire, collée sur une porte vitrée, l'enseigne Adaptive Data Security Consultants. Au-dessous, l'indication des horaires d'ouverture révèle que l'entreprise vit au même rythme que les autres start-up installées alentour. Mais le vigile qui patrouillait à quatre heures du matin à bord de sa voiturette de golf ne s'étonna pas de voir plusieurs véhicules toujours garés sur le parking. Ils étaient là depuis sa prise de poste six heures plus tôt.

Lance Boulder et Ken Farmer, les deux patrons d'ADSC, étaient habitués à faire des heures supplémentaires. Ça faisait partie du boulot.

Lance et Ken avaient grandi en voisins à San Francisco, et bientôt toute leur existence tournait autour de leurs ordinateurs – on en était alors aux balbutiements d'Internet. Ils n'avaient pas douze ans qu'ils construisaient déjà leurs bécanes et modifiaient des logiciels, et à quinze, ils étaient devenus des hackers accomplis.

La sous-culture de la piraterie informatique si prégnante chez les adolescents doués fascinait les deux jeunes gens et rapidement, les voilà qui collaboraient pour forcer les réseaux de leur lycée, des universités voisines et d'autres cibles plus éloignées. Ils ne provoquèrent guère de dégâts, jamais ils ne se lancèrent dans la fraude à la carte de crédit ou l'usurpation d'identité, pas plus qu'ils ne se livrèrent à la revente de données piratées – leurs seules motivations restaient le plaisir du jeu et le défi.

Et leurs faits d'armes se limitaient à quelques graffitis défigurant la page d'accueil du site de leur lycée.

Mais la police locale ne l'entendait pas de cette oreille. Les deux jeunes furent interpellés pour ce forfait, leur prof d'informatique ayant réussi à remonter la piste jusqu'à eux, et Lance et Ken avouèrent aussitôt.

Après quelques semaines de travaux d'intérêt général, ils décidèrent de s'assagir avant leur majorité – quand ce genre de plaisanterie avec la loi risquait d'être inscrit sur leur casier judiciaire et d'entacher sérieusement leurs perspectives de carrière.

À la place, ils orientèrent leurs talents et leur énergie dans la bonne direction et furent admis au Caltech, le célèbre institut californien de technologie, où ils décrochèrent leur diplôme d'informatique avant d'être engagés par des éditeurs de logiciels de la Silicon Valley.

Ils étaient des citoyens modèles mais restaient foncièrement des hackers, si bien qu'avant la trentaine, ils quittaient leur emploi pour lancer leur propre entreprise spécialisée dans les tests de pénétration, ce que dans le monde de l'informatique on qualifiait de « hacking éthique ».

Ils louaient donc leurs compétences aux services informatiques de banques, de chaînes de magasins, d'entreprises industrielles ou autres, leur tâche consistant à forcer les réseaux de leurs clients et à pirater leurs sites web.

Ils purent sans tarder se vanter d'avoir un taux de pénétration de cent pour cent.

Ainsi s'étaient-ils forgé une réputation de hackers en « chapeau blanc » parmi les meilleurs de la Silicon Valley, et les gros éditeurs de logiciels antivirus comme McAfee et Symantec tentèrent à plusieurs reprises de les recruter. Mais les deux jeunes gens étaient bien décidés à continuer à voler de leurs propres ailes.

Leur chiffre d'affaires s'accrut à mesure que grandissait leur réputation et des organismes officiels les engagèrent à leur tour pour tester la robustesse de leurs réseaux, essayer de pénétrer des systèmes réputés inviolables concoctés par certains sous-traitants secrets du gouvernement, chercher des portes d'entrée que les « chapeaux noirs » – les « méchants » hackers – n'avaient pas encore trouvées. Lance, Ken et leurs deux douzaines d'employés excellèrent à cette tâche et, riche de ces contrats gouvernementaux, ADSC était appelée à poursuivre sa croissance.

Les deux fondateurs avaient parcouru du chemin en cinq ans, mais Lance et Ken étaient toujours capables de bosser vingt heures par jour quand un projet l'exigeait.

Comme cette nuit.

Accompagnés de trois de leurs employés, ils faisaient des heures supplémentaires parce qu'ils avaient découvert un nouvel exploit sur un serveur Windows susceptible d'être calamiteux pour tous les réseaux sécurisés du gouvernement. La faille s'était révélée lors d'un test de pénétration de l'Intranet d'un fournisseur du gouvernement installé dans la ville voisine de Sunnyvale.

Une fois découverte la vulnérabilité du logiciel, Lance et Ken avaient fabriqué un cheval de Troie, un petit logiciel malveillant qui se collait comme une sangsue à un processus légitime et leur permettait d'accéder au réseau sécurisé. De là, ils découvrirent avec étonnement qu'ils pouvaient exécuter une « attaque montante » en exploitant la connexion du réseau de l'entreprise avec celui du ministère de la Défense, et ainsi s'introduire dans les entrailles des bases de données les plus confidentielles de l'armée américaine.

Tout le monde chez ADSC était conscient des implications de cette découverte. Qu'un hacker malin et décidé perce la vulnérabilité avant que Microsoft ne publie une rustine, et le chapeau noir pouvait alors écrire son propre virus pour dérober, altérer ou effacer des téraoctets de données cruciales pour la défense nationale.

Lance et Ken n'avaient pas encore alerté leur client, le ministère de la Défense, ou leurs collègues de la division criminalité numérique chez Microsoft ; ils savaient qu'ils devaient auparavant s'assurer de la solidité de leur trouvaille, aussi avaient-ils décidé de passer la nuit à la tester.

Et ce projet critique aurait pu se poursuivre plein

pot, même à quatre heures du matin, s'il n'y avait pas eu un obstacle rédhibitoire.

Une panne de secteur venait d'affecter l'ensemble du technopôle.

« Bon... ben, ça craint », commenta Lance en balayant du regard la salle soudain plongée dans la pénombre. Le seul éclairage provenait des moniteurs installés devant les cinq informaticiens. Les ordinateurs étaient toujours en marche ; l'onduleur sur lequel étaient branchées toutes les machines avait pris le relais, évitant la perte des données, même si l'autonomie des batteries se limitait à une heure, de sorte qu'ils devraient éteindre les ordis si le courant ne revenait pas bientôt.

Marcus, l'un des analystes de données, sortit du tiroir de son bureau un paquet de cigarettes et un briquet, puis il se leva. Tout en s'étirant, il lança : « Qui a oublié de régler la quittance de PG&E ? »

La Pacific Gas and Electric était le fournisseur d'électricité local et aucun des cinq jeunes gens ne crut une seconde à l'hypothèse d'une facture oubliée. C'est qu'il y avait dans leurs locaux deux douzaines de stations de travail, plusieurs serveurs de grande capacité installés au sous-sol et des dizaines d'autres périphériques.

Ce ne serait pas la première fois qu'ils feraient sauter les plombs.

Ken Farmer se leva à son tour, saisit sa canette de Pepsi, en but une gorgée. Il était tiède. « Je vais pisser un coup, puis je descends réenclencher le disjoncteur.

— Je te suis », dit Lance.

Tim et Rajesh, les analystes, restèrent devant les

machines, mais la tête posée sur les mains, pour récupérer.

Un réseau informatique résilient, puissant et sécurisé était une nécessité pour une entreprise dont l'activité consistait à traquer les pirates et ADSC disposait des outils et des protocoles la garantissant contre toute attaque informatique ciblée.

Lance et Ken avaient attaché une grande attention à doter leur compagnie d'un réseau parfaitement hermétique.

Mais ils n'avaient pas porté la même attention à la sécurité matérielle de leur propriété.

À cent vingt mètres des locaux où Lance, Ken et leurs trois employés étaient en train de s'étirer, de fumer et pisser, un individu isolé traversait la brume épaisse accrochée aux arbres longeant Ravenswood Drive, plongé dans la nuit et le silence. L'homme approchait du technopôle qui abritait ADSC. N'eût été l'heure plus que matinale et son trajet légèrement sinueux pour éviter le faisceau direct des réverbères, rien ne distinguait ce piéton.

Il était vêtu d'un imper noir zippé à capuche, ses mains gantées étaient vides, et il avançait d'un pas tranquille.

Une trentaine de mètres derrière lui, un deuxième homme suivait ses pas, mais il avançait plus vite et leur écart se réduisait. Lui aussi portait un imper noir à capuche.

Enfin, encore vingt mètres derrière ce deuxième piéton, un troisième les suivait en trottinant, gagnant rapidement du terrain sur ses deux devanciers. Il était en tenue de jogging. Noire.

Les trois hommes se rejoignirent à quelques mètres du parking, le dernier ralentissant le pas pour rester à la hauteur des deux autres et c'est donc de concert qu'ils tournèrent pour pénétrer dans l'enceinte.

Toujours aussi nonchalamment, ils rabattirent la capuche sur leur tête. Chacun portait en outre un cache-col en polaire noir et, avec un bel ensemble, ils le remontèrent pour masquer le bas du visage. Seuls leurs yeux demeuraient visibles.

Ils s'engagèrent sur le parking éclairé en temps normal.

Tous trois glissèrent la main sous leur blouson pour en sortir des semi-automatiques de fabrication belge, des FN Five-seveN. Chaque arme était dotée d'un chargeur de vingt et une balles de 5.7×28 millimètres, des munitions de fort calibre pour des armes de poing.

Leur canon était prolongé par un silencieux.

Le responsable de ce commando réduit se faisait appeler « Grue ». Il avait d'autres éléments sous ses ordres – sept en tout – mais il avait estimé que l'intrusion n'exigeait pas la présence de toute l'escouade. Deux hommes devaient suffire pour cette phase de la mission.

Et il avait raison. ADSC n'était certainement pas une cible bien difficile.

Un unique vigile travaillait sur place, patrouillant dans le complexe de bureaux à bord d'une voiturette de golf en cette heure matinale. Il roulait abrité sous une bâche transparente en plastique pour se protéger de la rosée.

Quand au bout d'une trentaine de secondes le courant n'était toujours pas revenu, le vigile avait porté la main à sa ceinture pour décrocher son iPhone. Il savait que sur les six entreprises dont les bureaux occupaient cette parcelle, il n'y avait que quelques gars de chez ADSC qui étaient présents sur le site. Il décida de les appeler pour voir s'ils avaient besoin qu'il vienne avec une torche électrique.

Alors qu'il faisait défiler son répertoire téléphonique, un mouvement à l'extérieur attira son attention. Sur sa gauche. Il leva les yeux.

Grue tira une seule balle à travers la bâche en plastique transparent. Tiré d'un mètre cinquante, le projectile pénétra dans le front du vigile. Du sang et des bouts de cervelle éclaboussèrent l'intérieur de la bâche et le jeune homme piqua du nez. Un téléphone mobile glissa de ses doigts pour échouer entre ses pieds.

Grue descendit le zip de la bâche en plastique, tâta les poches du cadavre, récupéra un trousseau de clés.

Les trois hommes repartirent, contournant le bâtiment pour passer derrière. Il faisait noir, la seule lumière était le bout incandescent d'une cigarette.

« Hé ! », lança une voix incertaine, derrière la lueur de la clope.

Grue leva son flingue et tira trois balles dans l'obscurité. L'éclat jailli du canon lui permit de distinguer un jeune homme en train de basculer à la renverse dans une petite cuisine dont la porte était restée ouverte.

Les deux complices masqués de Grue se précipitèrent pour tirer le cadavre vers l'extérieur avant de refermer la porte.

Grue tira de sous son imper un talkie-walkie. Il pressa à trois reprises le bouton du micro.

Ensemble, les trois hommes attendirent une trentaine de secondes devant la porte. Puis un Ford Explorer noir entra sur le parking, fonçant tous feux éteints. Il ralentit, se gara et cinq autres hommes, tous vêtus de manière identique à ceux déjà dans la place, mais lestés de gros sacs à dos, descendirent du gros 4 × 4.

Tous les membres de l'unité avaient un indicatif inspiré de noms d'oiseau : Grue, Tétras, Caille, Bécasseau, Bécassine, Mouette, Sterne, Canard. Grue était entraîné à mener, les autres à suivre, mais tous l'étaient à tuer.

Ils avaient mémorisé la disposition des pièces à partir des plans du bâtiment et l'un d'eux avait sur lui le schéma de la salle des serveurs au sous-sol. Ils entrèrent par la porte de la cuisine, progressant en silence dans l'obscurité. Ils empruntèrent un couloir qui les conduisit vers le hall d'entrée. Là, ils se séparèrent en deux groupes. Quatre hommes prirent l'escalier ; les quatre autres repartirent vers le fond du bâtiment, passant devant les ascenseurs pour gagner le labo principal.

Lance Boulder avait sorti une torche électrique de la boîte à outils rangée dans le placard à côté de la cuisine. Il l'alluma et traversa le hall pour se diriger vers l'escalier. Il avait l'intention de vérifier l'onduleur principal, celui qui permettait à ses serveurs de continuer à tourner. Il priait le ciel que le disjoncteur fût bel et bien à l'origine de la panne. Il décida quand même de s'assurer auparavant que la coupure n'avait pas affecté l'ensemble du quartier. Pour ce faire, il saisit le Blackberry fixé à sa ceinture et se mit à composer un texto adressé à Randy, le gardien de nuit.

Quand il leva les yeux du Blackberry, il se figea,

interdit. À quelques pas de lui, sa torche éclairait un homme entièrement vêtu de noir. Derrière lui, d'autres ombres.

Puis il vit le canon allongé de l'arme dans la main du premier type.

Seul un bref cri put franchir ses lèvres avant que Grue ne l'abatte de deux balles dans la poitrine. Malgré le silencieux, les projectiles claquèrent dans le hall. Le corps de Lance percuta le mur de droite avant de pivoter sur la gauche et de basculer, tête la première.

La torche tomba par terre, illuminant le passage pour les quatre tueurs qui se dirigeaient déjà vers le labo.

Ken Farmer profitait de la coupure de courant dans le bâtiment. Il n'avait pas quitté son ordi depuis plus de six heures, aussi finissait-il tout juste de se soulager aux toilettes. En l'absence d'un caisson lumineux de sécurité dans le couloir devant la porte, il dut sortir en tâtonnant dans le noir.

Il vit alors les silhouettes devant lui et comprit aussitôt qu'il ne s'agissait pas de ses collègues.

« Qui êtes-vous ? » Il était trop surpris pour avoir peur.

Le premier homme du groupe s'approcha rapidement de lui et plaqua sur son front la bouche brûlante d'un pistolet à silencieux.

Ken leva lentement les mains. « Nous n'avons pas d'argent. »

Le silencieux le poussa vers l'arrière et c'est à reculons qu'il regagna le labo toujours plongé dans le noir. Sitôt qu'il fut entré, il vit des ombres en noir s'agiter autour de lui, puis lui passer devant et c'est alors qu'il entendit les cris de Rajesh et de Tim, puis les détonations sourdes de tirs avec silencieux, suivies de cliquetis des douilles rebondissant sur le sol carrelé.

Farmer fut ramené jusqu'à son bureau. Là, des mains gantées le tournèrent sans ménagement pour le faire asseoir sur sa chaise. À la lueur des moniteurs, il vit Tim et Raj allongés par terre.

Son esprit se refusait à comprendre qu'ils venaient d'être abattus.

« Tout ce que vous voudrez… c'est à vous. Mais, je vous en supplie, ne… »

Grue fit glisser le silencieux de son Five-seveN vers la tempe droite de Ken Farmer et là, à bout touchant, il tira une seule balle. Le sol fut éclaboussé d'éclats d'os et de tissus et le corps s'effondra sur les débris sanguinolents.

Quelques secondes plus tard, Bécasseau lançait un message radio. « Bâtiment sécurisé », dit-il en mandarin.

Grue ne répondit pas au message. À la place, il sortit de son blouson un téléphone satellite. Il pressa une unique touche, attendit quelques secondes, puis, s'exprimant lui aussi en mandarin, il ordonna : « Remettez le jus. »

Quinze secondes plus tard, le courant était revenu. Tandis que quatre de ses hommes montaient la garde aux entrées du bâtiment, trois autres descendaient au sous-sol.

Grue s'assit à la place de Ken et ouvrit son mail personnel. Il créa un nouveau message et copia-colla l'ensemble des contacts de Ken sur la ligne d'adresse, garantissant que plus de mille correspondants recevraient le mail. Puis Grue sortit d'une poche intérieure un petit calepin sur lequel une missive avait été rédigée en anglais. Il la retranscrivit lettre à lettre, ses doigts gantés ralentissant encore la vitesse de sa frappe.

À ma famille, mes amis, mes collègues,
Je vous aime tous, mais je ne peux plus continuer. Ma vie est un échec. Notre compagnie a été un mensonge. Je détruis tout. Je tue tout le monde. Je n'ai pas d'autre choix.
Je suis désolé.

Paix, Ken

Grue ne cliqua pas sur le bouton « envoi » ; à la place, il parla dans son talkie-walkie. Toujours en mandarin, il annonça : « Dix minutes. » Puis il se leva, enjamba le corps de Farmer et se dirigea vers le sous-sol où les trois autres avaient déjà commencé à fixer des bombes artisanales à l'intérieur et autour des serveurs. Chaque machine infernale était placée avec soin à proximité des disques durs et des barrettes-mémoire, garantissant ainsi qu'aucun enregistrement numérique ne subsisterait.

Effacer entièrement les disques aurait pris des heures et Grue n'avait pas plusieurs heures devant lui, aussi avait-il reçu l'ordre d'aborder la tâche d'une manière plus cinétique.

En sept minutes, ils avaient fini. Grue et Mouette remontèrent au labo et, là, Grue confia son pistolet à Mouette pour se pencher au-dessus du clavier de Farmer. D'un clic de souris, il envoya ce message déroutant à ses 1 130 destinataires.

Grue remit dans sa poche le calepin avec l'original du message et considéra le corps de Farmer. Mouette avait placé son Five-seveN dans la main droite du cadavre.

Quelques chargeurs allèrent dans la poche de Farmer et moins d'une minute après, les quatre hommes étaient ressortis du labo. L'un des membres du commando alluma les mèches des bombes au sous-sol, puis tous filèrent par la cuisine et remontèrent dans l'Explorer.

Les quatre hommes restés en faction avaient déjà réintégré le véhicule.

Ils sortirent tranquillement du parking, au ralenti, treize minutes tout juste après être entrés. Quatre minutes après qu'ils eurent quitté Ravenswood pour s'engager sur l'autoroute, une énorme explosion illumina le ciel du petit matin derrière eux.

16

Au volant de sa BMW 335i noire, Jack Ryan Junior, accompagné de Melanie, entra dans Washington et se dirigea vers le National Mall pour leur jogging matinal. Elle avait passé la nuit chez lui. Tous deux étaient en tenue de sport, short et tennis. Melanie avait sur la hanche une petite sacoche qui contenait une bouteille d'eau, ses clés, son portefeuille et quelques autres bricoles. Ils s'échangeaient un Thermos de café, buvant à petites gorgées pour grappiller un peu plus d'énergie avant leur course.

Ryan se gara sur le parking au nord du bassin du Capitole et ils finirent leur café tout en écoutant l'édition du week-end de NPR, la radio publique nationale. Le journal ouvrait sur un meurtre et un suicide qui, la veille, avaient fait cinq victimes dans une entreprise éditrice de logiciels installée à Menlo Park en Californie.

Aucun des deux jeunes gens ne commenta l'info.

Le bulletin achevé, ils descendirent de la « BM » de Jack et gagnèrent le bassin devant lequel ils passèrent quelques minutes à s'étirer puis à se désaltérer en regardant le soleil se lever au-dessus du Capitole alors que déjà les joggers matinaux trottinaient en tous sens.

Bientôt, ils partirent vers l'ouest. Tous deux étaient en excellente condition physique avec toutefois un avantage pour Melanie. Elle avait commencé en pratiquant le football avec son père, colonel d'aviation, durant son adolescence. Ils étaient alors postés en Égypte et c'est là qu'elle avait pris goût à ce sport, au point de décrocher une bourse pour l'université américaine et d'intégrer l'équipe féminine où elle avait brillé en défense et même fini capitaine la dernière année de sa scolarité.

Elle avait continué d'entretenir sa forme physique et, alors qu'elle avait depuis deux ans terminé ses études, elle courait toujours et passait des heures en salle de gym.

Jack avait pris l'habitude de se taper entre cinq et dix mille mètres plusieurs fois par semaine ; ça lui permettait de rester à la hauteur de Melanie durant l'essentiel du parcours, mais aujourd'hui, il aborda le quatrième kilomètre en soufflant comme un phoque. Au passage devant le Smithsonian, il se retint de lui demander de ralentir ; son amour-propre lui interdisait de reconnaître qu'il éprouvait des difficultés.

Il nota toutefois qu'à l'entame du sixième kilomètre, elle se retournait pour lui jeter des coups d'œil insistants et il était conscient que son visage devait trahir ses efforts et sa fatigue, mais il refusa de le reconnaître devant elle.

« Tu veux qu'on arrête ? lui lança-t-elle, sur un ton détaché.

— Pourquoi ? fit-il, d'une voix hachée, entre deux halètements.

— Jack, si tu préfères que je ralentisse un peu, tu n'as qu'à le dire...

— Ça va, ça va. On pique un sprint jusqu'à l'arrivée ? » suggéra-t-il en hâtant légèrement le pas pour repasser en tête.

Rire de Melanie. « Non, merci. Le rythme actuel me va très bien. »

Jack ralentit donc un peu, remerciant le ciel en silence qu'elle n'ait pas relevé son bluff. Il sentit son regard peser sur lui durant les cinquante mètres qui suivirent, et se dit qu'elle devait voir clair dans son jeu. Elle lui faisait une fleur ce matin en évitant de le pousser dans ses derniers retranchements, et il lui en sut gré.

En définitive, ils couvrirent près de dix mille mètres. Ils terminèrent au bassin, regagnant leur point de départ, et sitôt qu'ils arrêtèrent, Jack se plia en deux, les mains en appui sur les genoux.

« Ça va ? dit-elle en lui posant une main sur le dos.

— Ou-ouais. » Il avait du mal à récupérer. « Je dois avoir pris froid. »

Elle le tapota, puis sortit de la sacoche la gourde en plastique qu'elle lui tendit. « Bois un coup. Et rentrons. On pourra s'arrêter acheter des oranges. Rien de tel qu'un bon jus pour accompagner l'omelette que je m'en vais te préparer. »

Jack se redressa, pressa sur la gourde pour en faire jaillir un long trait d'eau, puis il donna à la jeune femme un baiser. « Je t'aime.

— Moi aussi. » Melanie récupéra la gourde, but à son tour une longue gorgée, puis, tout en finissant de boire, elle fronça les sourcils.

Un homme en trench-coat et lunettes noires se tenait

trente mètres plus loin, au bord du bassin, face à elle. Il était en train de les détailler et ne faisait pas le moindre effort pour éviter son regard.

Jack ignorait la présence de ce type dans son dos. « Prête à remonter en voiture ? »

Melanie détourna vivement les yeux. « Oui. Allons-y. »

Ils remontèrent Pennsylvania Avenue, s'éloignant de l'homme au trench-coat, mais ils n'avaient pas marché dix mètres que Melanie se pencha pour passer le bras autour de l'épaule de Jack. « Tu sais quoi ? Ça fait chier, mais j'avais complètement oublié que je devais repasser chez moi ce matin. »

Surprise de Ryan. « Tu ne reviens pas à la maison ?

— Non, désolée, fit-elle avec un air de regret. J'ai un truc à régler pour mon proprio.

— T'as besoin de moi ? Je suis bricoleur, tu sais.

— Non… non, merci. Je me débrouillerai. »

Elle vit Jack ciller, comme s'il cherchait ce qui avait bien pu la faire changer d'avis.

Avant d'avoir pu l'interroger sur ce changement de programme imprévu, elle demanda : « On dîne toujours ce soir avec ta sœur à Baltimore, n'est-ce pas ? »

Jack acquiesça lentement. « Oui. » Puis, après un temps : « Il y a un problème ?

— Non. Du tout. Sinon que j'avais oublié que j'avais deux ou trois trucs à faire. Plus des bricoles pour le boulot, lundi.

— Que tu peux faire chez toi, ou bien tu dois quand même passer à Liberty Crossing ? » Le nom du complexe de bureaux qui hébergeait l'ODNI, l'employeur de Melanie Kraft.

« Non. C'est juste des données en libre accès. Tu

sais bien que j'aime toujours fouiner un peu partout. »
Elle avait dit cela avec un sourire qu'elle espérait convaincant.

« Je peux faire un détour pour te déposer. » À l'évidence, il ne croyait pas un mot de cette histoire mais jouait le jeu.

« Pas besoin. Je descends prendre le métro à Archives. Je serai rendue en un rien de temps.
— Très bien », et Jack l'embrassa. « Bonne journée, alors. Je passe te prendre vers cinq heures et demie.
— J'ai hâte d'y être. » Alors qu'il se dirigeait vers sa voiture, elle lui lança : « Et prends du jus d'orange avant de rentrer. Soigne-moi ce rhume.
— Entendu. »

Quelques minutes plus tard, Melanie passait devant Capital Grille pour rejoindre la station de métro. Au moment de tourner à l'angle de la 6e Rue, elle se retrouva nez à nez avec l'homme en trench-coat.

« Mademoiselle Kraft », dit l'homme, poliment.

Melanie s'arrêta net, le dévisagea plusieurs secondes, puis elle lança : « Putain, mais quelle mouche vous a piqué ? »

Sans cesser de sourire, l'homme demanda : « Comment cela ?
— Vous ne pouvez pas surgir, juste comme ça.
— Je peux et je l'ai fait. Je n'en ai que pour un court instant.
— Allez vous faire foutre.
— Vous n'êtes guère polie, mademoiselle Kraft. »

Elle repartait déjà, remontant la colline vers le métro. « Il vous a vu. Jack vous a vu. »

Il la suivit, calquant son pas pressé. « Vous en êtes sûre ou vous le suspectez ?

— Je le soupçonne. Vous m'avez prise de court. J'ai dû lui fournir un prétexte bidon parce que je ne savais pas si vous n'alliez pas passer juste devant nous. Il a bien remarqué que quelque chose ne tournait pas rond. Il n'est pas idiot.

— L'intellect n'a rien à voir avec l'aptitude à détecter les mesures de surveillance. C'est juste une question d'entraînement, Melanie. »

Elle ne répondit pas ; continua de marcher.

« Où pensez-vous qu'il aurait pu obtenir une telle formation ? »

Pour le coup, Melanie s'arrêta. « Si vous aviez besoin de papoter, pourquoi ne pas m'avoir téléphoné, plutôt ?

— Parce que je voulais vous parler de vive voix.

— Me parler de quoi ? »

Cette fois, l'homme eut un sourire matois. « Je vous en prie, Melanie. Ça ne prendra qu'une minute. Je suis garé le long d'Indiana. On peut trouver un endroit tranquille.

— Accoutrée comme je le suis ? » Elle indiqua son short moulant en Lycra, ses chaussures de course et son blouson Puma.

L'homme la détailla de pied en cap, prenant tout son temps. Un peu trop, même. « Pourquoi pas ? Moi, je vous accompagne où vous voulez dans une tenue pareille. »

Melanie étouffa un grognement. Darren Lipton n'était pas le premier connard lubrique qu'elle ait croisé depuis qu'elle travaillait pour le gouvernement fédéral. Mais il était toutefois à sa connaissance le premier connard lubrique à être en même temps inspecteur au FBI, aussi le suivit-elle, bon gré, mal gré, jusqu'à sa voiture.

17

Ils descendirent la rampe d'un parking souterrain quasiment désert le samedi à cette heure matinale et, sur un signe de Lipton, elle monta avec lui à l'avant de son monospace Toyota Sienna. Il introduisit la clé dans le contact mais ne démarra pas. Ils étaient assis, silencieux dans la pénombre du garage, le visage seulement éclairé par l'applique fluo fixée au mur en béton.

Lipton avait la cinquantaine, mais ses cheveux gris-blond formaient une crinière d'adolescent sans pour autant lui donner l'air plus jeune, juste un peu plus négligé. Son visage était criblé de cicatrices d'acné et de rides soucieuses qui donnaient l'impression qu'il appréciait autant le soleil que la boisson – Melanie l'imaginait fort bien pratiquer les deux à la fois. Il s'était aspergé d'un après-rasage au parfum si puissant que Melanie le soupçonna d'en remplir sa baignoire avant de prendre un bain. Il parlait trop fort, trop vite, et, avait-elle déjà noté lors de leur première rencontre en tête à tête, il ne se privait pas, tout en lui parlant, de lorgner son décolleté avec une insistance gênante, prenant un plaisir évident à savoir qu'elle en était parfaitement consciente.

Ce type lui rappelait cet oncle d'un petit ami quand elle était encore lycéenne, qui passait bien trop de temps à la reluquer et la complimenter pour son physique athlétique sur un ton ouvertement pervers mais en des termes choisis avec un tel soin qu'ils étaient irréprochables.

En bref, Lipton était une raclure.

« Ça fait un bail, commença-t-il.

— Je n'avais plus entendu parler de vous depuis des mois. J'ai cru que vous aviez décroché.

— Décroché ? Vous voulez dire quitté le FBI, la division Sécurité nationale ou celle du contre-espionnage ?

— Je veux dire abandonné votre enquête.

— Abandonner Jack Ryan Jr. ? Non, m'dame. Bien au contraire, tout comme vous, il nous intéresse toujours au plus haut point.

— Vous n'avez manifestement aucun élément à charge. » Il y avait de la dérision dans sa voix.

Lipton pianota sur le volant. « L'enquête du ministère de la Justice a simplement confirmé pour l'instant une banale opération d'espionnage ; qu'une inculpation s'ensuive ou non reste encore à déterminer.

— Et c'est vous qui en avez la charge ?

— Je me charge de vous. Et à ce stade, vous n'avez pas besoin d'en savoir plus. »

Melanie reprit, les yeux fixés sur la paroi de béton derrière le pare-brise. « À notre toute première rencontre, en janvier dernier après l'arrestation d'Alden, vous m'avez dit exactement la même chose. Le service Sécurité nationale du FBI enquêtait sur les soupçons de délits d'initiés émis par Alden au sujet de Jack Junior et Hendley Associates ; les deux hommes auraient bénéficié de renseignements confidentiels touchant à la sécurité nationale pour effectuer des transactions illégales sur les marchés financiers internationaux. Mais vous aviez ajouté que tout cela était pure spéculation et qu'à ce stade de l'enquête, le contre-espionnage n'avait pu établir formellement un crime. Êtes-vous en train de me dire qu'on se retrouve au même point, six mois plus tard, que rien n'a changé ?

— Il y a bel et bien eu des changements, mademoiselle Kraft, mais ce sont des choses qui ne vous regardent pas. »

Melanie poussa un soupir. C'était un cauchemar. Elle avait espéré ne plus avoir de nouvelles de Darren Lipton et de la division contre-espionnage du FBI. « Je veux savoir ce que vous détenez sur lui. Je veux savoir à quoi rime toute cette histoire. Si vous voulez mon aide, il faut que vous me donniez des éléments. »

L'agent hocha la tête mais sans se départir de son petit sourire. « Vous êtes de la CIA, détachée auprès de la Direction du Renseignement national et vous êtes pour ainsi dire mon informatrice confidentielle dans le cadre de cette enquête. Cela ne vous ouvre pas un droit de regard sur le dossier en cours. Vous avez cependant la responsabilité légale de coopérer avec le FBI, sans parler de votre responsabilité morale.

— Et *quid* de Mary Pat Foley ?

— Comment cela ?

— Lors de notre première rencontre, vous m'avez dit qu'elle était également visée par l'enquête sur Hendley Associates, et qu'à ce titre, je ne pouvais lui révéler la moindre information. Avez-vous au moins déjà réussi à la disculper ?

— Nân, lâcha simplement Lipton.

— Donc, vous pensez toujours que Mary Pat et Jack sont à un titre quelconque impliqués tous les deux dans une affaire criminelle ?

— C'est une possibilité que nous n'avons pas encore éliminée. Les Foley et les Ryan sont des amis de plus de trente ans. Dans mon métier, on assume que des relations aussi proches impliquent que les gens se parlent. Nous ignorons les détails de la relation entre Junior et la directrice Foley ; ce que nous avons établi en revanche, c'est qu'ils se sont rencontrés à plusieurs reprises au cours de l'année écoulée. Il est possible que, profitant de ses habilitations, elle ait pu, par le truchement de Jack, faire bénéficier Hendley Associates d'informations confidentielles. »

Melanie se cala contre l'appui-tête et poussa un gros soupir. « Putain, c'est du délire complet, Lipton. Jack Ryan est analyste financier. Mary Pat Foley est... merde, c'est une institution dans ce pays. Vous l'avez dit vous-même. Ce sont de vieux amis. Ils déjeunent ensemble tous les trente-six du mois. En général, je me joins à eux. Caresser seulement l'idée qu'ils puissent éventuellement être impliqués dans une affaire de sécurité nationale... on marche sur la tête !

— Alors permettez-moi de vous rappeler ce que vous nous avez dit. Quand Charles Alden[1] vous a demandé des éléments permettant de lier John Clark à Jack Ryan Jr. et Hendley Associates, vous avez évoqué vos soupçons d'une activité autre que les simples

---

1. Lire : *Ligne de mire*, *op. cit.*

transactions boursières et arbitrages monétaires. Vous m'avez dit, et ce dès notre deuxième entretien, que vous pensiez que Ryan se trouvait au Pakistan au moment des événements qui ont transpiré l'hiver dernier. »

Elle hésita un instant. « C'est ce que j'ai cru. C'est tout. J'étais très méfiante quand j'ai mentionné la chose. Il y avait à l'époque d'autres... indices m'amenant à imaginer qu'il me mentait. Mais aucune preuve concrète. Et même s'il m'a menti, même s'il se trouvait en effet au Pakistan... ça ne prouve rien.

— Et donc, vous devez creuser un peu plus.

— Je ne suis pas flic, Lipton, et sûrement pas un agent du FBI. »

Sourire de Lipton. « Vous feriez pourtant un excellent élément, Melanie. Et si j'en parlais en haut lieu ? »

Elle lui rendit son sourire. « Et si je déclinais ? »

Le sourire de Lipton s'évanouit. « Il nous reste toujours à clarifier cette histoire. Si Hendley Associates se livre à une activité criminelle, nous devons le savoir.

— Cela fait, quoi... ? six mois que nous avons ces conversations. Pourquoi n'avez-vous pas agi dans ce laps de temps ?

— Mais nous avons agi, Melanie, par d'autres moyens. Encore une fois, vous n'êtes qu'une pièce minuscule du puzzle. Cela dit, vous restez, si je peux me permettre, l'homme de la situation. » L'expression s'accompagna d'un sourire entendu et d'un regard salace aux courbes de la jeune femme, éloquemment moulées dans son blouson en Lycra.

Elle ignora le trait misogyne. « Alors, qu'est-ce qui a changé ? Pourquoi cette rencontre ?

— Quoi, vous n'aimez pas nos petits tête-à-tête ? »

Melanie le fixa sans rien dire. Son regard clamait

Va te faire foutre. Un regard qu'il avait croisé chez maintes jolies femmes.

Darren répondit d'un clin d'œil. « Mes supérieurs veulent du résultat. On évoque la mise en place d'écoutes téléphoniques, de matériel de localisation et même d'une équipe de surveillance spécialement attachée à Ryan et certains de ses collègues.

— Non ! s'écria Melanie en hochant vigoureusement la tête.

— Mais je leur ai dit que ce n'était pas nécessaire. Suite à votre relation, dirons-nous, intime avec le sujet, toute surveillance rapprochée constituerait une atteinte à votre vie privée. Mes supérieurs n'ont pas été émus plus que cela. Ils doutent un peu de votre utilité jusqu'ici. Mais au bout du compte, je vous ai laissé un délai pour nous apporter des éléments concrets, avant que le FBI n'engage une procédure qui serait rendue publique.

— Que voulez-vous ?

— Nous voulons savoir où il se trouve, vingt-quatre heures sur vingt-quatre, enfin dans la mesure de vos moyens. On a besoin de connaître ses déplacements, les heures et les numéros de ses vols, les hôtels où il descend, les gens qu'il rencontre.

— Quand il voyage pour affaires, il ne m'emmène pas avec lui.

— Eh bien, vous n'aurez qu'à en apprendre un peu plus en faisant preuve de subtilité. Les confidences sur l'oreiller… », ajouta-t-il avec un clin d'œil.

Elle ne réagit pas.

Lipton poursuivit. « Incitez-le à vous mailer son itinéraire quand il voyage. Dites-lui qu'il vous manque et que vous voulez savoir où il va. Habituez-le à vous faire suivre la confirmation de la compagnie quand il commande ses billets.

— Il ne prend pas de vols commerciaux. Sa boîte possède un jet privé.

— Un jet ?

— Oui. Un Gulfstream. Basé à Baltimore-Washington International, mais je n'en sais pas plus. Il y a fait allusion à plusieurs reprises.

— Pourquoi ne suis-je pas au courant ?

— Je n'en ai aucune idée. J'en ai parlé à Alden.

— Mais pas à moi. Je suis du FBI, Alden était à la CIA et il est désormais assigné à résidence. Une chose est sûre, il ne bosse certainement plus pour nous. » Nouveau clin d'œil. « Nous sommes les bons, nous.

— C'est juste.

— Et il faut que vous nous donniez également des infos sur ses collègues. D'abord et avant tout, avec qui il voyage.

— Mais enfin, comment ?

— Dites-lui que vous êtes jalouse, que vous le soupçonnez d'avoir des maîtresses. N'hésitez pas. Je vous ai vus tous les deux, tout à l'heure : vous le menez par le bout du nez. C'est parfait. Profitez-en.

— Allez vous faire foutre, Lipton. »

L'intéressé eut un grand sourire ; à l'évidence, il appréciait la repartie. « Là, je peux nous arranger ça, ma chère. Nous voici enfin sur la même longueur d'onde. Laissez-moi baisser le siège-couchette. Ce ne sera pas la première fois que je fais travailler les amortisseurs du Ford, si vous voyez ce que je veux dire. »

C'était une plaisanterie mais Melanie Kraft avait envie de vomir. C'était instinctif : elle lui flanqua une gifle.

Le contact entre la paume de sa main et la joue

potelée de l'agent du FBI claqua comme un coup de fusil dans l'habitacle du monospace.

Lipton eut un mouvement de recul, sous la douleur et la surprise ; le sourire entendu avait disparu.

Melanie lui cria : « J'en ai marre de vous ! Dites à vos supérieurs qu'ils peuvent envoyer un autre agent pour me parler s'ils le veulent, je ne peux pas les en empêcher, mais vous, je ne vous adresse plus la parole ! »

Lipton porta le bout des doigts à ses lèvres, les retira et nota une petite tache de sang.

Melanie le fusillait du regard. Elle était prête à descendre de voiture et à gagner le métro. Quelle que puisse être l'activité de Jack, celle-ci ne représentait aucun danger pour le pays. Elle avait fait ce qu'ils lui avaient demandé. En janvier. Déjà.

Alors maintenant, le FBI pouvait aller se faire voir.

Elle se tournait vers la poignée de portière quand Lipton reparla. Le ton était calme mais grave. On aurait dit un autre homme.

« Mademoiselle Kraft. Je m'en vais vous poser une question. Je veux une réponse sincère.

— Je vous l'ai dit. Je ne vous parle plus.

— Répondez-moi juste, et vous pourrez partir si vous voulez, je ne vous courrai pas après. »

Melanie se laissa retomber contre le dossier. Regarda droit devant elle. « Parfait. Quoi donc ?

— Avez-vous, mademoiselle Kraft, déjà été employée comme agent pour un auteur principal étranger ? »

Elle se tourna vers lui. « Au nom du ciel, de quoi parlez-vous ?

— Un auteur principal étranger est le terme légal

pour signifier un gouvernement autre que celui des États-Unis.

— Je sais ce que c'est. Ce que je ne sais pas, c'est pourquoi vous me posez une question pareille ?

— Oui ou non ? »

Melanie hocha la tête. Sa confusion était sincère. « Non. Bien sûr que non. Mais si vous enquêtez sur moi pour une raison quelconque, j'exige qu'un avocat de l'Agence...

— Un membre quelconque de votre famille a-t-il déjà été employé par un auteur principal étranger ? »

Melanie Kraft se tut. Tout son corps se raidit.

Darren Lipton continuait de la fixer. Une goutte de sang perlait à ses lèvres, éclairée par l'ampoule fluo à l'extérieur.

« Qu'est-ce que... êtes-vous... c'est quoi, cette histoire ?

— Répondez à la question. »

Ce qu'elle fit, mais après avoir hésité un peu plus. « Non. Bien sûr que non... et je trouve cette accusation particulièrement... »

Lipton l'interrompit. « Êtes-vous familiarisée avec le titre 22 du Code des États-Unis ? Tout spécialement son sous-chapitre 2, section 611 ? »

Sa voix se brisa tandis qu'elle faisait un signe de dénégation. D'une petite voix, elle répondit : « Non. Pas du tout.

— Il est intitulé "Loi de déclaration des agents étrangers". Je pourrais vous le réciter mot pour mot, si vous le voulez, mais je vais plutôt simplement vous donner ce petit aperçu de la loi fédérale. Si quelqu'un travaille pour un autre pays, un espion, par exemple, et qu'il ne se déclare pas en tant que tel auprès du

211

gouvernement américain, il encourt une sentence qui peut aller jusqu'à cinq ans de prison pour chaque acte commis à ce titre. »

Melanie lâcha un petit : « Et alors ? » bien timide.

« Question suivante. Êtes-vous familiarisée avec le titre 18 de ce même Code ?

— Encore une fois, inspecteur Lipton, je ne sais pas pourquoi…

— Celui-là est assez incroyable. De vous à moi, c'est mon préféré. Il dit – et là encore, je paraphrase, mais je pourrais vous le réciter à l'envers et à l'endroit – que vous pouvez écoper de cinq ans de bagne fédéral pour parjure envers un officier fédéral. » Darren sourit pour la première fois depuis la gifle de Melanie. « Un officier fédéral comme moi, par exemple. »

La voix de Melanie avait perdu toute trace de forfanterie ou d'insolence. « Et… ?

— Et, Melanie, vous venez à l'instant de me mentir. »

Melanie ne dit rien.

« En 2004, votre père, le colonel Ronald Kraft, a transmis à l'autorité palestinienne des informations couvertes par le secret-défense. Cela fait de lui l'agent d'un auteur principal étranger. Excepté bien entendu qu'il ne s'est jamais déclaré comme tel, et n'a été ni arrêté, ni poursuivi, ni même suspecté par le gouvernement américain. »

Melanie était abasourdie. Ses mains se mirent à trembler, sa vue se brouilla.

Le sourire de Lipton s'élargit. « Et vous, ma choute, vous le savez parfaitement. Vous le saviez depuis le début, ce qui veut dire que vous venez de mentir à un officier fédéral. »

Melanie Kraft saisit la poignée mais Darren Lipton la prit par l'épaule pour la retourner violemment vers lui.

« Vous avez également menti en présentant votre candidature à la CIA lorsque vous avez dit ne connaître, ni avoir de contact avec un gouvernement étranger. Votre cher vieux papa était un foutu putain d'espion et de traître et vous le saviez parfaitement ! »

Elle voulut de nouveau ouvrir la porte et, de nouveau, Lipton la força à se retourner.

« Écoutez-moi bien ! Nous sommes à quatre cents mètres du bâtiment Hoover. Je peux être à mon bureau dans dix minutes, rédiger un mandat et vous faire arrêter dès lundi midi. Il n'y a pas de sursis pour les crimes fédéraux, donc cinq ans, ça veut dire cinq ans ferme. Putain de merde ! »

Melanie Kraft était en état de choc ; elle sentit ses mains devenir glacées.

Elle voulut parler mais aucun mot ne franchit la barrière de ses lèvres.

18

Le ton de Lipton se radoucit à nouveau. « Calmez-vous, mon petit. J'en ai rien à cirer de votre connard de paternel. Franchement. Et je me fiche tout autant de sa pitoyable pauvre fille. Mais je m'intéresse en revanche à Jack Ryan Junior et c'est mon boulot de recourir à tous les outils à ma disposition pour apprendre tout ce que j'ai besoin de savoir sur lui. »

Melanie leva la tête et le regarda, les paupières bouffies, les yeux brouillés de larmes.

Il poursuivit : « Je me contrefiche que Jack Ryan Junior soit le fils du président des États-Unis. Si lui et son putain de cabinet de gestion financière avec pignon sur rue du côté de West Odenton sont convaincus d'exploiter des renseignements confidentiels pour s'engraisser, je me ferai un plaisir de les abattre, tous autant qu'ils sont.

« Alors, allez-vous m'aider, Melanie ? »

Melanie regarda fixement le tableau de bord, renifla ses larmes et hocha timidement la tête.

« Pas besoin d'y passer une éternité. Vous n'aurez qu'à tout noter scrupuleusement, le coucher par écrit, me le transmettre. Peu importe que ces détails vous paraissent insignifiants. Vous êtes agent de la CIA, sacré nom d'une pipe ! Ça devrait être pour vous un jeu d'enfant. »

Melanie renifla de nouveau, s'essuya les yeux et le nez d'un revers de bras. « Je rédige des rapports. Je suis analyste. Je ne traite pas des agents et je ne fais pas d'espionnage. »

Darren lui sourit. Un grand sourire. « Eh bien maintenant, si. »

Elle hocha la tête. Encore une fois. « Puis-je y aller, à présent ?

— Je n'ai pas besoin de vous rappeler à quel point le sujet est politiquement sensible. »

Elle ravala ses larmes. « Personnellement aussi, monsieur Lipton.

— J'entends bien. C'est votre mec. Quoi qu'il en soit, vous n'avez qu'à faire votre boulot et d'ici une quinzaine, ça devrait être plié. Si l'enquête ne débouche pas, vous pourrez en un rien de temps à nouveau roucouler sous votre toit comme deux tourtereaux. »

Cette fois elle acquiesça. Docile.

Lipton ajouta : « J'ai passé ces trente dernières années l'essentiel de mon temps en opérations de contre-espionnage. Des Américains au service de puissances étrangères, des Américains au service de la mafia, ou simplement des Américains qui espionnaient par bravade – des connards qui balançaient sur Internet des documents confidentiels, juste pour prouver qu'ils en étaient capables. Je fais ce boulot depuis si longtemps que je devine d'instinct quand quelqu'un commence à me mentir et j'envoie pour ça les gens en prison fédérale. »

Sa voix s'était radoucie mais la menace était revenue.

« Alors, jeune fille, je vous jure devant Dieu que si j'ai le moindre soupçon que vous me sortez des craques, vous et votre père finirez dans la même cellule au fond du pénitencier le mieux gardé et le plus merdique que pourra vous trouver le ministère de la Justice. C'est pigé ? »

Melanie regarda dans le vide sans répondre.

« Affaire réglée, conclut Lipton. Mais je vous garantis que vous aurez de mes nouvelles. »

Melanie Kraft était presque seule dans la rame de la ligne jaune qui traversait le Potomac pour redescendre vers Alexandria. Elle garda le visage dans les mains pendant le plus clair du trajet et, même si elle faisait de son mieux pour contrôler ses larmes, elle sanglotait de temps en temps lorsqu'elle repensait à sa conversation avec Lipton.

Cela faisait près de neuf ans qu'elle avait appris que son père était un traître. Elle était alors en terminale au Caire, sur le point d'obtenir sa bourse pour étudier aux États-Unis et envisageait déjà de passer un diplôme de relations internationales et d'entrer dans la fonction publique. Aux affaires étrangères, espérait-elle.

Son père était attaché d'ambassade et travaillait au service de la coopération militaire. Depuis toute petite, elle avait été fière de lui, elle adorait l'ambassade, les gens qui y travaillaient et ne rêvait que d'une chose : en faire sa vie, son avenir.

Quelques semaines avant sa remise de diplôme, sa mère s'était absentée pour regagner le Texas, au chevet d'une tante mourante, et son père lui avait dit qu'il allait passer quelques jours en Allemagne, en mission.

Deux jours plus tard, c'était un samedi matin,

alors qu'elle conduisait sa Vespa, elle le vit quitter un immeuble d'appartements à Maadi, un quartier au sud du Caire, aux rues bordées d'arbres et de barres de logements.

Elle fut surprise de découvrir qu'il avait menti au sujet de son déplacement à l'étranger mais avant qu'elle ait pu le rejoindre pour l'interroger, elle vit une femme sortir de l'immeuble et se jeter dans ses bras.

Une femme exotique, superbe. Melanie eut aussitôt l'impression qu'elle n'était pas égyptienne ; ses traits dénotaient une autre influence méditerranéenne. Libanaise peut-être.

Elle les regarda s'étreindre.

Elle les regarda s'embrasser.

En dix-sept ans, jamais elle n'avait vu son père tenir et embrasser sa mère de la sorte.

Melanie arrêta son scooter sous l'abri d'un arbre et s'assit de l'autre côté de l'avenue, pour les observer quelques instants encore. Puis elle vit son père remonter dans sa voiture et disparaître dans la circulation. Elle ne chercha pas à le suivre. Demeura plutôt dans l'ombre, cachée derrière deux voitures en stationnement, pour contempler l'immeuble.

Les yeux pleins de larmes, le cœur empli de rage, elle s'imagina la femme sortant de chez elle, et elle traverser la rue, la rejoindre et la renverser sur le trottoir.

Au bout d'une demi-heure, elle s'était un peu calmée. Elle se leva pour remonter sur son scooter et partir mais à ce moment la belle Levantine apparut devant l'immeuble, traînant une valise à roulettes. Quelques secondes plus tard, une Citroën jaune avec deux hommes à bord s'arrêta à sa hauteur. Éberluée,

Melanie les vit prendre son bagage et le mettre dans le coffre, puis la femme monter.

Les types étaient de jeunes voyous à l'air inquiet, à l'attitude de conspirateurs. Ils redémarrèrent sur les chapeaux de roue.

Sur un coup de tête, elle les fila ; avec sa Vespa, ce n'était pas bien difficile, malgré la circulation. Elle pilotait les larmes aux yeux, en pensant à sa mère.

Le trajet dura vingt minutes. La Citroën jaune traversa le Nil sur le pont du Six-Octobre. Quand ils entrèrent dans le quartier de Dokki, Melanie sentit son cœur chavirer. Dokki abritait de nombreuses ambassades. Quelque part, elle avait deviné que son père n'avait pas simplement une liaison, mais une liaison avec l'épouse d'un diplomate ou d'un autre ressortissant étranger. Elle savait en outre qu'avec la nature même de son grade et de son poste, ce genre de folie pouvait lui valoir la cour martiale et même la prison.

Son père était embringué dans une affaire d'espionnage.

Elle ne l'affronta pas tout de suite. Elle pensait à son avenir ; elle savait que si jamais on l'arrêtait, c'était la fin de son rêve de travailler pour les Affaires étrangères, elle, la fille d'un traître.

Mais le soir précédant le retour de sa mère de Dallas, Melanie entra dans le bureau de son père et vint se planter devant lui, au bord des larmes.

« Qu'est-ce qui ne va pas ?

— Tu sais très bien ce qui ne va pas.

— Ah bon ?

— Je l'ai vue. Je vous ai vus tous les deux. Je sais ce que vous faites. »

Le colonel commença par nier les allégations. Il lui

dit que ses plans avaient changé au dernier moment et qu'il était allé voir une amie de longue date mais l'esprit acéré de Melanie démonta mensonge sur mensonge et l'homme de quarante-huit ans eut de plus en plus de mal à ne pas s'enferrer.

Il fondit bientôt en larmes ; confessa sa liaison, dit à Melanie que la femme se prénommait Mira et que cette relation clandestine durait depuis plusieurs mois déjà. Il lui dit qu'il aimait sa mère et que son comportement était inexcusable. Il enfouit le visage entre ses mains et demanda à sa fille un répit pour se ressaisir.

Mais Melanie n'en avait pas terminé avec lui.

« Comment as-tu pu faire une chose pareille ?

— Je te l'ai dit, elle m'a séduit. J'étais faible. »

Melanie hocha la tête. Ce n'était pas ce qu'elle demandait. « Était-ce pour l'argent ? »

Ron Kraft releva la tête. « L'argent ? Quel argent ?

— Combien t'ont-ils payé ?

— Qui ça ? Qui m'a payé ?

— Ne me dis pas que tu l'as fait juste par bonté d'âme.

— Mais de quoi parles-tu ?

— Des Palestiniens. »

Le colonel Kraft s'était entièrement redressé. De l'impuissance à l'arrogance. « Mira n'est pas palestinienne. Mais libanaise. C'est une chrétienne. Où es-tu allée pêcher l'idée que...

— Parce que après que tu as quitté votre nid d'amour, deux hommes sont passés la prendre pour la conduire à l'ambassade de Palestine, rue Al-Nahda ! »

Père et fille se dévisagèrent un long moment.

Enfin il reparla, d'une voix basse, indécise. « Tu dois te tromper. »

Elle hocha simplement la tête. « Je sais ce que j'ai vu. »

Il devint bientôt manifeste que son père, un colonel de l'armée de l'air, ne s'était pas douté un seul instant que sa maîtresse se servait de lui.

« Qu'ai-je fait !

— Que lui as-tu dit ? »

Il remit la tête entre ses mains et demeura silencieux plusieurs secondes. Toisé par sa fille, il se remémora toutes les conversations qu'il avait eues avec la belle Mira. Enfin, il hocha la tête. « Je lui ai dit des choses. Donné des détails sur mon travail. Mes collègues. Nos alliés. Des conversations anodines. Elle détestait les Palestiniens... elle en parlait tout le temps. Je... je lui ai parlé de ce que nous faisions pour aider Israël. J'étais fier. Vantard. »

Melanie ne réagit pas. Mais son père vit qu'elle réfléchissait.

« Je suis un imbécile. »

Il voulait se dénoncer, expliquer ce qu'il avait fait, et au diable les conséquences.

Mais Melanie, du haut de ses dix-sept ans, lui cria dessus, lui dit qu'en voulant se disculper de sa propre idiotie, tout ce qu'il réussirait, ce serait détruire les vies de sa fille et de son épouse. Elle lui dit qu'il devait être un homme, rompre avec Mira et ne plus jamais parler de ce qu'il avait fait.

Pour elle et pour sa mère.

Il en convint.

Elle ne lui avait plus reparlé depuis son entrée à l'université. Il se mit en congé de l'armée, coupa le contact avec tous ses anciens amis et collègues, sa femme et lui retournèrent à Dallas où il se reconvertit dans la vente de solvants et lubrifiants pour l'industrie.

La mère de Melanie fut emportée deux ans plus tard par le même cancer qui avait tué sa tante. Melanie en fit porter la responsabilité à son père, sans trop savoir pourquoi.

À l'université, elle fit de son mieux pour oublier cette affaire, isoler ces quelques jours épouvantables de la vie heureuse qui l'avait tout naturellement conduite à cet avenir professionnel dans la haute fonction publique.

Mais l'événement avait eu sur elle un effet notable : son désir de travailler dans la diplomatie se mua en désir de travailler dans le renseignement, une évolution naturelle qui lui permettrait de lutter contre les espions ennemis qui avaient bien failli déchirer sa famille et démolir sa vie.

Elle ne parla à personne de ce dont elle avait été témoin et elle mentit lors de sa candidature à la CIA et de ses entretiens d'embauche. Elle se dit qu'elle avait bien fait. Elle n'allait pas se laisser pourrir la vie, la carrière, parce que son père n'avait pas su garder son pantalon. Elle pouvait rendre tant de services à son pays, un talent qu'elle n'avait pu jusque-là pleinement exprimer.

Elle avait été surprise que le détecteur de mensonge ne relève rien et décida qu'elle avait dû si bien s'autopersuader que les transgressions paternelles n'avaient rien à voir avec elle que son rythme cardiaque ne variait pas d'un iota lorsqu'elle y pensait.

Sa carrière au service des États-Unis rectifierait tous les dégâts que son père avait pu commettre envers leur pays.

Même si elle sentait peser sur elle la honte de savoir, elle s'était à la longue rassurée à l'idée que nul autre n'en saurait jamais rien.

Alors, quand Darren Lipton lui avait révélé qu'il savait, c'est comme si on l'avait saisie par les chevilles et entraînée sous l'eau. Elle avait paniqué, incapable de respirer, elle avait voulu fuir.

Maintenant qu'elle savait qu'au FBI des gens connaissaient la trahison commise par son père, elle voyait s'écrouler son univers, voyait son avenir compromis. Car elle savait qu'il pourrait désormais à tout moment revenir la hanter.

Alors elle décida, tandis que le contrôleur annonçait dans la sono le prochain arrêt de la rame, de fournir à Lipton tout ce dont il avait besoin concernant Jack. Elle-même nourrissait des soupçons sur son petit ami... Ses départs précipités à l'étranger, les mensonges sur ses destinations, le vague des détails concernant son travail. Mais elle le connaissait, elle l'aimait et elle ne pouvait l'imaginer une seule seconde subtiliser des informations confidentielles pour se remplir les poches.

Elle allait aider Lipton mais ça ne déboucherait sur rien, bientôt l'inspecteur aurait disparu et toute cette histoire serait terminée, derrière elle, un autre épisode de sa vie, bien rangé dans sa boîte. Et contrairement à celui du Caire, se dit-elle, au moins cet épisode ne reviendrait-il plus jamais la hanter.

L'inspecteur Darren Lipton engagea son Toyota Sienna sur la nationale 1 et prit la direction du sud, vers le pont de la 14ᵉ Rue. Il franchit le Potomac à neuf heures du matin, le cœur encore palpitant après sa rencontre avec ce petit cul sexy de la CIA mais aussi à la perspective de sa prochaine destination.

Le contact avec Kraft était devenu très physique mais certainement pas au sens où il l'avait escompté. Quand elle l'avait giflé, il avait été à deux doigts de la prendre à la gorge, de la traîner sur la banquette arrière et de la punir mais il savait que ses supérieurs avaient besoin d'elle.

Et Lipton avait appris à faire ce qu'on lui ordonnait, malgré les pulsions qui le consumaient presque.

Le flic de cinquante-cinq ans savait qu'il aurait dû rentrer à la maison mais il y avait un salon de massage, installé dans un hôtel borgne de Crystal City à deux pas de l'aéroport, qu'il fréquentait quand il ne pouvait se payer une call-girl, et ce genre de motel minable serait ouvert même à cette heure matinale. Il décida que ça lui permettrait d'évacuer une partie de la pression que Mlle Melanie Kraft avait fait monter en lui avant de retourner chez lui à Chantilly, retrouver sa garce de femme et ses abrutis d'ados.

Et il n'aurait plus alors qu'à rédiger le rapport de sa rencontre pour ses supérieurs et attendre de nouvelles instructions.

19

On estime que près d'un demi-milliard de téléspectateurs regardent le journal de dix-neuf heures sur la chaîne China Central. Le fait que toutes les stations locales du pays ont ordre de reprendre le programme explique en partie ce chiffre élevé, mais l'annonce répétée en boucle que le président devait prononcer une allocution importante ce soir-là assurerait des taux d'écoute encore plus importants que la normale.

L'allocution de Wei Jen Lin était diffusée en simultané sur la radio nationale, à destination des habitants des provinces lointaines qui ne pouvaient recevoir la télé ou se payer un récepteur, mais également sur China Radio International, afin de lui donner un retentissement immédiat dans le monde entier.

La présentatrice ouvrit le journal en présentant le président Wei et puis, sur tous les téléviseurs du pays, l'image changea pour le montrer, seul, élégant et détendu, s'approcher d'un pupitre installé au milieu d'un tapis rouge. Dans son dos, un grand écran plat affichait le drapeau chinois. De part et d'autre, des tentures de soie dorée pendaient du plafond.

Wei portait un complet gris, une cravate rouge et

bleu ; ses lunettes à monture fil étaient descendues sur son nez pour lui permettre de lire la déclaration qui s'affichait sur le prompteur, mais avant de prendre la parole, il sourit de toutes ses dents à ses compatriotes – presque la moitié d'entre eux – qui le regardaient avant de les saluer d'un signe de tête.

« Mesdames, messieurs, camarades, amis. Je vous parle depuis Pékin, et mon message s'adresse à tous mes compatriotes de Chine continentale, de nos régions administratives spéciales de Hongkong et de Macao, de Taïwan, aux expatriés et à tous nos amis de par le monde.

« Si je m'adresse à vous aujourd'hui, c'est pour vous donner de grandes nouvelles sur l'avenir de notre nation et le développement du socialisme.

« C'est donc avec une grande joie que je vous annonce nos intentions concernant la mer de Chine méridionale. »

Derrière Wei, le drapeau chinois affiché sur le moniteur géant s'effaça pour laisser place à une carte de la mer en question. Au sud de la Chine continentale, une ligne tiretée – formée de neuf segments – descendait en direction du sud. À droite, elle longeait par l'ouest les Philippines, puis arrivée au plus bas, elle filait plein ouest, passant au nord de la Malaisie et de Brunei avant de remonter vers le nord en longeant cette fois la côte vietnamienne.

La ligne tiretée formait comme une grande poche qui embrassait quasiment toute la mer et les îles qu'elle contenait.

« Vous voyez derrière moi une représentation des possessions chinoises. Cette étendue appartient à notre territoire depuis l'instauration de la République populaire, voire bien auparavant, même si bon nombre de nos amis et voisins refusent d'accepter ce fait. La Chine exerce une incontestable souveraineté sur la mer de Chine méridionale et maintes preuves historiques et juridiques sont là pour étayer cette revendication territoriale. Toutes ces voies navigables importantes constituent un intérêt fondamental pour la Chine et cela fait trop longtemps que nous avons laissé nos voisins nous dicter leurs termes alors même que nous sommes les justes prétendants à cette propriété.

« Avant de devenir président de la Commission militaire centrale, mon collègue, camarade et ami, le président Su Ke Qiang, a critiqué sans détour notre réticence à régler la question de la mer de Chine méridionale. En qualité de général d'armée et d'expert en histoire militaire, il est bien placé pour savoir combien nous sommes devenus vulnérables en laissant nos voisins nous dicter nos mouvements, nos droits de pêche, de prospection et d'exploitation des ressources dans ces eaux qui nous appartiennent. Le président Su m'a conduit à faire du redressement de cette injustice un élément clé de son programme à long terme de modernisation de nos forces armées. J'applaudis le président Su pour cette brillante initiative visionnaire.

« Si je m'adresse à vous aujourd'hui, au lieu du camarade président Su, c'est parce que je tiens à vous montrer que je partage ses vues et que j'ai donné personnellement mon aval aux préparatifs des opérations navales destinées à soutenir nos revendications territoriales.

« Ce serait une grave erreur d'appréciation pour les autres nations d'imaginer qu'il existe le moindre désaccord entre le président Su et moi-même dans quelque domaine que ce soit, mais plus spécifiquement à propos de nos relations bilatérales avec nos voisins sur le pourtour de la mer de Chine méridionale. Je soutiens à fond les remarques récentes, et parfaitement explicites, du président concernant le caractère historique des revendications de la Chine sur ces eaux. »

Wei marqua un temps, but une gorgée d'eau, se racla la gorge.

Il revint au téléprompteur. « J'ai une formation d'homme d'affaires et d'homme politique, je ne suis ni soldat ni marin. Mais en tant qu'homme d'affaires, je suis sensible à la valeur de la propriété et à l'exercice légal des droits qu'elle sous-tend. Et en tant qu'homme politique, je représente la volonté du peuple et c'est donc à ce titre que je revendique la propriété de cet héritage ancestral pour la Chine d'aujourd'hui.

« Mesdames et messieurs, les faits ne sont pas à accepter ou à rejeter. Les faits sont têtus : ce sont des vérités, et derrière moi, sur cette carte, c'est la vérité que vous contemplez. Durant près d'un millénaire, ces mers et les îles en leur sein ont été la propriété historique de la Chine et il est temps désormais de mettre un terme à l'injustice que constitue l'usurpation de cette propriété.

« Aussi, dès lors que notre revendication territoriale est ainsi établie, vient la question du sort de ceux qui résident sur ces territoires et y pratiquent illégalement leurs activités commerciales. Quand quelqu'un vit chez vous sans y avoir été invité, si vous êtes un homme civilisé, vous ne le jetez pas brutalement dehors. Vous commencez par lui dire de s'en aller avant de prendre des mesures.

« Mes prédécesseurs ont émis ces notifications

durant près de soixante ans. Je ne vois aucune raison de continuer de la sorte. En ma qualité de dirigeant de mon peuple et face à cette injustice de si longue date, je considère de mon rôle de notifier immédiatement aux nations présentes sur notre territoire que nous allons récupérer la légitime propriété en mer de Chine méridionale. Non pas dans un avenir indéterminé mais immédiatement. »

Wei leva la tête, fixa la caméra, et répéta : « Immédiatement. Si le recours à la force s'avère nécessaire, la communauté internationale doit reconnaître que la responsabilité en reviendra à ceux qui, aujourd'hui incrustés en territoire chinois, ont délibérément ignoré les demandes polies et répétées de s'en retirer. »

Wei remonta ses lunettes sur son nez, fixa de nouveau la caméra et sourit. « Nous avons, depuis de longues années, multiplié les efforts pour instaurer de bonnes relations avec les autres pays du monde. Nous commerçons désormais avec plus de cent vingt nations, et nous nous considérons, d'abord et avant tout, comme des amis de nos partenaires commerciaux. Nos mouvements dans cette zone critique de la mer de Chine méridionale devraient être lus comme une tentative d'assurer la sécurité de ces voies maritimes pour le bien de tous, et il est de l'intérêt du commerce international que nous procédions de la sorte. »

La phrase suivante fut énoncée avec un large sourire et dans un anglais hésitant mais parfaitement compréhensible : « Mesdames et messieurs, la Chine reste ouverte au commerce. »

Et le président de conclure en revenant au mandarin : « Merci beaucoup. Je vous souhaite à tous la prospérité. »

Le président s'écarta et quitta la pièce, libérant pour la caméra une vue plein cadre de la carte, avec sa ligne tiretée – neuf tirets en tout – qui embrassait quasiment toute la mer.

Et tandis que cet arrêt sur image s'affichait sur des centaines de millions de téléviseurs chinois, on entendit alors résonner l'hymne du Parti communiste chinois, *L'Internationale*.

20

À dix heures du matin, le lundi suivant l'allocution officielle du président Wei, il y avait foule au bureau Ovale. Douze hommes et femmes étaient installés sur les deux canapés et les six chaises, tandis que le président Jack Ryan avait fait rouler son siège de bureau pour se rapprocher d'eux.

Le président Ryan avait d'abord envisagé d'organiser la réunion dans la salle de conférences au sous-sol de l'aile ouest, avant d'opter finalement pour le bureau Ovale, car la Chine n'avait encore lancé aucune action, en dehors de vagues menaces en langue de bois diplomatique. Il avait malgré tout décidé de réunir tous ses collaborateurs dans l'intention déjà de rallier ses troupes pour qu'elles soient mieux concentrées sur une tâche à laquelle, à ses yeux, ni lui ni son gouvernement n'avaient prêté une attention suffisante en cette première année de son second mandat.

Et à ce moment le bureau Ovale lui semblait respirer l'autorité indispensable.

Assis sur le divan face à lui et sur sa droite, se trouvaient Scott Adler, ministre des Affaires étrangères, et Mary Pat Foley, la directrice du Renseignement national. À côté d'eux, le vice-président Rich Pollan. De l'autre côté de la table basse, sur l'autre divan, le directeur de la CIA, Jay Canfield, était assis entre Bob Burgess, ministre de la Défense, et Arnie Van Damm, secrétaire général de la présidence. La conseillère à la Sécurité nationale, Colleen Hurst, était assise dans le fauteuil à oreilles situé au bout de la table basse. Sur les autres sièges répartis autour d'elle, se trouvaient le général David Obermeyer, chef de l'état-major interarmées, Kenneth Li, ambassadeur en Chine, et Dan Murray, ministre de la Justice.

En retrait, devant Ryan, à sa gauche et à sa droite, le patron de la NSA et le ministre du Commerce.

Était également présent le chef du commandement du Pacifique, l'amiral Mark Jorgensen. Le ministre de la Défense avait demandé la permission de l'amener avec lui car Jorgensen connaissait mieux que quiconque les capacités opérationnelles de la Chine en matière de commandement naval.

Pendant que chacun s'installait à sa place en échangeant des salutations polies, Ryan observait l'ambassadeur Kenneth Li. Le premier diplomate américain d'ascendance chinoise avait été rappelé de Pékin la veille et son avion venait d'atterrir à Andrews après dix-sept heures de vol. Ryan remarqua que, même si costume et cravate étaient impeccables, l'ambassadeur avait les yeux bouffis et les épaules affaissées. « Ken, tout ce que je peux vous offrir pour l'instant, ce sont mes excuses pour vous avoir rappelé si vite et du café à volonté. »

Il y eut quelques rires discrets.

Avec un sourire las, Kenneth Li répondit : « Inutile de vous excuser, je suis ravi d'être ici. Et j'adore effectivement le café, monsieur le président.

— Content de vous avoir parmi nous. » Ryan s'adressa ensuite au reste de l'assistance, qu'il contempla par-dessus ses verres étroits descendus jusqu'au bout du nez. « Mesdames et messieurs, le président Wei a attiré mon attention et, j'ose espérer, la vôtre également. Je veux savoir ce que vous savez et je veux savoir ce que vous pensez. Comme toujours, en faisant clairement la part des choses. »

Tout le monde acquiesça et, jaugeant leurs regards, Jack Ryan put constater que la proclamation du président chinois était jugée suffisamment menaçante pour que chacun reconnût son importance.

« Commençons avec toi, Ken. Jusqu'à hier soir, je considérais le président Wei comme un tenant de la ligne rigide en politique intérieure, mais également comme un homme qui savait où était son intérêt. D'emblée, il était apparu comme le dirigeant le plus favorable au commerce et au capitalisme qu'on ait jamais pu espérer. Qu'est-ce qui a changé ? »

L'ambassadeur Li prit la parole. « À vrai dire, monsieur le président, rien n'a changé fondamentalement pour ce qui est de son désir de commercer avec l'Occident. En particulier avec nous. Compte tenu des problèmes économiques auxquels est confrontée la Chine, il a plus que jamais besoin de nous et il le sait mieux que quiconque. »

La question suivante de Ryan s'adressait une fois encore à l'ambassadeur. « Nous connaissons l'opposition entre le personnage public de Wei destiné à l'Occident et son attitude de fermeté et de soutien au Parti à l'égard de ses compatriotes. Que peux-tu nous dire de plus à son sujet ? Est-il aussi bon que d'aucuns le pensent, ou bien aussi méchant que d'autres le redoutent, en particulier vis-à-vis des protestations tous azimuts que connaît la Chine aujourd'hui ? »

Li prit le temps de peser la question avant de répondre. « Depuis 1949, le Parti communiste chinois force la population du pays à lui prêter allégeance. Le mouvement Tuidang, plutôt méconnu à l'étranger, est vu comme un énorme phénomène culturel en Chine, en particulier auprès de la vieille garde du Parti qui s'en inquiète grandement.

« De surcroît, on a connu des grèves, des manifestations pour les droits de l'Homme, des troubles croissants dans les provinces et même, ces deux derniers mois, des actes de rébellion, certes d'une ampleur encore modeste, dans les provinces éloignées de la capitale.

« Depuis une quarantaine d'années, la doxa en Occident n'a pas varié : avec le développement du capitalisme et l'interaction croissante avec le reste du monde, la nation chinoise allait, lentement mais sûrement, adopter une philosophie plus libérale. Mais cette théorie de l'"évolution libérale" a hélas fait long feu. Au lieu d'embrasser une libéralisation politique, le Parti communiste chinois s'est mis à résister de plus en plus à l'Occident, à se montrer de plus en plus paranoïaque à son égard et de plus en plus hostile aux valeurs libérales.

« Même si Wei se cache derrière une façade de libéralisme économique, il continue de mener la charge contre le Tuidang et contre les libertés individuelles. »

Scott Adler, le ministre des Affaires étrangères, enchaîna : « Wei a toujours eu deux facettes. Il croit au Parti, à la dévotion au gouvernement central. Il ne se contente pas de croire au modèle économique communiste. Depuis son accession au pouvoir, il écrase la dissidence, est revenu sur la liberté de déplacement entre les provinces, et désactive chaque jour plus de sites Internet que ne le faisait son prédécesseur en un mois.

— Et, intervint Ryan, tout cela sans se départir de son grand sourire, avec sa cravate réglementaire qui le ferait passer pour un ancien élève d'une université de la côte Est, ce qui en fait le chouchou de la presse occidentale.

— Peut-être pas le chouchou, rectifia Li, mais à coup sûr un bon client. »

Jack hocha la tête. Notant, *in petto*, que la presse internationale aimait Wei Jen Lin bien plus que John Patrick Ryan.

« Quelles sont ses intentions ? Pourquoi toutes ces rodomontades ? Est-ce juste pour gonfler à bloc le Parti et l'armée ? Scott ?

— Nous ne voyons pas les choses ainsi. On a déjà connu des généraux et des amiraux qui s'exprimaient de la sorte, et ces discours semblent réussir à faire vibrer la fibre nationaliste et à stimuler l'animosité contre les rivaux voisins. Mais voir un président et secrétaire général qui n'est manifestement pas un militant monter au créneau pour soutenir ces généraux… Wei doit bien se douter qu'une telle attitude ne peut que susciter la rancœur de l'étranger. Il ne s'agit donc pas d'une agressivité de façade. Il semble bien qu'on assiste là à un changement politique de fond, et nous ne devrions pas l'accepter sans réagir.

— En résumé, demanda Ryan en se penchant un peu, cela signifie bien qu'ils s'apprêtent pour de bon à envoyer les forces navales de l'Armée populaire de libération prendre le contrôle de la mer de Chine méridionale ?

— Notre grande crainte, au ministère, est que cela traduise en effet une extension vers le sud pour y renforcer leur influence. »

Ryan tourna la tête vers sa directrice du Renseignement national. Parce qu'elle chapeautait l'ensemble des dix-sept services d'espionnage du pays, Mary Pat Foley était bien placée pour compléter le tableau.

« Votre avis, Mary Pat ?

— Honnêtement, monsieur, nous prenons cette annonce très au sérieux. Nous nous attendons à les voir débarquer des troupes sur certaines des îles non défendues mais contestées, et pousser encore plus loin leur marine pour revendiquer les eaux internationales, non seulement par des discours mais par la canonnière.

— Pourquoi maintenant ? demanda Ryan. Wei est un économiste ; il n'a jusqu'ici jamais fait preuve d'un tel bellicisme.

— Certes, confirma Bob Burgess, mais le général président Su a un poids réel. Il détenait, pense-t-on, un tiers du pouvoir avant le coup d'État. Après avoir sauvé la peau de Wei, l'été dernier, en lui envoyant ses tanks pour empêcher le ministre de la Sécurité de l'État de procéder à son arrestation, on est en droit de penser que son capital a crevé le plafond.

« Wei ne peut pas croire qu'il va doper son économie en élargissant son emprise sur la mer de Chine méridionale. Certes, il y a le pétrole, les minerais, la pêche, mais vu le casse-tête avec l'Occident qui en résultera, le jeu n'en vaut pas la chandelle. »

Regina Barnes qui était ministre du Commerce ne put qu'abonder. « Au pire, une action d'ampleur en

MCM détruirait leur économie à coup sûr. Celle-ci dépend du libre passage des cargos et des pétroliers, qui serait perturbé en cas d'incident dans les eaux internationales. L'Arabie saoudite est leur principal fournisseur de pétrole, ce qui ne surprendra personne. Plus surprenant, peut-être, le fait que l'Angola vienne juste après. Les livraisons de ces deux pays se font bien sûr par pétroliers. Toute perturbation du trafic maritime en MCM serait dévastatrice pour la machine industrielle chinoise.

— Regardez le détroit de Malacca, renchérit Foley. C'est un goulet d'étranglement et les Chinois savent parfaitement que c'est leur talon d'Achille. Entre soixante-quinze et quatre-vingts pour cent du pétrole destiné à l'Asie y transitent.

— Monsieur le président, intervint l'ambassadeur, qui sait, peut-être Wei agit-il de la sorte non pas pour protéger son économie mais bien pour se protéger lui-même.

— Se protéger de quelle menace ?

— Celle du général président Su. Peut-être qu'en le suivant il espère l'apaiser. »

Ryan regarda fixement un point à l'autre bout de la pièce. Ses collaborateurs restèrent silencieux.

Au bout de plusieurs secondes, il reprit : « J'admets que ça ait pu jouer. Mais je reste convaincu que Wei a une idée derrière la tête. Il sait que sa décision va nuire aux affaires. Si vous considérez sa carrière, vous ne trouverez pas le moindre exemple d'une action qui aurait pu mettre en danger les relations commerciales avec l'Occident, hormis les cas où il a dû agir poussé par les circonstances intérieures. Je veux bien admettre qu'il a parfois suivi les résolutions du comité central pour mater des insurrections nuisibles au climat des affaires, mais s'il l'a fait, c'était parce qu'il estimait la chose indispensable au maintien du pouvoir absolu du Parti. Je crois que cette allocution cache quelque chose d'autre. »

L'amiral Mark Jorgensen leva lentement la main pour attirer l'attention du président.

« Amiral ?

— Juste une spéculation, monsieur.

— Spéculez, allez-y. »

Jorgensen hésita, fit une grimace avant de se résoudre à parler. « Su veut s'emparer de Taïwan. Il s'est montré à ce sujet aussi clair que n'importe quel autre dirigeant chinois. Wei veut renforcer son économie et l'on pourrait arguer que soumettre Taipei à l'emprise chinoise permettrait d'aboutir à cet objectif. L'interdiction d'une grande partie de la mer de Chine méridionale devient alors un préalable indispensable avant qu'ils puissent se retourner contre Taïwan. S'ils ne contrôlent pas l'accès au détroit de Malacca, nous serions en mesure de couper leur robinet à pétrole, contraignant tout le pays à l'arrêt complet. Il se pourrait donc bien qu'on assiste là à la première étape d'un plan dont le but ultime est le retour de Taïwan dans leur giron. »

Une déduction qui fut reçue dans un silence complet de l'assistance. Puis Jorgensen cru bon d'ajouter : « Ce n'est qu'une idée en l'air, monsieur. »

Scott Adler restait dubitatif. « Je ne vois pas les choses ainsi. Les relations économiques entre la Chine continentale et Taïwan sont plutôt bonnes, meilleures en tout cas qu'elles le furent jadis. Liaisons aériennes directes, accords commerciaux, visites d'îles en mer de

Chine... autant de signes d'un engagement pacifique. Et Taïwan investit chaque année cent cinquante milliards en Chine continentale. »

Burgess le coupa : « La prospérité mutuelle ne garantit en rien la non-survenue d'un incident. »

Le président partageait son avis. « Ce n'est pas parce que tout le monde gagne des sous que les Chinois ne vont pas tout chambouler. L'argent n'a jamais été leur objectif principal. Ils ont là-bas d'autres moyens d'exercer le pouvoir. Tu peux avoir parfaitement raison, Scott, surtout au regard des bonnes relations régnant aujourd'hui entre Taïwan et le continent. Mais n'oublions pas que ce rapprochement peut être annulé par le Parti en deux temps, trois mouvements. La direction du PCC ne se satisfait pas du *statu quo* des relations actuelles avec Taïwan. Ils veulent récupérer l'île, ils veulent la disparition de la république chinoise de Taipei, et ce ne sont pas les quelques vols directs entre Shanghai et Taipei qui vont modifier en quoi que ce soit cet objectif à long terme. »

Adler concéda le point.

Ryan soupira. « Donc... l'amiral nous a décrit un scénario du pire et je veux que tout le monde ici le garde en tête pendant que nous étudions cette crise. Nous avions tablé, durant la présidence de Wei, sur des relations particulièrement amicales avec Taïwan mais la tentative avortée de coup d'État et le renforcement du général Su ont sans doute changé les termes de l'équation. »

Ryan put noter qu'une majorité de l'assistance trouvait Jorgensen par trop pessimiste. Lui-même avait des doutes sur les visées supposées du dirigeant chinois sur Taïwan, même sous la pression de Su, mais il ne voulait pas non plus que son état-major fût pris par surprise au cas où l'hypothèse se concrétiserait.

Les États-Unis avaient officiellement reconnu Taïwan et pouvaient donc se trouver facilement acculés à la guerre si jamais un conflit éclatait entre les deux nations. Et même si une bonne partie de la presse internationale le qualifiait de faucon, il n'avait certainement aucune envie de voir se dessiner la perspective d'une guerre ouverte dans le Pacifique.

« OK, reprit Ryan. Le président Wei a dit que la Chine avait, pour des raisons historiques, la souveraineté sur cette mer. Que disent les lois internationales à ce sujet ? Ou le droit maritime, tant qu'à faire ? Les Chinois ont-ils la moindre raison juridique de soutenir de telles revendications ? »

Le ministre des Affaires étrangères hocha la tête. « Absolument aucune. Mais ils sont malins. Ils ont bien pris soin de ne pas signer un seul accord de coopération susceptible d'autoriser leurs voisins à se liguer contre eux pour contester tel ou tel point de droit international. Pour les Chinois, la mer de Chine méridionale ne relève pas du droit international ; ils préfèrent parler de différends bilatéraux avec chacun des pays auxquels ils s'opposent dans la région. Jamais ils ne laisseront l'ONU ou une quelconque organisation internationale s'emparer du problème. Ils tiennent à régler ces questions au coup par coup.

— Diviser pour régner, souffla Jack.

— Exactement », convint Adler.

Jack se leva et se mit à faire les cent pas autour de son bureau. « Que savons-nous de la situation actuelle à l'intérieur du pays ? »

La question ouvrit le débat avec les membres des services de renseignement présents dans l'assistance.

Durant les vingt minutes qui suivirent, la conseillère à la Sécurité, le patron de la CIA et la directrice du Renseignement évoquèrent les diverses méthodes d'espionnage à leur disposition. Avions et navires, satellites, récepteurs radio, tous ces moyens étaient mobilisés pour récupérer un maximum d'informations par l'interception de transmissions chinoises mal, voire pas du tout sécurisées.

Ryan s'avouait rassuré de savoir tous les regards électroniques de l'Amérique ainsi braqués sur l'empire du Milieu. L'interception et l'analyse des signaux, des messages et des signatures électroniques, la couverture par le renseignement américain était à peu près complète.

Mais il manquait néanmoins un élément. Jack en fit la remarque. « Je vois beaucoup de renseignement électronique, d'interceptions radio et signaux. Mais *quid* du renseignement humain et des éléments dont nous disposons sur place ? » La question était bien évidemment adressée au directeur de la CIA.

« Nous avons un gros déficit de ce côté-là, monsieur le président, dut avouer Canfield. J'aimerais pouvoir rapporter que nous sommes bien placés au sein de l'administration centrale mais à vrai dire, nous disposons de fort peu d'éléments en dehors des hommes en poste à notre ambassade à Pékin, or ceux-ci ne traitent que des agents travaillant à des échelons relativement subalternes. C'est qu'il y a eu pas mal d'arrestations de nos meilleurs éléments ces dernières années. »

Ryan était au courant. Après le démantèlement au printemps d'un réseau d'agents espionnant pour le compte des États-Unis, la rumeur avait couru qu'une taupe infiltrée à la CIA travaillait pour le gouvernement chinois, mais une enquête interne avait révélé que c'était fort peu probable.

« Donc, nous n'avons plus d'agent clandestin à l'œuvre à Pékin ? demanda Ryan.

— Non, monsieur. Nous en avons quelques-uns sur le reste du territoire, mais aucun dans la capitale, et les rares dont nous disposons ne sont pas très haut placés. Nous avons travaillé sans relâche à introduire de nouveaux agents mais tous nos efforts ont été contrés par des opérations de contre-espionnage d'une étonnante robustesse. »

Des opérations de contre-espionnage d'une étonnante robustesse, répéta mentalement Ryan. C'était une façon polie d'expliquer que ces enculés de Chinetoques avaient exécuté tous ceux qu'ils soupçonnaient d'espionnage au profit des États-Unis.

« Lors de notre dernière confrontation avec Pékin, nota le président, nous avions un agent infiltré clandestinement qui nous a fourni tout un putain de tas d'informations sur les réunions du Politburo.

— Qui aurait pu dire alors que c'était le bon vieux temps ? » nota Mary Pat Foley avec un hochement de tête.

Presque tout le monde connaissait l'histoire mais Ryan crut bon de l'expliquer à ceux qui soit n'étaient pas encore au cabinet à l'époque, soit n'avaient pas eu besoin d'être informés. « Quand Mary Pat était encore sous-directrice, un de ses agents travaillait pour NEC, le fabricant d'ordinateurs[1]. Il avait fourgué une

---

1. Lire : *L'Ours et le Dragon, op. cit.*

machine trafiquée au cabinet d'un ministre sans portefeuille, l'un des plus proches confidents du premier secrétaire. Au plus chaud du conflit, nous avions des rapports quasi quotidiens sur les plans de la direction du Parti et sur leur état d'esprit. De quoi changer la donne, et c'est une litote.

— Et puis, enchaîna Mary Pat, deux mois après la guerre, le ministre Fang devait disparaître, victime d'un anévrisme fatal alors qu'il sautait sa secrétaire.

— Un manque de chance, admit Ryan. L'agent qui avait monté ce coup, comment s'appelait-il, déjà ? Chet Nomuri, c'est ça ?

— En effet, confirma Mary Pat.

— Il doit être chef d'antenne à présent. »

Jay Canfield hocha la tête. « Il a quitté l'Agence depuis un bail. La dernière fois que j'ai eu de ses nouvelles, il bossait pour une boîte d'informatique sur la côte Ouest. » Avec un haussement d'épaules, il ajouta : « Ça paie mieux dans le privé.

— Comme si je ne le savais pas ! » bougonna le président.

La remarque déclencha un fou rire bienvenu pour détendre une ambiance bien lourde.

Barnes, la ministre du Commerce, intervint. « Monsieur le président, j'espère que nous n'oublions pas ce que Wei a dit en conclusion de son laïus : "La Chine reste ouverte au commerce."

— Si je vous entends bien, vous espérez que je n'ai pas oublié à quel point nous sommes dépendants du commerce chinois. »

Elle haussa les épaules, confuse. « Le fait est, monsieur, qu'ils possèdent une bonne part de notre économie. Et qu'ils pourraient à tout instant récupérer leur mise.

— Et se retrouver sur la paille, contra Ryan. Ils nous touchent économiquement et ça leur retombe sur le nez. »

La ministre renchérit : « Destruction mutuelle assurée. »

Jack acquiesça. « Certes, c'était une stratégie risquée mais on ne peut pas dire qu'elle n'a pas réussi. »

Barnes en convint.

« Bien, terminons-en avec nos capacités opérationnelles. » Et Ryan de se tourner vers son ministre de la Défense. « S'ils veulent se faire la main en mer de Chine méridionale, à quoi peut-on s'attendre ?

— Comme vous le savez fort bien, monsieur le président, depuis bientôt une vingtaine d'années la Chine accroît régulièrement de vingt pour cent par an son budget militaire. Nous estimons qu'ils ont dépensé chaque année plus de deux milliards de dollars en armement offensif et défensif, en logistique et en personnel.

« La marine chinoise s'est développée à pas de géants. Ils disposent désormais de trente destroyers, cinquante frégates, sans doute soixante-quinze submersibles. Ce sont au total deux cent quatre-vingt-dix bâtiments avec toutefois une carence certaine en navires de haute mer. Du moins pour l'instant. »

Le général Obermeyer prit le relais. « Ils ont dans le même temps concentré leurs efforts sur l'aviation de quatrième génération. Ils possèdent des Sukhoï 27 et 30 russes, et ils ont leurs propres chasseurs J-10 de fabrication locale même si, pour l'instant, ils les équipent de moteurs français. Ils disposent en outre d'une quinzaine de Su-33.

— Mais il ne s'agit pas seulement de la marine et de l'aviation, précisa Burgess. Ils ont développé les cinq domaines de la guerre moderne : terre, air, mer, espace et cyberespace. On pourrait arguer, et j'abonderais en ce sens, que sur les cinq armes, c'est l'armement terrestre qui a eu la part du pauvre ces cinq dernières années.

— Que doit-on en déduire ?

— La Chine, expliqua Burgess, ne voit pas d'ennemis attaquer directement son territoire, elle n'envisage pas non plus de conflit de grande ampleur avec ses voisins. Elle projette en revanche des conflits limités avec ces derniers et des conflits majeurs avec les grandes puissances internationales situées trop loin pour envisager un débarquement militaire sur les côtes chinoises.

— Ça, c'est nous en particulier, nota le président. Ce n'était pas une question.

— Nous exclusivement, précisa le ministre de la Défense.

— *Quid* de leur porte-avions ?

— Monsieur le président, répondit le chef de l'état-major interarmées, leur *Liaoning* est une gloire nationale, mais cela ne va guère plus loin. Il n'est pas exagéré de dire que nous avons trois porte-aéronefs mis au placard, le *Ranger*, le *Constellation* et le *Kitty Hawk*, qui sont encore en meilleur état que ce vieux rafiot retapé racheté aux Russes.

— Certes, mais nonobstant son état peu reluisant, objecta Ryan, ce bâtiment ne leur donne-t-il pas à tout le moins l'*impression* de posséder une marine de haute mer ? Cela pourrait-il les rendre dangereux ?

— Ils pourraient se l'imaginer, convint Obermeyer, mais nous pourrions aisément leur remettre les idées en place si l'on devait en venir à une confrontation. Sans vouloir fanfaronner, j'estime que nous pourrions envoyer ce navire par le fond dès le premier jour du conflit.

— À part couler leur porte-avions, de quelle autre option disposons-nous pour leur montrer que nous prenons au sérieux leurs menaces ? » demanda Ryan.

L'amiral Jorgensen, commandant de la flotte du Pacifique, répondit. « Le *North Carolina* croise sur zone en ce moment même. C'est un sous-marin d'attaque rapide de la classe Virginia. L'un de nos plus furtifs. »

Ryan lui adressa un regard éloquent.

« Je suis désolé, monsieur le président, je ne voulais pas paraître condescendant. Vous connaissez les bâtiments de la classe Virginia ?

— Oui et j'ai entendu parler du *North Carolina*.

— Pardon. J'ai briefé votre prédécesseur… et parfois je devais lui fournir certains détails.

— Je vois, amiral. Donc, vous évoquiez le *North Carolina* ?

— Oui monsieur. Nous pourrions lui organiser un mouillage imprévu à Subic Bay. »

L'idée plut à Ryan. « Qu'il fasse surface pile en zone de danger pour montrer aux Chinois que nous n'allons pas nous coucher ou faire le mort. »

L'idée plaisait également au ministre de la Défense. « Et du même coup montrer aux Philippins que nous les soutenons. Ils apprécieront le geste. »

Scott Adler leva la main. L'idée ne l'emballait pas, c'était manifeste. « Pékin y verra une provocation.

— Et merde, Scott ! coupa Ryan. Si je mange italien ce soir au lieu de chinois, Pékin y lira également une provocation.

— Monsieur le pré... »

Ryan regarda l'amiral. « Faites. Et rajoutez-y toutes les déclarations qui vont bien, pour expliquer que la visite a été programmée de longue date et qu'il ne faut en aucun cas y voir une signification quelconque, et bla-bla-bla...

— Bien entendu, monsieur le président. »

Ryan s'assit alors au coin de son bureau pour s'adresser à l'ensemble de l'assistance. « Nous avons annoncé depuis pas mal de temps que la mer de Chine méridionale serait probablement la zone probable de conflit si la situation devait s'envenimer. Vous ne serez donc pas surpris si je vous demande à tous de me fournir un maximum d'informations. S'il y a un point dont vous désirez discuter personnellement avec moi, vous n'aurez qu'à vous rapprocher d'Arnie (Jack regarda Arnie Van Damm). Ce sujet passe en priorité numéro un. Si l'un de vous désire m'entretenir quelques minutes, je ne veux pas que ce soit pour m'inviter à rencontrer la lauréate de la dernière vente de charité. »

Rire général. Arnie rit également mais il savait que le patron, lui, ne rigolait pas.

21

La DEF CON – conférence annuelle sur la Défense – de Las Vegas est l'une des plus importantes conventions *underground* de hackers de par le monde. Chaque année, ce sont près de dix mille professionnels de la sécurité informatique, cybercriminels, journalistes, fonctionnaires fédéraux et autres passionnés d'électronique qui se retrouvent durant plusieurs jours pour discuter des techniques, produits ou services nouveaux, assister aux conférences et participer aux compétitions pour hackers ou briseurs de code.

C'était en quelque sorte le Woodstock annuel des geeks.

La manifestation se tient dans l'hôtel-casino Rio et la plupart des participants y descendent ou choisissent un hôtel des environs, mais comme chaque année, un petit groupe de vieux amis avait préféré se cotiser pour louer une maison à quelques kilomètres à l'est de la ville, à Paradise.

Un peu avant vingt-trois heures, Charlie Levy engagea sa Nissan Maxima de location dans l'allée desservant la luxueuse villégiature située tout au bout de South Hedgeford Court, en plein quartier résidentiel.

Il s'arrêta devant la grille, descendit sa vitre et pressa sur le bouton de l'interphone.

En attendant l'ouverture, il contempla la haute clôture en fer forgée bordée de palmiers et l'allée paysagée qui montait jusqu'à la vaste demeure de huit pièces. Cela faisait à présent dix ans qu'il la louait avec son petit groupe d'habitués de la DEF CON et il avait toujours plaisir à y retrouver ses amis.

Après un bip, une voix nasale se fit entendre : « DarkGod ? Quel est le mot de passe, mon gros salaud ?

— Ouvre, j'te dis, gros tas de merde », répondit Levy avec un grand rire, et quelques secondes plus tard la grille s'ouvrit sans bruit.

Charlie écrasa le champignon et fit fumer les pneus qui couinèrent assez fort pour être entendus des locataires déjà sur place.

Sans être un des membres fondateurs de la conférence, Charlie « DarkGod » Levy y avait assisté dès 1994, soit l'année qui avait suivi sa création, et depuis, ce membre de la vieille garde était quasiment devenu une légende.

À l'époque, c'était encore un étudiant en première année à l'université de Chicago, un hacker autodidacte qui s'amusait à casser les mots de passe et dont le principal loisir était de cracher du code. Sa première DEF CON avait été pour lui une révélation. Il s'était retrouvé en osmose avec un énorme groupe d'amateurs mus par la même passion, des gens qui prenaient bien soin de ne jamais vous demander quel était votre gagne-pain mais traitaient au contraire chacun avec le même degré de méfiance et de bonhomie. Il avait beaucoup appris cette première année et, plus que tout, il s'était découvert l'intense désir d'impressionner ses pairs par ses exploits de hacker.

Au sortir de la fac, Levy avait entamé une carrière de programmeur dans l'industrie des logiciels de jeu mais il passait la majeure partie de son temps libre à d'autres projets, toujours liés à l'informatique : écrire et configurer des programmes, bricoler de nouveaux logiciels malveillants et peaufiner les tactiques d'infiltration.

Il était capable de pirater tout ce qui était bâti autour d'un processeur, et chaque année il faisait le voyage de Las Vegas pour montrer ses dernières trouvailles à ses amis et « compétiteurs ». Il était devenu l'un des principaux animateurs de la conférence et s'était constitué une petite cour de disciples ; on discutait de ses exploits sur les forums tout le reste de l'année.

D'une édition sur l'autre, Charlie Levy se devait de se surpasser, tant et si bien qu'il s'était mis à bosser de plus en plus dur lors de ses loisirs, s'enfonçant toujours plus loin dans le code des systèmes d'exploitation et recherchant des proies toujours plus grosses.

Et après la présentation de cette année, il était sûr que le monde entier parlerait de Charlie Levy.

Il descendit de la Maxima et salua cinq amis qu'il n'avait pas revus depuis la convention de l'année précédente. Levy n'avait que trente-huit ans mais il ressemblait beaucoup à Jerry Garcia, le chanteur guitariste fondateur du Grateful Dead : petit et râblé, avec une grande barbe grise et de longs cheveux gris clairsemés. Il portait un tee-shirt noir avec en blanc la silhouette d'une femme à la poitrine avantageuse légendée :

« Piratapoil[1] ». Il était connu pour ses tee-shirts humoristiques qui s'étiraient sur sa forte carrure, mais cette année il avait pris soin d'emporter également dans ses bagages quelques chemises boutonnées car il savait qu'à l'issue de son intervention programmée pour la journée inaugurale de la conférence, il allait devoir accorder quantité d'interviews aux médias.

Il défit sa valise dans sa chambre avant de redescendre retrouver ses amis autour de la superbe piscine installée à l'arrière de la résidence. Il prit une Corona dans une glacière, discuta quelques minutes question de s'enquérir des nouvelles des douze mois écoulés, puis il alla s'installer près de la cascade artificielle pour être sûr de ne pas avoir à répondre aux questions sur ses activités ou sur ce qu'il gardait en réserve pour le lendemain.

Charlie Levy voyait autour de lui tout le gratin de la haute technologie. Deux hommes étaient des cadres supérieurs de Microsoft venus en avion de l'État de Washington dans l'après-midi. Un autre était directeur technique chez Google ; il valait plus que les deux gars de Microsoft réunis. Les deux derniers n'étaient que de simples millionnaires ; l'un était ingénieur systèmes chez AT&T, le géant des télécoms, et l'autre

---

1. *Hack Naked* en anglais : du nom d'une série télévisée sur Internet (hacknaked.tv), devenue une chaîne YouTube. Réalisée par l'informaticien Paul Asadoorian, alias « PaulDotCom », elle présente, sous la forme comique d'une sitcom, des informations tout à fait sérieuses sur les techniques de piratage et les problèmes de sécurité informatique. Le titre vient de l'expression « *Go ahead and hack naked !* »… qu'on pourrait traduire par : « N'hésitez pas, foncez et hackez même tout nus ! » et joue sur l'assonance « *hack naked* »/« *half naked* » – « pirater nu »/« à moitié nu ».

responsable de la sécurité informatique d'une banque française.

Charlie avait par fini par s'habituer à être un peu le mouton noir de ces réunions annuelles.

Lui, il était programmeur de jeux vidéo, certes cela payait bien, mais il avait décliné depuis dix ans quantité de promotions car il ne cherchait pas spécialement à s'enrichir.

Non, ce qu'il voulait, c'était devenir une légende.

Et ce serait cette année.

Demain, il révélerait lors de sa présentation sa découverte d'une « vulnérabilité de jour 0^1 » qu'il avait exploitée pour infiltrer le JWICS – « Joint Worldwide Intelligence Communications System », plus connu sous le nom de « Jay-Wicks ». Car c'est par le truchement de ce réseau de transmission entre services secrets à l'échelon international qu'il avait pu accéder à Intelink-TS, l'Intranet ultra-confidentiel des services de renseignement américains grâce auquel ils échangeaient leurs données les plus sensibles.

Charlie « DarkGod » Levy avait – et il comptait bien en faire la phrase-choc de ses propos liminaires – pour ainsi dire infecté les circonvolutions du cerveau de la CIA.

Même si le site de l'Agence avait été maintes fois bloqué par des « attaques par déni de service », Levy serait le premier à pouvoir se vanter et appor-

---

1. Ou « *Zero Day exploit* » : exploitation d'une faille encore méconnue des utilisateurs, ce qui permet, par répercussion, d'attaquer ces derniers ou de s'en servir comme vecteurs de l'infection, évidemment à leur insu.

ter publiquement la preuve d'avoir piraté les câbles confidentiels-défense de la CIA, et de fait, d'avoir pu lire les informations ultrasecrètes échangées entre le siège de l'Agence à Langley et ses multiples postes et bureaux à l'étranger.

Ce serait un coup de tonnerre dans le petit monde des pirates, qu'un « bricoleur » ait ainsi réussi à infiltrer le service d'espionnage du pays, mais ce n'était pas encore la partie la plus intéressante de la présentation de Levy, pour la bonne et simple raison que ce dernier allait également annoncer qu'il n'était pas le premier à avoir réalisé cet exploit.

Quand Charlie avait pénétré Intelink-TS et commencé à fureter sur le réseau, il avait en effet découvert qu'une autre entité l'y avait précédé et qu'elle était, à cet instant précis, en train de lire les courriels de la CIA, *via* un cheval de Troie contrôlé à distance.

Charlie avait des captures d'écran de cette intrusion ; il avait même récupéré le code et dessiné le diagramme fonctionnel de ce petit bijou.

Il était clair à ses yeux que ce logiciel malveillant était une réalisation brillante ; du reste, il avait déjà décidé de ne pas mentionner que le cheval de Troie utilisé par l'autre pirate avait plusieurs ordres de grandeur d'avance sur le code qu'il avait réussi à concocter pour exploiter la vulnérabilité.

C'était donc là une vraie bombe et, alors que sa découverte remontait déjà à trente-cinq jours, il n'en avait encore soufflé mot à quiconque.

Il contempla, installées autour de la piscine, toutes ces célébrités de la DEF CON réunies avec lui, et il sut que d'ici vingt-quatre heures, elles allaient devoir prendre un ticket pour lui adresser la parole.

Cette DEF CON serait celle de son accession à la gloire.

Bien sûr, Levy savait qu'inévitablement, le gouvernement allait lui tomber dessus non seulement à cause de la réussite de son piratage mais surtout de la révélation qu'il avait découvert qu'un autre était au courant des secrets les plus obscurs et les mieux enfouis du pays sans en avoir averti les autorités. Il se dit qu'il risquait de se faire harceler par les Fédéraux, mais il voyait déjà des dizaines de milliers de membres de sa communauté venir le soutenir et se dresser contre le gouvernement.

Être poursuivi par les Fédéraux, c'était un rite de passage.

Mais l'histoire de Charlie Levy ne s'arrêtait pas là et, lors de la présentation du lendemain, il allait en révéler cet autre chapitre.

Le mystérieux pirate du réseau de la CIA s'était en effet aperçu de son intrusion. Son cheval de Troie avait été si bien conçu qu'il était en mesure de détecter quiconque infiltrait le réseau par les mêmes moyens.

Comment Charlie le savait-il ? Tout bonnement parce que le hacker l'avait contacté par messagerie instantanée quinze jours plus tôt, en lui proposant de le payer pour télétravailler avec lui sur d'autres projets concernant toujours le JWICS et Intelink-TS.

Levy fut abasourdi de découvrir qu'on ait pu l'identifier mais il savait dans le même temps qu'il était techniquement impossible que le mystérieux hacker ait pu le faire par le truchement d'Intelink-TS. Levy avait confiance en ses techniques de dissimulation ; il avait effectué sa brèche numérique du réseau de la CIA en recourant à une succession complexe de rebonds et de proxies qui devaient avoir totalement masqué l'adresse IP de la machine d'origine. La seule explication était qu'on avait dû retracer ses préparatifs pour s'informer sur le JWICS, Intelink-TS, les protocoles utilisés par ces réseaux et leur architecture. Il avait en effet procédé à ces recherches en accédant à des moteurs publics qui pouvaient être aisément surveillés par le mystérieux hacker.

Toujours est-il que l'individu était suffisamment malin, et sa surveillance de l'Internet suffisamment invasive pour lui avoir permis de déceler l'implication de Levy.

Sitôt que Levy eut décliné cette proposition de collaborer – il ne voulait pas jouer les tueurs à gages –, son ordinateur devint l'objet d'attaques persistantes effectuées avec toute une panoplie de cybermenaces élaborées. Le hacker anonyme faisait de son mieux pour infiltrer sa machine. Mais DarkGod n'était pas un simple mortel quand il s'agissait de sécurité informatique et il releva le défi comme s'il s'agissait d'une partie d'échecs avec ce mystérieux adversaire ; et il avait réussi – du moins ces deux dernières semaines – à garder son ordinateur à l'abri de tous les logiciels malveillants.

Charlie Levy espérait bien voir son nouvel adversaire se manifester à la convention, ou en tout cas à la conférence des « Chapeaux noirs », un congrès plus confidentiel rassemblant les professionnels de la sécurité qui devait se tenir la semaine suivante, toujours à Vegas.

Charlie voyait d'un fort mauvais œil ce fils de pute tenter de lui dérober son arme.

Il fallut à Levy un bout de temps pour se détendre avec le reste de la bande, mais sur le coup de trois heures du matin, il avait descendu près d'une dizaine de Corona sans aucun problème. C'était toujours ainsi le premier soir, quand l'alcool coulait à flots autour de la piscine. Même si tous les autres étaient désormais mariés, avec des enfants, ils venaient à Vegas avec le double objectif, primo de se soûler à mort et secundo de prolonger et même encore développer leurs exploits légendaires de pirates informatiques.

Le gars de Google venait de partir se coucher en titubant mais le reste de la bande était toujours là, canette à la main. Levy s'était allongé dans une chaise longue avec une énième Corona tandis que les types de Microsoft fumaient des havanes près de lui ; pour leur part, AT&T et Banque française étaient allongés sur des matelas pneumatiques au milieu de la piscine, avec leur canette et leur ordi portable.

Alors que, dans la villa de South Hedgeford Court, la soirée touchait lentement à sa fin, dans une autre location de vacances, cinq numéros plus bas sur East Quail Avenue, la porte vitrée du patio s'ouvrit en silence. La demeure était plongée dans le noir et semblait inoccupée mais, surgissant de l'obscurité, huit hommes apparurent dans la cour éclairée par la lune, contournèrent la piscine recouverte de sa bâche et se dirigèrent vers la clôture en bois.

Chacun d'eux était lesté d'un sac à dos noir et portait dans un étui de ceinture un pistolet muni d'un long silencieux. L'un après l'autre, ils escaladèrent la clôture et se laissèrent retomber dans la cour voisine, avec des mouvements furtifs et silencieux.

AT&T leva les yeux de son portatif. « Hé, DarkGod. On a tous parlé de nos présentations mais tu n'as pas pipé mot sur le sujet de la tienne. »

L'un des cadres de Microsoft souffla la fumée de son Cohiba avant de remarquer : « Ça, ça veut dire soit que son laïus est vraiment bon, soit qu'il est à chier.

— Vous aimeriez bien savoir, hein ? » répondit Charlie d'un ton malicieux.

Banque française hocha la tête ; il pagaya pour faire tourner le matelas et faire face à ses interlocuteurs au bord de la piscine. « Si c'est dans le même genre qu'il y a deux ans quand tu as piraté le local technique du Bellagio et fait grimper la pression des pompes alimentant les fontaines du jardin devant l'hôtel, ce sera sans moi. Arroser quelques dizaines de touristes, ce n'est pas mon idée du... Hé, salut, on peut vous aider ? »

Tous ceux qui étaient restés autour de la piscine tournèrent la tête pour suivre la direction du regard de Banque française et découvrirent, hors du faisceau des lampes de la piscine mais éclairés par la lune, plusieurs hommes alignés.

Charlie se redressa : « Enfin, mais qui êtes-vous ? »

La canette de Corona qu'il tenait dans la main explosa et il baissa les yeux. Son tee-shirt « Piratapoil » était déchiré et du sang s'écoulait de son torse. Sous ses yeux, un second trou apparut à côté du premier.

Une troisième balle l'atteignit en plein front et il bascula à la renverse, raide mort.

Bien que rendus léthargiques par l'alcool, les deux cadres avachis dans les chaises longues réussirent à se lever et se retourner. L'un d'eux parvint même à faire quelques pas pour regagner la maison mais tous deux furent fauchés par des balles tirées dans le dos.

Le premier tomba dans la piscine, le second bascula par-dessus sa chaise longue et disparut dans un petit jardin de rocaille.

Les deux restés sur leurs matelas pneumatiques étaient désemparés. Ils hurlèrent mais furent descendus sur place et leurs cadavres se vidèrent dans la piscine, leur sang se mêlant à celui du cadre de Microsoft qui flottait le nez dans l'eau.

Quand tout le monde fut liquidé, Grue, le meneur, se tourna vers Bécasseau et s'adressa à lui en mandarin : « Il doit en rester un. Trouve-le. »

Bécasseau s'engouffra dans la maison, l'arme au poing.

Le gars de chez Google avait continué de roupiller comme si de rien n'était et Bécasseau le surprit dans son sommeil, le liquidant d'une balle dans la nuque.

Dehors, près de la piscine, trois des hommes avaient allumé de petites torches électriques pour retrouver et récupérer les douilles tandis que trois autres entraient à leur tour pour inspecter les chambres l'une après l'autre à la recherche du sac de voyage de DarkGod. Ils le fouillèrent et prirent son portable avec tous ses accessoires, les papiers, les clés USB, les DVD, le téléphone mobile et tout ce qui n'était pas vêtements. À la place, ils laissèrent un lot de clés USB et de DVD qu'ils avaient pris avec eux, ainsi qu'un téléphone mobile piraté avec le numéro de Levy et des données téléchargées à partir de son appareil personnel.

Le tout prit un peu plus de dix minutes mais Grue avait reçu toute une série d'instructions pour effectuer un nettoyage en règle.

Peu après, les quatre étaient de retour au bord de la piscine dont l'eau était désormais rose vif. Sur l'ordre de Grue, Sterne ouvrit son sac à dos pour en sortir trois sachets de cocaïne d'excellente qualité. Il les jeta dans l'herbe près de la clôture dans l'intention qu'on les découvre près des corps et que toute la scène suggère un deal sordide qui aurait mal tourné.

Le fait qu'aucune des victimes n'ait la moindre trace de drogue dans son organisme pourrait s'expliquer aisément : la transaction était partie en vrille et l'on avait défouraillé avant que quiconque ait pu se livrer au partage.

Finalement, Grue ordonna à tout le monde, excepté Bécasseau, de regagner la planque et les six hommes s'éclipsèrent.

Après leur avoir laissé le temps de disparaître, Grue et Bécasseau, restés au bord de la piscine, dévissèrent le silencieux des FN Five-seveN avant de les remettre dans les sacs à dos. Puis, visant le ciel en direction du sud, juste au-dessous de la lune plongée dans l'eau, les deux hommes ouvrirent le feu.

Ils tirèrent successivement par salves brèves, de manière aléatoire, jusqu'à vider les chargeurs des deux armes. Puis ils rechargèrent rapidement, rengainèrent et dispersèrent les douilles à coups de pied en tous sens. Certaines tombèrent dans la piscine et coulèrent, d'autres partirent dans l'herbe et d'autres roulèrent plus loin encore, sur la plage en béton.

Alors que les chiens du voisinage se mettaient à aboyer et que l'on voyait des lumières apparaître dans les maisons d'un bout à l'autre d'East Quail Avenue et de South Hedgeford Court, Grue et Bécasseau redescendirent l'allée à grands pas mais sans précipitation.

Parvenus à la grille, ils regagnèrent la rue en empruntant une porte latérale réservée aux piétons.

La porte d'une maison située de l'autre côté de la rue s'ouvrit, révélant une femme en peignoir éclairée à contre-jour par le lustre de son entrée. Bécasseau tira deux coups de feu dans sa direction, la forçant à se réfugier précipitamment à l'intérieur, à quatre pattes.

Quelques secondes plus tard, un fourgon tôlé gris vint s'immobiliser et les deux hommes y montèrent. Le véhicule partit vers le nord, en direction de l'autoroute 15. Tandis que Tétras conduisait et que les autres demeuraient silencieux, Grue sortit son téléphone et pressa quelques touches. Après une longue attente, la connexion s'établit. Il se contenta de ces quelques mots : « Mission entièrement accomplie. »

22

Assis, seul, devant une rangée de moniteurs dans un bureau vitré qui dominait un vaste plateau occupé par une quantité d'espaces de travail ouverts, un Chinois de quarante-huit ans, chemise froissée et cravate desserrée, acquiesça, satisfait, à l'annonce par Grue des dernières nouvelles.

« Commencez dès que possible à télécharger les données.

— Oui, monsieur.

— *Shi-shi* » – merci – répondit l'homme dans son bureau.

Le Dr Tong Kwok Kwan, nom de code Centre, tapota sur son oreillette Bluetooth cryptée pour couper la communication. Puis il contempla le plateau de travail derrière les moniteurs en réfléchissant déjà au coup suivant. Il décida de descendre rejoindre au plus vite l'espace de travail de son meilleur codeur, situé à l'autre bout du plateau. Il voulait l'avertir de l'arrivée imminente des données de DarkGod envoyées d'Amérique.

En temps normal, il lui aurait suffi d'effleurer un bouton sur son bureau pour s'adresser au jeune homme par visioconférence mais il savait qu'une visite en personne inciterait son codeur à prendre l'affaire au sérieux.

Tong parcourut du regard son bureau d'une propreté immaculée. Bien qu'il n'y ait aucune photo de famille ou d'objet personnel, une petite pancarte en carton était toutefois accrochée à la porte vitrée donnant sur le couloir.

Elle était délicatement calligraphiée en chinois, les caractères alignés à la verticale. Extraite du *Livre de Qi*, une histoire de la Chine rédigée entre les années 479 et 502 de notre ère, la citation énonçait l'un des trente-six stratagèmes composant un essai sur la tromperie en politique, à la guerre et dans les relations humaines.

Tong lut tout haut la phrase : « *Jie dao sha ren.* » Tuer avec un couteau emprunté.

Même si c'était sur ses ordres que son unité infiltrée aux États-Unis venait de tuer, Tong savait qu'il était lui-même le couteau emprunté.

Il appréciait bien peu de choses, son cerveau avait été virtuellement programmé par l'État pour l'empêcher de réagir à des stimuli aussi terre-à-terre que le plaisir, mais cette opération était en bonne voie et cela suffisait à le satisfaire.

Il se leva, éteignit les lumières et quitta son bureau.

Originaire de Pékin, Tong Kwok Kwan était le fils unique d'un couple de mathématiciens formés par les Soviétiques qui travaillaient au programme de missiles balistiques chinois alors balbutiant.

Kwok Kwan n'avait pas le pedigree d'un prince rouge mais ses parents, brillants intellectuels, l'avaient poussé sans relâche à poursuivre ses études et se spécialiser, comme eux, dans les mathématiques. Enfant déjà, il avait consommé manuels et livres d'exercices, mais dès son adolescence, contemporaine des tout débuts des ordinateurs personnels, sa famille avait aussitôt compris que son avenir était lié à la puissance quasiment sans limites de ces fabuleuses machines.

Grâce à ses bons résultats, l'État l'avait envoyé dans les meilleures écoles, puis dans les meilleures universités. Il s'était rendu aux États-Unis pour améliorer ses aptitudes en programmation, d'abord au MIT en 1984, puis au Caltech pour y passer sa maîtrise en 1988.

Ensuite, Tong était revenu au pays où il avait, durant quelques années, enseigné la programmation à l'université des sciences et de technologie, avant d'entamer un doctorat en informatique à la prestigieuse université de Pékin.

Il avait alors centré ses recherches sur l'Internet et sur le Web, la nouvelle Toile mondiale, mais tout particulièrement sur ses vulnérabilités et les ramifications de celles-ci dans l'hypothèse d'un futur conflit avec l'Occident.

En 1995, ce doctorant de trente ans avait rédigé un article intitulé « La Guerre mondiale dans les conditions de l'informatisation ». Presque aussitôt, son papier avait quitté le monde académique pour intéresser l'Armée populaire de libération et le ministère de la Sécurité de l'État. Le gouvernement avait alors classé ce rapport confidentiel-défense et du jour au lendemain, des fonctionnaires du MSE s'étaient répandus dans toutes les institutions universitaires du pays où l'article avait été diffusé pour en récupérer les copies imprimées et les disquettes contenant les fichiers d'origine, avant de gratifier d'avertissements menaçants et circonstanciés tous les professeurs et étudiants qui avaient eu l'occasion d'y jeter un œil.

Tong fut aussitôt conduit à Pékin et, quelques semaines plus tard, il enseignait aux espions et aux militaires comment organiser des attaques informatiques contre les ennemis de la Chine.

Généraux, colonels et maîtres espions étaient quelque peu largués par les conférences de Tong car la terminologie cryptique utilisée par ce brillant jeune homme leur passait largement au-dessus de la tête, mais ils eurent vite fait de comprendre qu'ils tenaient, en sa personne même, une ressource inestimable. On lui donna donc son doctorat avant de le placer à la tête d'une équipe réduite mais puissante chargée de tester, développer et former à la guerre informatique au sein du ministère de la Sécurité de l'État. On lui confia par ailleurs la responsabilité des ordinateurs gérant les opérations de défense de l'armée et du ministère.

Mais Tong avait d'autres ambitions que chapeauter les équipes d'ingénieurs-réseaux du gouvernement. Il rêvait déjà d'acquérir plus de pouvoir encore s'il parvenait à mettre sous sa coupe le hacker chinois, individualiste et frondeur. À cet effet, il constitua donc, dès 1997, une organisation de hackers indépendants qu'il baptisa l'Alliance de l'armée verte. Sous sa houlette, le groupe ciblait les réseaux et les sites Internet des ennemis de la Chine, perpétrant des intrusions et enregistrant pas mal de dégâts. Même si l'impact de telles attaques demeurait relativement limité, c'était cependant la preuve que son papier théorique trouvait bel et bien une application dans le monde réel, ce qui ne fit qu'accroître encore sa réputation.

Par la suite, il devait lancer la Milice de la guerre de l'information, un rassemblement de civils, cadres dans l'industrie technologique et enseignants à l'université, placés sous l'égide du troisième département de l'APL, celui chargé de l'analyse des signaux.

De surcroît, Tong constituait simultanément l'Alliance du Pirate rouge. Courtisant ou menaçant des centaines de codeurs amateurs, parmi les plus accomplis, *via* les bulletins d'informations fréquentés par ces hackers, puis les organisant en une force motivée, il se servait d'eux pour pénétrer les réseaux d'industries et de gouvernements étrangers afin d'en dérober les secrets au profit de la Chine.

Mais Tong et son armée développaient simultanément des moyens leur permettant de voler plus que des données numériques. Durant une dispute entre la compagnie pétrolière d'État et une compagnie américaine autour d'un contrat de construction d'un oléoduc au Brésil, Tong se présenta devant la direction du MSE pour leur demander, tout de go, s'ils souhaitaient que son Alliance détruise leur rival.

Les membres du cabinet ministériel voulurent savoir alors s'il entendait par là la fin de la domination de cette compagnie pétrolière américaine sur le marché mondial.

« Non, ce n'est pas ce que je veux dire. Je parle de les ruiner, matériellement.

— Planter leurs ordinateurs ? »

Le visage impassible de Tong n'avait pas laissé transparaître ce qu'il pensait de ces abrutis de ministres. « Bien sûr que non. Nous en avons besoin. Nous avons déjà obtenu le contrôle au plus haut échelon de leurs capacités de forage et de transport. Nous avons la capacité d'effectuer des frappes cinétiques sur leurs sites. Nous pouvons provoquer des destructions bien concrètes dans le monde réel.

— Casser des choses ?

— Casser des choses, les faire sauter.

— Et ils ne peuvent pas vous en empêcher ?

— Il existe sans aucun doute des moyens de reprendre le contrôle manuel de tous ces éléments, sur place. Simple supposition. Des techniciens peuvent s'interposer en arrêtant une pompe ou en coupant l'alimentation électrique d'un poste de contrôle. Mais je peux les déborder complètement et si vite que personne ne pourra m'arrêter. »

Aucune mesure concrète ne fut prise contre la compagnie pétrolière. Mais le gouvernement chinois reconnut toutefois l'importance de Tong et de ses capacités. Il n'était plus seulement une ressource de valeur, il était devenu une arme puissante et ils ne voulaient pas gâcher cette capacité de nuisance en ruinant une seule firme.

Lui et son équipe piratèrent donc l'Intranet de la compagnie et y interceptèrent des communications internes entre ses cadres dirigeants concernant la tentative d'acquisition de l'oléoduc brésilien. Tong transmit ces éléments à la compagnie pétrolière d'État chinoise qui se servit de cette information pour soumissionner au-dessous de l'offre des Américains et ainsi remporter le marché.

Par la suite, quand K.K. Tong reçut mission de dérober les secrets du moteur électrique silencieux des sous-marins américains, lui et son petit groupe de hackers en récupérèrent les plans, d'une valeur de cinq milliards de dollars en recherche pour la marine, en moins de six semaines.

Le Dr Tong, cette fois agissant seul, récupéra plus de vingt téraoctets d'informations dans la base de données non confidentielle du ministère de la Défense des États-Unis, offrant ainsi à l'Armée populaire de libération les noms et adresses personnelles de tous les agents des forces spéciales américaines, le planning de ravitaillement de tous les bâtiments de la flotte du Pacifique, et celui des exercices et des permissions de virtuellement toutes les unités de l'armée.

Sans oublier, pour couronner le tout, le vol, par son équipe, des plans du F-35, le chasseur de nouvelle génération.

Peu avant la fin de la décennie, Tong, en association avec les chefs des troisième (analyse des signaux) et quatrième (radars et contre-mesures électroniques) bureaux de l'APL, développa la composante réseau informatique de la nouvelle stratégie de l'Armée populaire, l'INEW – Integrated Network Electronic Warfare –, nom officiel qualifiant l'ensemble des réseaux intégrés de guerre électronique du pays. L'INEW reposait sur la guerre électronique pour brouiller, tromper et détruire les capacités de l'Amérique à recevoir, traiter et distribuer l'information et il était désormais devenu manifeste pour tous les chefs de l'Armée populaire que K.K. Tong et son armée de hackers venus du civil auraient un rôle critique à jouer dans la réussite de l'INEW.

Lui et ses sous-fifres infectèrent des millions d'ordinateurs de par le monde, créant un réseau de machines-zombies, un *botnet*, qu'on pouvait ensuite utiliser pour attaquer un site ou un réseau donné en le saturant de requêtes, induisant des dénis de service pour quiconque cherchait à s'y connecter. Il envoya ses *botnets* attaquer les adversaires de la Chine avec des résultats désastreux pour ces derniers, et jamais les propriétaires des machines ainsi zombifiées ne se doutèrent un seul instant que leurs serveurs travaillaient en réalité pour l'Armée populaire de libération.

Contrairement au reste de son pays, Tong se voyait en état de guerre permanent contre les États-Unis. *Via* l'espionnage ou des actions de harcèlement, lui et tout son petit monde, que ce soit depuis un ordinateur personnel utilisé à domicile, ou à partir de la machine installée sur le lieu de travail « officiel », s'échinaient à mettre en péril le fonctionnement de l'ensemble des réseaux informatiques américains, tout en collectant au passage un immense agenda de cibles potentielles à détruire le jour où éclaterait une guerre ouverte.

En ce qui concernait le gouvernement chinois, Tong et ses activités ne soulevaient qu'un seul petit problème : sa réussite était trop éclatante. On lui avait pratiquement laissé la bride sur le cou pour trouver le moyen d'accéder aux réseaux informatiques des Américains et à la longue ces derniers avaient fini par s'en apercevoir. Le gouvernement fédéral se rendit compte que quelqu'un avait pour ainsi dire branché une pompe à leurs tuyaux de données pour les siphonner entièrement.

Ils baptisèrent tout d'abord ces attaques permanentes contre les réseaux de l'industrie et du gouvernement du nom de Pluie de Titans, puis une seconde série d'attaques fut baptisée Rat furtif, tandis que le pouvoir lançait des centaines de limiers à la recherche de leur instigateur. On suspecta d'emblée la Chine et, comme la petite entreprise de Tong gagnait en envergure et en importance, les initiés au sein du MSE et du Politburo déjà au courant de l'existence du cyberprogramme commencèrent à redouter qu'une attaque contre une des cibles particulièrement sensibles fût de toute évidence attribuée à la Chine.

Les États-Unis procédèrent à une série d'arrestations de hackers impliqués dans ces actions délictueuses et certains étaient d'origine chinoise. Ce qui préoccupa grandement la Chine. Le gouvernement fit alors pression sur l'Armée et le ministère de la Sécurité pour qu'ils masquent un peu mieux leurs traces à l'avenir.

Quand l'ampleur de la vulnérabilité de Tong devint manifeste pour l'armée et la Sécurité de l'État, on décida qu'il convenait de le protéger à tout prix et que son organisation devait être complètement isolée et le plus possible séparée du gouvernement chinois. Pouvoir nier toute activité informatique hostile était crucial en ce temps de paix déclarée, et pour pouvoir continuer à nier, il fallait éliminer toute connexion visible avec l'État chinois.

Mais aux États-Unis, on avait fini par identifier en Tong un informaticien civil officiellement chargé de mission auprès de l'Armée populaire de libération. Les enquêteurs du FBI et de la NSA qui décortiquaient les actions de guerre informatiques chinoises en étaient venus à parler de Dynastie Tong quand ils faisaient allusion à son influence sur la cyberstratégie. Et quand les Chinois se furent rendu compte que Tong avait été quasiment débusqué, ils surent qu'il était devenu grand temps d'agir.

Après moult discussions, il fut décidé à la tête du ministère de la Sécurité de l'État que le camarade K.K.

Tong – dont le titre officiel de « Directeur de la formation technologique pour le Premier Bureau de reconnaissance technique de la région militaire de Chengdu » trahissait son niveau d'influence, équivalent à celui d'un maréchal dans l'une des six armes de combat – serait arrêté en raison de charges (fictives) de corruption et qu'aussitôt après, il « s'évaderait » de prison.

Tong déménagerait alors à Hongkong pour y être placé sous la protection de la Triade 14K. Ce nom de « Triade » était un peu un attrape-tout pour qualifier toute organisation dotée de multiples filiales indépendantes, mais la 14K était la plus grande et la plus puissante de toutes celles installées à Hongkong. Le MSE et la 14K n'avaient aucune relation opérationnelle directe. L'activité des Triades avait même de tout temps constitué une épine dans le pied du gouvernement chinois, mais Tong « vendrait » ses services et son armée de hackers aux Triades, dont il paierait en retour la protection grâce aux dizaines de montages financiers que ses employés faisaient fructifier un peu partout autour du globe.

Bien entendu, la 14K saurait simplement que Tong s'était évadé de prison en Chine continentale et qu'il se livrait à présent à des opérations de chantage et de détournement de fonds en recourant à l'informatique – la cybercriminalité « en chapeau noir ».

Les Triades ne se douteraient pas un seul instant que quatre-vingt-dix pour cent de l'activité de son organisation étaient consacrés au cyberespionnage et à la guerre cybernétique, tout cela pour le compte du Parti communiste chinois, l'ennemi juré des Triades.

Tong fut donc « arrêté » et un bref récapitulatif des chefs d'inculpation accompagnait l'article le concernant publié par *Le Quotidien du peuple*, l'organe officiel du gouvernement. On y lisait qu'il était inculpé pour crimes informatiques et l'article décrivait sa tentative de détournement de fonds par piratage électronique de l'ICBC, la Banque industrielle et commerciale chinoise, un organisme d'État.

L'article était rédigé de sorte à montrer à l'Occident que le mystérieux Dr Tong était tombé en disgrâce à Pékin mais il visait également à prouver aux Triades de Hongkong que ce mystérieux Dr Tong avait des talents susceptibles de leur rapporter une fortune.

Tong fut condamné à être passé par les armes, mais le jour prévu pour l'exécution, la rumeur courut qu'il s'était évadé grâce à des complicités à l'intérieur même de la prison. Pour donner plus de crédibilité à la ruse, la direction de l'établissement ordonna dès le lendemain l'exécution de plusieurs gardiens pour « collaboration ».

La Triade 14K, non seulement la plus grande organisation mafieuse de Hongkong mais aussi la plus grande Triade de la planète, récupéra K.K. Tong quelques semaines plus tard. Ce dernier relança bientôt l'armée de hackers civils qu'il avait formée, récupéra son contingent de robots et au bout de quelques mois, il enrichissait ses nouveaux employeurs en utilisant les dizaines de milliers de nœuds de son réseau de robots pour récupérer des numéros de cartes de crédit grâce à des mails d'hameçonnage.

Tong lança alors une nouvelle activité. Avec la bénédiction de la 14K, même si cette dernière était loin d'avoir saisi ce qu'il mijotait, il acheta des centaines d'ordinateurs puis recruta en Chine continentale et à Hongkong une armée de hackers d'élite pour travailler dessus, en les infiltrant discrètement, un par un, à Hongkong avant de les mettre dans le secret de son nouveau projet.

K.K. Tong adopta alors comme pseudo « Centre » et baptisa « Vaisseau fantôme » le centre névralgique de son nouveau réseau international. La structure était logée du dixième au quinzième étage d'un immeuble de bureaux appartenant à la Triade à Mong Kok, un quartier de Kowloon, densément peuplé et composé de logements à bas prix, situé au nord, à cent lieues des lumières et du glamour de Hongkong. Là, les Triades veillaient sur Tong et son personnel, vingt-quatre heures sur vingt-quatre, même si elles continuaient d'ignorer sa véritable activité.

Tong employait des dizaines d'informaticiens, les meilleurs codeurs qu'il avait pu trouver, pour l'essentiel d'anciens membres de ses premières « armées » de hackers. Quant au reste de ses employés, ceux qu'il baptisait ses contrôleurs, c'étaient ses espions, et tous utilisaient le pseudo « Centre » quand ils s'adressaient aux agents qu'ils traitaient. Ils opéraient à partir de stations de travail installées à l'étage opérationnel du Vaisseau fantôme et ils communiquaient par messagerie instantanée Cryptogram avec les hackers et les agents actifs qui, à leur insu, travaillaient pour eux un peu partout dans le monde.

Les contrôleurs recouraient à des versements en liquide mais aussi à la coercition ou à diverses manœuvres de séduction pour s'attacher les services de milliers de hackers et de *script kiddies*, et bien sûr de gangs, de criminels, d'espions, de fonctionnaires gouvernementaux et de cadres de l'industrie technologique ; le tout constituait une immense organisation de renseignement d'une envergure encore jamais vue.

Par ailleurs, Tong et ses principaux lieutenants visitaient les centaines de forums Internet fréquentés par les hackers chinois ; ils leur servaient de vivier pour constituer leur armée. Un par un, les meilleurs éléments étaient repérés, évalués, contactés, recrutés.

Le Vaisseau fantôme avait désormais près de trois cents employés au siège même de l'organisation mais des milliers d'autres travaillaient pour son compte un peu partout dans le monde. Quand la langue était un problème, ils postaient leurs messages en anglais ou bien recouraient à des logiciels de traduction perfectionnés. Tong recrutait également pour son réseau des hackers étrangers. Ces derniers n'étaient pas à proprement parler des agents du Vaisseau fantôme mais plutôt des mandataires dont aucun ne savait qu'il travaillait de fait pour le gouvernement chinois même si beaucoup avaient décelé que leur nouvel employeur était asiatique.

Les agents sur le terrain vinrent en dernier. On recruta dans le « *Carnespace* » des membres de la pègre, qu'on engageait au coup par coup pour effectuer certaines tâches. Les meilleurs d'entre eux se voyaient assigner régulièrement des missions par Centre.

L'organisation libyenne à Istanbul en était un exemple, même si leur contrôleur avait presque aussitôt détecté que la sélection naturelle allait bien vite éliminer cette bande de nazes, et en particulier leur responsable des transmissions, un certain Emad Kartal, un type même pas fichu de se conformer à ses propres protocoles de sécurité.

Le contrôleur qui supervisait la cellule stambouliote avait de fait découvert qu'un groupe d'Américains travaillant pour Hendley Associates avait placé les Libyens sous surveillance. Avec la bénédiction du Dr Tong, le contrôleur avait laissé perpétrer l'assassinat des cinq membres de la cellule et ce, dans le but d'implanter un virus dans le réseau interne de Hendley et de permettre ainsi au Vaisseau fantôme d'en savoir un peu plus sur cette entreprise. Le plan avait échoué quand leur exécuteur masqué avait décidé d'emporter carrément l'unité centrale de l'ordinateur au lieu de faire ce qu'avait espéré le contrôleur, à savoir recopier simplement les fichiers sur un support amovible qu'il relirait sur une machine connectée au réseau de sa boîte, une fois de retour aux États-Unis.

Malgré tout, les contrôleurs de Tong avaient déjà exploré d'autres pistes pour découvrir la nature véritable de cette bien curieuse entreprise baptisée Hendley Associates.

Centre s'était également attaché les services d'autres organisations criminelles dont des Triades installées au Canada et aux États-Unis, aussi bien que des *bratvas*, les « confréries » russes.

Bientôt Tong entama le recrutement de véritables professionnels de l'espionnage qu'il destinait aux opérations sur le terrain. Il repéra Valentin Kovalenko et jugea qu'il serait l'homme de la situation ; il usa donc de l'une de ses *bratvas* pour l'extraire de sa geôle, puis recourut au chantage pour garder sous sa coupe l'ex-chef d'antenne.

Comme avec tant d'autres espions, Centre débuta en douceur avec Kovalenko, évaluant sa réussite et son aptitude à rester indétectable ; c'est alors seulement qu'il se mit à lui confier de plus en plus de responsabilités.

Tong avait également un autre type d'espions placés sous sa coupe à leur insu.

Les convertis.

C'étaient des agents de services gouvernementaux, de groupes financiers ou des télécommunications, des employés de fournisseurs de l'armée, voire des représentants des forces de l'ordre qu'on avait retournés.

Aucun de ces membres ainsi cooptés ne pouvait soupçonner qu'on l'avait mis au service du gouvernement chinois. Beaucoup pensaient, à l'instar de Kovalenko, qu'ils se livraient en réalité à une sorte d'espionnage industriel pour le compte de quelque grosse entreprise étrangère de haute technologie dénuée de scrupules. D'autres étaient carrément convaincus de travailler pour la mafia.

Mais c'était en vérité le Dr K.K. Tong qui était à la manœuvre, prenant ses directives des militaires et des services de renseignement chinois et les faisant exécuter par ses contrôleurs, lesquels à leur tour traitaient leurs agents sur le terrain.

L'essentiel restait sans doute que le Dr K.K. Tong était un sociopathe. Il manœuvrait ses hommes et femmes d'un bout à l'autre de la terre, un peu comme il balançait les zéros et les uns sur les autoroutes de l'information. Il n'avait pas plus d'égard pour Untel ou Untel, même si les défauts inhérents à la nature humaine l'amenaient parfois à considérer avec un peu plus de respect les codes malicieux qu'il développait avec ses hackers.

Au bout de deux années d'activité du Vaisseau fantôme, il devint manifeste à ses yeux que le contrôle quasi total qu'il exerçait sur les réseaux ne suffisait plus. On parlait avec insistance de nouveaux virus, du développement mondial de la cybercriminalité en réseau, du succès de plus en plus fréquent des infiltrations de réseaux de l'industrie ou des gouvernements. Pour faire pièce à la diffusion de ces informations, Tong informa l'état-major de l'APL et la direction du MSE que, pour assurer à ses cyberattaques une efficacité maximale, il aurait besoin de renforcer ses éléments sur le terrain sous la forme d'une unité d'espions-soldats infiltrés en Amérique ; ce ne seraient plus des hommes collaborant à leur insu mais de vrais militants dévoués du Parti communiste chinois et directement placés sous la coupe de Centre.

Après discussion, délibération, et finalement implication du haut état-major, Tong, jusqu'ici responsable des opérations informatiques, se vit confier la responsabilité et le commandement d'une unité d'agents spéciaux de l'APL. Il faut dire que tout ce qu'il entreprenait réussissait. Ses deux années de pilotage à distance d'agents infiltrés un peu partout dans le monde avaient notablement renforcé l'APL et servi la cause chinoise. Pourquoi dans ce cas ne pas lui offrir une petite unité supplémentaire de forces agissant en sous-main ?

C'est ainsi que Grue et son équipe, huit hommes en tout, furent détachés de l'Épée divine, une unité d'opérations spéciales de la région militaire de Pékin. Des hommes hautement qualifiés en matière de reconnaissance, d'antiterrorisme et d'action directe. L'unité dépêchée aux États-Unis pour suivre les instructions de Centre était par ailleurs réputée pour sa bravoure, la pureté de sa pensée idéologique et son intelligence.

Ils infiltrèrent d'abord durant plusieurs mois la Triade de Vancouver avant de se diriger vers le sud et de traverser la bien poreuse frontière séparant le Canada des États-Unis. Là, ils s'installèrent dans diverses planques louées ou achetées par des sociétés-écrans appartenant au Vaisseau fantôme, et c'est là qu'ils reçurent leur documentation, grâce encore à Centre et à son aptitude à livrer toutes sortes de ressources.

S'ils étaient capturés ou tués, Grue et sa cellule devaient passer pour une vulgaire bande de membres de la Triade de Vancouver, jouant les tueurs à gages pour un groupe indéterminé de pirates informatiques. Mais certainement pas pour la République populaire de Chine.

Comme pour les opérations de Menlo Park et de Las Vegas, Grue et ses hommes effectuaient des missions de nettoyage, liquidant tous ceux qui constituaient une menace pour l'organisation de Centre avant de dérober codes et enregistrements indispensables à la poursuite de l'activité du Vaisseau fantôme.

Les rares individus haut placés dans l'armée et le ministère de la Sécurité à connaître l'existence de Centre et de son Vaisseau fantôme se montrèrent ravis. Les Chinois avaient à la fois leur arme et un démenti plausible. Ils pouvaient voler les secrets du gouvernement, de l'armée et de l'industrie américaines, et ainsi préparer le champ de bataille en vue d'un éventuel conflit. Si jamais Tong et son organisation étaient découverts, eh bien, l'on dirait que c'était un ennemi de Pékin, en cheville avec les Triades – qui donc irait prétendre que lui et ses hommes étaient au service des communistes chinois ?

Au sortir de son bureau, Tong n'avait que quelques pas à faire dans un couloir vivement éclairé au sol recouvert de lino pour rejoindre un sas formé de deux portes, gardées de chaque côté par des gros bras recrutés sur place et dotés de mitraillettes QCW-05 dignes d'un film de science-fiction. Ces hommes ne portaient pas d'uniforme ; l'un était en blouson de cuir élimé, l'autre arborait un polo bleu au col blanc remonté jusqu'aux oreilles.

Le Dr Tong ne leur adressa pas la parole mais cela n'avait rien d'inédit. Jamais il ne leur parlait. Tong s'abstenait de discuter avec ses sous-fifres, et en particulier avec la petite quarantaine de membres des Triades locales qu'on pouvait croiser dans l'immeuble et qui avaient reçu mission de les protéger, lui et son entreprise.

À coup sûr une bien étrange relation. Que Tong appréciait modérément, même s'il comprenait la nécessité stratégique de quitter sa terre natale pour venir à Hongkong.

Le sas franchi, K.K. Tong traversa par son milieu le vaste plateau ouvert, passant entre les rangées de dizaines d'employés affairés à leur poste de travail. À deux reprises, quelqu'un se leva et s'inclina devant lui avant de lui demander quelque chose. Chaque fois, le Dr Tong se contenta de lever la main au passage pour signifier qu'il repasserait sous peu.

Pour l'heure, il cherchait quelqu'un de précis.

Il dépassa le service hameçonnage bancaire, le service recherche et développement, le service ingénierie et réseaux sociaux pour rejoindre celui des codeurs.

C'est là que travaillaient ceux qui se livraient à l'activité de piratage de réseaux proprement dite.

Il se dirigea vers une station de travail tout au fond du box, près d'une baie courant du sol au plafond qui, n'eût-elle été masquée par des tentures de velours rouge, aurait offert une vue vers le sud de Kowloon ; là, un jeune homme coiffé d'une iroquoise spectaculaire était assis devant une rangée de quatre moniteurs.

Le jeune punk chinois se leva dès l'apparition de Tong qu'il salua d'une inclination du buste.

Tong l'informa : « Opération cinétique terminée. Tu devrais recevoir les données d'ici peu.

— *Sie de, Xiansheng.* » Oui monsieur. Nouvelle courbette, puis l'homme se retourna vers son poste de travail et se rassit.

« Jha ? »

Il se releva prestement et pivota de nouveau.

« Oui monsieur ?

— Je veux un compte rendu de tes découvertes. Je ne m'attends pas à ce que le code de DarkGod te révèle quoi que ce soit d'exploitable pour optimiser ton cheval de Troie avant notre attaque du ministère de la Défense, mais faisons fi des préjugés. Après tout, réussir à s'infiltrer aussi loin dans le réseau Intelink de la CIA malgré ses ressources limitées, chapeau !

— Tout à fait, monsieur, répondit le punk. J'examinerai en détail le code de DarkGod et vous ferai part de mes résultats. »

Tong tourna les talons pour repartir en sens inverse, sans un mot de plus.

Le jeune punk s'appelait Jha Shu Hai mais il était connu dans le cyberespace sous le nom de FastByte22.

Jha était né en Chine mais ses parents avaient immigré aux États-Unis quand il était petit et il était devenu citoyen américain. Comme Tong, c'était un enfant prodige en informatique et là aussi comme Tong, il avait fréquenté le Caltech où il avait décroché son diplôme dès l'âge de vingt ans. L'année suivante, il obtenait une habilitation de sécurité du gouvernement et commençait à travailler dans le service recherche et développement de General Atomics, une société de haute technologie de San Diego. Ce fournisseur du ministère de la Défense fabriquait des engins volants sans pilote pour l'armée et l'industrie du renseignement. La tâche de Jha consistait à tester les réseaux sécurisés et cryptés de ces systèmes pour vérifier qu'ils étaient à l'abri du piratage.

Puis le jeune Sino-Américain avait tenté de nouer contact avec l'ambassade de Chine à Washington, se disant prêt à leur fournir son savoir technique bien spécifique, puis les aider à fabriquer l'équipement incroyablement complexe qui leur permettrait d'en tirer parti.

Malheureusement pour Jha, un examen de routine au détecteur de mensonge – indispensable au renouvellement de son habilitation – révéla de forts indices de tromperie et une recherche sur le disque dur de son ordinateur permit de récupérer sa correspondance avec l'ambassade de Chine. Le jeune testeur de General Atomics fut aussitôt arrêté et jeté en prison. Toutefois, sitôt que Tong eut lancé le Vaisseau fantôme, il mobilisa ses ressources pour exfiltrer le jeune homme et lui permettre de rejoindre sa base à Hongkong.

Grâce à ses connaissances en programmation et en pénétration des réseaux sécurisés, Jha put concevoir un cheval de Troie particulièrement efficace qui permettait à Centre, non seulement de subtiliser des données en secret mais aussi d'écouter et de voir par le truchement des micros et webcams des machines infectées.

Le virus de Jha était aussi insidieux que brillant. Il commençait par effectuer un balayage des ports de l'ordinateur à la recherche de l'équivalent informatique d'une fenêtre laissée entrouverte. S'il jugeait le port ouvert exploitable, il entamait alors l'entrée d'une série de mots de passe pour accéder à l'ordinateur.

Le tout se déroulait en quelques centièmes de seconde. Aucun opérateur, à moins de surveiller attentivement les ressources de sa machine, ne pourrait déceler quoi que ce soit d'anormal.

Si le ver avait réussi à s'introduire sur le disque dur – le subconscient de la machine –, il effectuait alors une reconnaissance ultrarapide, recensant les applications installées, évaluant les performances du processeur et de la carte-mère. Les machines anciennes ou d'entrée de gamme étaient rejetées ; le ver informait aussitôt le pirate que ce serveur ne méritait pas d'être retenu avant de s'autodétruire. En revanche, l'infection des machines de haut de gamme se propageait plus avant, le virus s'emparait du cerveau de l'ordinateur tandis que le pirate était informé du recrutement d'un nouveau membre dans l'armée robotique.

Une fois l'ordinateur aux mains du Vaisseau fantôme, une sous-routine écrite par FastByte22 en personne s'introduisait dans le code système de la machine pour effacer toute trace résiduelle du vecteur de l'infection.

C'est du moins ce que croyait le jeune informaticien. En réalité, la sous-routine laissait échapper une unique ligne de code et c'était là précisément ce que Gavin Biery avait détecté sur le Disque stambouliote.

Avec son virus, Jha avait été le premier à pénétrer le routeur Intelink-TS gérant le réseau câblé de la CIA, mais lors d'un de ses sondages de routine dans le code source, il s'aperçut qu'il n'était pas seul. Il remonta la piste de l'autre pirate et finit par identifier le mystérieux visiteur, en surveillant les requêtes et recherches postées sur des forums de discussion ou des archives technologiques en libre accès, découvrant au passage qu'il s'agissait d'un hacker amateur américain fort connu dénommé Charlie Levy. Illico, les contrôleurs de Centre s'attelèrent à tenter de convaincre l'intéressé de travailler pour son organisation et leur permettre d'exploiter ses connaissances.

La tentative avait fait long feu, et Tong, pour récupérer ces informations, avait donc carrément piraté sa machine.

Nouvel échec. Tant et si bien que Grue et ses hommes les avaient obtenues en recourant aux bonnes vieilles méthodes : éliminer Charlie Levy avant de lui dérober son matériel.

Tong savait Jha très imbu de lui-même ; il était pour lui impensable que le virus de DarkGod pût posséder un quelconque élément susceptible d'améliorer ses travaux.

À l'opposé, Tong était convaincu qu'on pouvait beaucoup apprendre de la mise en commun des ressources intellectuelles de tel ou tel hacker, y compris ceux qui n'étaient pas disposés à les livrer de leur plein gré.

Jha pouvait douter que Levy eût quoi que ce soit à ajouter à son code mais Tong estimait avoir été suffisamment clair : il comptait bien voir le jeune homme porter toute l'attention voulue aux données volées à DarkGod.

23

Adam Yao, trente-quatre ans, attendait au volant de sa berline Mercedes classe C vieille de douze ans ; il s'essuya le visage avec la serviette de plage qu'il gardait posée sur le siège passager. Cet automne, à Hongkong, la chaleur était infernale, même à sept heures et demie du matin et Adam avait coupé le moteur et donc la clim parce qu'il ne voulait pas attirer l'attention sur sa surveillance.

Il était tout près – trop près, même – de la position de sa cible, il le savait. Mais la disposition des lieux avait dicté sa décision : la rue en courbe et l'existence du parking à proximité.

Il forçait sa chance mais il n'avait pas le choix.

Adam Yao était livré à lui-même.

Le front désormais à peu près sec, il remit l'œil à l'oculaire de son Nikon et zooma sur la porte d'entrée de la tour d'appartements située de l'autre côté de la rue. Tycoon Court. Malgré la ringardise du nom – « La Cour des Nababs » –, l'aménagement intérieur respirait bel et bien l'opulence. Adam savait que dans ce quartier plutôt bourgeois de l'île de Hongkong, les appartements en terrasse devaient coûter un bras.

Il scruta le hall d'entrée, à la recherche de sa cible. Même s'il était peu probable que l'homme s'y trouvât. Adam venait planquer depuis plusieurs jours et tous les matins, c'était du pareil au même : aux alentours de sept heures trente, le sujet jaillissait de l'ascenseur, traversait d'un pas décidé le hall pavé de marbre, et sortait pour s'engouffrer dans un SUV encadré par deux autres véhicules.

Et Adam Yao n'avait guère pu aller plus loin. Les trois gros 4 × 4 avaient des vitres teintées, le sujet était toujours seul, et Adam n'avait pas encore essayé de filer le convoi au milieu des rues étroites et sinueuses du quartier.

Le faire seul, c'était quasiment mission impossible.

Adam aurait bien voulu avoir le soutien de son organisation, juste quelques ressources humaines et matérielles, des éléments à qui il pourrait faire appel dans ce genre de circonstances, pour lui filer un coup de main. Mais Adam bossait pour la CIA et à peu près tous les espions de l'Agence en poste en Asie savaient une chose au moins concernant la maison-mère : il existait une brèche. Langley niait l'évidence mais il était clair pour les hommes et les femmes placés ici en première ligne que la Chine populaire avait vent des plans et des initiatives de la CIA, de ses sources et de ses méthodes.

Adam Yao avait besoin d'un coup de main pour son opération de surveillance mais pas au point de risquer de la compromettre. C'est qu'au contraire de la plupart des autres agents de la CIA en poste en Chine et à Hongkong, Adam Yao travaillait en solo. C'était un clandestin, ce qui voulait dire qu'il ne bénéficiait d'aucune protection diplomatique.

S'il n'était pas un espion venu du froid, il était en tout cas venu sans couverture.

Quoique, en ce moment, il aurait volontiers apprécié un peu de fraîcheur. Il reprit sa serviette de plage et s'épongea de nouveau le front.

Quelques jours plus tôt, on lui avait signalé la présence dans l'immeuble d'un Chinois du continent, faussaire bien connu de disques durs et de microprocesseurs, autant de composants qui avaient réussi à se retrouver dans des équipements sensibles de la défense américaine. L'homme s'appelait Han, c'était le directeur d'une importante usine électronique d'État, installée dans la ville voisine de Shenzhen. Il devait avoir une bonne raison de se trouver à Hongkong et de fait, tous les matins, il était récupéré par trois gros SUV de couleur blanche qui l'emmenaient illico vers une destination inconnue.

Mais même si ce faussaire avait réussi à introduire ses matériels contrefaits dans des équipements militaires américains, pour la CIA, il ne s'agissait que d'un délit commercial et l'espionnage industriel n'était pas vraiment la priorité de l'Agence dans la région.

Non, sa priorité désormais, c'était le cyberespionnage, la cybercriminalité. En comparaison, l'espionnage industriel en informatique, c'était de la petite bière.

Mais quand bien même il savait parfaitement que Langley ne montrerait que peu d'intérêt pour son initiative, Adam avait poursuivi cette nouvelle enquête, pour la bonne et simple raison qu'il désirait ardemment savoir qui rencontrait ce faussaire, ici même, sur ses plates-bandes.

Yao avait gardé si longtemps l'œil à l'oculaire que l'œilleton en caoutchouc était rempli de sueur. Il allait l'éloigner mais les portes de l'ascenseur s'ouvrirent et, fidèle à son rituel quotidien, le fabricant de matériel informatique contrefait sortit, seul, comme d'habitude, et traversa le hall. À cet instant précis, les trois SUV blancs passèrent devant sa voiture personnelle pour s'arrêter sous l'auvent à l'entrée de l'immeuble.

Les véhicules qui le récupéraient étaient toujours les mêmes. Lors de ses précédentes tentatives, Adam s'était garé trop haut dans la rue pour déchiffrer les plaques d'immatriculation mais aujourd'hui, il se trouvait assez près, sous le bon angle et il eut tout le temps voulu pour photographier les numéros.

La porte arrière du deuxième véhicule fut ouverte de l'intérieur et le faussaire s'y engouffra. Quelques secondes plus tard, les trois imposants véhicules décollaient, filant vers l'est sur Conduit Court, pour disparaître derrière un virage en descente.

Yao décida de tenter aujourd'hui une filature. Il éviterait de trop se rapprocher et il était douteux qu'il pût les suivre assez longtemps avant de les perdre dans la circulation, très dense à cette heure, mais il se disait qu'il n'avait qu'à continuer en gros dans la même direction au cas où, avec un peu de chance, il retomberait sur eux à un carrefour important. Si oui, et à supposer que l'itinéraire emprunté chaque jour fût le même, il pourrait dès lors se positionner un peu plus loin sur ce parcours le lendemain et ainsi les filer jusqu'un peu plus près de leur destination.

Réussir avec une telle technique exigeait du temps et de la patience. Mais c'était toujours mieux que de se radiner ici tous les matins et de poireauter, jour après jour, ce qui, à la longue, semblait parfaitement vain.

Il déposa l'appareil photo sur le siège et s'apprêtait à tourner la clé de contact quand une série de chocs bruyants contre la vitre de sa portière le fit sursauter.

Deux agents de police lorgnaient à l'intérieur de l'habitacle et l'un d'eux tapotait sur la vitre avec l'antenne de sa radio.

Super.

Yao descendit la vitre. « *Ni ta* », leur dit-il en mandarin. Ces flics devaient sans doute parler cantonais mais il était en rogne d'avoir perdu sa matinée et donc n'était pas d'humeur à leur faciliter la tâche.

Avant de répondre quoi que ce soit, l'agent porta son regard sur le siège du passager, sur lequel reposait l'appareil photo muni de son téléobjectif de 200 mm, à côté d'un micro directionnel et d'un casque, de jumelles haut de gamme, d'un minuscule notebook, d'un sac à dos léger et d'un calepin couvert de notes manuscrites.

Le flic toisait maintenant Adam avec un air soupçonneux. « Descendez. »

Adam obtempéra.

« Y a-t-il un problème ?

— Vos papiers », demanda l'agent.

Adam glissa prudemment la main dans son pantalon pour en sortir son portefeuille. L'autre flic, en retrait, le déshabillait du regard.

Adam passa carrément le portefeuille à l'agent qui le lui avait demandé ; il patienta pendant que l'homme examinait les documents.

« C'est quoi, tout ce fourbi, dans votre voiture ?

— C'est pour mon boulot.

— Votre boulot ? Comment ça, vous êtes espion ? »

Rire d'Adam Yao. « Pas vraiment. Je possède une agence d'enquête spécialisée dans les vols de propriété intellectuelle. Vous avez ma carte juste à côté de mon permis. SinoShield Business Investigative Services Limited. »

Le flic examina la carte. « Et vous faites quoi ?

— J'ai des clients en Europe et aux États-Unis. S'ils suspectent qu'une entreprise chinoise fabrique ici des contrefaçons de leurs produits, ils me demandent de venir enquêter sur place. Si nous pensons que l'infraction est caractérisée, ils contactent alors des avocats chinois et engagent des poursuites pour tenter de mettre fin à cette pratique. » Adam sourit. « Les affaires marchent bien. »

Le flic se détendit un brin. C'était une explication raisonnable à la présence de ce type sur un parking, occupé à photographier les allées et venues dans l'immeuble voisin.

Il s'enquit toutefois : « Vous enquêtez sur un des habitants de Tycoon Court ?

— Désolé, monsieur l'agent. Je ne suis pas autorisé à révéler le moindre détail sur une enquête en cours.

— Leur conciergerie nous a appelés à votre sujet. Disant que vous étiez déjà là hier. Ils croient que vous vous apprêtez à commettre un cambriolage. »

La remarque fit rigoler Adam. « Je ne vais pas les détrousser. Je ne les dérangerai en aucune manière même si j'aimerais bien pouvoir m'installer dans leur hall et profiter de la climatisation. Vous pouvez contrôler mon identité. J'ai des amis dans la HKP, la plupart à la division B. Vous pouvez les appeler, quelqu'un se portera garant pour moi. » La division B de la police de Hongkong était la brigade criminelle. Adam s'en doutait, ceux-là devaient appartenir à la division A, celle de la circulation.

L'agent qui scrutait Adam prit son temps. Lui posa des questions bien précises sur certains inspecteurs de la division B et Yao répondit tranquillement, jusqu'à ce qu'ils débouchent sur une connaissance commune.

Enfin satisfaits, les deux policiers regagnèrent leur voiture, laissant Adam près de sa Mercedes.

Il y remonta et tambourina sur le volant, frustré. En dehors de la collecte des numéros d'immatriculation qui n'allait sans doute le mener nulle part, c'était encore une journée de gâchée. Il n'avait rien appris sur le faussaire et son activité qu'il ne sût déjà la veille et il s'était fait repérer par un des foutus vigiles de la tour d'habitation.

Malgré tout, Adam était, encore une fois, ravi de son impeccable couverture. Un bureau de détective privé lui offrait une excuse toute trouvée pour expliquer à peu près toutes les activités auxquelles il était susceptible de se livrer dans le cadre de son travail clandestin pour l'Agence.

Pour ce qui était de son activité « officielle », la SinoShield Business Investigative Services Ltd était une couverture en béton.

Il démarra et descendit la colline pour rallier son agence près du port.

24

Jack Ryan Jr. s'éveilla aux côtés de Melanie Kraft et réalisa aussitôt que son téléphone sonnait. Il n'avait aucune idée de l'heure mais son corps lui disait qu'elle était bien plus matinale que celle, habituelle, du réveil.

Il saisit l'appareil et regarda. Deux heures cinq. Il grogna. Puis il déchiffra l'identité de l'appelant.

Gavin Biery.

Nouveau grognement. « Vraiment ? »

À côté de lui, Melanie remua. « Boulot ?

— Ouais. » Il ne voulait pas éveiller sa méfiance, aussi précisa-t-il : « C'est le DSI. »

Melanie étouffa un petit rire. « T'as encore laissé ton ordi allumé. »

Jack rit aussi et fit mine de reposer le téléphone.

« Ça doit quand même être important. Tu ferais bien de répondre. »

Jack savait qu'elle avait raison. Il se redressa dans le lit et répondit. « Allô, Gavin ?

— Il faut que tu viennes tout de suite ! lança un Gavin Biery haletant.

— Il est deux heures du mat'.

— Deux heures six. Je t'attends pour deux heures trente. » Biery raccrocha.

Jack reposa l'appareil sur la table de nuit, résistant à une grosse envie de le jeter contre le mur. « Faut que j'y aille.

— Pour ton directeur du service informatique ? s'étonna Melanie.

— Je lui ai filé un coup de main sur un projet. C'était important mais pas au point de devoir se relever la nuit. Il semblerait pourtant, apparemment, que ça mérite un tête-à-tête à deux heures trente du matin. »

Melanie roula de l'autre côté. « Amuse-toi bien. »

Jack voyait bien qu'elle ne le croyait pas. Il le décelait de plus en plus ces derniers temps, même quand il lui disait la vérité.

Jack pénétra sur le parking de Hendley Associates juste après deux heures trente. Il entra, adressa un signe de main un peu las à William, le vigile de nuit installé à l'accueil.

« Bonjour, monsieur Ryan. M. Biery a dit que vous auriez l'air d'être tombé du lit. Je dois vous avouer que vous avez bien meilleure mine que M. Biery aux heures normales de bureau.

— Et ça ne va pas s'améliorer une fois que je lui aurai botté le cul pour m'avoir tiré du pieu. »

Rire de William.

Jack trouva Gavin Biery dans son bureau. Ravalant son irritation devant l'intrusion de l'intéressé dans sa vie personnelle, il lui demanda de quoi il retournait.

« Je sais qui a implanté le virus dans la machine du Libyen », lui répondit Biery.

Pour le coup, la réponse réveilla Jack bien mieux

que le trajet en voiture depuis Columbia. « Tu connais l'identité de Centre ? »

Haussement d'épaules théâtral. « Là, je n'ai aucune certitude. Mais si ce n'est pas Centre, c'est quelqu'un qui travaille pour lui ou avec lui. »

Jack lorgna la machine à café, espérant s'en servir une tasse. Mais elle était éteinte et le pot était vide.

« T'es resté ici depuis hier ?

— Non, je travaillais depuis chez moi. Je ne voulais pas exposer le réseau du Campus, j'ai donc choisi de partir d'un de mes ordis. J'arrive tout juste. »

Jack s'assit. Il semblait de plus en plus manifeste que Biery avait eu une bonne raison de l'appeler, en fin de compte.

« Et tu faisais quoi, depuis chez toi ?

— Zoner dans l'underground numérique. »

Jack était encore bien fatigué. Trop pour jouer aux devinettes avec Gavin. « Peux-tu me mettre au jus pendant que je reste assis bien sagement, les yeux clos ? »

Biery eut pitié de lui. « Il existe dans le cyberespace des sites dédiés à des activités illégales. Tu peux te rendre sur ces espèces de bazars en ligne et t'y procurer une fausse identité, trouver le mode d'emploi pour fabriquer une bombe, récupérer les infos de cartes de crédit volées, et même accéder aux réseaux d'ordinateurs précédemment piratés.

— Tu parles des *botnets*, ces réseaux de machines zombies ?

— Exact. Tu peux en effet louer ou acheter un accès à des réseaux de machines infectées, où que tu veuilles de par le monde.

— Tu peux louer un *botnet* en filant ton numéro de carte bleue ? »

Signe de dénégation de Biery. « Non, pas avec ta carte. Mais avec des Bitcoins. Une monnaie virtuelle impossible à pister. L'équivalent des espèces mais en mieux. Le maître mot dans l'histoire restant "anonymat".

— Donc, tu es en train de me dire que tu as loué un *botnet* ?

— Plusieurs.

— N'est-ce pas illégal ?

— C'est illégal si tu fais avec quelque chose d'illégal. Je m'en suis bien gardé.

— Qu'as-tu fait, alors ? » Jack se surprit finalement à jouer aux devinettes avec Biery.

« J'avais cette théorie. Tu te rappelles quand je t'ai indiqué que la ligne de code en langage machine laissée sur le Disque stambouliote était susceptible de nous mener au coupable ?

— Bien sûr.

— J'ai décidé d'aller faire un tour dans le cyber-underground repérer les autres machines infectées qui possédaient les mêmes lignes de code en langage machine que celles trouvées sur l'ordi du Libyen.

— Ça m'a tout l'air de rechercher une aiguille dans une meule de foin.

— Ma foi, je me suis dit qu'il devait y avoir pléthore de machines infectées par ce virus. Donc, ça reviendrait plutôt à retrouver une aiguille parmi toute une tripotée jetée dans la meule et je me suis par ailleurs débrouillé pour réduire encore la taille de cette dernière.

— Comment ça ?

— Il y a dans le monde un milliard d'ordinateurs connectés en réseau mais le sous-ensemble de machines susceptibles d'être piratées est bien plus réduit, peut-être une centaine de millions. Et dans ce sous-ensemble, celui de machines qui l'ont été effectivement représente sans doute un tiers de ce chiffre.

— Ça te laisse tout de même avec trente millions d'ordinateurs à vérifier pour...

— Non, Jack, parce qu'un logiciel malveillant de cette qualité n'allait pas être utilisé sur deux ou trois malheureux ordis. Non, je me suis dit qu'il devait y avoir des dizaines, voire des centaines de milliers de serveurs de réseau infectés par ce même cheval de Troie. Alors, j'ai resserré encore mon champ de recherches en ne visant que les *botnets* formés de machines équipées du même système d'exploitation que celles des Libyens, et de surcroît dotées de processeurs et de composants haut de gamme, parce que j'ai supposé que Centre n'irait pas s'amuser à trafiquer de vieilles bécanes. Il voudrait s'infiltrer dans les machines puissantes utilisées par des personnalités en vue, des entreprises, des réseaux, et ainsi de suite. Bref, je n'ai pris que des *botnets* de joueurs de haut niveau.

— Parce qu'on a le choix de la qualité ?

— Absolument. Tu peux commander un *botnet* composé de cinquante machines installées chez AT&T, ou de deux cent cinquante ordinateurs installés dans les bureaux du parlement canadien, voire un *botnet* européen formé de dix mille Européens qui ont chacun un millier d'amis sur Facebook ou encore vingt-cinq mille ordinateurs reliés à des caméras de surveillance de qualité industrielle. Tu peux choisir à peu près n'importe quel assortiment de variables à louer ou à acheter.

— Je tombe des nues, admit Jack.

— Dès que j'ai trouvé sur le marché des *botnets* possédant tous les attributs que je désirais, je n'ai eu qu'à sélectionner la nasse la plus vaste à portée de mes moyens, louer les machines, puis lancer une série de diagnostics afin de réduire un peu plus mon champ de recherches sur les ordinateurs infectés. J'ai alors écrit un petit programme multiprocessus pour scruter ces emplacements mémoire et ainsi voir si ma ligne de code y était bien présente.

— Et tu as trouvé un ordinateur avec le code du Disque stambouliote ? »

Le sourire de l'informaticien s'élargit. « Pas *un* ordinateur. Cent vingt-six. »

Jack se pencha. « Mince alors. Et tous avec le même bout de logiciel malveillant que sur le disque du Libyen ?

— Oui.

— Où se trouvent ces machines ? À quel endroit au juste ?

— Centre est... je ne veux pas être trop mélodramatique, mais ce Centre est absolument partout. En Europe, en Amérique du Nord, en Amérique du Sud, en Asie, en Afrique, en Australie. On trouve des machines infectées sur tous les continents habités.

— Dans ce cas, comment as-tu fait pour l'identifier ?

— L'une des machines piratées servait de relais pour leur serveur principal. Elle déviait le trafic du *botnet* vers un réseau situé à Kharkov, en Ukraine. J'ai pénétré ces serveurs et découvert qu'ils hébergeaient des dizaines de sites illégaux ou discutables. Le pire porno, des sites de vente et de trafic de faux passeports, des skimmers de cartes de crédit[1], ce genre de trucs. Je n'ai eu aucun mal à les infiltrer un par un. À une exception près. Sur celui-là, j'ai pu seulement récupérer le nom de son administrateur.

— Qui est... ?

— FastByte 22.

— Gavin, c'est pas un nom, ça, dit Jack, dépité.

— C'est son pseudo. Non, je n'ai pas son numéro de sécurité sociale ou son adresse. Mais ça peut nous servir pour le retrouver.

— N'importe qui peut s'inventer un pseudo.

— Fais-moi confiance, Jack. Il y a quelque part des gens qui connaissent l'identité de FastByte 22. Suffit de les trouver. »

Jack hocha lentement la tête, avant de regarder la pendule accrochée au mur.

Il n'était même pas trois heures du matin.

« J'espère que tu as raison, Gavin. »

---

1. Dispositif permettant de dupliquer une carte et en particulier sa piste magnétique.

25

Adam Yao, l'agent clandestin de la CIA, s'était planqué sur le pas de la porte d'une boutique à présent fermée – celle d'un marchand de chaussures de Nelson Street, dans le quartier de Mong Kok. Il puisait avec des baguettes dans une barquette en carton pour manger ses boulettes et ses nouilles. Il était près de vingt et une heures, les dernières lueurs du jour avaient depuis longtemps disparu entre les bâtiments élevés bordant la rue, et avec sa tenue sombre il était quasiment invisible dans l'ombre de la porte.

La foule des piétons n'était pas aussi dense que dans la journée mais il y avait encore pas mal de monde, pour l'essentiel des chalands du marché installé dans une rue voisine ; Adam s'en félicitait car cela augmentait ses chances de ne pas être détecté.

Adam était sur la brèche. Sa mission en solitaire : surveiller M. Han, le fabricant de puces de contrebande à Shenzhen. Après avoir pris en photo les plaques des SUV qui avaient récupéré le sujet devant Tycoon Court en début de semaine, il avait appelé un ami au service B de la police locale et lui avait demandé de rechercher le propriétaire des véhicules. L'inspecteur lui répondit qu'ils appartenaient à une agence immobilière de Whan Chai, un quartier huppé sur l'île. Quelques recherches permirent à l'Américain de découvrir que l'agence en question était la propriété d'un membre bien connu des Triades. En l'occurrence, la 14K, la plus importante et la plus redoutable de Hongkong. Voilà qui expliquait l'origine des gorilles protégeant Han mais Yao trouva néanmoins bien curieux qu'un cadre supérieur de l'industrie informatique s'acoquine avec la 14K. Dans l'ensemble, les Triades étaient associées au crime crapuleux – prostitution, drogue et chantage – et la 14K ne faisait pas exception à la règle. D'un autre côté, si Han était lié à une activité criminelle, c'est que celle-ci nécessitait le recours à du matériel high-tech et aux spécialistes associés.

Sinon, la présence de cet homme à Hongkong et sa proximité avec le milieu des Triades ne tenaient pas debout.

Une fois qu'Adam eut la certitude que Han se faisait conduire chaque matin par des gangsters, il passa les jours suivants à zoner autour des restaurants et boîtes de strip-tease appartenant à la 14K, susceptibles d'être fréquentés par le propriétaire des véhicules, jusqu'à ce qu'il tombe sur les trois SUV d'un blanc nacré garés au parking couvert attenant à un restaurant de ragoûts de Wan Chai. Là, profitant de son expérience professionnelle acquise dans deux activités différentes exigeant l'une et l'autre le recours à de telles techniques, il plaça une petite balise GPS magnétique sous le pare-chocs arrière de chacun des gros 4 × 4.

Le lendemain, confortablement installé dans son appartement, il regardait un point clignotant progresser sur le plan de Hongkong affiché par son iPhone.

D'abord pour rejoindre l'immeuble de Tycoon Court, avant de redescendre vers Wan Chai. Là, le point disparut, indice que le véhicule venait d'entrer dans le tunnel passant sous le port de Victoria.

Adam sortit précipitamment pour s'engouffrer dans sa Mercedes. Il connaissait la destination de Han : Kowloon.

Yao y repéra de fait le SUV, en route vers le grand immeuble de bureaux qui abritait le centre commercial informatique de Mong Kok, un labyrinthe accueillant sur plusieurs étages une quantité d'échoppes qui vendaient de tout, des copies piratées de logiciels aux tout derniers modèles de caméras vidéo haut de gamme. On pouvait y trouver la palette entière des articles liés à l'électronique, du papier pour imprimante aux stations de travail, même si une bonne partie était des contrefaçons et une plus grande partie encore des articles volés.

Au-dessus du centre, il y avait encore deux douzaines d'étages de bureaux.

Adam se garda bien d'entrer. Après tout, il travaillait en solo et n'avait pas envie de trahir sa présence à sa proie si tôt dans son enquête. Il resta donc toute la soirée assis dehors, attendant que Han ressorte, en espérant pouvoir photographier dans l'intervalle toutes les allées et venues.

Il utilisait pour ce faire une caméra miniature qu'il avait fixée par son pied magnétique au châssis métallique d'un kiosque à journaux fermé pour la nuit. La télécommande lui permettait d'orienter la caméra, de zoomer et de prendre des photos HD en rafale.

Et donc, tout en dégustant un bol de boulettes et de nouilles, il photographiait toutes les allées et venues devant l'immeuble et dans la ruelle voisine où débouchait l'entrée de service.

Trois nuits de suite, il répéta ce petit manège, rassemblant une collection de plus de deux cents visages. De retour à son agence, il les passa au crible d'un logiciel de reconnaissance faciale, à la recherche du détail pertinent qu'il pourrait relier à M. Han ou à la vente aux États-Unis d'équipements informatiques de qualité militaire.

Jusqu'ici, sans résultat.

C'était dans l'ensemble un pensum mais Adam Yao pratiquait la chose depuis longtemps et il adorait son boulot. Il se dit que si le service clandestin de la CIA devait encore une fois lui confier un poste auprès d'une ambassade, il quitterait l'Agence pour ouvrir sa propre boîte et poursuivre très précisément la même activité que sous sa couverture actuelle, à savoir enquêter sur des fraudes commerciales en Chine et à Hongkong.

Travailler sur le terrain dans la clandestinité était certes passionnant mais Adam redoutait le jour où il serait trop vieux ou trop bien rangé pour être encore capable de s'intéresser à autre chose.

Quatre hommes surgirent de la ruelle sombre qui longeait l'immeuble de bureaux abritant le centre commercial. Ils passèrent tout près d'Adam mais ce dernier plongea le nez dans son bol pour aspirer ses nouilles. Dès qu'ils se furent éloignés, il releva la tête et nota aussitôt que trois des quatre hommes étaient à coup sûr des gros bras d'une Triade. Ils portaient un blouson, malgré la chaleur vespérale, certes ouvert, d'où Adam déduisit qu'ils devaient y dissimuler une arme. Le quatrième larron était de moindre carrure et il arborait une crête de cheveux fixée au gel. Sa tenue était bizarre, tee-shirt violet et jeans moulants, une demi-douzaine de bracelets au bras et une chaîne en or autour du cou.

Il évoquait moins un gangster qu'un rocker punk.

Il apparut à l'Américain tapi dans l'ombre que les trois gros bras protégeaient le gamin, bien plus que le détachement affecté à M. Han.

Adam glissa la main dans sa poche de pantalon pour saisir la télécommande de la caméra fixée au kiosque à journaux, puis il consulta l'écran de son smartphone pour regarder l'image cadrée par l'objectif. Il manipula le minuscule manche à balai de la télécommande et la caméra pivota de quatre-vingt-dix degrés, cadrant approximativement le jeune punk. Adam appuya sur un bouton, maintint sa pression et à quelques mètres à peine, l'appareil se mit à enregistrer des photos en haute définition, au rythme de quatre clichés par seconde.

Le déclenchement était automatique mais Yao devait en permanence suivre au joystick pour maintenir le sujet dans le cadre. En quelques secondes, les quatre individus s'éloignaient déjà sur Nelson Street et puis, soudain, ils prirent à gauche la rue Fa Yen et disparurent à la vue de l'Américain.

Impossible de savoir s'ils allaient revenir dans la soirée. Il retourna se planquer sous la porte pour attendre Han mais, alors qu'il se rasseyait pour finir son plat de nouilles, il décida d'en profiter pour jeter un rapide coup d'œil aux images qu'il venait d'enregistrer.

L'APN était relié en Bluetooth à son iPhone et ce fut un jeu d'enfant de sélectionner les dernières photos. L'appareil avait un réglage vision nocturne, de sorte que les visages, sans être d'une netteté parfaite, ressortaient infiniment mieux que s'ils avaient été pris sans flash avec un appareil standard et dans les mêmes conditions d'extérieur nuit.

Il fit défiler les images. Il vit passer les deux premiers gorilles ; ils arboraient la tronche « Allez, dégage ! » de rigueur chez les malfrats qui s'imaginent propriétaires du trottoir qu'ils arpentent. Derrière, le troisième ressemblait à ses deux copains mais Adam nota sa main gauche posée sur l'avant-bras du jeune punk pour le guider.

Le garçon était décidément bizarre, et pas seulement par son accoutrement. Il tenait à deux mains un ordinateur de poche, tout en pianotant furieusement sur le clavier à l'aide de ses deux pouces. Impossible de savoir s'il jouait ou s'il rédigeait sa thèse mais en tout cas, il était concentré au point d'ignorer totalement les alentours. Adam eut l'impression qu'il se serait jeté au milieu des voitures sans ces trois hommes pour l'encadrer.

Adam décida de s'attarder sur les vues de face du jeune homme, bien mis en valeur par l'amplification de lumière. Il sélectionna les deux gros plans les plus nets. Puis bascula du premier au second... Le premier, le second...

Le premier, le second...

L'agent de la CIA n'en croyait pas ses yeux. Il bougonna. « Mais je le connais, ce connard. » Il se leva d'un bond pour se lancer à la poursuite des quatre hommes. Sans même s'arrêter, il récupéra au passage l'appareil photo fixé par son aimant à la tôle du kiosque.

Adam repéra bientôt le petit groupe dans la foule devant lui et laissa prudemment entre eux l'écart d'un pâté de maisons, ce qui lui permit de les garder à l'œil durant quelques minutes, avant qu'ils ne tournent pour entrer dans le bureau de poste de la rue Kwong Wa.

En temps normal, le jeune espion de la CIA n'aurait jamais pris le risque d'une rencontre mais l'adrénaline qui courait dans ses veines l'encouragea à se rapprocher. Il entra sans hésiter dans le bureau de poste. Les guichets étaient fermés pour la nuit mais les casiers postaux et les boîtes aux lettres étaient toujours accessibles, de même que le distributeur de timbres.

Adam passa carrément devant les quatre hommes, il sentit les yeux des gorilles le scruter au passage mais il évita de croiser leur regard. Il sortit plutôt de sa poche quelques dollars de Hongkong et s'acheta des timbres.

Tandis qu'il attendait leur sortie du distributeur, il jeta un bref coup d'œil derrière lui et prit mentalement un instantané de la scène. Le jeune punk avait ouvert une des boîtes postales encastrées dans le mur et récupéré le courrier qu'il triait à présent sur une table en bois. Adam ne pouvait espérer déchiffrer le numéro de la boîte depuis l'autre bout de la salle, mais un second coup d'œil, au moment où il ressortait du bureau de poste, lui permit de prendre rapidement un autre instantané mental.

Il se retrouva dans la rue. Il ne souriait pas ; il n'aurait jamais imaginé brûler ainsi sa couverture. Mais il était franchement satisfait.

Il l'avait.

La boîte postale du jeune homme était la plus grande des trois tailles disponibles et c'était la quatrième en partant de la gauche dans la seconde rangée en remontant du bas.

Il s'enfonça un peu plus dans la nuit, s'éloignant

d'une centaine de mètres avant de se retourner. Sous ses yeux les quatre hommes quittèrent le bureau de poste et prirent la direction opposée pour entrer dans une tour d'appartements, la Kwong Fai Mansion.

Yao scruta le bâtiment. Il devait bien faire une trentaine d'étages. Pas question de filer qui que ce soit à l'intérieur d'un tel édifice. Il tourna les talons pour regagner sa voiture, encore sous le choc de la révélation de la soirée. Après tout, ce n'était pas tous les jours qu'Adam Yao tombait sur un fugitif.

Le garçon s'appelait Jha Shu Hai, et la première fois qu'Adam avait entendu parler de lui, c'était plus d'un an auparavant, quand il avait reçu par mail un bulletin du service des douanes américaines lui demandant de se mettre à l'affût d'un criminel en cavale qui, selon toute vraisemblance d'après les douanes et le FBI, allait se réfugier en Chine.

Jha était un citoyen américain qui avait été arrêté à San Diego alors qu'il essayait de revendre aux Chinetoques des secrets d'ingénierie confidentiels dérobés à son employeur, General Atomics, le fabricant de drones pour l'Air Force. Il s'était fait prendre la main dans le sac avec des centaines de gigaoctets de plans et de données concernant les réseaux sécurisés par lesquels transitaient communications et données GPS ; l'homme s'était de surcroît vanté auprès de l'ambassade chinoise de savoir comment mettre à bas le système en piratant ses liaisons satellite et comment obtenir un accès clandestin permanent au réseau sécurisé du ministère de la Défense grâce à un cheval de Troie capable d'infecter celui d'un des fournisseurs du gouvernement pour remonter jusqu'en tête de réseau. Les Fédéraux ne l'avaient pas cru mais ils n'avaient aucune certitude, aussi lui avaient-ils offert une immunité partielle s'il consentait à révéler à General Atomics tout ce qu'il savait des vulnérabilités de leur système.

Jha ayant refusé, il avait écopé d'une peine de huit ans ferme.

Toutefois, après juste un an dans un établissement fédéral de sécurité minimale, il s'était fait la belle à la faveur d'une permission de sortie et s'était volatilisé.

Tout le monde en Amérique savait que Jha tenterait de retourner discrètement en Chine. À l'époque, Adam travaillait à Shanghai et s'il avait reçu l'avis de recherche, c'était parce qu'on estimait assez probable qu'une entreprise high-tech de la région serait prête à employer Jha sitôt ce dernier de retour sur le continent.

Adam avait depuis quasiment oublié l'affaire, surtout après sa mutation à Hongkong.

Jusqu'à ce soir. Manifestement, Jha avait fait des efforts considérables pour changer son apparence ; la photo accompagnant l'avis de recherche montrait un jeune Chinois d'allure parfaitement banale, sûrement pas un rocker punk à la crête flamboyante, mais Adam Yao l'avait néanmoins reconnu.

Alors qu'il remontait en voiture, Adam repensa à cette relation bizarre. Que diable venait-il faire ici, et ce, sous la protection des Triades ? Tout comme pour la découverte de la relation entre M. Han et la pègre locale, Jha était, s'il fallait en croire le dossier monté par les Fédéraux sur ses aptitudes exceptionnelles de pirate informatique, à cent lieues de l'univers de la 14K.

Yao n'avait aucune idée de ce que cela pouvait signifier mais une chose était sûre : il allait faire passer tout le reste de son boulot à l'arrière-plan pour trouver le fin mot de cette histoire.

Il avait toutefois une autre certitude. Il n'allait sûrement pas alerter par mail les douanes ou le FBI.

Adam Yao était un agent clandestin ; et à ce titre, pas vraiment tenu à jouer franc jeu. Il savait qu'au moindre appel, les autorités fédérales et le personnel de l'ambassade feraient une descente au bureau de poste de la rue Kwong Wa et au centre commercial de Mong Kok, et il savait aussi parfaitement que Jha et la 14K, voyant débarquer tous ces Blancs munis d'une oreillette, auraient tôt fait de déguerpir ; fin de l'histoire.

Enfin, il y avait une autre raison pour le décider à garder l'info pour lui – pour l'instant : l'existence manifeste d'une brèche à la CIA.

Au cours des derniers mois, plusieurs initiatives de l'Agence avaient été contrariées par le ministère chinois de la Sécurité de l'État. Des agents bien placés au gouvernement avaient été arrêtés, des dissidents en contact avec Langley emprisonnés ou exécutés, des opérations d'espionnage électronique contre la Chine populaire découvertes et interrompues.

Au début, on avait pu croire à de la malchance mais, à mesure que s'accumulaient les avanies, beaucoup à la CIA eurent la certitude que les Chinois avaient infiltré une taupe dans leur station à Pékin.

Adam, l'agent solitaire, avait toujours joué serré. C'était une condition *sine qua non* du job. Mais à présent, il se retrouvait carrément livré à lui-même. Il envoyait donc à Langley le moins de câbles possible et n'avait plus la moindre communication avec le poste de Pékin ou ses collègues au consulat des États-Unis à Hongkong.

Non, Adam garderait pour lui sa découverte de Jha Shu Hai et il trouverait tout seul ce que le jeune homme faisait ici.

Il aurait juste bien voulu avoir un petit coup de main. C'est qu'être un espion agissant en solo était synonyme de travail jusqu'à pas d'heure et de revers frustrants.

Cela dit, c'était quand même foutrement mieux que de se retrouver grillé.

26

Cela aurait surpris bien des clients du casino d'Indian Springs, sur la route 95 du Nevada, d'apprendre que les guerres les plus secrètes et les plus lointaines de l'Amérique se livraient à partir d'un camp de caravanes garées à cinq cents mètres à peine des tables de black-jack.

Dans le désert de Mojave, au sud-ouest de Las Vegas, les pistes d'envol et de roulage, les hangars et autres structures de la base aérienne de Creech abritent la 432e escadre aérienne expéditionnaire, la seule de l'armée de l'air américaine dévolue aux appareils volants sans pilote. C'est d'ici, à portée de vue du casino d'Indian Springs, que pilotes et opérateurs de détecteurs pilotent des drones au-dessus des zones d'interdiction aérienne d'Afghanistan, du Pakistan et d'Afrique.

Les pilotes de drones ne montent pas dans un cockpit pour décoller ; non, ils pénètrent dans leur poste de contrôle au sol, une caravane de neuf mètres de long sur deux mètres cinquante de large, garée sur un parking de la base. Les détracteurs, souvent de « vrais » pilotes, baptisent la 432e la « Chair Force » – on pourrait dire « les aviateurs en chambre » –, mais même si les opérateurs et opératrices de Creech se trouvent à douze mille kilomètres de l'espace de bataille où évoluent leurs appareils, grâce à leurs batteries high-tech d'ordinateurs, de caméras et de systèmes de contrôle par satellite, ils sont tout aussi connectés au combat qu'un pilote de chasse installé dans son cockpit.

Le commandant Bryce Reynolds était le pilote de Cyclops 04 et le capitaine Calvin Pratt était son opérateur de détecteurs embarqués. Tandis qu'ils étaient confortablement assis tout au fond de leur poste de contrôle au sol, leur drone, un MQ-9 Reaper survolait la frontière pakistanaise, sept mille mètres au-dessus du Baloutchistan.

Assis en retrait d'un mètre cinquante environ derrière les sièges du pilote et de l'opérateur, le contrôleur principal, un lieutenant-colonel, supervisait la mission du Reaper, assurant la coordination avec les unités situées sur le théâtre en Afghanistan, la base de départ des drones à Bagram et les agents de renseignement surveillant le vol dans les deux hémisphères.

Même si la mission de ce soir était de simple reconnaissance et non une opération de chasse/élimination, les pylônes sous les ailes du Reaper emportaient sa charge complète d'armement, soit quatre missiles Hellfire et deux bombes de cent vingt kilos à guidage laser.

Les vols de reconnaissance tombaient souvent sur des cibles possibles et Cyclops 04 était prêt à semer la destruction si le besoin s'en faisait sentir.

Reynolds et Pratt étaient à la moitié de leur mission de six heures, consistant à surveiller le trafic routier sur la nationale N-50 pakistanaise aux abords de Muslim

Bagh, quand la voix du contrôleur de vol principal jaillit dans leurs casques.

« Pilote pour CV. Rejoignez le point suivant de l'itinéraire de vol.

— CV pour pilote, compris », et Reynolds bascula le manche sur la gauche pour incliner Cyclops de vingt degrés, puis il baissa les yeux pour boire une gorgée de café. Quand il releva la tête, il s'attendait à voir le moniteur afficher la vue plongeante de la caméra infrarouge indiquant un virage vers l'ouest.

Mais l'écran lui montrait que l'appareil poursuivait sa trajectoire en ligne droite.

Il regarda l'horizon artificiel pour s'en assurer et vit que les ailes étaient toujours horizontales. Il savait qu'il n'avait pas enclenché le pilotage automatique mais néanmoins il vérifia.

Non.

Le commandant Reynolds poussa un peu plus fort sur le manche mais aucun indicateur ne réagit.

Il essaya d'incliner le zinc sur tribord mais là non plus, aucune réaction de l'appareil.

« CV pour pilote. J'ai un manche inactif. Aucune réaction positive. Je crois bien qu'on a perdu la liaison.

— De CV, bien copié. Compris que Cyclops 04 est devenu idiot. » *Devenir idiot*, c'était le terme employé par les pilotes de drone pour indiquer que la plate-forme ne répondait plus aux commandes de son opérateur. Cela se produisait parfois mais c'était suffisamment rare pour attirer aussitôt l'attention des techniciens de la base.

L'opérateur de détection, le capitaine Pratt, assis à la droite de Reynolds indiqua : « Op. détection confirme. Je n'ai aucun retour du drone.

— Compris, dit le contrôleur principal. Une seconde. On va régler ça. »

Tout en regardant son appareil foncer plein nord, le cap qu'il avait donné au Reaper quelques minutes auparavant, Reynolds espérait entendre le CV lui signaler qu'ils avaient identifié un pépin logiciel ou technique avec la liaison satellite. D'ici là, il ne pouvait pas faire grand-chose à part regarder les écrans devant lui, tandis que les collines rocailleuses désertes défilaient sept mille mètres sous les ailes de son drone.

Le logiciel du Reaper comportait une importante sécurité intégrée que le pilote s'attendait à voir se déclencher d'un instant à l'autre si les techniciens s'avéraient incapables de récupérer la liaison avec l'avion sans pilote. Une fois que Cyclops 04 était resté un temps défini déconnecté de sa station de commande au sol, il initiait une séquence d'atterrissage en pilote automatique qui le ramènerait vers un point de ralliement défini à l'avance pour s'y poser en toute sécurité.

Après plusieurs minutes encore de vol hors tout guidage GPS et plusieurs tentatives infructueuses des techniciens pour trouver ce qui clochait avec le logiciel fonctionnant sous Linux, Reynolds vit enfin bouger l'horizon artificiel. L'aile droite s'éleva au-dessus, la gauche passa dessous.

Mais le dispositif d'atterrissage d'urgence en pilotage automatique ne s'était pas enclenché. Le drone était juste en train de procéder à une correction de cap.

Le commandant Reynolds lâcha complètement le joystick pour s'assurer de n'être pour rien dans le comportement du drone. Les ailes continuèrent de s'incliner ; tous les écrans confirmaient que l'appareil tournait vers l'est.

Le drone avait désormais pris un angle de vingt-cinq degrés.

Le capitaine Pratt demanda : « Bryce, c'est toi ?

— Euh… négatif. Je ne fais absolument rien. CV pour pilote, Cyclops 04 vient de changer de cap. » À peine avait-il fini son message qu'il vit les ailes revenir à l'horizontale. « À présent, il s'est stabilisé à zéro-deux-cinq degrés. Altitude et vitesse inchangées.

— Euh… tu peux répéter ?

— CV pour pilote. Cyclops 04 n'en fait qu'à sa tête. »

Presque aussitôt, le commandant Reynolds vit la vitesse de Cyclops 04 grimper rapidement.

« CV pour pilote. La vitesse par rapport au sol vient de monter à un-quarante, un-cinquante… Un-soixante-cinq nœuds. »

S'il était assez normal qu'un appareil « devenu idiot » cesse de répondre aux instructions, voir un drone n'en faire qu'à sa tête et virer puis accélérer sans intervention extérieure, voilà qui était inédit pour les opérateurs du contrôle au sol ou les techniciens des transmissions présents sur place.

Durant les minutes qui suivirent, le pilote, l'opérateur et le contrôleur de vol s'activèrent, très professionnels, mais de plus en plus inquiets. Ils affichèrent successivement plusieurs programmes, vidant les instructions du pilote automatique, effaçant les coordonnées et les informations périmées, un ensemble de manœuvre destinées à faire le nettoyage des données corrompues qui avaient entraîné la dérive du drone.

Leurs moniteurs continuaient à montrer l'image infrarouge du terrain alors que l'appareil poursuivait sa route vers l'est. Toutes leurs tentatives pour reprendre la main avaient échoué.

« CV pour pilote. Dites-moi qu'on a bien quelqu'un qui bosse dessus ?

— Bien compris. Nous… nous essayons de rétablir la liaison. Nous sommes en communication avec General Atomics et ils sont en train de réparer. »

Le drone effectua de nouvelles corrections de vitesse et de cap tout en continuant de se rapprocher de la frontière afghane.

L'opérateur de détection Cal Pratt fut le premier à dire tout haut ce que tout le monde pensait tout bas. « Ce n'est pas un pépin logiciel. Quelqu'un a piraté la LSP. » La liaison satellite primaire était le cordon ombilical qui transmettait les messages entre la base et le Reaper. Elle était – du moins en théorie – impossible à couper ou intercepter, mais personne au sol ne pouvait expliquer autrement le comportement du drone, à douze mille kilomètres de là.

La fenêtre du GPS montra que Cyclops 04 avait franchi la frontière et pénétré en Afghanistan à deux heures trente-trois, heure locale.

Reynolds extrapola la trajectoire en cours. « De pilote. S'il poursuit sur le même cap à cette vitesse, dans quatorze minutes, Cyclops 04 survolera une zone habitée. Il passera deux kilomètres à l'est de Qalat.

— De CV, bien copié.

— De détecteurs, bien copié. »

Puis, après quelques secondes : « De CV. Nous sommes en contact avec nos agents à Kandahar… Ils indiquent qu'il existe une base opérationnelle avancée, deux kilomètres à l'est de Qalat. La BAO Everett. Occupée par des forces américaines et afghanes.

— On va passer droit à leur verticale. »

Silence de plusieurs secondes dans le poste de contrôle. Puis le capitaine Pratt balbutia : « Ne me dites pas que... » Il s'interrompit, répugnant à exprimer tout haut ses craintes. Mais il le dit quand même. « Ne me dites pas qu'il peut tirer ses munitions.

— Non », rétorqua Reynolds, mais il n'avait plus l'air trop sûr. « CV pour pilote. Ne vaudrait-il pas mieux, euh... nous assurer de la présence ou non de moyens aériens dans le secteur... qui soient capables de, euh, descendre le drone ? »

Pas de réponse.

« CV pour pilote. Avez-vous bien reçu mon dernier message ? Il est manifestement tombé en d'autres mains et nous ignorons leurs intentions.

— Bien reçu, pilote. Nous entrons en contact avec Bagram. »

Reynolds regarda son coéquipier. Secoua la tête. La BA de Bagram était située bien trop loin pour leur être d'une quelconque utilité.

Très bientôt, on nota un regain d'activité sur plusieurs écrans : les images changeaient tandis que les caméras embarquées se mettaient à basculer de l'affichage couleur à l'affichage infrarouge/blanc maxi puis à l'infrarouge/noir maxi. Le cycle recommença plusieurs fois, mais pas toujours à la même vitesse. Finalement, le réglage se fixa sur infrarouge/blanc maxi.

Reynolds regarda Pratt : « Ça, c'est un opérateur humain.

— C'est clair, confirma l'opérateur.

— Pilote pour CV. Bagram signale l'approche d'une escadrille de F-16. Estimation d'arrivée sur zone : trente-six minutes.

— Merde », fit Pratt. Mais il avait coupé le micro. « On n'a pas trente-six minutes.

— Il s'en faut de beaucoup », confirma Reynolds.

L'affichage de l'image caméra sur la console de contrôle principale révéla un début d'ajustement, pour venir zoomer sur une crête au loin. Plusieurs structures carrées y étaient disposées en cercle.

« CV. Ça doit être Everett. »

Un carré vert apparut sur la console principale, cadré sur le bâtiment le plus important.

« Il est verrouillé, dit Pratt. Quelqu'un a accès à toutes les capacités de Cyclops. » Il tenta fiévreusement de couper le verrouillage en pianotant au clavier mais sans aucun résultat.

Tout le monde à l'intérieur du PC comprit que leur drone était en train de cibler la base américaine. Et tout le monde comprit ce qui allait suivre.

« Avons-nous quelqu'un susceptible d'entrer en contact avec cette base avancée ? Les prévenir qu'ils vont être placés sous le feu ? »

La voix du CV résonna dans leur casque. « Kandahar est sur le coup, mais il va y avoir un délai... Quoi qu'il se produise, enchaîna-t-il, ce sera avant qu'on ait pu les avertir.

— Dieu du ciel, fit Reynolds. Bordel ! » Il secoua son joystick en tous sens, de gauche à droite, puis d'avant en arrière. Aucune réaction à l'écran. Il n'était plus que simple spectateur de ce désastre programmé.

« Armement principal enclenché », signala le capitaine Pratt.

Puis il se mit à lire les informations à mesure qu'elles s'affichaient à l'écran. Il ne pouvait rien faire d'autre que commenter le désastre. « Pylônes centraux sélectionnés.

— Pilote, reçu.

— Pilote pour Détection. » À présent, la voix de Pratt était légèrement chevrotante. « Hellfire en préparation tir. Alimentation enclenchée. Laser armé. Arme parée. Où sont ces putains de F-16 ?

— Détection pour CV. À trente minutes.

— Merde ! Prévenez cette putain de base avancée !

— Tir laser confirmé ! » Un tir qui fournirait au drone sa distance précise à la cible. C'était la dernière phase avant le lancement d'un Hellfire.

Quelques secondes plus tard, le Reaper tira un missile. L'image de la munition, filant avec sa charge de deux cent cinquante kilos, apparut au bas de l'écran, la flamme de sa tuyère saturant brièvement la caméra avant que l'engin apparaisse à nouveau, sous la forme d'un petit point brillant filant à toute allure.

« Flingue ! » hurla Reynolds. Le terme utilisé par un pilote de chasse lorsqu'il tirait un missile et comme il n'y avait pas d'équivalent pour un tir « fantôme », il le lança faute de mieux. Puis il lut tout haut les données de tir affichées sur sa console. « Temps de vol, trente secondes. »

Il se crispa.

« Cinq, quatre, trois, deux, un. »

L'impact du Hellfire satura le centre de l'écran. C'était une détonation massive, suivie de plusieurs explosions secondaires, preuve que le missile avait dû toucher des munitions ou du carburant.

« Putain... Bryce », lâcha Pratt, en s'adressant au commandant Reynolds assis à sa gauche.

« Ouais.

— Merde ! s'exclama Pratt. Un autre Hellfire en préparation. »

Trente secondes plus tard, Reynolds lança de nouveau un « Flingue ! » Puis : « Ça m'a l'air d'être la même cible. »

Une pause. « Reçu. »

Les deux hommes contemplèrent, interdits, les images vidéo transmises par le drone alors même qu'il lançait ses tirs fratricides.

Le Reaper tira ses quatre missiles Hellfire, frappant trois des bâtiments préfabriqués de la base avancée.

Puis les deux bombes furent larguées mais elles allèrent détoner sur un flanc de montagne rocheux et désert.

Toutes ses munitions épuisées, Cyclops 04 effectua un virage abrupt, accéléra jusqu'à deux cents nœuds, quasiment sa vitesse maximale, et fila plein sud, vers la frontière pakistanaise.

Le CV avait transmis en continu les dernières coordonnées aux F-16 ; ils étaient encore à vingt minutes de l'objectif... puis à dix, puis enfin juste à cinq... pour la portée de tir de leurs missiles air-air AIM-120 AMRAAM.

À ce moment-là, il ne s'agissait plus de sauver des vies humaines. À ce moment-là, il s'agissait de détruire le drone avant qu'il ne « s'échappe » au Pakistan, au risque de tomber entre des mains ennemies.

Le drone franchit toutefois la frontière avant que les chasseurs aient pu l'abattre. Les F-16 entrèrent malgré tout dans l'espace aérien pakistanais dans une tentative désespérée de destruction de cet équipement « sensible » mais l'avion sans pilote descendit jusqu'à cinq mille pieds, alors qu'il survolait déjà les faubourgs de Quetta, une ville densément peuplée. L'escadrille reçut l'ordre de regagner sa base.

Au bout du compte, les personnels de la base américaine, mais aussi ceux en poste en Afghanistan et ceux du Pentagone se retrouvèrent simples spectateurs des images transmises en direct par le Reaper en goguette et virent, consternés, Cyclops 04 se mettre à tourner au-dessus d'un champ de blé, à quelques centaines de mètres de Samungli, l'un des premiers faubourgs de Quetta.

Les pilotes purent constater que jusqu'au crash, l'appareil aurait été contrôlé avec soin. La descente avait été exécutée quasiment à la perfection, le pilote fantôme avait doucement réduit les gaz pour diminuer la vitesse et grâce à ses caméras, l'appareil avait procédé à un scan préalable du site d'atterrissage. Ce n'est qu'au tout dernier instant, alors que le drone, en approche finale, longeait à vingt mètres d'altitude une route à quatre voies au trafic important, que le pilote à distance tira violemment sur le manche pour le cabrer sur la gauche et ainsi lui ôter toute portance. L'appareil tomba aussitôt comme une pierre, toucha le sol et fit plusieurs cabrioles dans la poussière avant de s'immobiliser.

À Creech, à Langley, à Arlington, tous ceux qui étaient aux premières loges pour assister à ce cauchemar eurent un mouvement de recul, sursautant comme un seul homme devant la violence de ce crash intentionnel quoique inattendu, à l'issue d'un vol tout en douceur.

Au poste de commande à distance sur la base de Creech, le commandant Reynolds et le capitaine Pratt, l'un comme l'autre ébahis et furieux, arrachèrent leur casque et sortirent dans la chaleur d'un après-midi venteux pour attendre l'annonce du bilan sur la base avancée d'Everett.

L'un et l'autre étaient en nage et leurs mains tremblaient.

En définitive, huit soldats américains et quarante et un Afghans avaient trouvé la mort dans l'attaque.

Au Pentagone, un colonel de l'Air Force se leva pour se placer devant le moniteur 72 pouces qui avait, jusqu'à ce que l'image disparaisse deux minutes plus tôt, retransmis l'intégralité de l'événement.

« Je suggère une démo sur zone. »

En clair, il demandait à ses supérieurs la permission d'envoyer un second drone, suffisamment armé, démolir l'épave sur le site du crash pour la réduire en miettes et ainsi éliminer tout indice de son origine américaine. Avec un peu de chance – et une bonne quantité de missiles Hellfire, le drone serait totalement désintégré.

Il y eut plusieurs signes d'assentiment même si la majorité se garda bien d'ouvrir la bouche. Il existait des protocoles pour détruire un drone qui s'abîmerait de l'autre côté de la frontière, dans les zones tribales tenues par Al-Qaïda, afin que l'engin garde tous ses secrets et ne soit pas un outil de propagande aux mains de l'ennemi.

Bob Burgess, le ministre de la Défense, était assis au bout de la longue table. Tout en réfléchissant, il tapotait de son stylo le calepin posé devant lui. Quand il eut terminé de tapoter, il demanda : « Colonel, quelles assurances pouvez-vous me donner que ce second drone ne sera pas détourné à son tour pour aller se poser à côté de Cyclops 04 ou pire, survoler la frontière et attaquer des forces alliées ? »

Le colonel regarda le ministre, puis il hocha la tête. « En toute franchise, monsieur le Ministre, jusqu'à ce que nous en sachions un peu plus sur ce qui vient de se passer, je ne peux vous donner aucune assurance.

— Dans ce cas, épargnons nos drones, tant qu'il nous en reste. »

Le colonel acquiesça. Il appréciait peu le ton sarcastique du ministre mais sa logique était imparable.

« Oui monsieur. »

Le ministre de la Défense venait de passer une demi-heure en conférence avec des amiraux, des généraux, des colonels, des responsables de la CIA et avec la Maison-Blanche. Mais de toutes les conversations tenues depuis le début de cette brève crise, la plus instructive avait eu lieu avec un technicien de General Atomics qui se trouvait par hasard au Pentagone et qu'on avait illico présenté au ministre pour un bref entretien de cinq minutes, en suite de quoi, on l'avait mis de côté dans la perspective de consultations ultérieures.

Quand on lui eut expliqué l'envergure de la crise, il martela, en termes assez insistants pour faire passer son message, que même si le piratage de ce drone était terminé, il serait dangereux de présumer qu'il pût exister pour le pirate une limitation technologique à l'étendue de sa capacité de nuisance. Nul ne pouvait garantir à ce stade prématuré de l'enquête, que ce soit dans l'armée ou chez General Atomics, qu'un opérateur qui avait pris le contrôle d'un drone au Pakistan ne pouvait pas faire de même avec un autre en patrouille au-dessus de la frontière avec le Mexique ou quelque part en vol en Afrique ou en Asie du Sud-Est.

Le ministre Burgess exploita cette information quand il annonça à l'assistance : « Nous ignorons l'identité de l'agresseur, comme nous ignorons quels sont ses points d'accès à notre réseau de transmissions. Par conséquent, j'ordonne, dorénavant, une interdiction de vol totale de tous nos drones Reaper. »

Un colonel impliqué dans l'utilisation des appareils sans pilote leva la main. « Monsieur. Nous ne savons pas si le point d'accès est limité au seul système Reaper et à la flotte de ces appareils. Il est fort possible que l'individu disposant de la capacité dont nous venons d'être témoins puisse avoir également celle de pirater d'autres systèmes d'avions sans pilote. »

Le ministre y avait déjà songé. Il se leva, récupéra son pardessus posé sur le dossier de son siège et l'enfila. « Pour l'instant, restons-en au Reaper. Entre la CIA et la Sécurité intérieure, nous avons, quoi ? Une centaine de drones en vol à un moment donné ? Il se tourna vers une assistante. J'ai besoin du nombre exact pour le président. »

La femme opina et sortit précipitamment.

Burgess poursuivit. « Il y a un sacré nombre de soldats, de gardes-frontières et autres agents dont la sécurité dépend des informations en temps réel que leur procurent ces drones. Je m'en vais de ce pas à la Maison-Blanche pour en discuter avec le président. Je lui exposerai le pour et le contre et ce sera lui qui décidera si, oui ou non, nous bloquons au sol tous nos drones, partout dans le monde, jusqu'à ce qu'on ait trouvé… jusqu'à ce qu'on ait trouvé ce qui se passe, nom de Dieu ! Dans l'intervalle, j'ai besoin d'informations. J'ai besoin de savoir qui, comment et pourquoi. Cet incident va tous nous foutre dans un beau merdier mais si je ne peux pas dans les plus brefs délais répondre à ces trois questions, cette histoire ne fera qu'empirer et durer. Tant que vous et vos personnels n'aurez pas trouvé moyen de me fournir des réponses à ces questions, il est inutile de me déranger ou de déranger mon cabinet. »

Il y eut un chœur de « Oui monsieur » et Bob Burgess sortit de la salle, suivi de son entourage de conseillers en civil et en uniforme.

Au bout du compte, le président Jack Ryan n'eut pas le temps de décider s'il était ou non nécessaire de bloquer tous les drones utilisés par la Défense et le Renseignement. Alors que le Suburban noir du ministre franchissait les grilles de la Maison-Blanche, une heure à peine après le crash du Reaper au Pakistan, un imposant Global Hawk, le plus gros appareil sans pilote à l'inventaire des forces armées américaines, perdit le contact avec son équipage alors qu'il volait à dix-huit mille mètres d'altitude, au large de côtes éthiopiennes.

Encore un détournement – comme cela devint manifeste quand l'opérateur fantôme coupa le pilotage automatique et entreprit de procéder à de délicats ajustements de l'assiette de l'appareil, en roulis et en tangage, comme s'il voulait tester les commandes de la grosse machine.

Tous ceux qui observaient la transmission données et vidéo lors de ce nouvel incident comprirent très vite que, soit le pilote fantôme n'était pas aussi habile que le collègue qui avait manipulé en expert le Reaper au-dessus de l'Afghanistan, soit il s'agissait du même pilote mais il n'était pas aussi familiarisé avec cet engin, plus gros et plus complexe. Quoi qu'il en soit, peu après le début du détournement, le comportement du Global Hawk devint erratique. Des systèmes étaient interrompus de manière brutale puis redémarrés en dépit du bon sens, et bientôt, toute chance de récupérer l'appareil disparut alors qu'il était encore à plusieurs milliers de mètres d'altitude.

Il s'écrasa dans le golfe d'Aden avec la légèreté d'un piano à queue tombant du ciel.

L'incident fut considéré, par à peu près tous ceux qui étaient habilités à en avoir connaissance, comme un message des pirates. « L'intégralité de votre flotte d'avions sans pilote est compromise. Continuez d'exploiter vos drones, ce sera à vos risques et périls. »

27

Adam Yao avait coiffé une casquette de base-ball noire, mis un tee-shirt blanc et enfilé un blue-jean crasseux. Il ressemblait à la plupart des autres types de son âge dans les rues de Mong Kok qu'il arpentait en outre avec la dégaine d'un habitant de ce faubourg assez miteux et sûrement pas comme un résident de Soho Central, l'un des quartiers les plus huppés de Hongkong. Il jouait aujourd'hui le rôle d'un commerçant local venu relever le courrier pour sa boutique, à l'instar de centaines d'autres clients fréquentant le bureau de poste de la rue Kwong Wa.

Il n'avait bien sûr aucune boutique, pas plus qu'il n'habitait à Mong Kok, ce qui voulait dire qu'il n'avait pas de boîte postale dans ce bureau. En vérité, il était là pour crocheter celle de Jha Shu Hai afin de jeter un œil sur le courrier du jeune homme.

Il y avait foule à la poste ; il fallait jouer des coudes pour y accéder. Adam avait choisi de se pointer juste avant midi, au moment du pic d'activité dans ce quartier toujours bondé, avec l'espoir de tirer parti de ce chaos.

Pour opérer sur le terrain, Adam avait toujours suivi

le même credo tout bête : « Vends ta camelote. » Quoi qu'il fasse, qu'il s'agît d'endosser les habits d'un SDF ou ceux d'un jeune trader de haut vol à la Bourse de Hongkong, Adam jouait son rôle à fond. Il pouvait ainsi entrer dans les bâtiments sans avoir les pièces d'identité nécessaires, passer devant des porte-flingues de Triades sans qu'ils bougent la tête, et ça voulait dire aussi que les secrétaires qui faisaient la queue durant la pause-déjeuner pour avoir leurs nouilles et leur thé parlaient librement de leur boulot, sans remarquer la présence d'Adam à portée de voix, ce qui lui permettait d'en apprendre un peu plus sur une entreprise et ses petits secrets à midi durant la pause qu'en s'y introduisant par effraction pendant le week-end pour farfouiller dans les classeurs.

Adam était un acteur, un escroc, un espion.

Et là encore, il vendait sa camelote. Un jeu de rossignols dans la main, il s'était faufilé dans le bureau de poste, s'était aussitôt dirigé droit vers la boîte postale de Jha Shu Hai et s'était agenouillé. Bien qu'à quelques centimètres de lui, la foule d'usagers qui l'entourait ne lui prêtait pas la moindre attention.

En moins de dix secondes, Yao avait crocheté la serrure. Il glissa la main à l'intérieur de la boîte et y trouva deux objets, une enveloppe commerciale et un colis de petite taille, protégé dans un emballage à bulles. Il récupéra les deux, referma la porte et retira le rossignol, ce qui reverrouilla aussitôt la serrure.

Une minute plus tard, il était de retour dans la rue où il procéda à une rapide détection de surveillance pour s'assurer qu'il n'avait pas été filé depuis sa sortie. Rassuré de ce côté, il descendit dans le métro à la station la plus proche pour regagner son bureau dans l'île de Hongkong.

Bientôt, de nouveau en costume-cravate, il avait retrouvé ses pénates et placé l'enveloppe et le paquet dans le bac à glace du petit frigo installé près de son bureau. Après les avoir laissés une heure à refroidir, il récupéra l'enveloppe qu'il ouvrit avec un couteau aiguisé. La colle avait gelé, permettant à la lame de trancher celle-ci sans déchirer le papier. Il serait par ailleurs aisé de la recacheter, une fois qu'elle aurait dégelé.

Après l'avoir ouverte, Adam la retourna pour lire l'adresse et déchiffrer l'oblitération. Le pli avait été posté de Chine continentale, une ville de la province de Shanxi inconnue de lui. L'adresse manuscrite ne portait pas le nom de Jha Shu Jai mais uniquement le numéro de boîte postale. En guise d'adresse de retour, juste un nom de femme ; Yao la recopia sur un carnet posé sur le sous-main, puis il glissa deux doigts à l'intérieur de l'enveloppe.

Il fut quelque peu surpris d'en découvrir une seconde, celle-ci restée vierge, glissée à l'intérieur de la première. Il l'ouvrit de la même façon et en sortit une lettre manuscrite, rédigée en mandarin d'une main tremblante. Adam la parcourut rapidement et, dès le troisième paragraphe, il comprit de quoi il s'agissait.

L'auteur de la missive était la grand-mère de Jha. Elle se trouvait manifestement aux États-Unis et avait adressé ce message à un parent vivant dans la province de Shanxi afin de ne pas révéler aux autorités américaines la véritable adresse de son petit-fils puisqu'elle le savait recherché.

Le parent de Shanxi avait donc fait suivre le pli vers la boîte postale sans y ajouter le moindre commentaire.

La grand-mère parlait de sa vie dans le nord de la Californie, évoquait une opération récente, donnait des nouvelles d'autres parents et de quelques voisins de longue date. Elle terminait en proposant à Jha de lui envoyer de l'argent ou de le mettre en contact avec d'autres parents restés, disait-elle, sans nouvelles de lui depuis son arrivée en Chine l'année précédente.

Bref, la bien banale lettre d'une grand-mère, révélant tout au plus qu'un petit bout de vieille dame chinoise aidait un fugitif et se faisait ainsi sa complice.

Il mit de côté les enveloppes et la lettre et rouvrit le frigo pour en sortir le colis. Il était de petite dimension, guère plus gros qu'un livre de poche et il l'ouvrit avant que la colle ait eu le temps de fondre. Là aussi, on l'avait adressé à la boîte postale sans aucune indication de nom mais l'adresse de retour était en France, à Marseille.

Curieux, Adam déballa l'emballage en papier bulle et y découvrit un minidisque de la taille d'une pièce de un dollar. Des broches dépassaient du côté, suggérant que l'objet était destiné à être fixé à une carte-mère ou quelque autre composant électronique.

Accompagnant l'objet, une notice de plusieurs pages révélait qu'il s'agissait d'un récepteur superhétérodyne basse tension. On y précisait que le composant était utilisé dans les boîtiers de commande à distance pour serrures, portes de garage, appareils médicaux et quantité d'autres dispositifs susceptibles d'être actionnés par une télécommande à radiofréquences.

Adam n'avait pas la moindre idée de ce que le jeune homme comptait faire avec ce bidule. La dernière page de la notice lui indiqua qu'elle reproduisait en fait un échange de courriers électroniques, révélant au passage l'adresse mail des deux correspondants.

Qui dialoguaient en anglais ; l'homme à Marseille était de toute évidence un employé de la société qui manufacturait le composant. Son correspondant était un certain FastByte22.

Adam relut l'adresse électronique. « FastByte 22. Serait-ce Jha ? »

Les mails étaient concis. Il semblait que FastByte22 avait contacté cet employé pour lui demander l'envoi d'un échantillon de ce modèle de récepteur superhétérodyne qui n'était pas commercialisé à Hongkong. Les deux correspondants avaient négocié le paiement en Bitcoins, une monnaie virtuelle anonyme très utilisée par les hackers pour s'échanger des services et par les criminels pour acheter et vendre sur Internet objets et substances illicites.

L'échange datait de plusieurs semaines et rien n'y révélait pourquoi FastByte22 avait besoin du petit gadget susceptible de télécommander quantité de choses, de la porte de garage à l'appareil de chirurgie.

Adam sortit son appareil numérique et se mit à tout photographier, la lettre de la grand-mère de Jha comme le gadget high-tech. Il allait à présent devoir passer le reste de la journée à effacer ses traces. Recacheter lettre et colis, retourner à Mong Kok, crocheter à nouveau la boîte postale pour y replacer les deux objets avant que Jha n'ait des raisons de suspecter leur emprunt.

Un long après-midi, alors qu'il ne pouvait encore dire si la journée avait été fructueuse.

À part la découverte d'un éventuel pseudo pour Jha Shu Hai.

FastByte22.

28

La salle de conférences du PC de crise de la Maison-Blanche est plus petite qu'on ne l'imagine généralement. La table ovale étroite ne peut accueillir que dix personnes, ce qui veut dire que pour nombre de réunions importantes, les assistants des ministres doivent se tenir alignés le dos aux murs.

C'était un peu la pagaille alors que le personnel de service s'affairait à préparer la réunion. Les bords de la salle étaient encombrés d'hommes et de femmes, bon nombre d'entre eux en uniforme, qui débattaient avec animation ou bien tentaient désespérément de glaner des informations de dernière minute sur les récents événements de la matinée.

La moitié des sièges était encore vide mais le directeur de la CIA et le ministre de la Défense avaient déjà pris place. Les chefs de la NSA et du FBI étaient également présents mais encore debout à conférer avec leurs subalternes pour s'informer des ultimes développements survenus les dix dernières minutes.

C'est que la situation évoluait en permanence et chacun voulait être en mesure de répondre à toutes les questions du chef de l'État.

Mais il était trop tard pour les retardataires car Jack Ryan venait d'entrer.

Le président se dirigea vers le bout de la table et parcourut aussitôt la salle du regard. « Où est Mary Pat ? »

La directrice du Renseignement national Foley était en fait arrivée derrière le président – une légère entorse au protocole, même si chacun savait à la Maison-Blanche, des concierges au vice-président, que Ryan faisait bien peu de cas du cérémonial.

« Excusez mon retard, monsieur le président, dit-elle en prenant place. Je viens d'apprendre qu'il y a eu un troisième détournement. Un drone Predator de la Sécurité intérieure en mission pour les douanes à la frontière canadienne est devenu fou il y a vingt minutes.

— Côté américain ?

— Oui, monsieur.

— Bordel, comment cela s'est-il produit ? J'avais ordonné le blocage au sol de tous les avions sans pilote. La Sécurité intérieure a bien été notifiée.

— Oui, monsieur. Ce Predator était garé sur une piste de la base aérienne de Grand Forks, dans le Dakota du Nord. Il avait été fourbi pour une mission le long de la frontière mais celle-ci avait été annulée en raison justement du blocage. Ils s'apprêtaient à lui faire réintégrer son hangar quand l'appareil a démarré tout seul, roulé et décollé en échappant à tout contrôle. À l'heure où je vous parle, il vole vers le sud à six mille mètres au-dessus du Dakota du Sud.

— Bon Dieu. Où va-t-il ?

— Encore impossible de savoir. L'aviation civile le suit à la trace, en même temps qu'elle détourne le trafic aérien. Nous avons deux intercepteurs en route pour l'abattre. L'appareil n'est bien sûr pas armé mais pourrait être utilisé lui-même comme missile. Ils pourraient tenter de percuter un autre appareil, un bâtiment, voire des véhicules sur une route.

— C'est du délire, commenta Colleen Hurst.

— Je veux, coupa Ryan, que tous les ASP à l'inventaire de nos forces, quels qu'en soient l'affectation, le modèle ou la marque, sur notre territoire ou à l'étranger, soient démantelés de telle sorte à empêcher matériellement toute possibilité de décollage.

— Oui, monsieur le président, indiqua le ministre de la Défense. Pour notre part, nous avons d'ores et déjà initié la procédure. »

Ses collègues de la CIA et de la Sécurité intérieure confirmèrent avoir fait de même avec leurs drones.

Jack se tourna vers Scott Adler. « Il faut que les Affaires étrangères préviennent tous ceux de nos alliés qui possèdent des drones qu'ils doivent s'aligner sur nous en attendant qu'on en sache plus.

— Oui, monsieur le président.

— Bien. Qu'avons-nous jusqu'ici sur cette cyberattaque ? »

Mary Pat répondit. « La NSA est en train de mobiliser l'ensemble de son personnel pour savoir comment cela a pu se produire. On m'a déjà prévenue qu'il ne fallait pas compter sur des réponses en quelques heures, cela risque de se compter en jours, au mieux. Je me suis laissé dire que c'était une attaque d'une grande complexité technique.

— Que sait-on au juste ?

— On soupçonne que quelqu'un a brouillé les fréquences de communication du drone avec son satellite, amenant le Reaper à repasser en pilotage automatique.

C'est ce qu'il fait chaque fois qu'il relève une rupture de faisceau.

« Une fois que l'appareil a échappé à notre contrôle, ils ont utilisé leur propre équipement pour s'identifier en émettant un indicatif crypté valide. Pour ce faire, il leur a fallu bénéficier d'un accès en profondeur au réseau le plus sécurisé du ministère de la Défense.

— Qui a pu faire une chose pareille ?

— Nous cherchons du côté de l'Iran, indiqua Canfield de la CIA.

— Monsieur le président, intervint Mary Pat, n'oubliez pas que ce n'est pas forcément du terrorisme d'État. »

Ryan demeura pensif quelques instants. « Vous êtes en train de me dire que notre matrice de menaces doit inclure les organisations terroristes et criminelles, des entreprises commerciales... merde, jusqu'à des brebis galeuses au sein de notre propre gouvernement ?

— Tout ce qu'on peut faire pour l'instant, intervint le directeur de la CIA, c'est chercher du côté des acteurs qui auraient un motif idéologique et disposeraient des moyens techniques de le mettre en œuvre. Dans le cas de l'attaque en Afghanistan, il pourrait s'agir d'Al-Qaïda, des talibans, de l'Iran, puisque les uns et les autres interfèrent depuis un bon moment, à des degrés divers, avec notre intervention là-bas. Si l'on tient compte des moyens employés, on peut déjà éliminer les talibans. Côté savoir-faire technologique, ils sont proches du niveau zéro. »

Canfield précisa : « Al-Qaïda a des années-lumière d'avance sur eux, ce qui signifie qu'ils pourraient, au mieux, réaliser des attaques contre des sites Internet de moindre importance, guère plus. Mais en tout cas, ils n'ont pas pu faire cela.

— Donc, tu penses qu'il s'agirait de l'Iran ?

— S'il doit y avoir un suspect dans cette partie du monde, c'est bien l'Iran.

— Ils ne piratent qu'un drone à la fois, nota Ryan. Cela donne-t-il un indice quelconque sur leur mode opératoire ? Est-ce la conséquence d'une limitation technique ou bien parce qu'ils n'ont qu'un seul pilote entraîné à faire voler les drones ?

— Les deux sont possibles, monsieur. Il se pourrait bien qu'ils n'aient déployé qu'un seul poste de commande à distance. Je dois ajouter que, au vu des capacités dont nous avons été les témoins aujourd'hui, j'ai du mal à croire que c'est une raison technique qui les empêche de faire voler plus d'un drone à la fois.

— Donc, quelqu'un nous envoie un message. Même si j'aimerais leur donner la réplique, je pense que nous devons uniquement rester à l'écoute pour l'instant.

— Je suis d'accord avec vous, monsieur le président, dit Mary Pat. Commençons par décortiquer comment ces actes ont pu se produire avant d'accuser qui que ce soit. »

Ryan acquiesça, puis il se tourna vers son ministre de la Défense. « Tes gars se sont déjà fait pirater, non ? »

Bob Burgess dut en convenir. « Il y a six mois, la 24e Air Force a détecté un virus dans la mise à jour logicielle du système Reaper sur le réseau de sa base de Creech. Nous avons dû bloquer au sol toute la flotte, le temps de vérifier un par un chaque drone. Aucun n'avait été infecté. Malgré tout, il nous a fallu effacer tous les disques durs de tous les serveurs de Creech pour réinstaller proprement le système à partir de zéro.

— Le réseau sécurisé du ministère de la Défense n'est pas censé être connecté à Internet. Comment diable un virus a-t-il pu infecter le logiciel des Reaper ?

— Certes, concéda Burgess, il existe bien ce qu'on appelle un "sas", une séparation matérielle entre notre réseau et le Web, qui devrait interdire tout incident de ce genre.

— Mais... ?

— Mais il faut intégrer le facteur humain, or les hommes sont faillibles. Nous avons finalement trouvé le virus sur un disque dur amovible utilisé pour la mise à jour logicielle d'une de nos stations de contrôle au sol. C'était une violation de protocole par un sous-traitant.

— L'Iran nous a déjà fait le coup, indiqua Canfield. Il y a deux ans, ils ont réussi à intercepter le faisceau d'un Predator et à télécharger des vidéos prises par ses caméras.

— Récupérer le signal vidéo d'une caméra, objecta Foley, ce n'est pas la même chose que prendre intégralement le contrôle de l'appareil, de son armement, pointer et tirer, puis le faire s'écraser au sol... c'est de plusieurs ordres de grandeur plus complexe. »

Ryan hocha la tête. Pour l'heure, il consultait et réservait son jugement pour plus tard. « OK. Je compte sur vous pour m'avertir sitôt que vous aurez de nouveaux éléments sur l'enquête.

— Monsieur le président, intervint le ministre de la Défense, comme vous le savez, nous avons perdu huit hommes de la première division de cavalerie, et quarante et un soldats des forces spéciales afghanes. Nous n'avons pas encore rendu publiques ces pertes mais...

— Faites-le, coupa Ryan. Et reconnaissez que le drone

était impliqué et qu'il s'est produit une défaillance technique. Nous devons reprendre la main et dire au monde que nous avons été piratés, avec pour résultat l'assassinat de soldats américains et afghans.

— Monsieur, répondit Burgess, je ne le recommanderais pas. Nos ennemis l'exploiteront contre nous ; ce serait un aveu de faiblesse. »

La directrice du Renseignement hochait déjà la tête mais Ryan prit les devants. « Bob, qui que soient les auteurs des piratages, ils détiennent les enregistrements vidéo des caméras. Merde, ils peuvent les balancer quand ils le voudront et se glorifier d'avoir défait notre technologie. Si nous cherchons à dissimuler cette histoire, ça ne fera que compliquer le problème.

« Non, ajouta Ryan, mesdames et messieurs, nous allons devoir encaisser le choc et assumer. Je veux donc qu'à cet effet vous publiiez un communiqué expliquant que lors d'une mission délicate dans l'espace aérien afghan, une force inconnue a réussi à prendre le contrôle de notre drone chasseur/tueur pour attaquer une base américaine avancée. Toutes nos tentatives de destruction de l'arme avant qu'elle ne franchisse la frontière pakistanaise ont échoué. Nous trouverons les coupables, les assassins et les livrerons à la justice. »

Burgess n'appréciait guère, Ryan le voyait bien. Le ministre de la Défense devait imaginer déjà, comment, quelques heures à peine après cette déclaration, les talibans iraient parader sur Al-Jazeera et se vanter de leur exploit.

Il expliqua : « Je n'aime pas trop partager nos vulnérabilités avec le reste du monde. Cela ne fera qu'en encourager d'autres à tenter le coup.

— Ça ne m'enchante pas plus que toi, Bob, rétorqua

Ryan. Je crains juste que l'autre option ne soit encore pire. »

C'est alors que sonna le téléphone posé au milieu de la table de conférence. Le président Ryan prit lui-même la communication. « Oui ?

— Monsieur le président, nous venons d'avoir la Sécurité intérieure. Le drone Predator a été abattu au-dessus du Nebraska. Aucune victime n'est à déplorer.

— Dieu merci », soupira Ryan.

C'était la première bonne nouvelle de la journée.

29

Todd Wicks, représentant régional en matériel informatique, était installé dans une pizzéria avec une portion de pizza au fromage imprégnant de graisse l'assiette en carton posée devant lui.

Il n'avait pas d'appétit mais il avait du mal à s'imaginer ici, à trois heures de l'après-midi, sans forcément y inclure la dégustation d'une pizza.

Il se força donc à prendre une bouchée. Il mastiqua lentement, déglutit prudemment et redouta d'être incapable de la garder.

Todd se croyait sur le point de vomir mais ce n'était pas la faute de la pizza.

Le coup de téléphone fixant la réunion était venu à huit heures du matin. Le correspondant n'avait pas fourni de nom, n'avait pas révélé non plus le sujet de la rencontre. Il s'était contenté de donner un lieu et une heure avant de demander à Todd de les lui répéter.

Sans plus. Depuis le coup de fil, Wicks avait l'impression d'avoir l'estomac en feu ; depuis ce matin, il avait passé son temps à fixer sans le voir le mur de son bureau quand il ne regardait pas sa montre, toutes les trois ou quatre minutes, désireux à la fois d'arrêter le temps et de l'accélérer pour être débarrassé au plus vite.

L'homme qui l'avait contacté était chinois, c'était déjà manifeste à entendre sa voix au téléphone, et ce seul indice, conjugué à la brièveté et à l'étrangeté de la conversation, suffisait à le ronger d'inquiétude.

Cet homme devait être un espion, il allait lui demander de commettre quelque traîtrise qui le ferait tuer ou jeter en prison jusqu'à la fin de ses jours et Todd savait déjà que, quoi qu'on pût lui demander, il serait bien forcé d'obéir.

Quand Todd était rentré de Shanghai après l'épisode avec la prostituée et l'inspecteur de police, il avait envisagé d'envoyer se faire voir l'agent qui allait forcément le contacter pour l'informer de sa mission d'espionnage à la mords-moi-le-nœud.

Mais non, c'était hors de question. Ils détenaient la cassette vidéo et la bande audio et il n'avait qu'à repenser à cette image de son petit cul blanc comme neige tressautant sur la télé 52 pouces de cette suite à Shanghai pour savoir que ces putains de Chinois le tenaient par les couilles.

S'il regimbait lorsque le Chinois appellerait, alors il ne faisait aucun doute qu'en l'affaire de quelques jours, Sherry son épouse recevrait un courrier électronique avec en pièce jointe la vidéo HD de l'intégrale de ses exploits.

Pas question, merde. Ça ne se produira pas. C'était ce qu'il s'était dit à l'époque et depuis, il n'avait fait qu'attendre cet appel et surtout redouter ce qu'il présageait.

À trois heures cinq, un Asiatique lesté d'un sac en plastique entra dans la pizzéria, se rendit au comptoir, acheta une calzone et une canette de Pepsi, puis vint s'asseoir dans la petite salle ménagée à l'arrière de la boutique.

Sitôt que Todd se fut rendu compte de l'origine du bonhomme, il décida de ne plus le quitter des yeux, mais lorsque celui-ci s'approcha de sa table, le représentant en matériel informatique détourna le regard, assumant qu'un contact visuel direct était formellement exclu dans une telle situation.

« Bon après-midi. » L'homme s'assit directement à la petite table de bistro où Todd s'était installé, violant d'emblée le protocole que Wicks venait d'établir.

Todd releva la tête et serra la main que lui présentait le Chinois.

L'allure de l'espion le surprit. Il était tout sauf menaçant. La vingtaine, plus jeune que ne l'aurait prédit Todd, quasiment des airs de nerd. Lunettes épaisses, chemise blanche boutonnée, pantalon à élastique noir légèrement froissé.

« Que vaut la pizza ? demanda l'homme avec un sourire.

— Impec. Écoutez, ne devrait-on pas aller dans un endroit plus discret ? »

Le jeune binoclard se contenta de hocher la tête avec un petit sourire. Il mordit dans sa calzone et grimaça à cause du fromage brûlant. « Non, non, c'est parfait. »

Todd se passa les doigts dans les cheveux. « Cet établissement est équipé de caméras de surveillance. Comme à peu près tous les restos. Si jamais quelqu'un repasse prendre la…

— La caméra est hors service en ce moment », sourit l'espion chinois. Il allait prendre une nouvelle bouchée et puis il s'arrêta. « Todd, je commence à me demander si vous n'êtes pas en train de chercher une mauvaise excuse pour éviter de nous aider.

— Non. C'est OK. Je suis juste... inquiet. »

Le jeune homme mordit de nouveau dans sa pizza, but une autre gorgée de soda. Il hocha la tête, écartant l'objection d'un geste. « Aucune raison de s'inquiéter. Absolument aucune. Nous aimerions vous demander une faveur. C'est très facile. Rien qu'une faveur, c'est tout. »

Todd avait passé le mois écoulé à ne penser quasiment qu'à cette « faveur ».

« Laquelle ? »

Avec sa nonchalance étudiée, l'espion chinois expliqua. « Vous vous apprêtez à faire une livraison à l'un de vos clients demain matin. »

Et merde, songea Wicks. Il était en effet attendu dès huit heures à la base aérienne de Bolling pour livrer deux cartes-mères à la DIA, le renseignement militaire. Il fut pris d'un accès de panique. Il allait espionner pour les Chinois. Il allait se faire prendre. Il allait tout perdre.

Mais il n'avait pas le choix.

Todd baissa la tête. Il avait envie de pleurer.

Le Chinois précisa : « Hendley Associates. Dans le Maryland. »

Todd releva aussitôt la tête.

« Hendley ?

— Vous avez bien rendez-vous avec eux ? »

Wicks ne se demanda même pas comment le Chinois était au courant de ses transactions avec ce client bien précis. Il était surtout soulagé qu'on lui demandât d'espionner une entreprise privée et non un service de l'État. « C'est exact. À onze heures. Pour leur livrer un disque dur ultrarapide fabriqué en Allemagne. »

Le jeune Chinois qui n'avait toujours pas donné son nom glissa sous la table son sac en plastique.

« Qu'est-ce que c'est ? demanda Todd.

— Votre article. Le disque dur. Strictement le même que celui qu'on vous a commandé. Vous allez effectuer la livraison mais en remplaçant le disque originel par celui-ci. Pas de souci, il est identique. »

Wicks hocha la tête. « Leur DSI est un maniaque de la sécurité. Il va entreprendre sur votre disque tout un tas de tests de sécurité. » Todd marqua un temps, hésitant à énoncer tout haut l'évidence. Après quelques secondes, il bredouilla. « Il va découvrir ce que vous y avez placé.

— Je n'ai pas dit qu'on y avait placé quoi que ce soit.

— Non, certes. Mais je suis sûr que si. Je veux dire… autrement, pourquoi cette manip ?

— Pas un seul responsable informatique n'y trouverait quoi que ce soit.

— Vous ne connaissez pas ce gars ou sa boîte. C'est le haut du panier. »

Le Chinois sourit tout en mordant dans sa calzone. Il précisa : « Je connais Gavin Biery et je connais Hendley Associates. »

Wicks le dévisagea un long moment, interdit. Derrière eux, un groupe de lycéens entra ; ils parlaient fort. Alors qu'ils s'approchaient du comptoir pour commander, l'un des garçons fit une prise de tête à un camarade, déclenchant un éclat de rire général.

Et Todd était là, au milieu de cette normalité, conscient que sa vie n'était plus normale du tout.

Une idée lui vint soudain. « Laissez-moi tester votre disque. Si je n'y trouve rien d'anormal, alors je le livrerai à Gavin. »

Le Chinois sourit encore. Décidément, il était tout sourire. « Todd. Nous n'allons pas nous lancer dans une négociation. Vous allez faire ce qu'on vous dit et au moment que l'on vous dit. Le disque est propre. Vous n'avez aucun souci à vous faire. »

Todd mordit dans sa pizza. Mais garda sa bouchée sans l'avaler. Il se demanda quand son appétit allait revenir. Il se rendait compte enfin qu'il devait faire confiance au Chinois.

« Je le fais et nous sommes quittes ?

— Vous le faites et nous sommes quittes.

— OK. » Et il glissa la main sous la table pour attirer vers lui le sac en plastique.

« Excellent. À présent, on se détend. Vous n'avez absolument aucun souci à vous faire. C'est du business, c'est tout. On fait ce genre de truc tout le temps. »

Todd prit le sac et se leva. « Rien que ce coup-ci.

— Promis. »

Todd ressortit sans un mot de plus.

30

Adam Yao avait travaillé toute la journée dans le cadre de la « face claire » de ses activités, celle de président, directeur et unique employé de SinoShield, une autoentreprise spécialisée dans les litiges sur les droits de propriété intellectuelle. Quand bien même son activité pour la CIA mobilisait une bonne partie de son temps, sa mission était également de continuer à gérer l'entreprise qui justifiait sa présence à Hongkong, lui permettait de rester en contact avec la police et les autorités, et plus généralement lui procurait la couverture idéale à ses activités de surveillance pour la CIA.

Mais il était maintenant vingt et une heures et, compte tenu des douze heures de décalage horaire avec Langley, Adam décida de voir de quoi il retournait du côté de sa « face obscure », en se connectant à sa messagerie sécurisée.

Il n'avait pas voulu le faire la veille ; il savait que quelque part dans la branche asiatique du service clandestin de la CIA, il y avait une fuite.

Mais il devait envoyer le message.

La veille, l'ensemble de la flotte de drones américains, de l'armée, du renseignement, de la Sécurité intérieure, tout le toutim, avait été clouée au sol, parce que quelqu'un avait piraté leur réseau de contrôle ou les faisceaux satellites ou les deux ; c'était en tout cas l'opinion qui prévalait dans les rapports préliminaires de la NSA qu'Adam avait pu lire.

Sitôt qu'il avait appris l'incident survenu avec un drone en Afghanistan, Adam avait su qu'il allait devoir sortir du bois pour avertir Langley qu'ici même à Hongkong, il était justement en train de filer Jha Shu Hai, un pirate informatique sino-américain, traqueur de drones, de surcroît recherché pour évasion aux États-Unis.

Non, difficile pour lui de garder sous le coude pareille information.

Yao savait que son câble n'allait pas être aisé à fourguer : un jeune hacker chinois, coupable d'avoir volé un code logiciel de pilotage de drone deux ans auparavant, serait à l'origine de la cyberattaque de cette semaine et du détournement de plusieurs drones américains. D'autant que cette hypothèse ne reposait sur aucune preuve concrète.

C'était plutôt l'inverse : on serait plutôt enclin à croire que Jha Shu Hai avait cessé toute activité de piratage high-tech telle que le détournement de drones. Dans son câble, Yao n'avait pas évoqué les Triades, mais détourner des drones et tuer des soldats américains en Afghanistan, ça ne ressemblait pas franchement aux méthodes de la 14K. Non, le piratage de comptes bancaires et autres formes d'escroqueries informatiques, voilà qui correspondrait bien mieux aux activités de Jha s'il était bien employé par cette Triade.

Adam devait toutefois en avoir le cœur net, aussi avait-il réclamé en conclusion l'obtention d'un certain nombre de ressources pour lui permettre d'en savoir un peu plus sur ce qui se tramait au-dessus du centre commercial informatique de Mong Kok.

Mais Langley avait décliné sa requête, expliquant que pour l'heure, tous leurs moyens en Asie étaient mobilisés, et idem au siège de la Maison.

Cette réponse semblait frappée au coin du bon sens, Adam dut bien l'admettre, même si elle l'avait mis en rogne. Langley venait tout simplement de lui expliquer que, dans l'hypothèse hautement improbable où la Chine aurait une quelconque responsabilité dans ces incidents, l'intervention aurait émané de Chine continentale. Tous les rapports du Renseignement confirmaient que toute offensive de type militaire d'une envergure comparable à l'attaque des drones ne pourrait émaner que de la division IV du haut état-major général de l'Armée populaire de libération.

C'est de là que proviendrait une attaque parfaitement coordonnée contre les États-Unis, pas d'un hacker ou d'une bande de ses semblables installés à Hongkong.

Le câble poursuivait en expliquant à l'agent Adam Yao, sur un ton qu'il trouva plutôt condescendant, que le fait que Jha travaillât à Hongkong dans un immeuble de bureaux ne suffisait pas à constituer une menace contre le réseau sécurisé de la défense américaine.

Après tout, Hongkong n'était pas en Chine.

« Ben voyons », bougonna Adam en regardant le message affiché sur son écran. Certes, il savait que la situation qu'il avait décrite était hautement improbable mais ses preuves, sa collecte d'indices sur le terrain, même s'ils étaient indirects, méritaient tout de même d'être examinés de plus près.

Sauf que ses supérieurs, les analystes de la CIA, n'étaient pas de son avis.

Tant et si bien qu'Adam n'obtint pas ses renforts, mais ce n'était pas encore la pire nouvelle qu'apportait le câble de Langley. Ses supérieurs du Service clandestin lui signalaient leur intention de transmettre tous les éléments utiles concernant les coordonnées de Jha Shu Hai aux services américains des douanes et de la justice.

Ce qui signifiait que d'ici quelques jours, deux berlines allaient se pointer à Mong Kok et qu'en descendrait une équipe d'inspecteurs assermentés. Les Triades les identifieraient d'emblée comme une menace et s'empresseraient illico d'exfiltrer FastByte22 hors de la ville et Adam Yao n'entendrait plus jamais parler de Jha.

Adam se déconnecta de la messagerie sécurisée et se cala contre le dossier de sa chaise. « Et merde ! » tonna-t-il, tout seul dans son réduit.

Jamais encore Jha Shu Hai n'avait pénétré dans le bureau de Centre. Bien peu d'employés du Vaisseau fantôme, même ceux aussi importants que le jeune Chinois, avaient été admis dans l'espace de travail étonnamment exigu et spartiate de leur patron.

Jha se tenait au garde-à-vous, les bras raidis, les genoux serrés, forçant le trait côté militaire, parce que son employeur ne lui avait pas demandé de s'asseoir. Le gel solidifié sur sa crête étincelait dans les reflets de la lumière. Centre était installé dans son fauteuil, devant ses écrans, avec son éternelle oreillette Bluetooth et sa tenue un peu froissée, comme il aimait toujours à se présenter devant son personnel.

« Trois de leurs drones ont été abattus avant que les Américains n'interrompent tous les vols. »

Jha ne broncha pas. *Était-ce une question ?*

Centre crut bon de préciser. « Pourquoi seulement trois ?

— Ils se sont empressés de faire atterrir tous les autres appareils. Nous avons réussi à en intercepter un deuxième en Afghanistan, quelques minutes à peine avant que le premier ne s'écrase, mais il s'est posé avant que notre pilote ait pu en prendre intégralement le contrôle et tirer les munitions. Dès que je m'en suis rendu compte, je me suis rabattu sur le Global Hawk volant aux larges des côtes d'Afrique de l'Est. C'est une machine remarquable, technologiquement très avancée. Ça prouvera aux Américains que nous avons une grande capacité de nuisance.

— Le Global Hawk s'est abîmé dans l'océan, nota Centre, sur un ton mi-figue, mi-raisin.

— Oui. C'est un engin de chez Northrop Grumman, or mon logiciel est optimisé pour les plates-formes de General Atomics, comme le Reaper et le Predator. J'avais espéré que son pilote aurait réussi à le projeter sur un bateau mais il a perdu le contrôle de l'appareil peu après que je lui en eus confié les commandes.

« Le troisième véhicule que j'ai détourné survolait le territoire américain et là encore, c'était destiné à renforcer leurs inquiétudes. »

Jha était fier de ses trois piratages. Il aurait voulu un peu plus de compliments de son patron.

« Nous devrions avoir plus de pilotes, dit Centre.

— Monsieur, j'ai jugé nécessaire de pouvoir superviser tous les détournements sans exception. J'aurais pu intercepter les signaux et repasser aussitôt le contrôle aux divers pilotes mais chaque opération différait des autres par tout un tas de nuances techniques bien spécifiques. Ce pilote n'était pas entraîné à garder le suivi d'un faisceau. »

Tong parcourut le rapport transmis par le jeune homme, avec tous les détails de chaque mission. On put croire qu'il allait ajouter un commentaire mais au lieu de cela, il reposa le document.

« Je suis satisfait. »

Intérieurement, Jha poussa un grand soupir. Il savait qu'avec Centre, c'était là le compliment suprême.

L'homme précisa toutefois : « J'en avais espéré cinq, et même plus, mais les trois ASP que tu as détournés ont été bien choisis pour avoir l'impact maximal.

— Merci, Centre.

— Et le cheval de Troie dans leur réseau ?

— Il s'y trouve toujours. Je leur ai fourni la fausse piste qu'ils vont découvrir dans la semaine mais le véritable est prêt à entrer de nouveau en guerre sitôt qu'ils auront repris les vols de leurs drones.

— La fausse piste devrait détourner leur attention vers l'Iran.

— Oui, Centre.

— Bien. L'APL espère bien qu'en conséquence les Américains vont attaquer l'Iran. C'est leur but ultime. Je pense toutefois, pour ma part, qu'ils sous-estiment l'aptitude de la NSA à discerner le piège. Cela dit, chaque nouvelle journée d'indécision de Washington face à l'implication réelle de la Chine dans l'opération Ombre de la Terre rapproche un peu plus nos forces de la réussite de leurs objectifs.

— Oui, Centre.

— À la bonne heure. »

Jha s'inclina pour saluer et il s'apprêtait déjà à quitter le bureau.

« Il y a encore un point. »

Le jeune homme se remit aussitôt au garde-à-vous, face à Tong. « Monsieur ? »

Le patron prit sur son bureau une autre feuille de papier qu'il examina quelques instants. « Il semble, Jha, que tu as été placé sous surveillance par la CIA. Un de leurs espions se trouve ici même à Hongkong et il te file. Non, ne t'inquiète pas. Tu ne risques rien. Même sous ton déguisement, nous savions qu'il était possible un beau jour qu'on te reconnaisse. Il a ton nom et ton pseudo sur la Toile. Cesse immédiatement d'utiliser le pseudo FastByte22.

— Oui, Centre.

— Cet agent de la CIA ne semble toutefois pas avoir d'autres informations concrètes sur nos activités. Sa direction lui a dit que tu n'étais pas pour eux un problème pour l'instant, même s'ils risquent de prévenir la police et tentent de t'extrader aux États-Unis. »

Le jeune punk à la crête noire était devenu muet.

Après quelques secondes, Centre agita la main. « C'est du reste un point que je compte aborder avec nos hôtes. Ils devraient mieux s'occuper de nous. Après tout, nos opérations bancaires leur rapportent une fortune.

— Oui, Centre.

— En attendant, tu ferais bien de limiter tes déplacements et je vais insister pour qu'on double ta garde. »

Jha décida cette fois de poser la question : « Alors qu'est-ce qu'on fait au sujet de l'Américain ? »

De toute évidence, Centre y avait déjà réfléchi. « Pour l'instant ? Rien, sinon prévenir la 14 K d'ouvrir l'œil. On est à un moment critique du déploiement de l'opération ; nous devons nous garder de toute action par trop... (il chercha le mot), par trop *cinétique*, pour ne pas trop éveiller la curiosité des Américains. »

Jha opina.

« Donc, on attend. Par la suite, quand nous n'aurons plus aucune raison de demeurer dans l'ombre, nous quitterons Hongkong, et nos amis pourront alors s'occuper de M. Adam Yao de la CIA. »

31

Jack Ryan Junior se laissa choir dans le fauteuil de son espace de travail à huit heures trente précises, comme chaque jour ouvrable.

Il avait pris ses petites habitudes matinales. Lever à cinq heures et quart, café avec Melanie, jogging ou gymnastique, un baiser d'au revoir, et le quart d'heure de trajet en voiture pour se rendre au boulot.

Une fois au bureau, il commençait normalement sa journée en parcourant le trafic intercepté dans la nuit, en majeure partie au départ de la CIA à Langley et destiné à la NSA à Fort Meade. Mais tout avait changé depuis le détournement des trois drones. Désormais, il passait plus de temps à consulter le trafic s'effectuant en sens inverse. C'est que les cyberlimiers de la NSA transmettaient à la CIA un point quotidien sur leur enquête concernant l'attaque.

Jack lisait donc tous les matins le bulletin de la NSA en espérant que leurs gars trouvent rapidement le fin mot de l'affaire, mais les détournements de drones n'étaient pas officiellement un sujet traité par le Campus. Non, Jack et les autres analystes étaient toujours mobilisés par l'analyse du Disque stambouliote, mais en attendant il lisait néanmoins en détail tout ce qu'il arrivait à piger afin de suivre la progression de leur enquête.

Il avait même eu une longue conversation avec Melanie au sujet des récents événements. Il était devenu une manière d'expert à garder un ton léger en prenant un air vaguement blasé chaque fois qu'il discutait avec elle de son boulot, même si en vérité, il n'avait qu'une envie : lui sonder le cerveau, en expert analyste qu'il était. Elle travaillait sur le sujet pour Mary Pat Foley mais jusqu'ici, c'étaient les analystes informatiques de la NSA qui menaient la danse dans cette enquête.

Il y avait eu du nouveau dans la matinée. Des preuves concrètes, pour autant que Ryan pût en juger, de l'implication de l'Iran dans l'attaque de l'ASP en Afghanistan.

« Bigre », s'exclama Ryan en prenant aussitôt des notes sur un calepin en prévision de la réunion matinale. « Papa va faire une attaque. » Son père avait déjà eu à en découdre avec la République islamique unie ; pas mal d'années plus tôt, il avait flanqué une branlée à Téhéran et assassiné leur leader[1]. Même si l'Iran et l'Irak étaient de nouveau séparés, Ryan n'était pas vraiment surpris de voir les Iraniens se remettre à poser des problèmes.

Jack se dit que son père allait apprendre l'info par la NSA et commencer à préparer sa riposte.

Il consacra une bonne partie de la matinée à lire le trafic de la NSA vers la CIA, mais dès qu'il eut fini d'éplucher toutes les infos émanant de Fort Meade, il parcourut rapidement les notes internes de la CIA.

---

1. Lire *Sur Ordre*, Albin Michel, 1997 ; Le Livre de Poche, 2010.

Pas grand-chose concernant l'affaire des drones mais il nota toutefois que l'un de ses programmes de surveillance avait réagi à une balise.

Jack cliqua sur le programme pour l'ouvrir.

Il utilisait un logiciel d'extraction de données pour balayer le trafic de la CIA, à la recherche de mots-clés, et chaque jour, il recevait une liste de dix à cent occurrences de termes et d'expressions tels que « agents libyens de la JSO », « piratage informatique » ou « assassinat » et, tandis qu'il attendait de voir lequel venait d'apparaître dans les messages de la CIA, il espérait que cela contribuerait à faire sortir le Campus de sa mise sur la touche.

Quand la fenêtre du programme s'ouvrit, il dut cligner plusieurs fois des yeux, tant il était surpris.

Le terme balisé était « FastByte22 ».

« Nom de Dieu », souffla-t-il. Le pirate du Disque stambouliote était apparu dans un câble de la CIA.

Ryan lut rapidement le message. Un agent clandestin du service, un dénommé Adam Yao opérant à Hongkong, avait retrouvé un pirate informatique américain d'origine chinoise, un certain Jha Shu Hai qui vivait et travaillait dans un des quartiers de la ville. Jha, expliquait Yao, utilisait probablement le pseudo de FastByte22 dans le cyberespace et il se trouvait, et là c'était une certitude, sous le coup d'une demande d'extradition par la justice américaine.

Yao soulignait dans son câble que le hacker avait été employé comme testeur de pénétration par General Atomics, un fournisseur de la défense, et qu'il avait été emprisonné pour avoir proposé aux Chinois de leur vendre des secrets sur le piratage des drones et la pénétration de réseaux confidentiels.

« Nom de Dieu », répéta Jack.

Adam Yao suggérait par ailleurs à la CIA d'envoyer une équipe à Hongkong filer ce fameux Jha pour en savoir plus sur ses activités, ses relations et ses attaches locales, aux fins de déterminer s'il avait pu être impliqué dans le récent piratage informatique de l'Intranet confidentiel du ministère de la Défense.

Jack Ryan Jr. avait lu des milliers – non, des *dizaines* de milliers – de câbles de la CIA depuis quatre ans qu'il bossait chez Hendley Associates. Cette correspondance-ci lui semblait bien pauvre en détails sur les circonstances de la découverte de Jha par Yao, les indices d'un lien entre Jha et le pseudo FastByte22 et le genre d'activités auquel se livrerait ce dernier. Cet Adam Yao semblait n'offrir à Langley qu'une minuscule pièce du puzzle.

De sorte que Langley avait décliné sa demande de moyens complémentaires de surveillance.

Jack accéda aux archives sur la CIA pour en savoir un peu plus sur cet agent clandestin. Pendant le tri, il regarda sa montre ; la réunion allait démarrer dans quelques minutes à peine.

Vingt minutes plus tard, Jack était au huitième et s'adressait à ses collègues, Gerry Hendley, Sam Granger et Rick Bell. « La NSA dit qu'ils ne sont pas encore au bout de leurs peines mais qu'ils ont déjà trouvé un cheval de Troie dans leur réseau sécurisé sur la base aérienne de Creech dans le Nevada. L'une des lignes de code du serveur intercepte le logiciel de pilotage des drones puis ordonne son téléchargement sur un serveur externe.

— Si le réseau du ministère de la Défense n'est

pas relié à l'Internet, s'étonna Bell, alors comment se fait-il qu'une partie de son trafic puisse être transférée sur un serveur externe ?

— Chaque fois que quelqu'un utilise un disque dur amovible, expliqua Ryan, ce qui leur est indispensable pour mettre à jour un logiciel ou modifier des paramètres sur le réseau, le cheval de Troie intercepte automatiquement les données transférées pour les copier sur des secteurs cachés à l'insu de l'utilisateur. Puis quand le disque est raccordé à un ordinateur doté d'un accès Internet, ces données sont immédiatement déplacées vers un serveur principal contrôlé par l'adversaire. Si le logiciel malveillant est bien écrit, toutes ces opérations se produisent de manière quasiment indétectable.

— Dans le temps, remarqua Ding Chavez, on défendait les positions par la technique des "trois B" : Barrière, Balles, Bonshommes. Il semblerait qu'ils se tapent des bonnes vieilles méthodes.

— Où sont transmises les données ? demanda Sam Granger.

— Sur un serveur réseau, installé à l'institut universitaire de technologie de Qom.

— Qom ? C'est où, ça ? s'étonna Caruso.

— En Iran, souffla Ding Chavez, avec un soupir.

— Ah, les enculés, commenta Sam Driscoll.

— On dirait bien que les soupçons de la CIA sont confirmés, observa Sam Granger.

— Ce n'est pas tout à fait exact, Sam, précisa Jack. Ce virus ne contrôlait pas le drone ; c'est juste un cheval de Troie capable de recopier le logiciel de contrôle, de l'extraire du système et de l'expédier quelque part. En l'occurrence, il pointe vers une université en Iran. Mais pour faire voler le Reaper, il leur aurait fallu intercepter le signal. Ce qui exige une tonne d'équipement et un minimum d'expertise. Même si ça ne veut pas non plus dire qu'ils en sont incapables.

— Alors, était-ce l'Iran ?

— Je n'en sais rien. Plus j'y réfléchis, plus j'ai des doutes. Cette ligne de code supplémentaire est tellement évidente à repérer… c'est comme si l'organisateur de toute cette opération voulait à dessein impliquer l'Iran.

— J'aimerais bien avoir l'avis de Gavin, intervint Ryan. Ça corrobore à peu près ses idées. »

Rick Bell regimba. « Certes, mais ce n'est pas un analyste.

— Non, du tout. En effet. Il n'a pas la formation, ni du reste la patience ou le tempérament pour affronter des voix discordantes, ce qui est à coup sûr une qualité indispensable pour un analyste. Mais il n'empêche que, pour moi, on devrait le voir comme une source.

— Une source ?

— Ouais. On lui file tout ce que la NSA possède comme données sur l'attaque. À débuter par cette info sur le serveur d'"exfiltration". »

Rick Bell regarda Gerry Hendley. À lui de jouer.

« Gavin connaît son affaire, admit le patron. Mettons-le dans le coup et demandons-lui son opinion. Jack, pourquoi ne descendrais-tu pas lui parler pendant que nous terminons ici ?

— Entendu. Et il y a du nouveau du côté de la CIA, ce matin. J'en aurais de toute façon déjà parlé à Gavin parce que ça le concerne directement mais il fallait que je passe ici d'abord. »

Granger était curieux. « Et de quoi s'agit-il ?

— Ils ont un agent clandestin à Hongkong qui

affirme que FastByte22, le gars du Disque stambouliote, vit actuellement à Hongkong. Il dit qu'il l'observe depuis plusieurs jours.

— Et que fait-il ? demanda Hendley.

— Ce n'est pas vraiment expliqué dans le câble. L'agent clandestin essaie d'obtenir des ressources pour renforcer la surveillance parce que, selon lui, le pirate a travaillé sur le logiciel de contrôle de certains des drones qui ont été détournés. D'après lui, il pourrait avoir trempé dans les événements récents.

— Et qu'en dit Langley ?

— Ils disent merci, mais sans façon. J'ai dans l'idée que la CIA se polarise un peu trop sur la piste iranienne pour détourner des moyens vers Hongkong. Ils ont eu à cœur de démonter son argument.

— Mais est-on sûr qu'il s'agisse bien du même FastByte22 ? demanda Hendley.

— C'est en tout cas le seul qu'on ait recensé. Sources publiques, renseignements confidentiels, fichiers et répertoire du genre LexisNexis. Je pense que c'est notre bonhomme. »

Sam Granger vit friser l'œil de Ryan. « Toi, t'as une idée derrière la tête...

— Je pensais, Gerry, qu'on pourrait peut-être faire un saut là-bas et filer un coup de main à cet Adam Yao. »

Sam Granger hocha la tête. « Jack, tu sais comme nous qu'au niveau opérationnel, le Campus a été mis sur la touche.

— Le Campus, oui, mais pas Hendley Associates.

— De quoi parles-tu, Jack ? demanda Chavez.

— Cet agent clandestin dirige une société-écran, en fait une agence d'enquête sur l'espionnage industriel.

Je pensais à nous présenter comme des cadres de chez Hendley et lui expliquer que ce fameux FastByte tente de pirater notre réseau informatique. Jouer les imbéciles et faire comme si nous ne savions pas qu'Adam Yao est déjà collé aux basques du bonhomme, dans le cadre de ses activités clandestines pour la CIA. »

Le silence se prolongea une bonne quinzaine de secondes.

Enfin rompu par Gerry Hendley. « Ça me plaît bien.

— C'est une super idée, môme, admit Chavez.

— OK, reprit Granger, mais pas d'emballement. Ryan et Chavez peuvent se rendre à Hongkong pour rencontrer Yao. Voir ce qu'ils peuvent découvrir sur FastByte22 et nous transmettre leurs conclusions. »

Jack acquiesça mais Ding crut bon d'objecter. « Sam, je m'en vais rajouter une suggestion et j'espère que tu la prendras en considération.

— Vas-y.

— Pour tout ce qui a trait au piratage informatique, Ryan et moi allons être hors de notre élément. Je veux dire, même au niveau conceptuel. Personnellement, je ne sais pas à quoi ressemblent ces serveurs, combien il faut de personnes pour s'en occuper, qui fait quoi, et ainsi de suite.

— Ouais, pareil pour moi, admit Ryan.

— Je suggère qu'on prenne Biery avec nous », lança Chavez.

Granger faillit s'en étrangler avec sa dernière gorgée de café.

« Gavin, sur le terrain ?

— Je sais, admit Chavez, ça ne me plaît pas trop, mais il est cent pour cent fiable et surtout il dispose de tous les éléments indispensables pour vendre notre histoire à l'agent clandestin qui bosse sur ce dossier. Je pense que par ailleurs, il peut renforcer notre couverture.

— Explique-toi.

— Nous nous rapprochons de cette société comme si nous étions à la poursuite d'un hacker mais Gavin est le seul à pouvoir exposer clairement le problème auquel nous sommes confrontés. Certes, j'ai décroché une maîtrise et Jack est un petit génie mais si ce gars commence à nous cuisiner un peu trop, il risque bien vite de s'apercevoir que nous ne sommes pas dans notre élément. On passera pour deux petits rigolos, comparés à de vrais geeks.

— OK, Ding, opina Sam. Requête accordée. Mais dans ce cas, les gars, je veux vous voir assurer sa protection. Il sera comme un oisillon perdu si ça tourne au vinaigre.

— Bien compris. J'ajoute qu'avec l'Agence sur le point d'aviser la Justice, on risque de ne pas avoir des masses de temps. S'ils envoient leurs hommes arrêter FastByte et qu'il est remis à notre système judiciaire, il se peut qu'on ne sache jamais pour qui il travaillait réellement.

— Et inversement il risque fort de se montrer loquace au sujet de nos activités ici, histoire de marchander une réduction de peine.

— Et si vous y alliez dès ce soir, les gars ? suggéra Hendley.

— Ça me paraît une bonne idée », dit Ryan.

Chavez ne réagit pas.

« Ding ? » C'était Granger. « Un problème ? »

— Patsy est absente cette semaine, elle est bloquée par un stage de formation à Pittsburgh et ne rentre que demain. JP est en cours, puis en étude, mais je dois le récupérer à dix-sept heures. » Il réfléchit un instant. « Je peux trouver une baby-sitter. Pas de problème.

— Que va dire Biery en apprenant qu'il accompagne des agents à Hongkong ? » demanda Caruso.

Jack se leva. « J'imagine que la seule façon de savoir est de lui demander. Je vais descendre lui parler et lui proposer d'assister à notre réunion de cet après-midi ; on aura ainsi son éclairage sur l'Iran et on pourra lui apprendre qu'il nous accompagne à Hongkong. »

32

Todd Wicks n'était pas en nage et il sentait que son pouls et sa tension restaient bas. Jamais depuis des années il ne s'était senti aussi calme.

Trois Valium y avaient contribué.

Assis dans sa Lexus sur le parking de Hendley Associates, il avait attendu la toute dernière seconde avant son rendez-vous pour prendre les cachets afin de les laisser agir le plus longtemps possible. Il s'était déjà remis deux applications de son déodorant habituel et il avait renoncé à son traditionnel double crème matinal chez Starbucks, pour éviter sa nervosité de midi coutumière.

Il s'était même forcé à écouter une demi-heure de jazz cool sur une radio satellite durant le trajet de Washington à West Odenton, dans l'idée que cela contribuerait à le rendre super détendu.

À onze heures, il s'estima prêt à y aller ; il descendit donc de sa luxueuse berline, ouvrit le coffre et en sortit le petit sac en plastique contenant l'objet qu'il s'apprêtait à livrer.

Il ne savait pas grand-chose de cette boîte ; il gérait près d'une centaine de comptes, il aurait donc eu bien du mal à connaître dans le moindre détail ce que toutes ces sociétés pouvaient vendre ou offrir comme services. La moitié de ses clients étaient les départements informatique d'agences gouvernementales et le reste des boîtes comme Hendley qui, pour autant qu'il sache, s'occupait de Bourse, d'investissements et autres activités financières.

Il connaissait toutefois Gavin Biery et il aimait assez ce nerd bien barré, même si parfois le Gavin pouvait se montrer un rien grincheux.

Mais surtout, jamais il ne discutait les prix. Hendley Associates était un bon client et cette possibilité de leur nuire le mettait un peu mal à l'aise, mais Wicks s'était résigné à la nécessité de son acte.

Il savait deux ou trois choses de l'espionnage industriel ; il lisait *Wired* et travaillait dans une branche où les secrets vous permettaient de gagner des fortunes ou de tout perdre. Les Chinois devaient avoir implanté un logiciel espion quelconque sur ce disque dur fabriqué en Allemagne, sans doute sur le secteur d'amorçage. Il ignorait comment ils avaient procédé, ignorait également ce qui les intéressait tant chez Hendley Associates, mais ça ne le surprenait pas vraiment. En matière d'espionnage industriel, les Chinois se révélaient des crapules dénuées de tout sens éthique, surtout lorsqu'ils visaient les entreprises high-tech ou les compagnies financières occidentales.

Wicks était écœuré d'aider ainsi les Chinois mais il devait bien admettre qu'il avait limité les dégâts.

Et c'était tout de même moins grave que d'espionner le gouvernement.

Son sac en plastique à la main, il entra pile à l'heure dans le hall de Hendley Associates, se dirigea vers l'accueil et dit aux vigiles en blazer bleu qu'il avait rendez-vous avec Gavin Biery.

Puis il patienta, les genoux un peu flageolants, mais il se sentait plutôt bien.

Et même à vrai dire, encore plus détendu que la veille.

« Putain, Wicks, mais à quoi tu penses ? »

Brusquement ramené à la réalité, Wicks se retourna pour se retrouver face à un Gavin Biery en rogne. Derrière lui, les deux vigiles de l'accueil s'étaient levés.

Merde, merde, merde.

« Que... que... qu'est-ce qui ne va pas ?

— Tu sais très bien ce qui ne va pas, tonna Biery. Tu apportes toujours des beignets ! Où sont mes putains de beignets ? »

Todd poussa un énorme soupir mais il sentit la sueur couler dans sa nuque. Il se força à sourire de toutes ses dents. « C'est presque l'heure du déjeuner, Gavin. D'ordinaire, je passe bien plus tôt.

— Où est-il écrit que les beignets sont uniquement réservés au petit déj' ? Je ne te dis pas le nombre de fois où je me suis gavé de pattes d'ours[1] au déjeuner et me suis tapé une orgie de beignets aux pommes en guise de dîner. »

Avant que Todd ait pu trouver une repartie spirituelle, Gavin poursuivit. « Bon, monte avec moi au service informatique, qu'on jette un œil sur le nouveau joujou que tu m'as apporté. »

Wicks et Biery sortirent de l'ascenseur au premier et se dirigèrent vers le bureau de Gavin. Wicks aurait bien

---

1. Sortes de brioches à la pâte d'amande décorées de raisins, formées en demi-cercle avec des épis, d'où le nom.

aimé déposer le disque et filer aussitôt, mais il montait toujours passer quelques minutes à parler boutique avec le DSI et ses employés du service informatique. Il ne voulait surtout pas se comporter aujourd'hui différemment des autres jours, aussi accepta-t-il de passer en vitesse.

Ils n'avaient parcouru que quelques mètres quand Todd avisa un jeune type brun de grande taille s'avancer vers eux.

« Hé, Gav. Je te cherchais.

— Je dois laisser mon service cinq minutes par semaine et c'est uniquement quand j'ai un visiteur. Jack, je te présente Todd Wicks, un de nos fournisseurs de matériel informatique. Todd, je te présente Jack Ryan. »

Todd Wicks tendit la main et il ouvrait déjà la bouche pour saluer poliment le jeune homme quand il se rendit compte qu'il avait devant lui le fils du président des États-Unis.

Aussitôt, la panique l'envahit, ses genoux se bloquèrent, son dos se raidit.

« Enchanté », dit Ryan.

Mais Wicks n'écoutait pas, l'esprit soudain chaviré par la découverte que la mission qu'il accomplissait pour les Chinois visait l'entreprise où travaillait le fils de celui qui s'était battu contre eux lors de son premier mandat avant de redevenir locataire de la Maison-Blanche.

Il bredouilla un « Ravi de faire votre connaissance », avant que Biery dise à Ryan qu'il le rappelait dès qu'il était libre.

Jack Ryan Jr. s'éloigna derrière eux en direction de l'ascenseur.

Quand Gavin et Todd repartirent, ce dernier dut s'appuyer un instant au mur du couloir pour se ressaisir.

« Merde, Wicks, t'es OK ?

— Ouais, super. » Il avait plus ou moins repris ses esprits. « Le choc avec une célébrité, j'imagine. »

Gavin rigola.

Ils s'assirent dans le bureau et Biery leur servit à tous les deux du café.

« Tu ne m'avais pas dit que le fils du président bossait avec vous.

— Ouais, ça doit faire dans les quatre ans. J'évite plutôt d'en parler. Il préfère rester discret.

— Que fait-il comme boulot ?

— En gros, la même chose que les autres gars qui n'appartiennent pas au service informatique.

— Et qui est quoi, au juste ?

— Gestion financière, marché des devises. Jack est un type sympa. Et il a les neurones de son père. »

Wicks s'abstint de dire à Biery qu'il avait voté pour Ed Kealty lors de la dernière présidentielle.

« Intéressant.

— Mais c'est que t'as vraiment l'air en état de choc. Merde, on dirait que t'as vu un fantôme.

— Hein ? Quoi ? Non, non. Juste la surprise. C'est tout. »

Biery le regarda quelques instants encore et Todd fit de son mieux pour la jouer calme et détendu. Gardant son sang-froid. Il se surprit à regretter de ne pas avoir pris un quatrième Valium avant de descendre de voiture. Il essayait de penser à un sujet de conversation anodin mais, par chance, il n'en eut pas besoin.

Car Biery avait déjà extrait du sac la boîte du disque dur. « Et voilà donc la bête.

— Oui. »

Gavin retira le couvercle et sortit le disque de son sachet protecteur pour l'examiner. « C'était quoi, le problème, pour ce retard ?

— Un retard ? » demanda Wicks, de nouveau nerveux.

Biery inclina simplement un peu la tête. « Ouais. On l'a commandé le 6. D'habitude, vous nous livrez les articles en stock en moins d'une semaine. »

Todd haussa les épaules. « Il a fallu en recommander. Tu me connais, vieux, j'essaie de faire du plus vite que je peux. »

Biery considéra le représentant. Il sourit tout en refermant la boîte. « "Vieux" ? C'est quoi, ce plan, tu cherches à m'embobiner ? Me fourguer quelques tapis de souris ou je ne sais quoi ?

— Non. Juste un signe d'amitié.

— Jouer les lèche-cul, ça ne remplacera jamais un carton de beignets.

— Je tâcherai de m'en souvenir. J'espère que ce retard ne vous aura pas trop handicapés.

— Non, du tout, mais je compte l'installer moi-même d'ici un jour ou deux. Ce ne sera pas du luxe.

— Alors c'est super ; vraiment super. »

Biery quitta des yeux le composant dont Wicks savait qu'il pouvait l'expédier en prison. Il fixa le représentant. « Tu te sens bien, t'es sûr ?

— Impec. Pourquoi ? »

Biery semblait de nouveau intrigué. « T'as l'air ailleurs. Je ne sais pas si tu as besoin de vacances ou si tu en reviens tout juste. »

Cette fois, Todd sourit. « Marrant que tu me dises ça. J'emmène dans quelques jours toute la petite famille à l'île Saint-Simon. »

Gavin suspectait le vendeur d'avoir déjà la tête en vacances.

Vingt minutes après avoir congédié Todd Wicks, Gavin se retrouva installé dans la salle de conférences qui jouxtait le bureau du patron. Alors que les sept autres participants avaient tous l'air frais et propre sur eux, Gavin donnait l'impression d'avoir monté les huit étages à quatre pattes. Sa chemise et son pantalon étaient tout chiffonnés – sauf là où sa bedaine tendait l'étoffe –, il avait les cheveux en bataille et les lourdes poches sous ses yeux lui donnaient des allures de vieux saint-bernard fatigué.

Jack apprit à Biery la découverte par la NSA de la connexion entre l'Iran et les attaques contre les drones, lui détaillant comment les données piratées avaient été transférées en catimini sur un serveur installé à l'IUT de Qom.

Biery déclara aussitôt : « Je n'en crois rien.

— Ah bon ? s'étonna Rick Bell. Et pourquoi donc ?

— Réfléchissez un peu. Quiconque est capable de s'infiltrer dans le réseau informatique de l'armée de l'air et d'y pirater des données va, à coup sûr, dissimuler l'origine de l'attaque. Il est absolument exclu que les Iraniens aient pu placer dans le code d'un virus une instruction commandant le renvoi de ces données vers un serveur situé quelque part à l'intérieur de leurs frontières. Alors qu'ils pourraient choisir de les héberger temporairement absolument n'importe où ailleurs sur la planète, avant de recourir à d'autres moyens pour rapatrier discrètement chez eux les données.

— Bref, tu ne penses pas que l'Iran ait quoi que ce soit à voir avec ça ?

— Non. Quelqu'un veut nous inciter à le croire.

— Mais, intervint Ryan, si ce ne sont pas les Iraniens, qui d'autre...

— C'étaient les Chinois. Pour moi, ça ne fait aucun doute. Ce sont les meilleurs, or un montage pareil exige les meilleurs.

— D'accord, mais pourquoi les Chinois ? » La question venait cette fois de Caruso. « Les Russes ne sont pas mauvais non plus. Ce pourrait aussi bien être eux, non ? »

Gavin crut bon de clarifier. « Les gars, laissez-moi vous expliquer un principe de base essentiel en matière de cybercriminalité et de cyberespionnage. Les Européens de l'Est sont bigrement bons. Russes, Ukrainiens, Moldaves, Baltes et ainsi de suite... ils ont quantité de grands instituts de technologie et ils forment des promotions entières d'excellents programmeurs informatiques. Et puis, une fois leur diplôme en poche, tous ces talentueux jeunes gens découvrent qu'il n'y a aucun emploi pour eux. Aucun, sinon dans la pègre. Certains cherchent alors à se faire recruter en Occident. Incidemment, le roumain est la deuxième langue la plus parlée au siège de Microsoft. Il reste malgré tout que cela ne représente qu'un sous-ensemble réduit du vivier de talents existant en Europe centrale et orientale. Quant aux autres, une bonne partie se lance dans la cybercriminalité. Le vol de données bancaires, le piratage des comptes d'entreprises.

« En Chine, d'un autre côté, ils ont des instituts de

technologie d'un niveau incroyable, équivalents sinon meilleurs que ceux des anciens pays de l'Est. L'armée propose également des formations spéciales aux jeunes programmeurs. Par la suite, dès que ces jeunes gens sortent de l'école ou de la préparation militaire, tous sans exception trouvent un emploi. Dans l'un des innombrables bataillons de la guerre informatique ou au sein de la direction cybercriminalité du ministère de la Sécurité de l'État. Autre choix, devenir fonctionnaire dans les télécoms ou d'autres entreprises nationalisées, mais même ces programmeurs civils sont formés aux opérations d'attaque et de défense des réseaux informatiques parce que le gouvernement, grâce à ses cybermilices, recrute les meilleurs éléments pour les enrôler dans la fonction publique. »

Hendley pianotait sur la table. « Bref, ça m'a tout l'air de prouver que les Chinois sont mieux organisés que nous et qu'ils sont prêts à l'action. Contre nous.

— Oui, confirma Gavin. Un hacker russe va dérober votre numéro de carte et son code confidentiel. Un hacker chinois va mettre par terre le réseau électrique de votre ville et précipiter vos avions de ligne contre le flanc d'une montagne. »

Long silence dans la salle de conférences.

« Mais pourquoi les Chinois feraient-ils une chose pareille ? demanda Chavez. Aucun de nos drones ne les survole. Du reste, tous les détournements ont eu lieu loin de chez eux : Afghanistan, Afrique, États-Unis. »

Biery réfléchit au problème quelques instants. « Je n'en sais rien. La seule raison qui me vienne à l'esprit est qu'ils cherchent à nous distraire.

— De quoi ? »

C'était Ryan.

« De ce qu'ils sont en train de fricoter en réalité », répondit Gavin. Il haussa les épaules. « Je n'en sais rien. Moi, je suis juste informaticien. C'est vous, les mecs, les espions et les analystes. »

Sam Granger se pencha en avant. « Ah bien voilà un excellent enchaînement avec le point suivant inscrit à l'ordre du jour. »

Biery jeta un regard circulaire. Et nota bien vite que tout le monde le regardait en souriant.

« Quoi, les mecs ? »

Chavez s'y colla. « Gavin, on a besoin que tu prennes l'avion avec nous ce soir.

— L'avion pour où ?

— Hongkong. Nous avons localisé FastByte22 et nous avons besoin de ton aide pour nous aider là-bas à en apprendre un peu plus sur lui et sur ses activités. »

Gavin écarquilla les yeux.

« Vous avez trouvé FastByte22 ?

— En fait, c'est la CIA.

— Et vous voulez que j'aille sur le terrain ? Avec les agents ?

— Nous pensons que tu pourrais être un élément crucial de cette mission, dit Ryan.

— Ça, c'est indéniable, confirma Gavin, sans fausse modestie aucune. Dois-je me munir d'un refroidisseur ? »

Gavin inclina la tête. « Un *quoi* ?

— Un refroidisseur. Enfin, tu sais, un nettoyeur. Un canon. »

Ryan se mit à rigoler. « Il veut dire un pistolet. »

Chavez bougonna. « Non, Gavin. Désolé de te décevoir mais tu n'as pas besoin de refroidisseur. »

Biery haussa les épaules. « J'aurai essayé. Ça valait... le coup. »

Assis sous son porche, John Clark contemplait le pré, balayé par les bourrasques d'un après-midi d'automne. Il avait dans la main gauche le livre de poche qu'il essayait laborieusement de lire depuis plusieurs jours, et dans la droite, une balle de squash.

Il ferma lentement les yeux et se concentra pour serrer la balle. Ses trois doigts fonctionnels parvinrent à exercer une pression suffisante pour déformer un petit peu la balle en caoutchouc mais son index bougea à peine.

Il balança la balle dans la cour et reporta son attention sur le livre.

Son mobile sonna et il apprécia cette distraction momentanée dans ce morne après-midi, même si c'était sans doute encore du télémarketing.

Un nom s'afficha sur l'écran et son humeur s'améliora aussitôt. « Hé, Ding !

— Hé, John.

— Comment va ?

— Bien. On a une piste pour le Disque stambouliote.

— Excellent.

— Ouais, mais il reste pas mal de boulot. Tu sais ce que c'est. »

Clark le savait. Et il se savait désormais incroyablement déconnecté. « Ouais. Je peux faire quelque chose ? »

Silence à l'autre bout du fil.

« *N'importe quoi*, Ding, insista Clark.

— John, ça me fait chier, mais je suis coincé.

— Raconte.

— C'est JP. Patsy est retenue à Pittsburgh jusqu'à demain et je suis en train de filer vers l'aéroport, destination Hongkong. »

Un baby-sitter, se dit Clark. Ding l'appelait parce qu'il avait besoin de quelqu'un pour garder le môme. Il se reprit rapidement et répondit. « Je passerai le prendre à la sortie de l'école. Et il restera avec nous jusqu'au retour de Patsy, demain.

— Je t'en suis vraiment reconnaissant. On a une piste, mais je n'ai pas trop le temps de...

— Pas de problème. Du tout. J'ai trouvé un nouveau coin de pêche que je comptais bien essayer avec JP.

— C'est super, John.

— Hé les mecs, vous faites gaffe à Hongkong, entendu ?

— Absolument. »

33

Jack Ryan ouvrit les yeux, accommoda rapidement dans l'obscurité et trouva un homme debout à son chevet.

De quoi surprendre n'importe qui, mais le président se frotta simplement les yeux.

C'était l'officier de permanence ; pour cette nuit, un aviateur en uniforme. L'homme, l'air un peu guindé, attendait que Ryan émerge complètement.

On réveille rarement les présidents parce qu'il est arrivé un événement si merveilleux que le veilleur de nuit brûle de l'annoncer toutes affaires cessantes. Ryan en déduisit donc aussitôt qu'il devait s'agir de mauvaises nouvelles.

Il n'aurait su dire si l'homme l'avait secoué ou simplement appelé par son nom. Ces types faisaient toujours mine de regretter d'avoir à troubler le sommeil présidentiel, quand bien même Ryan leur avait dit cent fois qu'il tenait à être mis au fait des nouvelles importantes, et qu'ils n'avaient pas à s'inquiéter d'un détail aussi futile qu'un réveil en pleine nuit.

Il s'assit aussi vite que possible au bord du lit, s'empara de la paire de lunettes posée sur la table de chevet, puis se leva et suivit l'officier jusqu'au salon de l'aile ouest. Les deux hommes marchaient en silence pour ne pas réveiller Cathy. Jack savait qu'elle avait le sommeil léger, or leurs années à la Maison-Blanche avaient été ponctuées de maints réveils nocturnes qui, bien trop souvent, la dérangeaient elle aussi dans son sommeil.

Hormis les veilleuses aux murs, le hall était aussi sombre que la suite parentale.

« Que se passe-t-il, Carson ? »

L'officier de l'armée de l'air lui répondit à voix basse. « Monsieur le président, le ministre de la Défense m'a demandé de vous réveiller pour vous dire qu'il y a trois heures environ, les forces de l'Armée populaire de libération chinoise ont fait débarquer un bataillon du génie ainsi qu'un élément de troupes de combat sur le banc de Scarborough, appartenant aux Philippines. »

Jack aurait voulu se montrer surpris. « Y a-t-il eu une résistance quelconque ?

— Un garde-côte philippin aurait, selon les Chinois, tiré sur la péniche de débarquement. Le vaisseau a été coulé par un destroyer chinois de la classe Luda. Aucun bilan pour l'instant. »

Jack poussa un soupir las. « Très bien. Dites au ministre de la Défense de se radiner ; je l'attends dans une demi-heure à la salle de crise.

— Oui, monsieur le président.

— Je veux également Scott Adler, Jorgensen, l'ambassadeur Li, et la directrice Foley, sur place ou par visioconférence. Et (Ryan se massa les paupières)... Désolé, Carson. Qui ai-je oublié ?

— Euh... le vice-président, peut-être ? »

Jack opina rapidement dans la pénombre du salon.
« Merci. Ouais, prévenez le V.-P.

— Bien, monsieur. »

Assis à la table de conférence, le président Ryan but la première gorgée d'une – sans aucun doute – longue série de tasses de café. Il régnait une grande agitation dans la salle de crise attenante et la salle de conférences s'était déjà remplie avant son arrivée.

Bob Burgess et plusieurs de ses experts militaires du Pentagone venaient d'arriver. Tous avaient l'air d'avoir passé une nuit blanche. Mary Pat Foley était là aussi. Arnie Van Damm également, mais le commandant de la flotte du Pacifique, le vice-président et le ministre des Affaires étrangères, en déplacement, étaient en liaison vidéo, même si leurs principaux collaborateurs étaient alignés contre les murs.

« Bon, commença Ryan. Quelles sont les dernières nouvelles ?

— Les Philippins disent qu'il y avait trente-six marins à bord du bateau coulé. Ils sont en train de récupérer des survivants mais il y aura sans doute des victimes. D'autres navires de guerre philippins croisent sur zone mais ils sont en nette infériorité numérique et il est probable qu'ils n'engageront pas les hostilités avec les Chinois.

— Et des troupes chinoises foulent déjà le sol philippin ?

— Oui, monsieur. Nous avons des satellites au-dessus et nous collectons des images. Le bataillon du génie serait déjà en train de fortifier ses positions.

— Que veulent-ils avec ce banc ? A-t-il une quelconque valeur tactique, ou est-ce juste une histoire de droits de pêche ? »

La réponse vint de Mary Pat Foley. « Leur but est simplement d'accroître leur empreinte en mer de Chine méridionale. Et de jauger les réactions, monsieur le président.

— Ma réaction.

— En effet. »

Le président réfléchit quelques instants. Puis : « Nous devons envoyer sans délai un message, leur faire savoir que nous n'allons pas rester les bras ballants à les regarder faire. »

Sur le moniteur à l'autre bout de la salle, on vit s'exprimer Scott Adler. « Notre sous-marin qui a fait escale à Subic Bay, il y a quinze jours. Les Chinois vont prétendre que cela relevait de la provocation.

— Je ne crois pas un seul instant, dit Jack, que ce soit nous qui sommes l'élément moteur. À moins que nous n'ouvrions le feu sur eux, ce sont les Chinois qui vont donner le tempo.

— Mais, tempéra Adler, nous n'allons pas non plus tomber dans le piège de leur laisser une ouverture. Un prétexte pour enflammer la situation.

— J'en prends bonne note, Scott, mais ne pas réagir est également donner un signal. Qui pourra être interprété comme un feu vert de notre part. Et il n'est pas question que je leur donne ce feu vert. »

Ryan se tourna ensuite vers Burgess. « Des suggestions, Bob ? »

L'intéressé se tourna à son tour vers le moniteur pour s'adresser à Jorgensen. « Amiral, quelles sont nos forces capables de se porter sur zone au plus vite ? Histoire de leur montrer qu'on ne plaisante pas.

— Le *Ronald Reagan* croise en mer de Chine orientale, il fait route pour rejoindre le 9ᵉ groupe aéronaval. L'ensemble pourra mettre cap à l'ouest dès aujourd'hui. Et stationner au large des côtes de Taïwan dès la fin de la semaine.

— Je n'y suis pas favorable », dit Adler.

Arnie Van Damm renchérit. « Moi non plus. Vous vous faites déjà allumer par la presse pour votre tendance à contrarier ceux qui détiennent notre dette extérieure.

— Si les Américains veulent se soumettre aux Chinois, rétorqua Ryan, alors il faudra qu'ils mettent quelqu'un d'autre aux manettes. » Il passa la main dans ses cheveux gris, retrouva son calme et reprit. « Nous n'allons pas entrer en guerre pour le banc de Scarborough. Les Chinois le savent. Ils s'attendent en revanche à nous voir manœuvrer un porte-avions pour protéger nos alliés. Nous l'avons déjà fait. Allez-y, amiral. Et veillez à ce que le groupe dispose de tous les moyens nécessaires. »

Jorgensen opina et Burgess quitta des yeux l'écran pour se tourner vers l'un des autres officiers de marine alignés le long du mur. Il se mit à conférer avec lui.

Jack reprit. « La partie n'est pas finie. Le débarquement d'un bataillon sur ce banc n'est qu'une infime étape. Nous protégeons Taïwan, nous nous rapprochons de nos amis en mer de Chine méridionale et nous envoyons un signal fort aux Chinois : quoi qu'ils fassent, nous n'allons pas nous coucher et rester passifs. Je veux des infos sur leurs intentions et leurs capacités. »

Tous les participants à la réunion reçurent leurs instructions. La journée s'annonçait longue.

Valentin Kovalenko aimait bien Bruxelles à l'automne. Il y avait vécu brièvement du temps où il travaillait encore pour le SVR, et il avait trouvé la ville superbe et cosmopolite à un degré inégalable même par Londres et carrément inimaginable à Moscou.

Aussi, quand Centre l'avait envoyé à Bruxelles, il s'était montré ravi, mais les réalités concrètes de l'opération l'avaient empêché d'en apprécier les charmes.

Pour l'heure, assis dans la touffeur d'une camionnette bourrée de matériel de cryptage, il contemplait, par la vitre arrière, les allées et venues des clients fortunés d'un luxueux restaurant italien.

Il avait beau tâcher de se concentrer sur la mission, il ne pouvait s'empêcher de songer à un passé pas si lointain, où c'était lui qui se serait trouvé à l'intérieur à déguster un plat de lasagnes arrosé d'un verre de chianti après avoir contraint un autre pauvre bougre à poireauter dans la camionnette.

Kovalenko n'avait jamais été un grand buveur. Son père, comme tant d'hommes de sa génération, était un consommateur de vodka de classe olympique, mais Valentin préférait un verre de bon vin au dîner ou, à l'occasion, un apéritif ou un digestif. Ce n'est que depuis son expérience en prison à Moscou et la pression inhérente à son travail pour cet employeur de l'ombre qu'il avait pris l'habitude d'avoir en permanence un pack de bière au frigo ou une bouteille de rouge à siroter tous les soirs pour faire venir le sommeil.

Il s'était convaincu que cela n'affectait pas son travail et l'aidait même à se calmer les nerfs.

Valentin Kovalenko considéra son binôme du jour, Max, un technicien allemand sexagénaire qui n'avait pas pipé mot de toute la matinée en dehors du strict nécessaire en rapport avec la mission. Un peu plus tôt dans la semaine, lors d'une rencontre sur un parking de la gare de Bruxelles-Midi, Kovalenko avait voulu l'inciter à parler de leur employeur commun, le fameux Centre. Mais Max n'avait pas joué le jeu, levant la main pour l'interrompre et lui expliquer qu'il aurait besoin de plusieurs heures pour tester l'équipement et que leur planque devrait disposer de nombreuses prises électriques.

Le Russe avait décelé la méfiance de l'Allemand, comme si Max craignait que Valentin ne rapporte à Centre d'éventuelles révélations de sa part. Il supposa que cette forme de sécurisation du réseau par une autocensure fondée sur la défiance mutuelle était délibérée.

Une méthode assez analogue à celle du SVR, son ancien employeur.

Pour l'heure, l'odeur d'ail qui montait de la Stella d'Italia lui donnait des gargouillements d'estomac.

Il faisait de son mieux pour ne pas se laisser distraire mais il priait le ciel que sa cible en termine au plus vite et regagne enfin son bureau.

Comme par hasard, à cet instant précis, un homme à la mise impeccable – complet bleu à rayures et chaussé d'oxfords rouge cerise – apparut sur le seuil, serra la main des deux hommes venus déjeuner avec lui, puis s'éloigna vers le sud.

« C'est lui, dit Valentin. Il rentre à pied. Allons-y maintenant.

— Je suis prêt », confirma Max, toujours aussi laconique.

Kovalenko rampa prestement à travers l'habitacle pour rejoindre Max à l'avant et reprendre le volant ;

tout autour de lui, l'appareillage électronique bourdonnait, ronronnait et rendait l'atmosphère étouffante. Il dut se plaquer contre la paroi puis contourner un mât métallique pour gagner le siège. Le mât contenait des câbles et traversait le plafond du véhicule ; sur le toit, y était fixée une petite antenne rotative que Max pouvait orienter en tous sens.

Valentin s'installa enfin au volant et entama la filature. Ils descendirent au ralenti l'avenue Dailly puis tournèrent sur la gauche pour emprunter la chaussée de Louvain et continuer de suivre leur cible à distance respectueuse.

L'homme, avait appris Kovalenko, était secrétaire-adjoint du service diplomatie publique de l'OTAN. Canadien, la cinquantaine, il n'avait absolument rien d'une cible difficile. Même s'il travaillait pour l'OTAN, ce n'était pas un militaire mais un fonctionnaire civil, un diplomate, un politicien.

Et même si Valentin n'en avait pas encore informé Centre, le secrétaire-adjoint était sur le point de devenir leur accès à l'Intranet sécurisé de l'OTAN.

Kovalenko ne comprenait rien à la technologie qui ronronnait et bourdonnait derrière lui dans l'habitacle ; pour ça, il avait Max. Mais ce qu'il savait en revanche, c'était que la minuscule antenne de toit pouvait détecter et intercepter les signaux micro-ondes émis par un téléphone mobile ou, plus spécifiquement, ceux émis par la puce intégrée effectuant l'algorithme de cryptage qui permettait d'assurer la confidentialité des communications. En captant ces fuites électromagnétiques du signal radio et en les transférant aux ordinateurs embarqués pour qu'elles soient converties en signaux électroniques, il était possible de récupérer la clé de codage du téléphone.

Alors qu'ils filaient toujours le secrétaire-adjoint, Kovalenko fut ravi de voir l'homme sortir son mobile et passer un appel.

« Max. Il est en ligne.

— *Ja.* »

Le Russe prenait soin de rester assez près de la cible pour que l'antenne pût capter le signal, tout en se maintenant toutefois suffisamment en retrait pour éviter que l'homme ne repère cette inquiétante fourgonnette beige se traînant derrière lui à cinq heures.

Le secrétaire-adjoint termina son appel et remit l'appareil dans sa poche.

« Tu l'as eu ?

— Oui. »

Valentin prit à droite au carrefour suivant et s'éloigna du quartier.

Ils se garèrent dans un parking près de la gare et Kovalenko repassa derrière pour regarder le technicien opérer.

Il savait que le smartphone utilisait un algorithme de cryptographie répandu, le RSA. Efficace mais pas nouveau et donc facile à craquer à l'aide des outils que le technicien avait à sa disposition.

Une fois que l'Allemand eut obtenu la clé, le logiciel lui indiqua qu'il pouvait désormais intercepter l'appareil. En quelques clics, il avait ouvert le site web de l'Intranet sécurisé du commandement de l'OTAN à Bruxelles, avant d'y envoyer les signaux de cryptage récupérés sur le téléphone du diplomate.

S'étant ainsi, grâce à son logiciel, substitué au smartphone, il se connecta au réseau sécurisé du service de communication et d'information de l'OTAN.

Max et Valentin étaient censés limiter leurs efforts à se connecter au réseau pour en tester la robustesse. Ils devaient en rester là, retourner à leur planque et transmettre par mail à Centre la signature de cryptage du smartphone du diplomate. L'Allemand devait aussitôt repartir mais Valentin allait prendre un jour ou deux pour nettoyer la camionnette et la planque avant de quitter Bruxelles à son tour.

Une tâche aisée mais ce n'était guère une surprise. Son boulot, avait-il pu conclure au cours du mois écoulé, se limitait à des broutilles.

Il avait décidé désormais de guetter le bon moment mais déjà, en attendant, il comptait faire une pause. Laisser derrière lui Centre et son organisation.

Il avait encore des amis, il en était sûr, au sein du renseignement russe. Il allait contacter quelqu'un dans l'une ou l'autre ambassade en Europe et demander qu'on lui file un coup de main. Il se garderait bien de rentrer tout de suite au pays. Certes, le gouvernement russe aurait vite fait de l'intercepter et de le « faire disparaître » en deux temps, trois mouvements, mais il prendrait soin de choisir l'un de ses vieux amis en poste à l'étranger afin de poser les jalons en vue de son retour éventuel.

Mais voyage et attente allaient exiger des fonds, si bien que Kovalenko allait continuer de bosser pour Centre jusqu'à ce qu'il soit prêt.

Même si le mafieux russe l'avait averti que Centre était prêt à le faire liquider, il n'était pas inquiet. Oui, Centre avait contracté ce méchant virus à la prison de Matrosskaïa Tichina mais Kovalenko jugeait qu'éviter de retourner en Russie et de croiser le chemin de ces voyous lui assurait une sécurité relative.

L'organisation montée par Centre était composée de hackers et de spécialistes des techniques de surveillance. Ce n'était pas comme s'ils étaient eux-mêmes des tueurs, après tout.

34

Le capitaine Brandon « Trash » White quitta des yeux ses instruments pour reporter son attention vers l'extérieur de la verrière mais ne vit rien de plus que la nuit noire et les traits des gouttes de pluie illuminées par les feux de son appareil.

Quelque part dans l'obscurité, à onze heures et plusieurs centaines de mètres au-dessous de lui, un pont guère plus grand qu'un timbre-poste ballottait sur la houle. Il s'en rapprochait à deux cent cinquante kilomètres-heure sauf quand les vents tourbillonnants à basse altitude le ralentissaient, l'accéléraient ou le chassaient à gauche ou à droite.

Et d'ici deux minutes, si Dieu le voulait, il se poserait sur ce timbre-poste aux mouvements erratiques.

C'était un appontage de type 3 – opérations de nuit –, ce qui signifiait qu'il devait voler aux instruments, en se fiant aux indications du système d'appontage automatique projeté sur son affichage tête haute. Il gardait son appareil aligné avec le centre de la mire pendant l'approche, une tâche encore relativement facile, mais qui allait sérieusement se compliquer lorsqu'il passerait du guidage radar aux signaux présentés par l'officier de pont pour les deux ou trois cents derniers mètres, et il aurait volontiers fait quelques cercles de plus dans cette soupe de pois, le temps de se ressaisir.

On annonçait un vent de face au niveau du pont, ce qui faciliterait quelque peu la manœuvre, mais d'ici là, à cette altitude, son zinc était ballotté en tous sens et sous les gants, ses mains étaient en sueur à cause de ses efforts pour garder le cap.

Malgré tout, il était bigrement plus en sécurité ici que là-dessous au niveau du pont.

Trash détestait de tout cœur les appontages et il détestait cent fois plus les appontages de nuit. Si l'on ajoutait à l'équation un temps de chiotte et une mer bien formée, il ne faisait aucun doute qu'il allait passer une soirée de merde.

Là. Par-delà les couches d'informations numériques projetées devant lui, il aperçut une minuscule rangée de feux verts avec un jaune au milieu : l'optique d'appontage, qui s'élargit et gagna en luminosité derrière son afficheur.

Un instant après, une voix se fit entendre dans son casque, assez forte pour couvrir le bruit de sa respiration repris par le micro. « Hornet pour Quatre-zéro-huit, trois-quarts de mille. Visez la *meatball*[1]. »

Trash pressa la palette du micro. « Quatre-zéro-huit pour Hornet. Balle en visée, Cinq-point-neuf. »

D'une voix posée, rassurante, l'officier d'appontage répondit. « Bien reçu. Vous êtes à gauche, sur la ligne. Gardez l'angle de descente. »

---

[1]. En jargon aéronaval, cette « boulette » est le feu reflété sur le miroir d'appontage. Elle permet au pilote de caler sa position sur la pente d'approche.

La main gauche de Trash réduisit les gaz d'un poil, sa main droite effleura le manche, vers la droite.

Des marines sur des porte-avions. Je me demande bien pourquoi. Trash connaissait la réponse, bien sûr. Ils appelaient ça l'intégration. Depuis vingt ans déjà, des marines étaient postés sur des porte-aéronefs, conséquence de la brillante idée de quelque rond-de-cuir galonné. Histoire de concrétiser la notion que tout ce qui était faisable par l'aéronavale devait l'être forcément par l'aviation du corps des marines.

Peu importe.

Pour ce qui concernait Trash, le fait que le corps des marines *pouvait* le faire n'impliquait pas nécessairement qu'il *devait* le faire. Les marines étaient censés décoller de pistes horizontales ouvertes dans la jungle ou tracées dans les déserts. Ils étaient censés dormir dans des tentes sous filet de camouflage en compagnie d'autres marines, patauger dans la boue pour rejoindre leur appareil, puis décoller pour aller soutenir au combat l'infanterie.

Ils n'étaient pas censés vivre dans un foutu rafiot, et encore moins en décoller et se reposer dessus.

Enfin, c'était l'opinion de Trash, même si personne ne lui avait jamais demandé son avis.

Il était Brandon White pour l'état civil, mais plus personne ne l'avait appelé ainsi depuis des lustres. Tout le monde l'appelait Trash – « Ordure ». D'accord, c'était un jeu de mots facile sur son nom de famille mais ce natif du Kentucky n'avait rien d'une « ordure blanche », ce terme injurieux employé par les gens du Nord pour qualifier les petits Blancs racistes du Sud. Son père était un pédiatre bien installé à Louisville et sa mère enseignait l'histoire de l'art à l'université du Kentucky.

Pas vraiment un fils de prolos logés dans un mobil-home, mais cet indicatif lui collait désormais à la peau et il devait admettre qu'il en existait de bien pires.

Il connaissait par exemple un pilote d'une autre escouade dont l'indicatif était « Casse-noisettes », ce que Trash avait trouvé plutôt vachement cool jusqu'à ce qu'il apprenne que le pauvre gars avait gagné ce sobriquet après une soirée passée à descendre les margaritas dans un bar de Key West. Alors qu'il sortait en titubant des toilettes, il s'était coincé les couilles en remontant le zip de sa braguette, n'avait pas réussi à les ressortir et l'on avait dû l'expédier fissa aux urgences. Les internes de garde avaient bien ri de ce « syndrome de casse-noisettes » et même si le jeune lieutenant s'était rétabli de ce fâcheux incident, il ne risquait sûrement pas d'oublier cette nuit dans les Keys, vu que l'expression était devenue son indicatif.

Mieux valait, de loin, que celui-ci dérive d'un jeu de mots sur son nom de famille, comme ç'avait été le cas pour Trash White.

Tout petit, Brandon voulait être pilote de NASCAR, mais à quinze ans, lorsqu'un ami de son père l'avait invité à monter dans son avion d'épandage, son destin avait été scellé. Cette matinée passée à survoler en rase-mottes les champs de soja à bord du petit biplan biplace découvert lui avait montré que ce n'était pas sur la piste ovale mais plutôt dans le ciel qu'on vivait le grand frisson.

Il aurait pu intégrer l'armée de l'air ou la marine de guerre, mais le frère aîné d'un copain avait rejoint les marines, puis il avait convaincu Brandon de suivre sa trace ce soir où, pour fêter son retour de la base de Parris Island – en Caroline du Sud –, le jeune permissionnaire avait emmené son petit frère et son copain au McDo pour rouler des mécaniques et fanfaronner avec ses histoires de régiment.

Aujourd'hui, White avait vingt-huit ans, il pilotait un chasseur tactique F/A-18C, un avion aussi éloigné qu'il était possible de l'être de ce vieux biplan d'épandage agricole.

Trash adorait voler et il adorait le corps des marines. Il était en poste au Japon depuis quatre mois et il avait tâché de se distraire autant que possible. Le Japon n'était pas aussi rigolo que San Diego, Key West ou les autres bases où il avait été en garnison, mais là encore, il n'avait pas à se plaindre.

Jusqu'à l'avant-veille, quand on lui avait annoncé que son escadron de douze appareils devait rejoindre le *Ronald Reagan* pour rallier Taïwan au plus vite.

Le lendemain du jour où les États-Unis avaient annoncé que le *Reagan* faisait route vers la république de Chine, des appareils de l'armée de l'air de Chine populaire s'étaient mis, en guise de représailles, à harceler les avions taïwanais au-dessus du détroit. Trash et ses marines avaient été transférés sur le porte-avions pour renforcer sa dotation en Super Hornet. Ensemble, les aviateurs de la Navy et des marines devaient effectuer des missions de patrouille aérienne au-dessus du détroit, côté taïwanais de la frontière maritime.

Il savait que les Chinois allaient sans doute grimper aux rideaux en voyant l'aviation américaine protéger Taïwan mais Trash s'en fichait éperdument. Au contraire, il se délectait d'avance de cette occasion de se fritter avec les Chinois. Merde, s'il devait y avoir du grabuge et que les F/A-18C avaient leur mot à dire, Trash espérait bien que les marines seraient de la partie, et qu'il serait avec son zinc au cœur de l'action.

Mais il détestait les rafiots. Il avait la qualification aéronavale – c'était obligatoire pour tous les marines – mais il avait moins de vingt appontages à son actif et tous remontaient à plus de trois ans. Certes, ces quinze derniers jours, il avait repris l'entraînement à Okinawa, sur un aérodrome doté d'une piste équipée de brins d'arrêt, comme sur un vrai porte-avions, sauf que ce bout de béton parfaitement horizontal ne roulait pas dans le noir sous l'orage comme le pont du *Reagan* au-dessous de lui.

Rien de rien à voir avec l'entraînement.

Deux minutes plus tôt, son leader, le commandant Scott « Cheese » Stilton, avait accroché quatre brins pour un appontage un peu long mais acceptable. Les dix autres pilotes de Hornet du corps des marines s'étaient déjà posés. Trash était donc le dernier dans le ciel ce soir, à l'exception du ravitailleur, et ça faisait chier parce que la météo empirait de minute en minute et Trash n'avait plus que trois mille litres de kérosène, ce qui voulait dire qu'il ne pouvait effectuer que deux passes avant de devoir refaire le plein et donc obliger tout le monde à patienter.

« Les gaz. Vous êtes trop bas », entendit-il dans ses écouteurs lui suggérer l'officier d'appontage.

Trash avait trop réduit les gaz. Il repoussa le manche, ce qui porta son appareil trop haut.

Trop haut, ça voulait dire qu'il allait soit accrocher le quatrième brin, le dernier, soit rater la manœuvre et devoir remettre les gaz et retourner dans la soupe de pois avant de pouvoir effectuer une nouvelle approche.

Trop haut, c'était moche mais bougrement mieux que d'arriver trop bas.

Arriver trop bas, non pas accrocher le premier brin mais être *vraiment* en dessous, ça voulait dire percuter l'arrière du navire, se tuer et envoyer l'épave en flammes rouler sur le pont en une boule de feu destinée à être immortalisée par une vidéo diffusée dans les cours de formation à l'appontage pour y enseigner ce qu'il ne fallait surtout pas faire.

Trash n'avait pas envie d'avoir à remettre les gaz, mais c'était à coup sûr préférable à l'autre volet de l'alternative.

Il était à présent concentré sur la *meatball*, cette lumière jaune reflétée au centre du miroir d'appontage qui aidait les pilotes à maintenir l'angle d'approche correct. Quand bien même son instinct lui dictait de fixer le pont, il savait qu'il devait ignorer le point d'impact et se fier à la *meatball* pour se poser en toute sécurité. Il l'avait à présent, parfaitement centrée, au même niveau que les bandes de feux verts, ce qui indiquait un angle de descente idéal de trois degrés cinq ; il n'était plus qu'à quelques secondes du toucher. Il semblait bien parti pour accrocher le troisième brin, plutôt un bon appontage, compte tenu des conditions atmosphériques.

Mais quelques instants avant que ses roues et sa crosse d'appontage ne touchent le pont, la boule jaune s'éleva brusquement au-dessus des feux verts fixes.

« Tout doux », dit l'officier d'appontage.

Trash tira rapidement sur le manche mais la boule montait toujours.

« Merde », souffla Trash, haletant. Il réduisit encore les gaz.

« Remettez les gaz », ordonna l'officier.

Il lui fallut un temps pour faire le point mais c'était uniquement parce qu'il n'était pas un pilote de l'aéronavale rompu aux appontages. Il avait suivi une trajectoire parfaite mais c'était le pont du *Ronald Reagan* qui venait de se dérober sous lui, ballotté par la houle[1].

Ses roues touchèrent le pont mais il savait déjà qu'il était trop long. Il poussa la manette des gaz pour accélérer mais les ténèbres impénétrables en bout de piste étaient prêtes à l'avaler.

« Bolter, bolter, bolter[2] ! » lança l'officier d'appontage, lui confirmant ce qu'il savait déjà.

En quelques secondes, il était de retour dans le ciel noir, pour reprendre, bon dernier, toute la séquence d'approche finale.

S'il n'arrivait pas à se poser à la présentation suivante, l'officier responsable des opérations aériennes à bord du porte-avions l'enverrait ravitailler derrière le F/A-18E qui décrivait des cercles à bâbord avant du navire.

Trash soupçonnait le pilote du ravitailleur en vol de n'avoir pas plus envie que lui de traîner davantage dans cette soupe et sans doute regrettait-il que ce trouduc de marine n'ait pas déjà réussi à poser son zinc pour lui permettre enfin de terminer sa nuit.

---

1. Normalement, le tangage du bateau est compensé par le gyroscope du miroir, mais en phase finale d'approche, il arrive qu'il ne compense pas suffisamment, surtout en cas de forte mer. Dans ce cas, c'est l'officier d'appontage qui reprend la main.

2. Appontage manqué, ordre de remettre les gaz, une fois passée la rampe.

Il se concentra sur ses instruments tandis qu'il se remettait en palier et reprenait le circuit qui allait le ramener sur la trajectoire d'approche.

Cinq minutes plus tard, il était de nouveau en approche.

Une voix se fit entendre dans sa radio. « Hornet pour Quatre-zéro-huit, ici chien jaune[1]. Le pont tangue un peu. Concentrez-vous sur le départ de pente et évitez de surréagir au milieu.

— Quatre-zéro-huit pour Hornet, Cinq-point-un. » Il fixa la boule, c'était à peu près le seul truc visible à présent et il put constater qu'elle était trop haut.

« Encore trop haut. Réduisez.

— Compris. » Trash ramena doucement la poignée des gaz.

« Haut et trop à gauche. Tout doux. Droite pour reprendre l'alignement. »

La main gauche de Trash ramena un peu plus la poignée tandis que la droite poussait le manche sur la droite.

Il s'aligna parfaitement mais il était encore trop haut.

Il était à quelques secondes d'un nouveau bolter.

Mais à cet instant précis, juste alors qu'il passait le seuil de rampe, il vit les feux s'élever vers lui, et le pont remonter vers le ciel noir pour cueillir le dessous de son appareil comme s'il était sur un ascenseur hydraulique.

Sa crosse accrocha le troisième brin et le câble d'arrêt l'immobilisa – ce qui équivalait à arrêter en

---

[1]. Opérateur guidant le pilote en maniant des palettes tenues à bout de bras.

trois secondes un semi-remorque lancé à deux cent cinquante kilomètres-heure.

L'arrêt fut brutal mais il était bienvenu.

Un instant plus tard, il entendit la voix du contrôleur de vol dans ses écouteurs. « Ma foi, si tu ne peux pas venir au *Ronald Reagan*, le *Ronald Reagan* ira-t-à toi. »

Vidé, Trash souffla un petit rire. Son appontage allait être noté. Ils l'étaient toujours. Il serait jugé dans la moyenne, ce qui lui convenait tout à fait, mais le contrôleur lui avait bien fait comprendre qu'il n'était pas dupe. La seule raison qui l'avait dispensé d'avoir à remettre les gaz était qu'à la faveur de la houle, le bateau était remonté le cueillir en plein ciel.

N'empêche, il était bien content de se trouver sur le pont.

« Oui, monsieur.

— Bienvenue à bord, marine !

— *Semper fi*, monsieur », lança Trash, feignant la bravade. Il ôta ses mains gantées du manche et de la poignée des gaz, et les leva à hauteur du visage. Elles tremblaient un peu, ce qui ne le surprit pas le moins du monde.

Je déteste les rafiots, se dit-il.

35

Les bureaux de SinoShield Business Investigative Services Ltd étaient situés au trente-deuxième étage de la tour IFC2 – Two International Finance Centre – qui, avec ses quatre-vingt-sept étages, était la deuxième de Hongkong par sa hauteur et la huitième dans le monde.

Gavin, Jack et Domingo étaient vêtus de complets du dernier chic et ils portaient mallettes et dossiers en cuir ; ils se fondaient à la perfection avec les milliers de cadres et de clients qui sillonnaient les étages de la tour.

Les trois Américains s'étaient présentés à la réceptionniste qui avait aussitôt appelé M. Yao pour lui adresser quelques mots en cantonais.

Puis elle leur avait dit : « Il sera là dans un instant. Voulez-vous vous asseoir pour l'attendre ? »

Ils avaient l'impression que plusieurs petites entreprises partageaient le comptoir d'accueil, la réceptionniste et toutes les parties communes de ce trente-deuxième étage.

Après quelques minutes, un jeune Asiatique élégant traversa le hall couvert d'une épaisse moquette pour se diriger vers eux. Contrairement à la plupart des hommes d'affaires chinois, il n'était pas en costume. Il était en bras de chemise, et celle-ci, couleur lavande, était quelque peu froissée. En approchant des trois hommes il essuya ses mains sur l'étoffe, puis rectifia sa cravate.

« Bonjour messieurs », dit-il en tendant la main, avec un sourire las. Il n'avait pas le moindre accent, sinon peut-être un soupçon d'accent de Californie du Sud. « Adam Yao, pour vous servir. »

Chavez lui serra la main. « Domingo Chavez, directeur du service sécurité.

— Monsieur Chavez », répondit poliment Yao.

Jack et Ding reconnurent d'emblée que ce loustic était probablement un grand espion et presque à coup sûr un sacré joueur de poker. Tous les membres du service clandestin de la CIA, jusqu'au dernier, auraient aussitôt reconnu le nom de Domingo Chavez, et ils auraient su également qu'il approchait de la cinquantaine. Le fait que Yao n'ait pas cillé et trahi qu'il avait reconnu une légende de la CIA était la preuve de l'excellence de son professionnalisme.

« Jack Ryan, analyste financier associé », dit Jack alors que les deux hommes échangeaient à leur tour une poignée de main.

Cette fois, Yao manifesta ouvertement sa surprise.

« Waouh, fit-il, tout sourire. Jack Junior. Tout ce que je savais de Hendley Associates, c'était que le sénateur Hendley tenait la boutique. J'ignorais que vous étiez... »

Jack le coupa. « Ouais, j'essaie de me faire tout petit. Je ne suis jamais qu'un des grouillots qui bossent avec un clavier et une souris. »

Yao le regarda comme s'il prenait sa remarque pour un simple signe de modestie.

Après que Gavin Biery se fut présenté, il les conduisit tous les trois vers son bureau.

« Je suis désolé de vous infliger cette réunion totalement à l'improviste, s'excusa Chavez, mais nous étions en ville avec un problème à résoudre et on avait besoin de quelqu'un qui connaisse le coin.

— Ma secrétaire m'avait signalé que des représentants de votre compagnie étaient en ville et désiraient un bref entretien. J'aurais sincèrement voulu pouvoir vous accorder plus de vingt minutes mais je suis débordé. Comme vous pouvez, je parie, l'imaginer sans peine, les enquêtes concernant la propriété intellectuelle à Hongkong et en Chine ont largement de quoi occuper les gens de notre profession. Je ne m'en plains pas, même si je suis réduit à faire de petits sommes sur le canapé de mon bureau au lieu de rentrer à la maison vivre une vie normale. » D'un signe, il indiqua sa chemise légèrement froissée comme pour s'excuser.

Alors qu'ils pénétraient dans son bureau exigu et spartiate, Jack répondit : « Nous apprécions le temps que vous pourrez nous consacrer, quelle que soit sa durée, réellement. »

La secrétaire de Yao leur apporta des cafés qu'elle déposa sur la petite table basse installée devant le bureau encombré de son patron.

Jack se demanda ce qui trottait dans la tête de Yao. Avoir le fils du président dans son bureau devait être plutôt cool, Jack l'admettait volontiers, même si son nom de famille ne lui donnait pas la grosse tête. En revanche, rencontrer Domingo Chavez et pouvoir deviser avec lui, ça, ça devait être un événement déterminant dans la vie d'un agent de la CIA, le jeune Ryan n'en doutait pas une seconde.

« Dites-moi, demanda Yao, comment avez-vous fait pour connaître mon existence ? »

Ce fut Jack qui répondit.

« Un article dans *Investor's Business Daily*, le quotidien de l'investissement. Votre firme y était citée. Quand nos propres problèmes nous ont amenés ici, on n'a eu qu'à fouiner un peu et vous passer un coup de fil.

— Ah oui, ça me revient. L'an dernier, pour cette affaire de contrefaçon sur des brevets de matériel high-tech à Shenzhen. Ça arrive constamment, mais c'était sympa d'avoir une pub gratuite.

— Sur quelles sortes de projets êtes-vous en ce moment ? demanda Jack.

— Ça peut être un peu tout, en fait. J'ai des clients dans l'industrie informatique, les labos pharmaceutiques, le commerce de détail, l'édition, et même la restauration.

— La restauration ?

— Ouaip, opina Adam. Prenez cette chaîne en Californie du Sud, une bonne soixantaine d'établissements. Il se trouve qu'ils en ont onze de plus ici, dont ils n'avaient jamais entendu parler.

— C'est une blague ? s'étonna Biery.

— Pas du tout. Même nom, même logo, même menu, même petit chapeau sur la tête des serveuses. Excepté que les propriétaires de la chaîne n'en voient pas un fifrelin dans la colonne bénéfices.

— Incroyable.

— C'est de plus en plus fréquent. Le plus récent

exemple est celui de ce réseau de fausses boutiques Apple qui vendent des copies de Mac. Même les employés pensaient travailler pour la firme de Cupertino.

— Ça ne doit pas être évident d'obtenir leur fermeture, dit Ryan.

— Non, ce n'est pas évident du tout, confirma Yao avec un sourire aimable. J'aime bien toute la phase d'enquête, mais se taper ensuite la bureaucratie chinoise, c'est... comment dire ?

— Chiant ? suggéra Jack.

— J'allais dire "pénible", sourit Yao. Mais "chiant" est en effet plus approprié. » Puis, il considéra Ryan, tout sourire. « Eh bien, Jack. Comment se fait-il que je ne voie pas derrière vous un couple de gorilles à l'air renfrogné, costume noir et oreillette ?

— Je m'en dispense. J'aime bien protéger ma vie privée.

— Et je suis là pour veiller sur lui, au cas où », précisa Chavez avec un sourire.

Yao rigola, but une gorgée de café, se trémoussa sur sa chaise. Jack le surprit à lorgner Chavez. « Eh bien, messieurs, reprit-il au bout de quelques secondes, quel genre de soucis les Chinois ont-ils causé à votre société de gestion financière ?

— Il s'agit pour l'essentiel de cybercriminalité, précisa Gavin Biery. Mon réseau s'est vu attaqué par une série de tentatives d'intrusions fort bien préparées et savamment orchestrées. Ils ont réussi à le pénétrer et y piquer notre fichier de clientèle. Il s'agit bien évidemment de données extrêmement sensibles. Je suis parvenu à remonter la piste de l'intrusion jusqu'à un serveur principal localisé aux États-Unis et je m'y suis introduit.

— Excellent, dit Adam. J'aime bien qu'un client soit prêt à riposter. Si tout le monde faisait comme vous, nous serions bougrement plus à l'aise pour lutter contre la fraude. Qu'avez-vous trouvé sur le serveur ?

— Le coupable. Il y avait des données qui m'ont révélé qui l'avait piraté. Pas son vrai nom mais son pseudo sur la Toile. Nous avons même pu établir que l'attaque trouvait son origine ici, à Hongkong.

— C'est intéressant et je suis sûr qu'il n'a pas dû être facile de remonter leur piste jusqu'ici mais il y a un truc que je ne pige pas. Une fois que ces types ont réussi à piquer sur votre Intranet les données qu'ils cherchaient... il ne sert plus à rien de les récupérer. Elles sont désormais publiques, ils les ont utilisées, les ont copiées, vous ont compromis. Quel est votre objectif en venant ici ? »

Chavez s'immisça dans la conversation. « Nous voulons attraper le type qui a commis ce forfait pour l'empêcher de recommencer. Le poursuivre en justice. »

Yao considéra les trois hommes avec commisération. Comment pouvait-on se montrer aussi désespérément naïf ? « Mon opinion de professionnel, messieurs, est que cette hypothèse est hautement improbable. » Il avait accentué le « hautement ». « Même si vous pouviez prouver ce crime, ses auteurs ne seront pas poursuivis ici, et si vous envisagez une extradition, vous pouvez oublier. Qui que soit votre bonhomme, s'il a choisi de bosser ici, à Hongkong, c'est parce que c'est bien l'endroit idéal pour commettre ce genre de forfait. Ça s'est amélioré un peu, HK n'est plus le Far West qu'il était naguère, mais vous êtes quand même largement hors du coup. Je ne veux pas être brutal, mais je préfère vous avertir honnêtement avant que vous claquiez des masses de fric à découvrir ce que vous savez déjà.

— Peut-être, suggéra Jack, pourriez-vous nous prendre comme clients, histoire de faire un début d'enquête. Si ça ne donne rien, ma foi, on peut claquer nos sous à notre guise, pas vrai ?

— Le problème avec les dossiers de ce genre, tempéra Adam, c'est qu'ils prennent beaucoup de temps à monter. Il faut être très méthodique. En ce moment même, je travaille sur une affaire entamée il y a quatre ans. J'aimerais pouvoir vous dire que les choses vont plus vite, mais ça n'aidera personne si je vous cache la triste vérité.

« Par-dessus le marché, je suis plutôt versé dans la fraude concernant la propriété intellectuelle. Les problèmes de sécurité informatique sont de plus en plus fréquents mais ce n'est pas ma spécialité. Je pense sincèrement que là, je sors un peu de mon domaine de compétence.

— Avez-vous des contacts, des ressources ? demanda Chavez. Comme l'a indiqué M. Biery, nous avons le pseudo de l'auteur des faits. Nous espérions trouver ici quelqu'un disposant d'une base de données susceptible de nous procurer des renseignements supplémentaires sur les activités de cet individu. »

Le sourire que lui adressa Yao fut un brin condescendant, même si c'était involontaire. « Monsieur Chavez, il y a en Chine quelque chose comme dix millions de pirates impliqués à un degré ou un autre dans la fraude informatique. Et chacun d'eux utilise sans aucun doute plusieurs pseudonymes. Je n'ai pas connaissance d'une base de données qui suive ce paysage en évolution permanente.

— Ce type est un bon, observa Jack. Il y a sûrement quelque part quelqu'un qui aura entendu parler de lui. »

Yao soupira discrètement sans toutefois se départir de son sourire, puis il se leva pour passer derrière son bureau. Il rapprocha son clavier. « Je peux envoyer un message instantané à un ami à Canton un peu plus au fait que moi de la cybercriminalité financière. Ça va être comme rechercher une aiguille dans une botte de foin, je vous l'assure, mais on ne risque rien à lui demander s'il a déjà entendu parler de ce type. »

Tout en pianotant, Adam Yao demanda : « Quel est le pseudo ? »

Gavin et Jack échangèrent un regard. Avec un sourire de conspirateur qui signifiait *Mettons-le sur le cul*, Ryan fit signe à Gavin d'y aller.

« Son pseudo est FastByte22. »

Yao interrompit sa frappe. Ses épaules se raidirent. Lentement, il se retourna vers ses trois hôtes. « Vous devez plaisanter. »

Chavez entra dans le manège de ses deux collègues. « Vous le connaîtriez ? »

Yao les regarda. Ryan crut déceler l'ombre d'un soupçon chez l'agent clandestin de la CIA, mais avant tout, c'était une excitation manifeste qu'on pouvait lire dans les yeux du jeune espion. Il parut devoir se ressaisir un peu avant de répondre. « Ouais, je le connais. C'est... c'est un sujet d'intérêt sur une autre affaire dans laquelle je... je suis indirectement impliqué. »

Jack essaya de ne pas sourire. Ce gars lui plaisait bien, il était malin comme un singe et tout ce qu'il avait pu voir depuis son arrivée prouvait à l'évidence que Yao se cassait vraiment le cul, alors qu'il était quasiment livré à lui-même. Il aimait bien voir Adam Yao se décarcasser pour trouver les mots appropriés visant à masquer son excitation à l'idée qu'il pourrait en fin de compte obtenir plus d'informations sur une cible qu'il croyait, jusqu'à cet instant, avoir été le seul à avoir sur ses tablettes.

« Ma foi, peut-être que nous pourrions unir nos efforts, suggéra Chavez. Comme l'a dit Jack, nous sommes prêts à payer pour voir s'il est possible de le pister.

— Le repérage est gratuit, répondit Yao. Il travaille dans les bureaux qui surmontent le centre commercial informatique de Mong Kok, à Kowloon.

— Vous l'avez vu ? En personne ?

— Oui. Mais c'est une affaire compliquée.

— Comment cela ? » questionna Ding.

Yao hésita quelques secondes. Finalement, il demanda à ses visiteurs où ils étaient descendus. Jack répondit.

« Juste de l'autre côté du port, au Peninsula.

— Vous seriez libres pour boire un coup ce soir ? Je pourrai vous en dire plus, peut-être même suggérer un plan. »

Chavez se fit le porte-parole du groupe.

« Vingt heures ? »

36

Melanie Kraft était installée dans le canapé du salon de la roulotte qui lui tenait lieu d'appartement, sur Princess Street, dans la vieille ville d'Alexandria. Il était sept heures du soir et d'habitude, à cette heure-ci, elle était soit chez Jack, soit encore au bureau, mais ce soir Jack était en déplacement et elle n'avait qu'une envie, rester assise dans le noir, regarder la télé et penser à autre chose que ses problèmes.

Elle sauta d'une chaîne à l'autre, élimina un documentaire sur le Moyen-Orient diffusé par Discovery Channel, ainsi qu'une émission d'History Channel consacrée à la vie et la carrière du président Jack Ryan. En temps normal, l'un ou l'autre l'aurait intéressée mais là, son programme tenait en un mot : végéter.

Elle opta donc pour Planet et un docu sur la faune sauvage en Alaska. Elle était sûre qu'il captiverait son attention et saurait la distraire de ses soucis.

Son mobile bourdonna en glissant sur la table basse devant elle. Elle le regarda, espérant y voir s'afficher le nom de Jack. Non. Elle ne reconnut pas le numéro mais vit au préfixe que l'appel était local.

« Allô ?

— Hé, fillette. Vous faites quoi ? »

C'était Darren Lipton. La dernière personne à qui elle avait envie de parler en ce moment.

Elle se racla la gorge, adopta son ton professionnel et dit : « Que puis-je pour vous, inspecteur Lipton ?

— Inspecteur-*chef*, mais nous passerons outre. »

Il semblait de bonne humeur – jovial, même.

Melanie se rendit compte presque aussitôt qu'il avait trop bu.

« Inspecteur-chef, rectifia-t-elle.

— Écoutez, il faut qu'on se voie pour une petite discussion. Ça ne devrait pas nous prendre plus d'un quart d'heure. »

Elle savait qu'elle ne pouvait pas dire non. Mais elle n'était pas prête à dire oui. Elle voulait lui faire comprendre qu'elle n'était pas sa marionnette, sa propriété personnelle qui lui obéirait au doigt et à l'œil. Même si c'était très précisément ce qu'elle ressentait maintenant qu'il lui avait révélé qu'il tenait tout son avenir entre ses mains.

« C'est à quel sujet ? demanda-t-elle.

— Ça, on en discutera demain. Que diriez-vous d'un petit café ? Je passe vous prendre. Sept heures et demie. Le Starbucks de King Street ?

— Parfait », et elle raccrocha. Puis elle se remit à regarder les grizzlys attraper des saumons, le moral désormais plombé par de nouveaux tracas.

Melanie et Lipton s'étaient installés en terrasse, en ce matin d'automne frais et venteux. Les cheveux de la jeune femme voletaient alors qu'elle avalait son thé à petites gorgées pour se tenir chaud. Lipton buvait du café, son trench-coat noir ouvert révélait un complet bleu marine et il avait chaussé des lunettes noires malgré le ciel couvert.

Elle se demanda si c'était pour cacher des yeux congestionnés. Toujours est-il que pour les autres clients ou les passants curieux, les lunettes noires, le trench et le complet sombres clamaient sur tous les toits son appartenance au FBI.

Après une minute de papotage à sens unique, Lipton passa aux choses sérieuses. « Mon patron veut en savoir un peu plus. J'ai bien tenté de l'apaiser mais vous ne nous avez rien fourni depuis notre dernière conversation.

— C'est que je n'ai rien appris d'autre dans l'intervalle. C'est comme si vous vouliez que je le surprenne à transmettre des secrets nucléaires aux Russes ou des trucs dans le genre.

— Des trucs dans le genre », répéta Lipton. Il écarta une mèche de cheveux blond cendré qui avait glissé sous ses lunettes, puis il introduisit la main dans son veston. Il en sortit une liasse de papiers qu'il lui tendit.

« Qu'est-ce que c'est ?

— Une commission rogatoire pour placer une balise sur le téléphone mobile de Ryan. Le FBI veut suivre au jour le jour tous ses déplacements.

— Quoi ? » Elle s'empara brutalement de la liasse et se mit à feuilleter les documents.

« Nous détenons la preuve qu'il organise des rencontres éminemment suspectes avec des ressortissants étrangers. Nous devons savoir ce qui s'y trame. »

Melanie était furieuse que l'enquête se poursuive. Mais un autre point lui vint à l'esprit. « Qu'est-ce que j'ai à voir avec ça ? Et pourquoi même m'en parlez-vous ?

— Parce que c'est vous, ma petite dame, qui allez placer le mouchard sur son téléphone.

— Oh non, certainement pas ! lança-t-elle avec irritation.

— J'ai bien peur que si. J'ai sur moi la carte dont vous aurez besoin. Il ne s'agit pas d'un dispositif matériel qu'il serait susceptible de trouver, tout se passe par logiciel. Il vous suffit d'introduire la micro-SD dans son mobile, de lui laisser le temps de transférer le programme, puis de l'éjecter. Trente secondes en tout et pour tout. »

Le regard de Melanie se porta vers la rue durant quelques instants. Elle reprit.

« Vous n'avez donc personne pour faire le job ?

— Vous. Je vous ai, vous. Et vous avez les atouts qu'il faut, si vous voyez ce que je veux dire. » Il lorgna sa poitrine.

Melanie n'en croyait pas ses oreilles.

« Oh-oh, fit Lipton, avec son rire de crécelle. Vais-je me prendre un nouveau crochet du droit dans les gencives ? »

Melanie détecta au ton de sa voix et à sa mimique qu'il avait quelque part apprécié de recevoir des coups.

Elle se dit qu'elle n'allait sûrement pas lui offrir à nouveau ce plaisir.

Il lui fallut quelques instants pour se ressaisir. Elle savait qu'avec les informations sur son père et sa sœur que détenait le FBI, Lipton pouvait la manipuler à sa guise. Elle tenta néanmoins le coup. « Avant de vous donner mon accord, j'aimerais pouvoir en discuter avec un autre fonctionnaire de la Sécurité nationale. »

Lipton hocha la tête. « C'est moi votre agent traitant, Melanie. Il faudra vous y faire.

— Je n'ai pas dit que je voulais en changer. Je veux juste avoir une confirmation d'une autre source. D'un de vos supérieurs. »

Cette fois, le sourire quasi permanent du flic s'effaça quelque peu. « Ce que vous tenez dans la main est une commission rogatoire. Signée par un juge. Quelle autre sorte de confirmation vous faut-il donc ?

— Je ne suis pas votre esclave. Si je fais ça, je veux que le FBI me donne une garantie que vous n'allez pas continuer à vous servir de moi. J'obéis et on en reste là.

— Je ne peux pas vous faire cette promesse.

— Eh bien, trouvez-moi quelqu'un d'autre qui puisse.

— Ça n'arrivera pas.

— Dans ce cas, je pense que nous en avons terminé. » Elle se leva.

Il décroisa les jambes et se dressa d'un bond. « Vous vous rendez compte de la quantité d'ennuis que je peux vous causer ?

— Je demande simplement de pouvoir parler à quelqu'un d'autre. Si ce n'est pas dans vos cordes, alors j'ai du mal à croire que vous aurez assez de poids pour m'expédier en prison. »

Et sur ces paroles, elle alla se fondre dans la cohue matinale de King Street pour rejoindre le métro.

Situé à l'extrémité sud de Kowloon, dans le quartier de Tsim Sha Tsui et entouré de boutiques de luxe, l'hôtel Peninsula domine le port de Victoria. Ce palace cinq étoiles a ouvert en 1928 et depuis il arbore toujours fièrement son charme colonial suranné.

Derrière les quatorze Rolls-Royce Phantom V rallongées garées comme à la parade au pied de l'immeuble, passé l'immense hall richement ornementé suivi d'un vestibule de taille plus modeste, un ascenseur conduit les clients au tout dernier étage. Tout là-haut, le restaurant ultramoderne et chic, dessiné – comme le reste de l'aménagement – par Philippe Starck, sert une cuisine européenne moderne devant les baies vitrées qui du sol au plafond offrent une vue panoramique sur le port et l'île de Hongkong. Un petit bar accessible par un escalier en colimaçon est installé en surplomb de la salle. C'est là que les quatre Américains s'étaient assis dans un coin au fond où ils sirotaient leur bière en contemplant les lumières de la ville.

Chavez attaqua les questions. « Vous avez dit ce matin que l'affaire FastByte était compliquée. Qu'entendiez-vous par là ? »

Yao but une lampée de Tsingtao. « FastByte22 s'appelle en réalité Jha Shu Hai. Il a vingt-quatre ans. Il est né sur le continent mais encore enfant, il a émigré aux États-Unis où il est devenu citoyen américain. Déjà hacker quand il était tout môme, il a pu se faire embaucher par un fournisseur du gouvernement, obtenir une accréditation de sécurité pour procéder à des tests de pénétration sur les systèmes de ce dernier. Ayant trouvé comment y parvenir, il a tenté de transmettre l'info aux Chinois et c'est là qu'il fut pris et jeté en prison.

— Pourquoi l'ont-ils relâché ?

— Ils ne l'ont pas relâché. Il purgeait sa peine dans un établissement correctionnel fédéral californien, sans aucune mesure de sécurité particulière, donc. Il avait même une permission de sortie pour enseigner l'informatique à des retraités. Et puis un beau jour… *pouf* !

— Il s'est taillé ? demanda Chavez.

— Oui. Les Fédéraux ont bouclé son domicile, sondé tous ses anciens contacts, mais il ne s'est jamais manifesté. Les évadés reviennent presque toujours à leur vie d'avant, ne serait-ce que pour renouer avec la famille, mais dans le cas de Jha, rien de tout cela. La justice américaine est parvenue à la conclusion que les Chinois avaient dû l'aider à sortir des États-Unis et à retourner sur sa terre natale. »

Biery restait perplexe. « Hongkong n'est pas sa terre natale.

— Non, en effet. C'est du reste une surprise qu'il réapparaisse ici, mais il y a un détail encore plus surprenant.

— Qui est ?

— Qu'il fricote à présent avec la 14K. »

Chavez inclina la tête. « La 14K ? Les Triades ?

— Tout juste. »

Ryan était ébahi que Ding connaisse cette organisation. Pour sa part, il n'en avait jamais entendu parler. « Un gang ?

— Non, en tout cas pas au sens des gangs américains, précisa Chavez. Ici, le simple fait de reconnaître appartenir à une telle organisation est illégal. N'est-ce pas, Adam ?

— Ouais. À Hongkong, jamais personne n'admettra appartenir à une Triade. En être simplement un cadre vous vaut quinze ans de taule. »

Ding crut bon de préciser à l'intention de Ryan et Biery : « Un peu plus de deux millions et demi de personnes dans le monde appartiennent aux Triades. Le nom réel de l'organisation est San He Hui, la Société des trois harmonies. La 14K en est un rejeton parmi quantité d'autres mais c'est celle qui est la plus puis-

409

sante dans la région à l'heure actuelle. Rien qu'à Hongkong, elle compte sans doute une vingtaine de milliers de membres.

— Je suis impressionné », commenta Adam.

Chavez écarta d'un geste de la main ce compliment. « Dans mon métier, quand on se rend dans un nouveau territoire, c'est toujours utile de se renseigner sur l'identité des agitateurs.

— Donc, reprit Ryan, FastByte22 en serait membre ?

— Membre, je ne pense pas, mais associé, à coup sûr.

— S'il n'est pas membre des Triades, quelle relation a-t-il avec elles ? demanda Ryan.

— Il pourrait s'agir d'une sorte de contrat protecteur-protégé. Un type comme lui peut imprimer de la monnaie. Il peut s'installer devant son ordi et en l'affaire de deux heures dérober les numéros de carte de crédit de dix mille personnes. Ce gamin vaut son poids en or pour ce qui est de ses aptitudes à se livrer au cybercrime, il se pourrait donc que la 14K ait décidé de protéger cet investissement de valeur.

— Que vaut la 14K de ce côté-là ? s'enquit Chavez.

— Ils lui ont affecté deux gorilles, vingt-quatre heures sur vingt-quatre. Ils l'accompagnent quand il se rend au travail ; quand il en revient, ils restent garder son bureau en son absence, et ils zonent également autour de son immeuble. Il aime bien faire les boutiques, sortir en boîte et dans ce cas, il fréquente pour l'essentiel des établissements de la 14K et s'y rend toujours flanqué de ses gorilles. J'ai fait de mon mieux pour identifier ceux qui l'accompagnent mais, comme vous pouvez le constater, je n'ai pas une grosse structure. J'ai pensé faire un meilleur boulot en me tenant à distance mais l'autre jour, il m'est apparu manifeste que j'étais brûlé.

— Comment ont-ils fait ? En avez-vous une idée ? demanda Ding.

— Pas la moindre. Un beau matin, son équipe de sécurité s'était renforcée et ils traquaient manifestement une menace spécifique. Ils avaient dû me démasquer la veille.

— Ça me laisse penser que vous auriez bien besoin d'au moins deux éléments à vos côtés pour vous aider dans votre entreprise de surveillance. »

Yao arqua les sourcils. « Vous êtes volontaires ?

— Absolument.

— Avez-vous déjà effectué du travail de surveillance ?

— Pas mal, oui, sourit Ding. Ryan m'a filé un coup de main une fois ou deux. Il adore ça.

— Je dois avoir ça dans le sang, confirma Jack.

— J'imagine. » Ryan croyait néanmoins toujours déceler comme une vague méfiance chez Adam Yao. Ce type était un excellent observateur.

Yao reprit. « Simple curiosité, à quelle sorte de surveillance, je veux dire en laissant de côté l'affaire en cours, procède Hendley Associates ?

— Typiquement, de l'intelligence financière, répondit Ding. Des trucs qui me dépassent. »

Adam parut se satisfaire de sa réponse. Puis il se tourna vers Gavin Biery. « Monsieur Biery, vous joindrez-vous à nous ? »

Chavez répondit à sa place : « Gavin restera ici à l'hôtel pour assurer notre soutien. »

Adam Yao glissa la main dans sa poche et sortit

son iPhone. Il y afficha une photo, puis fit circuler l'appareil.

« Jha Shu Hai », dit Yao.

La crête de cheveux, les bijoux, la tenue punk-rock surprirent Ding et Jack. « Pas vraiment ce à quoi je m'attendais, remarqua Ding.

— Je m'imaginais une version chinoise de Gavin Biery, en plus jeune », admit Ryan.

Tout le monde, y compris Gavin, éclata de rire.

Yao expliqua. « En Chine, quantité de hackers se voient en rock stars de la contre-culture. La vérité est que même les civils comme Jha travaillent malgré tout le plus souvent pour le Parti communiste, de sorte qu'ils formeraient plutôt tout l'inverse d'une contre-culture.

— Mais ici, demanda Ryan, il est impensable qu'ils puissent travailler pour les cocos ? »

Yao fit non de la tête. « S'installer ici plutôt que sur le continent, qui plus est en se plaçant sous la protection des Triades, voilà deux points pour battre en brèche la théorie qu'il travaillerait pour la Chine populaire. »

Ryan devait admettre que la logique de Yao était assez imparable.

Ce point réglé, Yao finit sa bière. « OK, les mecs. On peut filer Jha dès sa sortie du centre commercial informatique, demain soir. À nous trois, on devrait pouvoir trouver le bon créneau pour tirer le portrait de ses contacts. »

Tout le monde opina.

« Toutefois, reprit Adam, il serait bon de roder un peu notre technique au préalable, histoire de voir comment on va collaborer. Pourquoi ne pas se retrouver un peu plus tôt pour s'exercer pendant une heure ou deux ?

— Bonne idée », fit Ding, puis il vida sa bière et demanda la note.

Tandis que les hommes traversaient la salle pour ressortir du restaurant, un jeune Américain qui dînait avec une femme séduisante se leva pour se précipiter vers Jack. Ding s'était déjà interposé entre les deux hommes, main levée pour arrêter le fâcheux.

Le client lança, un peu trop fort : « Junior ?

— Ouais ?

— Je suis un grand admirateur de ton père ! Super de te voir ! Bigre, c'est que t'as sacrément grandi !

— Merci », sourit poliment Jack. Il n'avait jamais vu le bonhomme, mais vu la célébrité du père, il arrivait parfois qu'on reconnût également le fils.

Le type avait souri lui aussi, mais le regard incendiaire de ce Latino râblé et renfrogné avait quelque peu douché son enthousiasme.

Jack serra néanmoins la main du client. Il s'attendait à se voir réclamer autographe ou photo mais l'interposition de Chavez avait clairement refroidi l'atmosphère de la rencontre.

Yao, Ryan, Chavez et Biery regagnèrent le vestibule.

« J'imagine que ça doit être chiant », nota Yao en s'adressant à Jack.

Ce dernier rigola. « D'être reconnu ? Ce n'est pas un gros problème. On me reconnaît désormais dix fois moins que dans le temps. »

Gavin intervint. « L'autre jour au bureau, j'avais un représentant qui ignorait que Ryan bossait avec nous. Quand je le lui ai présenté, j'ai bien cru que sous l'émotion, le mec allait chier dans son froc. Lui aussi, il devait être un grand supporter de Jack Ryan Senior. »

Il y eut un éclat de rire général. Les trois hommes du Campus souhaitèrent la bonne nuit à l'agent clandestin et Adam s'enfonça dans la nuit pour attraper le ferry qui traversait le port et regagner son appartement.

37

Assise dans un resto rapide de McLean, à deux rues à peine de son bureau à Liberty Crossing, Melanie Kraft picorait sa salade. Il faut dire qu'elle n'avait plus trop d'appétit après sa conversation matinale avec l'inspecteur-chef Lipton. Elle redoutait de voir à tout moment apparaître des hordes d'agents du FBI venus l'interpeller, et elle se surprit même à regarder, plus d'une fois, par la devanture lorsqu'une voiture s'arrêtait.

Elle songeait – et ce n'était pas la première fois – faire asseoir Jack et lui raconter ce qui se passait. Elle savait que cela détruirait sa confiance en elle et qu'il aurait d'autant plus de raisons dès lors de ne plus jamais lui adresser la parole mais peut-être que si elle lui expliquait la situation, toute la situation, il la comprendrait assez pour ne plus la détester jusqu'à la fin de ses jours. Après tout, son rôle d'espionne de la CIA était, jusqu'ici, resté limité. En fait, mis à part deux coups de fil pour signaler ses déplacements à l'étranger, Lipton avait raison de dire qu'elle faisait une assez piètre Mata Hari.

Son téléphone sonna et elle répondit sans vérifier le numéro. « Allô ?

— Eh, chou. C'est Lipton. OK, vous avez obtenu ce que vous vouliez. Passez nous voir, vous pourrez rencontrer mon boss, le commissaire divisionnaire Packard.

— Passer ? Mais passer où ?

— À J. Edgar, cette idée. » L'immeuble J. Edgar Hoover, sur Pennsylvania Avenue, était le siège du FBI.

Melanie regimba. Elle ne voulait surtout pas être vue pénétrant dans le bâtiment de la police fédérale. « Ne peut-on pas se rencontrer ailleurs ?

— Écoutez, ma puce, vous croyez peut-être que le divisionnaire Packard n'a rien d'autre à faire qu'une balade vers McLean ?

— Je vais prendre mon après-midi et je viens à Washington. Tout de suite. Dites-moi où. Tant que ce n'est pas l'immeuble Hoover. »

Lipton poussa un grand soupir. « Laissez-moi vous rappeler. »

Une heure plus tard, Melanie descendait la rampe du parking souterrain, celui-là même où elle avait rencontré Lipton la fois précédente. Contrairement à ce fameux samedi matin, il était à présent bondé.

Elle avisa deux hommes debout près d'un Chevrolet Suburban noir portant des plaques gouvernementales.

Packard avait quelques années de moins que Lipton, même si ses cheveux étaient entièrement gris. Il présenta sa carte à Melanie, que celle-ci balaya rapidement pour vérifier son nom et sa fonction, puis il lui tendit la liasse de papiers officiels que Lipton lui avait présentés dans la matinée.

Packard précisa : « Ce qu'on vous demande de faire, mademoiselle Kraft, est tout simple. C'est d'installer un mouchard logiciel de localisation sur le smartphone de M. Ryan, à son insu, puis de vous effacer. Il n'est pas dit qu'on n'aura pas de nouveau besoin de vos services, mais pour le moment, vous n'aurez plus à nous fournir de mises à jour de son emploi du temps.

— L'inspecteur-chef Lipton n'ayant pas su me procurer de réponse précise, observa Melanie, peut-être pourrez-vous m'en fournir une. Quelles preuves avez-vous au juste que Jack ait commis le moindre crime ? »

Packard prit son temps pour répondre. « Il s'agit d'une enquête en cours dans laquelle M. Ryan pourrait être appelé à témoigner. Je ne peux vraiment pas vous en dire plus. »

Melanie n'était pas satisfaite. « Je ne peux pas continuer à espionner mon copain indéfiniment. Surtout si je n'ai aucune raison de croire qu'il ait commis un forfait quelconque. »

Cette fois, Packard se tourna vers son subordonné. « Darren, peux-tu nous laisser une minute ? »

Lipton parut vouloir protester. Packard arqua un sourcil broussailleux et l'inspecteur-chef s'éloigna d'un pas traînant en direction de la rampe d'accès.

Packard se cala contre la carrosserie de son 4 × 4. « Chaque chose en son temps. Je sais que l'inspecteur-chef Lipton a un côté un peu... rustique.

— C'est un euphémisme.

— Il est bougrement bon dans son travail, alors je lui laisse un peu la bride sur le cou, mais je comprends que ça puisse être parfois difficile pour vous, pour tout un tas de raisons. »

Melanie acquiesça.

« Toute cette histoire me désole. Merde, pour vous dire toute la vérité, Jack Ryan, le père, est mon héros.

La dernière chose que je veuille au monde, c'est de devoir impliquer son fils dans un scandale. Cela dit, j'ai prêté serment et je suis la voie de la justice, où qu'elle me mènera.

« Je sais que Lipton a, pour l'essentiel, menacé de dévoiler l'implication de votre père dans cette histoire en Égypte avec les Palestiniens si vous refusiez de jouer le jeu avec nous. Dans le métier, ce genre de truc pas trop propre, ça arrive parfois. »

Melanie baissa les yeux, regarda ses mains.

« Je serai honnête avec vous. Je lui ai donné le feu vert pour exercer ces menaces. Mais nous n'y avons été forcés que parce que nous savons qu'il est impossible de mener cette enquête sans votre aide. Ce que je veux dire, c'est qu'on peut bien sûr lui coller sur le dos une équipe de douze agents, le faire mettre sur écoute et obtenir un mandat pour perquisitionner son bureau et son domicile. Mais vous et moi nous savons que cela ferait la une des gazettes dans la capitale, tout ce que nous voulons éviter. Si l'enquête n'aboutit pas, nous ne voulons surtout pas avoir fait quoi que ce soit qui pût ternir sa réputation ou celle de son père. Aussi désirons-nous procéder avec toute la discrétion qu'exige la situation.

« Vous me suivez, n'est-ce pas ? »

Après un long moment, Melanie répondit. « Oui, monsieur.

— Super. Si vous pouvez installer le logiciel de localisation que le juge nous a autorisés à employer, alors, nous pourrons avoir connaissance de ses déplacements sans devoir faire tout un numéro compliqué qui se retrouverait fatalement en une du *Washington Post*.

— Et moi, dans tout ça ? Ma situation ?

— Personne n'a besoin d'être au courant. Vous avez mon assurance personnelle que ces squelettes continueront de rester dans leur placard. (Il sourit.) Aidez-nous et nous vous aiderons. Tout le monde y gagnera, mademoiselle Kraft.

— Très bien, concéda Melanie. Il est encore en déplacement, mais dès son retour, je télécharge votre application sur son mobile.

— Nous ne demandons rien de plus. » Packard lui tendit sa carte. « Si Darren vous pose trop de problèmes, n'hésitez pas à me passer un coup de fil. Je ne peux pas l'éloigner de l'enquête ; la dernière chose que nous voulons, c'est mettre dans le secret quelqu'un d'autre. Mais j'aurai une petite discussion avec lui au sujet de son comportement... haut en couleur.

— Je vous en suis reconnaissant, monsieur le commissaire. »

Ils échangèrent une poignée de main.

Adam Yao, Ding Chavez et Jack Ryan Jr. se retrouvèrent au Peninsula en tout début d'après-midi. Yao avait troqué sa voiture contre celle d'un voisin, laissant ce dernier essayer sa Mercedes ; lui, en échange, avait hérité d'un Mitsubishi Grandis bordeaux, un monospace à sept places fort répandu en Asie. Il n'avait aucun moyen de savoir si les Triades avaient repéré son véhicule personnel mais il ne voulait prendre aucun risque et puis ça lui plaisait bien d'avoir un peu plus de place à bord pour balader les hommes de chez Hendley.

Ils remontèrent Nathan Road sur quelques pâtés de maisons puis Yao se gara sur un parking à l'heure. « Je me suis dit qu'on pourrait monter notre affaire dès ce soir, et qui sait, régler d'éventuels problèmes dans la procédure de surveillance.

— C'est vous le responsable ici, lui dit Chavez. Vous n'avez qu'à nous dire ce que vous voulez qu'on fasse. »

Adam hésita. Ryan savait que l'agent de la CIA devait se sentir intimidé d'avoir à diriger Domingo Chavez lors d'une opération de surveillance. C'est qu'en la matière, Ding avait une bonne quinzaine d'années d'expérience de plus que lui. Mais bien sûr Adam Yao ne pouvait révéler son sentiment de gêne aux deux hommes d'affaires qui travaillaient avec lui.

« OK, fit-il. Pour commencer, chacun coiffe son oreillette Bluetooth et se connecte avec cette position du curseur.

— Ça correspond à quoi ? demanda Chavez.

— À nous placer tous les trois en mode conférence. Chacun reste en communication permanente avec les deux autres. »

Tous activèrent ce mode et vérifièrent qu'ils étaient bien tous en contact.

Puis Adam alla piocher dans la boîte à gants deux petits bidules guère plus grands qu'une boîte d'allumettes. Il en tendit un à chacun des hommes de chez Hendley.

« C'est quoi, ces trucs ? demanda Jack.

— Des balises GPS magnétiques. Je m'en sers en général pour pister des véhicules mais je peux tout aussi bien les utiliser pour vous repérer individuellement. Vous n'avez qu'à la glisser dans votre poche et je peux dès lors vous suivre sur le plan affiché par mon iPad. Je resterai dans la voiture, loin derrière, pendant que vous pratiquerez votre filature à pied. Je pourrai ainsi vous guider.

— Cool », admit Jack.

Ding et Jack descendirent du monospace et se dirigèrent vers le sud. Yao restait en communication avec eux. Ils s'engagèrent dans une rue piétonne animée, chacun de son côté. Chavez choisit une passante au hasard et se mit à la filer en se maintenant à bonne distance, alors que la femme faisait du lèche-vitrines.

Placé de l'autre côté de la rue plantée d'arbres, Ryan réussit, en jouant des coudes, à se frayer un passage au milieu de la foule dense et ainsi passer devant leur cible. Il entra dans une boutique de vêtements et, de l'intérieur, il put la voir marcher le long de la devanture.

« Ryan en visu, annonça-t-il.

— Compris, répondit Chavez. Elle semble vouloir continuer vers le sud. Je vais traverser la rue et rejoindre le prochain point de décision. »

Yao se fit alors entendre dans leur oreillette. « Ding, ça va être l'intersection d'Austin Road. Vous y verrez une supérette 7-Eleven. Vous pouvez entrer et garder le sujet en visu quand elle tournera au coin.

— Compris. »

Yao pilotait les deux hommes en même temps à l'aide du plan affiché sur sa tablette. Plus d'une fois, il redémarra pour aller placer sa voiture en avant de ses deux compatriotes et se trouver ainsi en position pour prendre le relais si jamais la femme montait dans une voiture.

Ils prolongèrent la filature une heure encore. La femme, toujours sans méfiance, poursuivit ses emplettes, s'arrêta boire un café, parla au téléphone et finalement retourna dans sa chambre au quatrième étage du Holiday Inn, sans s'être doutée un seul instant qu'elle avait été sous la surveillance constante d'une équipe de trois hommes.

Adam fut impressionné par les aptitudes des deux hommes d'affaires américains. Il n'était bien sûr pas surpris en ce qui concernait Domingo Chavez, vu son activité antérieure, mais celles de Ryan étaient franchement incroyables, compte tenu de son métier d'analyste dans une boîte de gestion financière et de placements monétaires.

Le fiston du président savait fort bien se déplacer à pied sans se faire repérer.

Ils regagnèrent la voiture qui s'était à présent garée dans un parking souterrain près de la station de métro de Jordan Road.

Yao consulta ses notes avant d'exposer comment il envisageait l'action de ce soir. « Les Triades procèdent à des mesures de contre-surveillance, aussi faudra-t-il nous placer un peu plus en retrait que lors de cet exercice. »

Chavez et Ryan étaient d'accord mais Yao voyait bien que Junior n'avait pas l'air satisfait.

« Jack, il y a quelque chose qui vous tracasse ?

— Mon seul problème, c'est qu'on m'a reconnu à deux reprises. Si l'on y ajoute ce client du restaurant, hier soir, ça revient à trois fois en dix-huit heures. Alors que chez nous, on ne me repère quasiment jamais. »

Adam rigola. « Hongkong est une vraie fourmilière et c'est l'un des centres de la finance internationale. Par-dessus le marché, la ville a de nombreux contacts avec le monde occidental. Chacun ici sait qui est votre père. Alors fatalement, quelques-uns savent qui vous êtes.

— Je ne peux pas y faire grand-chose.

— Détrompez-vous. Si vous ne voulez pas qu'on vous remarque, il y a une solution toute simple.

— Je m'en remets à vous. »

Yao piocha dans son sac à dos et en sortit un masque en papier qu'on fixait au visage à l'aide d'élastiques passés derrière les oreilles.

Jack avait vu dans les rues de Kowloon des centaines de personnes portant ces masques. La grippe aviaire et le SRAS avaient durement touché Hongkong, ce qui n'était guère surprenant, compte tenu de la densité de la population. Beaucoup – surtout les individus immunodéprimés – préféraient ne prendre aucun risque et portaient de tels masques pour filtrer l'air qu'ils respiraient.

Adam fixa sur le visage de Ryan le masque de papier bleu. Puis le Sino-Américain replongea la main dans son sac, cette fois pour en ressortir une casquette de base-ball noire. Qu'il plaça sur la tête de Jack. Puis il recula d'un pas pour contempler son œuvre.

« Vous êtes un peu trop grand pour un autochtone mais regardez autour de vous, bien des Chinois font désormais plus d'un mètre quatre-vingts, sans compter qu'il reste encore une large population d'origine britannique. L'un dans l'autre, vous vous fondrez parfaitement. »

Jack n'était pas enthousiasmé à l'idée de devoir se promener avec un masque, surtout dans la chaleur étouffante et l'humidité de Hongkong. Mais il comprenait fort bien qu'être reconnu au mauvais moment durant cette filature à pied pouvait s'avérer catastrophique.

« Encore un souci de moins, j'imagine, dit-il à Yao.

— En effet. Ça facilitera les choses avec les Occidentaux mais pour la plupart des gens d'ici, même avec le masque, vous resterez toujours un *gweilo*.

— Un *gweilo* ?

— Désolé, un diable d'étranger.

— C'est un peu rude. »

Adam opina. « Ouais. Gardez toujours à l'esprit que les Chinois sont un peuple fier. Ils pensent de manière générale qu'ils sont supérieurs aux races étrangères. Dans l'ensemble, ce n'est pas une société du compromis.

— Je n'ai pas l'intention d'acheter un appartement. Juste de filer Jha. »

Adam rigola. « Retournons au centre commercial de Mong Kok. Jha doit quitter son travail dans une heure. »

38

À vingt heures trente, Jha Shu Hai quitta le centre informatique de Mong Kok par la porte latérale, entouré de quatre gardes du corps. Chavez faisait le guet ; il s'était posté un peu plus haut, dans le 7-Eleven, réchauffant des boulettes surgelées dans le micro-ondes mis à la disposition des clients. Il s'apprêtait à tourner les talons pour annoncer à Ryan et Yao que l'oiseau avait quitté le nid quand il vit Jha s'immobiliser soudain et faire demi-tour, comme si quelqu'un l'avait hélé. Toujours entouré de sa garde, il regagna l'entrée de l'immeuble et là, se figea au garde-à-vous comme un troufion. Chavez entr'aperçut un homme, tout juste éclairé par les réverbères de la ruelle. Jha s'adressait à lui avec une déférence manifeste. Ding savait que ça pouvait être important, aussi, risquant de compromettre sa couverture, il sortit carrément dans la rue après avoir extrait de son sac à dos le gros Nikon doté d'un télé de trois cents pour shooter le type, cinquante mètres plus haut. Puis, les quittant des yeux un bref instant, il vérifia l'image sur l'écran du numérique. Le cliché était correct, sans plus. On arrivait à reconnaître à peu près Jha, on distinguait l'une des sentinelles, tournée dans la direction du 7-Eleven, mais les traits du troisième homme, debout dans l'obscurité, demeuraient indistincts.

Grâce à la fonction mail du boîtier, il transmit aussitôt l'image à Gavin Biery resté en poste à l'hôtel, puis il interrompit sa surveillance visuelle.

« Ryan. Je décroche. J'en ai pour quelques instants.
— Compris. »

Il s'éloigna dans la rue et appela Gavin.

« Qu'y a-t-il, Domingo ?
— Je viens de t'envoyer une image.
— Je l'ai sous les yeux.
— J'aimerais un service.
— T'as besoin de cours de photo ?
— Ouais. C'est ça. T'aurais moyen d'améliorer ce cliché ?
— Pas bien sorcier. Je la réexpédie sur tous vos smartphones d'ici quelques minutes.
— Super. Vu comment notre petit FastByte s'est mis au garde-à-vous sitôt que ce mec l'a hélé, il se pourrait bien qu'on soit tombé sur le PSEC.
— Le PSEC ? Jamais entendu cet acronyme. Ça correspond à un poste dans l'armée chinoise ou quoi ?
— T'occupe, bosse plutôt sur l'image et tâche de nous la renvoyer en vitesse.
— C'est comme si c'était fait. »

C'est que Chavez avait hâte de voir la bobine du *Putain de Salopard En Chef*.

Cinq minutes plus tard, les trois Américains étaient remontés dans le monospace. Leur Mitsubishi filait le SUV blanc emportant Jha « FastByte22 » et ses six gorilles de la 14K. Ils venaient de quitter les rues poussiéreuses de Mong Kok et traversaient Kowloon au milieu des embouteillages de début de soirée, cap au sud vers Tsim Sha Tsui.

Le gros 4 × 4 s'arrêta au coin d'un pâté de maisons occupé par des boutiques de luxe. Cinq des gorilles descendirent, puis Jha apparut à son tour. Il était en jeans noirs avec des clous argentés sur le côté et arborait un débardeur rose vif sous un blouson de cuir noir clouté. Ses gorilles en revanche portaient tous la même tenue passe-partout, jeans bleus, tee-shirt gris et blouson de toile.

La petite troupe entra comme un seul homme dans une boutique de fringues.

Une pluie insistante s'était mise à tomber ; ne diminuant en rien la chaleur étouffante, elle ne faisait qu'y ajouter une touffeur moite fort pénible. Adam se gara le long du trottoir, deux pâtés de maisons plus loin. Puis il sortit quatre parapluies pliants, passant un rouge et un noir à chacun des deux hommes. Ding et Jack glissèrent le rouge dans leur dos, sous la chemise, et gardèrent le noir. Cela doublerait quasiment leurs chances de rester anonymes, en leur permettant d'échanger leur parapluie et ainsi réduire le risque qu'une personne ayant déjà relevé leur présence ne les remarque une seconde fois.

Alors que les deux hommes descendaient du monospace, Adam les héla. « Souvenez-vous, pour une raison x ou y, ses anges gardiens ont appris qu'il était sous surveillance. Vous devez faire gaffe. N'insistez pas, gardez vos distances ; si jamais on les perd ce soir, on remettra ça demain. »

Sitôt descendus, Jack et Ding se séparèrent pour passer en alternance devant la boutique. La nuit tombante, la foule dense sur les trottoirs et les vastes dimensions de la devanture facilitaient la filature du jeune hacker, malgré le gorille de la 14K posté à l'entrée pour surveiller les passants tout en fumant une cigarette.

Jha et les autres ressortirent quelques minutes plus tard sans avoir fait le moindre achat, mais au lieu de remonter en voiture, les cinq gorilles ouvrirent des parapluies – l'un des hommes s'en servit pour protéger Jha – et la petite troupe s'éloigna à pied, faisant halte dans plusieurs boutiques en cours de route.

Jha passait la moitié du temps, soit à faire du lèche-vitrines et contempler les fringues ou les appareils électroniques, soit à parler au téléphone ou tapoter sur un minuscule ordinateur portable, tandis que son ange gardien le tenait par le bras pour le guider dans les rues animées.

Il acheta des câbles et une batterie neuve pour son portable dans une petite boutique de Kowloon Park Drive, puis lui et toute sa bande s'engouffrèrent dans un cybercafé de Salisbury Road, près de l'entrée du port de la Star Ferry.

Ryan était de surveillance en visu à cet instant. Il appela Yao. « Devrais-je entrer ?

— Négatif, répondit le Sino-Américain. Je connais l'endroit. Petit, confiné. Il se peut qu'il ait rendez-vous avec quelqu'un mais on ne peut pas prendre le risque de vous laisser entrer. »

Ryan comprenait ses scrupules. « D'accord. Je me poste à l'entrée du port et je surveille la porte du café.

— Ding, reprit Yao à l'attention de Chavez. Cet établissement a une porte de service. S'il l'emprunte, il se retrouvera sur Canton Road. Filez-y, il se pourrait qu'ils cherchent à semer une filature.

— Bien reçu. » Ding se trouvait alors deux pâtés de maisons derrière Ryan mais il hâta le pas et tourna à droite sur Canton. Il alla se poster de l'autre côté de la rue et s'arrêta sous la pluie, le pépin incliné pour garder le visage dans l'ombre malgré les réverbères.

Comme l'avait suspecté Yao, Jha et son entourage apparurent quelques minutes plus tard. « Chavez, je reprends le visu. Direction sud sur Canton. »

Adam avait remarqué ces derniers jours que les Triades procédaient de plus en plus souvent à des détections de filature. L'agent américain ne savait toujours pas comment il s'était fait griller mais peu importait, il était bigrement heureux d'avoir reçu désormais le renfort de Chavez et Junior.

Quelques minutes à peine après le message de Ding annonçant qu'il prenait le relais de la filature, Jack repéra de nouveau Jha et les autres, progressant serrés sous leurs parapluies. Ils se dirigeaient vers lui.

« On dirait qu'ils s'apprêtent à prendre le ferry.

— Excellent, commenta Yao. Sans doute celui pour Wan Chai. C'est là-bas que se trouvent les bars. Il s'y est rendu plusieurs fois la semaine dernière, zonant dans les bars à filles du côté de Lockhart Road. Je ne pense pas qu'il s'intéresse aux filles à poil, mais la 14K tient la plupart de ces établissements. Alors c'est sans doute là-bas que ses gorilles préfèrent le conduire.

— Peut-on y entrer sans risque de se faire repérer ? demanda Jack.

— Ouais, faudra juste rester prudent. Il y aura d'autres membres des Triades dans l'assistance. Pas forcément liés au détachement de protection de Jha ; n'empêche, ces types deviennent méchants quand ils ont un coup dans le nez.

— J'imagine que tous pratiquent les arts martiaux ?
— On est loin des films de Jackie Chan, vous savez, rigola Yao. Tout le monde n'est pas un maître du kung-fu.
— Bon, c'est déjà réconfortant.
— Ne vous réjouissez pas trop vite. Tous ont pistolet ou armes blanches. Je ne sais pas pour vous, mais personnellement, je préfère encore me choper une ruade dans la poitrine plutôt qu'une balle de neuf millimètres.
— Un point pour vous, là.
— Jack, vous passez devant pour vous mettre dans la queue du prochain ferry. Ils ne devraient pas suspecter que vous êtes devant eux, mais positionnez-vous avec soin.
— Compris.
— Adam pour Ding. Je passe vous récupérer. On va gagner l'autre rive par le tunnel et on vous attendra à la descente du ferry. »

Le vieux rafiot de la Star Ferry roulait et tanguait dans les eaux agitées à la sortie du port, pour entamer les huit minutes de traversée, encombrée par un trafic maritime intense, et rallier l'île de Hongkong. Jack s'était assis bien en arrière des hommes de la 14K et du pirate informatique installés à l'avant du pont couvert.

Il était à peu près sûr de ne pas avoir été repéré par l'adversaire, tout comme il était quasiment certain de l'absence de tout rendez-vous sur le ferry, puisque personne n'avait fait mine de les approcher.

Quelque chose toutefois attira le regard de Jack alors qu'ils étaient au beau milieu de la passe.

Deux hommes venaient d'entrer dans la cabine des

passagers. Ils passèrent devant Jack pour aller s'asseoir quelques rangées derrière Jha. Des types d'allure athlétique, environ la trentaine ; le premier en jeans et polo rouge, avec sur l'avant-bras droit un tatouage « Cowboy Up ». L'autre, une chemise boutonnée, les pans au-dessus d'un pantalon de golf.

Ils avaient l'air d'Américains – aux yeux de Jack, tout du moins – et tous deux gardaient le regard rivé sur la nuque de Jha.

« On a peut-être un problème, murmura Ryan, tout en regardant par la fenêtre dans la direction opposée.

— Qu'est-ce qui se passe ? » C'était Chavez.

« Je crois qu'il y a deux autres types, des Américains, qui surveillent la cible.

— Merde, fit Yao.

— Qui sont-ils, Adam ? demanda Chavez.

— Je n'en sais rien. Il pourrait s'agir d'huissiers de justice. Jha est sous le coup d'une demande d'extradition. Si c'est le cas, ces types ne vont pas savoir s'orienter dans Hongkong ou se fondre dans la population. Et ils ne se douteront sûrement pas que la 14K surveille ses arrières. Ils vont se faire griller, à coup sûr.

— Ils sont un peu trop près, indiqua Jack, mais à part ça, ils ne sont pas trop visibles.

— Ouais, rétorqua Yao, mais s'ils ne sont que deux pour l'instant, ils ne tarderont pas à être une demi-douzaine. Et par ici, on ne peut caser au même endroit qu'un nombre limité d'Américains avant que les Triades ne découvrent que leur protégé a du monde à ses basques. »

Le ferry accosta quelques minutes plus tard et Ryan fut le premier à en descendre, bien avant Jha et ses acolytes. Parvenu au bas de la rampe, il disparut dans un ascenseur desservant la station de métro, sans même se retourner.

C'était inutile. Chavez s'était déjà posté à la sortie du ferry et il suivit Jha et compagnie lorsqu'ils montèrent dans un taxi monospace. Direction le sud.

Adam avait assisté à la scène depuis le monospace Mitsubishi. Il lança un appel général. « Je les file. Ding, descendez rejoindre Jack dans le métro et prenez une rame pour la station de Wan Chai. Je parie que c'est leur destination. En vous dépêchant, vous pouvez y être avant eux. Une fois que vous serez sur place, je vous guiderai.

— En route », fit Ding avant de se déconnecter pour filer au pas de course vers la bouche de métro retrouver Jack.

Chavez et Ryan étaient dans la rame. Jack se déconnecta pour chuchoter à l'oreille de son supérieur. « Si les huissiers s'approchent trop, Jha va décamper et disparaître. Si c'est le cas, on peut dire adieu à Centre et au Disque stambouliote.

— Ouaip », opina Chavez qui avait pensé la même chose.

Mais à coup sûr, sans parvenir à la même conclusion : « Il faut qu'on le chope avant.

— Enfin comment, Jack ? Il est super bien protégé.

— C'est gérable, déclara Ryan. On peut arranger un truc rapide et méchant. Songe un peu à l'importance de l'enjeu. Si c'est bien FastByte 22 qui a piraté le drone, alors il a du sang sur les mains. Éliminer un ou deux gorilles, ce n'est pas ce qui m'empêchera de dormir.

— Oui mais ensuite, fiston ? On ramène FastByte à l'hôtel et on l'interroge après un dîner à la chambre ?

— Bien sûr que non. On l'exfiltre avec le Gulfstream. »

Ding secoua la tête. « Pour l'instant, on reste avec Adam Yao. Si une ouverture valable se présente, on envisagera de l'enlever, mais dans l'immédiat, le mieux à faire pour nous, c'est de rester en soutien du gars de la CIA qui a l'habitude des lieux. »

Soupir de Jack. Il comprenait, bien sûr, mais il craignait qu'ils n'aient manqué une bonne occasion d'emballer FastByte et d'apprendre enfin pour qui il bossait.

39

Les deux agents du Campus sortirent du métro à la station Wan Chai. Dans l'intervalle, Adam avait filé le taxi qui avait conduit les cinq hommes devant le Club Stylish, une boîte de strip-tease sur Jaffe Road, à quelques rues de là. Yao prévint les deux hommes de Hendley que le bar à putes était un point de chute habituel pour la 14K et qu'il y aurait, entre les hommes d'affaires esseulés et les serveuses ou strip-teaseuses philippines, un certain nombre de malfrats des Triades lourdement armés et buvant sec.

Jack et Ding soupçonnaient que leur notion de « lourdement armé » différait quelque peu de celle d'Adam Yao, toutefois aucun des deux hommes ne portait la moindre arme. Aussi décidèrent-ils de rester sur le qui-vive et de ne rien faire qui risquât de provoquer l'ire des habitués de l'établissement.

Les deux Américains découvrirent que l'entrée du club se réduisait à une porte étroite et sombre au pied d'une tour d'habitations passablement délabrées, dans une ruelle située tout à côté de Lockhart Road, l'une des artères du quartier touristique autrement plus accueillant de Wan Chai. Ryan enfila son masque en papier avant d'entrer en premier. Après être passé devant un videur qui avait l'air de s'ennuyer, il descendit un escalier étroit et chichement éclairé par des guirlandes de Noël fixées au plafond. Il eut l'impression de descendre au moins deux étages et, parvenu tout en bas, il déboucha sur une vaste salle haute de plafond. Immédiatement sur sa droite, un bar longeait le mur, devant lui, de nombreuses tables éclairées par des bougies, et tout au fond, une scène surélevée, faite de dalles en plastique transparent éclairées par-dessous par des lampes ambrées tape-à-l'œil qui baignaient les lieux d'une curieuse teinte vieil or. Au plafond, une énorme boule à facettes dessinait par milliers ses étoiles blanches tourbillonnantes sur les clients.

Quatre perches de pole dancing étaient fixées aux quatre coins de la piste de danse.

L'établissement semblait rempli à vingt pour cent environ et l'assistance, exclusivement masculine, était répartie entre les tables au centre, des alcôves le long du mur latéral droit et les tabourets du bar. Certains discutaient avec les danseuses qui passaient entre les tables avec un air d'ennui profond. Jack avisa Jha et les quatre Triades qui l'accompagnaient, installés dans une large alcôve, la dernière de la rangée, à droite, près de la scène, entre celle-ci et une galerie sombre donnant sur l'arrière de l'établissement. Jack supposa que c'était là-derrière que devaient se trouver les toilettes mais il n'avait pas envie de venir frôler Jha juste pour le seul plaisir d'avoir une meilleure vue de la disposition des lieux. Aussi, avisant immédiatement sur sa gauche un escalier en spirale, il l'escalada pour se retrouver sur une étroite mezzanine qui dominait la salle. Là, quelques hommes d'affaires installés par petits groupes regardaient le piètre spectacle. Ryan jugea l'emplacement favorable – il pouvait observer Jha tout en restant invisible, assis dans le noir, à la fois en retrait et en surplomb. Il prit une place isolée et commanda une bière dès qu'une serveuse passa devant lui quelques minutes plus tard.

Bientôt, deux jeunes danseuses philippines montèrent sur scène et entamèrent un show bien huilé, prenant des poses lascives au rythme assourdissant d'une musique techno aux accents asiatiques.

Jha et ses gardes du corps étaient toujours installés dans l'alcôve. Jack nota que le jeune homme semblait plus intéressé par son ordinateur de poche que par les filles demi-nues qui se trémoussaient à quelques pas de lui. C'est tout juste s'il leur adressait un vague coup d'œil tout en continuant de pianoter frénétiquement avec les deux pouces.

Jack se dit qu'il aimerait bien mettre les mains sur sa machine. Lui-même ne saurait trop quoi en faire mais Gavin Biery prendrait certainement son pied à en extirper les secrets.

Domingo Chavez apparut quelques minutes plus tard, et il alla s'asseoir près du bar du rez-de-chaussée, non loin de l'entrée. Il avait ainsi une bonne vue sur l'escalier remontant vers la sortie et une vue correcte sur les gorilles de la 14K, mais son boulot principal était d'épauler Jack, celui de leur binôme chargé de la surveillance active.

Tous deux communiquaient avec Adam *via* leurs minuscules oreillettes. Yao était dehors, dans le monospace qu'il avait garé dans une ruelle courant sur l'arrière des tours donnant sur Jaffe et sur Gloucester, à quelques rues à peine de la rive nord de l'île de

Hongkong. Il s'était garé sur un modeste parking qui lui permettait d'avoir une vue directe sur la sortie de service du Club Stylish, ce qui était parfait, sauf qu'il se trouvait par là même tout à côté d'une douzaine de boîtes à ordures remplies des déchets d'un restaurant de poissons, de sorte qu'il bénéficiait de la puanteur ambiante, avec pour seule compagnie le crissement des pattes de hordes de rats.

Par message vocal, Adam informa les deux cadres de Hendley de la veine qu'ils avaient. Eux. Chavez descendait sa première bière de la soirée en regardant les femmes bosser sur scène pour quelques billets tandis que les autres danseuses passaient entre les tables.

Il crut bon d'assurer le jeune Adam qu'il ne manquait pas grand-chose.

Les deux mystérieux Américains repérés peu avant sur le ferry entrèrent dans la boîte quelques minutes plus tard, confirmant les soupçons de Jack : ils filaient bel et bien le jeune pirate chinois. Ding avertit Ryan qui les aperçut bientôt, depuis son perchoir, quand les hommes se laissèrent choir dans les sièges rembourrés d'un coin sombre, à l'écart de la scène. Ils commandèrent des Budweiser qu'ils sirotèrent tout en repoussant les avances des call-girls en goguette.

Lorsque Chavez se tourna pour scruter de nouveau l'escalier d'entrée, il vit deux autres Occidentaux, tous deux en blazer bleu, chemise et cravate, entrer de concert.

Il y avait déjà une douzaine d'autres Occidentaux au bar, en incluant Ding, Jack et les deux jeunes types repérés sur le ferry, mais ceux-là détonnaient, estima Ding. Ils ressemblaient à des Fédéraux, et Chavez savait aisément les distinguer, ce qui n'était guère un exploit, vu qu'ils avaient le chic pour se faire remarquer. Les deux hommes s'installèrent à quelques tables à peine du groupe de gardes du corps, qui plus est en adoptant une posture bien peu naturelle, plus tournés vers FastByte22 que vers la scène.

« Merde, ça ressemble de plus en plus à une réunion de l'amicale des chaussettes à clous », grogna doucement Chavez, dissimulant ses lèvres derrière le goulot de sa bouteille de bière, avant d'en boire une lampée.

La voix d'Adam Yao grésilla dans son oreillette. « Encore des Américains ?

— En civil. Ce pourrait être des fonctionnaires du ministère de la Justice venus du consulat pour tenter de confirmer la présence de Jha.

— OK, peut-être qu'on pourrait envisager de battre en retraite. Si je compte bien, ça nous fait maintenant six *gweilos* à portée de vue de Jha. C'est beaucoup trop.

— Bien d'accord avec toi, Adam, mais j'ai une autre idée. Attends une seconde. » Il glissa la main dans son blouson, en sortit son smartphone et passa en mode vidéo. Puis, après avoir mis en attente sa liaison avec Ryan et Yao, il appela Gavin Biery resté à l'hôtel.

Ce dernier répondit dès la première sonnerie. « Biery.

— Eh, Gavin. Je t'envoie une séquence vidéo de mon smartphone. Peux-tu aller voir sur ton ordi si tu la reçois bien ?

— Je suis déjà devant l'écran. Je l'ai. » Puis, quelques secondes plus tard : « Est-ce que tu pourrais zoomer sur la scène ? »

Ding posa le smartphone sur la table, le cala avec un petit bougeoir en verre, puis le tourna vers la table de Jha, avant d'observer : « J'aurais besoin que tu te concentres sur la cible, pas sur les danseuses.

— Oh bon, d'accord. Zoome voir un poil. »

Ding obéit, puis il recadra.

« Je l'ai. Que dois-je chercher ?

— Contente-toi de les surveiller. Je te passe le relais. Je vais faire sortir Ryan et moi, je prends un peu le large. Il y a déjà trop de mecs en filature dans cette salle.

— Pigé. » Gavin rigola. « Me voilà en mission. Enfin… virtuellement. Hé, au fait, je t'envoie l'image nettoyée de ta photo au centre commercial de Mong Kok. Tu devrais pouvoir à présent identifier sans problème le type dans le noir. »

Domingo connecta en audio Gavin aux deux autres, puis il expliqua à Jack et Adam ce qu'il avait fait. Jack quitta le club et sortit par-devant, traversa Jaffe et alla s'asseoir devant un minuscule stand de vendeurs de nouilles ouvert sur la rue. De là, il avait une vue directe sur l'entrée principale du club.

Yao, Chavez et Ryan reçurent tous les trois en même temps un mail sur leur smartphone. En l'ouvrant, ils découvrirent une photo montrant, bien visible, une vue de trois quarts arrière du visage de Jha en train de parler à un Chinois plus âgé, vêtu d'une chemise blanche avec une cravate bleue ou gris clair. Le visage de son interlocuteur était assez net mais aucun des trois ne put l'identifier.

Chavez savait que Biery avait sur son ordinateur un logiciel de reconnaissance faciale et qu'il devait en ce moment même essayer de trouver une correspondance.

Yao répondit le premier : « Sa tête ne me dit rien mais vous pensiez, Ding, qu'il avait l'air important ?

— Oui. Je pense que t'es en train de contempler le PSEC.

— Le quoi ?

— Le Putain de Salopard En Chef. »

Ryan et Yao étouffèrent un rire.

La voix de Gavin Biery revint une minute plus tard dans leurs oreillettes. « Domingo, fais-moi un pano sur ta gauche. » Ding avança la main et tourna l'appareil tout en regardant délibérément dans la direction opposée, vers les barmaids.

« Que vois-tu ?

— J'ai remarqué que les gros bras qui entourent Jha sont tous en train de regarder quelque chose ou quelqu'un. Je crois bien que ce sont ces deux Blancs en blazer bleu. L'un des gars vient de sortir son mobile et de passer un appel.

— Merde, fit Ding. Je suis prêt à parier que les gars du consulat ont tout fait pour montrer qu'ils n'étaient pas venus juste pour mater les danseuses. Adam, à ton avis, que vont faire les mecs de la 14K ?

— Je suppose qu'ils vont demander des renforts. S'ils sont vraiment inquiets, ils vont exfiltrer Jha par la porte de derrière mais de ce côté-là, tout est calme. Ryan, comment ça se passe sur le devant ? »

Jack remarqua un groupe de trois Chinois qui entraient dans le club. Deux étaient jeunes, la vingtaine environ, le troisième sans doute sexagénaire. Jack ne leur trouva rien de spécial, quantité de gens entraient et sortaient en permanence.

« La foule normale.

— OK. Ouvrez l'œil quand même, d'autres 14K pourraient bien débarquer. Si les gars en bas viennent d'identifier une menace potentielle, la situation pourrait devenir compliquée. »

« Notre gars a des visiteurs », annonça Biery, une minute plus tard, alors que les trois nouveaux clients du bar, le vieux Chinois et ses deux jeunes acolytes, se glissaient dans l'alcôve pour entourer Jha. « Je vous en balance une capture pour que vous puissiez voir. »

Adam attendit que l'image parvienne sur son téléphone pour l'examiner attentivement. « OK. Le plus vieux est M. Han. C'est un trafiquant bien connu, spécialiste dans l'équipement informatique haut de gamme. C'était lui que je pistais quand je suis tombé sur Jha pour la première fois. J'ignore quelles sont ses relations avec ce dernier. Pour les deux autres, je ne suis pas sûr ; en tout cas, ces gars ne sont pas de la 14K. Trop chétifs et l'air trop déconcerté. »

Gavin intervint : « Je les passe à la moulinette de la reconnaissance faciale à partir d'une base de portraits de hackers chinois déjà fichés. »

Silence durant plusieurs secondes.

Au stand de nouilles, Ryan pesta contre lui-même et au bar du club de strip-tease, Chavez bougonna *in petto*. Ils allaient avoir du mal à vendre au jeune Yao que cette base de données, piquée par le Campus dans les fichiers confidentiels de la CIA, était le genre de document qu'un cabinet de gestion financière, même lancé aux trousses d'un pirate chinois, pouvait afficher comme ça, d'un clic.

Ryan et Chavez attendaient la réaction de Yao.

« C'est rudement pratique, Gavin. Tenez-nous au jus. » La voix était ouvertement sarcastique.

Inconscient de la gaffe qu'il venait de commettre,

Gavin n'avait de toute évidence pas relevé le sarcasme de Yao. « Je vous tiens au courant. Et au fait, j'ai déjà passé au crible l'autre gars, le PSEC. Aucune correspondance, commenta-t-il avec un brin de frustration.

— Hé, Domingo, dit Yao. Vous serait-il possible de me retrouver à l'arrière du club, pour une petite discussion ? »

Toujours assis au bar près de l'entrée, Ding leva les yeux au ciel. Ce jeune espion clandestin s'apprêtait à le mettre au pied du mur, il en était parfaitement conscient.

Quant à Jack, devant le stand de nouilles, il mit son visage entre ses mains. Pour autant qu'il sache, ils étaient brûlés vis-à-vis de l'homme de la CIA.

« Je te rejoins tout de suite, Adam », dit Chavez. Puis : « Ryan, si tu redescendais me relayer à la surveillance depuis la mezzanine ? Discrètement. Contente-toi de repérer d'éventuelles nouvelles têtes qui viendraient se joindre à la compagnie.

— Pigé », dit Jack.

Il fallut quelques minutes pour que Jack se mette en position, puis que Chavez regagne la sortie, remonte la rue, contourne le pâté de maisons pour s'engager dans la ruelle située derrière la boîte de nuit et les tours d'appartements, et enfin monter à l'avant du monospace.

Il se tourna vers Adam, au volant. « Tu voulais bavarder ?

— Je sais que vous êtes un ancien de la Maison. J'ai vérifié. Vous avez gardé votre habilitation de sécurité. »

Chavez sourit. Plus vite ils auraient réglé ce quiproquo, mieux ça vaudrait.

« T'as fait tes devoirs du soir. »

Yao ne souriait pas. « Vous avez des amis à l'Agence, des amis à tous les échelons. Et je ne crois pas trop me mouiller en disant que vous savez foutrement bien que je suis moi aussi de la Maison. »

Ding acquiesça lentement. « Je ne vais pas te mentir, gamin. Je sais que tu as deux casquettes.

— Allez-vous enfin me dire la vraie raison de votre présence ici ?

— Il n'y a pas de mystère. Nous sommes ici pour savoir qui peut bien être Jha. Il essaie de s'introduire dans notre Intranet.

— Essaie ? Il n'a pas encore réussi ?

— Pas que je sache. » Ils avaient menti à Yao à ce sujet. « Désolé, môme. On avait besoin de ton aide et on voulait également t'aider. Alors, je t'ai balancé deux trois craques en cours de route.

— Deux ou trois craques ? Alors comme ça, vous avez fait tout ce chemin jusqu'à Hongkong pour venir filer un hacker qui essaie de pirater votre réseau ? M'est avis que vous m'en avez balancé un tombereau. »

Chavez soupira. « C'est une partie de la raison de notre venue. Nous savons également qu'il tient un rôle essentiel dans l'attaque des drones. Nous voyions que nos intérêts et ceux de l'Amérique se conjuguaient joliment ici, et donc on a voulu te filer un coup de main pour ton enquête.

— Comment savez-vous qu'il était impliqué dans l'attaque des drones ? »

Chavez hocha la tête. « Les gens parlent... »

Yao ne semblait guère satisfait par cette réponse

mais il poursuivit. « Et quel est le rôle de Jack Jr. dans tout ceci ?

— Il est analyste chez Hendley. Pas plus compliqué que ça. »

Yao hocha la tête. Il ne savait pas trop comment situer Hendley Associates, mais il savait que Domingo Chavez avait autant, voire plus de crédibilité que quiconque avait pu travailler pour le renseignement américain. Chavez et ses collègues lui fourniraient les moyens dont il avait besoin pour pister, traquer et, l'espérait-il, identifier certains des individus qui travaillaient avec Jha. Il avait donc besoin d'eux, quand bien même ils ne faisaient pas franchement partie de son équipe.

« L'Agence n'a pas gobé l'hypothèse que Jha pourrait être impliqué dans l'attaque des drones. Ils pensent qu'il était l'agent d'un gouvernement quelconque, peut-être les Iraniens, peut-être les Chinois, et comme ici, à Hongkong, il ne travaille manifestement ni pour l'un ni pour l'autre, ils en ont déduit qu'il n'avait rien à voir avec l'attaque.

— Nos déductions divergent, et apparemment les tiennes aussi.

— En effet. »

À cet instant précis, Gavin Biery rappela Chavez et Ding mit l'ampli pour permettre à Yao d'écouter. « Bingo. On a une correspondance pour l'un des jeunes, celui en chemise noire. Il s'appelle Chen Ma Long. Sa fiche dit qu'il vit à Shaoxing, sur le continent. C'est un membre connu d'une organisation dénommée la Dynastie Tong.

— La Dynastie Tong ? » Yao parut surpris.

« C'est quoi, ce truc ? demanda Chavez.

— C'est le nom officiel donné par la NSA à une organisation qui a sévi entre 2005 et 2010. Elle était dirigée par le Dr K.K. Tong, une manière de parrain des systèmes offensifs de guerre informatique chinois. Il utilisait des dizaines de milliers de hackers civils, les regroupant dans une sorte d'armée. Ce gamin a dû en faire partie.

— Où se trouve Tong actuellement ?

— Il a été jeté en prison pour corruption par ses compatriotes mais il s'est évadé. Plus personne n'a entendu parler de lui depuis deux ans. On dit que les communistes chinois veulent l'éliminer.

— Intéressant. Merci, Gavin », dit Chavez. Il coupa la communication avec Biery et reporta son attention sur Yao.

« Nous n'allons pas apprendre grand-chose de plus que ce que nous savons déjà sur ce qui peut bien se tramer dans le coin, car les Triades auront tôt fait de piger que Jha traîne décidément trop de monde à ses basques. Une fois qu'ils auront repéré tous les gars qui le filent, Jha va disparaître.

— Je sais.

— Il faut que tu vérifies encore une fois avec Langley. S'ils veulent lui mettre la main au collet, ils ont intérêt à agir tout de suite, parce que soit il va filer sur le continent, auquel cas vous ne le retrouverez jamais, soit les huissiers dépêchés par la Justice vont l'arrêter, auquel cas il sera happé par la machine judiciaire. Si c'est le cas, il se prendra un avocat, recevra une petite tape sur les fesses et finira en taule aux frais du contribuable. L'Agence n'aura pas la moindre information sur l'identité de ses employeurs. »

Adam opina. Chavez voyait bien que la perspective

de perdre Jha Shu Hai désolait le jeune espion clandestin.

« J'ai déjà parlé avec Langley. Ils disent qu'ils ne pensaient pas que Jha fût impliqué mais qu'ils allaient néanmoins refiler le bébé au Pentagone, puisque c'est leur système qui s'est fait pirater.

— Et qu'a répondu le Pentagone ?

— Aucune idée. J'essaie de communiquer le moins possible avec Langley.

— Pourquoi ça ?

— À peu près tout le monde sait qu'il y a une fuite à notre station de Pékin. Le Pentagone sait en outre que la CIA est brûlée pour ses enquêtes en Chine, aussi je doute fort qu'ils nous fassent savoir s'ils étaient intéressés par Jha.

— Une fuite ?

— Ça fait déjà un bout de temps que je me suis accommodé de cette réalité. Trop d'initiatives de l'Agence en Chine ont foiré à cause de ce qui ne peut être que la transmission d'infos confidentielles sur nos activités. Pour ma part, j'essaie de rester le plus discret possible. Je n'aime pas trop que Langley soit au courant de mes projets, de peur que les communistes chinois me mettent des bâtons dans les roues. Même si HK n'est pas officiellement le continent, la ville grouille d'espions chinois.

— Peut-être, observa Chavez, que la fuite explique pourquoi la 14K a doublé le nombre de gorilles entourant Jha, et procède toutes les deux heures à un repérage de filature.

— Ça ne s'explique que si la 14K travaille main dans la main avec les cocos, et d'après mon expérience, c'est du jamais vu. »

Le mobile de Ding sonna. C'était Ryan. Ding mit l'ampli.

« Quoi de neuf, Jack ?

— Les deux jeunes Américains, ceux que j'ai repérés sur le ferry, viennent de régler l'addition. Ils se sont tirés.

— Bien, peut-être qu'ils vont rentrer chez eux. Et les deux types en civil ?

— Toujours pareil. Ils continuent de surveiller Jha et ses gorilles en les matant toutes les trente secondes. Toujours aussi discrets.

— OK. J'y retourne, dit Chavez. Attends-moi. Je prendrai le relais et tu pourras remonter surveiller l'entrée principale.

— Compris », conclut Jack.

Chavez retourna dans le club par l'entrée de service. Elle donnait sur un escalier étroit qui débouchait sur un couloir au deuxième sous-sol. Chavez passa devant les portes des toilettes, puis celle des cuisines, et enfin, il se retrouva dans la salle. Il passa devant Jha et ses gardes du corps, assis dans leur coin, et retourna au bar. Ryan ressortit par l'entrée principale et retourna au stand de nouilles sur Jaffe, où il commanda une Tsingtao.

Une minute après son retour, il annonça l'arrivée des renforts. « Et voilà la 14K. Je compte près d'une douzaine d'hommes de main qui viennent de sortir de deux SUV gris métallisé ; tous en blouson fermé, alors qu'il fait 25. J'en déduis qu'ils planquent des armes. Ils se dirigent vers la porte du Stylish.

— Merde, fit Yao. Ding, vous pensez qu'on devrait dégager le secteur ?

— C'est toi qui vois, répondit Chavez, mais jusqu'ici, personne n'a pu me remarquer au bar. Il faut dire que mon activité se réduit à marmonner dans ma barbe toutes les trois ou quatre minutes. Qu'est-ce que tu dirais que je reste encore un peu, le temps de m'assurer que les gars du consulat n'ont pas de problème avec cette nouvelle bande de gros bras ?

— Entendu, mais faites gaffe. »

Bientôt la présence des Triades s'était sérieusement renforcée. Une douzaine de bandits armés, pas vraiment discrets, s'étaient dispersés dans le club pour prendre position aux coins de la salle et du côté du bar.

Ding murmura derrière le goulot de sa bouteille. « Ouaip... les nouveaux venus ont repéré les deux gars en civil. Ça risque de barder, Adam ; je reste encore une minute, si jamais quelqu'un a besoin d'appeler la cavalerie. »

Pas de réponse d'Adam Yao.

« Adam pour Ding, tu me copies ? »

Rien.

« Yao, t'es en ligne ? »

Au bout d'un long moment, Adam Yao répondit dans un murmure. « Les gars... ça risque de barder pour de bon. »

40

Adam Yao avait basculé entièrement le dossier de son siège et il se tenait allongé, immobile, le corps planqué sous le niveau des vitres du monospace. Il ne bougeait pas un muscle, mais son esprit carburait à cent à l'heure.

Une demi-minute plus tôt, un gros minibus s'était engagé dans la ruelle, tous feux éteints, s'approchant du monospace de Yao toujours garé sur le parking. Adam s'était baissé avant qu'on ne remarque sa présence à bord, mais il avait quand même eu le temps d'apercevoir le mec au volant. L'Américain coiffé d'une casquette de base-ball et tenant un talkie-walkie. Dans son dos, Yao avisa plusieurs silhouettes sombres.

« Adam, que se passe-t-il ? » La voix de Ding chuchota dans son écouteur mais Adam ne répondit pas. Il tendit plutôt la main pour saisir le sac à dos posé sur le siège du passager. Il en sortit un petit miroir rectangulaire qu'il leva avec précaution au-dessus de la portière du conducteur. Ainsi pouvait-il apercevoir le minibus. Le véhicule s'était garé près de la sortie du club de strip-tease et la porte latérale venait de coulisser. Sept hommes descendirent en catimini ; tous tenaient un fusil automatique noir plaqué contre le corps, tous portaient sac à dos, arme de poing et gilet pare-balles.

Toujours immobile et silencieux, il entendit à nouveau la voix de Ding dans son écouteur. « Enfin, qu'est-ce qui se passe, Adam ?

— Il y a une putain d'unité d'intervention qui se met en place. Pas du ministère de la Justice, pas des douanes ou de la CIA. Probablement des types du Jay-Sock. » Le JSOC – Joint Special Operations Command – regroupait les unités d'intervention directe du ministère de la Défense, les commandos spéciaux des SEAL et de la Force Delta. Yao savait que le Pentagone n'enverrait personne d'autre faire ce boulot. « Je crois qu'ils s'apprêtent à pénétrer par la sortie de secours et ils n'ont pas du tout l'air d'être venus voir tressauter des nichons.

— Merde, lâcha Ding. Combien sont-ils ?

— J'en ai compté sept en action.

— Il y a sans doute quatre ou cinq fois plus de types des Triades armés dans cette boîte. Tu dois les arrêter avant qu'ils se fassent massacrer.

— Entendu. » Adam ouvrit aussitôt la portière pour se glisser hors du Mitsubishi. Les Américains qui s'apprêtaient à descendre dans le club lui tournaient le dos. Yao décida de les héler mais il n'avait pas fait deux pas que quelqu'un le projeta au sol par-derrière. Il perdit son oreillette et s'effondra tête la première sur le bitume humide, le souffle coupé.

Il ne voyait pas l'homme qui l'avait jeté à terre mais il sentit le poids d'un genou contre son dos, la brûlure dans les épaules quand on ramena brutalement ses bras en arrière, le picotement aux poignets quand on lia ses mains avec des serre-câbles. Avant qu'il ait pu dire un mot, il entendit un bruit d'adhésif électrique qu'on dévide et quelqu'un enroula plusieurs fois le ruban autour de sa tête en passant devant la bouche, le bâillonnant sans ménagement.

Puis il fut tiré par les pieds à travers le parking ; il s'efforça de se protéger le visage du contact rugueux contre l'asphalte. En quelques secondes, il se retrouva de l'autre côté du monospace, brutalement redressé en position assise. Sa nuque heurta la carrosserie. Ce n'est qu'alors qu'il découvrit qu'il avait été maîtrisé par un seul et unique individu. Un type blond, barbu, en pantalon de camouflage, gilet pare-balles aux poches lestées de chargeurs, un fusil automatique à canon court passé en bandoulière. Adam voulut parler derrière le ruban adhésif mais l'Américain se contenta de lui tapoter la tête avant de le coiffer d'une cagoule.

La dernière image que vit Yao était celle de l'avant-bras du type, avec son tatouage « Cowboy Up ».

Adam l'entendit ensuite se relever, contourner le monospace au pas de course, de toute évidence pour rejoindre ses camarades près de la porte.

Chavez avait passé dix des vingt dernières secondes à tenter d'atteindre Adam Yao, deux secondes de plus à se passer lui-même un savon et les huit dernières à aboyer à voix basse – mais avec autorité – des ordres dans son micro-oreillette, tout en traversant la salle pour se rendre aux toilettes.

« Gavin, écoute-moi bien. J'ai besoin que tu viennes nous rejoindre en taxi. File-lui jusqu'au dernier sou de ton argent de poche pour qu'il se magne le cul !

— Moi ? Tu veux que je me rende là-bas avec...

— Oui ! Je te mettrai au jus en cours de route.
— Oh. OK. J'y vais.
— Ryan. Je veux que tu remontes discrètement dans la rue et repasses derrière, voir ce qui est arrivé à Adam. Mets ton masque.
— Compris. »

Chavez passa devant plusieurs membres des Triades en faction au milieu de la foule des clients en se dirigeant vers les toilettes près de l'issue de secours. Il savait qu'il allait devoir tenter d'empêcher les gardes du corps de s'emparer de Jha avant qu'ils ne foncent droit vers un bain de sang.

Le tableau qui se dessinait était clair : les deux jeunes types que Ryan avait repérés sur le ferry, puis ici dans le club étaient les éclaireurs de ce commando de gars des unités spéciales, SEAL, Delta ou autres. Ils avaient repéré Jha et un groupe restreint de gardes du corps assis dans une alcôve près du couloir donnant sur la sortie de secours, et avaient informé par radio leurs camarades pour leur dire que le moment était venu de procéder à l'enlèvement.

Les deux guetteurs avaient quitté les lieux à la dernière minute, sans doute pour se harnacher et s'armer avant de participer à l'action. Ce n'était pas la procédure habituelle ; mais ils ne s'attendaient sûrement pas à voir des renforts de la 14K débarquer dans le bref intervalle de temps où Jha ne serait plus sous surveillance.

C'était la cata assurée, Chavez le savait et le seul moyen pour lui d'arrêter ça était de foncer vers la porte de service avant que... ne débouche du couloir sombre menant vers l'escalier du fond un groupe d'hommes armés, parfaitement alignés, le guidage laser de leurs armes projetant des points rouges dansants, qui dessinaient des traits mouvants à travers la brume ambrée de l'éclairage du club, telles les étincelles de la boule à facettes suspendue au plafond.

Chavez se retrouvait coincé au beau milieu de la salle, pas assez avancé pour arrêter les hommes mais plus assez en retrait pour ne pas être pris sous le feu croisé imminent. Six mètres devant, sur sa droite, Jha était attablé, entouré de sa petite cour de pirates et d'une bande de porte-flingues de la 14K. Devant lui sur sa gauche, la scène éclairée avec sa troupe de danseuses nues et tout autour, une bonne douzaine de sentinelles des Triades, la plupart en train de fixer d'une mine patibulaire les deux agents du consulat américain, manifestement de plus en plus mal à l'aise et, Ding en était désormais certain, absolument pas conscients de l'arrivée imminente de paras commandos armés jusqu'aux dents.

Chavez lança dans son micro, sur un ton solennel :
« C'est parti. »

Le premier-maître Michael Meyer, chef de ce commando du SEAL, était placé en deuxième position dans le « train tactique », son HK MP7 braqué juste au ras de l'épaule gauche du premier de la file. Au débouché du couloir, l'unité se divisa en plusieurs groupes dès son entrée dans la salle, Meyer et le premier homme filant vers la droite, leurs lasers braqués sur la piste de danse et les clients répartis devant.

Sur sa gauche, deux de ses hommes couvraient la salle jusqu'au bar du fond et juste derrière lui, trois autres venaient de jeter au sol Jha, tout en tenant en respect ses gorilles.

Meyer sentit presque aussitôt que sa zone était à l'abri du danger. Il y avait autour de lui des stripteaseuses et quelques hommes d'affaires, mais le gros de l'action se déroulait à présent au fond de la salle, vers le bar, et derrière lui, du côté de la table de Jha, aussi laissa-t-il son binôme pour aider ses camarades à s'emparer du pirate chinois.

L'équipe avait espéré intervenir après que Jha et sa garde seraient ressortis du club – raison pour laquelle ils s'étaient postés un peu plus haut dans la rue. Mais les deux hommes à qui Meyer avait confié la tâche de filer Jha lui avaient signalé la présence de deux autres Américains, deux types à brushing en costard, manifestement sortis du consulat, et lui avaient dit redouter de voir Jha exfiltré sous bonne garde.

Meyer avait donc décidé d'user de son pouvoir discrétionnaire pour prendre une décision inattendue, à savoir exfiltrer la cible ici même dans la boîte de nuit et l'évacuer par la sortie de secours.

La situation était loin d'être idéale. Ces unités opéraient normalement avec des effectifs bien plus importants, une bien meilleure organisation du commandement et des communications et surtout une vision bien plus claire de la cible et de son environnement. Mais la situation était à coup sûr de celles qu'on qualifie de « limites », et la règle d'or dans ces cas-là était de faire au mieux à partir de bases imparfaites.

Les deux éclaireurs du SEAL étaient ressortis de l'immeuble depuis moins de cinq minutes, mais Meyer avait découvert au premier coup d'œil que la situation avait beaucoup évolué dans ce bref laps de temps. Là où il s'était attendu à trouver quatre ou cinq gorilles dans la stalle d'angle, ils étaient à présent une dizaine.

Des durs, en blouson, cheveu ras, regard dur, rassemblés autour de la table, sans verre à la main.

Meyer entendit soudain un avertissement sur sa droite. Et c'était certainement le dernier qu'il aurait voulu entendre venir de ses hommes alors qu'ils scrutaient la foule.

« Contact devant ! »

La situation dégénéra très vite. Un homme de la 14K posté au bar près de l'entrée et partiellement caché par un groupe d'hommes d'affaires en profita pour dégainer le pistolet calibre 45 passé à sa ceinture. Ainsi protégé par les civils, il leva son arme et tira deux balles sur le premier des assaillants, la première lui éraflant le bras gauche et la seconde touchant en plein centre la plaque de blindage en céramique de son gilet pare-balles.

Le commando de marine voisin du blessé élimina le tireur chinois de trois balles en plein front. Les projectiles de 4.6×30 millimètres étaient petits par le calibre mais non par la force d'impact : le haut de la calotte crânienne se détacha pour s'envoler au-dessus de la tête des gens derrière lui.

En moins de deux secondes, un peu partout dans la salle, une bonne vingtaine de membres de la 14K saisirent leur arme.

Et l'enfer se déclencha.

Quand, dès le début de la fusillade, Chavez se retrouva pris entre deux feux, il fit la seule chose possible : passer en mode autoconservation. Il s'aplatit au sol, roula sur sa gauche, renversant au passage chaises et clients dans sa hâte d'échapper au feu croisé des Américains et des Triades. Il rejoignit les clients précédemment attablés devant la piste surélevée pour aller se tapir au pied de celle-ci.

Comme il regrettait de ne pas avoir de pistolet. Il aurait pu aider les commandos dans leur mission en éliminant une partie des adversaires. Mais au lieu de cela, il se protégeait la tête, tandis qu'hommes d'affaires en costume croisé et danseuses en string et paillettes s'empilaient au-dessus de lui, dans un désir éperdu d'échapper à la fusillade.

De bout en bout, il s'efforça toutefois de rester au fait de la situation. Au milieu de la foule de clients affolés, il voyait pistolets et mitraillettes cracher en tous sens, puis il entendit l'énorme détonation d'un fusil d'assaut venant du côté du bar. Les clients ressemblaient à des rats piégés dans cette lumière zébrée des traits rouges des lasers et piquetée d'étoiles de la boule à facettes qui ajoutait encore à la frénésie ambiante.

Le premier-maître Meyer se rendit compte en quelques secondes qu'il avait conduit ses hommes dans un piège. Il s'était préparé à une résistance des gardes du corps de Jha mais il avait eu l'intention de compenser par la vitesse, la violence et l'effet de surprise. Or, en lieu et place d'un combat à peu près équilibré entre deux groupes d'adversaires en nombre égal, Meyer et ses six hommes se retrouvaient comme au beau milieu d'un stand de tir. De surcroît, le nombre important dans le club de civils désormais pris entre deux feux obligeait ses hommes à ne tirer qu'après avoir identifié une arme dans la main d'une des silhouettes évoluant dans la pénombre de la salle.

Deux de ses hommes avaient déjà tiré Jha par-dessus

la grande table ronde pour le coucher au sol devant l'alcôve. Le punk chinois se retrouvait maintenant étendu face contre terre ; un SEAL posa le genou sur sa nuque pour le maintenir tandis que, de son fusil pointé, il balayait toute la largeur du bar près de l'entrée, à la recherche de cibles.

Il tira deux brèves rafales dans la direction d'un coup de feu tiré près de l'entrée, puis il lâcha l'arme, la laissant pendre accrochée à sa dragonne pour terminer de mettre en sécurité son prisonnier, juste au moment où Meyer se prenait une balle de 9 mm en plein milieu du gilet pare-balles. Un instant déséquilibré, le premier-maître se rétablit, s'accroupit et tira en direction de l'éclair du canon d'une arme de poing, encore une fois venant du bar.

Jack Ryan trouva Adam Yao saucissonné près de son véhicule et se débattant comme un beau diable pour se libérer de ses liens. La porte côté passager du Mitsubishi n'était pas verrouillée et Jack l'ouvrit pour récupérer un canif dans le sac à dos de Yao. Trancher les liens en plastique autour des poignets de l'agent de la CIA ne lui prit que quelques secondes.

« T'as des armes, dans le monospace ? » cria Jack.

Adam retira, en grimaçant, l'adhésif qui lui masquait la bouche. « Je n'ai pas de port d'arme et si jamais j'étais pris avec… »

Ryan tourna les talons et fila, les mains nues, vers la porte de service du club.

Chavez avait à peu près réussi à s'abriter du feu croisé, couché à plat ventre, plaqué contre le pied de la scène, sur le côté. Il était complètement hors de vue des SEAL et totalement exposé aux membres des Triades armés qui avaient pris position derrière les tables renversées, derrière le bar qui s'étirait le long du mur d'entrée de l'établissement ou bien encore en se mêlant à la foule des clients. Les balles sifflaient autour de lui et Ding se retrouvait dans la position d'un des nombreux hommes d'affaires terrifiés et blottis les uns contre les autres au centre de ce maelström, essayant de se faire tout petits pour éviter les balles.

Ding se demanda si les commandos seraient capables de retraverser la salle en sens inverse, remonter l'escalier et ressortir sans se faire tailler en pièces par tous ces tireurs de la 14K. Du peu qu'il pouvait en voir, il lui semblait que leur objectif initial, à savoir capturer vivant Jha Shu Hai, était désormais hors d'atteinte.

Chavez se dit que s'ils pouvaient simplement réussir à s'exfiltrer, ce serait en ressortant par l'escalier de service. Il se mit à crier dans son oreillette entre les rafales assourdissantes :

« Ryan ? Si tu es encore dehors à l'arrière, planque-toi fissa ! Il semblerait que ce merdier va venir se répandre dans la ruelle !

— Compris. »

À cet instant précis, un des bandits armé d'un Beretta 9 mm en inox rampa pour venir se placer à côté de Chavez et ainsi profiter de l'abri de la scène pour échapper à la vue des paras commandos.

Chavez vit aussitôt que l'homme pouvait se rapprocher, à leur insu, des gars de l'équipe d'exfiltration qui se trouvaient désormais à moins de trois mètres de lui, près du mur du fond. Il lui suffirait alors de se lever et de descendre quasiment à bout portant ces hommes avant tout préoccupés par les tireurs embusqués derrière le bar, à l'autre bout de la salle.

Chavez savait que le jeune bandit au pistolet ne pourrait tirer que quelques balles de son chargeur de dix-sept cartouches avant d'être coupé en deux par les tirs de riposte, mais on pouvait parier qu'il aurait réussi à tuer entre-temps un ou deux de ses compatriotes.

L'homme de main de la 14K se releva en position accroupie. Ses tennis n'étaient qu'à quelques centimètres du visage de Chavez. Il s'apprêtait déjà à faire mouvement vers les commandos mais le bras de Ding jaillit pour empoigner la main tenant l'arme, déséquilibrer le type et le plaquer au sol. Puis Ding le ramena sans ménagement derrière une table renversée, se battit pour arracher son arme à ce Chinois d'une vigueur peu commune, puis finit par se jucher sur lui, tirer l'arme en arrière et lui briser deux doigts de la main droite avant de le dépouiller de son flingue.

Le type hurla mais ses cris étaient couverts par la fusillade et les autres hurlements. Ding lui saisit la tête et la frappa contre le sol, à deux reprises. Au premier coup, il lui avait cassé le nez, au second, il l'étendit pour le compte.

Ding resta tapi derrière la table, caché des Triades qui tiraient depuis le bar. Il sortit le chargeur de la crosse du Beretta pour vérifier combien il lui restait de munitions. Il était presque plein, quatorze cartouches, plus une déjà engagée dans la culasse.

À présent, Domingo Chavez avait une arme.

Les problèmes du premier-maître Meyer se compliquaient d'une seconde à l'autre, mais il était dans ce métier depuis trop longtemps pour laisser la peur, la confusion ou la surcharge de responsabilités interférer avec ses facultés. Lui et ses hommes allaient garder la tête froide aussi longtemps que leur cœur battrait et qu'il leur resterait une mission à remplir.

Jha avait été menotté et traîné dans le hall, une partie du chemin par sa chemise, et le reste par sa crête de cheveux. Sitôt après l'avoir mis à l'abri au pied de l'escalier de derrière, l'équipe de Meyer avait entamé sa retraite, les hommes se relayant pour se couvrir mutuellement, le temps pour un camarade de recharger son arme.

Deux des SEAL avaient pris des balles dans leurs plaques de blindage mais c'est l'opérateur Kyle Weldon qui avait été leur premier blessé sérieux. Une balle de 9 mm lui avait explosé la rotule, le jetant à plat ventre dans le hall. Il avait lâché son HK PDW mais l'arme restait retenue par sa dragonne et il avait résisté à la douleur suffisamment pour pouvoir tourner sur lui-même et ainsi aider l'un de ses camarades à le saisir par les bretelles de son gilet pare-balles.

Quelques secondes plus tard, c'était au tour de ce dernier d'être blessé. Après un ricochet, une balle s'était logée dans le mollet gauche du maître Humberto Reynosa alors qu'il traînait Weldon et il s'était effondré en tas près de son camarade déjà blessé. Tandis que le premier-maître Michael Meyer continuait de couvrir ses hommes, deux autres SEAL se précipitèrent, empoignant les deux blessés et les attirant vers eux pour les mettre en lieu sûr.

Meyer glissa sur une flaque de sang alors qu'il commençait à remonter l'escalier à reculons. Retrouvant son équilibre, il pointa son viseur laser sur un homme de la 14K armé d'un fusil à crosse revolver, apparu soudain au pied des marches. L'Américain lui logea trois balles dans le buffet avant que l'autre n'ait eu le temps de tirer.

Le première classe Joe Bannerman, pourtant placé en haut des marches tout près de la porte, réussit tout de même à se choper une balle dans l'omoplate tirée par un Chinois qui venait de surgir des toilettes en tirant sur tout ce qui bouge. Bannerman réussit à rester debout et continua d'avancer, tandis que le maître Bryce Poteet dégommait le tireur d'une rafale de douze balles chemisées.

Ryan, suivant les ordres de Chavez, avait filé se planquer. Il venait de traverser la ruelle pour plonger entre deux poubelles à l'odeur pestilentielle quand des phares apparurent au bout de la rue. C'était le minibus noir qui avait déposé les SEAL juste quelques minutes plus tôt ; le chauffeur avait manifestement bien reçu le message de passer derrière pour récupérer les hommes.

À peine avait-il freiné devant la porte de service que celle-ci s'ouvrait. Depuis sa cachette derrière les poubelles, Jack vit surgir un Américain barbu à l'épaule droite ensanglantée qui aussitôt se mit en position pour couvrir la ruelle d'un côté. Un second homme apparut, qui braqua son fusil dans la direction opposée.

Peu après, Jack vit FastByte22 ou en tout cas quelqu'un vêtu comme lui. Une cagoule lui couvrait le visage, il était menotté et un soldat américain le poussait sans ménagement.

Meyer fut le dernier à sortir. Il se retourna vers le minibus juste à temps pour voir Jha propulsé à l'intérieur par la porte latérale coulissante ; puis le reste des hommes sauta, claudiqua ou fut hissé à bord à sa suite.

Meyer continua de viser vers le bas de l'escalier jusqu'à ce que la porte de secours se referme, puis il rejoignit rapidement ses camarades.

En montant à bord, il se retourna vers le chauffeur, tout en rampant au milieu de ses collègues prostrés.

La porte du club se rouvrit à la volée et deux hommes en blouson de cuir noir apparurent. Le premier brandissait un pistolet et l'autre un fusil de calibre 12 à crosse revolver.

Le premier-maître Meyer vida son chargeur sur les deux Chinois qui roulèrent sur la chaussée tandis que la porte se fermait à nouveau.

« Fonce ! » cria Meyer, et le minibus remonta la ruelle sur les chapeaux de roues.

Sitôt que le fourgon l'eut dépassé, Jack surgit d'entre les poubelles et se rua vers la porte de service ; il avait hâte d'avoir des nouvelles de Chavez. « Ding ? Ding ? » lança-t-il, éperdu, dans son micro-oreillette.

Il était encore à cinq ou six mètres de la porte quand un SUV blanc tourna dans la ruelle dans un crissement de pneus. Il accéléra, à la poursuite du minibus qui emportait Jha et les Américains.

Jack ne doutait pas un seul instant que le véhicule devait être bourré de renforts des Triades. Il se précipita vers le fusil abandonné par le tireur abattu, s'en empara et revint se poster au beau milieu de la ruelle. Il leva le canon et tira délibérément une seule balle vers le sol, juste devant le véhicule qui fonçait sur lui. La chevrotine ricocha sur l'asphalte et déchiqueta les deux pneus avant, le SUV dérapa vers la gauche pour aller s'encastrer dans la vitrine d'une supérette ouverte jour et nuit.

Jack entendit un bruit sur sa droite, il se tourna et vit Adam Yao courir vers lui. Le jeune Sino-Américain le dépassa pour rejoindre la porte de service du Club Stylish. Au passage, il lui lança : « Il va en venir d'autres. Il faut qu'on retraverse le club pour filer par-devant. Lâchez cette arme et suivez-moi. Et gardez votre masque ! »

Yao ouvrit la porte et vit aussitôt le sang qui dégoulinait sur les marches. Il cria en mandarin : « Est-ce que tout le monde est OK ? »

Il n'avait pas descendu trois marches qu'il tomba sur un type qui lui pointait un canon sous le nez. L'homme se rendit compte immédiatement qu'il était confronté à deux civils désarmés, pas à des tireurs armés jusqu'aux dents. « Où sont-ils partis ? demanda-t-il aussitôt.

— Vers l'ouest, répondit Adam. Je pense qu'ils vont prendre le tunnel sous le port. »

L'homme des Triades abaissa son arme et les croisa dans l'escalier pour se précipiter dehors.

En bas, dans la boîte de strip-tease, Adam et Jack tombèrent sur une scène de carnage. Seize corps gisaient au sol. Certains bougeaient encore dans les affres de l'agonie, les autres étaient immobiles.

Sept membres de la Triade 14K étaient morts ou mourants, trois autres grièvement blessés. On comptait également six morts ou blessés parmi les clients de la boîte.

Adam et Jack retrouvèrent Chavez qui se dirigeait vers l'escalier. Dès qu'il les aperçut, ce dernier brandit un petit ordinateur de poche. Jack reconnut la machine de Jha Shu Hai. Ding l'avait récupérée par terre, à l'endroit où les commandos américains avaient plaqué au sol et ligoté le jeune pirate chinois.

Ding la glissa dans la poche latérale de sa veste en tweed.

« Il faut qu'on se bouge, prévint Adam. Ressortez par l'avant, comme tout le monde. »

L'agent de la CIA ouvrit la marche, suivi de Ding et Jack.

Ce dernier contemplait le carnage, incrédule. Toutes les tables et les chaises avaient été renversées ou retournées, il y avait partout du verre brisé et le sang qui s'écoulait des corps ou maculait déjà le sol miroitait sous les éclats de la boule à facettes qui continuait de tourner imperturbablement.

Sur Jaffe Road, le cri plaintif des sirènes s'amplifiait.

« Le coin va bientôt grouiller de flics, indiqua Yao. Dans ce quartier tenu par les Triades, ils se radinent toujours après la bataille. »

Alors qu'ils remontaient, Jack remarqua : « Je ne sais pas qui étaient ces types, mais je n'arrive pas à croire qu'ils aient pu réussir leur coup. »

Pile à cet instant, jaillit le fracas d'une nouvelle fusillade. Cette fois, venant de l'est.

Ding regarda Jack. « Pas encore, murmura-t-il. Redescends récupérer un flingue sur un des cadavres. »

Jack opina et redescendit en vitesse.

« Qu'est-ce qu'on va faire ? demanda Yao.

— On va faire ce qu'on peut...

— Le monospace, dit alors Adam. J'ai laissé les clés dessus et il n'est pas verrouillé. Peut-être que Biery peut le récupérer. »

Chavez acquiesça et appela aussitôt Gavin qui arrivait en taxi. « Je veux que tu récupères le Grandis bordeaux d'Adam, il est garé dans la ruelle derrière le Stylish. Dès que tu es au volant, tu m'appelles, on aurait bien besoin d'un chauffeur.
— Entendu. »

41

Meyer et son commando d'agents du SEAL réussirent à parcourir six pâtés de maisons avant que la 14K ne les talonne.

Dès l'instant où les premiers échos de la fusillade dans la boîte de strip-tease avaient retenti, cinq minutes plus tôt, tous les téléphones mobiles du quartier de Wan Chai s'étaient mis à pépier et recevoir des textos. Le bruit se répandit très vite parmi les hommes de main de la 14K que leur territoire était soumis à une attaque, et tous reçurent ordre de rallier l'angle de Jaffe et Marsh où se trouvait le Club Stylish.

La coordination entre les divers groupes de truands était un rien bordélique, surtout dans ces toutes premières minutes, mais vu leur nombre, tous ces hommes de main qui convergeaient vers le club à pied, à deux-roues, en voiture et même en métro surclassaient arithmétiquement Meyer et ses hommes à quinze contre un. Les Triades ignoraient encore que Jha avait été enlevé – à vrai dire, bien peu avaient même eu vent de son existence. Tout ce qu'ils savaient, c'est qu'il y avait une fusillade au club et qu'un groupe de *gweilos* lourdement armés tentait de s'échapper. Quelqu'un signala qu'ils étaient à bord d'un minibus noir. Ce n'était donc plus qu'une question de temps avant que Meyer et son commando se retrouvent piégés comme des cafards dans la lumière au milieu des rues étroites et encombrées de Wan Chai.

Ils fonçaient et leur chauffeur, le commando Terry Hawley, devait zigzaguer en permanence pour doubler les véhicules qui se traînaient dans leur file ou éviter ceux qui venaient en sens inverse.

À l'arrière, Jha, toujours cagoulé et menotté, gisait face contre terre. Autour de lui, les commandos se hâtaient de panser les blessures par balles et Meyer était en liaison radio avec l'équipe d'extraction pour leur signaler leur arrivée imminente.

Mais à peine Meyer avait-il achevé son message que la situation tourna au vinaigre. Ils venaient de déboucher au carrefour de Jaffe Road et de Percival Street, à huit cents mètres à peine du lieu de la fusillade, pour entrer dans le quartier ultra-chic de la baie de Causeway, quand une rafale d'automatique fut tirée par un type en civil à l'arrière d'un cabriolet Ford Mustang. La balle traversa les deux bras et le torse du commando Hawley qui s'affala sur le volant.

Le minibus fit un écart sur le sol mouillé, se mit en travers et se coucha sur le flanc, glissant sur une trentaine de mètres avant d'aller s'encastrer dans l'avant d'un autobus léger.

Hawley avait été tué sur le coup et un autre homme eut l'épaule brisée dans la collision.

Bien qu'estourbi et entaillé au menton, aux joues et aux lèvres par les éclats de verre, Meyer ouvrit d'un coup de pied les portes arrière du minibus et regroupa

467

ses hommes. On transporta les morts et les blessés, on ne lâcha pas le prisonnier et toute la petite troupe se traîna dans un passage qui débouchait sur la baie, quatre cents mètres vers le nord.

Ils n'avaient quitté la rue que depuis quelques secondes quand la première d'une douzaine de voitures de police arriva sur les lieux de l'accident et que bientôt les secouristes extrayaient les voyageurs choqués restés coincés dans l'autobus.

Trois cents mètres plus à l'ouest, Chavez, Ryan et Yao couraient sous la pluie, bousculant les derniers piétons attardés et se garant pour éviter les véhicules de secours, ambulances et pompiers qui fonçaient, soit vers le Club Stylish, soit vers le lieu de la nouvelle fusillade.

Alors qu'ils croisaient les huit voies de Canal Road, Adam rattrapa Chavez et lui souffla : « Suivez-moi. Il y a un passage piéton entre ces deux tours d'appartements, ça nous éloignera de Jaffe pour déboucher sur une rue plus tranquille.

— Allons-y.

— Quel est le plan, ensuite ?

— On improvise. » Puis Domingo s'expliqua : « On ne peut pas faire grand-chose pour ces gars, mais je suis sûr qu'ils bénéficieront de toute l'aide que pourra leur apporter notre pays. »

Les sept survivants du commando ployaient sous les responsabilités. Deux hommes transportaient le corps de leur camarade ; un autre tenait FastByte d'une main ferme au collet pour le tirer, et de son autre main, il tenait tout aussi fermement son pistolet SIG Sauer. Les deux hommes sérieusement blessés aux jambes étaient aidés par des camarades encore ingambes, même si l'un d'eux souffrait d'une fracture à l'épaule. Ce dernier avait dû abandonner tout son barda et n'était plus bon qu'à aider le blessé au genou à clopiner tout en résistant lui-même à l'état de choc induit par sa blessure.

Pour sa part, le premier-maître Meyer soutenait Reynosa qui avait laissé sur le terrain une bonne tranche de muscle de son mollet gauche.

Meyer et un autre commando étaient encore en mesure d'utiliser leurs petits HK PDW à silencieux. Deux autres hommes avaient le pistolet à la main, mais les trois autres survivants auraient été bien en peine de manier une arme, étant blessés eux-mêmes ou bien occupés à traîner un camarade.

En résumé, la capacité au combat du commando de Meyer avait été réduite de soixante pour cent en l'espace de cinq minutes.

Ils se traînaient aussi vite qu'ils pouvaient, de parking en passage et en ruelle, faisant de leur mieux pour éviter d'un côté les voitures de police sillonnant les rues et de l'autre les poches de membres de la 14K qui trahissaient leur position par leurs cris et leurs beuglements, excités par la traque.

Entre la pluie et l'heure tardive, les piétons étaient rares, à quelques rues pourtant des bars et des restaurants animés de Lockhart Road, aussi Meyer savait-il que tout groupe de jeunes adultes en état de se battre constituait une menace potentielle.

Alors qu'ils approchaient d'une rangée de boutiques fermées au pied d'un gratte-ciel en construction enserré dans un treillis d'échafaudages en bambou, Bannerman s'écria « Contact à gauche ! » et Meyer pointa son laser sur trois jeunes gens qui filaient dans une petite rue, le fusil à la main. L'un d'eux tira sur eux au jugé avec son AK à crosse pliante ; la salve souleva une pluie d'étincelles et de fragments d'asphalte près d'un SEAL mais Meyer et le maître Wade Lipinski ouvrirent simultanément le feu avec leurs MP7, neutralisant les trois combattants en l'affaire de quelques secondes.

La menace était éliminée mais Meyer et ses hommes se seraient fort bien passés du bruit de la fusillade et du tintamarre des alarmes des voitures dans la rue. Les bandes de Triades rôdant dans les parages auraient tôt fait de les localiser.

Ils poursuivirent leur chemin, toujours vers le nord et la baie, en s'efforçant de rester discrets, alors que des hélicoptères tournaient dans le ciel au-dessus de leur tête et que leurs projecteurs balayaient les façades tout autour d'eux.

Jack Ryan avait l'impression que toutes les sirènes de Hongkong s'étaient retrouvées à Wan Chai. Avant même que la brève rafale d'arme automatique ne crépite dans les canyons de gratte-ciel quelques secondes plus tôt, il avait déjà les oreilles qui carillonnaient entre les sirènes de la police et celles des pompiers, ponctuées des détonations de la fusillade qui se prolongeait dans la rue derrière le club.

Il galopait dans l'allée piétonne, sur les pas d'Adam qui avait pris la tête. Il sentait le poids du Beretta 9 mm glissé sous sa ceinture. Sans Adam, Ding et Jack se seraient jetés tête la première sur un barrage de police ou sur une bande de la 14K. Jusqu'ici, ils n'avaient rencontré qu'un petit groupe de cinq ou six types, sans doute selon lui des hommes de main de la 14K. Jack se demanda s'il les reverrait encore lorsqu'il aurait rejoint les commandos qui avaient enlevé FastByte – s'il devait le rejoindre.

Au bruit d'une nouvelle fusillade, il était clair que le commando américain d'action directe continuait de progresser vers le nord. Ils n'étaient plus qu'à quelques pâtés de maisons de Victoria Harbour.

Sans cesser de courir, Jack demanda : « Un bateau ? Est-ce qu'on ne devrait pas leur trouver un bateau ? »

Ding se tourna vers Yao. « Quel est l'endroit le plus favorable sur le rivage aux alentours ?

— Il y a une marina privée de ce côté, mais on oublie. Il y aura vingt-cinq vedettes de la police équipées de projecteurs qui leur tomberont dessus dès qu'ils approcheront de la côte et ils constitueront à ce moment une cible idéale pour les hélicos. Ces gars ne vont pas s'en tirer avec des jet-skis. »

Chavez tapota sur son oreillette. Peu après, Gavin répondit.

« Où es-tu ?

— J'approche de l'arrière du club mais il y a encore foule dans le secteur. Il doit certainement y avoir parmi eux un bon paquet de 14K.

— Gavin, il nous faut absolument cette voiture.

— OK, mais je ne promets rien. Je ne suis même pas sûr de...

— C'est une question de vie ou de mort ! Fais au mieux.

— Mais il y a la police et...

— Tu te débrouilles et tu me rappelles ! » Chavez coupa.

Soudain, les trois hommes s'immobilisèrent. Juste

devant eux, ils entendirent une arme en tir automatique. Un HK MP7 à silencieux ; Ding et Jack connaissaient bien ce son.

Les commandos américains étaient tout proches.

Jack obliqua pour entrer dans une cour en béton délimitée par quatre immeubles. Le seul éclairage provenait des lampions chinois rouges accrochés en travers de la cour, au-dessus de tables de pique-nique métalliques et d'une petite aire de jeux fermée par une clôture. De l'autre côté, Jack vit le groupe d'hommes, déjà aperçus au sortir de la boîte de nuit, émerger du passage sous l'un des immeubles.

Ryan recula derrière l'angle d'un mur, s'agenouilla, jeta de nouveau un coup d'œil.

Les hommes donnaient l'impression d'avoir débarqué sur Omaha Beach. Soit ils aidaient un camarade blessé, soit ils étaient eux-mêmes grièvement atteints. Deux gars portaient apparemment un corps.

Ding jeta lui aussi un bref coup d'œil avant d'attirer de nouveau Ryan à couvert. Restant bien planqué, Chavez siffla avant de crier : « Écoutez, vous là-bas ! Vous avez des amis par ici ! Une unité de trois hommes de la Maison. Nous sommes prêts à vous aider si nécessaire ! » La « Maison » était un terme plus discret que l'« Agence » ou la « Compagnie ».

Chavez savait que, quelle que soit l'unité paramilitaire à laquelle appartenaient ces hommes, ils auraient parfaitement capté le message.

Meyer baissa les yeux vers Reynosa pour s'assurer qu'il avait bien entendu ce qu'il avait cru entendre. L'agent blessé acquiesça distraitement avant de se caler contre le mur de la cour et de lever son arme pour couvrir le secteur au cas où il s'agirait d'un piège.

Meyer cria sa réponse : « Sortez à découvert, un par un, les mains en l'air et vides !

— On sort ! » s'écria Chavez, et il leva les mains et s'avança dans la chiche lumière des lanternes en papier.

Jack Ryan et Adam Yao l'imitèrent et trente secondes plus tard, les SEAL avaient le renfort de trois hommes valides.

« On pourra causer tout en avançant », dit Meyer.

Ryan se précipita pour soulager l'homme au pansement ensanglanté autour du mollet gauche et Adam Yao prit le relais du SEAL à l'épaule blessée qui, le regard blême, soutenait le camarade qui s'était chopé une balle dans le genou.

Chavez, pour sa part, leva le corps du SEAL pour le porter à la manière des pompiers, libérant de ce fait deux hommes qui pouvaient à nouveau manier leur HK.

Ensemble, les dix survivants et leur prisonnier menotté et cagoulé repartirent vers le nord. Ils progressaient toujours bien trop lentement mais tout de même un peu plus vite qu'auparavant.

Ils étaient cernés par le concert des sirènes de police, des éclairs jaillissaient en tous sens, reflet des projecteurs sur les vitrages des tours. Par chance pour le petit groupe d'Américains, ces tours empêchaient justement les hélicos de trop s'approcher et de braquer directement sur eux leurs faisceaux.

Cinq minutes plus tard, ils avaient trouvé refuge dans l'obscurité que leur offrait le couvert des arbres du jardin Tung Lo Wan. Tout autour d'eux, les voitures de police continuaient de sillonner les rues en tous sens et ils virent plusieurs véhicules remplis de jeunes gens à la mine patibulaire qui ralentissaient pour braquer vers le parc le faisceau de torches électriques.

Tous les hommes s'étaient aplatis dans l'herbe, excepté le maître Jim Shipley qui s'était à moitié couché sur Jha Shu Hai pour l'empêcher de bouger ou crier.

Chavez rappela Biery et fut agréablement surpris de découvrir que leur chef du service informatique avait réussi son premier défi sur le terrain. Il avait parlementé avec des policiers pour franchir un barrage et extraire « son » monospace du parking. Ding le guida aussitôt vers leur position.

Le premier-maître Michael Meyer s'assura de l'état de ses blessés, puis il rampa vers les trois nouveaux de son groupe. Il ignorait toujours qui étaient au juste ces hommes. Le petit Latino était le plus âgé, et c'était lui qui monopolisait la parole ; le grand gars plus jeune gardait sur le visage un masque en papier trempé de sueur ; quant à l'Asiatique, il semblait à la fois épuisé et terrorisé.

Meyer se dirigea vers Yao. « Nous vous avons vu derrière la position de la cible. J'ai demandé à Poteet de vous embarquer. Je ne savais pas que vous étiez de la Maison. Désolé.

— Pas de problème, fit Yao en hochant la tête.

— J'aurais bien aimé vous avoir depuis le début, mais l'on nous avait avertis d'une fuite massive dans votre service et par conséquent formellement interdit toute coordination.

— Je ne peux pas vous donner tort, convint Yao. Il y a bel et bien une fuite mais elle ne vient pas de

Hongkong. Faites-moi confiance, personne ne sait où je suis ou ce que je fabrique ici. »

Meyer arqua un sourcil derrière sa visière pare-éclats.

« OK.

— Et vous, vous êtes qui, les mecs ?

— DEVGRU. »

Chavez savait que le Groupe de développement des actions militaires spéciales était l'ancienne unité 6 des SEAL. Il ne fut pas surpris d'apprendre que cet élément avait été formé à partir de la fine fleur des unités d'élite d'intervention. Merde, malgré les dégâts qu'ils avaient subis, ils avaient sans doute neutralisé vingt ennemis au cours des vingt dernières minutes et s'apprêtaient à remplir leur objectif de mission, même si Ding avait suffisamment roulé sa bosse pour savoir que le seul souvenir que garderait Meyer de cette opération, c'est qu'il y aurait perdu un homme.

Le chef du commando de marine rechargea son HK. « Avec tous nos blessés et tous ces hélicos en vadrouille, notre exfiltration ne va pas être un cadeau. Vous autres connaissez le coin mieux que nous. Des idées brillantes pour nous tirer de ce merdier ? »

Ce fut au tour de Chavez de se pencher vers le sous-officier. « J'ai un gars qui se radine avec un monospace. En se serrant un peu, on doit pouvoir tous y entrer. Quel est votre point de ralliement pour l'exfil ?

— Le terminal nord des ferries. À deux kilomètres d'ici. Des Zodiac doivent venir nous y récupérer. »

Chavez comprit que ces hommes avaient dû entrer dans le port par un navire de surface ou par un submersible et qu'ils avaient ensuite été récupérés par le gars déjà sur place avec son minibus, pendant que deux autres collègues surveillaient de près Jha. C'était une opération expéditive et sale pour une ville aussi animée et densément peuplée que Hongkong mais Ding savait que le ministère de la Défense voulait à tout prix supprimer au plus vite la cybermenace qui pénalisait ses réseaux informatiques.

Meyer se tourna vers Chavez. « J'ai extrait mes deux gars du bar parce que je comptais effectuer la descente avec juste sept éléments plus un chauffeur. On nous avait dit qu'il n'y aurait que quatre ou cinq vigiles armés en face de nous.

— Ils n'étaient bel et bien que quatre, observa Ding, mais les choses sont très rapidement parties en sucette. Des agents du consulat ont débarqué, sans doute aux trousses de Jha pour le compte du ministère de la Justice. Ils ont flanqué la trouille à ses gorilles, de sorte que la 14K a rameuté un car entier de renforts avant même que vous vous pointiez devant la porte de service.

— Merde, fit Meyer. On aurait dû se douter.

— La loi de Murphy », commenta Ding avec un hochement de tête.

Meyer opina. « À tous les coups. »

À cet instant précis, les phares d'un véhicule illuminèrent la route qui traversait le petit parc. La voiture ralentit au pas mais continua d'approcher.

Ding appela Gavin. « T'es où, là ?

— Je roule vers l'est... Je suis franchement paumé. Je ne sais plus où je suis.

— Arrête-toi immédiatement. »

Le véhicule sur la route s'immobilisa.

« Fais un appel de phares. »

Les phares clignotèrent.

« Bien. On t'a repéré. Avance encore de deux cents

mètres, fissa, puis file te mettre à l'arrière. Fais de la place, on a une douzaine de bonshommes à caser.
— Une *douzaine* ? »

Chavez avait pris le volant et ils filaient vers le nord-est, guidés par Yao, installé à l'avant à côté de lui. À l'arrière, neuf hommes plus un corps étaient serrés comme des sardines. Les hommes grognaient et bougonnaient à chaque dos d'âne et ceux du dessous étaient écrasés à chaque virage. L'infirmier de l'unité, le première classe Lipinski, se battait vaillamment pour inspecter tous les pansements auxquels il pouvait accéder en glissant une main dans la mêlée. Pour les autres blessures, elles devraient rester sans surveillance.

Ding essayait de garder une vitesse raisonnable et de changer de file le moins possible mais à un feu rouge sur Gloucester Road, une vigie de la 14K qui passait dans la rue le regarda droit dans les yeux. Puis le type sortit de sa poche un mobile et le porta à son oreille.

Chavez regarda de nouveau droit devant lui. « Et merde, souffla-t-il. On n'est pas sortis de l'auberge. »

Dès que le feu passa au vert, il redémarra en se retenant de mettre le pied au plancher, rêvant contre tout espoir que le guetteur déciderait en fin de compte que le monospace bordeaux n'était pas bourré de *gweilos* pressés de quitter les parages.

Mais ses espoirs furent vains.

Alors qu'ils roulaient sous la pluie dans une ruelle parallèle à King's Road, une petite berline surgit soudain, tous feux éteints, d'un carrefour et vira brutalement pour les prendre en chasse. Chavez dut faire un brusque écart pour éviter d'être pris en écharpe.

Lorsque la voiture arriva à la hauteur du monospace

de Chavez, ce dernier vit un homme s'extraire de la portière du passager, se jucher sur celle-ci, puis sortir un AK-47 et le poser sur le toit pour le pointer sur lui.

Ding sortit le Beretta coincé à sa ceinture et tira à travers la vitre, tout en continuant d'une main de tenir le volant.

Plusieurs balles d'AK criblèrent le monospace avant que Chavez ne réussisse à toucher le chauffeur de la deux-portes avec une balle dans le cou. La voiture fit une brusque embardée et alla percuter le mur d'un immeuble de bureaux.

« Quelqu'un est touché ? Quelqu'un est touché ? » cria Chavez, certain qu'avec le nombre de passagers entassés dans ce petit véhicule, ils devaient être nombreux à avoir reçu ces redoutables balles de 7.62.

Tout le monde répondit présent, les blessés proclamèrent qu'ils ne souffraient pas plus qu'avant et même FastByte22 répondit à Adam qu'il était OK quand l'agent de la CIA lui demanda à son tour s'il avait été touché.

C'était un petit miracle que les quatre projectiles qui avaient touché le flanc du monospace se fussent tous logés dans le corps du malheureux soldat défunt plaqué contre la paroi du véhicule.

Chavez accéléra encore mais en prenant toujours soin de ne pas attirer l'attention outre mesure.

Après consultation avec Adam Yao sur le meilleur emplacement pour être récupérés par voie de mer qui soit situé le plus loin possible du site de l'incident, Meyer se tortilla pour reprendre son micro, écrasé qu'il était par les hommes allongés au-dessus de lui. Enfin, il parvint à établir le contact avec son équipe d'extraction et leur dit que la récupération se ferait quelques kilomètres plus à l'est, à Chai Wan.

Chavez parvint au point de rendez-vous convenu juste après trois heures du matin, pour découvrir une plage rocheuse isolée. Aussitôt, chacun entreprit tant bien que mal de s'extraire de l'habitacle confiné du monospace.

Là, bien à l'abri sous les rochers, Lipinski, le toubib, refit les pansements de tous les blessés. Reynosa et Bannerman avaient perdu beaucoup de sang mais ils étaient désormais stabilisés.

Tandis qu'ils attendaient que le Zodiac des SEAL accoste pour la récupération, Jack se pencha vers Ding et lui murmura : « Qu'est-ce que tu dirais de barboter le petit ordinateur de FastByte ? »

Chavez le regarda sans rien dire. Puis : « Là, tu outrepasses tes compétences, gamin. On va laisser Gavin y jeter un coup d'œil en vitesse, puis on trouvera un moyen de le refiler à la Défense. »

Soudain, trois Zodiac se matérialisèrent sur les eaux noires près du rivage.

Le premier-maître Michael Meyer regroupa tous ses hommes, les vivants et le mort, puis il serra rapidement la main de Yao. « Je regrette encore de ne pas avoir pu travailler avec vous depuis le début.

— Vous auriez eu encore plus de problèmes, croyez-moi. Le service fuit comme une passoire. Content que vous ayez pu nous aider. Moi aussi, j'aurais bien voulu qu'on puisse en faire plus. »

Meyer acquiesça, remercia Ryan et Chavez, puis il rejoignit ses hommes alors qu'ils embarquaient sur les canots pneumatiques.

Les Zodiac s'écartèrent du rivage et se fondirent dans la nuit.

Dès que les SEAL eurent disparu, Gavin Biery appela Adam Yao. « Une idée d'un endroit où on pourrait trouver des crêpes dans le coin ? »

Yao, Ryan et Chavez éclatèrent de rire en remontant dans le Mitsubishi.

42

Assis à son bureau, le Dr K.K. Tong, nom de code Centre, visionnait les images enregistrées par des dizaines de caméras de vidéosurveillance, privées ou municipales. C'était un montage vidéo réalisé par son équipe de sécurité du Vaisseau fantôme pour lui présenter les événements de la veille au soir.

De l'intérieur du Club Stylish, il vit les Occidentaux apparaître dans le couloir, vit une foule affolée réagir paniquée à la fusillade, puis il vit le jeune Jha se faire tirer par-dessus la table, maîtriser, ligoter et emmener dans le noir.

Depuis une caméra d'une supérette 7-Eleven orientée vers la rue, il assista à l'accident du minibus noir, vit les hommes sortir de l'épave, puis en extraire Jha et le cadavre d'un des leurs avant de disparaître rapidement dans une ruelle sombre.

Il s'attarda sur les images d'une caméra de surveillance du trafic à l'intersection de King's Road qui montraient le monospace bordeaux en train de faire un écart pour éviter la voiture avec le type armé ; aussi vit-il celle-ci aller s'écraser dans un mur, et le monospace emportant Jha et ses ravisseurs disparaître dans la nuit.

Tong ne manifesta aucune émotion apparente.

Debout derrière lui, le responsable de la sécurité du Vaisseau fantôme contemplait également ce montage de scènes de violence. Sans être membre des Triades, l'homme était responsable de la coordination avec celles-ci. Commentant les images, il précisa : « Vingt-neuf membres de la 14K ont été tués ou blessés. Comme vous pouvez le constater, les forces de l'opposition ont également subi des pertes, mais aucun de leurs membres ne s'est présenté aux urgences des hôpitaux du quartier. »

Tong s'abstint de tout commentaire. Il n'eut qu'un mot : « CIA.

— Oui monsieur, il est manifeste, au vu de ces images, que leur agent sur place, cet Adam Yao dont nous avons découvert l'existence la semaine passée, s'est fait enlever.

— Nous interceptons le trafic de la CIA. Nous savions que Yao était présent à HK et qu'il surveillait nos activités. Pourquoi n'avez-vous pas réussi à l'empêcher ?

— Si la CIA avait utilisé ses propres forces paramilitaires ou directement coordonné cette opération, nous l'aurions appris et aurions pu nous préparer en conséquence. Mais le Pentagone a recouru à des forces militaires américaines, apparemment des membres du JSOC, leur commandement intégré des opérations spéciales. Or nous n'avons pas un accès permanent aux transmissions de ce service.

— Pourquoi la CIA s'est-elle adressée au JSOC ? Soupçonnent-ils une fuite dans leurs transmissions ?

— Négatif. De ce que j'ai pu apprendre de la surveillance de leur trafic après cette attaque, cet élément de commandos s'entraînait déjà en Corée du Sud, ce qui leur a permis de le transférer ici très vite hier dès qu'est survenue une bonne occasion d'enlever Jha. Or, personne au JSOC n'en a averti la CIA.

— Et pourtant, l'agent local de la CIA était sur place.

— Je... je n'ai pas pu déterminer comment ça a pu se produire.

— Je suis très mécontent de la tournure qu'a prise la situation.

— Je comprends, monsieur. L'analyse des images du rapt ne livre guère d'indications à ce sujet. Le mieux aurait été de l'empêcher.

— As-tu signalé l'incident à nos collègues de Pékin ? demanda Tong.

— Oui monsieur. Ils souhaitent que vous les contactiez au plus vite. »

Tong acquiesça. « Notre séjour à Hongkong est terminé. »

Il visionna une seconde fois le montage choc. Très vite, il avança la main pour accélérer le défilement et figer l'image au moment exact où le chauffeur du monospace tirait au pistolet à travers la vitre de la portière. À l'instant précis où le verre explosait, le visage du chauffeur apparut, brièvement mais relativement net, alors que le véhicule passait tout près de la caméra vidéo.

Tong fit une capture de l'image, et en quelques clics, il en avait accentué la netteté.

« Cet homme se trouvait au Stylish au début de la séquence, avant l'attaque. Il ne faisait pas partie du commando.

— Oui, je crois bien que vous avez raison. »

Tong et le responsable de la sécurité se repassèrent les images brutes des caméras du Club Stylish, prises avant et après le rapt ; l'homme était seul. Mais après l'enlèvement, deux autres types l'avaient rejoint. Et c'est ensemble qu'ils étaient ressortis par la porte principale. L'un des individus était de haute taille et portait sur le visage un masque en papier tout banal.

Et l'autre était Adam Yao.

Tong sélectionna une image correcte du petit homme au teint légèrement basané lors de son arrivée au club, alors qu'il passait pour la première fois devant la caméra de surveillance placée à l'entrée. Il nettoya l'image et zooma sur le visage.

« Je sais qui est cet homme », murmura K.K. Tong.

Il pianota sur son clavier pour passer en téléconférence. Apparut une femme portant un casque, installée à son bureau, quelque part à l'étage des opérations du Vaisseau fantôme.

Elle fut surprise de se retrouver brusquement à l'image. Elle se redressa sur son siège, puis inclina poliment la tête en se présentant. « Poste quarante et un.

— Venez dans mon bureau.

— Tout de suite, Centre. »

Quelques instants plus tard, la femme pénétrait dans le bureau sombre de Tong, s'arrêtait à la hauteur du responsable de la sécurité et inclinait à nouveau respectueusement la tête avant de se mettre au garde-à-vous, le regard fixe.

« Regardez cette capture d'écran. »

Elle examina le moniteur durant plusieurs secondes avant de reprendre sa posture initiale. D'une voix mécanique, elle débita : « Il semble que le sujet soit

Domingo Chavez, Maryland, Amérique, compagnie Hendley Associates. Épouse, Pats Chavez. Un fils, John Patrick Chavez. Domingo Chavez a servi dans l'armée américaine puis à la division Activités spéciales de la CIA. Après avoir quitté la...

— Je sais qui c'est, la coupa Tong. Hendley Associates est une cible sous surveillance, n'est-ce pas ?

— Oui, Centre.

— Vous semblez tout savoir sur Chavez et Hendley Associates.

— Oui, Centre.

— Saviez-vous également que M. Chavez et au moins l'un de ses collègues étaient à Hongkong hier soir, pour aider la CIA et des soldats américains à capturer Jha Shu Hai, le chef de nos codeurs, tuant au passage plusieurs de nos amis de la 14K ? »

Les yeux de la jeune femme se tournèrent vers Centre et son visage devint blafard. « Non, Centre, souffla-t-elle.

— Avons-nous désormais un accès permanent au réseau de Hendley Associates ?

— Non, Centre.

— Ça fait des mois que je l'ai ordonné.

— Avec l'aide d'agents du MSE à Shanghai et à Washington, nous avons placé un cheval de Troie sur un disque dur qui a été livré la semaine dernière à Hendley Associates. Le programme malicieux n'a, semble-t-il, toujours pas été activé.

— Peut-être que leurs informaticiens auront découvert l'infection et n'auront pas installé ce disque. »

La femme plissa les paupières. « C'est possible, monsieur. »

Du bout de son stylet, Tong afficha un autre cliché.

Celui-ci montrait Adam Yao, Domingo Chavez et le grand type brun au visage couvert d'un masque en papier. « Est-ce Jack Ryan, le fils du président des États-Unis ? Il travaille chez Hendley, vous savez. »

La femme regarda l'image. « Je… je ne sais pas, Centre. Je ne vois pas son visage.

— Si nous avions accès à leur réseau, nous saurions très précisément de qui il s'agit, n'êtes-vous pas d'accord ?

— Si, monsieur. »

Tong réfléchit plusieurs secondes. Finalement, il se décida. « Vous serez mutée. Vous pouvez disposer. »

La femme s'inclina et sortit. Tong lança une autre téléconférence avant même qu'elle n'eût franchi la porte, cette fois avec le directeur du service contrôles du Vaisseau fantôme.

« Remplacez le poste quarante et un et placez-y votre meilleur contrôleur anglophone. Demandez-lui de prendre le contrôle de votre meilleur agent anglophone, peu importe qui c'est ou d'où il vient, et dites-lui de se rendre à Washington. Quand ce sera fait, repassez me voir que je vous donne de nouvelles instructions. Vous avez une demi-heure. »

Sans attendre de réponse, il se déconnecta puis, faisant pivoter son fauteuil, il s'adressa à son responsable de la sécurité. « Où les soldats américains ont-ils conduit Jha ? »

L'homme consulta un calepin. « Nous cherchons activement cette information. Très certainement aux États-Unis, sans doute sur la base d'Andrews. De là, il sera confié à la CIA pour interrogatoire. Ils feront ça en toute discrétion dans une de leurs planques secrètes avant de le remettre officiellement à la justice. »

Tong hocha la tête. « Je veux une adresse.
— Je vous la trouverai. »

Ces dernières semaines, Valentin Kovalenko avait passé des jours entiers et même bien des nuits à travailler pour Centre. Il avait installé des micros dans des bureaux, intercepté les communications d'entreprises de haute technologie, volé des identifiants de cartes bancaires et accompli quantité d'autres tâches.

Ce soir toutefois, il ne travaillait pas pour Centre. Il avait passé sa journée, ici même à Barcelone, à photographier un homme politique britannique en villégiature sous le soleil de l'Espagne en galante compagnie, tandis que son épouse se languissait dans la grisaille de Londres avec leurs quatre marmots.

Mais ça, c'était pour la journée. Ce soir, il accomplissait une mission personnelle. Il avait fait l'emplette d'un téléphone mobile prépayé dans une boutique située à plusieurs kilomètres de son appartement du boulevard Rosa, puis il s'était rendu dans un cybercafé pour y rechercher un numéro de téléphone qu'il n'avait pas retenu. Après l'avoir recopié sur un bout de papier, il s'était arrêté dans un bar boire coup sur coup deux verres de rioja pour se calmer les nerfs avant de regagner son appartement où il s'était enfermé à double tour avant de s'asseoir et de passer son appel.

Il regarda son ordinateur portable posé sur le bureau. Le programme Cryptogram était ouvert et son icône clignotait.

Merde.

Il se releva, s'approcha. D'abord savoir ce que voulait Centre ; il pourrait ensuite appeler tranquillement son père, Oleg, à Moscou.

Son père n'avait pas d'ordinateur ; pas non plus de mobile. Il était de fait hors du réseau et, partant, hors d'atteinte de l'organisation de Centre.

Valentin comptait en dire le moins possible sur ses avanies, avant d'envoyer le vieil homme au siège du SVR pour parler à ses anciens amis et leur expliquer la situation. Son arrestation pour l'épisode John Clark ; son évasion, puis son recrutement forcé au sein de l'organisation de Centre.

Son père et ses amis d'antan sauraient le tirer de ce mauvais pas.

Il avait choisi de procéder ainsi après avoir d'abord voulu se rendre au consulat de Russie à Barcelone ; il était passé et repassé devant, puis avait décidé qu'il serait risqué de nouer directement contact avec un membre du corps diplomatique. Son père pouvait le faire à sa place, à Moscou, où Valentin connaissait beaucoup de monde et pouvait ainsi l'adresser à l'un de ses nombreux amis susceptibles de l'aider.

Mais d'abord, cliquer sur Cryptogram et taper : « Je suis là. » Puis il sortit de son APN la carte mémoire qu'il introduisit dans la fente latérale de son ordinateur portable. Il tapa : « Photos jointes. »

Il lança le transfert des fichiers *via* Cryptogram et Centre accepta les documents transférés.

Mais sa réponse rendit perplexe Kovalenko. Sur l'écran s'affichait le message : « Tout le monde commet des erreurs. »

Kovalenko inclina la tête, intrigué. Il tapa : « Comment ça ?

— Vous avez commis une erreur en décidant de contacter votre père. »

Aussitôt, Kovalenko sentit la sueur perler sur sa

nuque. Ses doigts s'apprêtaient à taper un démenti, mais il se retint.

Merde, comment Centre a-t-il pu savoir ?

Après un temps d'hésitation, il tapa plutôt : « Mais c'est mon père.

— Cela n'a rien à voir avec nous, et il n'a rien à voir avec votre mission. Vous n'aurez plus aucun contact avec quiconque de votre vie passée.

— Il n'est plus fonctionnaire d'État. Il n'en parlera à personne.

— Peu importe. Vous devez suivre les instructions. »

Kovalenko regarda son nouveau téléphone mobile. Non, il était totalement impossible pour Centre d'introduire un mouchard quelconque dans tous les téléphones mobiles de la planète encore neufs sous blister.

Le cybercafé ? Pouvaient-ils vraiment surveiller tous les ordinateurs en libre accès à Barcelone ? En Europe ? Partout sur la planète ? C'était impensable.

Impossible.

Une seconde. Kovalenko sortit de sa veste son téléphone mobile personnel. Il travaillait depuis assez longtemps pour Centre pour mettre bout à bout toutes les technologies pouvant être employées lors d'une opération menée contre lui. Peut-être son téléphone avait-il été piraté pour être muni d'un mouchard GPS. Ses déplacements pouvaient être suivis ; si Centre était vraiment efficace, il pouvait l'avoir vu pénétrer dans le cybercafé. Il avait pu alors – simple supputation – examiner le trafic émanant de ses ordinateurs. Sa recherche Internet sur l'annuaire téléphonique de Moscou. Ils avaient pu reconnaître son nom ou recourir à une autre technique de pistage pour confirmer qu'il essayait bien d'entrer en contact avec son père.

Ils avaient pu l'intercepter dans la boutique où il avait acheté son nouveau téléphone.

Était-ce ainsi qu'ils avaient procédé ?

Pas évident, mais déjà nettement moins miraculeux.

Merde. Il s'était montré stupide. Il aurait dû faire plus d'efforts, trouver un moyen plus indirect de retrouver le numéro de son père.

Il se remit à taper. « Cela fait trois mois que je travaille pour vous. Je veux retrouver une vie normale. »

La réponse qu'il reçut de Centre n'était pas celle qu'il avait escomptée : « Vous continuerez de suivre les instructions. Si vous aviez réussi à contacter votre père, il serait mort à l'heure où je vous parle. »

Kovalenko ne réagit pas.

Un nouveau paragraphe s'afficha dans la fenêtre de Cryptogram un instant plus tard. « Des documents vous seront transmis dès aujourd'hui à Barcelone. Vous les utiliserez pour vous rendre aux États-Unis. Vous partirez demain. Une fois sur place, vous louerez une habitation convenable dans le District fédéral et vous opérerez de là-bas. Vous avez deux jours pour vous mettre en position et signaler que vous êtes prêt à devenir opérationnel. »

Le District fédéral ? Kovalenko était surpris et plus que préoccupé.

« Je n'ai pas vraiment de bonnes relations avec l'actuel gouvernement. » Déclaration catégorique qui était pour le moins une litote. L'année passée, Kovalenko avait comploté avec le milliardaire Paul Laska, un citoyen américain, pour priver Jack Ryan de toute chance de remporter l'élection présidentielle[1]. Laska et Kovalenko avaient échoué et alors que le milliardaire semblait s'en être tiré sans dommage, Valentin était devenu encombrant pour le Kremlin, d'où sa mise à l'écart.

Kovalenko n'avait aucun mal à croire que le gouvernement Ryan savait tout de lui. Se rendre en avion dans la capitale fédérale pour y travailler pour le compte d'une organisation criminelle clandestine lui semblait une bien mauvaise idée.

« Nous connaissons, répondit Centre, vos liens avec l'épisode John Clark et, par association, avec le président Ryan. Les papiers d'identité, cartes de crédit et autres documents nécessaires à toute couverture vous permettront d'entrer dans le pays et de vous y installer. Ensuite, ce seront vos techniques de protection personnelle et votre métier qui pourront vous assurer une sécurité continue, une fois sur place. »

Kovalenko fixa l'écran quelques secondes avant de taper : « Non, je ne veux pas aller en Amérique. »

« Vous irez. » C'était tout. Juste un ordre.

Valentin tapa « Non » mais il ne pressa pas la touche Entrée. Il la contempla simplement.

Au bout de plusieurs secondes, il effaça le « non » et tapa à la place : « Quelle durée, cette affectation ?

— Pas encore définie. Probablement moins de deux mois, mais tout dépendra de votre habileté. Nous avons dans l'idée que vous ferez du bon boulot. »

Kovalenko répondit tout haut dans l'appartement désert. « C'est ça. Des menaces et de la flatterie. Botter le cul d'un agent puis lui tailler une pipe. » Il ne savait

---

1. Lire *Ligne de mire*, *op. cit.*

rien de Centre mais il pouvait aisément déduire que le bonhomme était un maître espion aguerri.

Il tapa : « Et si je refuse ?

— Vous verrez ce qui vous arrivera si vous refusez. Nous vous suggérons de vous en abstenir. »

43

La vie d'un agent de la CIA sur le terrain a ses moments de pure excitation, ponctuée de décharges d'adrénaline, mais bien plus souvent, elle est constituée de moments tels que celui-ci.

Adam Yao avait passé la nuit dans la salle d'attente exiguë d'un atelier de réparation automobile du quartier de Sai Wan, sur l'île de Hongkong, à quelques kilomètres à peine de son appartement. La veille au soir, il y avait amené le monospace Mitsubishi de son voisin et il avait grassement payé le chef mécanicien et son ouvrier pour qu'ils travaillent toute la nuit à nettoyer les sièges des taches de sang, combler et polir les trous des impacts de balles, repeindre le véhicule et remplacer les vitres brisées.

Il était à présent sept heures du matin et les ouvriers remballaient leurs outils, ce qui voulait dire, du moins Adam l'espérait-il, qu'il allait pouvoir ramener le monospace juste à temps pour le garer à son emplacement dans le parking souterrain de l'immeuble avant que son voisin ne descende le prendre pour se rendre à son travail.

Rien de tout cela n'était bien affriolant après l'animation de ces derniers jours mais ce sont des choses qui arrivent et Yao ne pouvait décemment restituer en l'état le monospace à son ami.

Son voisin, un homme de son âge répondant au nom de Robert Kam, avait trois enfants et possédait ce véhicule par nécessité. Il conduisait la Mercedes d'Adam depuis deux jours et n'avait pas eu la moindre plainte à formuler. Même si la voiture avait une douzaine d'années, elle était en parfait état et bien plus agréable à conduire que son monospace.

Le chef mécanicien lança les clés à Yao et ils inspectèrent ensemble le véhicule. Adam était impressionné – plus la moindre trace des dégâts à la carrosserie et les nouvelles vitres latérales étaient exactement de la même teinte que le pare-brise et la lunette arrière.

Adam suivit le patron à la caisse et régla la note. Il prit soin de vérifier que le reçu était parfaitement détaillé. La réparation accélérée lui avait coûté un bras et il en était de sa poche. Il avait bien l'intention d'envoyer la facture à Langley et de faire un scandale s'il n'était pas intégralement remboursé.

Mais il n'allait pas l'envoyer tout de suite. Il était toujours en action sur le terrain, motivé par un sérieux soupçon de fuite sur les canaux de transmission entre les agents de la CIA basés en Asie et le siège de l'Agence à Langley.

La dernière chose qu'il désirait, c'était d'envoyer un câble révélant son rôle actif dans la fusillade de la nuit passée.

Adam fonçait à présent au volant du monospace et il regardait toutes les minutes sa montre, dans l'espoir de restituer le Mitsubishi à temps pour que son voisin le retrouve garé à sa place habituelle.

Adam habitait à Soho, un quartier huppé à la mode de l'île de Hongkong, bâti sur un flanc de colline escarpé. Jamais il n'aurait pu se payer cet appartement petit mais moderne avec son seul traitement d'agent de la CIA mais l'endroit correspondait tout à fait à sa couverture de président et propriétaire d'un bureau de détective privé, aussi l'aide financière de Langley était-elle selon lui parfaitement justifiée.

Il vit Robert ouvrir la portière de la Mercedes puis s'asseoir au volant au moment précis où il venait garer le Mitsubishi sur son emplacement situé juste en face.

L'agent de la CIA mettait le frein quand son voisin, levant les yeux, l'aperçut. Adam sourit et lui fit signe, l'air penaud, feignant de s'excuser de ne pas avoir ramené plus tôt le monospace.

Robert sourit.

Et puis Robert Kam disparut dans un éclair lumineux.

La Mercedes explosa sous le nez d'Adam Yao ; des flammes, des débris et l'onde de choc matérialisée par un rideau de poussière ébranlèrent le garage souterrain ; les vitres neuves du Mitsubishi explosèrent, et sous la force du choc, la tête d'Adam fut violemment projetée contre l'appui-tête.

Une centaine d'alarmes de voitures de luxe se mirent à gémir, hululer et pépier, tandis qu'une pluie de débris de tôle et de béton dégringolait sur le toit du monospace, fissurant un peu plus le pare-brise et transperçant le capot et le toit. Adam sentit couler sur sa joue un filet de sang ; un éclat de verre l'avait entaillée et la fumée suffocante qui avait envahi l'espace confiné du parking menaçait à présent de l'étouffer.

Sans trop savoir comment, il réussit à s'extraire de l'épave du Mitsubishi, pour s'approcher en titubant de ce qui restait de sa Mercedes.

Il hurla « Robert ! » avant de trébucher sur un IPN qui était tombé du plafond. C'est à quatre pattes qu'il poursuivit son chemin entre les tôles froissées et pliées des autres voitures, la tête carillonnant encore du choc subi et le visage pissant le sang. « Robert ! »

Il se jucha sur le capot de la Mercedes pour regarder à l'intérieur de l'habitacle en flammes et y découvrir les restes carbonisés de Robert Kam, assis derrière le volant.

Adam Yao se détourna, la tête dans les mains.

Il avait vu Robert avec sa femme et ses trois jeunes garçons prendre l'ascenseur avec lui, monter ou descendre de leur monospace une bonne centaine de fois au cours de l'année écoulée. L'image de ces mômes, en maillot de foot, qui riaient ou jouaient avec leur père tournait sans fin dans son esprit alors qu'il s'éloignait en titubant de l'épave en feu de sa voiture, enjambant les blocs de béton, les morceaux d'Audi, de BMW, de Land Rover et autres carcasses déchiquetées qui, quelques secondes plus tôt, formaient deux rangées de voitures de luxe.

« Robert. » Mais cette fois, il ne criait plus. Il s'effondra, pris de vertige, le visage en sang, mais parvint tout de même à se relever, errant quelques instants dans la poussière et la fumée, les oreilles déjà carillonnantes agressées de surcroît par les sirènes des alarmes antivol. Finalement, il trouva un chemin dégagé vers la sortie qu'il emprunta.

Sur la rampe, des passants se ruaient vers lui pour lui porter assistance mais il les repoussa, leur indiquant plutôt de la main, derrière lui, le lieu de l'explosion. Ils s'y précipitèrent à la recherche d'autres survivants.

Peu après, il avait regagné la rue. Il sentit soudain la fraîcheur matinale en haut de la colline qui dominait les rues congestionnées de Central et l'air lourd d'humidité du côté du port Victoria. Il s'éloigna de son immeuble par une rue en forte pente. Il essuya le sang de son visage tandis que les véhicules de secours le croisaient, fonçant par les rues en lacet en direction de la fumée noire qui s'élevait à présent deux pâtés de maisons derrière lui.

Il erra, sans but.

Il pensait à Robert, son ami, un homme d'à peu près son âge qui s'était assis dans sa propre voiture et avait subi le plein impact de la bombe manifestement destinée non pas à Robert Kam mais bien à Adam Yao.

Quand il fut à cinq rues de chez lui, le carillonnement de ses oreilles décrut, son état de choc diminua juste assez pour lui permettre d'être à nouveau capable d'examiner les faits saillants de sa nouvelle situation.

Qui ? Qui avait fait ça ?

Les Triades ? Comment diable auraient-elles pu savoir qui il était, où il logeait ? Quelle voiture il conduisait ? Les seules personnes à connaître son identité et son appartenance à la CIA, en dehors des collègues de la Maison, étaient les deux hommes de Hendley Associates et bien sûr ceux qui s'échinaient à pirater les communications entre Hongkong et la Chine.

Il était totalement exclu que les Triades pussent tenir leurs renseignements directement de la CIA. Les

Triades faisaient dans la prostitution et le piratage de DVD, pas dans l'assassinat d'agents de la CIA et l'espionnage de services de renseignement.

Si ce n'était pas les Triades, alors c'était forcément le Parti communiste chinois. Pour une raison qu'il ne s'expliquait pas, le PC chinois voulait sa mort.

FastByte était-il ici pour travailler avec les Triades pour le compte des communistes chinois ?

Rien de tout cela ne collait avec ce qu'il savait du fonctionnement de ces organisations.

Si grande que fût sa perplexité concernant ce qui venait de se produire et ce dans quoi il était tombé, il restait un point qui demeurait parfaitement limpide pour l'espion américain, si contusionné et ensanglanté fût-il.

Il n'allait pas appeler la CIA ; il n'allait piper mot à personne des récents événements. Adam était un loup solitaire et il allait se tirer d'ici vite fait, tout seul.

Il poursuivit, titubant, sa descente vers le port, tout en essuyant ses paupières maculées de sang.

44

Brandon « Trash » White vérifia l'étanchéité du masque à oxygène au-dessus de sa bouche, salua l'officier de catapultage sur le pont à sa droite, puis il posa sa main gauche gantée sur la manette des gaz de son F/A-18 Hornet. Non sans une certaine réticence, il enveloppa de sa main droite le « porte-serviette », une barre de maintien métallique fixée juste sous la bulle, au-dessus de sa tête. D'ici quelques secondes, il serait dans les airs et son penchant naturel était de garder les mains sur les commandes de son appareil, mais à bord d'un porte-avions, les règles étaient différentes. La puissance de la catapulte allait le plaquer contre son siège et s'il gardait la main sur le manche, il était fort probable qu'elle serait également projetée vers l'arrière, entraînant un cabrage de l'appareil, un départ en chandelle et la perte de contrôle.

Aussi s'accrocha-t-il au porte-serviette, attendant passivement d'être catapulté comme une bille par une fronde.

Sur sa droite, le F/A-18 du commandant Scott « Cheese » Stilton, indicatif « Magic Deux-Un » fila vers la proue, tuyères de réacteurs rougeoyantes, dans le sillage de vapeur s'échappant du rail de la catapulte. Un instant plus tard, il était dans les airs, virait à droite et grimpait dans un ciel bleu magnifique.

Puis ce fut le tour de Trash. Il passa de zéro à deux cent cinquante kilomètres-heure en deux secondes, pour une course d'envol de seulement quatre-vingt-dix mètres jusqu'à l'avant du bateau. Son casque écrasait l'appui-tête, son bras droit relevé était chassé vers l'arrière mais il tint bon, attendant le bruit sourd de la détente de sa roulette avant au moment où elle quittait le pont d'envol.

Le bruit sourd eut bien lieu et déjà, il était au-dessus de l'eau, propulsé dans les airs sans qu'il y soit pour rien. Il s'empressa de reprendre les commandes, releva à peine le nez et inclina l'appareil légèrement sur la gauche pour dégager l'axe de la piste.

« Trash est en vol, hourra », dit-il d'une voix posée dans le micro de sa radio, apprenant à Cheese qu'il était à son tour dans les airs, avant de grimper vers le ciel, cap sur le détroit, quelque cent quatre-vingts kilomètres au nord-ouest.

Les F/A-18 du *Ronald Reagan* patrouillaient dans le détroit de Taïwan depuis maintenant quatre jours, et dans cet intervalle de temps, Trash et Cheese avaient effectué chacun deux sorties quotidiennes. Heureusement pour sa tension artérielle, Trash avait accompli jusqu'ici tous ses vols de jour, mais il doutait que tout ça se poursuive bien longtemps encore.

Sa tension artérielle avait effectivement grimpé plusieurs fois lors de contacts rapprochés avec des pilotes de l'Armée populaire de libération. Ses patrouilles aériennes de combat réalisées avec son ailier s'étaient toujours déroulées du côté taïwanais du détroit, couvrant un secteur situé juste au large de la capitale, Taipei, au nord de l'île. Les F-16 de la république de Chine effectuaient la majorité de leurs sorties au-dessus du reste du détroit et, à l'instar des pilotes du *Reagan*, les Taïwanais prenaient bien garde d'éviter toute incursion en territoire chinois en franchissant la ligne frontière qui passait juste au milieu.

Mais les Chinois ne suivaient pas la même règle du jeu. À quelque seize reprises au cours des quatre derniers jours, des vols de Su-27, de J-5 et de J-10 avaient décollé de leur base aérienne à Fuzhou, juste en face de la capitale de Taïwan, de l'autre côté de ce détroit large de moins de deux cents kilomètres, pour foncer droit vers la ligne de démarcation. Une douzaine de fois, les chasseurs chinois avaient verrouillé leur radar sur des appareils américains ou taïwanais. Ces « pics » étaient considérés comme agressifs, mais l'étaient plus encore les trois occasions où des chasseurs Su-27 et J-5 avaient carrément survolé la frontière avant de remettre le cap au nord.

C'était de la part des Chinois une simple démonstration de force, mais elle amenait Trash et le reste de ses camarades pilotes à survoler le détroit en redoublant de précautions, tout en se tenant prêts à passer à l'action.

Trash et Cheese avaient été envoyés sur leur zone de patrouille par un officier du centre d'information de combat du *Reagan*, alias le CIVIC, et ils étaient en permanence tenus au courant de la position des autres appareils dans leur zone d'opération par un contrôleur de combat aérien à bord d'un E2-C Hawkeye, un appareil de surveillance aérienne avancée qui patrouillait bien plus à l'est du détroit ; ces mises à jour étaient plaquées sur une visualisation de l'ensemble de la zone réalisée grâce à leurs puissants radars et ordinateurs embarqués.

Jouant les yeux et les oreilles à distance pour les pilotes en patrouille en mer, le Hawkeye pouvait localiser et suivre aéronefs, missiles et même navires de surface sur des centaines de milles dans toutes les directions.

Une fois sur zone, Trash et Cheese entamèrent un circuit à vingt mille pieds au-dessus de l'océan. Trash maniait d'instinct manche et manette des gaz pour rester à peu près en formation de combat avec son leader, tout en surveillant du coin de l'œil son radar et en prêtant l'oreille aux communications entre le Hawkeye et le CIVIC.

Il y avait des nuages épars loin au-dessous de lui, mais à son altitude, rien qu'un ciel bleu éclatant. Il pouvait apercevoir des bouts de la côte chinoise quand son parcours l'amenait vers le nord, et distinguer sans peine Taipei et d'autres grandes villes de Taïwan chaque fois que les nuages s'entrouvraient suffisamment du côté sud.

Même si la tension dans le détroit demeurait palpable, Trash se sentait bien, c'était bon d'être ici et maintenant, conforté par la certitude d'avoir le meilleur entraînement, le meilleur soutien, le meilleur leader et le meilleur appareil de tout ce conflit.

Et c'est vrai qu'il était superbe, cet avion. Le F/A-18C mesurait dix-sept mètres de long pour une envergure de onze mètres cinquante. En configuration « lisse », c'est-à-dire sans armements sur pylônes, sans canon ou bidons – les réservoirs supplémentaires accrochés sous les ailes – il ne pesait qu'un peu plus de onze tonnes, grâce à sa construction en composite d'aluminium et d'acier. Et ses deux monstrueux turboréacteurs à double flux General Electric délivraient à peu près la même puissance que trois cent cinquante Cessna 172, lui procurant un excellent rapport poids/puissance qui lui permettait d'atteindre Mach 1,6 – soit mille neuf cent cinquante kilomètres-heure – et de s'incliner à quatre-vingt-dix degrés pour monter à la verticale comme une fusée quittant son pas de tir.

Grâce à ses commandes de vol électriques, l'appareil de Trash faisait pour lui une bonne partie du boulot, tandis qu'il scrutait le ciel et les écrans devant lui – les DDI, indicateurs de données gauche et droit, l'afficheur de contrôles droit devant, et l'affichage de la carte mobile juste au-dessous, presque entre ses genoux.

Il y avait cinq cent trente interrupteurs dans son poste de pilotage mais à peu près toutes les commandes dont il avait besoin pour piloter et combattre pouvaient être réalisées à partir des seize boutons disposés sur les deux manches, sans même qu'il ait à quitter des yeux l'affichage tête haute.

Le modèle C du Hornet à trente millions de dollars pièce restait l'une des meilleures cellules de chasseur, mais ce n'était plus vraiment un perdreau de l'année. La marine avait en dotation le Super Hornet, un appareil plus récent, plus gros et autrement plus évolué – mais pour vingt millions de dollars de plus.

Trash venait de virer vers le sud pour suivre Cheese, positionné en échelon derrière son leader, quand il reçut dans son casque un message du Hawkeye.

« Contact cible zéro-zéro-quatre. Quarante-cinq nautiques, direction sud-ouest, un seul groupe, deux intrus, sud-est de Putian, cap deux-un-zéro. Ils semblent se diriger vers le détroit. »

La voix de Cheese prit le relais. « Droit sur nous, frangin.

— Extra ! C'est qu'on est populaires, pas vrai ? » répondit Trash, un rien sarcastique.

Les deux marines avaient entendu maintes fois ce genre d'alerte depuis quatre jours qu'ils patrouillaient dans cette zone. Chaque fois que Trash et Cheese s'étaient trouvés dans le secteur où une incursion était susceptible de se produire, les chasseurs chinois qui filaient droit vers la ligne médiane avaient viré au tout dernier moment en direction du nord-ouest avant de rejoindre leurs côtes.

Pourquoi l'armée de l'air chinoise passait-elle ainsi son temps à feinter du haut en bas du détroit ? Pour inciter l'adversaire à réagir ou pour une autre raison ? Mystère.

Cheese accusa réception de la transmission du Hawkeye, puis il écouta aussitôt le signalement d'un contact juste au sud du secteur attribué aux marines. Deux nouveaux intrus se dirigeaient vers le détroit. Cette zone était couverte par deux F-16 taïwanais, également renseignés par le Hawkeye américain.

Cheese transmit à Trash : « Magic Deux-Deux, descendons à quinze mille pieds, resserrons notre circuit, on sera plus proche de la ligne médiane si jamais les intrus font une incursion.

— Compris. » Et Trash fila le train à Cheese. Il n'imaginait pas un seul instant que les deux pilotes chinois allaient se comporter différemment des quatre jours écoulés et il savait que Cheese avait le même sentiment mais il savait aussi que son leader était trop prudent pour se laisser prendre au dépourvu et se retrouver hors jeu avec son ailier si jamais les Chinois pénétraient dans l'espace aérien taïwanais.

Le Hawkeye actualisa ses infos. « Magic Deux-Un. Intrus à zéro-deux-zéro, quatre-zéro nautiques, dix mille... en ascension.

— Magic Deux-Un, compris », répondit Cheese.

Peu après, l'officier de combat aérien du Hawkeye signala à Cheese que les intrus approchant les F-16 taïwanais par le sud suivaient une procédure de vol similaire.

« Ça se pourrait bien que leur manœuvre soit coordonnée, observa Trash.

— M'en a tout l'air, en effet, répondit Cheese. C'est une tactique différente de celle des autres jours. Ils envoyaient chaque fois une seule paire d'appareils. Je me demande si deux paires au même moment et dans deux secteurs contigus signifie qu'ils font monter la mise.

— On ne va pas tarder à le savoir. »

Cheese et Trash élargirent leur formation et se remirent en palier une fois parvenus à quinze mille pieds. Le Hawkeye partageait son temps de surveillance entre informer les Américains sur les deux intrus qui se dirigeaient vers eux et signaler une menace identique aux chasseurs taïwanais, quarante nautiques plus au sud, au-dessus du détroit.

Juste après que le Hawkeye eut annoncé à Magic Deux-Un et Deux-Deux que les deux intrus fondant sur eux n'étaient plus qu'à vingt nautiques, l'officier de combat aérien ajouta qu'ils se dirigeaient toujours droit vers la ligne médiane, précisant qu'à leur vitesse actuelle, ils l'auraient enfreinte d'ici deux minutes.

« Compris », répondit Cheese. Il plissa les yeux pour tenter de les localiser sur le fond de nuages blancs et le gris de la terre ferme dans le lointain.

« Magic Deux-Un pour Hawkeye. Nouveau contact. Quatre intrus ont décollé de Fuzhou et s'approchent du détroit. Ils grimpent rapidement en virant vers le sud, altitude trois mille pieds en augmentation. »

À présent, la situation commençait à se compliquer, se dit Trash. Il y avait deux chasseurs chinois de type inconnu qui se dirigeaient droit sur lui et sur son leader, deux autres qui menaçaient le secteur immédiatement adjacent au sud, et maintenant quatre autres qui se radinaient derrière le premier groupe.

L'officier de combat signala qu'il avait une escadrille de quatre F/A-18 Super Hornet de la marine terminant de ravitailler en vol au-dessus de la côte est de Taïwan et qu'il allait s'empresser de les expédier fissa en soutien sur le secteur des marines.

« Trash, dit alors Cheese, j'ai les intrus au radar, ils sont quasiment sous mon nez. Tu les as en visu ? »

Trash cliqua sur un bouton pour effacer la majeure partie des données projetées sur son afficheur tête haute et sur le système de poursuite intégré à la visière de son casque, puis il plissa les paupières pour examiner le ciel devant lui.

« Nada », mais il continua toutefois de chercher.

« Soixante secondes avant interception, annonça Cheese, prenons le cap zéro-trente, vingt degrés d'écart pour bien leur montrer qu'on ne les menace pas.

— Compris. » Et Trash inclina son aile droite pour suivre le virage de Cheese, de sorte que les intrus ne soient plus juste en face.

Au bout de quelques secondes, Cheese annonça :

« Intrus se déportent à gauche pour reprendre une trajectoire d'interception. Descendons, fissa.

— Les fils de pute. » Trash sentit la tension monter d'un cran. Les pilotes chinois fonçaient toujours vers la ligne médiane et continuaient de pointer délibérément leur nez – et donc leurs radars et leurs canons – sur les deux appareils des marines.

Avec une vitesse d'interception qui dépassait maintenant les douze cents nœuds, Trash savait qu'ils allaient très, très vite en découdre.

« Virage au trois-quarante, dit Cheese. On décroche de nouveau. »

Cheese et son ailier revinrent de nouveau sur leur gauche et dans les dix secondes, ils purent constater au radar que les Chinois calquaient sur eux leur manœuvre. Trash annonça : « Intrus se déportent à nouveau sur nous, cap zéro-un-cinq. Deux-huit nautiques. Quatorze mille pieds. »

Trash entendit l'officier du Hawkeye le confirmer dans son casque avant qu'il ne reporte aussitôt son attention sur les F-16 taïwanais qui avaient constaté une manœuvre identique de leurs intrus.

« Accroche ! » annonça soudain Cheese, indiquant qu'un des intrus avait verrouillé sur lui son radar.

Trash entendit lui aussi presque aussitôt le signal acoustique d'alerte radar.

« Ils m'ont accroché, moi aussi. Ces types ne rigolent pas, Cheese. »

Cheese lança l'ordre suivant avec une gravité dans la voix que Trash avait rarement entendue chez son commandant. « Magic Deux-Deux, engager manette principale.

— Compris », répondit Trash. Il plaça la manette

d'armement en position « armé », confirmant ainsi que toutes ses armes étaient désormais activées et qu'il pouvait d'une pression des doigts déclencher le lancement de ses missiles air-air. Il ne croyait toujours pas à l'engagement d'un combat aérien, mais le degré de menace avait grimpé en flèche avec le verrouillage des radars ennemis et il savait que Cheese et lui devaient être parés au cas où la situation dégénérerait d'incident en combat aérien.

L'officier du Hawkeye leur annonça presque en même temps que les Taïwanais avaient eux aussi rapporté une accroche radar.

Trash suivit à nouveau le virage de son leader pour s'éloigner de la ligne médiane et des appareils en approche. Il regardait à présent sur le côté de sa verrière en se servant de son « J-Mack », le système de guidage sur casque, un viseur intelligent qui relayait l'essentiel des informations de son affichage tête haute même quand il regardait à gauche, à droite ou au-dessus dudit afficheur. Le dispositif lui permit d'apercevoir deux taches noires qui filaient dans leur direction, sur un arrière-plan de nuages blancs et joufflus.

D'une voix rapide et énergique, mais sans excitation déplacée – après tout, c'était un pro –, il annonça : « Magic Deux-Deux. Identifié deux bandits. À dix heures, un peu au-dessous de nous. Sans doute des Super 10. » Aucun Américain n'avait encore été confronté au tout dernier modèle de chasseur de combat de première ligne équipant l'aviation chinoise, le Chengdu J-10B Super 10, une nouvelle version du J-10 Annihilator. Trash savait qu'à l'instar de son appareil, la cellule du J-10 était constituée pour une bonne part de matériaux composites et que sa signature radar réduite était destinée à compliquer le verrouillage d'un missile. Le modèle B était censément doté d'un équipement de guerre électronique encore amélioré, ce qui l'avantageait également dans ce domaine.

L'appareil était plus petit que le F/A-18 et simplement monoréacteur, mais le réacteur double flux de fabrication russe procurait à ce chasseur agile une puissance amplement suffisante pour les combats aériens.

« Compris, dit Cheese. J'imagine que c'est notre jour de chance. »

Les Chinois avaient plus de deux cent soixante J-10 en service mais sans doute moins de quarante de la variante B. Trash ne répondit pas ; son gibier était droit devant.

« Ils ont allumé la gamelle pour revenir ! s'écria Cheese. Sont à trente secondes de la ligne médiane et manifestent des intentions hostiles. »

Trash s'attendait à entendre l'officier de combat du Hawkeye accuser réception du message de Cheese mais à la place, il annonça d'une voix forte : « Vol Magic, veuillez noter. Vol république de Chine à votre sud attaqué et sur la défensive, missiles engagés. »

« Sacré putain de merde, Scott ! » s'écria Trash d'une voix ébahie.

Cheese voyait à présent les J-10 droit devant lui et il signala qu'il les avait en visu. « Deux identifiés devant mon nez. Super 10 confirmés. Hawkeye, avons-nous l'autorisation de tir ? »

Avant que le Hawkeye pût réagir, Trash répondit : « Compris. Deux devant toi. Dis-moi lequel prendre.

— J'ai choisi celui de gauche.
— Compris, je prends le mec de droite.

— Bien reçu, Deux-Deux, confirma Cheese, tu as l'ailier sur la droite. »

Et voilà que l'affichage tête haute de Trash et son système d'alerte missile lui annonçaient avoir détecté un tir. L'un des J-10 venait de lui tirer dessus. Il vit sur son afficheur tête haute que le délai calculé avant impact était de treize secondes.

« Missile en vol ! Missile en vol ! Je décroche à droite ! Magic Deux-Deux sur la défensive ! *Bordel de merde !* » Trash inclina son appareil pour s'éloigner du Chinois et passa en vol sur le dos. Il tira sur le manche et, alors que sa verrière ne lui montrait que le bleu de la mer à l'infini, il accrut sa vitesse et son vecteur de descente.

Les jambes de sa combinaison anti-g se vidèrent pour aspirer le sang du haut du corps et ainsi éviter la congestion du cerveau tout en permettant à son cœur de continuer à battre.

Il maudit la force g.

Le Hawkeye annonça, avec un temps de retard : « Vol Magic, vous êtes libres pour engager le combat. »

À ce stade du jeu, Trash se contrefoutait de savoir que quelqu'un, bien planqué derrière l'horizon, lui donnait sa bénédiction pour riposter. C'était une question de vie ou de mort et Trash n'avait nulle intention de décrire tranquillement des ronds dans l'air en attendant de se faire pulvériser.

Merde, non, Trash voulait la mort de ces deux autres pilotes et il était prêt pour cela à tirer s'il le fallait tous ses missiles, quelles que soient les instructions de l'officier de tir du Hawkeye.

Mais avant tout, il devait rester en vie assez longtemps pour pouvoir riposter.

45

Trash propulsait son Hornet vers la mer ; elle était encore douze mille pieds au-dessous de lui mais remplissait déjà son pare-brise. Vu la distance qui le séparait du J-10 au moment du tir, l'Américain était certain d'être désormais poursuivi par un PL-12, un missile air-air moyenne portée à guidage radar doté d'une ogive d'explosifs puissants. Trash savait également qu'avec sa vitesse maximale de Mach 4, il était hors de question pour lui de distancer la menace. Et il ne savait que trop bien qu'avec la capacité du missile à effectuer des virages à 38 g, il ne pourrait pas non plus le semer en zigzaguant, puisque son corps ne pouvait pas supporter plus de 9 g sans perdre conscience et ainsi mettre fin à toutes ses chances de se tirer de ce merdier.

Au lieu de cela, Trash savait aussi qu'il allait devoir recourir à la géométrie ainsi qu'à deux ou trois autres trucs qu'il gardait dans sa manche.

Parvenu à cinq mille pieds – quinze cents mètres – il tira d'un coup sec sur le manche pour ramener son nez droit vers la menace. Il ne pouvait pas voir celle-ci ; le carburant du moteur-fusée qui propulsait l'engin ne dégageait aucune fumée et il fendait le ciel presque aussi vite qu'une balle. Mais tout au long de sa manœuvre, Trash avait gardé ses repères visuels qui lui permettaient de savoir de quelle direction le missile avait été tiré.

Sortir de ce piqué était un défi pour le jeune capitaine de vingt-huit ans. Cela impliquait une boucle à 7 g, Trash l'avait appris à l'entraînement, et pour permettre à son cerveau de rester irrigué, il dut recourir au vieux truc de crier à tue-tête pour bander tous les muscles du cou et ainsi bloquer le reflux sanguin.

Il s'entendit gueuler dans son casque.

« Bitching Betty » – Betty la bêcheuse –, la voix féminine délivrant les messages d'alerte audio, toujours trop calme au vu des nouvelles qu'elle apportait, susurra dans son casque : « Altitude, altitude. »

Trash se remit en palier et nota aussitôt sur son récepteur d'alerte radar que la menace était toujours verrouillée sur lui. Il déploya des leurres, sous la forme d'un nuage de paillettes de fibres de verre recouvertes d'aluminium qu'une charge pyrotechnique dispersait en un large éventail tout autour et derrière l'avion, avec l'espoir de dérouter le radar du missile en approche.

Simultanément, Trash vira sur l'aile droite, ramena vers lui le manche et fila de biais à sept cents mètres à peine au-dessus des flots.

Il continua de déployer des leurres, l'aile droite pointée vers la mer, la gauche vers le soleil.

Le missile PL-12 mordit à l'appât. Il plongea dans le nuage d'aluminium et de fibre de verre, perdit son verrouillage sur la signature radar du F-18 et peu après s'abîma dans la mer.

Trash avait déjoué le missile de moyenne portée

mais ses manœuvres et sa concentration sur cette menace avaient permis au J-10 de se planquer désormais quelque part derrière lui. Le marine fit un rétablissement à dix-huit cents pieds, examina le ciel tout autour de sa bulle et se rendit compte qu'il avait bel et bien perdu de vue son ennemi.

« Où est-il fourré, Cheese ?

— Inconnu, Magic Deux-Deux ! Je suis en défense ! »

Cheese était donc en train de défendre chèrement sa vie, lui aussi, s'aperçut soudain Trash. Aucun des deux hommes ne pouvait aider son camarade ; ils étaient l'un et l'autre livrés à eux-mêmes, en attendant de s'être débarrassés de leurs ennemis respectifs ou d'être rejoints par les Super Hornet de la marine, hélas encore à plusieurs minutes de vol.

Trash regarda l'afficheur de données au-dessus de son genou gauche. Le petit écran lui présentait une vue de haut de tous les appareils volant alentour. Il vit Cheese à son nord, et loin vers le sud, il identifia les deux F-16 taïwanais.

Il se dévissa le cou pour regarder le plus loin possible derrière son épaule gauche et c'est alors qu'il avisa la silhouette noire d'un appareil en train de fondre sur lui, à sept heures en surplomb, à deux nautiques de distance. L'appareil était bien trop à gauche de son affichage tête haute mais il pouvait toujours le cibler *via* son viseur de casque.

Le J-10 passa à six heures et Trash vira sec sur la gauche tout en poussant la manette des gaz et en piquant pour gagner encore de la vitesse, le but étant d'empêcher le pilote ennemi de lui coller au train.

Mais le J-10 chinois avait anticipé sa manœuvre et

se recalait déjà à six heures du marine, désormais à moins d'un nautique et demi.

Le Chinois fit parler son canon double de 23 millimètres. Des balles traçantes passèrent à quelques dizaines de centimètres de la verrière de Trash au moment où il basculait à nouveau sur la droite et descendait encore un peu plus. Les balles évoquaient de longs faisceaux laser et Trash les regardait transformer l'eau bleu turquoise en geysers d'écume droit devant lui.

Il zigzaguait violemment de gauche à droite tout en se maintenant en palier ; c'est qu'il n'était plus qu'à cinq cents pieds – cent cinquante mètres – de la surface, ce qui lui interdisait de piquer, et il ne voulait pas non plus perdre de la vitesse par une remontée en chandelle. Dans le jargon des pilotes de combat, la manœuvre était baptisée « canons-D » – ou « canons défensive » mais Trash et ses camarades parlaient de « danse de la poule mouillée ». Une danse désespérée sans aucune élégance pour se maintenir hors de la ligne de mire. Trash se dévissait le cou de gauche à droite le plus possible pour toujours garder l'ennemi en vue, pendant qu'il continuait de virevolter dans tous les sens. Il entr'aperçut le J-10 en train de virer pour suivre sa dernière manœuvre d'évasion et Trash comprit que le pilote chinois était presque en position pour effectuer un nouveau tir.

Après qu'une nouvelle volée de balles traçantes fut passée trop haut, le marine vit dans le petit rétroviseur fixé près du porte-serviette que le Super 10 s'était rapproché à moins d'un nautique et qu'il était à présent parfaitement aligné pour descendre Trash dès sa prochaine salve.

Trash n'hésita pas ; il devait agir. Il « s'amincit » en faisant tourner son appareil de sorte à présenter à l'ennemi sa plus faible dimension, le flanc, et alors que le J-10 fondait sur lui, Trash remonta en chandelle. Son corps s'enfonça un peu plus dans le siège. Sa colonne vertébrale protesta, sa vue se brouilla.

Cette manœuvre de la dernière chance avait encore réduit l'écart avec le chasseur ennemi, non parce qu'il avait ralenti mais simplement parce qu'il avait viré à quatre-vingt-dix degrés de son cap initial au moment idéal. Il grogna, serra les dents, puis regarda à la verticale, juste au-dessus de lui, à travers la verrière.

Le pilote du J-10B s'était tellement polarisé sur son canon qu'il n'avait pas réagi à temps à sa manœuvre. Il passa en trombe, trente mètres à peine au-dessus du Hornet de Trash.

Le pilote chinois faisait manifestement de son mieux pour réduire sa vitesse et demeurer dans la zone de contrôle mais même avec les aérofreins sortis au maximum et la poussée entièrement coupée, il ne pouvait compenser la décélération de Trash.

Sitôt que l'ombre du chasseur chinois fut passée au-dessus de lui, le pilote américain essaya de se placer dans la zone de contrôle derrière l'ennemi à la recherche d'une solution de tir au canon, mais son ennemi était un bon, pas du genre à faire une proie facile. Le J-10 releva le nez, referma les aérofreins et remit les gaz pour grimper à la verticale.

Trash le dépassa par-dessous et se retrouva aussitôt en danger. Pour éviter d'avoir à nouveau le J-10 à ses basques, il poussa à fond la manette des gaz, allumant la postcombustion ; son F/A-18 se cabra comme un mustang avant de s'élever vers le ciel sur deux colonnes de feu.

Trash grimpa sans cesser d'accélérer ; il atteignit bientôt une incidence de soixante-dix degrés, dépassant les trois mille, quatre mille, cinq mille pieds d'altitude. Il voyait à présent le J-10 devant lui dans le ciel, aperçut le bout des ailes de l'appareil ennemi basculer d'un côté sur l'autre, tandis que le pilote essayait de localiser l'avion américain quelque part au-dessous de lui.

Trash atteignit une incidence de quatre-vingt-dix degrés et continuait de filer vers le ciel avec une vitesse ascensionnelle de quarante-cinq mille pieds par minute. Soixante secondes pour se retrouver neuf milles nautiques au-dessus de la mer.

Mais Trash savait pertinemment qu'il ne disposait pas de soixante secondes. Le J-10 était là-haut avec lui et le pilote ennemi devait probablement continuer à se dévisser le cou pour tenter de découvrir où diable avait pu se planquer le Hornet.

À dix mille pieds, le capitaine White ramena la manette des gaz, coupant la postcombustion, et bascula légèrement le nez de son avion. Il voyait bien que le pilote ennemi ne l'avait toujours pas repéré, quelques milliers de pieds derrière lui. Le Chinois passa en vol sur le dos.

Comme entraîné dans une boucle de grand huit, Trash filait en direction de l'ennemi ; au bout de quelques secondes à peine, il vit le Super 10 traverser un nuage au-dessous de lui. Le pilote était en train de décrire un immelmann inversé pour se présenter à nouveau face au F/A-18, piquant à toute vitesse.

Du gras du pouce, Trash fit rouler l'espèce de trackball surmontant son manche pour armer son canon.

À peine la mire de visée était-elle apparue sur son affichage tête haute que le J-10 en piqué passait pile au centre, à moins de huit cents mètres.

Trash tira d'abord une longue, puis deux brèves salves de son sextuple canon Vulcan de 20 millimètres.

La première volée passa largement devant le Super 10 ; la première des deux brèves était plus près de la cible mais encore trop devant.

Sa dernière salve brève, pas plus d'une fraction de seconde, toucha l'appareil ennemi à l'aile droite. Des fragments d'aile enflammés se dispersèrent et le pilote chinois piqua brutalement sur la droite. Trash l'imita, moins de deux cents mètres derrière lui, plongeant vers le sillage de fumée noire.

L'avion chinois piquait droit vers la mer et Trash se démenait pour garder l'alignement de la mire en vue d'un nouveau tir, ballotté qu'il était par les forces g auxquelles il soumettait son avion pour rester calé derrière l'adversaire.

Devant lui, un éclair détourna son attention vers la cible. Des flammes jaillirent de l'aile, du réacteur et presque aussitôt il comprit que l'avion devant lui était proche de sa fin.

L'arrière du J-10B explosa et l'appareil condamné entama une vrille par la droite, plongeant droit vers la mer.

Trash rompit le combat, vira sec sur la gauche pour éviter la boule de feu, puis il lutta pour se retrouver une assiette horizontale. Il n'eut pas le temps de voir si le pilote avait pu s'éjecter.

« Appareil abattu. Un plouf dans l'eau. Pos, Cheese ? »

« Pos », cela voulait dire qu'on demandait la position de l'autre appareil.

Avant que son leader ait pu répondre, Trash baissa les yeux vers son affichage de données et constata qu'il volait dans sa direction. Levant les yeux, il aperçut quelques petits nuages et découvrit au travers un reflet de soleil sur du métal gris ; bientôt apparut Magic Deux-Un, l'appareil de Cheese, filant de droite à gauche.

La voix de son leader retentit dans sa radio. « En défense. Il est à mes six heures, à environ deux nautiques. Il m'a verrouillé. Débarrasse-m'en, Trash ! »

Le regard de Trash se reporta rapidement vers le nord et il aperçut le Super 10 survivant à l'instant même où ce dernier lançait un missile en direction des tuyères de Cheese.

« Dégage sur la droite, Deux-Un ! Missile en vol ! »

Trash ne regarda pas le missile, il ne se retourna pas non plus vers Cheese. À la place, du pouce sur sa manette, il sélectionna un AIM-9 Sidewinder, un missile courte portée à guidage infrarouge. Il avait à présent désigné l'appareil chinois – il l'avait centré dans sa mire de casque.

Il entendit dans ses écouteurs un bourdonnement électronique qui indiquait que le Sidewinder était à la recherche d'une signature thermique exploitable.

Le bourdonnement fut remplacé par le couinement aigu du signal de verrouillage, pile au moment où le J-10 passait à trois nautiques devant le nez de Trash, preuve que le guidage infrarouge de l'AIM-9 avait localisé la tuyère brûlante de l'appareil chinois et se calait désormais sur celle-ci.

Trash pressa le bouton de lancement sur son manche et tira le Sidewinder. Il fila en laissant derrière lui une traînée de fumée, fonçant droit sur le Super 10.

Le missile était du type « tire et oublie », aussi Trash vira-t-il sur la gauche pour se positionner derrière le chasseur ennemi au cas où le Sidewinder raterait sa cible.

Il eut tôt fait de repérer Cheese. Son leader virait sec vers le sud ; derrière lui, les leurres déployés automatiquement de part et d'autre de son appareil redescendaient en arc vers la mer.

Le missile chinois plongea au travers des leurres et explosa.

Trash reporta son regard vers sa cible et vit le J-10 déployer à son tour ses leurres tout en virant court sur la gauche. « Chope-le, chope-le, chope-le ! » cria tout haut Trash, comme pour exhorter son missile à foncer plus vite vers la tuyère brûlante du réacteur de l'avion chinois. Mais le Sidewinder fut trompé par les leurres du Super 10.

« Merde ! »

Trash rebascula son sélecteur sur les canons mais avant qu'il ait pu caler son viseur sur la cible, le zinc ennemi partit en piqué.

Trash le suivit avec l'espoir de se placer derrière lui pour un nouveau tir au but.

Dans son casque, il entendit « Magic Deux-Un engage bandits en approche par le nord. Fox trois. »

Trash n'eut même pas le temps de savoir ce qui se passait avec les quatre autres appareils ennemis, toujours est-il que Cheese avait choisi de tirer de loin ses missiles à guidage radar.

« Cheese, je suis engagé, je pousse ce mec à la baille.

— Compris, Trash, les Super Hornet de la marine sont à deux minutes. »

Trash accusa réception avant de se concentrer totalement sur son ennemi, le pilote chinois et son avion.

« Fox trois ! » lança Cheese en tirant un nouveau AIM-120 AMRAAM vers les bandits toujours en approche par le nord.

Trash et le Super 10 qu'il avait engagé passèrent la minute qui suivit dans un duel aérien effréné, chacun tâchant de se placer en position de tir tout en s'efforçant dans le même temps d'empêcher l'ennemi de faire de même.

Dans le jargon du combat aérien, on parlait de « cabine téléphonique » pour qualifier ce combat rapproché qui se déroulait dans un volume d'évolution réduit, et qui se réduisait encore à mesure que chaque pilote apportait des corrections de trajectoire et luttait pour reprendre l'avantage.

Trash ressentait dans tout son corps la pression écrasante des virages serrés à g positif et les épisodes nauséeux à vous faire jaillir les yeux des orbites des plongées à g négatif.

Au bout d'une minute de duel, White bascula violemment le manche sur la droite pour suivre le virage serré de l'ennemi au ras de l'eau. Trash réussit à serrer un peu plus mais le pilote de l'Armée populaire inversa brutalement sa trajectoire, privant l'Américain de ce bref avantage.

Le nombre d'informations qui assaillaient le cerveau de Trash était carrément inimaginable. Il devait faire évoluer son appareil sur trois axes pour réussir à le maintenir en position d'attaque contre un autre appareil évoluant lui aussi sur trois axes. Dans le même temps, il continuait d'informer de sa situation son leader et l'officier du Hawkeye tout en surveillant les cibles et la surface au-dessous de lui, tandis que ses mains se déplaçaient de gauche à droite, d'arrière en avant, et que ses doigts basculaient des interrupteurs et pressaient des boutons sur le manche et la manette des gaz. Qui plus est, il devait surveiller encore une douzaine de paramètres en constante évolution sur son affichage tête haute et jeter en même temps de brefs coups d'œil sur l'afficheur de navigation pour s'assurer que son leader et lui demeuraient du bon côté de la ligne de démarcation au-dessus du détroit.

La sueur ruisselait sur sa nuque et ses mâchoires étaient tétanisées par la tension de l'instant.

« Pas moyen de le gratter, annonça Trash dans son micro.

— J'ai engagé le combat, Magic Deux-Deux. Il est à toi. »

Cheese avait tiré un troisième missile vers les chasseurs en approche qu'il avait identifiés comme des Su-33 de fabrication russe. L'un des trois AMRAAM toucha sa cible et Cheese annonça : « Un deuxième à la baille. »

Devant Trash, le chasseur chinois roulait de gauche à droite, puis il passa carrément sur le dos pour effectuer un immelmann inversé, imité aussitôt par le pilote américain qui sentit ses yeux sortir de leurs orbites et sa tête se gorger de sang.

Il banda une fois encore les muscles du cou, les abdominaux et les lombaires, s'accrochant comme une sangsue à sa victime.

À chaque manœuvre, il se forçait à arrondir un peu l'angle pour soulager son corps mais en perdant chaque fois un peu plus de terrain par rapport à l'ennemi.

« Ne le perds pas de vue, ne le perds pas de vue »,

se morigéna-t-il, alors qu'il s'efforçait de suivre à la trace le J-10 au milieu des nuages blancs et bouffis.

L'autre pilote poursuivait toutefois son vol en zigzag, et derrière lui, Trash se dévissait le cou pour ne pas le quitter des yeux, même s'il devait en même temps surveiller épisodiquement les rétros fixés en haut de la verrière.

Il vit ainsi que l'autre zinc gagnait sur lui et se préparait au coup de grâce. Trash avait perdu son avantage offensif.

Pas bon, ça.

Le pilote du Chengdu J-10 réussit effectivement à se caler derrière Trash avant de tirer un missile PL-9 à courte portée que l'Américain parvint toutefois à tromper grâce au déploiement automatique de ses leurres et un virage à 7,5 g qui faillit bien le plonger dans les vapes.

Il devait garder sa pointe de vitesse mais le virage l'avait ralenti. « Ne lâche rien, ne lâche rien », se répétait-il entre deux gémissements dus à l'accélération.

Les deux avions dégringolaient en vrille, l'un derrière l'autre. Sept mille pieds, six mille, cinq mille.

Parvenu pile à trois mille pieds, Trash renversa rapidement son zinc, s'infligeant une accélération de 8 g, et il arma ses canons.

Le pilote chinois ne saisit pas tout de suite ce qui se passait et poursuivit sa spirale descendante, offrant à l'Américain ces quelques secondes critiques lui permettant de se préparer à l'affrontement.

Trash repéra le Super 10 à un mille nautique et joua sur le palonnier pour aligner son tir. Ses pieds appuyaient à fond, à gauche, à droite, pour effectuer les corrections nécessaires dans le bref laps de temps qu'il lui restait avant que le Super 10 ne soit passé devant lui.

Là. Parvenu à deux mille pieds de sa cible, et alors qu'il fondait dessus à plus de mille huit cents kilomètres-heure, Trash écrasa l'index droit sur le bouton de détente placé au sommet du manche.

Une longue salve de balles traçantes jaillit du canon Vulcan installé dans le nez de son appareil. Il se servait du pointage laser pour guider son tir.

À cinq cents pieds de distance, le Super 10 explosa dans une boule de feu. Trash décrocha aussitôt en tirant violemment sur le manche pour éviter une collision en vol ou la rencontre avec un débris enflammé susceptible de pénétrer dans les entrées d'air et de détruire ses réacteurs.

Une fois dégagé, il confirma visuellement sa victoire après être passé sur le dos pour regarder au-dessus de sa verrière.

Au-dessous de lui, le J-10 n'était plus qu'une gerbe de débris fumants, enflammés ou noircis, qui dégringolaient vers la mer. Le pilote devait être mort mais le soulagement qu'éprouvait Trash d'avoir survécu l'empêchait pour l'instant de compatir.

« Et de trois à la baille », dit-il.

Les Super Hornet arrivèrent en temps voulu pour se charger des trois derniers Su-33 à avoir franchi la ligne médiane, mais le vol Magic Flight n'en avait pas encore terminé. À leur sud, l'un des deux appareils de la chasse taïwanaise attaqués par l'autre paire de J-10 avait déjà disparu des radars.

« Magic Deux-Deux, annonça Cheese, cap au deux-quatre-zéro, formation de combat. Allons aider le dernier F-16 taïwanais avant qu'il ne soit trop tard.

— Compris. »

Trash et Cheese foncèrent vers le sud-est, laissant les Super Hornet de la marine chasser les Su-33 de l'autre côté de la ligne médiane et les forcer à regagner la côte chinoise.

Peu après, le radar de Trash accrocha le J-10, encore à soixante nautiques de distance. Il tira immédiatement un missile AMRAAM.

« Fox trois. »

Trash doutait que son missile atteigne le chasseur chinois. Le pilote de l'appareil ennemi avait dans sa manche toute une panoplie de moyens défensifs qu'il avait tout loisir de déployer à une telle distance : son AMRAAM ne pourrait peut-être pas abattre le zinc chinois mais au moins espérait-il distraire l'agresseur de sa chasse du F-16 taïwanais.

L'attaque eut le résultat escompté : l'un des deux J-10 décrocha, mais ils ne purent arriver à temps pour sauver le malheureux pilote taïwanais. Touché par un missile à courte portée, son chasseur F-16 se volatilisa au-dessus des côtes occidentales de Taïwan.

Les deux avions chinois virèrent aussitôt pour regagner précipitamment le continent avant que Trash et Cheese ne puissent les engager.

Les deux F/A-18 des marines étaient presque à sec, aussi mirent-ils le cap à l'ouest pour se coller au train d'un ravitailleur en station au-dessus de Taipei avant de regagner le porte-avions. Trash sentait à présent ses mains trembler alors qu'il manœuvrait avec délicatesse son zinc pour engager correctement sa perche dans le panier-entonnoir de l'avion-ravitailleur.

Il attribua sa tremblote à l'épuisement mâtiné d'un reliquat d'adrénaline.

Quand ils furent de retour sur le porte-avions, leurs deux zincs calés, arrimés avec des chaînes, les freins de parking engagés, le cockpit ouvert, l'échelle sur plate-forme amenée contre le fuselage pour leur permettre de descendre, une fois regagnée la salle de préparation, une fois ôtée la combinaison anti-g, révélant des combinaisons de vol trempées de sueur, alors seulement les deux hommes se serrèrent la main avant de tomber dans les bras l'un de l'autre.

Même si c'étaient à présent ses genoux qui tremblaient, Trash se sentait bien. Enfin, surtout heureux d'être en vie.

Ce n'est qu'au retour dans la salle de préparation qu'ils apprirent que maints combats aériens s'étaient déroulés d'un bout à l'autre du détroit de Taïwan. Neuf appareils de l'aviation taïwanaise avaient été abattus, contre cinq chasseurs de l'armée de l'air de la République populaire.

Trash et Cheese avaient contribué à trois des cinq *kills*, deux Super 10 pour Trash, un Su-33 pour Cheese.

Nul n'arrivait à comprendre l'audace ou l'agressivité des Chinois et le commandant de l'escadron aérien avertit ses pilotes qu'ils devaient s'attendre à retourner dans les airs combattre dans les toutes prochaines heures.

Les marines à bord traitèrent Trash et Cheese en héros, mais quand les deux hommes eurent regagné leurs quartiers, le commandant Stilton vit bien que quelque chose tracassait le capitaine White.

« Qu'est-ce qui ne va pas, vieux ?

— J'aurais dû me débrouiller mieux. Quand je me

suis retrouvé dans cette cabine téléphonique, lors du second engagement... je vois déjà au moins cinq autres solutions que j'aurais pu appliquer pour abattre ce gars plus vite.

— Qu'est-ce que tu racontes ? Tu l'as eu et ta sûreté de jugement cet après-midi était proprement remarquable.

— Merci », répondit Trash.

Mais Cheese voyait bien qu'il ruminait toujours.

« Qu'est-ce qui te tracasse vraiment ?

— On aurait dû envoyer au tapis ces deux autres J-10 avant qu'ils n'abattent les F-16. On a pris trop de temps à nous débarrasser de nos bandits, résultat : deux pilotes taïwanais perdus. On revient ici sur le *Reagan* et tout le monde fait comme si on était des putains de rock stars. Mais ces deux gars sont morts, alors je n'ai pas vraiment le cœur à me réjouir, voilà.

— On a fait du sacré bon boulot, mec, aujourd'hui. Est-ce qu'on a été parfaits ? Bien sûr que non. On n'est que des hommes. On fait de son mieux, et notre mieux aujourd'hui nous a permis d'abattre deux appareils ennemis, de sauver notre peau et de montrer aux Chinetoques qu'ils ne sont pas les maîtres du ciel sur le détroit. » Il tendit la main pour éteindre la lumière de leur cabine. « Faudra faire avec. »

Trash ferma les yeux et chercha le sommeil. Allongé sur le lit, il se rendit compte qu'il tremblait toujours. Il espérait plus que tout parvenir à se reposer un peu avant de retourner au matin dans ces cieux inhospitaliers.

46

Dans son tout nouveau bureau vitré, le Dr Tong Kwok Kwan balaya du regard le vaste plateau d'espaces de travail et s'estima satisfait de cette reconstitution – quand bien même elle était temporaire – de son Vaisseau fantôme. Il sortit, parcourut un bref couloir au bout duquel il ouvrit une porte verrouillée qui débouchait sur un balcon au onzième. Là, humant un air lourd d'une brume de pollution mais bien loin d'être humide comme celui qu'il avait laissé derrière lui à Hongkong, il contempla la cité qui s'étendait sous ses yeux, avec ses bâtiments bas qui s'étalaient au long des rives d'un fleuve sinuant du sud-est au nord-ouest.

À ses pieds, il apercevait sur le parking des véhicules de transport de troupes blindés, des nids de mitrailleuses et des troupes qui patrouillaient à pied ou en jeep.

Oui, se dit-il, *on fera avec, pour l'instant*.

Le Dr Tong avait transféré son activité du quartier de Mong Kok à Hongkong pour s'installer quelque cent soixante kilomètres au nord-ouest, à Canton, dans l'arrondissement de Huadu. Ils se retrouvaient désormais à l'intérieur des frontières de la Chine continentale, à l'abri de la CIA, et il était manifeste que l'APL n'avait pas regardé à la dépense pour leur procurer tout ce dont ils avaient besoin.

Le Vaisseau fantôme avait passé les deux dernières années à faire comme s'il n'appartenait pas à l'infrastructure de cyberguerre chinoise. Le ministère de la Sécurité de l'État aurait préféré continuer ainsi mais les événements survenus à Hongkong – Jha Shu Hai démasqué par la CIA puis ravi par une unité commando de l'armée américaine – avaient nécessité de changer les plans en catastrophe. Tong avait donc reçu ordre de rapatrier toutes ses activités sur le continent, puis d'amplifier aussitôt ses attaques cybercinétiques contre les États-Unis.

Les Triades de la 14K n'avaient pas réussi à protéger ses activités à Hongkong et elles se demandaient à présent ce qu'il avait bien pu advenir de leur vache à lait. Quatre nuits auparavant, une soixantaine de paramilitaires de l'unité « Épée tranchante de la mer de Chine méridionale » avaient été dépêchés vers Mong Kok, depuis la région militaire de Canton, à bord d'une douzaine de véhicules banalisés. Il y avait eu un bref affrontement entre les militaires et la 14K au centre commercial informatique du quartier, mais un coup de fil du colonel commandant l'unité au chef de la 14K installé dans la suite d'un casino de Macao avait bien fait comprendre à ce dernier que si ses hommes de main ne décampaient pas illico, on aurait à déplorer un nouveau bain de sang et que, pour la seconde fois de la semaine, la 14K en serait la principale contributrice.

La 14K recula ; les mafieux chinois se dirent que l'Armée populaire de libération avait dû récupérer

Tong et les rapatrier, lui et ses hommes, sur le continent pour les juger et les exécuter.

En fait, l'intégralité du Vaisseau fantôme – personnel, ordinateurs, moyens de communication et le reste de son matériel – emménagea dans un vaste bâtiment des Télécoms chinoises. L'immeuble situé à Canton hébergeait déjà l'un des principaux centres de cyberguerre de l'Armée populaire. Les activités propres aux Télécoms avaient été transférées ailleurs – avec pour résultat que les services de téléphonie mobile dans toute la région de Canton étaient restés quasiment indisponibles durant plusieurs jours, mais le bon plaisir de l'APL passait avant les besoins des civils.

Tong et son personnel étaient gardés vingt-quatre heures sur vingt-quatre, sept jours sur sept, par des unités des forces spéciales de la région militaire de Canton et, en moins de quatre jours, ils avaient repris leurs activités et préparaient leurs prochaines attaques contre les États-Unis.

C'était une solution transitoire. L'objectif de l'APL était, pour protéger efficacement Tong et toute son équipe, de les installer dans un bunker renforcé, mais aucun de ceux disponibles en Chine n'était pourvu des équipements de réseau et des aménagements structurels indispensables, si bien qu'en attendant que soit réalisé l'édifice *ad hoc*, ils devraient se contenter du bâtiment de China Telecom et des unités en assurant la protection périmétrique.

Tong rouvrit la porte et quitta le balcon. Sa brève pause était terminée ; il était temps de se remettre au travail. Il retourna s'asseoir devant son bureau tout neuf et ouvrit le dossier que lui avait transmis l'un des contrôleurs chargés de surveiller les transmissions de la CIA. Tong parcourut la transcription d'un câble de l'agence américaine et y trouva ce qu'il cherchait.

Il pianota aussitôt sur son clavier pour ouvrir une communication vocale sur IP avec une adresse située aux États-Unis. Il attendit en silence la réponse à son appel.

« Grue.

— Grue, ici Centre.

— Allez-y.

— 3333, Prospect Street, Washington DC. »

Une pause. Puis : « Avez-vous des informations sur les forces sur place à leur disposition ?

— Je vais charger le contrôleur local d'obtenir et de nous fournir un complément d'information avant votre arrivée sur place. Cela devrait prendre une journée, aussi préparez-vous à intervenir d'ici à demain après-demain. Il faut agir vite.

— Très bien. Quelle est la cible ?

— La cible, répondit aussitôt Centre, ce sont tous les individus que vous trouverez sur place.

— Compris. À vos ordres.

— *Shi-shi.* »

Tong coupa la communication et passa à tout autre chose : l'examen des messages de ses contrôleurs. Il en consulta certains, en ignora d'autres concernant des informations sans intérêt pour lui, puis il s'appesantit sur un sujet qu'il jugea des plus intéressants.

Hendley Associates, West Odenton, Maryland, USA.

Tong y avait affecté un nouveau contrôleur et il avait demandé le recours à un agent sur le terrain pour mieux cerner quel diable de rapport pouvait bien exister entre cette entreprise et les services de renseignement extérieurs américains. Hendley Associates avait déjà fait l'objet de son attention quelques mois plus tôt quand la boîte s'était mise à pister un petit groupe d'ex-espions libyens recrutés par l'un de ses contrôleurs dans le cadre d'une mission dans la région d'Istanbul. Les Libyens n'étaient pas terriblement compétents et ils ne devaient que s'en prendre à eux-mêmes s'ils avaient été découverts, si bien que lorsque le contrôleur avait annoncé à Tong cette défaillance de l'une de ses équipes de « sous-traitants » sur le terrain, le docteur lui avait ordonné de ne pas intervenir, de se contenter de voir comment évoluait l'attaque et d'en savoir un peu plus sur ses auteurs.

Il devint bien vite manifeste que ces types appartenaient à la compagnie américaine Hendley Associates.

Une compagnie bien étrange, du reste. Tong et son personnel s'y intéressaient depuis un certain temps. Le fils du président en personne y travaillait, tout comme, jusqu'à ces dernières semaines, John Clark, l'homme impliqué dans l'affaire Jack Ryan lors de l'élection présidentielle de l'année précédente[1]. C'était un ancien sénateur américain du nom de Gerry Hendley qui dirigeait l'entreprise.

Un cabinet de gestion financière qui, incidemment, assassinait les gens et semblait œuvrer pour la CIA. Bien sûr, l'élimination des Libyens à Istanbul avait au mieux piqué la curiosité de Tong ; elle n'avait aucunement ralenti ses activités. En revanche, l'implication de cette boîte dans l'enlèvement de Jha, la semaine passée, le préoccupait au plus haut point.

Tong et ses hommes observaient et écoutaient des

---

1. Lire *Mort ou vif, op. cit.*

centaines d'entreprises de par le monde : sous-traitants et fournisseurs réguliers de l'armée, des services de renseignement et autres officines gouvernementales clandestines. Tong suspectait Hendley Associates d'être une sorte de façade montée en douce avec l'aval du gouvernement et donc facile à renier.

En gros, l'équivalent de Tong et de son Vaisseau fantôme.

Il voulait en savoir plus, aussi enquêtait-il sur Hendley en empruntant plusieurs pistes. Or l'une de celles-ci venait justement de s'ouvrir. Le nouveau compte rendu qu'il tenait entre ses mains signalait que le virus introduit dans le réseau informatique de Hendley Associates venait d'annoncer qu'il était désormais opérationnel. D'ici quelques jours, le responsable du projet s'attendait à mieux cerner le rôle précis de Hendley dans l'organigramme du renseignement américain. Leur directeur du service informatique – Tong vérifia son nom au bas de la page, Gavin Biery, quel nom bizarre – avait subi l'évaluation de ses codeurs qui l'avaient jugé d'une compétence peu commune. Même si leur cheval de Troie avait réussi à s'introduire dans l'Intranet de la firme, il faudrait plus de temps qu'à l'ordinaire pour en exfiltrer délicatement des informations.

Tong brûlait d'avoir entre les mains ce premier rapport.

Il avait tout d'abord envisagé d'expédier simplement Grue et ses hommes mettre pour de bon un terme à l'opération montée par Hendley. S'il avait su qu'ils allaient venir aider la CIA à lui enlever Jha, c'est sans aucun doute ce qu'il aurait fait, soit à Istanbul, soit à leurs bureaux de West Odenton. Mais Tong avait désormais pénétré dans l'antre du diable. Il avait infiltré leur réseau, il pouvait voir où ils étaient, voir ce qu'ils faisaient. Autant d'atouts qui lui permettaient de mieux les contrôler.

Bien entendu, si Hendley Associates s'avisait d'interférer de nouveau avec ses activités, il pourrait leur dépêcher Grue et son commando de l'Épée divine.

Le discours du président de la Commission militaire centrale Su Ke Qiang était prononcé devant les étudiants et le corps professoral de l'université navale d'ingénierie à Wuhan mais les hommes et les femmes composant l'auditoire n'étaient que des figurants. Le message était manifestement adressé aux observateurs internationaux.

À la différence du président Wei, Su n'avait nul besoin d'afficher une façade charmante et policée. C'était un homme de forte carrure, au torse imposant bardé de médailles et l'image de puissance qui émanait de lui évoquait de manière éloquente ses plans pour le pays et son ambition de prendre l'ascendant sur l'Armée populaire de libération.

Ses remarques liminaires chantaient les louanges des forces navales de l'Armée populaire de libération et il promit aux étudiants qu'il ferait tout ce qui était en son pouvoir pour veiller à ce qu'ils bénéficient des équipements, de la technologie et de la formation indispensables pour affronter les menaces futures auxquelles devait se préparer le pays.

Les observateurs occidentaux s'attendaient déjà à l'un des sempiternels discours du président Su, rempli de fanfaronnades, truffé de mises en garde inquiétantes (quoique vagues) adressées à l'Occident et de menaces à peine voilées sur les revendications territoriales chinoises, mais comme toujours sans le moindre détail concret.

Bref, plus ou moins le même laïus que ceux qu'il prononçait depuis qu'il avait été promu général de corps d'armée au sein de l'état-major général, peu après la guerre sino-russe[1].

Mais aujourd'hui, le ton était différent. Aujourd'hui, il dessinait des lignes précises.

Lisant une feuille imprimée – au lieu d'un téléprompteur –, il évoqua les récents combats aériens survenus au-dessus du détroit de Taïwan qu'il présentait comme le résultat inéluctable de l'envoi par les Américains d'avions militaires dans cette région du monde densément peuplée mais paisible.

Il enchaîna : « À la lumière de ce nouveau danger, la Chine a donc décidé solennellement l'exclusion totale de tout navire de guerre étranger du détroit de Taïwan et de la mer de Chine méridionale, en dehors de ceux croisant dans les eaux territoriales des pays voisins ou expressément autorisés à traverser le territoire chinois. Toutes les nations autres que les pays limitrophes devront désormais demander à la Chine une telle permission.

« Cette mesure inclut bien évidemment tous les navires de guerre sous-marins.

« Tout bâtiment de guerre qui entrera dans la zone d'exclusion sera considéré comme hostile et donc traité comme tel. Pour le bien de la paix et de la stabilité, nous encourageons la communauté internationale à se conformer à ces directives. C'est du territoire souverain de la Chine qu'il est question ici.

---

1. Lire *L'Ours et le Dragon*, *op. cit.*

Nous n'allons pas avec nos navires remonter la Tamise jusqu'à Londres ou l'Hudson pour accoster à New York ; nous demandons simplement aux autres nations de faire preuve à notre égard de la même courtoisie. »

Les étudiants et les professeurs de l'université navale d'ingénierie acclamèrent ces paroles, ce qui produisit un événement d'une rareté extrême : le président Su leva les yeux de son pupitre et sourit.

Exclure de mer de Chine méridionale tous les navires de guerre étrangers créa d'emblée des difficultés pour un certain nombre de pays, mais aucun ne fut plus affecté que l'Inde. C'est qu'elle avait depuis deux ans signé un contrat avec le Vietnam pour prospecter des gisements de pétrole et de gaz naturel dans une partie de la zone économique exclusive vietnamienne située dans les eaux internationales, au large de leur côte. Jusqu'ici, les recherches n'avaient guère été fructueuses mais l'Inde avait dépêché sur zone deux corvettes, la *Kora* et la *Kulish*, ainsi qu'une grosse frégate, la *Satpura*, pour assurer la protection de la quinzaine de navires d'exploration qui croisaient en mer de Chine méridionale, à cent trente milles nautiques à peine des côtes chinoises.

Des appareils de l'Armée de l'air populaire décollèrent de l'île de Hainan, à l'extrémité sud de la Chine[1], pour aller survoler à basse altitude et menacer les bâtiments indiens dès le lendemain de l'allocution du président Su, et trois jours après celle-ci, un submersible chinois éperonna le *Kulish*, blessant plusieurs marins indiens.

L'Inde ne resta pas inerte devant ces provocations.

---

1. Du reste, *Hainan* signifie en chinois « Au sud de la mer ».

New Delhi annonça publiquement que l'un de ses porte-avions avait été invité par les autorités vietnamiennes à faire une escale de courtoisie au port de Da Nang, la troisième ville du pays. Le navire qui croisait déjà au large des côtes occidentales de Malaisie descendrait le détroit de Malacca, accompagné de quelques bâtiments de soutien, avant de remonter droit vers le nord pour rallier la côte du Vietnam.

Exaspérés, les Chinois exigèrent aussitôt des Indiens le retrait immédiat de leur porte-avions des eaux de la mer de Chine méridionale et un nouvel incident, cette fois c'était une corvette indienne qu'avait éperonnée un submersible chinois, indiquait que les menaces de la marine de l'Armée populaire étaient à prendre au sérieux.

À Washington, le président Ryan ne voyait pas d'un très bon œil ce porte-avions indien venir croiser en mer de Chine, et il dépêcha donc Scott Adler, son ministre des Affaires étrangères, à New Delhi pour implorer le Premier ministre indien d'annuler cette action et de déplacer le reste de ses forces navales vers les eaux territoriales vietnamiennes en attendant que soit trouvée une solution diplomatique à la crise.

Mais les Indiens n'avaient pas l'intention de reculer.

47

Pour Melanie Kraft et Jack Ryan Jr., c'était leur première nuit ensemble depuis plus d'une semaine. Elle avait travaillé tard tous les soirs à la DNR et lui se trouvait à l'étranger. Il lui avait dit qu'il était à Tokyo ; il s'y était déjà rendu pour affaires et il semblait que cela pourrait aisément justifier sa fatigue au retour : les effets du décalage horaire.

Ce soir, ils avaient dîné dans l'un des restaurants préférés de Jack, le Old Ebbitt Grill, à deux pas de la Maison-Blanche. Ryan y était souvent venu en famille quand il était plus jeune et c'était devenu son point de chute favori pour les sorties hebdomadaires entre amis quand il vivait à Georgetown. Ce soir, la nourriture était toujours aussi bonne que dans son souvenir, peut-être l'appréciait-il même plus encore parce qu'à Hongkong il n'avait pas vraiment eu l'occasion de s'asseoir pour savourer un bon repas.

Après dîner, Jack invita Melanie à rentrer chez lui et elle avait bien sûr accepté. À peine arrivés, ils s'étaient installés sur le canapé. Ils avaient regardé la télé pendant un moment, ce qui pour eux consistait à éliminer cinquante pour cent des programmes et cent pour cent des publicités.

Vers onze heures, Melanie s'était excusée pour se rendre aux toilettes. Elle avait pris son sac et, sitôt refermée la porte de la salle de bain, l'avait ouvert pour en sortir le petit disque mémoire muni d'un connecteur pour iPhone. L'appareil n'était pas plus gros qu'une boîte d'allumettes et Lipton lui avait expliqué qu'elle n'aurait qu'à y connecter le smartphone de Jack : le transfert du contenu s'effectuerait automatiquement en une trentaine de secondes.

La nervosité lui rendait les mains moites, et elle suffoquait presque sous le poids de la culpabilité.

Elle avait eu une semaine pour réfléchir et justifier ce qu'elle s'apprêtait à faire. Elle reconnaissait que pour Ryan, avoir un mouchard dans son téléphone vaudrait toujours mieux qu'avoir une tripotée de détectives à ses basques vingt-quatre heures sur vingt-quatre, et puisqu'elle ne croyait pas qu'il fût impliqué dans quoi que ce soit d'illégal ou simplement de contraire à la déontologie, elle savait que rien ne sortirait de ces quelques jours d'une filature bien vaine.

Mais en ces moments de culpabilité, quand elle se permettait d'être honnête avec elle-même, elle admettait pleinement que si elle agissait de la sorte, c'était d'abord et avant tout par instinct de conservation.

Jamais elle n'y aurait consenti sans avoir été sous la contrainte menaçante d'un réveil de son passé.

« Ressaisis-toi », se murmura-t-elle avant de glisser le minuscule disque dans sa poche de pantalon, puis de tirer la chasse.

Quelques instants plus tard, elle avait rejoint Jack sur le canapé. Elle voulait télécharger le mouchard avant qu'ils ne se retirent dans la chambre car Jack avait le sommeil léger et elle n'imaginait pas une seconde pouvoir se relever, passer de son côté du lit et brancher le disque sans qu'il ne bronche. Pour l'instant, l'iPhone reposait au bout de la table basse, devant lui, près de la lampe ; il lui suffisait d'attendre qu'il se rende aux toilettes, aille dans la cuisine ou retourne se changer dans la chambre.

Comme par hasard, Jack se leva. « Je vais me servir un dernier verre. Tu veux que je t'apporte quelque chose ? »

Elle se mit à réfléchir. Que pouvait-elle demander qui le tiendrait occupé une bonne minute ?

« Qu'est-ce que t'as ?

— Du bourbon. »

Elle réfléchit. Une idée lui vint. « Aurais-tu du Baileys Irish Cream ?

— Bien sûr.

— Alors un avec des glaçons, s'il te plaît. »

Jack disparut par la porte ouverte de la cuisine et Melanie décida que c'était le moment. Elle pourrait sans peine l'entendre prendre des glaçons dans le frigo pour préparer leurs verres. Elle savait que dans l'intervalle, elle n'aurait pas à craindre de le voir revenir dans le séjour.

Elle se précipita vers l'autre bout du canapé, se pencha vers la table basse pour récupérer son smartphone, puis elle sortit le mouchard de sa poche. Le téléphone dans une main, le disque dans l'autre, elle connecta les deux appareils sans cesser tout du long de garder à l'œil la porte de la cuisine.

Trente secondes. Elle compta mentalement, même si Lipton lui avait expliqué que l'appareil émettrait une légère vibration pour signaler l'achèvement du transfert.

Venant de la cuisine, elle entendait le bruit de placards qu'on ouvrait et refermait, puis celui d'une bouteille qu'on pose sur la paillasse.

Allez ! Si elle avait pu accélérer ce satané transfert.

Quinze, seize, dix-sept...

Jack se racla la gorge ; au bruit, il devait être devant l'évier.

Vingt-quatre, vingt-cinq, vingt-six...

Le JT de vingt-trois heures commença ; en ouverture, la confrontation aérienne de chasseurs américains et chinois au-dessus du détroit de Taïwan.

Melanie lorgna vers la cuisine, redoutant de voir Jack en surgir pour regarder les infos si jamais il avait entendu le son.

Trente. Elle s'apprêtait à débrancher le disque quand elle se rendit compte qu'elle n'avait perçu aucune vibration.

Zut ! Melanie se força à patienter. Elle n'avait pas encore entendu le bruit des glaçons, d'où elle déduisit que Jack serait dans la cuisine quelques instants encore.

Le bidule dans sa main gauche se décida enfin à vibrer et aussitôt, elle débrancha les deux appareils, remit dans sa poche le disque du FBI et tendit le bras pour reposer le smartphone sur la table basse. Au dernier moment, elle s'interrompit soudain.

Était-il à l'endroit ou à l'envers ?

Pas moyen de se rappeler. *Merde.* Elle regarda la table et le téléphone, essaya de se remémorer de quel côté il était posé quand elle s'en était emparée. Au bout d'une seconde, pas plus, elle le reprit, le retourna et le reposa sur la table.

Fait.

« Qu'est-ce que tu fabriques avec mon téléphone ? »

Melanie se retourna en sursautant. Jack était là, un verre de Baileys dans la main.

« Hein, quoi ? fit-elle d'une voix légèrement rauque.

— Que fabriquais-tu avec mon téléphone ?

— Oh, juste regarder l'heure. »

Jack la toisa, sans rien dire.

« Ben quoi ? » Elle se rendit compte un peu tard qu'elle avait répondu un peu trop sur la défensive.

« Ton téléphone est juste là. » D'un signe de tête vers le canapé, il indiqua la place qu'elle occupait un instant plus tôt. « Non, sérieusement. Qu'est-ce qui se passe ?

— Ce qui se passe ? » répéta Melanie qui sentit son cœur s'emballer – et elle était certaine que Jack s'en était rendu compte.

« Ouais. Pourquoi regardais-tu mon téléphone ? »

Tous deux se dévisagèrent plusieurs secondes en silence pendant qu'à la télé on continuait de commenter l'accrochage aérien au-dessus de Taïwan.

Enfin, Melanie lâcha : « Parce que je veux savoir s'il y a quelqu'un d'autre.

— Quelqu'un d'autre ?

— Oui. Enfin, Jack. Tu pars tout le temps en voyage, on ne se parle jamais quand tu es absent, tu ne peux jamais dire d'où tu reviens. Tu peux me le dire, je suis une grande fille. As-tu quelqu'un d'autre dans ta vie ? »

Jack hocha la tête. « Bien sûr que non. Mon boulot... mon boulot m'amène de temps en temps à faire des déplacements imprévus. Depuis le début. Mais je te signale que jusqu'à la semaine dernière, j'étais resté deux mois sans bouger d'ici. »

Melanie acquiesça. « Je sais. C'est stupide. C'est juste que cette dernière fois, j'aurais bien aimé avoir de tes nouvelles. »

Soupir de Jack. « Je suis désolé. J'aurais dû prendre le temps de t'appeler. Tu as raison. »

Melanie s'approcha pour le serrer très fort. « C'est juste que je suis complètement stressée en ce moment. Les hormones. Je suis désolée.

— Pas de quoi l'être. Je ne me doutais franchement pas que ça te tracassait. »

Melanie Kraft tendit la main pour récupérer le verre qu'il lui avait préparé. Elle le prit. Sourit.

« As-tu oublié la glace ? »

Jack regarda le verre. « La bouteille était dans le congélo. C'est quasiment un milk-shake. Je me suis dit que ça pourrait marcher. »

Melanie goûta le breuvage épais. « Oh. Ouais, c'est super ! »

Le verre dans la main, elle retournait se rasseoir dans le canapé quand elle vit que Jack restait planté là, les yeux rivés sur son téléphone mobile.

Il savait qu'elle s'était mise à douter de lui et il lui avait certes donné maintes raisons de le faire. Mais il goûtait modérément de l'avoir ainsi surprise en flagrant délit d'espionnage, même s'il pouvait comprendre son attitude. Il décida de laisser courir, se promettant toutefois à l'avenir de veiller à la rendre heureuse, puis il mit de côté ce problème.

Assis devant le petit bureau installé dans le meublé qu'il avait acquis à Washington, Valentin Kovalenko venait de se connecter à Cryptogram pour signaler à Centre qu'il était désormais en place et prêt à recevoir ses instructions ; il attendait à présent une réponse.

Ces deux derniers jours avaient été un tourbillon. Il avait quitté Barcelone et rallié Madrid et, de là, pris un avion pour Charlotte en Caroline du Nord. Ce déplacement aux États-Unis le rendait nerveux ; il était conscient des risques, tout à fait comparables à ceux qu'il encourait dans son pays natal. Pour combattre sa tremblote à l'idée de subir le contrôle des services d'immigration, il avait décidé de se soûler pendant le vol et c'est dans un état de calme à demi hébété qu'il avait franchi l'obstacle des formalités au débarquement.

Sur place, il loua une voiture et remonta le long de la côte jusqu'au District fédéral. Il avait passé la nuit à l'hôtel avant d'emménager le lendemain dans cet appartement situé en entresol sous l'escalier d'accès à un immeuble en grès rouge du quartier huppé de Dupont Circle.

Il était en fait opérationnel depuis midi et il était maintenant vingt heures, mais avant même de sortir son ordinateur portable de sa housse ou d'avoir rallumé son téléphone mobile, il avait tenté de contacter une connaissance à l'ambassade de Russie. Il n'était pas certain que cet ancien collègue du SVR fût encore en poste à Washington, aussi avait-il appelé les renseignements depuis une cabine téléphonique installée devant un bureau de poste.

L'homme n'était pas listé sous son vrai nom, ce qui n'était pas vraiment une surprise, mais Kovalenko avait également recherché deux ou trois pseudos dont il savait qu'il les avait utilisés lors d'opérations à l'étranger. Et ce n'est qu'alors qu'il avait bien dû admettre qu'il ne serait pas si facile de s'exonérer de ses obligations vis-à-vis de l'organisation de Centre avec un simple coup de fil à un ami pour lui demander de l'aide.

Après s'être laborieusement assuré de n'être pas suivi, il s'était rendu à l'ambassade de Russie sur Wisconsin Avenue mais n'avait pas osé s'en approcher trop. À la place, il s'était arrêté à un pâté de maisons pour observer pendant une heure les allées et venues autour de l'ambassade. Il ne s'était pas rasé depuis une semaine, ce qui l'aidait à se camoufler, mais il savait qu'il devait éviter de trop se montrer dans le secteur. Il procéda à une autre recherche de filature lors du retour dans son quartier, en prenant tout son temps pour monter dans le métro ou en descendre.

Il avait fait une brève halte chez un liquoriste de la 18ᵉ Rue juste au coin de chez lui pour s'acheter une bouteille de Ketel One et quelques canettes de bière, puis il avait regagné son appartement, mis la vodka au congélateur et descendu toute la bière.

De sorte que le reste de l'après-midi avait été fichu et qu'il se retrouvait à présent assis devant son ordi à attendre que Centre veuille bien lui répondre.

Des lettres vertes apparurent sur l'écran noir. « Vous êtes en position ?

— Oui, tapa-t-il.

— Nous avons pour vous une opération de la plus extrême urgence.

— OK.

— Mais d'abord, il nous faut discuter de vos déplacements aujourd'hui. »

Kovalenko se sentit comme pris dans un étau. *Non.*

Impossible qu'ils aient pu me suivre. Il avait laissé son mobile sur le bureau avant de sortir et son ordinateur portable n'avait même pas encore quitté sa sacoche. Il ne s'était pas connecté, n'avait repéré aucune filature lors de sa sortie.

Ils bluffaient.

« J'ai fait très précisément ce que vous avez demandé.

— Vous vous êtes rendu à l'ambassade de Russie. »

Il sentit l'étau se resserrer ; une simple crise de panique, mais il la combattit. Ils continuaient de bluffer, il en était certain. Il n'était pas bien sorcier d'imaginer qu'il essaierait de contacter d'anciens collègues du SVR, sitôt débarqué à Washington. Du reste, il s'était arrêté à une bonne centaine de mètres de l'ambassade.

« Simple supposition, écrivit-il. Et supposition erronée. »

Une photographie apparut alors à l'improviste dans sa fenêtre de Cryptogram. En qualité vidéosurveillance, on y voyait Kovalenko assis sur un banc dans un square de Wisconsin Street, en face de l'ambassade de Russie. Le cliché datait manifestement de l'après-midi, pris peut-être par une caméra de régulation du trafic.

Valentin ferma les yeux pendant quelques instants. Oui, ils étaient décidément partout.

Il fila dans la cuisine et sortit du congélo la bouteille de vodka, saisit un verre et s'en versa une bonne rasade. Il l'éclusa quasiment cul sec et se resservit.

Une minute plus tard, il était de retour à son bureau.

« Que voulez-vous de moi, à la fin ?

— Que vous obéissiez aux ordres.

— Et qu'arrivera-t-il si je ne le fais pas ? Vous allez envoyer à mes trousses la mafia de Saint-Pétersbourg ? Ici, en Amérique ? J'en doute fort. Vous pouvez pirater une caméra de vidéosurveillance, mais vous ne pouvez pas m'atteindre ici. »

La réponse ne vint pas immédiatement. Kovalenko fixait l'écran tout en vidant sa deuxième vodka. Il venait de reposer le verre sur le bureau quand on frappa à la porte derrière lui.

Kovalenko se leva d'un bond et se retourna vivement. Les gouttes de sueur qui depuis quelques minutes avaient perlé sur son front lui dégoulinèrent dans les yeux.

Il regarda de nouveau la fenêtre de Cryptogram. Toujours pas de réponse.

Et puis... « Ouvrez la porte. »

Kovalenko n'avait pas d'arme ; ce n'était pas son style. Il fila dans la cuisine et sortit un long couteau introduit dans la fente de la planche à découper. Il regagna le séjour, les yeux rivés sur la porte.

Il se précipita vers l'ordinateur. Tapa, les mains tremblantes : « Qu'est-ce qui se passe ?

— Vous avez un visiteur. Ouvrez la porte ou il va la défoncer. »

Kovalenko jeta un coup d'œil à travers la petite fenêtre qui jouxtait la porte et ne vit que les marches remontant vers la rue. Il déverrouilla la porte, l'ouvrit, le couteau à découper plaqué contre sa cuisse.

Il apercevait maintenant la silhouette debout dans l'obscurité, près de la poubelle glissée sous l'escalier d'accès à l'immeuble. Un homme, vu sa carrure, et immobile comme une statue. Kovalenko ne put discerner ses traits.

Il ouvrit, battit en retraite vers le séjour et la silhouette se dirigea vers lui, s'approcha du seuil, mais sans entrer dans l'appartement.

À la lumière du séjour, il distingua un homme dans les vingt-cinq, trente ans, solidement bâti, en bonne forme physique, le front anguleux, des pommettes très saillantes. Il lui faisait l'effet d'une sorte de croisement entre un Asiatique et un guerrier indien. Sérieux, impavide, l'homme était vêtu d'un blouson de cuir noir, d'un jean noir, il était chaussé de tennis noires.

« Vous n'êtes pas Centre, dit Valentin, comme une évidence.

— Je suis Grue », lui fut-il répondu et aussitôt, Kovalenko reconnut un Chinois.

« Grue. » Kovalenko recula un peu plus. L'homme était bougrement intimidant avec ses airs de tueur de sang-froid, comme un animal inadapté au monde civilisé.

Grue fit glisser le zip de son blouson pour l'ouvrir. Un automatique noir était passé à sa ceinture. « Posez le couteau. Si vous m'obligez à vous tuer, Centre sera fâché. Et je ne veux pas fâcher Centre. »

Valentin recula encore et buta contre le bureau. Il déposa dessus le couteau à découper.

Grue ne saisit pas son flingue mais il tenait clairement à l'exhiber. Il s'exprimait avec un accent prononcé. « Nous sommes ici, tout près de vous. Si Centre me dit de vous tuer, vous êtes mort. Vous comprenez ? »

Kovalenko acquiesça sans mot dire.

Grue s'approcha de l'ordinateur portable posé sur le bureau derrière le Russe. Valentin se retourna pour le regarder. À cet instant précis, un nouveau paragraphe s'afficha dans la fenêtre de Cryptogram.

« Grue et ses hommes nous tiennent lieu de bras armé. Si je pouvais réaliser tous mes plans sans bouger de mon écran d'ordinateur, je le ferais. Mais on doit parfois recourir à d'autres mesures. Les gens comme vous sont des outils. Et les gens comme Grue aussi. »

Kovalenko quitta des yeux l'ordinateur pour se retourner vers l'intéressé mais l'homme avait disparu. Kovalenko se précipita vers la porte pour la refermer et tourner le verrou.

Il regagna son bureau et tapa : « Des assassins ?

— Grue et ses hommes ont leurs tâches. Faire en sorte que vous suiviez les directives en est une. »

Valentin se demanda si, depuis le début, il n'avait pas travaillé pour le renseignement chinois.

À bien y repenser, certains éléments du puzzle collaient. Mais pas d'autres.

Il tapa, les mains encore tremblantes. « C'est une chose de travailler avec la mafia russe. Contrôler des bandes d'assassins aux États-Unis, c'est une autre paire de manches. Ça n'a rien à voir avec l'espionnage industriel. »

La pause qui suivit, d'une longueur inhabituelle, déstabilisa le Russe. Il en vint à se demander s'il n'aurait pas mieux fait de garder pour lui ses soupçons.

« Ça reste toujours du business. »

« Business, mon cul ! » s'exclama Kovalenko, mais il se garda bien de le taper.

Devant son absence de réponse, une nouvelle ligne s'afficha sur l'écran. « Êtes-vous prêt à entendre quelle est votre nouvelle mission ?

— Oui, tapa Kovalenko.

— Bon. »

48

« Qui conquiert les mers est tout-puissant. » Telle était la devise de l'INS *Viraat*, le porte-avions indien venu mouiller à Da Nang, une semaine jour pour jour après que le président Su Ke Qiang eut ordonné à tous les navires de guerre de quitter la mer de Chine méridionale.

Lancé en 1959, le *Viraat* s'était d'abord appelé le HMS *Hermes* et il avait navigué sous les couleurs britanniques durant près de vingt-cinq ans avant d'être vendu à l'Inde dans les années 1980. On pouvait difficilement le considérer comme un bâtiment d'avant-garde, mais un récent réarmement par la marine indienne avait permis de prolonger de plusieurs années son existence et, nouvelles technologies ou pas, le navire demeurait un des fleurons de la nation indienne.

Jaugeant trente mille tonnes à peine, il était trois fois plus petit qu'un porte-avions de classe Nimitz comme le *Ronald Reagan*. Avec un équipage de mille sept cent cinquante hommes, marins et pilotes confondus, il embarquait quatorze chasseurs Harrier et huit hélicoptères d'attaque Sea King.

Le surlendemain de son arrivée à Da Nang, l'un de

ses hélicos patrouillait au-dessus de la zone de prospection pétrolière indienne quand il repéra un sous-marin chinois de classe Song en passe d'éperonner un de leurs navires de prospection. Le bâtiment indien fut effectivement touché quelques minutes plus tard et endommagé au point de forcer les trente-cinq membres d'équipage, tous civils, à l'évacuer dans les chaloupes de sauvetage. Le Sea King entreprit d'hélitreuiller les naufragés pour les transférer sur d'autres navires croisant à proximité, mais pas avant de demander l'aide de l'INS *Kamotra*, une corvette dotée de capacités de défense anti-sous-marins qui était entrée en mer de Chine méridionale avec le *Viraat*. La *Kamotra* arriva sur zone à toute vapeur et son radar accrocha aussitôt le submersible chinois.

La corvette tira une seule roquette de deux cent treize millimètres avec son RBU-6000, une tourelle en fer à cheval de conception russe montée sur le pont. La roquette parcourut cinq kilomètres dans les airs avant de plonger. Elle s'enfonça jusqu'à deux cent cinquante mètres de profondeur mais explosa prématurément sans occasionner le moindre dommage au sous-marin qui était descendu à moins trois cent vingt mètres.

Un second missile manqua également sa cible.

Le sous-marin de classe Song avait pu se tirer de la confrontation sans dommage. Mais cela fournit aux Chinois le prétexte qu'ils attendaient.

Trois heures après l'attaque, juste à la fin du crépuscule, le *Ningbo*, un destroyer lance-missiles chinois posté entre Hainan et la côte vietnamienne, fut mis en état d'alerte. Il lança quatre missiles SS-N-22 – Sunburn en désignation OTAN –, un engin antinavire développé par les Russes.

Les Sunburn filèrent au-dessus de l'eau comme des flèches à la vitesse de Mach 2,2 – le triple de celle de son homologue américain Harpoon. Grâce au radar et aux systèmes de guidage installés dans leur nez, les engins fondirent sur la plus grosse cible à leur portée : le *Viraat*.

Alors que les têtes antiblindage de trois cents kilos filaient comme l'éclair vers le bâtiment indien, les systèmes de défense embarqués de ce dernier tirèrent leurs missiles antimissiles SAM en une tentative désespérée pour abattre les Sunburn. Miraculeusement, le premier SAM à sortir du tube toucha le premier SS-N-22 juste à quatre kilomètres de l'impact, mais quelques instants plus tard, les trois autres missiles chinois venaient s'encastrer dans le flanc tribord de la coque du porte-avions. Le deuxième avait frappé assez haut pour pulvériser dans une énorme boule de feu trois hélicoptères Sea King garés sur le pont, les éclats de l'explosion détruisant en plus les deux Harrier placés à côté.

Le porte-avions ne sombra pas – trois obus de trois cents kilos, ce n'était pas suffisant pour couler un navire de trente mille tonnes – mais les missiles avaient réussi un *kill*, en d'autres termes, ils avaient rendu la cible inapte au combat.

Deux cent quarante-six aviateurs et marins avaient péri dans l'explosion et tous les bâtiments de soutien du groupe aéronaval convergèrent pour venir aider à combattre les incendies et récupérer les membres d'équipage projetés dans les eaux noires.

Deux des pilotes de Harrier en vol au moment de l'accident se retrouvèrent dépourvus de piste pour apponter, et faute d'une quantité suffisante de kérosène pour rallier les aérodromes de secours situés au Vietnam, leurs pilotes durent s'éjecter. Les hommes eurent la vie sauve mais les deux appareils étaient perdus.

La marine de l'APL qualifia aussitôt l'opération de manœuvre défensive en riposte à l'attaque menée par l'Inde contre le sous-marin un peu plus tôt dans la journée ; il devint alors manifeste pour tout le monde que la Chine était prête à tuer pour la mer de Chine méridionale.

Valentin Kovalenko loua une Nissan Maxima blanche dans une agence proche de l'aéroport Ronald-Reagan et prit la route en direction du nord, franchissant le Potomac par le pont Francis-Scott-Key pour se rendre à Georgetown.

Il était à nouveau parti pour une opération de routine. C'est du moins ce qu'il avait déduit des instructions que Centre lui avait fournies la veille, peu après son face-à-face avec Grue.

Le Russe avait du mal à imaginer que la tâche pût être aussi mouvementée que les événements de la veille au soir ; elle se résumait à trouver une voiture, puis à se rendre quelque part à trois kilomètres de son appartement pour y effectuer une planque.

Comme toujours, il ne savait absolument rien de l'opération en dehors des instructions qu'il avait reçues.

Il sillonna les rues de Georgetown durant plusieurs minutes avant de se rendre au point convenu, histoire de s'assurer qu'il n'était pas filé. C'était le b.a.-ba du métier, bien sûr, mais Valentin n'était pas uniquement à l'affût d'adversaires. Il passait autant de temps à repérer la trace de Centre ou de l'un de ses affidés que celle des agents de la police locale ou du contre-espionnage américain.

Il se retrouva sur Wisconsin Avenue qu'il quitta pour s'engager dans Prospect Street, une longue rue calme bordée de chaque côté de grandes maisons victoriennes dotées pour la plupart d'un minuscule jardinet en façade. On y trouvait également une école primaire et deux ou trois boutiques. Kovalenko roulait juste au-dessous de la vitesse limite tout en cherchant des yeux l'adresse qu'on lui avait donnée.

Le 3333.

Il le trouva sur sa droite, juste après Bank Street. Une bâtisse d'un étage, datant du XIXe siècle, juchée au sommet d'un bout de terrain en pente coincé entre, à droite, l'école primaire en brique rouge, et à gauche une maison jumelée de construction récente. Une clôture en fer forgé peinte en noir fermait la parcelle envahie par la végétation ; la façade était recouverte de vigne vierge. Ambiance maison hantée. Entre le terrain et l'école, une courte allée menait à un box, tandis que derrière la porte au milieu de la grille, un escalier de pierre permettait, en plusieurs volées, d'accéder à l'entrée de la demeure située en retrait au-dessus du niveau de la rue.

Valentin continua jusqu'au carrefour suivant, celui de la 34e Rue, et se gara le long du pressing qui faisait l'angle. Puis il sortit un petit enregistreur numérique et décrivit à haute voix les alentours, désireux de ne laisser échapper aucun détail. Lorsqu'il eut terminé, il fit demi-tour, repassa devant son objectif, puis s'engagea dans la 33e Rue, avec l'intention de faire le tour du pâté de maisons par le nord. C'est là qu'il découvrit soudain sur sa gauche, à mi-chemin de Prospect et de la rue parallèle, un passage étroit qui permettait d'accéder à l'arrière des maisons ouvrant sur chacune des deux rues.

Pour son troisième passage, il décida de compléter son exploration à pied. Il retourna donc garer sa voiture sur Wisconsin puis entreprit de visiter le quartier, en prenant tout son temps pour examiner les autres propriétés.

Revenu près de son objectif, il s'engagea dans le passage repéré un peu plus tôt et là, passé la cour de l'école, il découvrit un portillon qui donnait accès à l'arrière de la fameuse maison.

Depuis le début de sa visite des lieux, il n'avait pas repéré le moindre mouvement à l'intérieur ou dans le jardin. Il avait noté par ailleurs que l'escalier côté rue était jonché de feuilles mortes qui semblaient s'être amassées depuis un bout de temps. Le box attenant étant fermé, il n'avait pu vérifier s'il s'y trouvait une voiture et s'il disposait d'un accès direct à la maison mais, à première vue, celle-ci lui avait paru inoccupée.

Il n'arrivait pas à deviner ce que Centre voulait faire ici. Peut-être était-il à la recherche d'une propriété dans le coin. Même si son officier traitant était resté vague sur les raisons de cette enquête de terrain, Valentin s'interrogeait sur la nécessité de recourir à tant de subterfuges.

Peut-être aurait-il dû tout simplement frapper à la porte et demander à faire le tour du propriétaire.

Non. Ce n'était pas son style. Pour lui, il valait toujours mieux limiter autant que possible les contacts avec des tiers.

Il retourna sur Wisconsin, remonta en voiture et reprit la direction de l'aéroport pour restituer le véhicule à l'agence. Puis il rentrerait chez lui, rendrait compte à Centre de ses découvertes *via* Cryptogram, et se soûlerait la gueule.

Immobile comme une statue, John Clark contemplait son pré tandis que le vent froid de l'automne chassait des feuilles de chênes ; elles traversaient son champ visuel sans le distraire.

Soudain il bougea ; il croisa vivement le bras gauche pour introduire la main sous le pan droit de son blouson d'aviateur et dégainer le pistolet SIG Sauer calibre 45 muni d'un silencieux trapu. Il porta l'arme au niveau de son œil, visa le disque d'acier de la taille d'un pamplemousse pendu à une chaîne métallique à hauteur de torse et à dix mètres de distance, devant un barrage de bottes de foin.

John tira d'une seule main sur cette cible de taille réduite, deux coups en succession rapide qui claquèrent dans l'air froid malgré le silencieux.

Deux tintements métalliques fort satisfaisants retentirent avec bruit quand les projectiles explosèrent contre l'acier.

Le tout avait pris moins de deux secondes.

John Clark écarta de la main droite le pan de son blouson pour remettre le pistolet dans l'étui de ceinture *cross-draw*[1].

Clark avait fait de sacrés progrès après une semaine d'entraînement quotidien mais il n'était pas encore

---

1. Contrairement à l'étui classique dit « *strong hand* », placé du côté de la main dominante (la droite pour un droitier), l'étui dit « *cross-draw* » est incliné de sorte à faciliter la préhension par la main opposée en « croisant » le bras devant soi pour saisir l'arme et dégainer.

pleinement satisfait de ses performances. Il aurait voulu diviser son temps par deux. Et réussir ses tirs au double de distance.

Mais tout cela exigerait du temps et de la motivation, et même si John disposait du temps – faute de mieux – désormais, pour la première fois de sa vie d'adulte, il se demandait s'il possédait réellement encore la motivation suffisante pour réaliser un objectif.

Si discipliné fût-il, il lui manquait, pour être un élève modèle, cet aiguillon de l'éventualité d'avoir un jour à mettre en pratique ses talents de tireur pour sauver sa peau.

Or John savait qu'il n'aurait plus l'occasion de dégainer sous le coup de la colère.

Il devait bien malgré tout reconnaître que les gestes, la fumée du canon et le poids de l'arme dans sa main – même si c'était la gauche – étaient toujours rudement agréables.

John remplit un nouveau chargeur sur la petite table en bois posée à côté de lui, et il se dit qu'il ferait aussi bien de vider encore quelques boîtes de munitions avant le déjeuner.

De toute façon, il n'avait rien d'autre de prévu aujourd'hui.

49

Le président Ryan avait la nette impression de passer autant de temps en salle de crise que dans le bureau Ovale.

Les suspects habituels étaient là. Mary Pat Foley et Scott Adler à sa droite ; Bob Burgess et Colleen Hurst à sa gauche. Les autres places autour de la table étaient occupées par Arnie Van Damm, le vice-président Pollan, l'ambassadeur Ken Li et une brochette d'amiraux et de généraux du Pentagone.

Sur le moniteur installé à l'autre extrémité de la salle, on voyait l'amiral Mark Jorgensen, commandant de la flotte du Pacifique, assis lui aussi à une table de conférence, un ordinateur portable ouvert devant lui.

La visite de l'ambassadeur Li à Washington était la raison principale de la réunion. La veille, il avait été convoqué par le ministre chinois des Affaires étrangères et s'était vu confier un message à remettre en main propre au président des États-Unis.

Pour accéder à la demande des Chinois, Li avait passé la nuit en avion pour être de retour à Washington dès le matin.

Le message était bref. La Chine intimait aux États-

Unis l'ordre d'éloigner le groupe de porte-avions du *Ronald Reagan* à plus de trois cents milles nautiques des côtes chinoises, sous peine de provoquer de « regrettables et malheureux incidents ».

Le *Reagan* se trouvait en ce moment même à quatre-vingt-dix nautiques au nord-est de Taipei, une position qui lui permettait d'envoyer sans peine ses avions patrouiller dans le détroit. Le reculer à trois cents milles signifiait que le détroit serait hors du rayon d'action des vols de routine.

Pour Ryan, il n'en était pas question ; il voulait montrer son soutien à Taïwan mais il devait également bien admettre que le *Reagan* était dans la ligne de mire de plusieurs centaines de missiles d'une puissance équivalente, voire supérieure à celle de l'engin qui avait frappé le *Viraat* en mer de Chine méridionale.

Burgess, le ministre de la Défense, ouvrit la réunion en mettant tout le monde au fait des derniers développements de l'agression chinoise au cours des jours qui avaient suivi l'attaque contre l'INS *Viraat*. On avait relevé la présence de navires de guerre chinois aussi loin au sud que la limite des eaux territoriales indonésiennes et plusieurs commandos de taille limitée avaient débarqué sur plusieurs îles inhabitées des Philippines. L'unique porte-avions chinois, le *Liaoning*, avait levé l'ancre de Hainan pour s'enfoncer dans la mer de Chine méridionale, entouré d'un groupe entier composé de frégates lance-missiles, destroyers, ravitailleurs et autres navires de soutien.

« Cela se veut une démonstration de force, crut bon d'ajouter le ministre de la Défense, mais c'est surtout un spectacle assez pathétique.

— Qu'a-t-il de pathétique ? demanda Ryan.

— Leur porte-avions n'embarque pas un seul avion, expliqua Burgess.

— *Quoi ?* s'étonna le président.

— Il transporte environ deux douzaines d'hélicoptères d'attaque et de transport mais les Chinois n'ont même pas un escadron de chasseurs qualifiés aéronavale. Cette croisière du *Liaoning* est... (Il hésita.) J'allais dire qu'il n'est là que pour la parade mais ce n'est pas tout à fait exact. Ils ne vont sans doute pas se contenter de rouler des mécaniques, et vont attaquer deux ou trois trucs et tuer quelques bonshommes. C'est juste qu'ils ne l'utiliseront pas comme un véritable porte-avions, vu qu'ils n'en ont pas la capacité.

— Je soupçonne fortement que les médias officiels chinois se garderont bien de mentionner que leur porte-avions opère sans un seul avion à son bord, observa Ryan.

— Ça, vous pouvez en être sûr, monsieur le président, abonda Kenneth Li. La majorité du peuple chinois réagira avec fierté, et sans chercher plus loin, à la nouvelle que le *Liaoning* a levé l'ancre pour revendiquer la possession de la mer de Chine méridionale.

— Y a-t-il eu d'autres attaques au-dessus du détroit de Taïwan ? demanda ensuite Ryan.

— Pas depuis l'attaque contre le *Viraat*, mais n'espérez pas que cela dure. La météo a été assez mauvaise ces temps derniers au-dessus du détroit ; c'est sans doute pour eux la raison essentielle de ce calme, plutôt que le sentiment d'être allé trop loin », précisa Burgess.

Ryan se tourna vers l'ambassadeur Li. « Qu'en dirais-tu, d'instinct, Ken ?

— Que l'attaque contre le *Viraat* n'a pas grand-chose à voir avec le conflit sino-indien, mais bien plus avec le conflit sino-américain.

— C'était un signal adressé à notre marine. Et indirectement à moi. »

Li opina avant d'ajouter : « Un signal qui disait "Tenez-vous à carreau".

— Si c'est bien un message de tuer quelque deux cent quarante bonshommes, il est assez éloquent. »

Li opina derechef.

« Wei nous prend pour cible, reprit Ryan, en nous disant d'éviter de nous mêler d'affaires qui ne nous regardent pas. Dans leur idée, que visent-ils avec de telles menaces ? Juste notre porte-avions ?

— Pour une part, ils désignent notre engagement de plus en plus marqué dans la région. Mais dans l'ensemble, si nous devions être coupables, ce serait par association, monsieur le président. Nos alliés sur place, soit quasiment tous les pays bordant la mer de Chine méridionale, tiennent à souligner avec insistance l'étroitesse de nos relations mutuelles, sous-entendant que nous les protégerons en cas de conflit avec la Chine. Les incidents entre navires chinois et philippins se sont multipliés ces temps derniers. *Idem* avec l'Indonésie et le Vietnam.

— Les Chinois sont-ils vraiment convaincus que toute la mer de Chine méridionale leur appartient ?

— Tout à fait, dit l'ambassadeur. Ils font tout ce qui est en leur pouvoir – un pouvoir de plus en plus affirmé – pour étendre leur souveraineté territoriale. Ils chassent les marines de guerre vietnamienne, philippine, indonésienne et indienne hors de ce qu'ils considèrent comme leur territoire, et se fichent bien des lois internationales. Dans le même temps, ils font tout pour déclencher un conflit armé dans le détroit avec leurs attaques aériennes. »

Li marqua un temps mais Ryan voyait bien qu'il avait quelque chose sur le cœur.

« Dis-moi tout, Ken. Ton opinion m'est très précieuse. »

Ken poursuivit. « Les aspirations hégémoniques de la Chine ne sont pas l'unique raison du conflit actuel. Le problème, monsieur le président, c'est que vous ne pouvez sous-estimer l'intensité de l'animosité qu'ils nourrissent envers vous, à titre personnel, dans l'état-major de l'armée.

— Tu es en train de dire qu'ils ne peuvent pas me blairer.

— Oui... c'est tout à fait ça. Oui monsieur. Ils ont été humiliés par la défaite militaire et si vous pouviez lire les déclarations des généraux chinois destinées à la consommation intérieure, vous verriez qu'ils rêvent de s'illustrer contre les États-Unis. »

Ryan se tourna vers l'écran pour regarder l'amiral Jorgensen. « Amiral, que pensez-vous du message que nous ont adressé les Chinois ? Reculons-nous le *Reagan* de trois cents nautiques ? »

Jorgensen s'était bien sûr attendu à cette question. Sa réponse fut mesurée. « Monsieur le président, depuis un mois, le comportement des Chinois est irrationnel. Je pense qu'il serait pour eux suicidaire d'attaquer le *Reagan* ou l'un de ses navires de soutien, mais je ne vais pas pour autant vous dire que j'écarte l'hypothèse. Vous m'auriez demandé le mois dernier si l'aviation chinoise pouvait un beau jour tirer sur la marine américaine ou engager nos chasseurs en patrouille au-dessus des eaux internationales, j'aurais considéré cette éventualité comme hautement improbable.

— Ont-ils la capacité, du strict point de vue technologique, de frapper le *Ronald Reagan* ?

— Oh, que oui, répondit Jorgensen sans l'ombre d'une hésitation. Nous avons des mesures de défense antimissile, et elles sont efficaces, mais pas contre un barrage soutenu d'engins balistiques et de missiles de croisière tirés du continent, de la mer et des airs. Si les Chinois veulent réellement couler le *Reagan*, je ne vais pas vous dire qu'on pourra les en empêcher. »

Jorgensen poursuivit. « Mais si leur intention était d'affecter nos capacités à leur résister et les combattre sur leur terrain, nul besoin de frapper le *Reagan*. Ils pourraient bien plus efficacement détruire l'un de nos navires de soutien ; ces bâtiments sont cruciaux et ne sont pas aussi bien protégés.

— Expliquez.

— Nos porte-avions et nos sous-marins à propulsion nucléaire peuvent naviguer des années durant sans avoir besoin de ravitailler en carburant, mais le reste de la flotte, tous ces bâtiments de soutien sont tributaires des six malheureux pétroliers ravitailleurs naviguant dans le Pacifique. Il serait matériellement tout à fait possible pour les Chinois de s'en prendre à ces navires et de dégrader *ipso facto* la mobilité de la VIIe flotte. Nos capacités de projection de puissance se retrouveraient limitées. Nous nous retrouverions comme un ours enchaîné à un arbre. L'arbre en l'occurrence serait Pearl Harbor, et nous ne pourrions nous aventurer guère plus loin. Nous avons deux cent quatre-vingt-cinq bâtiments déployés sur toutes les mers du globe et la moitié le sont dans le Pacifique ouest. Ces missiles antinavires déployés par la Chine constituent un réel danger. »

Mary Pat Foley intervint. « Avec les capacités chinoises à bloquer les accès ou interdire certaines zones, l'équilibre des forces est désormais en notre défaveur comme en celle de nos alliés dans la région, et ils le savent pertinemment. Ils pensent que nous serions idiots de venir les défier sur leur propre territoire.

— Nous pensons que c'est précisément ce qui est en train de se produire ici, renchérit Burgess. Nous attirer dans un combat bref mais intense sur leur propre terrain, et nous flanquer une dégelée pour nous contraindre à rentrer chez nous et y rester.

— Et ensuite, ils vont draguer Taïwan.

— C'est leur Graal, n'est-ce pas ? dit Mary Pat. Les Chinois essaient de détruire le gouvernement taïwanais. Qu'ils y parviennent et ils n'auront plus qu'à débarquer et se servir.

— Débarquer, au sens de débarquement ?

— Non, pas tout de suite. Ils ne vont pas envahir l'île. Ils vont plutôt choisir d'installer leurs hommes aux postes clés, d'affaiblir les partis opposés à la Chine populaire, endommager l'économie et les relations politiques de Taipei avec ses alliés. Qu'ils fassent ça, et ils n'auront nul besoin de débarquer. Juste d'éponger les dégâts. Ils estiment être en mesure d'éliminer la république de Chine en la réabsorbant, lentement, sans précipitation, au sein de la Chine populaire.

« Ils ont accepté de prendre plus de risques à Taïwan ces temps derniers. Ils n'hésitent plus à y recruter des informateurs et des espions. À y acheter des hommes politiques favorables à la République populaire. »

Le président Ryan discuta du sujet quelques minutes encore, puis il resta silencieux, assis au bout de la table. Finalement, il leva les yeux vers l'amiral Jorgensen. « Ramenez le *Reagan* à trois cents milles nautiques des côtes, très précisément, mais dans le même temps, rapprochez le groupe de combat du *Nimitz*. Qu'ils entrent en mer de Chine orientale.

« Envoyez-leur le message que nous n'allons pas nous laisser embarquer dans leur petit jeu de provocation mais que nous ne lâchons pas non plus l'affaire.

— Si nous reculons le *Reagan* hors des trois cents milles, monsieur le président, objecta Burgess, nous ne serons plus à même de patrouiller dans le détroit de Taïwan. La république de Chine se retrouvera livrée à elle-même. »

Ryan fixa son ministre de la Défense. « Avons-nous une possibilité quelconque de transférer secrètement à l'île des moyens de soutien aérien ?

— Secrètement ?

— Oui. »

Foley intervint aussitôt. « Le nombre d'affaires d'espionnage émanant de Taïwan a crevé le plafond ces deux dernières années. La Chine déverse maintenant des tonnes de crédits à ses services d'espionnage, ils arrosent tous ceux qui ont un accès à des informations politiques ou militaires et qui sont prêts à jouer pour eux. Ça risque d'être délicat d'agir là-bas sans que la Chine communiste le sache aussitôt.

— "Délicat", reprit Jack, ça veut dire que ce sera difficile. Ce n'était pas ma question. Ma question était : est-ce faisable ?

— On a travaillé sur un certain nombre de plans pour parer aux imprévus, expliqua Burgess. L'un d'eux consiste à infiltrer un nombre limité de pilotes de chasse des marines, en les déguisant en pilotes de la république taïwanaise. Un nombre limité, j'insiste. Mais ce serait le moyen de manifester notre soutien à Taipei. »

Le président Ryan opina. « Faites-le. Mais faites-le bien. Pas question d'envoyer juste deux ou trois gus sans couverture ni soutien. S'ils sont détectés par les cocos, ce pourrait bien être la provocation qu'ils cherchent pour attaquer Taïwan.

— Oui monsieur le président. Je suis conscient des enjeux. »

Jack Ryan se leva et mit fin à la réunion sur ces mots : « Envoyez les marines. »

50

Su n'aimait pas trop la façon qu'avait eu Wei de le convoquer aujourd'hui. Il avait des rendez-vous prévus toute la journée à Zhongnanhai mais peu avant midi, son secrétariat l'avait contacté pour lui dire que le président Wei exigeait sa présence dans sa résidence privée pour le déjeuner.

Su était hérissé par l'intempérance de son égal, toujours à exiger de lui ceci ou cela, mais il interrompit néanmoins prématurément son rendez-vous de midi pour gagner sans délai les quartiers de Wei.

Ce n'était pas comme s'il avait besoin de temps pour se préparer à la conversation avec le président. Il savait très précisément ce que l'homme allait lui dire.

Les deux dignitaires s'étreignirent et se donnèrent mutuellement du camarade, s'enquérant tour à tour de leurs familles respectives, mais on se débarrassa de ces amabilités en quelques secondes, contre plusieurs minutes habituellement.

Bien vite, Wei s'était rassis avec Su et s'adressait à lui d'une voix préoccupée. « Ce n'est pas du tout ainsi que j'avais imaginé se dérouler les événements.

— Les événements ? Je suppose que tu parles des

événements en mer de Chine méridionale et dans le détroit ? »

Wei acquiesça et poursuivit. « J'ai l'impression que tu m'as plus ou moins manipulé, empruntant mon programme initial de développement économique pour l'insérer dans ton ordre du jour personnel.

— Camarade secrétaire général, nous avons un dicton dans l'armée : "L'ennemi a voix au chapitre." Ce à quoi tu as pu assister ces dernières semaines – l'agression indienne malgré nos avertissements explicites, l'agression américaine alors que nous procédions dans le détroit de Taïwan à des manœuvres savamment calculées destinées à montrer que nous sommes prêts à contrecarrer tout geste agressif de la république de Chine – toutes ces opérations ont été le fait de nos adversaires. Bien entendu, si toutes mes... pardon, toutes *nos* forces étaient restées basées à terre ou mouillées dans leurs ports, rien de tout ceci ne serait advenu, j'en conviens, mais si nous voulons parvenir à nos objectifs territoriaux, qui eux-mêmes nous permettront d'atteindre nos objectifs économiques, il nous fallait bien nous aventurer dans ces zones contestées. »

Wei était presque submergé par un tel flot de rhétorique. Il en perdit momentanément le fil de ses idées. Su était connu pour être un boutefeu, pas un orateur, mais Wei eut la nette impression que ce coup-ci, l'homme venait de manipuler savamment le temps et l'espace pour avoir le dernier mot.

« Les cyberattaques contre l'Amérique...

— Ne sont aucunement liées à la Chine. »

Wei s'avoua surpris. « Es-tu en train de me dire que nous n'y sommes pour rien ? »

Sourire de Su. « Ce que je dis, c'est qu'on ne peut pas établir de liens entre elles et nous. »

Wei hésita de nouveau.

Su en profita pour ajouter : « Au cours de l'heure écoulée, mon renseignement naval m'a signalé que le groupe de combat du *Ronald Reagan* avait commencé à faire mouvement vers le nord-est. »

Cette fois, Wei inclina la tête, surpris. « Et nous pensons que c'est là leur réaction à notre demande de se replier au-delà de trois cents milles nautiques de nos côtes ?

— J'en suis certain. »

La nouvelle égaya aussitôt le président Wei. « On peut donc raisonner ce Jack Ryan, après tout. »

Su s'efforça de rester impavide. Bien sûr que non, Jack Ryan était bien impossible à raisonner. Il ne comprenait que la menace ou la défaite. Mais Wei avait visiblement choisi de voir dans cet improbable épisode militaire un motif de détente.

L'idiot, songea Su.

Wei crut bon de préciser sa pensée. « Oui, poursuivit-il, le président Ryan ne cherche que le bien pour son pays. Quitter la région est encore ce qu'il y a de mieux pour lui comme pour nous. Il apprend certes lentement, mais reculer le *Reagan* nous prouve au moins qu'il est capable d'apprendre. »

Et sur ces mots définitifs, la colère de Wei parut se dissiper. Il passa la demi-heure qui suivit à évoquer ses plans pour l'avenir économique du pays. Les possibilités d'implantation d'entreprises d'État dans les îles et les eaux de cette nouvelle zone maritime, ses espoirs de voir la période transitoire avant le retour définitif de Taïwan dans le giron de la mère patrie se dérouler encore plus vite et paisiblement que dans ses rêves les plus fous.

Su répéta comme un perroquet les vues ambitieuses de Wei en s'efforçant tout du long de ne pas regarder sa montre.

Enfin, Wei mit un terme à l'entretien. Mais avant que le général Su n'ait pris congé du président, ce dernier le considéra longuement. De toute évidence, il hésitait à poser la question qui lui brûlait les lèvres. « Si les circonstances devaient changer, si jamais nous décidions que le moment n'est pas opportun... serions-nous toutefois en mesure de tout arrêter ?

— Arrêter la croissance de la Chine ? Sa seule et unique perspective de croissance ? »

La brusque repartie fit vaciller le président. « Je parlais des mesures militaires les plus extrêmes. Certaines des attaques informatiques auxquelles tu as pu faire allusion lors de nos premiers entretiens, toutes ces escarmouches aériennes et navales...

— Tu envisages vraiment d'y mettre un terme ?

— Je ne faisais que poser la question, camarade général. »

Su sourit du bout des lèvres. « Je suis à ton service, camarade secrétaire général. Je puis accéder à tous tes désirs. Mais je te rappellerai que les enjeux sont formidables. Et la marche en avant n'a jamais été dépourvue d'obstacles.

— Je comprends.

— J'espère bien. L'adversité fait partie du processus. Comme je l'ai dit tout à l'heure, l'ennemi a son mot à dire. »

Wei acquiesça, le visage désormais solennel.

Pour sa part, Su était à présent souriant. « Mais

souviens-toi, camarade, reprit-il, l'Amérique vient de dire son dernier mot et c'est le mot retraite. »

Les cinq hommes à l'œuvre dans la planque de la CIA sise au 3333 Prospect Street de Georgetown profitaient d'une pause matinale, mais pas autant que le jeune homme enfermé à l'étage dans une chambre insonorisée et fermée à clé.

Trois des cinq hommes étaient des gardes armés. L'un surveillait la rue par la fenêtre de la cuisine, le deuxième avait monté une chaise au premier pour s'installer dans la chambre qui donnait, derrière le rideau de feuillage d'un magnolia, sur l'ancien sentier reconverti en passage pavé desservant l'arrière de toutes les maisons.

Le troisième homme était resté en bas. Assis à la table de la cuisine, face à une rangée de moniteurs. C'est de là qu'il surveillait la radio et le système d'alarme renforcé. Il ne quittait pas des yeux l'écran qui affichait les images issues de quatre caméras de vidéosurveillance.

Les deux derniers se trouvaient au premier, soit avec leur sujet, soit dans un petit bureau où ils se retrouvaient pour élaborer leur prochain « entretien » avec ledit sujet. Plusieurs fois par jour, l'un ou l'autre entrait dans la chambre insonorisée, muni d'un enregistreur, d'un calepin et d'un crayon, puis il égrenait une longue liste de questions auxquelles, jusqu'ici, le sujet avait fait de son mieux pour répondre.

Jha Shu Hai n'avait pas réellement subi de tortures physiques, mais on l'avait tenu éveillé toute la nuit et maintes fois soumis à un feu roulant de questions, à n'importe quelle heure. Plusieurs personnes venaient lui demander les mêmes choses si souvent et de manière chaque fois si différente que Jha avait fini par oublier la plupart de ces entretiens.

Lui restait toutefois la certitude de ne pas avoir soufflé mot de Tong, du Vaisseau fantôme, du piratage des drones ou de son intrusion dans les réseaux sécurisés du gouvernement américain.

Il savait aussi qu'il ne pourrait pas tenir le coup indéfiniment, mais il restait convaincu que ce serait inutile.

Il avait réclamé un avocat au moins deux cents fois depuis son arrivée sur le territoire américain et il ne parvenait toujours pas à comprendre pourquoi on lui avait dénié ce droit légitime. Il avait été déjà incarcéré en Amérique et, pour tout dire, ce n'avait pas été la mer à boire, mais il s'agissait alors d'un établissement pour petite délinquance, tandis qu'il risquait aujourd'hui des ennuis autrement plus graves à cause du détournement et des attaques de drones.

Mais ces ennuis, il ne les subirait que s'ils parvenaient à monter une accusation contre lui ; or Jha avait passé suffisamment de temps dans les méandres du système judiciaire américain lors de son précédent procès et de l'incarcération concomitante pour savoir qu'en cet instant ils ne détenaient contre lui rien d'aussi explosif que tout ce que lui-même détenait à leur charge. Enlèvement illégal, meurtre des gars de la 14K à Hongkong, privation de sommeil, et ainsi de suite...

Jha Shu Hai savait qu'il n'avait qu'à tenir encore un petit peu, à faire usage de son intelligence autrement plus évoluée – l'avantage d'appartenir à une race supérieure – pour que ces Amerloques finissent par comprendre que jamais ils ne réussiraient à le faire craquer.

Jha était certes épuisé, mais ce n'était là qu'un inconvénient mineur. Il était supérieur à tous ces pauvres bougres et les vaincrait à la longue. Ils n'allaient pas le tabasser ou le tuer. C'étaient des Américains.

L'un de ses interrogateurs revint dans la chambre et lui fit signe de rejoindre la table. Il descendait de sa couchette pour gagner la chaise en plastique quand soudain la lumière vacilla, puis s'éteignit.

« Merde », dit l'Américain en retournant vers la porte, sans cesser de le garder à l'œil dans la pénombre.

Le cœur de Jha Shu Hai se mit à palpiter. Il s'assit, posa les mains bien à plat sur la table.

Voilà qui était inattendu. Malgré lui, il sourit de toutes ses dents.

« Qu'est-ce qu'il y a de si drôle ? » demanda l'Américain.

Jha ne put tenir sa langue. « Vous allez voir. »

L'homme ne parut pas comprendre, mais il se remit à tambouriner sur la porte verrouillée de la chambre insonorisée. Il savait que la gâche était mécanique, pas électrique, aussi n'y avait-il aucune raison empêchant son partenaire de le laisser ressortir.

Après avoir tambouriné une troisième fois, il se dirigea vers le miroir de la glace sans tain. Il ne pouvait rien voir dehors, bien sûr, mais son partenaire aurait dû être présent, pour surveiller la scène.

Il moulina des bras et puis enfin, il entendit tourner le verrou.

La porte s'ouvrit.

L'interrogateur prit le chemin de la sortie. « C'est un plomb qui a sauté ou bien une panne de secteur qui... »

Un Asiatique en blouson noir barrait le passage ; il braquait devant lui une arme de poing à silencieux. Il visa.

« Putain, qu'est-ce que... »

Grue abattit l'agent de la CIA d'une balle en plein front. Son corps s'effondra avec un bruit mou sur le sol de la chambre insonorisée.

Jha avait bien pris soin de garder les mains plaquées sur la table. Il eut une brève inclination de la tête. « Grue, je n'ai pas parlé. Je n'ai même pas dit un...

— Ordres de Centre », lâcha Grue avant de descendre à son tour Jha Shu Hai d'une balle en plein front.

Le corps de FastByte22 tomba de la chaise pour se retrouver face contre terre à côté de celui de son interrogateur.

51

Valentin Kovalenko regagnait son appartement après un détour pour faire quelques courses quand il remarqua la cacophonie de sirènes de police en provenance du sud-ouest. Il se rendit compte que le bruit n'avait pas commencé à l'instant ; peut-être avait-il même débuté alors qu'il entrait dans la minuscule échoppe d'un café afro prendre deux ou trois bricoles à manger avant de passer chez le liquoriste s'acheter une nouvelle bouteille de vodka.

Presque aussitôt, l'angoisse lui noua l'estomac. Il fit de son mieux pour se contrôler tout en poursuivant sa route vers la 17e Rue mais bien avant d'avoir atteint Swan Street, il entendit des hélicoptères dans le ciel.

« *Niet*, se dit-il. *Niet*. »

Il réussit à remonter Swan Street d'un pas tranquille pour rejoindre son appartement en entresol mais une fois à l'intérieur, il traversa précipitamment le séjour, lâcha sur le canapé sa bouteille et son sac pour allumer la télé et zapper sur une station locale.

On y diffusait un feuilleton. Il passa sur une autre chaîne et tomba sur une publicité.

Il se laissa choir dans le canapé, les yeux toujours

rivés à l'écran, guettant les infos de midi – plus que cinq minutes à attendre.

Pendant qu'il patientait, il écouta la plainte, à présent lointaine, des sirènes, et se servit deux doigts de vodka tiède dans le verre oublié sur la table basse la veille au soir.

Il la but cul sec et se resservit.

Il avait presque réussi à se convaincre que ses craintes étaient infondées. Jusqu'à ce que le bulletin débute et s'ouvre sur les images prises en direct par un hélicoptère survolant Georgetown. Valentin vit d'épaisses volutes de fumée s'élever de la maison de Prospect Street noyée dans la verdure.

Le présentateur ne savait pas grand-chose, sinon qu'on déplorait plusieurs victimes et que les voisins avaient signalé avoir entendu des coups de feu en provenance de l'intérieur et remarqué la présence d'une mystérieuse camionnette.

Le premier mouvement de Kovalenko fut de boire un coup, ce qu'il fit carrément au goulot, cette fois. Son second fut de prendre la fuite. Se lever et filer, le plus loin possible, dans la direction opposée aux sirènes.

Mais il réprima cette pulsion et se leva plutôt pour gagner son ordinateur. C'est les mains tremblantes qu'il se connecta et tapa dans Cryptogram : « Qu'avez-vous fait ? »

Il fut surpris de la rapidité à laquelle les lettres brillèrent en vert dans la fenêtre ouverte sur l'écran devant lui. « Expliquez votre question. »

Expliquer ma question ? Les mains de Kovalenko planèrent, hésitantes, au-dessus des touches. Finalement, il tapa : « 3333. »

Il n'y eut que quelques secondes d'attente, puis ces mots : « Ni vous ni votre mission ne sont compromis. »

Le Russe leva les yeux au ciel avant de crier. « Chierie ! »

Puis il tapa : « Qui avez-vous tué ?

— Cela n'a aucun rapport avec vous. Restez concentré sur vos instructions quotidiennes. »

Kovalenko tapa furieusement. « Allez vous faire foutre ! Vous m'avez fait aller là-bas, bon sang ! On a pu me voir. Me filmer. Qui était dans cette maison ? Pourquoi, d'abord ? Pourquoi ? » Il empoigna la bouteille de vodka et la tint serrée contre lui, tandis qu'il attendait une réponse.

Cette fois, la pause se prolongea. Valentin s'imagina Centre patienter, sans doute pour laisser à son interlocuteur le temps de retrouver son calme. Enfin, il répondit.

« Je surveille les transmissions de la police et des autres services d'urgence. Personne ne vous a mentionné. Je puis vous assurer que vous n'apparaissez sur aucun enregistrement de vidéosurveillance, qu'il s'agisse de vous ou de votre véhicule, dans le voisinage immédiat de Prospect Street. Vous n'avez donc aucune raison de vous inquiéter et par ailleurs, je n'ai pas le temps d'apaiser les états d'âme de tous mes agents.

— Je vis à moins de trois kilomètres. Je vais devoir déménager.

— Négatif. Restez où vous êtes. J'ai besoin de vous à proximité de Dupont Circle. »

Kovalenko avait envie de demander pourquoi mais il savait que ça ne le regardait pas.

Il but plutôt une grande lampée, sentit la vodka le

calmer un peu et reprit. « Les occupants du 3333. Qui étaient-ils ? »

Pas la moindre réponse.

Valentin rajouta : « Ce sera aux infos bien assez tôt. Pourquoi ne rien me dire ?

— L'un d'eux était un problème. »

Valentin n'était guère plus avancé. Il s'était mis à taper une rangée de points d'interrogation quand une nouvelle ligne de caractères verts clignota sur l'écran.

« Les cinq autres étaient des employés de la CIA. »

Kovalenko fixa l'écran, ébahi, bouche bée.

Il murmura « *Ni huya sebe* » – Oh, putain... – et serra de nouveau la bouteille contre son cœur.

Jack Ryan apprit directement par le réseau Intelink-TS de la CIA que le plus gros scoop du mois à Washington, l'assassinat dans la matinée de six personnes dans le quartier de Georgetown, aurait été encore plus énorme si la vérité avait éclaté.

Le trafic entre CIA et NSA révélait en effet que le 3333, Prospect Street était en réalité une planque de la CIA et les messages confirmaient que cinq des six victimes étaient des employés de l'Agence, tandis que la sixième n'était autre que le suspect principal dans le détournement et l'attaque des drones.

FastByte22, le pirate, celui-là même que Jack Ryan et ses collègues avaient contribué à identifier et capturer.

Inutile de dire que Ryan fit convoquer tout le monde, agents et cadres, en salle de conférences pour répandre la nouvelle.

Chavez était bluffé par l'audace du crime. « Les Chinois seraient donc assez couillus pour envoyer un commando armé à Georgetown liquider des agents de la CIA ?

— J'ignore toujours si ce sont vraiment les Chinois qui ont fait ça », tempéra Rick Bell, l'analyste en chef, alors qu'il pénétrait à son tour dans la salle de conférences. « Nous venons d'intercepter un message de la CIA adressé au cybercommandement à Fort Meade. Dans l'un des comptes rendus d'interrogatoire de FastByte, apparemment au sortir d'une longue période de privation de sommeil, leur prisonnier a mentionné que Centre n'était autre que Tong Kwok Kwan. Peut-être ce dernier a-t-il commandité cette action pour le punir d'avoir balancé sa véritable identité.

— Que savons-nous au juste de ce Tong ? demanda Granger.

— Le Dr K.K. Tong, pour être précis, nota Ryan. Adam Yao disait qu'il est en Chine le père de la guerre cybernétique. »

Granger était incrédule. « Que diable faisait-il à Hongkong avec FastByte et ses hackers ? Il devrait être à Pékin ou quelque part à l'abri dans une base militaire. »

Ryan secoua la tête. « Il a eu un... différend avec eux. C'est désormais un homme recherché dans son propre pays.

— Qui que soient ces types, intervint Gerry, ils devaient tuer Jha pour le réduire au silence.

— Mais ils n'ont pas réussi à le faire, nota Jack. Gavin a l'ordinateur de Jha et je vous parie qu'on saura quantité de choses sur lui lorsque notre sorcier de l'informatique aura révélé le contenu de son disque dur. »

Comme tout vrai pilote de chasse des marines, à respectivement vingt et un et vingt-huit ans, le commandant Scott « Cheese » Stilton et le capitaine Brandon « Trash » White en avaient vu bien plus que les autres jeunes gens de leur âge, mais aucun des deux n'avait vécu quoi que ce soit de comparable à ces dernières vingt-quatre heures.

Un peu plus d'un jour plus tôt, l'un et l'autre avaient été réveillés en pleine nuit par des officiers du renseignement de la marine et conduits, les yeux encore bouffis, au mess des aviateurs où ils avaient retrouvé le reste de leurs compagnons, ainsi que les pilotes d'un autre escadron de marines embarqué sur le *Reagan*. Les vingt-quatre hommes se mirent au garde-à-vous pour saluer l'entrée d'un capitaine de corvette de l'Office du renseignement naval. L'officier les pria de s'asseoir, puis il leur annonça qu'ils allaient, dès potron-minet, tous décoller pour le Japon ; ils seraient ravitaillés en vol. L'escadrille se poserait sur la base de l'aéronavale nipponne à Iwakuni où ils recevraient de nouvelles instructions.

Les hommes étaient à la fois en colère et déçus. C'était ici, en pleine mer de Chine orientale et dans le détroit qu'il se passait des choses. Pas tout là-bas au Japon. Mais le *Reagan* était déjà en train de s'éloigner hors de portée du détroit, ce qui pour Trash équivalait à une retraite. Et voilà que par-dessus le marché, on leur donnait l'ordre de quitter le porte-avions pour filer encore plus loin du théâtre des opérations !

Aucun des pilotes n'était heureux de quitter le *Reagan* mais tous ces jeunes gens étaient dans les marines depuis assez longtemps pour savoir que dans l'armée, les ordres n'avaient pas besoin d'être logiques pour être légitimes, de sorte que personne ne broncha, en attendant l'ordre de rompre.

Mais le capitaine de corvette leur dévoila une autre surprise, quand il leur dit qu'il aurait besoin de volontaires pour accomplir une mission extraordinairement dangereuse. Ils en sauraient plus à Iwakuni, et plus encore une fois rendus à destination.

Perplexes, intrigués mais excités, tous les pilotes présents au mess se portèrent volontaires.

Ils se posèrent à Iwakuni avant le déjeuner ; à peine avaient-ils ôté leur combinaison de vol qu'on leur donnait des tenues civiles avant de les conduire dans une salle de briefing. Là, Trash, Cheese et le reste des deux escadrons se retrouvèrent devant un civil de la DIA, l'Agence de renseignement de la défense, qui choisit de garder l'anonymat.

Trash resta sans voix quand il apprit qu'on allait leur procurer bagages et faux passeports avant de les fourrer dans un hélico pour rallier l'aéroport international d'Osaka. Là, ils embarqueraient sur un vol commercial à destination de Taipei.

Trash et son escadron allaient donc s'introduire clandestinement à Taïwan, une île officiellement dépourvue de toute présence militaire américaine.

L'armée de l'air taïwanaise avait récemment pris livraison de deux douzaines de F/A-18 Hornet. Les marines envoyés à Taïwan prendraient les commandes de ces appareils pour effectuer des patrouilles de chasse au-dessus du détroit.

Les États-Unis avaient renoncé depuis 1979 à poster des forces militaires opérationnelles à Taïwan, car la Chine communiste y aurait vu une provocation délibérée. Le bon sens voulait que la présence d'uniformes américains inquiète la Chine populaire au point de l'amener à balancer des missiles sur cette île minuscule avant de se la réapproprier. L'Amérique ne voulait surtout pas lui fournir une aussi bonne excuse, de sorte qu'elle s'était jusqu'ici prudemment tenue à distance.

Les marines, avait expliqué l'homme de la DIA, avaient été choisis pour leur polyvalence et leur aptitude à opérer avec un soutien bien plus léger que les forces navales traditionnelles ; par ailleurs, tous avaient passé les quinze derniers jours à se frotter à l'aviation chinoise au-dessus du détroit.

Bref, ils étaient déjà rompus au combat.

L'escadrille clandestine aurait un minimum de soutien logistique, réduit aux mécaniciens et personnels d'entretien déjà présents à Iwakuni, mais le gros du personnel au sol serait constitué d'éléments de l'armée de l'air taïwanaise dépêchés en secret vers la base.

Trash savait bien que lui et ses vingt-trois compagnons n'allaient pas attaquer seuls les Chinois si jamais ces derniers s'avisaient d'envahir Taïwan. Il se demanda aussitôt si tout cet exercice n'était pas qu'un simple geste politique destiné à montrer au gouvernement de la république que même si le *Reagan* et le reste des porte-avions de la flotte du Pacifique demeuraient à bonne distance du danger, les États-Unis étaient désireux de laisser quelques-uns de leurs hommes en poste au milieu du détroit.

Ça le faisait chier de se dire qu'ils n'étaient que de simples pions dans une partie d'échecs géopolitique, mais il devait bien admettre d'un autre côté qu'il était ravi de cette occasion de pouvoir retourner au casse-pipe.

Le vol jusqu'à l'aéroport international Taoyuan se déroula sans autre incident notable que le fait que vingt-quatre Américains, mâles, d'âges étagés de vingt-six à quarante et un ans, arborant tous la boule à zéro, s'étaient répartis dans la cabine – jamais plus de deux à la fois – en affectant de s'ignorer mutuellement tout au long du vol. Après l'atterrissage, ils passèrent les contrôles douaniers comme si de rien n'était, et se regroupèrent enfin dans le hall d'un hôtel de l'aéroport.

Deux types que Trash supposa être des agents de la DIA les menèrent vers un car qui les conduisit dans une partie isolée du grand aéroport international.

Là, ils embarquèrent sur un C-130 de l'armée de l'air taïwanaise pour rallier l'aéroport de Hualien, une installation civile enclavée dans une base militaire sur la côte orientale de l'île. Des chasseurs F-16 de l'armée de l'air nationaliste y étaient postés en permanence et la portion civile de l'aéroport avait été fermée jusqu'à une date indéfinie pour cause de « manœuvres d'entraînement militaires ». On avait dit à Trash et à ses camarades qu'ils seraient tenus à l'écart de la grosse majorité du personnel de la base pour réduire les risques de fuite.

Un Hawkeye de l'armée de l'air taïwanaise était également doté d'un équipage américain de contrôleurs aériens ; l'appareil était chargé du contrôle et du commandement des vols.

Les Américains furent conduits dans un vaste bunker creusé à flanc de colline tout près des pistes ; en fait, un hangar où ils trouvèrent dissimulés vingt-deux Hornet F/A-18C plus tout récents mais en bon état, mais aussi les quartiers et les salles de contrôle et d'opérations qu'on leur avait réservés.

Trente-trois heures après avoir été réveillés au beau milieu de la nuit sur le *Ronald Reagan*, le capitaine Brandon « Trash » White et le commandant Scott « Cheese » Stilton ressortaient de l'abri souterrain, casque sur la tête, conformément aux ordres de sécurité opérationnelle dictés par la DIA.

Sur le tarmac, ils inspectèrent une dernière fois leurs deux appareils et Trash grimpa dans le cockpit de « son » Hornet, matricule 881. Cheese escalada l'échelle et se glissa dans le poste de pilotage de l'appareil qu'on lui avait attribué, le matricule 601.

Bientôt, ils avaient repris l'air pour des patrouilles régulières au-dessus du détroit et – ce qui était encore le mieux pour Trash et les autres marines – revenir de mission pour se poser enfin sur une vraie piste : un long tapis d'asphalte bien large, bien plat et surtout parfaitement horizontal et immobile – et non pas un timbre-poste qui danse et sautille au milieu de l'océan.

52

Depuis son retour de Hongkong, Gavin Biery avait passé la semaine claquemuré dans son labo pour extraire les secrets de l'ordinateur portable de FastByte22.

Maintenant que l'intéressé était mort, Gavin savait que les seuls indices que le jeune pirate pourrait encore leur révéler gisaient cachés dans les tréfonds de la machine et que son boulot était de les mettre au jour.

L'ordinateur avait été difficile à craquer. Le premier jour, il s'était bien vite rendu compte que FastByte avait piégé son disque dur avec un virus qui infecterait tout ordinateur ou périphérique qu'on y connecterait par câble, wi-fi, Bluetooth ou tout autre moyen. Le virus contenait un cheval de Troie qui, une fois installé sur la machine infectée, prenait à son insu un cliché de son utilisateur pour le rapatrier sur la machine d'origine.

C'était un programme au code fort ingénieux que Gavin mit deux bonnes journées à contourner.

Une fois qu'il eut craqué le code de protection de la machine du hacker et commencé d'explorer son disque dur, il tomba sur un vrai trésor d'informations. Presque toutes les notes étaient rédigées en idéogrammes chinois, bien sûr, et Jha semblait très friand de notes. Biery était terrifié à l'idée que le disque puisse cacher d'autres pièges viraux, aussi avait-il demandé à un traducteur aguerri au mandarin de venir l'aider et, après une palpation scrupuleuse, il avait confié au pauvre jeune homme la tâche de retranscrire, à la main sur un bloc-notes, des centaines de pages de fichiers, à charge pour lui de les traduire une fois retourné à son poste de travail.

Dans l'intervalle, Biery avait examiné les fichiers exécutables – les programmes installés – qui lui avaient livré encore d'autres secrets.

Un utilitaire complexe de transferts de fichiers – de conception manifestement personnelle – lui avait d'abord posé une colle. Même en épluchant le code source du programme, il n'avait pas réussi à discerner ce qui le différenciait de toutes les autres applications de logiciel FTP disponibles gratuitement sur la Toile. Tout cela lui donnait l'impression d'une usine à gaz inutilement compliquée.

Gavin était certain que ce truc cachait quelque chose ; FastByte22 n'était pas de ces hackers qui vont bidouiller un truc aussi boursouflé pour le seul plaisir de passer le temps, mais il le laissa néanmoins provisoirement de côté et poursuivit son exploration du disque dur.

Au bout du compte, le traducteur de chinois décrypta le secret de l'ordinateur de FastByte22. Les nombreuses notes en mandarin étaient en fait le recueil des ruminations que Jha entretenait en dehors de ses heures de travail. Ryan avait expliqué à Gavin que lorsqu'ils filaient le jeune hacker dans les rues de Hongkong, et même quand il se retrouvait dans une boîte de strip-tease, il semblait en permanence tapoter sur sa machine. Biery comprenait le môme ; lui-même, hors du boulot, était chez lui toujours sur son ordi, et en voiture toujours en train d'enregistrer des mémos, notant toutes les idées qui lui passaient par la tête et qu'il désirait mettre de côté pour plus tard.

La plupart des notes de Jha consignaient elles aussi les idées qui lui passaient par la tête, certaines idiotes, d'autres carrément loufoques : « Je veux craquer le site web du palais de Buckingham et incruster un portrait du président Mao au-dessus de la tête de la reine » ou « Si j'étais capable d'allumer les propulseurs de stabilisation de la station spatiale internationale, pourrais-je prendre en otage la Terre et demander une rançon pour qu'on m'empêche d'envoyer l'ISS se fracasser contre un satellite ? ».

Il y avait également un plan détaillé pour prendre le contrôle à distance de la pompe à insuline d'un diabétique en piratant à l'aide d'une antenne directionnelle le récepteur radio qui permettait de contrôler l'appareil ; le but était sans doute d'augmenter le taux d'insuline de l'individu visé pour le tuer à distance. Il était clair, en lisant ces notes, que Jha avait déjà testé cet équipement ; il en avait du reste commandé un exemplaire à une compagnie installée à Marseille, qu'il avait fait adresser à une boîte postale de Mong Kok.

Quantité de notes révélaient que le jeune pirate chinois avait été un esprit brillant doté d'une imagination fertile.

Mais un nombre encore plus grand recelait une véritable mine d'informations sensibles. « Discuter avec

Centre découverte concernant mesures sécurité barrage hydroélectrique » ou « sensibilité serveurs commandement militaire ukrainien à stabilité réseau électrique régional. Kharkov = un peu meilleur que Kiev => Discuter avec Centre nécessité dérouter de Kiev le trafic avant de passer à la prochaine phase ».

La plupart des notes posaient plus de questions qu'elles ne procuraient de réponses à Biery, mais l'une d'elles lui permit toutefois de comprendre à quoi rimait la lourde et complexe application de téléchargement. Rédigée par Jha une semaine à peine avant sa capture par les commandos de la marine, elle apprit à Gavin qu'il s'agissait d'un logiciel malveillant écrit par Jha ; le but était de permettre à un pirate d'injecter un virus par le truchement de Cryptogram, l'application de messagerie instantanée utilisée par Centre et réputée virtuellement à l'abri du piratage. Gavin avait, dès sa sortie, étudié Cyryptogram, mais il ne s'était pas appesanti suffisamment sur le logiciel pour être capable d'y localiser d'emblée le code malicieux rédigé par Jha. Cependant, une fois que la traduction d'une des notes lui en eut livré les grandes lignes, il se replongea dans le code source et put constater que la modification introduite n'avait rien d'évident. Elle était à la fois brillante et complexe ; en outre, les variations dans le style d'écriture du code rajouté révélaient qu'une large équipe de programmeurs avait contribué à sa rédaction.

C'était intéressant. Dès son retour à Hongkong, Jha avait été vu en compagnie d'autres hackers chinois bien connus. Preuve supplémentaire, s'il en fallait, de leur participation à l'écriture de ces logiciels malveillants hyperpointus.

La deuxième révélation d'importance livrée par les

notes personnelles de FastByte était une véritable bombe. Le jeune pirate chinois utilisait des noms de code pour désigner les individus et des noms communs pour désigner les sites ; Gavin se rendit compte aussitôt qu'il serait incapable de briser ce code sans se mettre à la place de Jha Shu Hai. Mais dans l'un des documents, Jha avait laissé échapper un indice. Il avait mentionné à quatre reprises le « serveur de commandement de Miami » dans une longue note personnelle assez ancienne où il évoquait l'exfiltration de données d'un fournisseur de la défense américaine. Son nom n'était pas cité mais lorsqu'il y avait fait référence pour la cinquième fois, il avait évoqué « le serveur principal BriteWeb ».

Gavin avait aussitôt quitté son labo stérile pour se précipiter vers son bureau, se connecter et faire une recherche sur BriteWeb à Miami. La réponse apparut aussitôt : il s'agissait d'une société de conception logicielle et d'hébergement de données installée à Coral Gables. Une recherche complémentaire lui apprit qu'elle était filiale d'une holding dont le siège se trouvait aux îles Caïman.

Gavin décrocha son téléphone, appela l'un de ses employés et lui demanda de tout laisser tomber pour enquêter sur cette holding.

Une heure plus tard, il était de nouveau au téléphone, cette fois pour appeler Sam Granger, le directeur des opérations.

« 'Lut, Gavin.

— Combien de temps te faut-il pour réunir tout le monde en salle de conférences ?

— T'as quelque chose ?

— Oui.

— Monte dans vingt minutes. »

Vingt-cinq minutes plus tard, Gavin Biery était debout à l'extrémité de la table de conférence. Devant lui, l'ensemble des agents du Campus, ainsi que Gerry Hendley et Sam Granger.

« Eh bien, qu'as-tu à nous révéler ? demanda le patron sitôt que tout le monde fut installé.

— J'ai dû pas mal galérer avant de libérer tous les secrets de la machine, mais dans l'intervalle je suis parvenu à localiser l'un des routeurs principaux de Centre.

— Où se trouve-t-il ? demanda Chavez.

— À Miami. Coral Gables. 62e Place, sud-ouest.

— Miami ? Granger était manifestement surpris. « C'est donc de là qu'il pilote et contrôle ses opérations de piratage ? Depuis Miami ? répéta Sam, incrédule.

— Non. Ce n'est que l'un des hébergeurs d'où un *botnet* installé et piloté par Jha et Tong transmet les données dérobées sur des machines piratées. Il semble bien toutefois que ce ne soit pas seulement un serveur détourné pour récupérer des données volées. Vu comme il a été configuré, on peut déduire que ses propriétaires savaient parfaitement que leur matériel serait utilisé à des fins ignobles. Ces machines travaillent pour l'économie clandestine et sont gérées par des personnages peu recommandables. Ils ont un point de chute à proximité et peuvent ainsi détourner du liquide et des biens dans le monde réel.

— Il s'agirait donc bien d'une activité criminelle ?

— Sans aucun doute, confirma Gavin. Ils ont dissimulé l'identité des propriétaires du serveur derrière des sociétés-écrans et un registre du commerce bidonné. Le véritable propriétaire est un ressortissant russe, un dénommé Dmitri Oransky, le siège social de sa boîte est aux îles Caïman mais lui vit aux États-Unis.

— Merde, fit Granger. J'espérais... je m'attendais à une officine installée à l'étranger.

— Avec un *botnet* de cette envergure, précisa Gavin, il doit y avoir d'autres serveurs de commandement. Certains se trouvent sans doute ici, d'autres hors de nos frontières. Mais celui-ci fait assurément partie du circuit et les types qui le gèrent piétinent joyeusement les procédures légales.

— S'ils s'en prennent à notre pays, pourquoi diantre venir s'y installer ? Comme s'ils ignoraient que ça nous facilite la tâche ?

— Les sales types adorent installer leurs serveurs chez nous. Nous avons un réseau électrique stable, une large couverture d'Internet rapide à prix réduit, et notre réglementation allégée destinée à inciter les entreprises à s'installer a supprimé du même coup tout un tas d'obstacles juridiques que redoutent tant les truands. Ils peuvent dormir sur leurs deux oreilles : il y a peu de chances qu'ils voient débarquer en pleine nuit une armada de soldats ou de flics venus les arrêter et confisquer leur matos. D'autant que les Fédéraux se retrouveraient paralysés de longs mois par toute une série d'obstacles légaux, ce qui leur laisserait tout le temps de se retourner et de filer. »

Gavin sentit que la plupart de ses auditeurs n'avaient pas vraiment saisi l'astuce. « Puisqu'ils pensent pouvoir si bien dissimuler l'origine de leurs serveurs, pourquoi dans ce cas ne pas les installer juste sous notre nez ? Le fait est que ça marche parfaitement bien dans quatre-vingt-dix-neuf pour cent des cas.

— Même si Miami n'est pas le centre nerveux de

tout leur réseau, enchaîna Dom Caruso, il est clair que cette adresse de Coral Gables est une pièce du puzzle et il faut absolument qu'on aille y regarder de plus près. »

Mais Sam Granger leva la main. « Pas si vite. Ça ne m'enchante guère de vous embarquer dans une opération sur le territoire national.

— Comme si c'était la première fois...

— D'accord, celle du Nevada, par exemple. Mais la situation était alors différente. Nous savons que Tong et ses hommes, qui qu'ils puissent être, nous ont directement pris pour cibles et qu'ils détiennent des preuves qui pourraient nous obliger à fermer boutique vite fait. Ce n'est franchement pas le moment de nous fritter entre Américains. Aucune des amnisties présidentielles signées par le père de Jack ne nous sera de la moindre utilité si l'on vous identifie et vous inculpe pour ce genre d'action, que ce soit à l'échelon local ou fédéral.

— Écoutez, intervint Jack Ryan, notre ennemi est à l'étranger, on est au moins sûrs de ça. Seule une partie de ses ressources se trouve ici. Je suis d'avis qu'on descende là-bas faire un tour, histoire d'y jeter un coup d'œil. Je ne parle pas de nous harnacher et d'investir la place, non, juste une reconnaissance discrète. Deux, trois photos des mecs qui bossent sur place, une petite enquête sur leur passé et leurs liens personnels, ça pourrait nous mener au prochain maillon de la chaîne. »

Granger hocha la tête. « J'aimerais bien pouvoir, mais c'est une pente glissante. Ton père n'a pas monté ce service pour nous permettre d'espionner nos concitoyens.

— Les connards sont toujours des connards, Sam. Peu importe la couleur de leur passeport. »

La remarque fit sourire Sam mais il était manifeste que sa décision était prise. « On refile le tuyau au FBI. On va voir comment leur notifier l'info. Dans l'intervalle, le Campus se tient à carreau. »

Dom et Jack acquiescèrent en chœur. Aucun des deux n'était ravi mais Sam était leur patron, point final.

La réunion prit fin peu après mais Gavin Biery demanda à Ryan de retourner avec lui dans son bureau. Une fois enfermés dans son cagibi, Biery prit la parole. « Je ne voulais pas en discuter devant les autres parce que tout ce que j'ai jusqu'ici, c'est une simple théorie, mais je voulais t'en parler parce que ça pourrait nécessiter un peu de boulot du côté opérationnel de la Maison.

— Mets-moi dans la confidence. Puisqu'on ne peut pas descendre enquêter à Miami, je préfère ne pas me tourner les pouces. »

Gavin leva la main. « Je n'ai pas encore de boulot pour toi dans l'immédiat. Ça risque de me prendre pas mal de jours. Mais en bossant bien, je devrais pouvoir reconstituer deux logiciels malveillants trouvés sur l'ordinateur de Jha. Avec ça, nous disposerions d'une arme bigrement puissante.

— Quel genre d'arme ?

— Jha a élaboré un utilitaire de téléchargement qui permet à quelqu'un de transférer des logiciels malveillants par le truchement de Cryptogram, et en prime il a piégé son ordi avec un virus qui infecte aussitôt tout appareil qui s'y connecte en installant dessus une version de son cheval de Troie.

— Le truc qui lui permet d'espionner ses victimes *via* leur propre webcam.

— Exact. »

Jack commençait lentement à comprendre. « Donc… tu me dis que tu pourrais être capable de reconstituer un nouveau virus qu'on pourrait transmettre *via* Cryptogram pour infecter un ordinateur en face et capter la bobine de celui qui pianote devant l'écran ? »

Biery opina. « Encore une fois, c'est théorique. Et par-dessus le marché, il te faudra trouver un ordi que quelqu'un utilise pour se connecter avec Centre. Pas le mini-portable de Jha, Centre se doute que cette machine est cramée et jamais il n'acceptera de s'y connecter. Pas non plus le Disque stambouliote, exactement pour les mêmes raisons. Mais une autre machine, une qu'utilise quelqu'un en qui il a toute confiance. Si Centre ouvrait un tchat sur Cryptogram, acceptait la signature numérique de son correspondant, puis téléchargeait un fichier mis en ligne par ce dernier… alors, nous pourrions découvrir la bobine de notre bonhomme. »

D'habitude, Jack voyait le visage de Gavin s'éclairer lorsqu'il évoquait tout ce qu'il pouvait faire avec du code informatique, mais ce coup-ci, son enthousiasme lui parut beaucoup plus modéré.

Jack eut envie de l'encourager. « Non mais tu te rends compte de l'importance que ça pourrait avoir pour le Campus ? Merde, qu'est-ce que je dis… pour le pays !

— N'empêche, je ne te promets rien, tempéra Gavin. Ça ne va pas être facile. »

Jack lui tapota le bras. « Je te fais confiance.

— Merci, Ryan. Je vais bosser sur le code, et toi,

t'essaies de trouver un des employés de Centre assez ballot pour jouer le jeu. »

Deux heures plus tard, Ryan était à son bureau. Il sentit une présence, et quand il leva les yeux ce fut pour découvrir Dom, le visage barré d'un large sourire.

« Hé, cousin. Un plan d'enfer pour le week-end ? »

Ryan hocha la tête. « Aucun. Melanie dit qu'elle va bosser samedi. Je me suis dit que je pourrais repasser bricoler ici. On se verra ensuite, j'imagine. Pourquoi, t'as une idée ?

— À ton avis, ça va faire combien de temps qu'on n'est plus partis en vacances ensemble ?

— T'es sûr que c'est déjà arrivé ? Je veux dire, depuis qu'on était mômes ? »

Tony Wills, le collègue de box de Jack, étant sorti déjeuner, Caruso se glissa sur son siège vide. Il le rapprocha de Ryan. « Trop longtemps, alors », murmura-t-il sur un ton de conspirateur.

Jack crut déceler de l'inquiétude. « Toi, t'as une idée derrière la tête !

— On a bossé comme des malades. Je me disais qu'on pourrait se tirer un peu plus tôt cet après-midi, et se faire un petit week-end quelque part. Juste deux mecs qui décompressent. »

Jack Ryan inclina la tête. « Et tu comptes décompresser où ça ? »

Dom Caruso ne dit rien. Il se contenta de sourire.

Jack répondit à sa place : « Miami.

— Pourquoi pas, merde ? On descend sur un vol régulier, on se prend deux chambres à South Beach, on se tape de la bouffe cubaine... » Il laissa traîner sa phrase et, une fois de plus, Ryan termina pour lui.

« Et on file du côté de Coral Gables, jeter un petit coup d'œil 62e Place, sud-ouest. C'est ça, ton plan ? »

Dom acquiesça. « Personne ne saura. Tout le monde s'en tape.

— Et si on n'en parle pas à Granger ?

— On a vraiment besoin de lui raconter tout ce qu'on fait chaque week-end ?

— Mais si on ne lui dit rien, ni à lui ni à personne, où est l'intérêt de descendre ?

— Écoute, on ne va pas se rapprocher trop, on ne prendra aucun risque. Juste un petit coup d'œil, vite fait. Genre, relever des numéros sur un parking, filer un nerd jusqu'à son appart de nerd et noter son adresse.

— Je ne sais pas trop », fit Jack. Dom avait raison, ils pouvaient bien faire ce qu'ils voulaient de leur temps libre.

Mais ce serait également enfreindre les instructions de Sam Granger, dans l'esprit, sinon dans la lettre. Même s'ils n'étaient pas en mission pour le Campus, la marge était étroite.

« Tu veux rentrer chez toi et rester tout le week-end le cul sur une chaise ou tu veux accomplir un truc qui pourrait faire la différence ? Encore une fois, si ça ne donne rien, ni vu ni connu. Mais si en revanche on recueille des infos exploitables, on peut les rapporter à Sam et les lui fournir, avec nos excuses. Tu sais comment ça se passe. Il vaut mieux parfois demander le pardon que la permission. »

L'argument fit mouche. Jack se vit déjà les bras ballants, à regretter tout ce qu'il aurait pu accomplir s'il avait sauté sur l'occasion que lui offrait son cousin. Il rumina le plan quelques instants encore, puis eut un sourire malicieux. « Je dois bien admettre, cousin, que je ne cracherais pas sur un bon vieux mojito. »

Sourire de Caruso. « Voilà qui est bien parler. »

53

Dominic et Jack arrivèrent à Miami le vendredi en fin d'après-midi. Ils avaient pris un vol régulier, en classe touriste ; c'était pour eux un peu l'âge de pierre comparé au Gulfstream 550 de la boîte mais leur vol arriva dans les temps et de toute façon, ils avaient roupillé durant presque tout le trajet.

Ils n'avaient pas d'arme sur eux, même s'il n'était pas formellement interdit de porter une arme sur un vol intérieur. Comme en outre la Floride autorisait à dissimuler celle-ci si l'on était détenteur d'un port d'arme, ils auraient pu se rendre en avion à Miami en transportant des armes non chargées dans leurs bagages enregistrés, mais au prix de formulaires à remplir, sans parler du temps perdu, et l'un et l'autre avaient décidé que ce n'était pas à l'ordre du jour. Les instructions étaient de s'abstenir pour l'instant de toute surveillance physique des abords du site et ils savaient en outre que si jamais Sam venait à découvrir leur petite escapade, le fait de l'avoir effectuée les mains vides pourrait jouer en leur faveur, en prouvant qu'ils ne s'étaient pas rendus sur place pour « raison professionnelle ».

C'était un brin capillotracté et l'idée ne l'enthousiasmait pas plus que ça, mais Jack demeurait convaincu que les agents du Campus devraient inspecter *de visu* le site du serveur principal.

Ils louèrent une berline Toyota passe-partout et se rendirent à Miami Beach où ils trouvèrent un motel bon marché – une étoile et demie. Dominic y prit deux chambres pour deux nuits, qu'il régla d'avance en espèces tandis que Ryan attendait dans la voiture. Ils allèrent s'installer dans les deux chambres attenantes, déposèrent sur leur lit leur sac de voyage et ressortirent aussitôt pour remonter dans la Toyota garée sur le parking. Moins d'une demi-heure après être descendus de l'avion, ils arpentaient Collins Avenue, à pied, zigzaguant entre les touristes du week-end et la foule des baigneurs. Ils poursuivirent leur promenade sur Ocean Drive et s'installèrent à la terrasse du premier bar en vue qui, comme la plupart des autres établissements un vendredi soir à Miami, exhibait un nombre impressionnant de jolies femmes.

Une fois qu'ils eurent terminé un premier mojito et commandé un second, ils se mirent à discuter de leur plan.

« Demain à la première heure, on descend sur Coral Gables », indiqua Dom.

Jack était surpris. « De jour ?

— Bien sûr. C'est juste une reconnaissance superficielle. De toute façon, on ne va pas rapporter grand-chose de cette virée. T'as vu comme moi sur Google Maps : il n'y a pas des masses d'endroits où planquer dans le secteur, donc, il faut qu'on reste mobile, que ce soit à pied ou en voiture.

— T'es sûr que t'as pas envie d'aller y faire un tour, là, maintenant ? »

Dominic contempla toutes les beautés autour de lui. « Cousin, t'es peut-être déjà casé, mais pas moi. Sois sympa. »

Ryan rigola. « Je suis toujours célibataire. Simplement, je ne suis pas libre pour l'instant.

— C'est vrai. Faut voir comment tu fonds dès qu'elle t'appelle au téléphone. Merde, ta voix grimpe d'une octave dès que tu lui causes.

— Non, arrête, bougonna Jack.

— Désolé, mec. Mais elle t'a mis le grappin dessus. »

Jack prenait toujours mal l'idée que ses collègues de bureau puissent reconnaître aisément quand il avait Melanie au bout du fil. Mais il soupira et conclut : « J'ai juste eu du bol.

— Rien à voir avec la chance. T'es un mec bien. Tu la mérites. »

Ils redevinrent silencieux durant quelques minutes, le temps de siroter leurs verres. Ryan s'emmerdait ; il regardait régulièrement l'écran de son smartphone, voir s'il y avait un message de Melanie, tandis que Dom lorgnait une beauté colombienne installée au bar. Elle lui rendit son sourire mais quelques secondes plus tard, son petit ami apparut, l'embrassa et prit le tabouret voisin du sien. Il avait la carrure d'un arrière de l'équipe des Dolphins. Caruso secoua la tête, étouffa un rire, éclusa son mojito.

« Et puis merde, t'as raison. Allons y faire un tour. »

Une seconde plus tard, Ryan avait déjà sorti deux billets de vingt qu'il jeta sur la table. Ils regagnèrent leur voiture de location.

Il était près de minuit quand ils trouvèrent enfin l'adresse.

Ils passèrent lentement devant le bâtiment. Sous la raison sociale « BriteWeb », la boîte se présentait comme un hébergeur pour les particuliers et les PME. Il y avait quelques lumières allumées dans le bâtiment d'un étage et deux ou trois voitures sur le parking.

Parvenus au coin, ils découvrirent un étroit passage couvert qui courait le long de l'édifice.

Aussitôt, Jack sentit ses cheveux se dresser sur la tête.

Dominic siffla entre ses dents. « M'ont pas vraiment l'air de nerds. »

Deux jeunes gens se tenaient dans le passage, devant l'entrée, cigarette au bec. Tous deux étaient en tee-shirt moulant et baggie kaki ; baraqués, un bon mètre quatre-vingts. Cheveux blond filasse, mâchoire carrée, nez large.

« Tu ne leur trouves pas un air slave ?

— Ouais, confirma Jack. Mais je doute que l'un ou l'autre soit Oransky, le proprio. Plutôt des vigiles.

— Il se pourrait bien qu'ils appartiennent à la mafia russe. Ils ont envahi le sud de la Floride.

— Toujours est-il qu'ils vont nous repérer si on continue de leur passer sous le nez à cette heure de la nuit. Revenons demain matin.

— T'as raison.

— Et que dirais-tu qu'on prenne chacun une nouvelle voiture, histoire d'être certains de ne pas se faire repérer ? Marques et modèles différents. Vitres teintées, on est en Floride après tout, on sera mieux dissimulés. Et deux bagnoles, ça double notre temps de surveillance sans éveiller la curiosité des gorilles qui

surveillent la rue. Il faut qu'on prenne en photo tous ceux qui entrent et sortent dans ce bâtiment.
— Pigé. »

À quinze mille kilomètres de là, dans un immeuble de treize étages de Canton, une femme de vingt-trois ans se pencha pour examiner de plus près une image sur son moniteur. Cinq secondes plus tard, elle tapait sur une touche de son clavier. Un bip discret retentit dans son casque.

Tranquillement installée, elle continuait d'observer les images transmises en direct de Miami, tandis qu'elle attendait que Centre accepte la communication en visioconférence. L'ayant vu passer quelques minutes auparavant, elle en déduisit qu'il devait sans doute se trouver dans la salle de conférences et non dans son bureau. Si c'était le cas, il prendrait la communication sur son casque Bluetooth au lieu d'ouvrir le logiciel sur son ordinateur. Même s'il s'était trouvé dans la même salle qu'elle, elle ne l'aurait pas appelé de vive voix... si tout le monde avait fait pareil, le plateau aurait vite fait de ressembler à la corbeille de la Bourse de commerce de Chicago.

L'image du Dr Tong apparut sur son moniteur, à côté de l'image de Coral Gables.

Il leva les yeux vers la webcam. « Centre.
— Centre, ici le poste trente-quatre.
— Oui ?
— Cible Hendley Associates, Maryland, États-Unis. Personnalités Jack Ryan Jr. et Dominic Caruso.
— Sont-ils arrivés en Floride ?
— Affirmatif. Ils procèdent à une surveillance du serveur installé là-bas. Je les ai en direct, ils sont à

bord d'un véhicule de location garé à une rue du siège de BriteWeb.

— Alertez les éléments sur place. Signalez-leur qu'une force inconnue a infiltré le serveur principal. Donnez-leur les coordonnées de leur hôtel, la description du véhicule et leur signalement. Ne leur révélez pas l'identité des personnalités. Donnez-leur l'ordre d'éliminer les cibles. Cette histoire n'a que trop duré.

— Compris.

— Puis vous direz à Data Logistics de dériver le flux de données transitant par le serveur de Miami. Cet hébergeur est désormais fermé. Avec la mort de Jack Ryan Jr., l'incident va être examiné à la loupe et nous ne devons pas laisser la moindre piste susceptible de remonter vers le Vaisseau fantôme.

— Oui, Centre.

— Data Logistics peut faire transiter les données par le serveur de Detroit, en attendant une solution définitive.

— Oui, Centre. »

La jeune contrôleuse raccrocha puis elle ouvrit l'application Cryptogram sur l'un de ses moniteurs. Au bout de quelques secondes, elle était connectée à un ordinateur situé à Kendall en Floride. Il appartenait à un ressortissant russe de trente-cinq ans résidant aux États-Unis avec un visa d'étudiant périmé.

Vingt minutes trente secondes après la communication de Centre avec sa subalterne, un téléphone mobile vibra dans la poche d'un citoyen américain d'origine russe qui se trouvait dans une boîte de nuit de Hollywood Beach, en Floride.

« *Da ?*

— Youri, c'est Dmitri.

— Oui monsieur ?

— Nous avons un problème. Les garçons sont-ils avec toi ?

— Oui.

— Prends un crayon et note cette adresse. Je vous promets que vous aurez de quoi rigoler cette nuit. »

Jack et Dom retournèrent dans leur motel miteux et partagèrent une bière sur le minuscule patio attenant à la chambre de Ryan sur l'arrière. Aux environs d'une heure trente du matin, ils avaient fini de boire et Dom s'apprêtait à regagner sa chambre quand il décida d'aller d'abord s'acheter une bouteille d'eau minérale au distributeur installé dans le passage.

Il s'y dirigeait quand il se retrouva nez à nez avec le canon noir allongé d'un automatique.

Ryan était resté sur le patio. Il leva les yeux juste à temps pour voir deux hommes escalader la clôture basse. Tous deux brandissaient des flingues qu'ils braquèrent sur lui.

« Allez, rentre », dit un des hommes à l'accent russe prononcé.

Jack leva les mains.

L'un des Russes ramena du patio deux chaises en alu et les deux Américains furent forcés de s'y asseoir. Le plus petit des trois hommes de main avait apporté un sac de gym duquel il sortit un gros rouleau d'adhésif large. Pendant que les deux autres patientaient à l'autre bout de la chambre, le Russe attacha les jambes de Jack puis celles de Dom aux pieds de leur chaise, leur passa les mains dans le dos et les attacha au dossier.

Ryan avait été trop éberlué pour dire quoi que ce

soit ; il était certain qu'on ne les avait pas filés jusqu'au motel, aussi n'arrivait-il pas à imaginer comment ils avaient pu les retrouver ici.

Les trois types n'avaient pas l'air de vouloir plaisanter mais ce n'étaient apparemment que des hommes de main. Jack voyait bien qu'ils n'étaient pas les cerveaux de cette opération, ou de toute opération plus compliquée que lacer leurs chaussures ou faire parler leur flingue.

Ce devait être les gorilles de Dmitri et, vu la tournure que prenaient les choses, Dmitri voulait éliminer Ryan et Caruso.

Dom essaya de s'adresser à eux. « Ça rime à quoi, cette histoire ? »

Celui qui était apparemment le meneur du trio répondit : « Nous savons que vous nous espionnez.

— Putain, je ne sais vraiment pas de quoi vous parlez. On est juste descendus passer le week-end à la plage. On ne sait même pas qui...

— La ferme ! »

Ryan se concentrait de tout son être pour réagir. Mais il ne voyait aucune ouverture. Entravé comme il l'était, avec les deux types armés qui les gardaient en joue à trois mètres de distance, il savait qu'il n'avait aucun moyen de réagir sans se faire aussitôt descendre.

« Écoutez, dit-il. On ne cherche pas d'ennuis. On s'est contentés de suivre les ordres.

— Ah ouais ? railla le chef. Eh bien, votre boss va devoir recruter une nouvelle équipe, vu que vous allez bientôt mourir, mes mignons. »

Le plus petit des trois, celui qui avait le sac de gym, sortit de celui-ci un tronçon de fil noir qu'il tendit à son chef. Ryan eut tôt fait de remarquer les boucles à chaque extrémité et de comprendre aussitôt de quoi il s'agissait.

C'était un garrot. Ils allaient les étrangler.

Ryan se remit à parler, précipitamment. « Je ne comprends pas. Notre boss est le même que le vôtre.

— Qu'est-ce que tu racontes ?

— Centre nous a envoyés. Il dit que Dmitri a étouffé le virement que vous étiez censés vous répartir à parts égales. C'est pour ça qu'on est ici. »

Caruso embraya sur la même ligne : « Centre a piraté l'ordinateur et le téléphone de votre patron, et c'est comme ça qu'il a vu que vous êtes en train de vous faire arnaquer, les mecs. »

L'un des types armés protesta. « Ils sont en train d'inventer des conneries pour pas qu'on les tue.

— J'ai les preuves sur mon ordinateur, reprit Jack. Un dialogue sur Cryptogram où Centre indique à Dmitri combien il vous paye. Je peux vous montrer.

— Tu nous montreras rien du tout, reprit le même type. Tu mens. Pourquoi Centre s'intéresserait-il à ce qu'on touche ?

— Centre exige de ses agents qu'ils lui obéissent. Vous devez bien le savoir. Alors, s'il a dit à votre patron de vous payer une certaine somme, il compte bien que ça soit fait. Dmitri écrème votre part, alors Centre nous a envoyés ici pour régler la question. »

Caruso prit à nouveau le relais. « Ouais, il y a quelques mois, il nous avait envoyés à Istanbul régler leur compte à des gars qui essayaient de l'embobiner. »

Le chef, appuyé au mur, insista. « Dmitri m'a dit que Centre voulait qu'on règle votre sort. »

Les deux cousins échangèrent un regard. Centre savait donc qu'ils étaient ici, à Miami ? Comment ?

Mais Jack reprit rapidement ses esprits. « C'est ce que Dmitri vous a raconté ? Je peux vous prouver que c'est des conneries.

— Comment ?

— Laissez-moi me connecter sur Cryptogram. Je peux avoir Centre en moins de deux minutes. Vous pourrez entendre la confirmation de sa bouche. »

Les trois malfrats se mirent à dialoguer précipitamment en russe. L'un d'eux demanda : « Comment pourrons-nous savoir si c'est vraiment lui ? »

Jack haussa les épaules. « Allons, mec. C'est Centre. Tu peux lui poser n'importe quelle question. Interroge-le sur votre organisation. Demande-lui la liste des opérations qu'il vous a confiées. Merde, demande-lui ta date de naissance. Il saura. »

Ryan sentit qu'il venait là de marquer un point.

Après une nouvelle messe basse, l'un des trois rengaina son pistolet et se dirigea vers le bureau. « File-moi ton mot de passe. C'est moi qui vais me connecter à Centre sur ton ordi. »

Ryan hocha la tête. « Ça ne marchera pas. Il peut nous voir avec la webcam. Enfin merde, les mecs, ça fait combien de temps que vous bossez pour lui ? Il verra bien que ce n'est pas moi qui appelle et il refusera la communication. Il bloquera la machine et, comme je le connais, il dépêchera sans doute une nouvelle équipe à Miami pour liquider tous ceux qui travaillent pour lui, à commencer par l'idiot qui s'est connecté avec mon ordi.

— Tu exagères », dit le Russe resté devant l'ordi. Il fit toutefois un pas de côté, hors du champ de la caméra.

« Faites-moi confiance, reprit Jack. Les Chinois ne rigolent pas avec leur sécurité.

— Les Chinois ? »

Jack fixa le type sans rien dire.

« Centre est chinois ? demanda l'un des autres.

— Hé les mecs, vous êtes sérieux, là ? » Et Jack lança un coup d'œil à Dom. Qui s'empressa de hocher la tête, l'air désolé, comme s'il était en présence d'idiots.

« Vous débutez dans le job ?

— Non », répondit le plus petit de la bande.

Sur un ordre aboyé par le chef resté devant le bureau, l'un des Russes sortit de son blouson un cran d'arrêt qu'il ouvrit avec un geste théâtral. Il trancha les liens de Jack aux poignets et aux chevilles. Jack se leva. Tout en parcourant les trois mètres qui le séparaient de l'ordinateur, il jeta un coup d'œil à son cousin derrière lui. Dominic restait impavide. Il se contentait d'observer la scène sans réagir.

Ryan fixa le chef de la bande. « Laisse-moi me connecter et lui expliquer la situation, je te le passerai ensuite. »

Le Russe acquiesça et Jack comprit qu'il avait réussi à embobiner ces trois types armés qui, moins d'une minute auparavant, s'apprêtaient à les tuer, son cousin et lui.

Il s'agenouilla devant son portable, désagréablement conscient des trois paires d'yeux rivés sur lui en ce moment même. Le bandit le plus proche n'était qu'à deux pas sur sa droite, un autre se tenait de l'autre côté du lit – il avait abaissé son pistolet –, et le troisième, celui qui venait de le libérer de ses entraves, se tenait à côté de Caruso, le cran d'arrêt dans la main.

Jack avait un plan, enfin, juste un début. Il savait qu'il n'allait pas contacter Centre sur Cryptogram, le programme n'était même pas installé sur sa machine, ce qui voulait dire qu'il risquait d'y avoir d'ici peu du grabuge. Et s'il se sentait raisonnablement certain de pouvoir régler son compte à l'un des trois en combat singulier, il lui était matériellement impossible de traverser la chambre à temps pour se jeter sur le type posté de l'autre côté du lit.

Il avait besoin d'un flingue et le plus proche se trouvait dans l'étui sous la chemise du type à côté de lui.

Toujours agenouillé devant l'écran, Jack leva les yeux vers lui.

« Eh bien ? s'impatienta le Russe.

— Peut-être que je ne vais pas contacter Centre », dit Jack, sur un ton plus coupant que lorsqu'il était encore entravé sur la chaise.

« Pourquoi ça ?

— Vous n'allez rien nous faire du tout, les mecs. Vous bluffez.

— Bluffer ? » L'autre était désarçonné. Cet Américain venait de passer plusieurs minutes à tenter de le convaincre d'utiliser son ordinateur. Et voilà qu'il disait maintenant qu'il n'en ferait rien. « Je ne bluffe pas.

— Eh bien quoi, tu vas me faire tabasser par tes deux petits copains ? »

Le chef hocha la tête et sourit. « Non, ils vont te descendre.

— Oh, je vois. T'es venu avec eux pour qu'ils fassent le sale boulot que t'es pas foutu d'accomplir toi-même. » Jack hocha la tête. « Typique d'une tarlouze russe. »

Dégaine ton flingue ! hurlait la petite voix intérieure de Jack. C'était sa seule chance pour eux deux de survivre aux toutes prochaines secondes.

Le visage du type s'empourpra, il glissa la main sous sa chemise de soie rouge, vers l'aisselle droite.

Gagné ! se dit Jack qui se dressa, projetant les deux mains pour s'emparer de l'arme qui venait de surgir de sous l'étoffe.

L'homme essaya de reculer d'un pas pour s'écarter mais Ryan avait passé des heures à s'entraîner à subtiliser des armes et il savait ce qu'il faisait. Tout en se servant de son corps pour percuter le Russe et le faire reculer, il rabaissa le canon du pistolet vers sa gauche pour le dévier de sa ligne de mire au cas où le Russe parviendrait à tirer un coup de feu. Du même élan, il attira vers lui le flingue du Russe tout en le basculant à l'envers, brisant l'index coincé dans la détente. Le type poussa un hurlement et Jack glissa son doigt à son tour sous le pontet tout en faisant faire un demi-tour au canon vers le Russe qui tenait toujours son arme. Jack pressa le doigt fracturé contre la détente.

Les deux balles atteignirent le Russe armé de l'autre côté du lit. le type pivota sur lui-même avant de s'effondrer.

Dans le même temps, Jack arracha le flingue, le pointa et tira deux balles dans l'estomac de son adversaire, quasiment à bout portant. Le malfrat était mort avant de s'effondrer sur le lit.

Jack se tourna aussitôt vers le troisième homme, celui qui se tenait près de Dom sur sa droite, mais avant qu'il ait eu le temps de lever son arme pour le mettre en joue, il comprit qu'il avait un problème. Il n'avait pas fini de pivoter vers lui qu'il vit le bras du type décrire un arc de cercle au-dessus de sa tête et Jack comprit qu'il lui lançait son couteau.

Il se jeta au sol sans avoir pu faire feu ; il ne voulait pas courir le risque de toucher son cousin, toujours ligoté, en tirant à l'aveuglette tout en essayant d'esquiver le couteau.

La lame d'acier le frôla en sifflant et alla se planter dans le mur derrière lui.

Le Russe sortit alors le flingue glissé dans son pantalon, alors que Jack relevait la tête. L'homme était rapide...

Mais Jack avait toutefois déjà dégainé son Glock. Il lui tira deux balles dans le torse et le Russe percuta le mur derrière lui avant de glisser au sol entre la chaise de Dom et le lit.

Caruso se débattit pour se libérer pendant que Ryan s'assurait du décès des trois types.

« Esprit d'initiative, précision du tir », commenta Dom.

Jack libéra rapidement son cousin. « Il faut qu'on ait dégagé dans soixante secondes.

— Pigé », fit Dom en passant d'un bond de l'autre côté du lit pour récupérer son sac de voyage et y balancer ses affaires personnelles.

Ryan subtilisa les portefeuilles et téléphones mobiles sur les trois cadavres, puis il saisit son propre sac, y fourra son ordi, et se précipita dans la salle de bain y récupérer une serviette. Il lui fallut dix secondes pour essuyer toutes les surfaces qu'il avait pu toucher, puis dix de plus à inspecter une dernière fois la chambre pour s'assurer qu'il n'avait rien laissé derrière lui.

Alors qu'ils traversaient au galop le parking plongé dans les ténèbres, Jack lança : « Vidéosurveillance ?

— Ouais, la caméra est dans le boîtier derrière la réception. Je l'ai repérée.

— Je file récupérer la voiture. »

Caruso entra dans le hall du motel. Il n'y avait qu'un homme de permanence, qui abandonna son téléphone en voyant Dom s'approcher d'un pas décidé.

Le type raccrocha. D'une voix nerveuse, il expliqua : « Je viens d'appeler les flics. Ils arrivent.

— Je suis les flics », répondit Caruso ; il sauta par-dessus le comptoir, bouscula l'employé et pressa sur la touche éjection du magnéto qui enregistrait les images de la caméra de vidéosurveillance de l'hôtel. « Et j'aurai besoin de ça comme pièce à conviction. »

L'employé n'en croyait pas un mot, c'était manifeste, mais il ne fit pas un geste pour l'arrêter.

Jack arrêta la Toyota pile devant la porte du hall et Dom monta en vitesse. Ils étaient sortis du parking bien avant l'arrivée de la police.

« Et maintenant ? » demanda Ryan.

Caruso appuya la nuque contre l'appui-tête, rongé par la frustration. « On appelle Granger, on lui raconte ce qui s'est passé, puis on rentre et on se fait passer un savon. »

Ryan bougonna et serra le volant, encore bourré d'adrénaline.

Ouais. C'était à coup sûr la conclusion de leur petite aventure.

54

Le coup de fil entre le président des États-Unis et son homologue de la République populaire de Chine avait été à l'origine une initiative de Jack Ryan ; il voulait tenter de dialoguer avec Wei Jen Lin parce que, quoi qu'ait pu dire publiquement le leader chinois, Ryan et la plupart de ses principaux conseillers avaient le sentiment que c'était Su le va-t-en-guerre qui envenimait le conflit dans le détroit et en mer de Chine, bien au-delà de ce que Wei jugeait raisonnable.

Ryan sentait qu'il pouvait atteindre Wei et souligner avec insistance que son pays était en train de s'engager sur une voie périlleuse. Il se pouvait que ça ne fasse aucune différence mais Ryan estimait qu'il devait au moins essayer.

Le secrétariat de Wei avait contacté l'ambassadeur Ken Li la veille, et ils avaient décidé du moment du dialogue entre les deux chefs d'État, le lendemain soir, heure chinoise.

Mais avant cette conversation, Jack retrouva dans le bureau Ovale Mary Pat Foley et le patron de la CIA Jay Canfield pour tenter de décider s'il devait ou non évoquer avec le président chinois les assassinats de Georgetown.

On avait tué Jha, Foley et Canfield en étaient certains, pour le faire taire avant qu'il ne puisse révéler l'implication de la Chine dans les attaques informatiques survenant en Occident et tout particulièrement en Amérique.

On ne savait que peu de chose du Dr K.K. Tong et de ses activités, mais à la NSA, plus on approfondissait les recherches, plus il semblait manifeste qu'il s'agissait d'une organisation chinoise, et non d'un réseau de cybercriminalité piloté par les Triades depuis Hongkong. L'implication de Jha dans le piratage des drones semblait avérée, les éléments du code viral destinés à faire pointer les soupçons sur l'Iran avaient été démontés par les geeks de la NSA ; du reste, un nombre croissant d'attaques visant des réseaux sensibles du gouvernement américain portait la marque du code de Jha.

Autant de preuves, certes indirectes, mais convaincantes. Ryan était persuadé que la Chine se trouvait derrière les opérations visant les réseaux informatiques et les drones, et il avait le sentiment que la tuerie de Georgetown était l'œuvre d'un État, la Chine en l'occurrence.

Pour couronner le tout, Canfield et Foley étaient désireux de venger la mort des cinq agents, ce que Jack comprenait fort bien, mais il se voyait à présent contraint de se faire l'avocat du diable. Il leur dit qu'il voulait plus de preuves concrètes que l'Armée populaire de libération et/ou le ministère chinois de la Sécurité de l'État pilotaient le réseau de Centre, avant de pouvoir les accuser publiquement de quoi que ce soit.

Il décida de ne pas aborder la tuerie de Georgetown lors de la conversation téléphonique de ce matin. Il comptait insister plutôt sur les actes que la Chine ne pouvait contester, à savoir tous les incidents survenus en mer de Chine méridionale et dans le détroit de Taïwan.

Ryan et Wei auraient chacun recours à son propre interprète. Le traducteur en mandarin de Jack était installé dans la salle de crise et sa voix lui était transmise par le truchement d'une oreillette, ce qui lui permettait d'entendre en même temps la voix de Wei au bout du fil. Avec un tel dispositif, il ne fallait pas espérer voir la conversation faire des étincelles, ce qui convenait parfaitement à Ryan.

Il comptait faire de son mieux pour choisir ses mots avec soin ; et un petit délai supplémentaire lui permettant de réfléchir à ce qu'il dirait ensuite lui éviterait sans doute le risque de provoquer le président Wei.

La conversation débuta de la même manière que tous les entretiens officiels au plus haut niveau. Polie, guindée, d'autant plus que les interprètes rallongeaient la chaîne de communication. Mais assez vite, Ryan aborda le vif du sujet.

« Monsieur le président, il est de la plus haute importance que je puisse discuter avec vous des actions militaires menées par votre pays en mer de Chine méridionale et dans le détroit de Taïwan. La campagne engagée par l'APL le mois écoulé s'est traduite par des centaines de victimes, des milliers de personnes déplacées, une perturbation du trafic aérien et maritime dans la zone qui a sérieusement dégradé l'économie de nos deux pays.

— Président Ryan, je suis moi aussi préoccupé. Préoccupé par vos actions au large des côtes de Taïwan, un territoire chinois souverain.

— J'ai ordonné que le *Ronald Reagan* s'éloigne à trois cents milles nautiques, selon votre demande. J'avais espéré que ce geste amorcerait une désescalade mais jusqu'ici, je n'ai pas vu de preuve de l'arrêt de votre agression.

— Monsieur le président, vous avez dans le même temps rapproché le *Nimitz* de cette limite des trois cents milles. Or celle-ci se trouve à des milliers de kilomètres de votre territoire – quelle raison d'agir ainsi si ce n'est par pure provocation ?

— Il existe des intérêts américains dans la zone et c'est mon boulot de les protéger, président Wei. » Avant que l'interprète du président chinois n'ait achevé de traduire sa phrase, Ryan ajoutait : « Les conséquences des manœuvres militaires de votre nation, si belliqueuses qu'elles aient pu être au cours des semaines écoulées, peuvent encore être réparées par la diplomatie. » Ryan poursuivit pendant que l'interprète chuchotait sa traduction à l'oreille de Wei : « Je veux vous encourager à faire en sorte que rien ne se produise, j'espère que vous veillerez personnellement à ce que rien ne se produise qui ne pût être réglé par la diplomatie. »

Wei éleva la voix. « Êtes-vous en train de menacer la Chine ? »

Par contraste, le ton de Ryan demeurait calme et pondéré. « Je ne m'adresse pas à la Chine. Ça, c'est votre boulot, monsieur le président. Je m'adresse à vous. Et sans proférer de menace.

« La capacité à gérer les affaires d'État tient en

grande partie à savoir anticiper les mouvements de l'adversaire. Permettez-moi de vous faciliter la tâche avec ce coup de fil. Si votre nation attaque nos groupes de porte-avions en mer de Chine méridionale, mettant en péril la vie de quelque vingt mille Américains, nous vous attaquerons par tous moyens à notre disposition.

« Si vous tirez des missiles balistiques sur Taïwan, nous n'aurons d'autre choix que déclarer la guerre à la Chine. Vous dites que vous êtes ouvert au commerce ? Laissez-moi vous assurer qu'une guerre entre nous serait fort dommageable pour le commerce. »

Ryan poursuivit. « Je tiens à la vie de mes concitoyens, monsieur le président. Je ne peux pas vous obliger à comprendre cette attitude, je ne peux pas non plus vous forcer à la respecter. Mais je peux, et je dois vous faire admettre sa réalité. Si ce conflit devait tourner en guerre ouverte, alors nous ne nous défilerons pas, nous y répondrons au contraire avec la dernière énergie. J'espère que vous avez conscience que le général Su est en train d'entraîner la Chine sur une pente fatale ?

— Su et moi sommes en plein accord.

— Non, président Wei, ce n'est pas vrai. Mes services de renseignement sont très efficaces et ils m'assurent que vous désirez le progrès économique quand il désire la guerre. Les deux s'excluent mutuellement et j'ose croire que vous commencez à vous en rendre compte.

« D'après mes informations, le général Su vous aurait garanti que nous n'irions pas plus loin dans l'escalade et que s'il nous attaquait, nous nous désengagerions et quitterions la région. Si c'est bien ce que vous a dit Su, vous avez été bien mal informé et je m'inquiète de vous voir agir selon ces informations erronées.

— Votre manque de respect pour la Chine ne devrait pas me surprendre, monsieur le président, mais je dois bien avouer que c'est pourtant le cas.

— Loin de moi l'intention de manquer de respect envers la Chine. Vous êtes un pays immense, avec l'un des plus vastes territoires, et vous possédez une force de travail brillante et laborieuse, avec laquelle mon pays a entretenu une fructueuse collaboration au cours des quarante dernières années. Mais tout cela est mis en danger. »

La conversation ne s'acheva pas ainsi. Wei poursuivit quelques minutes encore sur le thème des leçons qu'on n'avait pas à lui donner, tandis que Ryan exprimait le souhait de maintenir ouverte cette ligne de communication, tant elle deviendrait essentielle en cas d'urgence.

Lorsque ce fut terminé, Mary Pat Foley qui avait écouté l'entretien félicita le président. Puis elle ajouta : « Tu lui as dit que nos services de renseignement te procuraient des informations sur les décisions de l'état-major militaire. Disposerais-tu d'un autre service de renseignement dont j'ignorerais l'existence ? » La question avait été posée avec un sourire malicieux.

« Cela fait déjà un certain temps que je pratique cette méthode, crut bon d'expliquer Jack, et il m'a semblé détecter dans sa voix un début d'indécision. J'ai joué la discorde entre les deux camps et j'ai tenté, avec ma remarque sur nos services, de transformer son inquiétude en paranoïa.

— Ça me fait penser à de la psychologie de salon, rétorqua Mary Pat, mais je suis à fond pour si ça peut compliquer l'existence des Chinetoques. Je dois cette semaine assister à plusieurs cérémonies d'obsèques de valeureux Américains et pour moi, il ne fait aucun doute que Wei, Su et leurs sous-fifres sont directement responsables de la mort de ces hommes. »

55

Assis dans le bureau de Gerry Hendley, Jack Ryan et Dominic Caruso faisaient face à l'ex-sénateur et à Sam Granger, le directeur des opérations du Campus.

Il était huit heures du matin ce samedi, et même si Jack se doutait que Sam et Gerry devaient modérément apprécier d'avoir dû se traîner si tôt au bureau en début de week-end, il était toutefois à peu près sûr que ça n'allait pas être leur seul motif de mécontentement, une fois qu'ils auraient appris tout ce qui s'était produit la veille au soir à Miami.

Hendley se tenait penché en avant, les coudes posés sur le bureau et Granger était assis, les jambes croisées, tandis que Dom leur exposait en détail les événements de la veille. Jack intervenait de temps à autre, mais il n'avait pas grand-chose à ajouter au récit. Les deux jeunes gens admettaient volontiers que leur « escapade » en Floride enfreignait l'esprit, sinon la lettre, de l'ordre donné par Granger de ne pas effectuer de surveillance sur BriteWeb, l'hébergeur de données à capitaux russes.

Quand Dom eut terminé son récit, quand il devint clair pour Gerry et Sam que les deux jeunes agents avaient laissé derrière eux trois cadavres dans une chambre de motel à Miami Beach quelques heures plus tôt, et qu'aucun des deux ne pouvait ni expliquer comment Centre avait pu être au courant de leur présence à Miami, ni garantir de n'avoir pas laissé derrière eux la moindre empreinte digitale, la moindre image ou le moindre enregistrement de vidéosurveillance susceptible de les impliquer dans cette affaire, Gerry Hendley se cala dans son fauteuil, sans rien dire.

Puis enfin, il parla.

« Je suis heureux que vous soyez tous les deux en vie. J'ai l'impression que plus d'une fois, il s'en est fallu d'un cheveu. » Il se tourna vers Sam. « Ton opinion ?

— Avec des agents qui ignorent les ordres directs, observa Sam, le Campus ne va pas durer bien longtemps. Et le jour où il ne sera plus là, l'Amérique va souffrir. Au cas où vous l'ignoreriez encore, notre pays a des ennemis, et jusqu'ici nous avons tous – vous compris – fait un excellent boulot pour les combattre.

— Merci, dit Jack.

— Mais je ne peux pas vous laisser faire des trucs pareils. J'ai besoin de savoir si je peux compter sur vous.

— Vous pouvez, affirma Ryan. On a merdé. Ça ne se reproduira plus.

— En tout cas, répondit Sam, ça ne se reproduira plus dans les jours qui viennent, parce que, les enfants, vous êtes tous les deux mis à pied pour la semaine. Alors, si vous rentriez chez vous passer ces quelques jours à bien vous imprégner du fait que vous avez été à deux doigts de mettre en péril une opération d'une importance cruciale ? »

Dom allait protester mais Jack lui saisit le bras pour l'arrêter dans son élan. « Nous comprenons parfaitement, Sam. Gerry. Nous pensions vraiment pouvoir régler ça vite fait, sans nous exposer. J'ignore toujours comment ils ont fait leur compte pour être au courant de notre présence là-bas, toujours est-il que ce fut le cas. Mais cela ne nous excuse en rien. On a déconné et on est désolés. »

Jack se leva et ressortit, Dominic sur ses talons.

« On l'a bien mérité », observa Ryan alors qu'ils regagnaient leurs voitures.

Caruso acquiesça. « C'est clair. Merde, on s'en est tirés à bon compte. Quoique, notre mise à pied tombe au plus mauvais moment. Sûr que j'aimerais bien être dans le coup si l'on identifie qui a descendu Jha et les collègues de la CIA. L'idée que des assassins chinois se baladent ici, à Washington, me fait sortir de mes gonds.

— Ouais. Moi tout pareil, confirma Ryan en ouvrant la portière de sa BMW.

— Tu veux qu'on se voie, un peu plus tard ? » suggéra Caruso.

Mais Jack secoua la tête. « Non, pas aujourd'hui. Je vais appeler Melanie, voir si elle est libre à déjeuner. »

Caruso opina. Il s'apprêtait à s'éloigner quand...

« Dom ?

— Ouais ?

— Comment Centre savait-il que nous étions à Miami ? »

Caruso haussa les épaules. « Je n'en ai pas la moindre idée, cousin. Si tu trouves, fais-moi signe. » Et il regagna sa voiture.

Jack s'assit au volant, lança le moteur, puis il sortit son mobile. Il allait appeler Melanie, puis il s'arrêta.

Regarda le téléphone.

Au bout d'un long moment, il composa un autre numéro, mais ce n'était pas celui de Melanie Kraft.

« Biery.

— Hé, Gavin. T'es où, là ?

— Au turf, un samedi matin. Quelle vie palpitante, hein ? J'ai bossé toute la nuit sur la petite babiole qu'on a rapportée de Hongkong.

— Peux-tu descendre sur le parking ?

— Pourquoi ?

— Parce que j'ai à te parler, que je ne peux pas le faire par téléphone et que, venant d'être mis à pied, je ne peux pas monter le faire dans ton bureau.

— Mis à pied ?

— C'est une longue histoire. Descends et je t'emmène prendre le petit déj'. »

Gavin et Jack se rendirent chez un marchand de gaufres sur Laurel Street Nord et réussirent à se trouver une alcôve dans un coin au fond de la salle. Sitôt qu'ils se furent installés et qu'ils eurent commandé, Gavin essaya d'amener Jack à lui dire ce qu'il avait fait pour mériter une semaine de suspension, puisque son ami avait refusé d'en parler durant les dix minutes de trajet.

Mais Jack le coupa.

« Gavin. Ce que je m'apprête à te dire restera entre toi et moi, d'accord ? »

Biery but une gorgée de café. « Bien sûr.

— Si quelqu'un prenait mon téléphone, pourrait-il y installer un virus capable de suivre à la trace tous mes mouvements, en temps réel ? »

Gavin n'hésita pas une seconde. « Pas un virus. Juste une application. Qui tourne en tâche de fond de sorte que l'utilisateur ne se doute de rien. Bien sûr que quelqu'un pourrait l'installer sur ton smartphone ; il lui suffirait de mettre la main dessus. »

Ryan réfléchit quelques instants. « Et pourrait-il faire en sorte que cette application enregistre tous mes faits et gestes ?

— Fastoche.

— Si une telle application avait été installée sur mon téléphone, pourrais-tu la trouver ?

— Je pense que oui. Laisse-moi voir.

— Je l'ai laissé dans la voiture. Je ne voulais pas l'avoir sur moi.

— Dans ce cas, mangeons. Puis je le rapporterai au labo pour y jeter un coup d'œil.

— Merci. »

Gavin inclina la tête. « Tu disais que quelqu'un avait pris ton téléphone. Qui ça ?

— J'aime mieux ne pas le dire », répondit Jack, mais il était à peu près sûr que son air désolé avait livré la réponse.

Gavin se raidit sur son siège. « Oh, merde. Pas ta copine.

— Je ne peux pas être formel.

— Mais à l'évidence, tu soupçonnes un loup. Oublions le petit déj'. Je le récupère pour m'en occuper tout de suite. »

Cela faisait trois quarts d'heure que Jack Ryan poireautait, assis dans sa voiture sur le parking de Hendley Associates. Ça lui faisait tout drôle de ne pas avoir son téléphone avec lui. Comme la plupart de ses contemporains, son mobile était devenu comme une extension de lui-même. Sans lui, il se retrouvait silencieux et désemparé, à ruminer des idées dérangeantes.

Il avait les yeux clos quand Biery le tira de ses réflexions en tapotant contre la vitre de la BMW noire.

Ryan descendit de voiture et ferma la portière.

Gavin le regarda longuement sans rien dire.

« Je suis désolé, Jack.

— Il était piraté ?

— Un logiciel de localisation, plus un cheval de Troie. Je l'ai laissé dans le labo isolé pour pouvoir l'étudier à loisir. Il va falloir que j'aille dans le code source pour voir les détails de l'application malveillante, mais tu peux me faire confiance, elle est bien là. »

Jack bredouilla quelques mots de remerciement, puis remonta en voiture. Il prit la direction de chez lui, puis il se ravisa et se rendit plutôt à Baltimore, où il s'acheta un nouveau mobile.

Dès que le vendeur l'eut réglé pour qu'il reçoive les appels sur son numéro, il vit qu'il avait reçu un message vocal.

Tout en traversant la galerie marchande, il écouta le message.

C'était Melanie. « Hé, Jack. Je me demandais juste si t'étais libre ce soir. On est samedi et j'aurai sans doute fini de bosser dès seize heures, enfin dans ces eaux-là. Bref... passe-moi un coup de fil. J'espère qu'on pourra se voir. Je t'aime. »

Jack mit fin à l'appel, puis il s'assit sur un banc dans la galerie marchande.

Pris de vertige.

Valentin Kovalenko avait caressé la bouteille tous les jours un peu plus depuis les meurtres de Georgetown ; chaque soir, il veillait de plus en plus tard avec sa bouteille de vodka devant la télévision. Il n'osait pas surfer sur le Net, assuré qu'il était désormais que Centre suivait pas à pas son activité en ligne et aucun site ne valait le risque d'avoir un geek chinois l'espionnant par-dessus son épaule.

Ces soirées prolongées en mode pizza, vodka et zapping l'avaient depuis une bonne semaine amené à sauter ses joggings matinaux. Ce matin, il ne s'était pas extrait du lit avant neuf heures trente, quasiment un péché mortel pour un malade de la forme et de l'exercice physique comme lui.

Les yeux bouffis, la tête dans le sac, il alla dans la cuisine se préparer du café et du pain grillé avant de retourner s'asseoir au bureau rallumer son ordi – il prenait soin de l'éteindre dès qu'il ne s'en servait plus car sinon il soupçonnait Centre de rester mater son séjour toute la nuit pendant son sommeil.

Il était parano, il le savait, mais il savait aussi ce qui l'avait conduit à l'être.

Il ouvrit Cryptogram pour prendre connaissance de ses instructions matinales et découvrit que Centre lui avait envoyé un message à cinq heures douze du matin, lui ordonnant de se rendre dans l'après-midi devant la Brookings Institution et d'y prendre discrètement des photos des participants à un symposium sur la sécurité informatique.

Fastoche, se dit-il avant d'éteindre son portable.

Puis il décida que, puisqu'il avait sa matinée libre, il pouvait en profiter pour aller courir. Il termina donc rapidement son petit déjeuner, s'habilla en tenue de sport et, à dix heures moins dix, il sortait de son meublé. Il se retournait pour fermer la porte à clé quand il découvrit une petite enveloppe scotchée sur la poignée. Il scruta aussitôt la rue derrière l'escalier du hall, puis, de l'autre côté, l'entrée du parking de l'immeuble.

Personne.

Il décolla l'enveloppe et retourna à l'intérieur pour l'ouvrir.

La première chose qui lui sauta aux yeux fut que la note manuscrite qu'elle contenait était rédigée en cyrillique. Une simple ligne griffonnée dont il ne reconnut pas l'écriture.

« Fontaine de Dupont Circle. Dix heures. »

Le billet était signé « Un vieil ami de Beyrouth ».

Kovalenko le relut, puis le déposa sur son bureau.

Au lieu de sortir courir, le Russe s'assit lentement sur le canapé pour réfléchir au tour nouveau bizarre qu'avaient pris les événements.

Sa première affectation d'espion clandestin du SVR avait été Beyrouth. Il y avait passé un an au détour du siècle, et même s'il n'avait pas travaillé à l'ambassade même, il se souvenait de bon nombre de Russes rencontrés lors de ce séjour au Liban.

Était-il possible que quelqu'un de l'ambassade l'ait reconnu l'autre jour et cherche à le contacter pour lui demander de l'aide, ou bien s'agissait-il encore d'une nouvelle ruse de Centre ?

Kovalenko décida qu'il ne pouvait ignorer le message. Il regarda sa montre et s'aperçut qu'il devait se dépêcher s'il voulait être à temps à ce rendez-vous.

À dix heures pile, Kovalenko était à Dupont Circle et traversait la chaussée pour gagner tranquillement la fontaine au centre du square.

Tous les bancs installés autour étaient occupés et, un peu plus loin sous les frondaisons, on voyait également quantité de gens assis, malgré la fraîcheur matinale. Valentin ignorait qui il cherchait au juste, aussi se mit-il à tourner à pas lents, essayant de reconnaître au passage un visage du passé.

Cela prit quelques minutes mais finalement il avisa un homme en trench-coat beige debout sous un arbre dans la partie sud du parc entourant la fontaine. L'homme était seul, il se tenait à l'écart et lui faisait face.

Valentin se dirigea vers lui avec méfiance. Puis en s'approchant, il reconnut le visage. Il avait du mal à le croire. « Dema ? »

Dema Apilikov était du SVR ; il avait travaillé avec lui à Beyrouth, bien des années auparavant puis, plus récemment, il avait été muté à Londres sous ses ordres.

Kovalenko l'avait toujours trouvé un peu idiot ; clandestin plutôt médiocre pendant deux ans, il était vite devenu gratte-papier à la section espionnage de l'ambassade, mais l'homme était foncièrement honnête et pas assez mauvais employé pour être viré.

Pour l'heure, en tout cas, Valentin était tout prêt à s'en contenter, car Dema Apilikov constituait désormais son seul lien avec le SVR.

« Comment allez-vous, monsieur ? » demanda-t-il. L'homme était plus âgé que lui mais il donnait du « monsieur » à tout le monde, comme s'il n'était rien de plus qu'un domestique.

Kovalenko scruta de nouveau les alentours, cherchant à identifier guetteur ou caméra, repérer l'œil de Centre épiant ses moindres faits et gestes. L'endroit lui parut sûr.

« On fait aller. Comment as-tu su que j'étais ici ?

— Certains savent. Des personnages influents. On m'a confié un message.

— De qui ?

— Je ne peux rien dire. Désolé. Mais ce sont des amis. Des gens importants, à Moscou, qui veulent que vous sachiez qu'ils s'emploient à vous sortir de votre situation.

— Ma situation ? À savoir ?

— À savoir vos ennuis juridiques au pays. Ce que vous êtes en train de faire en ce moment à Washington... vous avez le soutien du service, c'est considéré comme une opération du SVR. »

Kovalenko n'y comprenait rien.

Dema Apilikov s'en rendit bien compte et crut utile de préciser. « Centre. Nous sommes au courant. Nous savons comment il vous manipule. On m'a dit de vous dire que vous avez l'aval du SVR pour poursuivre l'opération, jusqu'à son terme. Ce pourrait être très utile pour la Russie. »

Kovalenko se racla la gorge, regarda autour de lui. « Centre appartient au renseignement chinois. »

Dema Apilikov acquiesça. « Il appartient au ministère de la Sécurité de l'État, en effet. Il travaille également pour leur direction de la guerre informatique. Troisième bureau. »

La lumière se fit aussitôt dans l'esprit de Valentin et il fut soulagé d'apprendre que le SVR sût tout de l'agent chinois. De fait, Dema semblait même en savoir plus que lui sur Centre.

« Avez-vous un nom ? Une idée de ses employeurs ?

— Oui, on a son nom, mais je ne peux pas vous le dévoiler. Désolé, monsieur. Vous êtes mon ancien patron mais, officiellement, vous êtes en dehors du système. Vous êtes un espion, plus ou moins, et pour cette opération, j'ai un ordre de mission à vous donner, rien de plus.

— Je comprends, Dema. J'avais besoin de savoir. » Il leva les yeux pour contempler le ciel. Qui lui parut plus bleu, l'air lui semblait plus propre. Ses épaules avaient été libérées d'un grand poids. « Donc... mes ordres sont de continuer à travailler pour Centre jusqu'à ce qu'on me retire de la mission ?

— Oui. Restez discret mais exécutez tous les ordres au mieux de vos moyens. Je suis autorisé à vous dire que vous ne serez certes sans doute pas réintégré à la direction du renseignement après votre retour parmi nous, compte tenu des risques d'être démasqué induits par vos déplacements à l'étranger, mais que vous aurez le choix d'un poste de responsabilité au sein de la direction R. » La direction R était le renseignement politique, sa première affectation. La direction R était chargée de l'analyse et de l'organisation des opérations. Même s'il aurait de loin préféré retrouver sa situation d'antan, celle de chef d'antenne adjoint à Londres, il savait que c'était désormais exclu. Travailler au Kremlin à la R, déployer les opérations du SVR dans le monde entier, c'était après tout un poste en or pour tout fonctionnaire du service. S'il pouvait échapper au renseignement chinois et retourner dans le giron du renseignement russe, il serait le dernier à s'en plaindre.

Il se voyait déjà revenir à Moscou en héros. Quel incroyable retournement de situation.

Mais il cessa bien vite de rêver pour revenir à la réalité. « Est-ce que… est-ce que t'es au courant pour Georgetown ? »

Dema acquiesça. « Inutile de vous inquiéter. Les Américains vont conclure à la responsabilité des Chinois et ils vont se polariser sur eux. Nous sommes à l'abri. Vous êtes à l'abri. Les Américains ont bien d'autres chats à fouetter. »

Kovalenko sourit mais ce sourire se dissipa. Ce n'était pas tout.

« Écoute, encore une chose… Centre m'a fait libérer de la Matrosskaïa par un groupe appartenant à la mafia de Saint-Pétersbourg. Je n'ai rien à voir avec la mort de…

— Calmez-vous, monsieur. Nous sommes au courant. Oui, c'était la Tambovskaïa Bratva. »

Kovalenko avait entendu parler de cette fraternité. La Tambovskaïa était formée de durs qui opéraient partout en Russie et même dans un certain nombre d'autres pays d'Europe. Il était soulagé d'apprendre que le SVR savait qu'il n'avait rien à voir avec les circonstances de son évasion.

« C'est un grand soulagement, Dema. »

Apilikov lui donna une tape sur l'épaule. « Ne cherchez pas plus loin, et faites ce qu'on vous dit de faire. On vous exfiltrera d'ici peu et vous pourrez alors rentrer au pays. »

Les deux hommes se serrèrent la main. « Merci, Dema. »

56

Au troisième jour de sa mise à pied d'une semaine, Jack quitta son appartement de Columbia pour rejoindre Alexandria, au milieu des embouteillages matinaux.

Il ne savait pas trop ce qu'il faisait mais il voulait profiter de l'absence de Melanie – elle était au boulot – pour fureter un peu autour de chez elle. Il n'avait pas l'intention d'entrer par effraction dans sa roulotte – enfin, pas sérieusement – mais il envisageait de jeter un petit coup d'œil à l'intérieur à travers les carreaux et de fouiller la poubelle.

Tout ça n'était pas vraiment glorieux, mais depuis trois jours qu'il se retrouvait cloîtré chez lui, il n'avait fait que ruminer et tourner en rond comme un ours en cage.

Il savait que Melanie avait bidouillé son téléphone chez lui, juste avant son escapade à Miami, et quand Gavin lui avait révélé sans la moindre équivoque qu'on avait piraté son smartphone, il lui aurait fallu être aveuglé par l'amour pour s'imaginer qu'elle n'y était pour rien.

Il lui fallait des réponses et, pour les obtenir, il avait donc décidé de passer chez elle faire ses poubelles.

« Bien joué, Jack. Ton père, la légende de la CIA, pourrait être fier de toi. »

À neuf heures et demie, toutefois, et alors qu'il traversait Arlington, ses plans furent bouleversés.

Son mobile sonna. « Oui, Ryan ?

— Salut, Jack. Mary Pat.

— Directeur Foley, comment allez-vous ?

— Jack, on en a déjà parlé. Tu peux toujours me tutoyer. »

Jack sourit malgré lui. « OK, Mary Pat, mais ce n'est pas une raison pour continuer à m'appeler Junior. »

La blague la fit rire mais Jack sentit d'emblée qu'on allait très vite passer aux choses sérieuses.

« Je me demandais si on pourrait se voir, enchaîna-t-elle.

— Bien sûr. Quand ça ?

— Tout de suite, ça te convient ?

— Oh… OK. Bien sûr. Je suis à Arlington. Je peux filer direct vers McLean. » Jack se douta qu'il devait s'agir d'un truc énorme. Il n'osait imaginer le nombre de problèmes que la patronne du Renseignement national avait à gérer en ce moment. À coup sûr, c'était tout sauf une petite réunion amicale.

« À vrai dire, enchaîna-t-elle aussitôt, j'aimerais mieux que tout ceci reste discret. On pourrait se retrouver plutôt dans un coin tranquille. Que dirais-tu de passer à la maison ? Je peux y être d'ici une demi-heure. »

Mary Pat et Ed Foley vivaient du côté d'Adams Morgan. Jack s'était maintes fois rendu chez eux, ces neuf derniers mois, la plupart du temps accompagné de Melanie.

« J'y file. Ed pourra me tenir compagnie en attendant ton arrivée. » Jack savait qu'Ed avait pris sa retraite.

« En fait, Ed est en déplacement. J'essaie d'être là le plus vite possible. »

Jack et Mary Pat étaient assis autour d'une table sur le patio à l'arrière de la maison coloniale. Devant eux, le jardin, avec ses grands arbres et ses buissons, était presque entièrement bruni par le froid de l'automne. Elle lui avait proposé du café qu'il avait refusé, tout simplement parce qu'il avait vu la hâte se peindre sur son visage, à peine avait-elle garé sa voiture. Plus surprenant encore pour Jack, elle avait demandé à son garde du corps de rester à l'intérieur.

Dès qu'ils furent assis elle rapprocha sa chaise pour s'adresser à lui sur le ton de la confidence. « J'ai appelé John Clark ce matin. J'ai été surprise d'apprendre qu'il ne travaillait plus chez Hendley.

— C'est son choix, répondit Jack. On a tous regretté de le perdre, ça c'est sûr.

— Je veux bien le croire. Il a servi son pays, a fait d'énormes sacrifices pendant très, très longtemps. À la longue, pouvoir jouir de quelques années de vie normale doit être sacrément attirant et si quelqu'un les a méritées, c'est bien lui, surtout après ce qu'il a vécu l'an dernier.

— Tu as appelé Clark, découvert qu'il avait pris sa retraite, et ensuite tu m'appelles. Dois-je en déduire que tu voulais nous faire partager une information ? »

Elle opina. « Tout ce que je vais te dire est confidentiel.

— Compris.

— Jack, il est temps que la communauté du renseignement de notre pays affronte la réalité ; à savoir que nous avons un sérieux problème avec nos services en Chine.

— Vous avez une fuite.

— Tu n'as pas l'air surpris. »

Jack hésita. Puis, finalement : « Nous avons eu nous-mêmes des soupçons. »

Elle digéra sa remarque, puis poursuivit. « Nous avons eu un certain nombre d'occasions d'établir des liens là-bas : avec des dissidents, des groupes protestataires, des militaires ou des fonctionnaires gouvernementaux limogés et d'autres individus bien placés au sein du PC chinois. Chacune de ces occasions de contact a été démasquée par le renseignement chinois. Des hommes et des femmes ont été arrêtés, contraints de se cacher, voire tués.

— Donc, vous manquez d'yeux et d'oreilles en Chine.

— J'aimerais bien que ce soit juste un manque. Non, la vérité est qu'aujourd'hui nous n'avons quasiment plus aucun agent sur le sol chinois.

— Une idée de l'origine de la fuite ?

— Elle vient de la CIA, ça au moins, on en est sûrs. Ce qu'on ignore, en revanche, c'est s'ils ont un moyen quelconque d'intercepter nos câbles ou si les informations leur viennent d'une taupe à la station de Pékin, à celle de Shanghai, ou même, qui sait, de quelqu'un du service Asie à Langley. Voire de plus haut.

— Vu ce qui se déroule depuis un certain temps, je serais vous, j'irais voir de plus près leurs capacités informatiques.

— Oui, c'est ce que nous faisons. Mais si la fuite provient de notre trafic, alors ils savent cacher leur intervention avec maestria. Ils ont en outre exploité les données recueillies de manière fort judicieuse, en confinant leur pêche à certains aspects bien précis du contre-espionnage en relation avec la Chine. Il est évident que quantité d'autres informations qui transitent par nos réseaux pourraient leur être utiles, mais nous ne remarquons pas un tel niveau d'exploitation.

— Comment peut-on vous aider ?

— Une nouvelle occasion est apparue. »

Ryan arqua un sourcil. « Au sein de votre CIA pleine de trous ? »

Elle sourit. « Non. Je ne peux désormais plus me fier à aucun service d'espionnage du gouvernement, pas plus qu'à ceux de nos armées, compte tenu de ce qu'ils sont en train de subir au Pentagone. » Elle marqua un temps. « Les seules personnes à qui je puis confier cette information sont à l'extérieur. À l'extérieur, et déjà incitées à garder le silence.

— Le Campus.

— Tout juste.

— Continue. »

Mary Pat rapprocha encore un peu plus sa chaise. Jack se pencha, leurs visages se touchaient presque. « Il y a plusieurs années, quand Ed était à la tête de la CIA, du temps de la dernière confrontation de ton père avec les Chinois, je traitais un agent à Pékin qui s'est révélé jouer un rôle majeur dans la résolution du conflit. Mais nous avions eu à l'époque la possibilité d'un autre choix. Un choix que j'ai décidé d'écarter parce qu'il me semblait... comment dire ? Je suppose que le mot est *inconvenant*.

— Mais aujourd'hui, c'est le seul qui te reste.

— En effet. Le crime organisé s'est introduit en Chine. Et je ne parle pas des Triades, qui sont surtout actives à l'extérieur du pays, mais bien d'organisations secrètes au sein même de l'appareil d'État communiste. Appartenir à l'une de ces bandes signifie, en cas d'arrestation, un procès expéditif et une balle dans la nuque. De sorte que seuls les plus désespérés ou les plus dangereux rejoignent ces groupes. »

Jack avait du mal à s'imaginer appartenir à une mafia dans un État policier, quand cela équivalait en gros à dire que le gouvernement lui-même était une mafia – et dans ce cas précis, une mafia dotée d'une armée de millions de soldats et d'équipement valant des trillions.

Mary Pat poursuivit. « Une de ces organisations, l'une des plus haineuses, s'appelle la Main rouge. Ses membres vivent de rapts, d'extorsion, de brigandage, de trafic d'êtres humains. Ce sont de fieffés salopards, Jack.

— M'en a tout l'air.

— Quand il est devenu manifeste que nos agents en Chine étaient brûlés, j'ai parlé à Ed de la Main rouge, un groupe que nous avions envisagé d'utiliser lors de la dernière guerre pour renforcer nos moyens d'information en Chine. Ed se souvenait que la Main rouge avait un représentant à New York ; le gars vivait à Chinatown. Ce bonhomme n'était pas fiché par la CIA, il n'était lié d'aucune manière avec le renseignement américain ; c'était juste un type dont on avait appris l'existence à l'époque, mais sans jamais avoir eu l'occasion de l'approcher. »

Jack savait qu'Ed Foley, l'ancien patron de la CIA, était en déplacement. La déduction lui parut évidente. « T'as envoyé Ed le voir...

— Non, Jack. Ed s'est envoyé tout seul. Il est monté hier en voiture à New York et il a passé la soirée avec

M. Liu, l'émissaire de la Main rouge. Liu a joint alors les membres du gang sur le continent qui sont convenus de nous aider. Ils peuvent nous mettre en contact avec une organisation dissidente de la capitale qui prétend avoir ses entrées au sein de la police locale et du gouvernement. Ce groupe a déjà commis des actes de rébellion armée à Pékin et l'unique raison pour laquelle ils ne se sont pas fait embarquer comme tant d'autres est que la CIA n'a jamais tenté de les joindre.

« Quatre-vingt-dix-neuf pour cent des groupes dissidents chinois n'existent plus aujourd'hui que sur la Toile. Mais s'il faut les en croire, la Main rouge, c'est du concret. »

Jack arqua un sourcil. « S'il faut en croire la Main rouge ? Sans vouloir te vexer, Mary Pat, voilà qui me paraît une sérieuse faille dans ton argumentation. »

Elle hocha la tête. « Nous leur offrons une grosse somme d'argent, mais à la seule et unique condition qu'ils tiennent leur promesse : nous présenter un groupe d'insurgés possédant des contacts. Nous ne cherchons pas l'armée de George Washington, juste un contact valable. Nous ne saurons vraiment à quoi nous en tenir qu'une fois qu'on aura envoyé quelqu'un tâter le terrain.

« Nous avons besoin d'un homme sur place, dans la capitale, pour les rencontrer loin des regards américains ou communistes et les évaluer. S'il s'avère qu'il ne s'agit pas d'une bande de rigolos bien intentionnés mais parfaitement incapables, nous les aiderons à recueillir des informations sur ce qui se passe là-bas. Nous ne nous attendons pas à une insurrection de grande ampleur, mais nous devons être prêts à leur fournir clandestinement de l'aide si jamais l'occasion se présente. »

Et d'ajouter, mais était-ce bien utile : « Tout ceci est totalement officieux. »

Avant que Jack ait pu protester, elle se défendit à l'avance de ce qu'il s'apprêtait à dire. « C'est une guerre qui ne dit pas son nom, Jack. Les Chinois sont en train de tuer des Américains. Je n'ai aucun scrupule à soutenir des gens là-bas qui sont en lutte contre ce régime barbare. » Elle appuya le doigt contre le torse de Jack pour mieux souligner son propos. « Mais je n'ai pas l'intention non plus d'en faire de la chair à canon. Nous en avons déjà procuré suffisamment avec nos fuites.

— Je comprends. »

Elle tendit alors à Ryan le bout de papier qu'elle venait de sortir de son sac. « C'est notre contact de la Main rouge à New York. Son nom n'apparaît sur aucun ordinateur, il n'a jamais rencontré personne du gouvernement. Tu mémorises ce nom et ce numéro, puis tu détruis ceci.

— Bien entendu.

— Bon. Et mets-toi bien ça dans la tête. Toi, Jack, il n'est pas question que tu te rendes en Chine. Je veux que tu parles avec Gerry Hendley et, s'il estime être à même de nous filer discrètement un coup de main avec son organisation, alors il peut y envoyer Domingo Chavez ou un autre de ses agents. Nous retrouver avec le fils du président arrêté à Pékin, pris en flagrant délit de collaboration avec des rebelles, ne pourrait qu'accroître nos problèmes de façon exponentielle.

— Pigé », répondit Jack. *Sans compter que mon*

père en ferait une crise d'apoplexie. « J'en parle à Gerry dès que je suis sorti d'ici. »

Mary Pat l'étreignit ; elle s'apprêtait à se lever quand Ryan l'interrompit.

« Il y a encore un détail. Je ne sais pas si je marche sur les plates-bandes de quelqu'un mais... »

Mary Pat se rassit. « Dis-moi tout.

— OK. Le Campus est impliqué dans l'arrestation de Jha à Hongkong, il y a quinze jours. »

La surprise de Mary Pat ne semblait pas feinte. « Impliqué ?

— Oui. Nous étions là-bas, aux côtés d'Adam Yao, l'agent clandestin de la CIA qui venait de l'identifier sur place.

— D'accord.

— Yao ignorait l'existence du Campus. Nous nous sommes fait passer pour une PME qui cherchait à mettre la main sur Jha parce qu'il aurait piraté notre Intranet. De son côté, la couverture de Yao était celle d'un détective privé spécialisé dans l'intelligence commerciale.

— J'ai lu des rapports de la CIA sur Adam Yao et l'incident avec Jha à Hongkong. Les SEAL indiquaient avoir bénéficié du soutien de la CIA. Nous suspections Yao d'avoir eu l'aide de deux agents autochtones.

— Quoi qu'il en soit, je voulais juste te dire ça : je suppose que tu connais des centaines d'espions de valeur dans nos divers services d'espionnage, mais Adam semblait avoir d'excellentes connexions sur place. Un type d'une intelligence rare. Il était au courant de la fuite à la CIA et se démenait comme un beau diable, tout en restant le plus discret possible pour ne pas se retrouver piégé à son tour alors qu'il essayait en même temps de faire le boulot.

« Ce n'est pas à moi de le dire, mais je pense sincèrement que c'est le genre de mec qui a besoin de votre soutien plein et entier, surtout en ce moment. »

Mary Pat ne dit rien.

Après un silence gêné, Ryan reprit. « Excuse-moi. Je sais que tu as déjà trop de fers au feu. Simplement, je m'étais dit...

— Jack. Adam Yao a disparu il y a deux semaines, après que quelqu'un a tenté de le faire sauter dans sa voiture mais a tué son voisin à la place. »

La nouvelle ébranla Jack. « Oh mon Dieu...

— Il est tout à fait possible qu'il ait juste décidé de se planquer par mesure de précaution. Merde, je ne pourrais pas lui en vouloir s'il essayait de nous éviter, justement à cause de cette fuite. Mais nos sources au consulat de Hongkong pensent que la Triade 14K lui a mis le grappin dessus. » Elle se leva. « Leur hypothèse la plus vraisemblable est qu'il se trouve actuellement au fond du port Victoria.

— Je suis désolé. Alors nous aurons également trahi Adam. »

Elle réintégra la maison, tandis que Jack restait dehors dans le froid, assis, la tête entre ses mains.

57

Les deux premières semaines suivant la fusillade, Adam Yao les avait passées à Wan Chai, sur l'île de Lamma, une dépendance de Hongkong située à quarante minutes en ferry de son domicile. C'était un lieu calme et paisible, exactement ce qu'il lui fallait. Il ne connaissait personne et les gens du coin le prenaient pour un simple touriste venu profiter de la plage et des bars.

Il n'avait renoué aucun contact. Ni à la CIA ni avec les clients de SinoShield ou des collègues, pas plus qu'avec des parents au pays ou ses amis de Soho. Il vivait dans un petit bungalow loué au mois dans un village de vacances à proximité de la plage, il avait réglé son loyer en espèces et prenait tous ses repas au restaurant du village.

Sa vie avait changé du tout au tout ces quinze derniers jours. Il n'avait utilisé aucune de ses cartes de crédit et il avait jeté son téléphone mobile dans une benne à ordures à Kowloon. Il avait vendu deux ou trois biens personnels dans la rue contre quelques billets, il avait même passé plusieurs jours sans un sou en poche mais il ne s'inquiétait pas trop des soucis d'argent. Sa couverture de détective privé pour SinoShield l'avait mis en contact avec toutes sortes de petits escrocs, trafiquants, faussaires et autres profiteurs et il avait des relations cordiales avec bon nombre d'entre eux. Il lui arrivait à l'occasion, dans le cadre de ses activités, de devoir se lier avec des membres de la pègre locale, ce qui lui offrait quelques points de chute. Il savait qu'il pouvait au besoin trouver un emploi temporaire dans un entrepôt, un atelier clandestin de confection, ou tel autre petit boulot merdique qui, tout merdique fût-il, valait infiniment mieux que se retrouver carbonisé comme son pauvre ami Robert Kam.

Il patienta quinze jours ; il voulait convaincre les gens lancés à ses trousses que quelqu'un d'autre l'avait chopé ou qu'il avait finalement réussi à s'enfuir, et il voulait également voir la CIA renoncer à le retrouver. Adam savait que la disparition d'un clandestin allait faire du foin à Langley, surtout dans les circonstances qui avaient suivi la mission des commandos, mais il savait aussi que l'Agence n'avait quasiment plus de contacts dans la région et que, de toute manière, elle avait en ce moment d'autres chats à fouetter.

Ces quinze derniers jours, Adam était retourné à Kowloon, arborant désormais barbe fournie et moustache. En l'espace de vingt-quatre heures, il avait acheté de nouvelles lunettes noires, un nouveau téléphone mobile, de nouvelles fringues, de nouveaux accessoires. Son costume était impeccable ; ce n'était pas bien difficile car les tailleurs de Hongkong n'avaient rien à envier à ceux de Savile Row, et ils avaient la réputation de confectionner du sur-mesure pour le quart du prix de leurs homologues londoniens.

Adam savait qu'il aurait pu quitter Hongkong pour

regagner les États-Unis. Il y aurait été en sécurité, à l'abri certainement des Triades et presque à coup sûr du PC chinois.

Mais il ne voulait pas partir avant d'en savoir plus sur ce mystérieux groupe de pirates informatiques sur lequel il était tombé et qui avait entraîné la mort de Dieu sait combien de personnes. Certes, les Américains détenaient Jha, mais ce mystérieux « Centre » évoqué par Gavin Biery devait sans aucun doute être toujours actif.

Adam n'irait nulle part tant qu'il n'aurait pas débusqué Centre.

Le PSEC.

Après avoir respiré lentement et profondément, après s'être murmuré quelques formules de motivation, Adam pénétra dans le centre commercial informatique de Mong Kok comme s'il était en terrain conquis, demanda à parler au syndic de l'immeuble et indiqua qu'il cherchait à louer un plateau de bonne taille pour y héberger le nouveau centre d'appel d'une banque de Singapour.

Il tendit sa carte de visite à la femme qui l'avait reçu, et il ne lui en fallut pas plus pour la convaincre de son identité.

La syndic lui annonça d'une voix apparemment ravie que deux niveaux venaient d'être libérés quinze jours auparavant et il lui demanda aussitôt s'il pouvait y jeter un coup d'œil. Elle lui fit visiter une succession de pièces et de couloirs moquettés qu'il inspecta minutieusement, prenant moult photos et lui posant moult questions.

Il lui posa également quelques questions plus personnelles – ce qui n'avait pas été son plan initial – mais sortir dîner avec la femme et en savoir un peu plus sur la société qui venait de quitter les lieux était, aux yeux d'Adam Yao, bien préférable au plan initial qui consistait à faire les poubelles dans l'idée d'y trouver, contre tout espoir, un bout de papier susceptible de pointer vers le groupe dont avait fait partie Jha.

Au dîner ce soir-là, la femme lui parla bien volontiers de Commercial Services Ltd, la grosse boîte informatique qui venait de libérer la place, essentiellement pour lui révéler qu'elle appartenait à la 14K et que ces locataires avaient une consommation d'électricité phénoménale, qu'ils avaient installé un nombre inquiétant d'antennes fort laides sur le toit de l'immeuble, antennes qu'ils n'avaient même pas eu la décence de démonter avant de déménager à la cloche de bois, encadrés de types armés qui semblaient appartenir aux services de sécurité.

Adam absorba toutes ces informations propres à lui donner le tournis.

« C'était très aimable à la 14K de les aider ainsi à déménager tout leur matériel. »

Elle hocha la tête. « Non. Les occupants des bureaux ont emballé leurs affaires eux-mêmes, et les ont fait prendre par une entreprise de déménagement.

— Intéressant. J'aurai justement besoin de quelqu'un de rapide pour rapatrier mes ordinateurs de Singapour. Vous souvenez-vous du nom de ce transporteur ? »

Elle s'en souvenait et Adam le nota mentalement, avant de terminer agréablement cette soirée avec la syndic.

Le lendemain, il pénétrait dans les bureaux de Service Cargo Freight Forwarders, une entreprise de transport installée dans le pôle industriel de Kwai Tak, aménagé sur les Nouveaux Territoires au nord de Hongkong. C'était une petite entreprise ; un seul employé était là pour l'accueillir et Adam Yao lui présenta une magnifique carte de visite qui le faisait passer pour le syndic de l'immeuble hébergeant le centre commercial informatique de Mong Kok.

L'employé sembla gober sa couverture, même s'il ne parut guère impressionné : c'est tout juste s'il quitta des yeux son poste de télévision.

Yao s'expliqua. « Le lendemain du jour où votre société est venue déménager de notre immeuble le matériel de la Commercial Services Limited, sont arrivées deux palettes de tablettes informatiques qui leur étaient destinées et qui avaient été retardées par les douanes. Elles sont en ce moment dans nos entrepôts. J'ai revérifié la liste d'expédition et noté qu'elles étaient déjà consignées sur celle-ci. Quelqu'un ne se sera pas aperçu qu'elles n'avaient pas encore été livrées. Il risque d'y avoir du grabuge quand on découvrira leur absence.

— Ce n'est pas mon problème », répondit l'employé dont c'était manifestement le cadet des soucis.

Yao ne se démonta pas. « Non, ce sera le mien, sauf que c'est vous qui avez signé un manifeste erroné. Si les clients me demandent où sont passés les trois cent soixante articles que vous avez consignés, je pourrais fort bien leur dire qu'ils ont été perdus par le transporteur. »

Cette fois, l'employé lorgna Yao avec un air irrité.

Adam sourit. « Écoutez, mon vieux, j'essaie juste de faire les choses convenablement.

— Laissez-nous les palettes. On les fera parvenir au client, dès qu'ils auront noté l'oubli.

— Vous me croyez idiot à ce point ? Je ne vais pas vous refiler pour un million de dollars HK de marchandises qui ont déjà reçu leur visa d'importation. Vous pourriez les fourguer, puis raconter au client que je ne vous les ai jamais apportées.

« Je cherche seulement à satisfaire le client, et vous devriez faire pareil. On a gaffé, ce sont des trucs qui arrivent, et j'essaie juste de rectifier le tir, discrètement. Alors si vous aviez l'amabilité de m'indiquer le port de débarquement et le nom de la personne qui a signé le manifeste, je pourrai la contacter directement sans que le client ne se doute de rien. »

Adam obtenait en général ce qu'il voulait grâce à ses incroyables dons de manipulation – une qualité possédée par la plupart des espions. Il se présentait toujours avec un air très professionnel, se montrait toujours très poli, et dégageait un air de calme assurance. Il était difficile de lui dire non. Mais il arrivait aussi qu'il parvînt à ses fins tant son insistance pouvait devenir pénible.

Ce fut le cas ce jour-là. L'employé du transporteur décida, après avoir passé plusieurs minutes à dire non, que sa paresse et son adhésion obstinée à la lettre du règlement intérieur de sa compagnie ne suffiraient pas à le débarrasser de cet ennuyeux jeune homme bien habillé.

L'employé fit glisser sa chaise vers l'ordinateur en prenant bien soin de montrer quels efforts il lui fallait déployer. Il cliqua plusieurs fois pour afficher diverses fenêtres, puis sélectionna l'une d'elles et, prenant son stylo pour parcourir la liste à l'écran, il s'arrêta sur une ligne. « OK, le cargo est parti le 18. En ce moment, il doit être à une journée de Tokyo. » L'homme continuait de regarder son moniteur.

« Et sa destination ?

— Les États-Unis, puis le Mexique.

— Et notre cargaison ? Où doivent débarquer les quatorze palettes ? »

L'employé pencha la tête. « Oh, mais c'est déjà fait. Elles ont été déchargées le lendemain, le 19, à Shanghai.

— Shanghai ?

— Ouais. Je sais, ça ne tient pas debout. Vous m'avez dit que ce matos avait été importé du continent, ce qui veut dire qu'il a fallu s'acquitter de toute une ribambelle de taxes et de droits de douane. Et puis, voilà qu'ils changent d'avis et réexpédient le tout en Chine ! Qui ferait un truc pareil ? »

Personne, Adam le savait. Mais c'était bien la preuve que Centre avait déménagé son organisation.

Centre était en Chine. Ça ne s'expliquait pas autrement. Et il était parfaitement impossible qu'on pût exercer une activité de cette envergure à l'insu des communistes chinois.

Les pièces du puzzle se mettaient en place dans l'esprit d'Adam Yao. Centre travaillait pour la Chine. Jha avait travaillé pour Centre. Jha qui orchestrait les attaques de drones.

Le groupe de Centre était-il un faux nez monté par les Chinois ?

L'idée était terrifiante mais Yao avait du mal à trouver une autre explication.

Il n'avait plus qu'une envie : informer la CIA de ce qu'il venait d'apprendre et de ce qu'il s'apprêtait à faire. Mais Adam Yao désirait d'abord rester en vie, bien plus que recevoir une tape dans le dos ou se voir offrir une main secourable.

Il comptait traverser la frontière. Retrouver Centre et sa base. Ensuite, il aviserait.

Valentin Kovalenko s'était levé tôt, ce matin. Il prit le métro pour gagner Arlington où, après s'être assuré de ne pas avoir été suivi, il pénétra dans le parking public de Ballston à sept heures quinze.

Les instructions du jour étaient claires quoique inhabituelles. Pour la première fois depuis son arrivée à Washington, son tour était venu de traiter un agent. Ce serait, lui avait expliqué Centre, sa mission prioritaire sur le sol américain, aussi devait-il la prendre au sérieux et s'en acquitter jusqu'à son terme.

Il s'agissait aujourd'hui d'une simple prise de contact mais il y avait un message caché, que Centre lui avait transmis *via* Cryptogram la veille au soir. L'agent en question était un fonctionnaire gouvernemental et un complice consentant de Centre, même s'il ignorait l'identité de ce dernier et si lui-même traitait un agent à son insu.

La tâche de Kovalenko, lors de cette première rencontre avec ce premier agent, était de lui secouer les puces pour obtenir des résultats.

Tout cela lui avait paru un jeu d'enfant la veille, quand Centre l'avait informé de sa mission ; en tout cas, rien de comparable avec l'élimination de cinq espions de la CIA.

Kovalenko ne pouvait toutefois préjuger de la délicatesse de l'opération pour la simple et bonne raison qu'on ne l'avait pas autorisé à connaître l'identité de la cible ultime. Comme d'habitude, Centre compartimentait à tel point ses activités que Valentin savait uniquement qu'il devait pousser son agent à faire de même avec son propre agent, lequel, à son tour, avait pour tâche de compromettre la cible.

« Pas des façons de conduire avec efficacité une opération de renseignement », s'était-il plaint ouvertement.

Le SVR voulait malgré tout que Valentin obtempère, raison pour laquelle il se retrouvait dans ce parking glacial dès potron-minet, attendant d'y rencontrer son agent.

Un monospace Toyota entra et vint se garer tout près de lui. Il entendit le déclic des portières qu'on déverrouillait. Il grimpa à côté du conducteur : un grand type blond, affublé d'une crinière ridicule qui lui retombait sur les yeux.

L'homme tendit la main : « Darren Lipton, FBI. Et vous, qui diable êtes-vous ? »

58

Kovalenko serra la main du chauffeur mais sans lui donner son nom. Il dit simplement : « Centre m'a demandé de travailler directement avec vous. Afin de vous aider à avoir accès aux ressources qui pourraient être nécessaires à l'accomplissement de vos objectifs. »

Ce n'était pas tout à fait vrai. Valentin savait que cet homme travaillait à la division Sécurité nationale de l'Agence. À ce titre, il devait avoir accès à une quantité d'informations bien supérieure à tout ce qu'il pouvait désirer. Non, si Kovalenko était là, c'était avant tout pour lui mettre la pression, l'inciter à fournir des résultats concrets. Il était toutefois inutile de recourir aux menaces pour entamer la conversation – et leur relation, quand bien même le Russe n'envisageait pas qu'elle se prolonge.

L'Américain le dévisagea longuement sans rien dire.

Kovalenko se racla la gorge. « Cela dit, nous escomptons des résultats immédiats. Votre objectif est crucial pour... »

L'autre l'interrompit d'une voix sonore. « Putain, vous vous foutez de moi ou quoi ? »

Surpris, Kovalenko eut un mouvement de recul. « Je vous demande pardon ?

— Vraiment ?... Je veux dire, c'est pas de la blague ?

— Monsieur Lipton, je ne sais pas ce que...

— Les putains de Russkofs ? J'ai bossé pour ces putains d'enculés de Russkofs ? »

Kovalenko s'était remis de ses émotions. À vrai dire, il compatissait avec son agent. Il ne savait que trop bien ce qu'on ressentait quand on ignorait pour quel étendard on risquait sa vie et sa liberté.

« Ne vous fiez pas aux apparences, inspecteur-chef Lipton.

— Pas possible ? insista Lipton avant de plaquer avec force la main sur le volant. J'espère bien que non, merde, vu que vous m'avez tout l'air d'un putain de Russkof. »

Kovalenko baissa le nez et regarda ses ongles. Puis il reprit. « Quoi qu'il en soit, je sais que votre agent a installé un mouchard sur le mobile de la cible. Mais nous ne recevons plus de nouveaux relevés GPS. Nous supposons qu'il s'est débarrassé du téléphone. Nous allons donc poursuivre avec une surveillance sur le terrain si nous n'obtenons pas de résultats immédiats. Quand je dis nous, je veux dire, vous, moi et peut-être d'autres. Je n'ai pas besoin de vous dire que c'est la promesse de longues heures de travail ingrat.

— Je ne peux pas faire une chose pareille. J'ai un boulot, une famille qui m'attend tous les soirs.

— Il est évident que nous ne ferons rien qui puisse éveiller la méfiance du FBI. Vous n'aurez pas à effectuer de surveillance durant vos heures de bureau.

Votre famille, en revanche, c'est votre problème, pas le nôtre. »

Lipton dévisagea Kovalenko durant un bon moment. « Je pourrais vous rompre le cou, vite fait, espèce de minable. »

Cette fois, Kovalenko sourit. Il ne savait peut-être pas tout de l'agent de Lipton ou de la cible de ce dernier, mais il savait en revanche deux ou trois trucs sur Darren Lipton lui-même. Centre lui avait envoyé tous les détails. « Si vous vous avisez de briser le cou de l'espèce de minable, inspecteur-chef Lipton, vous échouerez lamentablement. Mais que vous échouiez ou réussissiez, votre passé viendra vous hanter très, très vite parce que Centre sera fâché contre vous, et quand Centre est fâché, nous savons vous et moi ce qu'il fait. »

Lipton quitta des yeux le Russe pour regarder dehors.

Kovalenko poursuivit. « Avoir des images de pornographie pédophile sur son ordinateur personnel, monsieur Lipton, surtout en telle quantité et d'une telle variété que sur le vôtre, voilà de quoi vous envoyer vite fait derrière les barreaux. Et j'ignore comment ça se passe dans votre pays, mais j'imagine qu'un ancien agent fédéral risque d'avoir des problèmes en prison. Si vous y ajoutez – et là, il se pencha vers le flic américain, le regard menaçant –, et croyez-moi, nous n'hésiterons pas à un instant à le faire, si vous y ajoutez la révélation détaillée des attendus du jugement, j'ai la très nette impression que votre vie en prison ne sera pas vraiment... de tout repos. »

Lipton, qui regardait toujours droit devant lui, se mordit la lèvre. Ses doigts s'étaient mis à pianoter sur le volant. « Pigé », dit-il dans un souffle. Son ton avait changé radicalement. Il répéta. « Pigé.

— Excellent. À présent, il est temps d'aller mettre le maximum de pression sur votre agent. »

Lipton acquiesça, refusant toujours de regarder à nouveau le Russe assis à sa droite.

« Je vous aurai à l'œil. »

Nouveau signe d'assentiment, puis : « C'était donc ça ? »

Kovalenko ouvrit la portière et descendit du monospace.

Lipton lança le moteur, puis il regarda Kovalenko avant que celui-ci n'ait refermé la portière. Avec un hochement de tête, il bougonna. « Putains d'enculés de Russkofs. »

Kovalenko referma la portière et le Toyota recula, puis manœuvra pour gagner la rampe de sortie du parking.

« Dans tes rêves, connard », murmura Kovalenko en voyant disparaître les feux arrière du monospace.

Darren Lipton retrouva Melanie Kraft au café Starbucks à l'angle de King Street et Saint-Asaph. Elle était pressée, ce matin : elle faisait désormais partie d'un groupe de travail constitué au bureau de la directrice de la Sécurité nationale pour évaluer les fuites de sécurité susceptibles d'avoir compromis la planque de Prospect Street. La réunion était à huit heures et il n'était pas question d'être en retard.

Mais Lipton avait insisté lourdement, aussi avait-elle promis de lui accorder dix minutes avant de sauter dans l'autobus pour se rendre au travail.

Elle nota d'emblée qu'il était encore plus stressé

que d'habitude. Disparu cet air libidineux qu'elle lui connaissait. Non, désormais totalement boulot-boulot.

« Il s'est débarrassé de son téléphone », lui dit Lipton, à peine s'étaient-ils assis.

La nouvelle rendit Melanie nerveuse. Jack avait-il trouvé le bug ? « Vraiment ? Il ne m'en a rien dit.

— Avez-vous vendu la mèche ? Lui avez-vous parlé de notre balise GPS ?

— Vous plaisantez ? Bien sûr que non. Vous croyez peut-être que je lui aurais tout avoué autour d'un verre de bière ?

— Ma foi, il y a bien quelque chose qui l'a poussé à s'en défaire.

— Peut-être a-t-il des soupçons… » Melanie laissa traîner sa phrase, alors qu'elle se remémorait combien il lui avait paru distant tout au long du week-end. Elle l'avait appelé pour lui suggérer de sortir le samedi soir, mais il ne l'avait pas rappelée. Et quand elle l'avait eu le dimanche matin, il lui avait dit qu'il se sentait patraque et qu'il songeait à se prendre deux jours de repos. Elle lui avait alors suggéré de venir s'occuper de lui mais il avait décliné, expliquant qu'il avait juste besoin de dormir.

Et voilà que Lipton lui annonçait qu'il était possible – et même probable – que Ryan ait découvert la manip.

Elle s'écria : « Mais cette balise était censée être indétectable ! »

Lipton leva les deux mains. « Hé, c'est ce qu'ils m'ont dit. Je n'en sais rien, moi. Je ne suis pas technicien. » Il esquissa un sourire. « Je préfère les contacts humains. »

Melanie se leva. « J'ai fait très exactement ce qu'on m'a dit de faire. Personne n'a évoqué le risque que je me retrouve brûlée à cause de cette histoire. Vous pouvez le dire à Packard, ou je lui dirai moi-même, et cette fois, je vous laisse tomber, les mecs.

— Dans ce cas, vous et votre paternel irez en taule.

— Vous n'avez rien sur mon père. Sinon, il aurait déjà été arrêté depuis des années. Et si vous n'avez rien sur lui, ça veut dire que vous n'avez rien sur moi.

— Écoutez, mon ange, peu importe, parce que nous sommes le FBI et que nous avons les meilleurs techniciens et les meilleurs équipements de détection de mensonge, et que nous poserons votre joli petit cul sur cette chaise avant de vous interroger sur Le Caire. Ce sera vous qui, comme une grande, enverrez papa et fifille en prison. »

Melanie tourna les talons pour ressortir sur King Street, furibarde, sans avoir ajouté un mot.

On appelait ça les chaises musicales. Trash et Cheese avaient couru sur le tarmac pour se positionner juste sous les deux Hornet qui venaient d'atterrir, tandis que les autres pilotes descendaient des appareils et que l'équipe de ravitaillement en refaisait le plein. Ils avaient laissé tourner un des moteurs pour éviter qu'on n'ait à relancer tous les systèmes annexes. Trash et Cheese étaient montés à bord, s'étaient glissés dans les sièges encore chauds. Après s'être prestement harnachés, avoir reconnecté les câbles de la radio et le tuyau d'oxygène, ils avaient démarré le second réacteur, puis repris le roulage sur la piste.

Trois jours auparavant, au début de leurs patrouilles au-dessus du détroit de Taïwan à bord d'avions aux couleurs de la Chine nationaliste, il y avait encore autant d'avions que de pilotes. Mais les rotations ininterrompues avaient eu raison des plus vieux Hornet, les modèles C, et déjà quatre avaient été retirés du service actif pour entretien, d'où les chaises musicales…

Un autre avion avait été abattu ; le jeune pilote avait réussi à s'éjecter et il avait été récupéré par un patrouilleur taïwanais aux marins fort surpris de repêcher un pilote américain. Un autre encore avait été endommagé en traversant les débris du J-5 chinois qu'il venait d'abattre et son pilote avait dû se poser en catastrophe sur un petit aéroport à la pointe sud de l'île.

Le pilote avait survécu au crash à l'atterrissage mais il avait été grièvement blessé et l'on disait qu'il ne volerait sans doute plus.

Durant ces trois derniers jours, les États-Unis n'avaient dû déplorer qu'une seule perte au combat alors qu'ils avaient abattu cinq appareils de l'aviation de Chine populaire. Pour sa part, l'aviation taïwanaise avait perdu onze appareils et six pilotes, un bilan tragique pour cette force de taille réduite, mais qui aurait été infiniment supérieur s'ils n'avaient pas eu le renfort de deux douzaines de pilotes américains qui se démenaient comme de beaux diables pour tenir à distance la menace chinoise.

La situation devenait également épineuse au niveau de la mer. Un missile chinois avait coulé un croiseur taïwanais. L'APL prétendait avoir simplement agi en représailles après que le croiseur eut coulé un sous-marin d'attaque chinois, mais tout indiquait que ce dernier avait coulé tout seul alors qu'il posait des mines dans le détroit, l'une d'elles, mal réglée, ayant explosé contre la coque.

On comptait plus de cent morts dans chaque camp à la suite des deux naufrages. Ce n'était peut-être pas encore la guerre ouverte, jusque-là tout du moins, mais le bilan en hommes et en matériel s'alourdissait chaque jour.

Ce matin-là, Trash et Cheese reçurent l'ordre de voler vers le sud ; on prédisait des orages et les Chinois n'avaient pas envoyé tant d'avions que cela dans ce temps pourri mais les deux jeunes Américains se doutaient bien toutefois que leur patrouille serait tout sauf une sinécure.

Cheese avait enregistré la veille sa deuxième victoire. Avec Trash en soutien comme ailier, Cheese avait tiré un missile AIM-120 AMRAAM à guidage radar qui avait abattu un J-5 aux prises avec une escadrille de F-16 taïwanais, trente milles nautiques au nord de Taipei.

Ce qui signifiait quatre victoires au combat pour les deux marines et les exploits de Trash contre des Super 10 étaient déjà devenus légendaires au sein de leur corps. Le fait que quasiment personne, même chez les marines, ne savait que cette escadrille était à Taïwan et continuait à combattre les Chinois chagrinait un brin les deux hommes, surtout Cheese qui aurait bien aimé pouvoir inscrire sur la carlingue de son zinc ces deux victoires avant le retour à leur base au Japon.

Malgré tout, malgré la peur, le stress, le danger et l'épuisement, les deux jeunes pilotes de chasse américains n'auraient contre rien au monde échangé leur place. Voler, combattre et protéger l'innocent, ils avaient cela dans le sang.

Leurs Hornet décollèrent de la base aérienne de Hualien et mirent le cap au sud, vers le détroit, vers la tempête.

59

Assis à son bureau, Gavin Biery, épuisé, se massa les paupières. Il avait l'air défait, et pas seulement l'air, et ce sentiment de perte et de désespoir était trahi par ses épaules affaissées, sa tête basse.

Deux de ses meilleurs ingénieurs étaient là ; tous deux se penchèrent sur lui, l'un pour lui donner une tape dans le dos, l'autre pour l'étreindre. Puis ils quittèrent la pièce sans ajouter un mot.

Comment ? Comment cela pouvait-il être possible ?

Il poussa un gros soupir, puis décrocha son téléphone. Pressa une touche et ferma les yeux en attendant qu'on réponde.

« Granger.

— Sam. C'est Biery. Tu as une seconde ?

— On dirait que quelqu'un vient de mourir.

— On pourrait se voir en vitesse, toi, Gerry et les agents du Campus ?

— Monte. Je bats le rappel. »

Gavin raccrocha, se leva lentement et quitta son bureau, en éteignant avant de partir.

Biery s'adressa au petit groupe sur un ton solennel.

« Ce matin, l'un de mes ingénieurs est venu m'annoncer qu'après un contrôle de sécurité de routine, il avait détecté un pic dans notre trafic sortant. Le phénomène a débuté sitôt après mon retour de Hongkong, sans suivre de motif régulier, même si tous ces incidents, avec une activité croissante chaque fois, duraient précisément deux minutes et vingt secondes. »

L'annonce fut accueillie par des regards ahuris.

Il poursuivit. « Notre Intranet est la cible d'attaques informatiques plusieurs dizaines de milliers de fois par jour. Dans leur écrasante majorité, ces attaques n'ont aucun impact, ce sont de vulgaires tentatives d'hameçonnage comme il y en a tant sur le Net. Quatre-vingt-dix-huit pour cent du courrier électronique mondial sont constitués de spams, la plupart assimilables à des tentatives de piratage. Tous les réseaux informatiques de la planète sont visés en permanence et des mesures de sécurité basiques suffisent à les protéger. Mais au milieu de toutes ces attaques simplistes, notre réseau interne a fait l'objet de cyberattaques particulièrement habiles et tout à fait sérieuses. Cela dure depuis déjà un moment, et ce n'est que grâce aux mesures, jugées en leur temps draconiennes, que j'ai mises en œuvre que nous avons pu tenir à l'écart les nuisibles. »

Nouveau soupir, comme un ballon qui se dégonfle. « Après mon retour de Hongkong, les attaques à bas bruit se sont poursuivies mais les plus sérieuses ont purement et simplement cessé.

« Hélas, ce pic récent du trafic sortant trahit bien la présence d'un intrus dans notre réseau. Un dispositif installé pour envoyer des données, nos données, nos données de haute sécurité.

— Qu'est-ce que cela nous indique ? » C'était Granger.

« Qu'ils sont dans la place. Notre sécurité a été compromise. Nous avons été piratés. Notre Intranet contient un virus. J'ai creusé un peu et je suis au regret de vous annoncer que j'ai trouvé l'empreinte de FastByte22 dans notre réseau.

— Comment ont-ils pu faire une chose pareille ? » demanda Hendley.

Le regard de Biery se fit lointain. Il récita. « Il existe quatre vecteurs de menace. Quatre moyens de mettre en péril la sécurité d'un réseau.

— Qui sont... ?

— Une menace à distance, comme une attaque directe par le Web, mais ce n'est pas le cas pour nous. Nous sommes bien entendu à l'abri derrière un pare-feu, ce qui signifie qu'il n'existe aucune ligne directe susceptible d'être empruntée par un intrus pour accéder à notre réseau.

— OK, fit Granger. Quoi d'autre ?

— Une menace de proximité. Comme quelqu'un qui piraterait un réseau wi-fi. Là encore, nous sommes blindés autant qu'il est possible.

— OK, dit Chavez, pressé de le voir finir.

— Le troisième vecteur de menace est un initié. À savoir quelqu'un dans cet immeuble, une taupe qui travaille pour l'ennemi et compromet notre système. » Biery hocha la tête. « J'ai du mal à croire que quelqu'un parmi nous puisse faire une chose pareille. Mes procédures d'embauche et d'habilitation sont parfaitement draconiennes. Tous ceux qui travaillent ici ont eu l'habitude du confidentiel-défense dans leurs précédents... »

Hendley l'interrompit. « Non, je ne crois pas à l'hypothèse de la taupe. Quel est le quatrième vecteur de menace ?

— La chaîne d'approvisionnement, dit Biery.

— Ce qui signifie ?

— Infecter un équipement ou un logiciel destiné à être installé sur le réseau. Mais là encore, je dispose de toute une panoplie de garde-fous. Nous inspectons tout ce qui entre et accède au réseau : téléchargements, périphériques connectés au système, tous les... »

Il s'interrompit à mi-phrase.

« Qu'y a-t-il ? » demanda Chavez.

Biery se leva précipitamment. « Le disque allemand !

— Quoi ?

— Todd Wicks, d'Advantage Technology Solutions, m'a livré un disque dur que j'avais commandé. Je l'ai testé moi-même. Il était sain. Sans le moindre virus connu. Mais peut-être qu'il s'agit d'un nouveau. Qui s'est planqué dans la zone amorce du disque et qui serait indétectable. Je n'ai donc pas installé le disque avant d'être revenu de Hongkong, or c'est précisément là que le virus a commencé à se manifester.

— Que désires-tu faire ? »

Biery se rassit. Il mit les coudes sur la table et reposa la tête entre ses mains. « L'étape numéro un ? Flinguer l'otage.

— Quoi ? s'exclama Hendley.

— C'est le terme imagé qu'on emploie. Ils ont mon réseau. C'est l'avantage qu'ils ont pris sur nous. Mais je peux le mettre par terre. Couper entièrement le réseau. Noir total. Tout éteindre. Ça leur retire leur avantage.

— OK, acquiesça Granger. Fais-le. Deuxième étape ?

— La deuxième étape ? Vous me renvoyez à Richmond.

— Qu'y a-t-il à Richmond ?

— Todd Wicks. S'il y avait une taupe au conseil d'administration de sa boîte, il serait au courant.

— En es-tu aussi sûr ? » demanda Hendley.

Gavin se remit à penser à la visite de Todd chez Hendley. Ses démonstrations d'amitié excessives, sa nervosité, surtout lorsqu'il avait rencontré Jack Junior.

« Il savait », dit Biery.

Chavez se leva aussitôt. « Je prends le volant. »

Todd Wicks regardait ses enfants jouer sous le portique dans le jardin. Malgré la température inférieure à dix degrés, ils tenaient à profiter des ultimes lueurs du jour et il savait qu'ils en apprécieraient d'autant mieux les hamburgers qu'il était en train de préparer.

Todd se sentait bien. Il était content de sa journée, de sa famille, de sa vie.

Et puis un nouveau bruit vint couvrir le chahut de la marmaille. Il quitta des yeux les burgers sur le gril et vit un Ford Explorer noir remonter l'allée. Il ne reconnut pas le véhicule. Il retourna prestement les hamburgers et appela son épouse.

« Chérie ? Tu attends quelqu'un ? »

D'où elle était, assise dans la chaise longue, l'allée lui était invisible. Elle éloigna le téléphone de son oreille. « Non ! Il y a quelqu'un ? »

Il ne répondit pas car il venait de reconnaître Gavin Biery en train de descendre du côté passager et il ne savait plus trop quoi faire.

Ses genoux flageolèrent mais il résista à la panique, déposa sa spatule, retira son tablier.

« Deux collègues de bureau, chou. Je rentre causer avec eux.

— Tu me les présentes ?

— Non », fit-il, un peu trop brutalement, mais il redoutait ce qui s'annonçait.

Démens, démens, démens, se répéta-t-il. *Tu n'as jamais entendu parler d'un virus.*

Il quitta précipitamment la terrasse pour descendre l'allée, interceptant Gavin et le type basané avant qu'ils n'arrivent dans le jardin. *Prends l'air détendu. Relax*, ne cessait-il de se répéter. Il arbora un grand sourire. « Gavin ! Hé, mec, comment va ? »

Gavin Biery ne lui rendit pas son sourire. À ses côtés, le Latino gardait un visage impénétrable. « Peut-on entrer causer une minute ?

— Bien sûr. » *Fais-les rentrer dans la maison, que Sherry ne puisse pas les entendre.*

Une minute plus tard, ils étaient dans le séjour. Les trois hommes restèrent debout. Todd demanda à ses hôtes de s'asseoir mais aucun n'obtempéra, aussi resta-t-il debout lui aussi, mal à l'aise, pris de sueurs froides, tout en continuant de se répéter comme une litanie : *Reste calme, reste calme, reste calme.*

« Quel bon vent vous amène ? » demanda-t-il, et il crut avoir trouvé le ton qui convenait.

« Tu le sais très bien, lâcha Biery. On a trouvé le virus sur le disque dur.

— Le *quoi* ?

— "Le quoi ?" T'as pas trouvé mieux ? Allez, Todd ! Je te revois encore chier dans ton froc quand

663

je t'ai présenté Jack Ryan. Qu'est-ce qui te trottait dans la tête, à ce moment-là ? »

Chavez toisa Wicks.

« Qui êtes-vous ? » demanda ce dernier.

Le Latino ne répondit pas.

Wicks regarda Biery. « Gavin, qui diable est ce... »

Biery l'interrompit. « Je sais que le disque dur était infecté par un programme malveillant. Un virus de boot. Sur le secteur d'amorçage.

— Mais enfin, de quoi tu parles... ? »

Cette fois, ce fut Chavez qui le coupa. « Tu ferais mieux de ne pas mentir. On lit en toi comme dans un livre. Et si tu nous racontes des craques, c'est moi qui vais te faire souffrir. »

Wicks pâlit un peu plus, ses mains se mirent à trembler. Il voulut dire quelque chose mais sa voix se brisa ; Ding et Gavin échangèrent un regard.

« Parle ! lui intima Chavez.

— J'ignorais ce qui se trouvait dessus.

— Déjà, comment se fait-il que tu savais qu'il y avait quelque chose ? insista Chavez.

— C'était... les Chinois. Leur service de renseignement.

— Ce sont eux qui t'ont refilé le disque ? demanda Gavin.

— Oui. » Gavin se mit à sangloter.

Le Latino leva les yeux au ciel. « Putain, tu plaisantes, non ? »

Entre deux sanglots, Wicks articula : « S'il vous plaît, est-ce qu'on pourrait s'asseoir ? »

Dans les dix minutes qui suivirent, Wicks leur déballa tout. La fille à Shanghai, le guet-apens des flics, l'inspecteur qui l'avait embobiné en lui promettant de lui éviter la prison, l'agent dans la pizzéria de Richmond, et enfin le disque dur.

« Bref, tu t'es fait appâter par cette fille, l'idée était de t'embobiner pour mieux te faire chanter...

— On peut dire ça », convint Wicks, piteux.

Chavez regarda Biery. Le geek pataud avait l'air prêt à tuer Todd Wicks. Le réseau de Hendley/Campus était le grand amour de Gavin Biery et ce type s'était immiscé à travers ses défenses pour le mettre par terre. Ding se demanda s'il allait devoir sauver Gavin des pattes de Wicks, bien plus jeune et plus athlétique que lui, même si pour l'instant, ce dernier n'en menait visiblement pas large.

« Qu'allez-vous faire de moi ? »

Chavez regarda le type brisé. « Ne parle plus jamais de cette histoire à personne, aussi longtemps que tu vivras. Je doute que les Chinois te recontactent mais si c'était le cas, il se pourrait bien que ce soit juste pour te liquider, alors je te suggère de prendre tes cliques et tes claques, puis de t'évanouir vite fait dans la nature avec femme et enfants.

— Me *liquider* ? »

Ding acquiesça. « T'as vu ce qui s'est passé à Georgetown ? »

Wicks écarquilla les yeux. « Ouais ?

— C'étaient les mêmes que ceux pour qui tu as bossé, Todd. Ce qui s'est produit à Georgetown n'est qu'un exemple de leur façon de régler les détails qui fâchent. T'aurais intérêt à ne pas perdre ça de vue.

— Oh mon Dieu. »

Chavez se tourna vers la fenêtre pour regarder la femme de Wicks. Elle poussait les enfants sur les balançoires tout en jetant des coups d'œil à la dérobée en direction de la cuisine, sans nul doute curieuse de savoir ce que fabriquaient ces deux types que son mari n'avait pas daigné lui présenter. Chavez la salua d'un petit signe de tête avant de reporter son attention sur Todd Wicks. « Tu ne la mérites pas, Wicks. Peut-être que tu pourrais passer le reste de ta vie à tenter de rectifier cette évidence. »

Chavez et Biery ressortirent par le garage sans ajouter un mot.

60

Gavin Biery et Domingo Chavez arrivèrent chez Jack Ryan Jr. juste après dix heures du soir. Jack était toujours suspendu mais les deux hommes voulaient le tenir informé des événements de la journée.

Chavez fut surpris quand Ryan lui dit qu'il ne voulait pas discuter à l'intérieur. Il leur tendit à chacun une Corona, puis les invita à descendre avec lui. Ils sortirent par le parking et traversèrent la rue pour se rendre en face, sur un terrain de golf. Les trois hommes s'assirent autour d'une table de pique-nique, et sirotèrent leur bière dans l'obscurité, le long d'un parcours enveloppé par la brume.

Après que Biery eut narré à Ryan leur visite chez Wicks et révélé que des espions chinois avaient contribué à introduire le virus sur l'Intranet de Hendley Associates, Jack se mit à chercher une explication. « Serait-il possible que ces gars n'aient pas été en mission pour le ministère de la Sécurité d'État ? Qu'ils aient été des hommes de main que Tong aurait introduits en Chine continentale pour compromettre cet informaticien ? »

Ding hocha la tête. « Ça s'est produit à Shanghai.

Centre n'était pas en mesure de piéger une chambre d'hôtel, rameuter toute une brigade de flics, en uniforme et en civil, et monter ce piège à l'insu du MSE. Les hôtels en Chine, surtout les palaces ou les établissements pour hommes d'affaires, sont tenus légalement de se conformer aux exigences du MSE. Ils sont mis sous surveillance, les chambres sont placées sur écoute et ils sont truffés d'agents qui travaillent pour la sécurité d'État. Donc, il ne peut s'agir que d'une opération du MSE.

— Mais le virus est le cheval de Troie de Jha. Celui-là même qu'on a trouvé sur le Disque stambouliote. Et lors du piratage des drones. Dès lors, la seule explication est que Jha et Tong travaillaient pour la Chine à Hongkong quand ils étaient sous la protection des Triades. »

Chavez acquiesça. « Ce qui veut également dire que le gouvernement chinois est au courant de l'activité réelle de Hendley Associates. Pense juste à tout ce qu'ils ont pu trouver sur notre réseau après l'avoir infiltré. Les noms et adresses de tout notre personnel, les données que nous avons récupérées des échanges entre la CIA, la NSA et l'ODNI. Autant de liens révélant à quiconque possédant deux doigts de jugeote que nous sommes un service d'espionnage clandestin.

— D'un autre côté, observa Jack, la bonne nouvelle, c'est tout ce qui n'est pas sur le réseau.

— Explique, dit Chavez.

— Nous n'archivons pas nos activités. Il n'y a pas la moindre référence à nos frappes, aux opérations auxquelles nous avons participé. C'est entendu, il y a déjà largement de quoi nous prendre pour cible ou prouver que nous avons accès à des données confidentielles, mais rien qui soit susceptible de nous relier à une opération bien précise. »

Ding but une gorgée de Corona, puis il frissonna. « N'empêche, n'importe quel Chinois décroche son téléphone, appelle le *Washington Post* et nous sommes cuits.

— Dans ce cas, pourquoi cela ne s'est-il pas déjà produit ?

— Aucune idée. Tu as raison. Je ne pige pas. »

Ryan renonça à comprendre. « A-t-on de nouveau évoqué la possibilité d'envoyer des agents à Pékin rencontrer la Main rouge ?

— Granger travaille à nous introduire dans le pays, répondit Chavez. Dès qu'on aura une solution, Driscoll et moi, on décolle. »

Jack se sentait incroyablement isolé. Il ne travaillait pas, il ne parlait plus à Melanie, et voilà qu'il ne désirait même plus communiquer avec ses parents car il avait l'impression que les Chinois pouvaient à tout moment faire des révélations sur son compte qui pourraient nuire à la présidence de son père.

Gavin Biery était demeuré silencieux depuis le début mais voilà qu'il se leva soudain pour s'écrier : « J'ai pigé !

— T'as pigé quoi ? demanda Ding.

— J'ai pigé toute l'embrouille. Et ce n'est pas joli-joli.

— Mais de quoi parles-tu ? »

Gavin s'expliqua. « L'organisation de Tong est un groupe qui sert jusqu'à un certain point les intérêts de la nation qui l'héberge, qui utilise jusqu'à un certain point ses ressources en hommes, mais qui demeure en réalité une cellule clandestine autonome. Je suis également prêt à parier qu'ils s'autofinancent, vu les énormes profits qu'ils peuvent retirer de la criminalité informatique. Qui plus est, l'organisation de Centre dispose d'incroyables moyens technologiques qu'il exploite pour obtenir les renseignements nécessaires à la réussite de ses missions. »

Jack voyait à présent le tableau, lui aussi. « Sacré nom de Dieu. C'est nous ! Ils sont quasiment la copie carbone du Campus. Un service auquel on délègue en sous-main des activités tout en niant tout rapport avec lui. Les Chinois ne pouvaient pas courir le risque d'être désignés comme les instigateurs des cyberattaques. Ils ont donc laissé Centre monter sa petite entreprise, tout comme l'a fait mon père avec le Campus, ce qui leur permet d'avoir les coudées franches.

— Et ils nous surveillent depuis l'épisode d'Istanbul, ajouta Chavez.

— Non, Ding, objecta Jack, d'une voix soudain devenue grave. Pas depuis Istanbul. Avant Istanbul. Bien avant.

— Qu'est-ce que ça veut dire ? »

Jack mit la tête entre ses mains. « Melanie Kraft est un agent de Centre. »

Chavez regarda Biery et vit qu'il était déjà au courant. « Mais de quoi parlez-vous, tous les deux ?

— Elle a piégé mon téléphone. C'est comme ça que Centre a su que Dom et moi descendions à Miami enquêter sur leur serveur principal. »

Chavez restait incrédule. « Elle a piégé ton téléphone ? T'en es sûr ? »

Jack acquiesça sans rien dire, les yeux perdus dans la brume.

« C'est pour ça qu'on est assis dehors à se les geler ? »

Jack haussa les épaules. « Je dois supposer qu'elle a truffé de micros toute la maison. Je n'ai pas encore eu le temps de chercher.

— Lui as-tu parlé ? L'as-tu mise au pied du mur ?

— Non.

— Elle appartient à la CIA, Ryan, objecta Ding. Elle a subi bien plus d'enquêtes de moralité que toi. Je n'arrive pas à croire qu'elle puisse bosser pour ces salauds de Chinetoques. »

Ryan frappa la table du plat de la main. « Mais est-ce que t'as entendu ce que je viens de dire ? Elle a piégé mon téléphone. Et pas avec un banal gadget d'espionnage du commerce. Gavin a retrouvé dessus le cheval de Troie de Jha, ou du moins une version analogue, associé à une balise GPS.

— Mais comment sais-tu qu'elle n'a pas été victime elle-même d'un double jeu ? Qu'on lui aurait fait croire à des raisons légitimes de le faire ? »

Jack posa les mains sur la table, paumes ouvertes. « T'as des suggestions ? Je suis tout ouïe.

— Bien. Tu es suspendu, tu peux en profiter. Ça te laisse du temps. Utilise-le pour chercher qui peut bien la manipuler à son insu.

— OK.

— Je veux que tu t'introduises discrètement chez elle. Et que tu fasses gaffe. Ce n'est pas une espionne, c'est une analyste, mais ce n'est pas une raison pour prendre des risques. Méfie-toi, guette la présence de contre-mesures, d'indices révélateurs. Vois ce que tu peux trouver mais ne mets pas de micro. Si elle travaille pour l'autre camp, on peut s'attendre à ce qu'elle fasse des inspections de routine et le détecte. »

Jack acquiesça. « D'accord. J'y file discrètement demain matin, après son départ pour le boulot.

— Bien, dit Chavez. Tu pourrais également la filer ces deux ou trois prochaines soirées, voir si elle a un comportement inhabituel. Si elle rencontre quelqu'un.

— Mange chinois », crut bon d'ajouter Gavin.

C'était une blague mais Ding et Jack le douchèrent de regards glacés.

« Désolé, fit-il. Pas le bon moment. »

Chavez reprit. « Et cela va sans dire, refile ton ordi portable à Gavin, qu'il l'examine sous toutes les coutures. On demandera à une équipe de la division science et technologie, au quatrième, de passer chez toi pour y traquer d'éventuels micros. *Idem* avec ta voiture.

— Je l'ai déjà contrôlée un peu plus tôt dans la journée, intervint Gavin. RAS.

— Bien », fit Chavez.

Le téléphone accroché à sa ceinture se mit à pépier et il le saisit. « Ouais ? Ah, Sam. OK. En fait, je suis dans les parages. J'arrive tout de suite. »

Chavez se leva rapidement, éclusa sa Corona, reposa la bouteille sur la table. « Je file au bureau. Granger pense avoir trouvé un moyen de nous faire entrer en Chine, Driscoll et moi.

— Bonne chance », dit Ryan.

Ding regarda le jeune homme, puis il lui posa la main sur l'épaule. « C'est à toi qu'il faut souhaiter bonne chance, môme. Reste objectif avec Mlle Kraft. Ne laisse pas tes émotions la condamner avant d'avoir découvert le fin mot de l'histoire. Cela dit, même si elle ne travaille pas délibérément pour Centre, elle constitue une autre pièce du puzzle. À toi de l'exploiter, *'mano*. Si tu te débrouilles bien, on peut grâce à elle en savoir un peu plus sur Centre.

— Je m'y mets. »

Chavez salua Biery d'un signe de tête avant de tourner les talons et de disparaître dans la brume.

Debout derrière le poste trente-quatre, le Dr K.K. Tong regardait par-dessus l'épaule de la contrôleuse en train de taper un message sur Cryptogram. Il savait que sa présence intimidait la plupart des cadres quand il passait les voir mais cette femme était extrêmement compétente et ça ne semblait pas la déranger.

Et jusqu'ici, il était satisfait de son travail.

Il était en train de faire sa tournée d'inspection du Vaisseau fantôme quand elle l'avait appelé sur son oreillette Bluetooth pour lui demander de venir. Tong se dit qu'il devait bien parcourir dix kilomètres par jour entre les divers répartiteurs et serveurs de l'immeuble, sans compter sa participation à pas loin de cinquante vidéoconférences.

Quand la femme du poste trente-quatre eut terminé, elle se retourna pour lui faire face. Elle se levait déjà mais il l'arrêta. « Restez assise, lui dit-il. Vous vouliez me voir ?

— Oui, Centre.

— Que se passe-t-il chez Hendley Associates ?

— Nous avons perdu la trace et l'accès au téléphone mobile de Jack Ryan samedi dernier. Cet après-midi, notre accès permanent au réseau de la compagnie s'est interrompu. Comme s'ils avaient détecté l'intrusion et décidé de déconnecter l'ensemble.

— Le réseau entier ?

— Oui. Il n'y a plus aucun trafic émanant de Hendley Associates. Leur serveur de mail rejette les messages. On dirait qu'ils ont carrément tout débranché.

— Intéressant.

— Mon agent sur place, Valentin Kovalenko, est un excellent élément. Je peux lui demander de rencontrer le contact qu'il traite, Darren Lipton, et le forcer à faire pression sur son propre agent, Melanie Kraft, pour qu'elle découvre comment ils ont pu détecter notre intrusion. »

Tong secoua la tête. « Non. Hendley Associates n'était au début qu'une curiosité. Nous espérions apprendre le rôle qu'ils tiennent dans l'organigramme du renseignement américain. Et puis ils sont devenus un problème à Hongkong. Là-dessus, Miami a suivi, où ils se sont montrés encore plus gênants. Les mesures que nous avons prises à leur endroit se sont révélées insuffisantes. Mais je n'ai pas le temps de vous dévider tous les mystères entourant cette boîte. Toujours est-il que s'il s'avère qu'ils ont détecté notre présence dans leur réseau, ils risquent d'avoir collecté plus d'informations sur nous que nous ne l'imaginions. Il est grand temps de prendre des mesures plus sérieuses.

— Oui, Centre. On pourrait, on l'a déjà fait, les dénoncer aux autorités américaines – une dénonciation anonyme, bien sûr – ou bien inciter l'un de nos agents infiltrés dans la presse locale à enquêter sur eux. »

Tong hocha la tête. « Ils sont au courant de notre existence. Les démasquer serait nous démasquer aussi. Non, impossible.

— Bien, Centre. »

Tong réfléchit quelques instants encore, puis il se décida. « Je vais appeler Grue.

— Oui, Centre. Devons-nous mettre fin à notre relation avec Lipton ?

— Non. Il est au FBI. Il pourrait encore nous être utile. Son agent, toutefois... la petite amie du fils du président ?

— Melanie Kraft.

— Oui. Elle s'est révélée sans intérêt et pourrait même compromettre notre agent traitant. Envoyez son signalement à Grue. Je vais lui demander de nous débarrasser de ce risque.

— Oui, Centre. »

61

Domingo Chavez et Sam Driscoll étaient assis dans le bureau de Gerry Hendley en compagnie de Sam Granger. Pour la première fois depuis deux ans que Chavez travaillait pour le Campus, l'ordinateur portable du patron n'était pas ouvert devant lui. Il l'avait rangé dans une pochette en cuir qu'il avait remisée dans sa penderie. Ding trouva ça un rien parano mais la paranoïa semblait devenue contagieuse, ces derniers temps.

Il était vingt-trois heures passées et personne ne fit de remarque sur l'heure tardive. L'unique sujet de discussion était les moyens pratiques d'accéder à la requête de Mary Pat Foley, à savoir trouver de l'assistance en Chine.

« Nous avons trouvé comment vous faire entrer à Pékin, commença Granger, et j'ai déjà pu parler au représentant de la Main rouge et lui faire savoir que nous pourrions avoir besoin de leur aide.

— Quel est notre moyen d'accès ? demanda Driscoll.

— Le service de la propagande du PC chinois organise une opération de charme de grande ampleur à destination de l'ensemble de la communauté internationale. Pour essayer de se rallier des soutiens mais aussi de nous priver des nôtres. Aussi invitent-ils les médias étrangers à venir à Pékin découvrir la Chine depuis une perspective chinoise, et non plus avec le regard de Hollywood.

— Ce ne sera pas la première fois que je me sers de la couverture de journaliste, observa Chavez.

— Ouais, le service de la propagande accorde toute liberté de mouvement à la presse pendant toute la durée du conflit.

— Ah ouais ? railla Chavez. J'ai déjà entendu d'autres dictateurs raconter les mêmes calembredaines. »

Granger lui concéda le point. « On peut imaginer qu'on sera guidé pas à pas par un garde du corps officiel et qu'une surveillance clandestine épluchera nos moindres faits et gestes. »

Driscoll était dubitatif. « Ça m'a l'air d'interférer sérieusement avec nos plans de recourir à une bande de bandits de grands chemins pour lier contact avec un groupe armé. »

Chavez pouffa.

Granger rit, lui aussi, mais il précisa aussitôt sa pensée. « La Main rouge a un plan pour vous débarrasser de vos chaperons. » Il baissa les yeux pour consulter ses notes. « À Pékin, le ministre de la Culture vous proposera de participer à toute une série d'excursions organisées pour les médias. L'une d'elles sera la visite obligée de la Grande Muraille de Chine. Il y a un site principal, qui est de tous les voyages organisés, mais aussi un autre, moins fréquenté par les touristes. Son nom est consigné ici. Il faudra que vous demandiez à voir cette partie du mur.

— Et ensuite ? s'enquit Driscoll.

— Ils trouveront un moyen quelconque de vous tirer des pattes de vos gardes du corps, ensuite de quoi ils vous conduiront auprès des rebelles.

— Dis-moi ce que tu sais de ces forces de résistance.

— L'un d'eux est un flic qui les informe des descentes de police, des décisions gouvernementales et ainsi de suite. Depuis déjà un bon bout de temps, ils mènent des opérations de harcèlement contre le pouvoir au fin fond des provinces. Ils ont incendié des véhicules de fonction, fait sauter des lignes de chemin de fer.

« Jusqu'ici, les médias officiels chinois ont étouffé l'affaire, vous pensez bien. Mais ces groupes envisagent de passer à l'action dans Pékin même, là où se trouvent quantité d'étrangers et de médias internationaux qui pourront relayer la nouvelle. C'est leur principal objectif : déclencher un début d'incendie appelé à grandir au rythme des protestations.

« Ils revendiquent des effectifs de plus de trois cents membres bien entraînés et la possession d'armes légères. Ils veulent rendre leurs coups aux communistes. »

Chavez était incrédule. « Ils veulent s'en prendre à l'Armée populaire ? Ils sont cinglés ou quoi ? »

Driscoll était sur la même longueur d'onde. « Pardon si je ne suis pas bluffé par cette nouvelle. Ils m'ont plutôt l'air de vouloir jouer les agneaux à l'abattoir. »

Granger hocha la tête. « Il est certain qu'ils ne vont pas renverser le gouvernement avec leur contre-révolution. Pas avec trois cents gus. C'est évident. Mais peut-être qu'on peut les utiliser.

— À quoi ? demanda Ding.

— S'ils commencent à sortir les flingues, Mary Pat désire qu'on ait une présence dans la capitale. Ils sont déjà dans la place et pourraient bien être le levier qu'il nous faut. Il n'est pas évident de mesurer avec exactitude l'ampleur de leur impact. Le gouvernement chinois cherche à les faire passer pour de simples piqûres de moustique, et les rebelles se vantent d'être à deux doigts de renverser le gouvernement communiste.

— J'imagine, bougonna Driscoll, que nous allons devoir dans ce cas particulier assumer que le discours officiel de Pékin est plus proche de la vérité.

— Je suis d'accord. Mais même si les rebelles ne constituent pas exactement une unité d'élite parfaitement organisée, en nous rendant là-bas munis de l'équipement et des informations qui vont bien, nous pourrions enclencher un effet démultiplicateur.

— Quelles sont leurs opinions politiques ? s'enquit Ding.

— Elles demeurent confuses, répondit Granger. Ils sont contre le gouvernement – on peut au moins s'accorder là-dessus. En dehors de ça, ce n'est qu'une bande d'étudiants assez hétéroclite. Saupoudrée de quelques criminels, de types en cavale, de déserteurs.

— Nos faussaires sont-ils au niveau, côté documents, pour entrer à Pékin ? s'inquiéta Chavez.

— Ouais. On peut vous faire entrer dans le pays ; mais vous devrez voyager léger.

— C'est peu dire, bougonna Gerry Hendley. Merde, vous serez quasiment tout nus. Des étrangers dans une ville qui se méfie des étrangers.

— Va falloir qu'on prenne avec nous Caruso, suggéra Chavez. Il peut jouer l'Italien, au moins devant des Chinois. »

Hendley acquiesça, jeta un coup d'œil à Granger. Sam n'avait pas l'air trop ravi mais il concéda : « Entendu. Mais pas Ryan. Pas là-bas.

— OK, dit Chavez. On récupère Caruso et j'y vais. Et toi, Sam ? »

Driscoll n'était pas convaincu. « Se fier aux brigands et aux tueurs de la Main rouge pour nous conduire auprès d'une force rebelle dont on ne sait pas grand-chose. C'est ça, en gros ?

— Personne ne t'y oblige », souligna Granger.

Driscoll réfléchit avant de répondre. « Dans des conditions normales, ce serait trop limite pour qu'on coure le risque. Mais là, je pense qu'on doit tenter le coup. (Il soupira.) Et puis merde, j'en suis. »

Hendley hocha la tête avec reconnaissance. « Il y a tout un tas d'inconnues, les gars, convint-il. Je ne suis pas encore prêt à vous donner le feu vert pour passer à l'action mais je veux bien que vous alliez là-bas tâter le terrain. Vous rencontrez les rebelles, vous me dites ce que vous en pensez, et on décide ensemble si ça vaut le coup de poursuivre.

— Ça me paraît bien », commenta Chavez avant de se tourner vers ses deux collègues.

« Ça me va également », confirma Driscoll.

Granger se leva, signifiant la fin de l'entretien. « OK. Descendez à la division opérations et commandez-leur un dossier d'identité complet pour chacun de vous trois. Dites-leur qu'on les paiera double tarif mais il faut qu'ils se défoncent dessus. Personne ne rentre à la maison tant que vous n'aurez pas eu tout ce qu'il vous faut. Tant pis s'ils doivent y passer la nuit, je m'en fiche, mais vous devez avoir vos papiers. S'ils renaudent, dites-leur de me passer un coup de fil. »

Ding se leva et serra la main de Sam. « Merci. »

Hendley serra la main de tous ses hommes avant une ultime mise en garde. « Vous faites gaffe, les enfants. Le Pakistan en janvier, ça n'avait déjà rien d'une promenade de santé, je sais, mais les Chinois sont autrement plus compétents et dangereux.

— Bien reçu », répondit Ding.

62

« Monsieur le président ? »

Jack ouvrit brusquement les yeux et découvrit le planton de garde de nuit penché au-dessus de son lit. Il se redressa aussitôt ; après tout, il avait fini par s'y habituer. Il emboîta le pas du sous-officier de l'armée de l'air avant que Cathy ne se réveille.

« Je reçois plus de nouvelles la nuit que pendant la journée », murmura-t-il sur le ton de la plaisanterie.

Le sous-off répondit : « Le ministre des Affaires étrangères voulait que je vous réveille. C'est sur toutes les chaînes. Les Chinois sont en train d'annoncer que des pilotes américains mènent en secret des missions à bord d'appareils taïwanais.

— Merde », fit Ryan. C'était son idée, elle était secrète, et voilà qu'elle se retrouvait à la télé. « OK. Convoquez toute la bande. Je vous rejoins dans quelques minutes. »

« Putain, comment l'ont-ils découvert ? » demanda Ryan à la brochette de ses meilleurs conseillers en stratégie et en renseignement, tous réunis autour de la table.

Mary Pat Foley expliqua. « Taïwan grouille d'espions chinois. Il y a eu manifestement des fuites. Un pilote des marines qui venait d'être abattu a été recueilli par un chalutier. À lui seul, cet incident a sans doute multiplié par deux le nombre de gens au courant de l'opération secrète. »

Jack savait que le monde réel avait la sale manie de bouleverser tous ses meilleurs plans.

Il rumina l'information durant quelques secondes. « Je lis chaque jour les comptes rendus d'activité de nos pilotes. Ils procurent un avantage manifeste à Taïwan. Le pays aurait souffert de pertes considérables face à la Chine sans notre intervention. »

Burgess acquiesça. « Taïwan est prête à tomber comme un fruit mûr. Et ce n'est pas deux douzaines de pilotes américains qui pourront y changer grand-chose. Mais si l'aviation de l'APL avait ajouté par-dessus le marché vingt-cinq victoires à son palmarès, la république aurait déjà le moral dans les chaussettes, et l'on aurait vu une marée de Taïwanais prêts à jeter l'éponge. Je suis ravi que nos as soient là-bas pour flanquer une raclée aux Chinois.

— Nous ne confirmons ni ne démentons la nouvelle, dit Robert. Nous refusons tout simplement de commenter les allégations chinoises. Et on maintient nos gars là-bas. »

Tout le monde fut d'accord même si Adler semblait préoccupé.

Mark Jorgensen, le commandant de la flotte du Pacifique, s'était excusé au moment où Ryan entrait dans la salle : il ne pourrait être présent par vidéoconférence. Ryan avait suffisamment d'expérience pour savoir que les amiraux évitaient en général de dire au président qu'ils avaient plus important à faire, à moins que ce ne soit *vraiment* plus important.

Or voici qu'il revenait en ligne. Et c'est d'une voix forte, presque tonnante, qu'il interrompit le ministre des Affaires étrangères alors que ce dernier exposait la situation à Taïwan. « Monsieur le président, acceptez mes excuses. Mais les Chinois ont à nouveau tiré des missiles de croisière Silkworm contre un destroyer taïwanais qui patrouillait dans le détroit. Ce navire, le *Tso Ying*, est l'ancien *USS Kidd* que nous leur avons vendu il y a quelques années. Il a été touché par deux Silkworm. Avarié, avec le feu à bord, il vient de traverser la ligne médiane du détroit et dérive vers les eaux territoriales chinoises.

— Sacré nom de Dieu », grommela Burgess.

Jorgensen poursuivit. « Le général président Su nous a ordonnés de rester à l'extérieur du théâtre des opérations. Il vient de menacer publiquement de lancer un missile balistique antinavire, apparemment le Dong Feng 21, contre les groupes des porte-avions *Ronald Reagan* ou *Nimitz* si jamais ils pénètrent dans la zone d'exclusion de trois cents milles qu'il nous a imposée la semaine dernière. »

Beaucoup dans l'assistance en eurent le souffle coupé.

« Quelle est la portée du DF 21 ? s'enquit Ryan.

— Neuf cents milles nautiques.

— Bordel. On pourrait le replier jusque dans la baie de Tokyo qu'il serait encore à portée de tir.

— C'est exact, monsieur le président. Et ce missile est un vrai tueur de porte-avions. Un seul DF 21 pourrait suffire à couler un bâtiment de la classe Nimitz et sans doute tuer tout le monde à bord.

— De combien d'engins de ce type les Chinois disposent-ils ? »

Ce fut Mary Pat Foley qui répondit. « Notre estimation la plus fiable est de quatre-vingts à cent.

— Sur lanceurs mobiles ?

— Oui, monsieur le président. Des plates-formes terrestres motorisées aussi bien que des sous-marins.

— OK. Et où en sont nos submersibles ? Nous évoluons en plongée dans le détroit, n'est-ce pas ?

— Oui monsieur, confirma Jorgensen.

— Pouvons-nous porter assistance au destroyer taïwanais ?

— Tu veux dire, pour récupérer les naufragés ?

— Oui. »

Burgess se tourna vers Jorgensen. L'amiral répondit. « Nous pouvons lancer des missiles de croisière contre la marine chinoise s'ils s'avisent d'attaquer le bâtiment avarié. »

Ryan parcourut du regard l'assistance. « Là, on s'engage dans un véritable combat naval. » Il se mit à pianoter sur la table. « Très bien. Scott, tu appelles tout de suite l'ambassadeur Li. Je veux qu'il entre illico en contact avec le ministre chinois des Affaires étrangères pour lui dire que toute nouvelle attaque contre le *Tso Ying* se verra contrée par les forces américaines. »

Scott Adler se leva pour quitter la salle de conférences.

Jack Ryan s'adressa aux autres. « Nous sommes désormais au seuil d'une guerre ouverte dans le détroit. Je veux que tous nos moyens, en mer de Chine orientale, en mer Jaune, et partout dans le Pacifique ouest soient placés en état d'alerte maximale. Si l'un de nos submersibles attaque un bâtiment chinois, ça va barder. »

Il était six heures du matin quand Valentin Kovalenko monta dans le Toyota Sienna de Darren Lipton. Le Russe avait des instructions de Centre. Comme toujours, il ignorait la raison sous-jacente au message qu'il s'apprêtait à transmettre mais il avait été rassuré quand ses collègues et compatriotes de l'ambassade lui avaient donné le feu vert pour obéir aux ordres, de sorte qu'il n'avait pas remis en question la directive.

« Vous devez immédiatement prendre rendez-vous avec votre agent », dit-il à Lipton.

Ce dernier râla comme d'habitude. « Ce n'est pas un singe savant. Elle ne vient pas quand on la siffle. Elle sera au travail et ne voudra pas me rencontrer avant d'avoir fini sa journée.

— Alors allez-y tout de suite. Convoquez-la avant le début de sa journée. Soyez persuasif. Dites-lui de se rendre en taxi à cette adresse où vous la retrouverez. Vous devez la convaincre que c'est crucial. »

Lipton prit le bout de papier sur lequel était imprimée l'adresse qu'il lut tout en conduisant. « C'est où, ça ?

— Je n'en sais rien. »

Lipton tourna la tête pour dévisager Kovalenko durant un moment avant de reporter son attention sur la route.

« Et que dois-je lui dire quand elle arrivera ?

— Rien. Ce n'est pas vous qui l'attendrez. Mais quelqu'un d'autre.

— Qui ça ?

— Je n'en sais rien.

— Packard ? »

Kovalenko ne répondit pas. Il ignorait tout de ce fameux Packard mais Lipton n'avait pas besoin de le savoir. « J'ignore si ce sera Packard ou quelqu'un d'autre.

— Ça rime à quoi, toute cette histoire, Ivan ?

— Contentez-vous de faire venir la femme à l'endroit convenu. »

Lipton lorgna de nouveau son passager. « Vous ne savez rien de ce qui se passe, pas vrai ? »

Kovalenko se rendit bien compte que Lipton l'avait percé à jour. Il avoua. « Non. J'ai mes ordres. Et vous, les vôtres. »

Lipton sourit. « Je pige mieux, maintenant, Ivan. Centre vous tient, tout pareil que moi. Vous n'êtes pas son représentant. Juste sa marionnette. »

Kovalenko répondit d'une voix lasse. « Nous sommes tous les rouages d'un système. Un système dont la compréhension nous échappe en partie. Mais nous comprenons quelle est notre mission, et c'est sur celle-ci que je vous demande de vous concentrer. »

Lipton ralentit et se gara sur le bas-côté. « Dites à Centre que je veux plus d'argent.

— Pourquoi ne pas le lui dire vous-même ?

— Vous êtes russe. Il l'est également, c'est manifeste. Même si vous n'êtes que son garçon de courses, tout comme moi, il sera plus enclin à vous écouter, vous. »

Kovalenko eut un sourire las. « Vous connaissez la musique. Si un service de renseignement donne une trop grosse somme à son agent, ce dernier n'aura plus besoin d'en réclamer et sera bien moins motivé pour travailler. »

Lipton hocha la tête. « Nous savons, vous et moi, que ma seule motivation, c'est de travailler pour Centre. Ce n'est pas l'argent. C'est le chantage. Mais je vaux à coup sûr bien plus. »

Kovalenko savait que ce n'était pas vrai. Il avait lu le dossier de l'Américain. Oui, le chantage avait été la motivation initiale pour l'amener à espionner. Centre avait trouvé sur son ordinateur des images susceptibles de l'expédier en prison.

Mais à présent, sa motivation était devenue surtout financière.

C'est que la quantité et la qualité des putes qu'il fréquentait avaient atteint des sommets, depuis un an qu'il travaillait pour le mystérieux employeur qui lui donnait des instructions toutes simples à peu près une fois par semaine.

Sa femme et ses enfants n'avaient pas vu un sou de l'argent gagné ; il avait ouvert un autre compte en secret et presque tous ses revenus étaient allés à Carmen, Barbie, Britney et les autres filles qui travaillaient dans les hôtels de Crystal City et de Rosslyn.

Kovalenko n'avait aucun respect pour cet homme mais il n'avait pas besoin de respecter un agent pour le traiter.

Il ouvrit la portière et descendit. « Faites en sorte que votre agent se présente à l'endroit convenu à neuf heures pile. Dans l'intervalle, je parlerai à Centre de votre dédommagement. »

La législation chinoise sur la sécurité intérieure stipule que tous les citoyens doivent obéir aux ordres des fonctionnaires des services de sécurité, coopérer avec eux et, pour les hôteliers, commerçants et chefs d'entreprise, qu'ils doivent leur procurer un accès illimité à tous leurs équipements.

En bref, cela voulait dire que la plupart des hôtels chinois réservés aux hommes d'affaires étaient truffés de caméras et de micros. Tous ces signaux étaient recueillis et analysés par des fonctionnaires du ministère de la Sécurité d'État chargés d'en évaluer le contenu.

C'est qu'il y avait quantité de secrets commerciaux que les Chinois pouvaient apprendre rien qu'en basculant un interrupteur et en vissant devant l'écran un interprète muni d'un bloc-notes et d'un casque.

Chavez, Caruso et Driscoll se doutaient bien que leur chambre d'hôtel à Pékin serait sur écoute, aussi avaient-ils rodé leur tactique alors qu'ils étaient encore aux États-Unis. Tout le temps qu'ils seraient dans leurs chambres, ils devraient rester dans la peau de leur personnage afin de maintenir leur couverture.

Sitôt qu'ils furent installés après un vol commercial interminable, Ding fit couler la douche, mitigeur à la température maximale, puis il ressortit de la salle de bain en fermant la porte derrière lui. Il alluma la télé et entreprit enfin seulement de se déshabiller, tel un banal homme d'affaires fatigué, épuisé par le voyage et le décalage horaire et pressé de prendre une bonne douche avant de se glisser sous la couette. Il se mit à déambuler dans la chambre tout en déboutonnant sa chemise, s'arrêta devant la télé, faisant de son mieux pour avoir l'air naturel, même si en vérité il scrutait soigneusement la pièce, à la recherche de caméras. Il inspecta également le téléviseur, puis le mur en face du lit. Il posa sa chemise et son tricot de corps sur le bureau, à côté de son sac de voyage, et en profita pour inspecter attentivement l'abat-jour.

Ding connaissait au moins deux douzaines de modèles de caméras et micros miniatures ; il savait donc ce qu'il cherchait, mais jusque-là, il avait fait chou blanc.

Il nota les spots encastrés au plafond. Pour lui, c'était l'emplacement idéal pour y planquer une caméra. Il s'arrêta sous chacun d'eux, mais sans monter sur une chaise ou sur le lit pour les ausculter.

Il était à peu près certain d'en trouver. Mais s'il se décarcassait pour les localiser, les espions du MSE chargés de sa surveillance s'en apercevraient fatalement, ce qui ne ferait qu'attiser un peu plus leur attention.

Quand il se fut déshabillé, il retourna dans la salle de bain. La pièce était à présent entièrement envahie par la vapeur et il fallut une bonne minute pour qu'elle s'évacue suffisamment et lui permette d'inspecter les lieux. Le premier endroit qu'il regarda fut le grand miroir et de fait, il repéra aussitôt ce qu'il cherchait : un carré de trente centimètres de côté où la buée ne s'était pas déposée.

C'était, Ding le savait, parce que se trouvait juste derrière une niche dans laquelle on avait placé une caméra. Il y avait sans doute également un émetteur wi-fi pour transmettre aux types du MSE ses signaux et ceux du micro planqué quelque part ailleurs dans la pièce.

Il sourit intérieurement. Tout nu dans la salle de bain, l'envie lui prit de faire coucou à la caméra. Il suspectait que quatre-vingt-dix-neuf pour cent des hommes (et femmes) d'affaires qui descendaient dans cet hôtel, comme dans des dizaines d'établissements analogues de la capitale chinoise, n'imaginaient pas une seconde qu'ils étaient piégés pour la *Caméra invisible* chaque fois qu'ils prenaient une douche.

Dans deux autres suites au même étage, Dominic Caruso et Sam Driscoll effectuaient eux aussi leur discrète contre-surveillance des lieux. Les trois Américains parvinrent à la même conclusion manifeste : ils allaient devoir prendre soin de ne rien faire, ne rien dire, et de se comporter en tout point comme n'importe quel client lambda de l'hôtel s'ils ne voulaient pas ruiner leur mission.

Tous les trois s'étaient maintes fois trouvés sur le terrain dans des environnements hostiles. Les Chinois étaient des clients sérieux en matière de tactiques d'espionnage, mais les Américains savaient qu'ils pouvaient jouer leur rôle, sans rien faire qui pût éveiller la méfiance des agents assoupis devant leurs écrans et leur suggérer qu'ils étaient en train de mijoter quelque chose.

Ding venait de se coucher pour dormir au moins quelques heures quand sonna son téléphone satellite. La ligne étant cryptée, il ne s'inquiétait pas d'être espionné par des moyens électroniques, même si la chambre était sans aucun doute équipée de micros.

Il alluma la télé, sortit sur le balcon, et fit coulisser la porte vitrée derrière lui.

« *Bueno* ?

— Euh... Ding ?

— Adam ? chuchota Chavez.

— Ouais.

— Je suis content que tu aies appelé. Tout le monde se demandait ce qui t'était arrivé.

— Ouais. J'ai dû passer pendant quelque temps en mode furtif.

— J'imagine.

— J'ai trouvé où Centre a installé son QG, annonça Yao.

— Tout seul ?

— Ouaip.

— Où ça ?

— À Canton. Je n'ai pas d'adresse mais j'ai resserré le périmètre. C'est près du BRT, le Bureau de reconnaissance technique. Il est bien en Chine continentale, Ding. Il travaillait pour les communistes depuis le début. »

Chavez regarda autour de lui, soudain nerveux. Il s'avisa que Pékin n'était peut-être pas l'endroit idéal pour prendre un appel téléphonique.

« Oui. On était parvenus à la même conclusion de notre côté. Il faut que tu trouves un moyen pour avertir ton employeur.

— Écoutez, Ding. J'en ai marre de renvoyer des câbles à Langley. Ils ont une fuite, et les signaux fuités reviennent en Chine populaire. J'en parle à Langley et je vous parie que Centre redéménage illico.

— Qu'est-ce que tu vas faire ?

— Je vais bosser sans réseau.

— T'as un style qui me plaît bien, Adam, mais ce n'est pas ce qui va favoriser ton avancement.

— Me faire tuer non plus.

— Ça, ce n'est pas faux.

— Je ne cracherais pas sur un petit coup de main. »

Chavez réfléchit. Pour l'instant, il était exclu qu'il pût se passer de Driscoll ou de Caruso, et il lui était impossible de s'esquiver sans éveiller aussitôt les soupçons de leurs chaperons.

« Je suis au milieu d'un truc que je ne peux pas lâcher pour le moment, mais je peux demander à Ryan de venir t'aider. » Chavez savait qu'envoyer Jack en Chine continentale était une décision discutable, dans le meilleur des cas. Mais il savait aussi que Tong était au centre de l'ensemble du conflit avec la Chine, et par ailleurs, Canton était toujours plus près de Hongkong que Pékin.

Au moins, pensa Ding, il n'envoyait pas Jack dans la capitale chinoise.

« *Ryan* ? s'exclama Yao, sans chercher à masquer sa déception.

— Qu'est-ce que tu lui reproches ?

— J'ai trop à faire pour devoir veiller en plus sur le fiston.

— Jack est un élément de valeur, Yao. Crois-moi sur parole.

— J'en sais rien.

— C'est à prendre ou à laisser. »

Soupir de Yao. « Non, je prends. Au moins, il connaît des gens influents. Faites-le envoyer à HK, je pourrai le récupérer à l'aéroport et lui faire traverser la frontière.

— Entendu. Rappelle-moi dans une heure et demie, et je vous mets en relation. »

63

Jack Ryan Jr. franchit le pont Francis-Scott-Key, les yeux rivés sur un taxi noyé dans le trafic une centaine de mètres devant lui.

Il était à peine sept heures du matin et Jack filait le véhicule depuis qu'il avait quitté, vingt minutes auparavant, la roulotte dans laquelle vivait Melanie, à Alexandria.

C'était le troisième jour d'affilée qu'il se pointait devant chez elle avant l'aube, se garant à quelques rues de Princess Street avant de descendre de voiture pour aller planquer dans un minuscule jardin, de l'autre côté de la rue. Chaque matin, il observait aux jumelles ses fenêtres dès que le ciel s'était suffisamment éclairci, et il restait là jusqu'à ce qu'elle parte travailler, remontant la rue pour gagner la station de métro.

Puis, ces deux derniers jours du moins, il avait inspecté sa boîte aux lettres et sa poubelle, mais sans rien y découvrir d'intéressant. Il était ensuite reparti quelques minutes après, avant de consacrer le reste de la journée à se creuser la tête pour trouver comment la mettre au pied du mur à propos de Centre.

Aujourd'hui, son plan avait été de s'introduire dans

son logement sitôt après son départ ; il savait qu'il pouvait aisément crocheter sa porte, mais son projet avait tourné court quand un taxi s'était arrêté devant chez elle à six heures quarante et qu'elle était sortie précipitamment, déjà prête pour aller travailler.

Jack s'était dépêché de regagner sa voiture, puis il avait rattrapé le taxi sur la voie express du Jefferson Davis Memorial. Il avait noté presque aussitôt que Melanie ne se rendait pas à son travail à McLean mais se dirigeait vers le centre de la capitale.

Et maintenant, alors qu'il avait quitté le pont pour entrer dans Georgetown, il se mit à repenser au meurtre de tous ces agents de la CIA, quinze jours plus tôt, et se sentit écœuré à l'idée qu'elle pût y avoir été mêlée d'une façon ou d'une autre.

« À son insu, Jack », se répéta-t-il tout haut, convaincu qu'elle ne pouvait pas travailler contre lui ou pour les Chinois sans s'être fait sérieusement avoir.

Enfin, c'est ce qu'il voulait croire.

Fixé sur la console centrale, son téléphone pépia. Il pressa le bouton mains libres intégré au volant.

« Ryan.

— Jack, c'est Ding.

— Eh ! Déjà à Pékin ?

— Oui. Désolé, pas le temps de bavarder. Je viens de réserver le Gulfstream. Il faut que tu sois dans une heure à l'aéroport Baltimore-Washington. »

Merde. Il était quasiment à une heure de Baltimore. Il allait devoir interrompre sa filature et rouler pied au plancher. Mais un autre détail lui revint. « Je suis suspendu, t'as oublié ?

— Granger a annulé sa décision.

— OK. Pigé. Je suis à DC, je file sur BWI. Quelle est ma destination ?

— Hongkong. »

Jack savait qu'il était improbable que la communication satellite de Ding pût être interceptée, et Gavin et son équipe avaient passé des heures à fouiller sa voiture à la recherche de balises, mouchards ou micros, mais il savait dans le même temps qu'il était inutile d'en rajouter, au risque de révéler des renseignements opérationnels, aussi se garda-t-il de poser d'autres questions.

« OK », dit-il simplement avant de raccrocher. Il était à présent au beau milieu de Georgetown et l'itinéraire le plus rapide pour rejoindre Baltimore était de poursuivre droit devant, plein nord, aussi continuat-il de filer le taxi de Melanie jusqu'à ce qu'il puisse obliquer.

Mais le taxi n'était déjà plus visible, car un fourgon de teinturier qui venait de déboucher d'une rue latérale s'était interposé.

L'idée lui vint d'appeler tout simplement Melanie pour lui parler. S'il se rendait à Hongkong, il n'aurait pas de réponse à ses interrogations avant plusieurs jours, au bas mot, et ça le chagrinait beaucoup. Mais il redoutait également, s'il lui parlait, qu'elle devine son départ imminent, ce qui pourrait mettre en danger sa mission.

Parce que Centre serait au courant.

Au passage au-dessus de la voie express de Rock Creek, Jack se résigna au fait qu'il n'aurait aucune réponse, or c'est à cet instant précis que le taxi s'engagea sur la bretelle d'accès à la voie express. Jack se rendit compte que lui aussi mettait le cap au nord, ce qui était bizarre : il avait du mal à imaginer pourquoi Melanie avait demandé au chauffeur de traverser Georgetown juste pour quitter le District fédéral.

Il accéléra sur le passage supérieur avant de s'engager sur la rampe d'entrée mais c'est alors qu'il vit le fourgon de teinturier déboîter vers la droite, à l'intérieur du virage que prenait le taxi, sur cette bretelle étroite, pentue, en courbe serrée.

« Quel idiot », tel fut son commentaire, à soixante-quinze mètres derrière les deux véhicules.

Et soudain, alors que le fourgon était parvenu à la hauteur du taxi, la porte latérale s'ouvrit en coulissant. C'était si incongru que Ryan ne saisit pas d'emblée ce qui se passait et qu'il fut lent à reconnaître le danger.

Jusqu'à ce qu'il voie le canon d'une mitraillette surgir des ténèbres à l'intérieur du véhicule.

Sous ses yeux, l'arme lâcha une longue rafale en tir automatique, le canon cracha flammes et fumée et la vitre avant du taxi, côté passager, explosa dans un nuage de verre pulvérisé.

Jack poussa un cri en voyant le taxi de Melanie dévier sur la gauche et quitter la chaussée pour dévaler le talus herbeux et s'immobiliser sur le toit après plusieurs tonneaux.

Le fourgon s'arrêta un peu plus bas ; deux hommes armés surgirent de l'arrière.

Jack avait son Glock 23 mais il était encore trop loin pour s'arrêter et engager le combat avec les types en bas de la rampe. À la place, pris d'un élan irraisonné, il braqua, pied au plancher, et la BMW 335i s'envola pour retomber violemment sur la pente herbeuse. Sous le choc, il perdit le contrôle du véhicule qui rebondit, retomba, se mit en crabe et glissa de biais sur la pente vers l'épave du taxi.

L'airbag s'était déployé, lui giflant le visage ; ses bras étaient ballottés en tous sens, tandis que la voiture glissait en cahotant sur l'herbe mouillée, frôlait un arbre avant d'achever sa course au bas du talus. Le pare-brise était zébré de craquelures mais Jack réussit à voir au travers, à une quinzaine de mètres, les deux tireurs s'approcher du taxi.

Il était estourbi, son champ visuel était limité par la poussière et le pare-brise fêlé, mais il nota que les tireurs avaient ralenti pour se tourner vers lui. Ils ne semblaient pas considérer la BMW comme une menace ; ils devaient manifestement croire qu'un autre automobiliste avait lui aussi perdu le contrôle de son véhicule, suite au brusque ralentissement consécutif au carambolage.

Jack lutta contre l'étourdissement. Alors que les tireurs reportaient leur attention sur le taxi renversé, s'agenouillant pour inspecter l'habitacle, la mitraillette prête à tirer, Jack dégaina son Glock, l'éleva, les mains tremblantes, puis tira à travers le pare-brise fêlé.

Il se mit à tirer à répétition sur les deux hommes devant lui. L'un d'eux s'effondra dans l'herbe en laissant échapper son arme.

L'autre riposta et le pare-brise, juste à sa droite, explosa, projetant sur son visage une pluie de confettis de verre Sécurit. Les douilles de ses cartouches rebondissaient à l'intérieur de l'habitacle et venaient lui brûler le visage et les bras avant de se perdre sur le plancher ou les sièges.

Ryan tira sans s'arrêter, vidant son pistolet sur les deux hommes, treize balles au total. Il sortit rapidement de sous sa ceinture un chargeur plein qu'il introduisit par l'ouverture sous la crosse. Alors qu'il remettait son arme en batterie et visait, il s'aperçut que le second tireur battait en retraite pour regagner le fourgon ; il chut à deux reprises en gravissant la pente, manifestement blessé.

Le véhicule démarra sur les chapeaux de roue pour s'introduire dans la circulation de la voie rapide. Au passage, il emboutit sur le côté un SUV qu'il projeta vers le séparateur central. Le fourgon accéléra, fuyant vers le nord.

Jack sortit de sa voiture, titubant, la tête embrumée, puis, reprenant ses esprits, il courut vers l'épave. Il s'agenouilla. « Melanie ! » Il vit le chauffeur, un jeune Arabe, encore attaché à sa ceinture, visiblement mort. Le malheureux avait perdu une partie du front et son sang ruisselait, inondant le plafond de la voiture au-dessous de lui. « Melanie.

— Jack ? »

Ryan se retourna. Melanie Kraft était derrière lui. Elle avait un œil au beurre noir – le droit – et le front éraflé. Elle était ressortie de l'épave par l'autre côté et Jack fut soulagé de la voir debout, avec juste quelques écorchures. Mais il comprit bien vite à quel point elle était en état de choc, en voyant ce regard hébété, confus, perdu.

Jack la saisit par le poignet et la traîna vers sa BMW, l'installa sur la banquette arrière, puis il se précipita au volant.

« Allez, ma belle ! S'il te plaît, démarre ! » dit Jack en pressant le bouton du démarreur.

Le moteur de la berline de luxe démarra, Jack enclencha d'un coup sec le levier de la boîte automatique pour repartir lui aussi vers le nord, le visage fouetté par les fragments de verre du pare-brise chassés par le vent de la course.

Melanie Kraft reprit ses esprits. Elle était étendue sur le côté, à l'arrière de la voiture de Jack. Tout autour d'elle, des fragments de verre brisé et des douilles. Elle se redressa précautionneusement.

« Qu'est-ce qui se passe ? » Elle porta la main à son visage et quand elle la retira, elle vit un peu de sang, puis elle la porta vers son œil droit et tâta ses paupières gonflées. « Qu'est-il arrivé, Jack ? »

Ryan avait quitté la voie express et se faufilait à présent dans un dédale de voies secondaires, en se servant du GPS intégré pour se tenir à l'écart des routes principales et éviter d'être repéré par la police.

Elle répéta. « Jack ?
— Ça va ?
— Oui. Qui étaient ces gens ? »

Ryan se contenta de hocher la tête sans rien dire. Il sortit de sa poche son mobile et passa un appel. Melanie l'écouta parler.

« Eh... J'ai besoin de ton aide. C'est sérieux. » Une brève pause. « Il faudrait qu'on se retrouve quelque part entre la capitale et Baltimore. Il me faut une voiture et j'aurai besoin que tu veilles sur quelqu'un pendant un certain temps. » Nouvelle pause. « C'est un vrai merdier. Viens armé. Je sais que je pouvais compter sur toi, John. Tu me rappelles. »

Ryan remit dans sa poche le mobile.

« S'il te plaît Jack, réponds-moi. Qui étaient ces types ?

— Qui ils étaient ? Qui ils étaient ? Les gars de Centre ? Qui veux-tu d'autre ?

— Centre ? Qui est Centre ?

— Ne me mens pas. Tu as bossé pour lui. Je le sais. J'ai trouvé le bug sur mon téléphone. »

Melanie hocha lentement la tête. Ça lui déclencha une migraine. « Je ne... Centre, c'est Lipton ?

— Lipton ? Qui diable est ce Lipton ? »

Melanie se sentait perdue. Elle n'avait qu'une envie, s'étendre, vomir, sortir de cette voiture qui la ballottait. « Lipton est au FBI. Sécurité nationale.

— Il est avec les Chinois ?

— Les Chinois ? Qu'est-ce qui ne tourne pas rond chez toi, Jack ?

— Ces types de tout à l'heure, Melanie. Ils travaillent pour le Dr K.K. Tong, nom de code Centre. En réalité, la marionnette du ministère chinois de la Sécurité d'État. Du moins, c'est ainsi que je vois les choses. Mais pour moi, c'est une quasi-certitude.

— Mais quel rapport avec...

— Le virus que tu as mis dans mon téléphone ? Il venait de Centre, lui donnait ma position, espionnait mes appels. Ils ont essayé de nous tuer, Dom et moi, à Miami. Ils savaient où nous étions à cause du virus.

— Quoi ?

— C'est le même groupe qui a tué les cinq agents de la CIA à Georgetown. Et aujourd'hui, ils ont essayé de te tuer.

— Le FBI ?

— Le FBI, mon cul ! J'ignore qui est ton Lipton mais une chose est sûre, tu n'as pas eu affaire au FBI !

— Mais si ! Bien sûr que si ! Le FBI. Pas les Chinois ! Merde, mais pour qui tu me prends ?

— Je n'en sais foutre rien, Melanie !
— Eh bien, moi, je ne sais pas qui tu es ! Qu'est-ce qui s'est passé, tout à l'heure ? Tu viens bien de tuer deux mecs, non ? Que me voulaient-ils ? Je ne faisais qu'obéir aux ordres.
— Oui, ceux des Chinois !
— Non ! Du FBI. Je veux dire, au début, c'est Charles Alden de la CIA qui m'a dit que tu travaillais pour un service de renseignement étranger ; il m'a juste demandé de trouver ce que je pourrais. Mais après son arrestation, Lipton m'a appelée, ils m'ont montré la décision judiciaire, il m'a présenté Packard. Je n'avais pas le choix. »

Jack secoua la tête. Qui était ce Packard ? Il n'y comprenait plus rien mais il croyait Melanie. Il la croyait quand elle se montrait convaincue de travailler pour le FBI.

« Qui es-tu ? » répéta-t-elle. Ce coup-ci, toutefois, sa voix était moins paniquée, plus douce, plus implorante aussi. « Pour qui travailles-tu, et ne viens pas me raconter que tu bosses dans la finance, merde ! »

Jack haussa les épaules. « J'avoue, je ne me suis pas montré tout à fait honnête envers toi. »

Elle contempla longuement ses yeux reflétés dans le rétro avant de répondre, sarcastique : « Non ? Pas possible ! »

Jack retrouva John Clark dans un parking derrière un marchand de meubles encore fermé à cette heure. Melanie n'avait presque pas ouvert la bouche. Jack l'avait convaincue de lui laisser, provisoirement, le bénéfice du doute, le temps pour lui de la mettre à l'abri. Ensuite, ils pourraient parler.

Mais après plusieurs minutes de messes basses avec Clark, Jack retourna vers la voiture. Melanie, toujours assise à l'arrière, regardait fixement droit devant elle, encore sous le coup de ce qu'elle venait d'endurer.

Jack ouvrit la porte et s'agenouilla. Face à son absence de réaction, il lui souffla : « Melanie ? »

Elle se tourna lentement. Il fut soulagé de constater qu'elle n'était pas aussi déconnectée qu'on aurait pu le craindre.

« Oui ?

— Il faut que tu me fasses confiance. Je sais que c'est difficile en ce moment, mais je te demande de réfléchir à tout ce que nous avons vécu ensemble. Je ne vais pas te raconter que je ne t'ai jamais menti mais je te jure que je n'ai jamais, vraiment jamais rien fait qui pût te faire du mal. Tu le crois, ça, n'est-ce pas ?

— Je te crois.

— Je vais te demander de suivre John Clark. Il va te ramener à sa ferme dans le Maryland, juste pour la journée. J'ai besoin d'être sûr que tu es en sécurité, hors d'atteinte de ces types.

— Et toi ?

— Je dois partir.

— Partir ? Tu plaisantes. »

Il grimaça ; il savait que les apparences ne le servaient pas. « C'est très important. Je t'expliquerai tout à mon retour, dans deux jours, maxi. Tu pourras alors décider si tu me fais toujours confiance. Et alors, je pourrai écouter tout ce que tu auras à me dire. Me parler de ce Lipton que tu crois appartenir au FB…

— Darren Lipton est au FBI, Jack.

— Peu importe. On en discutera. Tout ce que je veux te dire, pour le moment, c'est qu'on doit se faire mutuellement confiance. Alors, je t'en prie, suis John et laisse-le s'occuper de toi.

— Il faut que je parle à Mary Pat.

— John et Mary Pat sont amis depuis bien avant ta naissance. On a besoin de rester discrets pour le moment, mieux vaut que MP ne soit pas tout de suite impliquée.

— Mais…

— Fais-moi confiance, Melanie. Juste pour deux jours. »

Elle ne semblait pas franchement ravie mais au bout de quelques secondes, elle acquiesça.

Clark repartit avec Melanie au volant de la BMW. Il connaissait un lac où il pourrait se débarrasser du véhicule et il avait déjà demandé à Sandy de venir les récupérer sur place avec sa voiture.

Jack monta dans le Ford de John et fila vers l'aéroport embarquer sur le Gulfstream de la société qui devait l'emmener à Hongkong.

64

À sept heures du matin, Dom, Sam et Ding retrouvèrent leur guide dans le hall de l'hôtel pour ce que les médias gouvernementaux qualifiaient d'« excursion culturelle ».

Le guide se présenta sous le nom de Georges. C'était un homme jovial mais aussi, comme le savaient parfaitement les trois Américains, un informateur zélé du renseignement chinois. On l'avait donc chargé d'encadrer ces trois « journalistes ».

Ils devaient visiter la Grande Muraille du côté de Mutianyu, à quelque quatre-vingts kilomètres de Pékin. Mais avant de les conduire vers le minibus qui les attendait sous le porche couvert de l'hôtel, Georges leur expliqua dans un anglais saccadé qu'ils avaient été fort avisés de choisir de visiter cette section, car le reste du groupe de journalistes avait opté pour un site plus proche qui avait, hélas, beaucoup changé récemment par suite de travaux de restauration.

Chavez acquiesça et sourit en montant dans le minibus, et, avec un accent espagnol pas franchement argentin et pas vraiment nécessaire, il répondit au guide qu'il était ravi que ses producteurs aient eu la présence d'esprit de sélectionner ce tronçon pour réaliser leur reportage.

En réalité, Chavez se moquait comme d'une guigne de la Grande Muraille de Chine. Pas plus du tronçon de Mutianyu que de n'importe quel autre. Certes, s'il avait été en vacances pour de bon, avec femme et enfant, cela aurait certainement valu le coup d'œil. Mais pour le moment, il était en mission, et le plan n'incluait pas de visite de la Grande Muraille.

C'était leur contact de la Main rouge qui lui avait demandé de réclamer cette visite. Il se dit que la Main rouge devait avoir un plan pour les subtiliser, ses deux collègues et lui, aux attentions de leur guide et du chauffeur. L'organisation ne lui avait fourni aucun détail ; il se fiait à une bande de criminels pour lesquels il n'avait ni confiance ni grand respect, mais les enjeux de cette mission étaient tels que les trois hommes avaient décidé de jouer leur va-tout avec le fervent espoir que la Main rouge trouverait le moyen de les libérer de leurs accompagnateurs tout en évitant qu'ils ne se fassent tuer.

Sam Driscoll donna un coup de genou à Ding – les deux hommes étaient assis ensemble à l'arrière. Ding se tourna vers Sam et suivit son regard fixé sur un emplacement au tableau de bord, près du pare-brise. Il dut plisser les yeux pour repérer le minuscule micro. Il y avait sans doute également une caméra quelque part dans l'habitacle. Les Chinois devaient être en train de les observer – si ce n'était pas en direct, ils auraient l'occasion de visionner l'enregistrement de ce que la Main rouge leur mitonnait dans les instants qui allaient suivre.

Ding fit signe à Caruso de se rapprocher et il lui

glissa à l'oreille : « Micros et caméras, *'mano*. Quoi qu'il arrive... on fait comme si. »

Dom resta impassible. Plutôt que de réagir, il regarda les collines brunes qui défilaient sous un ciel gris derrière la vitre.

Pendant que leur guide officiel du service de la propagande continuait de débiter à jet continu ses commentaires, de la qualité de la chaussée sur laquelle ils roulaient à la récolte de blé record moissonnée dans les champs alentour en passant par l'exploit d'ingénierie que représentait la construction de la Grande Muraille, Chavez se retourna mine de rien. Une cinquantaine de mètres derrière eux, il avisa une berline noire qui les suivait. Les deux hommes assis à l'avant étaient habillés comme leur guide.

Ce devait être des gorilles armés du ministère chargés de veiller à ce que les médias étrangers ne soient pas harcelés par des manifestants, détroussés par des bandits de grand chemin ou entravés par quelque autre difficulté locale.

Ils devaient à coup sûr se préparer à une journée barbante.

Chavez était à peu près certain qu'ils allaient être surpris.

Une quarantaine de minutes après avoir quitté l'agglomération de Pékin, ils tombèrent sur le premier feu rouge depuis un bout de temps. Leur chauffeur s'arrêta et une camionnette noire qui venait de sortir d'une station-service vint s'immobiliser sur la droite du minibus.

La portière gauche de la camionnette s'ouvrit tout d'un coup, alors que leur guide était en train de proclamer, à l'intention des journalistes assis à l'arrière, que la Chine était le premier exportateur mondial de blé et de coton.

Ding vit le canon d'un fusil juste un instant avant que ne parte le coup. Il cria à Dom et Sam de s'aplatir. La vitre à côté de Georges explosa ; sa tête retomba mais la ceinture de sécurité retint son corps devenu inerte.

À son tour, le chauffeur s'effondra sur le volant, tué lui aussi.

Les trois Américains faisaient de leur mieux pour rester tapis le plus possible, la tête entre les genoux, les mains au-dessus de la tête, alors qu'une nouvelle salve d'arme automatique finissait de briser toutes les vitres du véhicule.

« Merde ! » s'écria Dominic.

Aucun des trois n'avait de gros efforts à déployer pour jouer la frayeur et l'impuissance. Les connards qui mitraillaient leur minibus à l'arme automatique les aidaient puissamment à rester dans leur rôle. La caméra et le micro allaient enregistrer l'événement et les trois Américains auraient l'air parfaitement crédibles.

Ding entendit des cris à l'extérieur. Des voix affolées qui aboyaient en chinois, un bruit de cavalcade autour d'eux. Puis de nouvelles rafales d'arme automatique, tout près du minibus.

On tenta d'ouvrir la porte coulissante mais elle était verrouillée. Aucun des Américains ne broncha, ils continuaient de garder la tête cachée entre leurs genoux.

Quelqu'un finit de démolir la vitre à coups de crosse. Ding imagina qu'on passait le bras à l'intérieur pour débloquer la porte mais il ne chercha pas à lever la tête pour s'en assurer. Quand la porte coulissa quelques instants plus tard, il aperçut dans la rue trois ou quatre types masqués, l'arme tenue à bout de bras, qui s'agitaient frénétiquement, l'air nerveux. Ding vit l'un des hommes coiffer Caruso d'une cagoule en coton, puis l'extraire brutalement du minibus.

Chavez fut à son tour coiffé d'une cagoule et sorti de force. Il garda les mains levées alors qu'on le poussait sans ménagement vers l'arrière de l'autre véhicule.

Il entendait autour de lui tout un concert de cris stridents en mandarin. Ordres aboyés par le chef du commando ou altercation entre les hommes, Domingo n'aurait su dire, mais il sentit une main le pousser vers l'avant, une autre l'agripper par le col de son blouson pour le faire grimper à l'arrière de la camionnette noire.

Il ne savait pas si les journalistes dans les autres minibus du convoi assistaient à la scène, voire étaient en train de la filmer. Mais si c'était le cas, il était prêt à parier que cela aurait tout l'air d'un de ces enlèvements par des bandits de grand chemin si caractéristiques du tiers-monde.

On pouvait difficilement être plus réaliste, sans doute parce que les hommes de la Main rouge ne devaient pas en être à leur coup d'essai.

La camionnette redémarra dans un crissement de pneus. Bousculé par la soudaine embardée, Domingo se rendit compte à cet instant seulement que deux hommes étaient assis à côté de lui.

« Qui est là ?
— Sam.
— Et Dom.
— Z'êtes OK, les mecs ? »

Tous deux répondirent par l'affirmative même si Dom se plaignit que ses oreilles allaient carillonner pendant un bout de temps car l'un des abrutis de la Main rouge n'avait rien trouvé de mieux que vider un chargeur à cinquante centimètres de sa tête.

La camionnette poursuivit sa route mais personne ne fit mine de leur ôter leurs cagoules. Chavez tenta de s'adresser aux Chinois assis avec eux à l'arrière mais manifestement, pas un seul ne parlait anglais. Il en entendit au moins deux discuter entre eux mais finalement, ils continuèrent d'ignorer les Américains.

Quinze minutes après avoir quitté la scène du simulacre d'enlèvement, la camionnette s'immobilisa. On fit descendre Dom, Ding et Sam, toujours cagoulés, et ils se retrouvèrent poussés à l'arrière de ce qui leur parut une petite berline quatre portes.

Au bout de quelques secondes, ils étaient déjà repartis, tassés et brinquebalés sur la banquette alors que leur véhicule montait et descendait des routes escarpées aux virages en lacet. Un trajet interminable et propre à leur flanquer la nausée.

Le bitume laissa place au gravier et la berline ralentit, puis elle s'immobilisa enfin. Les trois Américains furent extraits de la voiture et conduits à l'intérieur d'un bâtiment. Ding décela l'odeur caractéristique du bétail et reconnut le froid humide d'une grange.

Il entendit parler autour d'eux. La conversation dura quelques minutes. Il y avait plusieurs hommes, puis il fut surpris d'entendre une voix féminine. Une dispute éclata, il était bien incapable de savoir à quel sujet, toujours est-il qu'on le laissait planté là, attendant en silence que quelqu'un lui adresse la parole.

Finalement, il entendit la porte de la grange se refermer derrière lui, on lui ôta sa cagoule et il put regarder autour de lui. Dom et Sam étaient là ; eux aussi, on leur avait ôté leur cagoule. Les trois hommes découvrirent, à l'autre bout de la grange, une petite vingtaine d'individus des deux sexes. Tous étaient armés de fusils.

Une jeune femme s'approcha des trois Américains. « Je m'appelle Yin Yin. Je serai votre interprète. »

Chavez était troublé. Leurs ravisseurs avaient l'air de lycéens. Sûrement pas de criminels. Pas un seul gramme de muscle sur tous ces corps décharnés. Sans compter qu'ils semblaient terrifiés.

Ce n'était certainement pas ce à quoi il s'était attendu. Plutôt le contraire, même.

« Vous êtes de la Main rouge ? »

La femme eut une grimace dégoûtée et secoua vigoureusement la tête en signe de dénégation. « Non, nous ne sommes pas de la Main rouge. Nous sommes le Sentier de la liberté. »

Les trois Américains s'entre-regardèrent.

Sam traduisit la pensée de ses camarades : « C'est ça, notre force rebelle ? »

Dom hocha la tête, écœuré. « Qu'on fasse quoi que ce soit avec cette équipe et on les condamne tous à l'abattoir. Non mais regardez-les : ces gamins ne seraient pas fichus de s'extraire d'un sac en papier. »

Yin Yin, qui l'avait entendu, monta sur ses grands chevaux. « Nous nous sommes entraînés.

— Sur Xbox ? demanda Driscoll.

— Non ! Nous avons une ferme où nous nous sommes exercés au tir au fusil.

— Génial ! » bougonna Dom. Il regarda Chavez.

Le Latino sourit à la femme, en faisant de son mieux pour jouer les diplomates de service. Il s'excusa, s'excusa pour ses collègues, puis prit à part Dom et Sam et leur dit : « On dirait bien que la CIA s'est fait entuber par la Main rouge. Nous refiler à un vague mouvement étudiant de cafétéria !

— Putain, gronda Caruso. Ces minots ne sont pas prêts à passer en prime time. Pas besoin d'être grand clerc pour s'en rendre compte. »

Chavez soupira. « Franchement, dans l'immédiat, je ne vois pas comment se tirer de cette galère. En attendant, gardons-nous de tout préjugé et prenons le temps de connaître leurs exploits. Ils n'ont peut-être l'air que d'une bande de mômes mais ils sont à coup sûr rudement courageux de se dresser ainsi contre les cocos au pouvoir à Pékin. On leur doit un minimum de respect, les mecs.

— Reçu cinq sur cinq », dit Dom. Driscoll se contenta d'acquiescer sans un mot.

65

Valentin Kovalenko regardait le reportage sur une autre fusillade dans les rues de Washington. Ce coup-ci, on déplorait deux victimes, un chauffeur de taxi syrien et un Asiatique d'une trentaine d'années encore non identifié. Les témoins évoquaient deux véhicules quittant la scène et des « dizaines » de coups de feu échangés.

Valentin ne perdit pas de temps à se demander si le fait divers avait un rapport avec Centre et son organisation. Il savait. Et s'il était apparent que ses assassins n'avaient pas réussi à éliminer leur cible, il était tout aussi manifeste que cette dernière était l'agent traité par Darren Lipton.

L'adresse que Kovalenko lui avait demandé de transmettre à cet agent était située à quinze cents mètres à peine du lieu de la fusillade. Et que l'Asiatique abattu ait utilisé une mitraillette confortait encore l'hypothèse qu'il s'agissait bien d'un commando de Centre. Que l'une des victimes fût bel et bien Grue, Valentin n'en avait pas la moindre idée mais c'était sans importance.

Il avait saisi toutes les implications de ce scoop.

Centre tuait ses propres agents quand ils ne lui servaient plus.

Raison pour laquelle Kovalenko éteignit la télévision, alla dans sa chambre et se mit à jeter ses fringues dans une valise.

Il en ressortit quelques minutes plus tard et se rendit à la cuisine. Il se servit une double vodka glacée qu'il vida tout en commençant d'emballer ses affaires dans le séjour.

Oui, il avait la bénédiction du SVR et, oui, Dema Apilikov lui avait dit d'aller jusqu'au bout, mais il était déjà allé bien assez loin pour savoir qu'à tout moment Grue et ses sbires pouvaient se pointer à sa porte et le liquider, auquel cas la promesse d'une sinécure à la direction R du service à Moscou perdait une grande partie de son charme.

Non. Valentin devait se tirer. Et vite. Une fois dans une planque sûre, il pourrait alors négocier avec le SVR un retour au service actif, leur rappeler toutes les fois où il avait risqué sa vie alors qu'il agissait en solo, travaillant aux intérêts de la Russie en suivant les instructions de Centre.

L'assurance d'un retour en grâce auprès du SVR.

Il tendit la main pour éteindre son ordinateur quand il vit sur l'écran la fenêtre de Cryptogram, ouverte, avec l'annonce d'un nouveau message qui clignotait. Centre devait l'observer en ce moment même, alors il cliqua et se rassit.

Le message disait :

« Il faut qu'on parle.

— Eh bien, parlons, tapa-t-il.

— Au téléphone. J'appellerai. »

Kovalenko arqua les sourcils. Jamais encore il n'avait parlé avec Centre. C'était décidément bizarre.

Une nouvelle fenêtre Cryptogram s'ouvrit sur son ordinateur, montrant l'icône d'un téléphone. Kovalenko brancha des écouteurs et double-cliqua sur l'icône.

« Oui ?

— Monsieur Kovalenko. » La voix était celle d'un homme aux alentours de la cinquantaine, et manifestement chinois. « J'ai besoin que vous restiez à Washington.

— Pour m'envoyer vos hommes m'éliminer ?

— Je n'ai pas l'intention d'envoyer mes hommes vous éliminer.

— Vous avez bien tenté de liquider la fille de Lipton.

— C'est exact, et les hommes de Grue ont échoué. Mais c'était parce qu'elle a cessé de travailler pour nous sans notre permission. Je vous déconseille de lui emboîter le pas parce que nous allons la retrouver et cette fois, nous n'échouerons pas. »

Kovalenko avait besoin d'un moyen de pression, aussi joua-t-il le seul atout qu'il avait en main. « Le SVR sait tout de vous. Ils m'ont donné le feu vert pour continuer à vous aider mais ce coup-ci, je raccroche pour de bon et je file. Vous pouvez toujours essayer de m'envoyer votre équipe de démolisseurs chinois, mais je retourne dans le giron de mes anciens employeurs et ils sauront...

— Vos anciens employeurs au SVR vous descendront à vue, monsieur Kovalenko.

— Vous ne m'écoutez pas, Centre ! Je les ai rencontrés et ils m'ont dit...

— Vous avez rencontré Dema Apilikov le 21 octobre à Dupont Circle. »

Kovalenko se tut brusquement. Ses mains serraient si fort les coins de la table qu'on aurait pu croire que le bois allait se rompre sous leur pression.

Centre savait.

Centre savait, toujours.

Malgré tout, ça ne changerait rien. Kovalenko reprit : « C'est exact. Et si vous songez à toucher à Apilikov, vous allez vous retrouver avec l'intégralité des services de l'immigration clandestine sur le dos.

— Toucher à Apilikov ? Mais, monsieur Kovalenko, je *possède* Dema Apilikov. Je le tiens. Il travaille pour moi, m'informant en détail sur toutes les techniques de transmission du SVR, depuis bientôt trois ans. C'est moi qui l'ai envoyé vous contacter. J'avais pu constater que vous aviez perdu votre ardeur au travail après l'action de Georgetown. Je savais que le seul moyen de vous ramener dans le programme et, à tout le moins, de vous faire obéir aux ordres était de vous induire à croire que vos efforts vous vaudraient un retour en fanfare au sein du SVR. »

Kovalenko se laissa glisser de son siège pour s'asseoir à même le sol, la tête entre les genoux.

« Écoutez-moi très, très attentivement, monsieur Kovalenko. Je sais que vous êtes en train de vous dire que plus rien ne vous incite à suivre mes instructions. Mais vous vous trompez lourdement. Je viens de faire transférer quatre millions d'euros sur un compte bancaire à Chypre et cet argent est pour vous. Vous ne serez plus à même de réintégrer le SVR mais avec quatre millions d'euros, vous avez de quoi vous retourner pour le temps qu'il vous reste à vivre.

— Pourquoi devrais-je vous croire ?

— Repensez à notre relation. Vous ai-je jamais menti ?

— Merde, vous vous foutez de ma gueule ? Bien sûr que vous m'avez...

— Non, j'ai demandé à d'autres de vous tromper, c'est vrai. Mais je ne mens pas.

— Très bien. Alors donnez-moi le code d'accès au compte.

— Je vous le donnerai demain matin. »

Kovalenko n'avait pas relevé la tête. En fait, il se fichait de cet argent, ce qu'il voulait surtout, c'était se libérer de l'emprise de Centre.

« Pourquoi ne pas me le donner tout de suite ?

— Parce que vous avez encore une tâche à accomplir. Une tâche de la plus haute importance. »

Le Russe assis sur le sol de son appartement en sous-sol de Dupont Circle laissa échapper un long soupir. « Putain, la surprise ! »

Il était dix-sept heures et le président Ryan était sur les rotules, après avoir été réveillé à trois heures du matin et avoir travaillé sans débander depuis. La journée avait été une succession ininterrompue de crises diplomatiques et militaires ; plus d'une fois, le succès dans un domaine était contrebalancé par un revers dans un autre.

En mer de Chine méridionale, deux hélicoptères d'attaque chinois de type Z-10 basés sur un porte-avions avaient abattu deux appareils de l'armée de l'air vietnamienne en patrouille dans la zone économique exclusive de leur pays. Une heure et demie plus tard, plusieurs compagnies parachutistes de l'APL avaient sauté sur Kalayaan, un minuscule îlot philippin dont la population permanente se réduisait à trois cent cinquante âmes mais également un îlot doté d'une piste d'atterrissage de quinze cents mètres. Les paras chinois en avaient pris le contrôle, tuant sept personnes, et quelques heures plus tard, elle accueillait une noria d'avions de transport amenant des renforts de troupes.

Des satellites américains avaient également détecté l'atterrissage d'avions de chasse.

Le destroyer taïwanais touché par les missiles Silkworm avait coulé dans les eaux chinoises mais l'APL avait permis aux Taïwanais d'y pénétrer pour récupérer les survivants. La Chine avait officiellement prétendu avoir agi en état de légitime défense et Jack Ryan s'était fendu d'une allocution télévisée depuis la Maison-Blanche pour exprimer son indignation devant de tels actes.

Il annonça qu'il allait faire mouvoir vers l'est le porte-avions *Dwight D. Eisenhower*, un bâtiment de la classe Nimitz qui se trouvait en ce moment avec la VIe flotte dans l'océan Indien, pour se poster à l'entrée du détroit de Malacca, cet étroit passage maritime par lequel transitaient près de quatre-vingts pour cent du pétrole chinois. Sa justification, exposée sur un ton mesuré propre à véhiculer un sentiment de fermeté mais aussi de calme, était que l'Amérique voulait assurer la sécurité du passage dans le détroit pour le commerce mondial, comme si la mission du *Ike* se limitait à fluidifier le débit des échanges internationaux. Ce qu'il s'abstint de dire, mais qui était évident pour quiconque avait un minimum de connaissance du commerce maritime, c'était que le *Ike* pouvait bien plus aisément couper ainsi l'approvisionnement de la

Chine en pétrole qu'assurer la sécurité du passage des porte-conteneurs sur toute l'étendue de la mer de Chine méridionale.

C'était à coup sûr un geste menaçant mais, dans le même temps, une réponse mesurée compte tenu de toutes les actions de la Chine au cours des semaines écoulées.

Les Chinois, comme c'était prévisible, étaient devenus enragés. Leur ministre des Affaires étrangères, indubitablement la personnalité la plus diplomate d'une nation de un milliard quatre cents millions d'âmes, péta un câble sur la télévision nationale, qualifiant les États-Unis de seule grande puissance dirigée par des criminels. Su Ke Qiang, le président de la Commission militaire centrale, publia une déclaration affirmant que les ingérences constantes des Américains dans une affaire de sécurité intérieure chinoise étaient propices à déclencher une réponse immédiate et fâcheuse.

La « réponse fâcheuse » se manifesta à dix-sept heures cinq, quand le NIPRINET, le réseau non crypté du ministère américain de la Défense, tomba sous le poids d'une attaque massive par déni de service. L'ensemble de la chaîne d'approvisionnement militaire de par le monde, et une large proportion des capacités de communication entre les bases, les services, les forces et les systèmes, cessèrent purement et simplement de fonctionner.

À dix-sept heures vingt-cinq, le réseau crypté de la défense se mit à connaître à son tour des chutes de bande passante et des problèmes de communication. Un certain nombre de sites web publics de l'armée et du gouvernement devinrent inaccessibles ou bien furent remplacés par des photos et des vidéos du massacre de soldats américains en Irak et en Afghanistan, des images écœurantes d'explosions de Humvees, de victimes de tueurs embusqués et de clips de propagande djihadiste diffusés en boucle.

À dix-sept heures cinquante-huit, débuta une série d'attaques cybercinétiques visant des infrastructures critiques des États-Unis : la FAA – la Direction générale de l'aviation civile – mais aussi les réseaux de transports en commun de la plupart des grandes villes de la côte Est. Les services de téléphonie mobile en Californie et dans la région de Seattle devinrent lacunaires, voire inexistants.

Presque dans le même temps, à Russellville, Arkansas, sur le site d'Arkansas Nuclear One, une centrale nucléaire équipée de réacteurs à eau pressurisée, les pompes du circuit primaire cessèrent soudain de fonctionner. Le système de secours devint à son tour inopérant et la température du cœur des réacteurs se mit rapidement à grimper, la chaleur des barres de combustible n'étant plus évacuée. Toutefois, alors que la fusion du cœur semblait devenir inéluctable, le système de refroidissement d'urgence de ce dernier fonctionna normalement, lui, et l'accident fut évité de justesse.

Jack Ryan arpentait de long en large la salle de conférences du PC de crise. Ses mouvements, plus que sa voix, trahissaient sa colère. « Quelqu'un va-t-il m'expliquer comment diable les Chinois sont capables de couper des équipements dans nos centrales nucléaires ? »

Le général Henry Bloom, patron du cybercommandement, répondit. Il était en liaison vidéo depuis le PC de crise de Fort Meade. « Bon nombre de sites nucléaires ont relié, pour des raisons d'efficacité, le réseau informatique à sécurité renforcée de leurs installations techniques aux réseaux généraux, moins sécurisés, de leur entreprise de tutelle. La robustesse d'une chaîne dépend de son maillon le plus faible, et de manière générale, la robustesse de nos liaisons tend à s'affaiblir au lieu de se renforcer, à mesure du progrès technologique, car la croissance de l'intégration prime de fait sur la croissance de la sécurité.

— Nous avons réussi à garder le secret sur l'attaque visant la centrale nucléaire, n'est-ce pas ?

— Pour le moment, oui, monsieur le président.

— Dites-moi qu'on l'avait senti venir », pressa Ryan.

Le responsable du cybercommandement répondit sans se démonter. « Je l'avais senti venir depuis un bon bout de temps. Cela fait dix ans que je publie des articles et des rapports décrivant très précisément ce à quoi nous assistons aujourd'hui. L'univers des cybermenaces, le spectre des attaques possibles contre nos réseaux informatiques est vaste.

— Que devons-nous craindre à présent ?

— Je serai surpris si les systèmes informatiques de Wall Street fonctionnent normalement demain matin. La banque et les télécoms sont des cibles de choix pour une attaque de cette envergure. Jusqu'ici, le réseau de distribution électrique n'a pas été visé. Mais vu la relative facilité d'une telle attaque, je crains qu'il faille s'attendre, tôt ou tard, à des coupures de secteur étendues, un peu partout dans le pays.

— Et on ne peut rien y faire ?

— On peut riposter avec les ressources électroniques qu'ils nous auront laissées. Une attaque aussi bien coordonnée et d'une telle envergure, il faut un certain temps pour la combattre. Et il y a un autre point que je me dois de porter à votre attention.

— Qui est ?

— Les réseaux qui ne sont pas tombés, et je songe en particulier à celui de la CIA, Intelink-TS, sont suspects.

— Suspects ?

— Oui, monsieur le président. J'évalue les capacités de l'adversaire à la lumière de ce qu'ils ont accompli ce soir. Tout ce qui tient encore debout ne tient que parce qu'ils s'en servent pour nous espionner.

— Ils seraient donc à l'intérieur du cerveau numérique de la CIA ? »

Bloom acquiesça. « Nous devons tabler sur le fait qu'ils disposent d'un accès permanent, en profondeur, à tous nos secrets. »

Ryan se tourna vers Canfield et Foley, les patrons de la CIA et de l'ODNI. « Je serais vous, je prendrais au sérieux les remarques du général Bloom. »

Foley et Canfield opinèrent en chœur.

Ryan poursuivit par une autre question. « Pourquoi bon Dieu sommes-nous à ce point largués par les Chinois en matière de sécurité informatique ? Est-ce encore une conséquence de la cure d'amaigrissement infligée par Ed Kealty à la défense et au renseignement ? »

Le général Bloom hocha la tête. « Nous ne pouvons pas faire porter le chapeau à Ed Kealty. Du simple fait que la Chine possède des millions de cerveaux, dont bon nombre ont été formés ici même aux États-Unis, et qui sont retournés dans leur pays pour – je serai bref – prendre les armes contre nous.

— Pourquoi ces cerveaux ne travaillent-ils pas pour nous ?

— Une raison essentielle est que le hacker type dont nous avons besoin dans notre camp pour, au mieux, revenir à leur niveau, est un individu d'une vingtaine d'années, né en Russie, en Chine ou en Inde. Il a fréquenté les bonnes écoles, possède les bagages linguistique et mathématique indispensables. »

Ryan avait déjà deviné où était le hic. « Mais il est totalement hors de question qu'un tel jeune ressortissant étranger puisse obtenir une habilitation totale lui autorisant l'accès à nos informations Confidentiel-Défense, ultra-sécurisées et segmentées.

— Tout à fait, confirma Bloom avant de poursuivre. Et une autre raison est que savoir appréhender ce qui ne s'est pas encore produit n'a jamais été notre point fort. La guerre informatique a toujours été pour nous un concept vague, lointain, un fantasme... jusqu'à ce matin.

— Quand le courant est coupé, que l'eau stagne, que l'essence vient à manquer... nos concitoyens comptent sur nous pour réparer tout ça.

« Nous nous sommes polarisés sur les événements à impact réduit mais probabilité élevée. L'occupation par la Chine de Taïwan et de la mer de Chine méridionale est vue comme un événement à impact massif mais de faible probabilité. Ces dernières années, nous n'avons pas surveillé ces zones avec l'attention qu'elles méritaient. Et aujourd'hui, les deux phénomènes se produisent simultanément.

« Général Bloom, conclut Ryan, de quelle façon pourrions-nous vous aider le plus vite, et du mieux possible, là, maintenant ? »

Le général d'aviation ne réfléchit qu'une seconde. « Avec une réponse cinétique sur les centres de commandement chinois qui effectuent cette cyberattaque.

— Une réponse *cinétique* ?

— Oui, monsieur le président.

— Combattre leur cyberguerre par des frappes militaires ? »

Le général Bloom ne cilla pas. « La guerre est la guerre, monsieur le président. Et cette guerre va faire des morts, ici même, sur le sol américain. Victimes de catastrophes aériennes, d'accidents de la circulation, personnes âgées mourant de froid dans des logis sans électricité... Vous pouvez, et je pense même que vous devriez, considérer ce qui vient de se passer à Russellville comme une attaque nucléaire contre les États-Unis d'Amérique. Ce n'est pas parce qu'ils n'ont pas utilisé de missile intercontinental ou que la charge n'a pas détoné ce coup-ci, que ça signifie qu'ils n'ont pas essayé, qu'ils ne vont pas réessayer et qu'ils ne réussiront pas cette fois-là. Les Chinois ont changé leur méthode d'attaque, mais ils n'ont pas changé leur armement. »

Ryan réfléchit quelques instants. « Scott ?

— Oui, monsieur le président, répondit le ministre des Affaires étrangères.

— Bloom a raison, nous sommes à un cheveu d'un conflit armé ouvert avec la Chine. Je veux que tu m'aides à sortir notre meilleure carte diplomatique pour éviter ça.

— Bien, monsieur. » Adler connaissait les enjeux ; le but essentiel de la diplomatie était d'éviter la guerre. « Commençons par les Nations unies. Sans ouvertement pointer du doigt la responsabilité de la Chine dans cette cyberattaque, je pense que nous pouvons frapper un grand coup en évoquant les accrochages en mer de Chine méridionale et leurs agressions délibérées contre la république de Taïwan.

— Entendu. Ce n'est pas grand-chose, mais il faut marquer le coup.

— Oui, monsieur. Ensuite, je me rends à Pékin rencontrer mon homologue et lui remettre en main propre un message de votre part.

— Parfait.

— Je ne vois aucun inconvénient à leur délivrer votre "bâton", mais j'aimerais bien avoir également une carotte à leur offrir.

— Bien sûr. Pas question de tergiverser sur Taïwan ou le libre accès à la mer de Chine méridionale, mais nous pouvons nous montrer conciliants vis-à-vis de certains de nos mouvements militaires dans la région. Peut-être leur promettre de ne pas renouveler la présence d'une de nos bases sur un site qui les chiffonne. Je ne le ferai pas de gaieté de cœur mais c'est foutrement mieux qu'une conflagration. On va bosser dessus avec Bob avant ton départ. »

Burgess ne semblait guère enthousiaste mais il regarda son collègue des Affaires étrangères et fit oui de la tête.

« Merci, monsieur le président, dit Scott Adler. De mon côté, je vais réunir une liste de gestes diplomatiques à mettre en œuvre pour faire pression sur les Chinois ou pour les cajoler. Ils semblent intraitables mais on doit essayer.

— Tout à fait », convint Ryan. Puis il se tourna vers son ministre de la Défense. « Bob, nous ne pouvons pas compter uniquement sur une réaction raisonnable des Chinois, que nous brandissions la carotte ou le bâton. Je veux te revoir ici dans soixante-douze heures avec un plan pour combattre la cyberattaque par des attaques sur le terrain. Tu prends avec toi nos chasseurs, le général Bloom le cybercommandement, la NSA, et tu fonces.

— Oui, monsieur le président. » Ryan savait que Burgess n'était même pas en mesure de communiquer correctement avec son état-major pour le moment, mais de ce côté, il n'y pouvait pas grand-chose.

« Sans bâtiments de surface dans la région, ajouta Ryan, les sous-marins auront un rôle crucial.

— Nous allons toutefois continuer à avoir besoin de pilotes pour survoler la Chine continentale, objecta Burgess.

— Ça va être du suicide », dit Ryan en se massant les tempes sous les branches de ses double-foyer. « Merde. » Puis, après une longue hésitation, il ajouta : « Je ne vais pas approuver une liste d'objectifs militaires. Tu n'as que faire d'une direction civile pour venir chapeauter ta campagne. Mais Bob, je te confie personnellement la tâche. Tiens-t'en uniquement aux objectifs les plus critiques, ceux hors de portée des subs. Je ne veux pas voir un seul aviateur américain risquer sa vie pour une cible pas vraiment indispensable à la réalisation de l'objectif de mission dans son ensemble.

— Je comprends parfaitement.

— Merci. Et j'avoue que je ne voudrais pas être à ta place.

— J'ai le même sentiment à votre égard, monsieur. »

Ryan écarta d'un signe de main la remarque. « OK,

fin de l'auto-apitoiement. On envoie peut-être des gens au casse-pipe, mais ce n'est pas nous qui sommes sur le gril.

— Pas faux. »

Jack réfléchit à son impuissance grandissante, président d'un pays menacé d'être démoli par sa dépendance aux réseaux informatiques.

Une autre idée lui vint soudain. « Scott ? »

Le ministre leva les yeux de son bloc-notes. « Monsieur ?

— Que donne la situation, côté transmissions ? Peux-tu parler avec notre ambassade à Pékin ?

— Plus *via* des communications sécurisées. Mais je peux décrocher un téléphone et passer un appel international. Qui sait ? Au point où nous en sommes, peut-être même qu'il faudra le passer en PCV. »

Il y eut quelques rires crispés.

Mary Pat Foley intervint. « Scott, je peux te garantir que la phrase va rester. »

Le président poursuivit : « Alors appelle l'ambassadeur Li et demande-lui d'organiser un nouvel entretien téléphonique entre Wei et moi. Au plus vite. Je suis sûr que le simple fait de passer ce coup de fil suffira à transmettre directement le message aux cocos à Pékin. »

66

Le président Wei Jen Lin reçut, de son ministre de la Sécurité d'État, la nouvelle que Kenneth Li, l'ambassadeur des États-Unis, allait demander de toute urgence un entretien téléphonique entre le président Jack Ryan et lui. Li n'avait pas encore formulé sa requête ; de toute évidence, la Sécurité d'État l'avait mis sur écoute et Wei s'en félicita, car cela lui offrait un petit délai.

Il avait passé la journée dans son bureau, demandant à ses subordonnés de le tenir régulièrement au courant des actions militaires en mer de Chine méridionale et dans le détroit de Taïwan, mais aussi de l'évolution de la situation en Amérique après les attaques informatiques.

Dire que Wei était furieux était un euphémisme. Wei discernait parfaitement quel était le projet du général Su ; et aussi que le général savait pertinemment que cela rendrait furieux le président.

De toute évidence, il n'en avait cure.

Le téléphone sur son bureau émit un bip et Wei effleura la touche ampli. « Camarade secrétaire général, le général président Su est au téléphone.

— Au téléphone ? Il était censé passer me voir.

— Je suis désolé, camarade. Il a dit qu'il ne pouvait pas se libérer. »

Wei contint sa rage. « Très bien. Passez-le-moi. »

Il entendit la voix de Su Ke Qiang. « Bonjour, *tongji*. Je te prie de m'excuser mais je ne peux pas être à Pékin en ce moment. On vient de m'appeler à Baoding et je compte y rester jusqu'à notre réunion de la Commission, jeudi matin. » Au sud-ouest de Pékin, la ville de Baoding accueillait une base importante de l'Armée populaire.

Wei décida de ne pas relever le manque de respect qu'il décelait dans la formulation du général. Il se contenta d'observer : « La journée aura décidément été bien difficile.

— Comment cela ? Je n'y vois que des succès. Les Américains déplacent un porte-avions de l'ouest à l'est de l'océan Indien. La belle affaire ! C'est tout ce qu'ils ont trouvé à répondre au torpillage du navire de guerre taïwanais ? Tu vois bien quand même qu'ils sont terrorisés ? (Su ricana.) Ils sont sur le pied de guerre, oui, mais dans l'océan Indien. » Su se délectait de ce qu'il analysait comme une piètre et vaine tentative des Américains de rouler des mécaniques.

« Pourquoi couler ce bâtiment ?

— Les événements s'enchaînent, c'est le lot de tous les conflits militaires.

— Je ne suis ni soldat ni marin. Explique-moi ce que tu entends par là.

— Je te la fais brève. Nous avons d'abord procédé à une démonstration de force au-dessus du détroit en prélude à nos actions navales. Cette phase initiale a conduit à des dizaines de duels aériens avec les Taïwanais et les Américains. Nous avons ensuite ordonné au porte-avions américain de se retirer du théâtre, ce qu'ils ont fait, mais voilà que nous découvrons qu'ils ont introduit clandestinement à Taïwan des pilotes de chasse. À l'instar d'espions. En représailles, nos sous-marins ont alors mouillé des mines et, ce faisant, est survenu un accrochage avec le vaisseau taïwanais. Nous l'avons donc détruit. Voilà où nous en sommes à présent. »

Wei comprit que Su n'allait pas exprimer le moindre remords devant une escalade qu'il jugeait inéluctable.

Le président Wei observa néanmoins : « Mais l'histoire ne s'arrête pas là, n'est-ce pas ? J'ai eu vent des attaques informatiques aux États-Unis par mes conseillers qui regardent la télévision américaine. Est-ce que tu continues à soutenir que ces actions ne seront pas attribuées à la République populaire chinoise ?

— Je le maintiens.

— Comment peux-tu dire une chose pareille ? Le jour même où tu lances des menaces de représailles contre les Américains, voilà que se produit soudain une attaque informatique de grande envergure visant leurs infrastructures militaires et civiles. D'évidence, c'est l'œuvre de la Chine.

— Est-ce évident ? Je te l'accorde. Mais qu'on nous en attribue la paternité ? Non. Il n'y a aucune preuve. »

Wei éleva le ton. « Parce que tu crois que Jack Ryan veut nous déférer à la justice ? »

Nouveau rire de Su. « Non, Wei. Ce qu'il veut, c'est nous réduire en cendres. Mais il ne va faire rien de plus que prêter quelques pilotes à Taïwan et replier ses vénérables bâtiments de guerre hors de portée de nos missiles balistiques. Ce qui est très précisément ce que nous voulions. Après quelques rodomontades,

Ryan sera bien forcé d'admettre que son combat est perdu avant même d'avoir commencé.

— Mais pourquoi fallait-il en passer par des mesures aussi radicales ? Pourquoi ne pas nous être limités aux seuls réseaux informatiques militaires ?

— Wei, je te l'ai déjà expliqué, mes experts m'informent que dans un très proche avenir, peut-être moins de deux ans, l'architecture des communications électroniques des États-Unis sera bien plus renforcée. Nous devons donc agir tout de suite, monter rapidement en puissance. Une domination rapide – la doctrine "choc et stupeur" comme disent les Américains. C'est la seule voie possible.

— Mais comment vont réagir les Américains ? »

Su s'était attendu à la question. « Si nous contrôlons le détroit de Taïwan, ainsi que la majeure partie de la mer de Chine méridionale, leur réponse sera limitée.

— Limitée ?

— Évidemment. Leurs porte-avions seront éloignés du théâtre. Et ils savent que nos batteries côtières peuvent les détruire.

— Donc, ils n'attaqueront pas ?

— Ils feront tout leur possible pour protéger Taïwan, mais ils sont conscients que ça les mène dans une impasse. Nous pouvons lancer quinze cents missiles par jour depuis nos côtes, sans compter ceux de l'aviation et de la marine. Ils battront en retraite.

— Nous avons déjà sous-estimé Ryan. Tu n'es pas en train de le méjuger à ton tour ?

— Je te l'ai dit, camarade. Il y aura une riposte américaine, j'en suis convaincu. » Il marqua un temps. « Comme je suis convaincu de son échec.

« Nous ne laisserons pas la Chine perdre son avantage sur un front, quel qu'il soit, ces cinq prochaines années. Nous allons surmonter nos crises actuelles et nous allons connaître la croissance, mais cela ne se fera pas sans quelques sacrifices à court terme. Il serait naïf d'imaginer que le président Ryan, un faucon de première bourre, va se contenter de réagir par de vagues représailles économiques ou diplomatiques. La poursuite d'une réponse armée est inévitable.

— Une réponse de quelle sorte ?

— L'APL étudie le problème depuis un certain temps. Nos groupes de réflexion à Washington s'activent à évaluer le gouvernement Ryan et sa politique, en quête de signaux susceptibles de nous aider à discerner jusqu'où ils sont prêts à aller.

— Leurs conclusions ?

— Nous n'avons rien à craindre.

— Parle-moi de la doctrine Ryan », demanda alors Wei.

Silence de Su. Puis : « La doctrine Ryan n'a aucun intérêt.

— Qu'en sais-tu, Su ? »

Su toussota au bout du fil, hésitant encore une fois avant de répondre. « Le président Ryan a dit publiquement, et il l'a prouvé par ses actes, qu'il tenait toujours les dirigeants de ses ennemis pour responsables de leurs actes. Responsables à titre personnel. Ce Ryan est un monstre. Il a ordonné la décapitation de gouvernements. L'assassinat de leurs dirigeants. » Su eut un petit rire. « Est-ce la raison de ta réticence ? Crains-tu personnellement le sort que te réserve Jack Ryan ?

— Bien sûr que non.

— Tu n'as rien à craindre, camarade.

— Je n'ai aucune crainte.

— Dans ce cas, pourquoi avoir abordé le sujet ? »

Il y eut un long silence, alors que les deux correspondants fulminaient intérieurement. Wei s'exprima enfin ; le débit était haché, tendu, l'homme se retenait de crier. « Je suis économiste et tout ce que je vois, c'est que nos actions vont détériorer les relations d'affaires plus que ne peut le supporter notre environnement économique. Tes décisions, la rapidité et l'intensité de ton agression vont déclencher une guerre qui détruira notre économie.

— Parce que nous coucher maintenant ne va pas lui nuire ? » s'écria Su. Au téléphone, il lui était impossible de jouer de son charme pour atténuer son propos. « C'est toi qui nous as poussés à couper les ponts ! Il n'est plus question désormais de faire demi-tour. On devra boire la coupe jusqu'à la lie !

— Parce que c'est moi le responsable ? Moi ?

— Bien sûr. Tu as approuvé ma décision et maintenant tu as peur d'attendre tranquillement que Ryan se débine.

— Le président Ryan n'esquivera pas le combat.

— Il va détaler, insista le général, parce que s'il résiste, alors il sera témoin d'une détonation nucléaire au-dessus de Taipei, avec la menace d'autres frappes sur Séoul, Tokyo et Hawaï. Fais-moi confiance, s'il faut en arriver là, l'Amérique n'aura d'autre choix que reculer.

— Tu es cinglé !

— C'est toi le cinglé, à te figurer que tu pouvais chasser de nos eaux des marines de guerre et limiter les dégâts en offrant en compensation des accords de libre-échange. Tu ne vois le monde qu'au travers de ton regard d'économiste. Je peux te dire une chose,

Wei ; ce qui fait tourner le monde, ce ne sont pas les affaires et les relations commerciales. C'est la lutte et les relations de force. »

Wei ne répondit rien.

« Nous en discuterons en tête à tête dès mon retour jeudi. Mais je veux que tu comprennes ceci : je m'adresserai au Comité permanent et il me soutiendra. Tu devrais continuer à t'aligner sur moi, Wei. Nos bonnes relations t'ont servi dans un passé récent, tu ferais bien de t'en souvenir. »

Su raccrocha et le président Wei mit plusieurs minutes à se ressaisir. Il demeura silencieux, assis à son bureau, les mains posées sur le sous-main. Enfin, au bout d'un long moment, il pressa sur une touche du téléphone pour avoir son secrétariat.

« Oui, camarade secrétaire général ?
— Passez-moi le président des États-Unis. »

67

Le combiné à l'oreille, le président Jack Ryan écoutait l'interprète traduire avec aisance le mandarin en anglais. La conversation se déroulait depuis plusieurs minutes et Jack avait déjà eu droit à un cours d'histoire et d'économie asséné par le président chinois.
« Vous avez fait de la Thaïlande et des Philippines vos alliés militaires dans la région. C'était une menace non déguisée. Qui plus est, l'Amérique s'était employée sans relâche à développer ses accords de défense et de renseignement avec l'Inde, avant de l'inciter à signer les accords de non-prolifération.

« L'Amérique fait son possible pour que l'Inde entre dans le club fermé des grandes puissances. Pourquoi diable serait-il dans l'intérêt de l'une de ces dernières de promouvoir l'émergence d'un nouveau venu ? Je puis répondre à cette question, monsieur le président. L'Amérique veut avoir l'aide de l'Inde pour mieux faire peser en permanence une menace sur la Chine. Comment pourrions-nous ne pas nous sentir mis en danger par cette attitude hostile ? »

Wei attendait patiemment une réponse à sa question mais ce soir, Jack Ryan n'était pas d'humeur à céder à ses caprices. S'il l'avait au téléphone, c'était pour lui parler des attaques informatiques et de l'escalade provoquée par le général président Su.

« Les attaques de votre nation contre nos infrastructures critiques constituent un acte de guerre, monsieur le président.

— Les allégations des Américains selon lesquelles la Chine aurait participé à de quelconques attaques informatiques contre eux sont infondées et manifestent un nouvel exemple du racisme de votre administration avec ce dénigrement systématique du brave peuple chinois.

— Je vous tiendrai personnellement pour responsable des pertes de mes compatriotes consécutives aux dégâts occasionnés à nos infrastructures de transport, nos réseaux de communications et nos installations nucléaires civiles.

— Quelles installations nucléaires civiles ?

— Prétendriez-vous ignorer ce qui s'est passé cet après-midi dans l'Arkansas ? »

Wei écouta l'interprète. Au bout de quelques secondes, il répondit. « Mon pays n'est responsable d'aucune attaque informatique contre le vôtre.

— Vous n'êtes pas au courant, hein ? Vos cybermilices, agissant en votre nom, président Wei Jen Lin, ont provoqué l'arrêt d'urgence d'un réacteur nucléaire au beau milieu des États-Unis. Si l'attaque avait réussi, des milliers d'Américains auraient trouvé la mort. »

Wei hésita avant de répondre. « Comme je vous l'ai déjà dit, la Chine n'a rien à voir avec tout ça.

— Et moi, je pense que si, monsieur le président, et au bout du bout, c'est cela qui importe. »

Wei hésita encore, puis il changea de sujet. « Président Ryan. Vous êtes bien conscient, n'est-ce pas, du poids de notre influence dans vos secteurs économique et commercial ?

— Peu m'importe pour l'instant. Vous ne pouvez rien infliger à notre économie dont on ne puisse se remettre. L'Amérique a beaucoup d'amis et d'énormes ressources naturelles. Vous n'avez ni les uns ni les autres.

— Peut-être, mais notre économie est forte ; notre armée aussi.

— Vos actions détruisent la première ! Ne me forcez pas à détruire la seconde ! »

Wei en resta muet.

« Reconnaissez, monsieur le président, que vous êtes inexorablement entraîné par la guerre du général Su. Et mon pays ne fera aucune différence entre vous deux. Aucune. »

Toujours pas un mot de Wei. Ryan avait eu des centaines d'entretiens traduits en simultané avec quantité de leaders internationaux après toutes ces années passées à la Maison-Blanche, or c'était bien la première fois que son interlocuteur gardait un tel silence interloqué. D'habitude, les deux parties récitaient un texte préparé ou bien se battaient pour tenir le crachoir.

« Êtes-vous toujours là, président Wei ? finit-il par demander.

— Je ne dirige pas l'armée, répondit enfin le président chinois.

— Vous dirigez le pays !

— N'empêche. Ma marge de manœuvre... n'est pas la même que la vôtre dans votre pays.

— Votre marge de manœuvre sur le général Su est

votre unique chance de sauver votre pays d'une guerre qu'il lui serait impossible de remporter. »

Nouvelle pause prolongée ; qui dura cette fois près d'une minute. Les conseillers pour la sécurité nationale de Ryan étaient assis en face de lui sur les canapés, mais ils n'entendaient pas la conversation. Celle-ci était enregistrée et ils pourraient l'écouter à loisir par la suite. Jack les regarda, ils lui rendirent son regard, manifestement perplexes.

Enfin, Wei répondit. « S'il vous plaît, comprenez-moi, monsieur le président. Je vais devoir bien évidemment faire part de vos préoccupations au général président Su. J'aimerais pouvoir les lui exposer de vive voix, en tête à tête, mais je ne le verrai pas avant son retour de la base de Baoding, entouré de toute sa clique, pour la réunion du Politburo prévue jeudi matin. Il doit s'adresser au Comité permanent, et ce n'est qu'ensuite que j'aurai le loisir de lui parler de cette conversation et d'autres sujets. »

Ryan demeura plusieurs secondes sans répondre. Puis : « Je vous ai compris, monsieur le président. Nous nous reparlerons.

— Merci. »

Ryan raccrocha, puis il regarda le groupe assis devant lui. « Puis-je parler un moment seul à seul avec la directrice Foley, le ministre Burgess et le directeur Canfield ? »

Tous les autres participants quittèrent la pièce. Ryan se leva mais il resta derrière son bureau. On lisait sur ses traits un étonnement manifeste.

Sitôt que la porte fut refermée, il prit la parole.

« C'était, je l'avoue, quelque chose que je n'avais pas envisagé.

— Quoi donc ? » C'était Canfield.

Ryan secoua la tête. Il était encore sous le coup de la surprise. « Je suis raisonnablement certain que le président Wei vient, à dessein, de me transmettre des informations.

— Des informations ? De quel genre ?

— Du genre indiquant qu'il a besoin de se servir de moi pour assassiner le général Su. »

Ses trois interlocuteurs eurent le même air interloqué que lui.

Le président Jack Ryan soupira. « Merde, c'est vraiment bien notre veine qu'on n'ait personne sur place pour sauter sur l'occasion. »

Il était un peu plus de onze heures du soir et Gerry Hendley, Sam Granger et Rick Bell étaient toujours assis dans le bureau du patron au huitième étage. Les trois hommes s'y trouvaient depuis le début de soirée, à l'écoute des dernières nouvelles transmises par Ding Chavez et ses camarades à Pékin. Ding s'était manifesté à peine quelques minutes plus tôt pour dire qu'à première vue, les rebelles ne lui semblaient pas prêts à l'action, même s'il réservait encore son jugement définitif, le temps pour Dom et Sam de procéder à l'évaluation de leurs capacités.

Les trois dirigeants du Campus étaient déjà prêts à se retirer pour la nuit quand le mobile de Gerry se mit à sonner.

« Hendley.

— Salut, Gerry. Mary Pat Foley à l'appareil.

— Hello, Mary Pat. Ou dois-je dire madame la directrice ?

— Restons-en sur Mary Pat. Désolée de t'appeler si tard. Je ne te réveille pas ?

— Non. En fait, je suis encore au bureau.

— Bien. Je voulais te parler d'un nouveau développement. »

Le téléphone personnel de John Clark sonna à son domicile d'Emmitsburg, Maryland. Clark et son épouse Sandy étaient au lit. Installée dans la chambre d'amis, Melanie Kraft était incapable de trouver le sommeil.

Elle avait passé la journée à mettre des vessies à glace sur sa pommette et son œil au beurre noir, tout en essayant de tirer les vers du nez de John sur les mystérieuses activités de Jack. Melanie eut tôt fait de se rendre compte que John n'était pas le meilleur client pour ça mais son épouse et lui étaient très gentils et leur sollicitude à son endroit paraissait sincère, aussi décida-t-elle d'attendre le retour de Jack pour chercher des réponses à ses nombreuses questions.

Cinq minutes après la sonnerie du téléphone, elle entendit Clark tapoter à sa porte.

« Je suis réveillée. »

John entra. « Comment te sens-tu ?

— Un peu endormie, mais sûrement bien mieux que si vous ne m'aviez pas ordonné de garder cette vessie à glace, à coup sûr.

— Il faut que j'aille chez Hendley, annonça John. Il vient de se produire un événement critique. Ça me gêne de te le dire mais comme Jack m'a fait promettre de ne pas te quitter d'une semelle jusqu'à son retour...

— Vous voulez que je vous accompagne.

— Nous avons des lits pour les informaticiens de

permanence de nuit. Ce n'est pas le Ritz, mais ici non plus. »

Melanie se coula hors du lit. « Je vais donc enfin découvrir cette mystérieuse société Hendley Associates ! Faites-moi confiance, je n'ai pas l'intention de dormir. »

Clark sourit. « Pas si vite, jeune fille. Tu vas voir le hall, un ascenseur, un ou deux corridors. Mais tu devras attendre le retour de Jack pour avoir droit à la visite officielle. »

Melanie soupira tout en enfilant ses chaussures. « Ouais, comme si ça allait se faire. OK, monsieur Clark. Si vous me promettez de ne pas me traiter comme une prisonnière de droit commun, je vous promets de ne pas venir fureter du côté de votre bureau. »

Clark lui tint la porte pour sortir. « Tope-là. »

68

Il était une heure du matin et Gavin était en plein travail. Ouvert sur son bureau devant lui, un manuel technique de Microsoft qu'il avait feuilleté toute la journée. Il n'était pas rare pour lui de travailler si tard et il se dit qu'il allait avoir quelques nuits blanches dans les prochains jours, le temps de remettre en ligne tout le système. Il avait renvoyé à la maison la majorité de son personnel mais deux programmeurs étaient encore présents quelque part à l'étage ; il les avait entendus discuter quelques minutes plus tôt.

Depuis que le Campus avait envoyé des hommes sur le terrain, il savait qu'il devait y avoir également des gars sur le pont au service analyse, même s'ils n'avaient pas grand-chose à faire à part griffonner sur un calepin sans l'assistance d'un réseau informatique.

Biery se faisait l'effet d'avoir laissé tomber tout le monde en laissant le virus pénétrer dans son système. Il se faisait du souci pour Ding, Sam et Dom à Pékin, et même pour Ryan à Hongkong, et il s'employait à tout remettre en route le plus vite possible.

Pour l'heure, il avait la nette impression qu'ils n'allaient pas survivre une semaine de plus.

Le téléphone sonna sur son bureau.

« Eh, Gav. C'est Granger. Je suis encore avec Gerry dans son bureau, on attend des nouvelles de Chavez. On s'est dit que tu devais encore être dans les parages.

— Ouais. Encore pas mal de trucs à faire.

— Entendu. Écoute, John Clark va débarquer d'une minute à l'autre. Il vient filer un coup de main à Chavez et compagnie sur la nouvelle opération qui se mijote à Pékin.

— Bien. Content de le savoir de retour parmi nous, même si c'est juste temporaire.

— Je me demandais si tu ne pourrais pas monter une dizaine de minutes quand il sera là pour lui résumer ce qui s'est passé à Hongkong. Ça l'aidera à se remettre en selle.

— Bien volontiers. De toute façon, je suis bloqué ici jusqu'à demain soir. Je peux bien le distraire quelques minutes.

— Ne te crame pas, Gavin. Tu n'es pour rien dans ce qui s'est passé avec ce virus. Je ne veux pas te voir te couvrir la tête de cendres. »

Gavin renifla, désabusé. « J'aurais dû le choper, Sam. Ce n'est pas plus compliqué.

— Écoute, dit Granger, tout ce qu'on peut te dire, c'est qu'on est tous derrière toi. Gerry est de mon avis : tu fais un boulot formidable.

— Merci, Sam.

— Essaie de dormir un peu cette nuit. Tu ne serviras à rien ni personne si tu n'es pas fonctionnel.

— OK. J'irai faire un petit somme dès que j'aurai mis John au taquet.

— Impec. Je t'appelle dès qu'il arrive. »

Gavin raccrocha, tendit la main vers sa tasse de café et puis, sans avertissement, le courant fut coupé.

Assis dans le noir, il regarda vers le couloir.

« Bon Dieu. » La panne semblait avoir affecté tout le bâtiment.

« Bordel de merde. »

Dans le hall de Hendley Associates, Wayne Reese, le chef des vigiles de nuit, regarda derrière la porte vitrée et vit le camion de la Baltimore Gas and Electric se présenter devant l'entrée du parking.

Reese porta la main au Beretta accroché à sa hanche et dégrafa la bride qui en fermait l'étui. Il se passait un truc pas clair.

Un homme se dirigea vers la porte et présenta son badge. Reese s'approcha, éclaira le badge avec sa lampe torche et le jugea authentique. Il tourna le verrou et entrouvrit le battant.

« Vous ne chômez pas, vous, dites donc. Ça ne fait pas trois minutes que le courant... »

Reese vit le pistolet noir sortir de la ceinture à outils de l'homme et comprit aussitôt sa grave erreur. Il se dépêcha de refermer la porte vitrée mais une seule balle tirée du Five-seveN à silencieux passa par l'étroite ouverture, l'atteignit au plexus et le jeta au sol.

Étendu par terre, il essaya de relever la tête pour voir son agresseur. Un Asiatique, qui poussa la porte déverrouillée et s'approcha. Derrière lui, d'autres silhouettes apparurent, descendues de l'arrière de la fourgonnette.

Le tireur s'immobilisa au-dessus de Reese, son arme remonta vers le front du vigile, et les ténèbres envahirent le monde de Wayne Reese.

Grue entra dans le bâtiment tandis que Caille logeait à son tour une balle dans le corps de l'agent de sécurité. Après avoir remis à l'épaule leur fusil-mitrailleur automatique Steyr TMP, Grue et cinq de ses hommes empruntèrent l'escalier, laissant Tétras au rez-de-chaussée surveiller le parking. Une seule personne pour garder l'entrée, ce n'était pas optimal, mais Tétras avait une oreillette qui le mettait en contact permanent avec le reste des hommes du commando. Son rôle se résumait donc à donner l'alerte en cas de danger.

Grue savait que la mission de ce soir allait être exigeante pour ses effectifs réduits. Il avait déjà perdu Canard siffleur le matin même, lors de la tentative d'assassinat de Melanie Kraft sur la voie express de Rock Creek. En prime, Tétras s'était pris une balle dans la cuisse gauche. Avec une telle blessure, il n'aurait pas dû venir mais Grue l'avait malgré tout mobilisé pour l'opération de ce soir, essentiellement parce que le bâtiment de Hendley Associates était vaste et qu'il avait donc besoin de tous ses hommes.

Avec ses huit étages, l'immeuble était impossible à contrôler et fouiller avec un effectif aussi réduit mais Grue savait, par les écoutes téléphoniques de Ryan et les recherches de Centre sur le réseau de la firme avant son extinction la veille que le service informatique était au premier, que le deuxième accueillait les analystes et que les bureaux de la direction se trouvaient au huitième.

Au débouché du premier, trois hommes se détachèrent du commando tactique. Ils allaient fouiller cet étage et le deuxième, tandis que Grue et les deux autres montaient directement tout en haut.

Canard siffleur, Bécassine et Sterne parcoururent

dans le noir le corridor du premier, leur arme à silencieux prête à tirer.

Un vigile muni d'une lampe de poche déboucha d'une pièce dans leur dos, verrouilla la porte derrière lui, puis se tourna pour rejoindre l'escalier. Sterne l'abattit de quatre balles dans le dos, le tuant sur le coup.

Dans une vaste pièce située presque tout au bout du service, les trois agents chinois tombèrent sur un quinquagénaire de forte corpulence, assis à son bureau. La plaque sur la porte l'identifiait comme Gavin Biery, responsable des technologies informatiques.

Les hommes avaient ordre de capturer vivants tous ceux qui ne présenteraient aucune résistance et de les garder en vie jusqu'à ce qu'on ait pu rétablir le réseau après avoir reformaté les disques durs. Ces derniers contenaient en effet des références à Centre, Tong, Jha et à plusieurs opérations qui liaient Centre au Parti communiste chinois et au ministère de la Sécurité qu'il fallait effacer des disques et des serveurs avant que la société fasse les manchettes, une fois terminé le massacre.

Ils avaient pu constater que les données enregistrées chez Hendley Associates étaient trop nombreuses et par trop dispersées pour être détruites par une simple explosion. Il fallait donc obligatoirement effacer et vider tour à tour les mémoires de toutes les machines et pour ce faire, ils auraient besoin des employés de la boîte pour récupérer les mots de passe et savoir où se trouvaient les sites de stockage déportés.

Après avoir ligoté Biery, ils trouvèrent deux autres informaticiens au premier, puis ils montèrent à l'étage au-dessus, au service d'analyse.

Grue, Mouette et Canard sortirent de la cage d'escalier au huitième et tombèrent eux aussi sur un vigile dans le corridor. Mais cette fois-ci, l'homme identifia aussitôt la menace et se glissa sur le côté tout en dégainant son Beretta. Grue et Canard tirèrent mais en ratant l'un et l'autre leur cible ; le vigile tira deux coups de feu, chaque fois trop haut.

Une deuxième salve du Steyr de Grue cueillit le gardien au bas du torse. L'homme s'effondra en tournoyant, mort.

Sans échanger un mot, les trois Chinois foncèrent au pas de course.

« Bon Dieu, c'était quoi, ça ? » s'exclama Gerry Hendley. Sam et lui se trouvaient dans la salle de conférences où ils essayaient de continuer à travailler, à la seule lumière des caissons lumineux de sécurité et d'un croissant de lune filtrant par les vastes baies vitrées.

Granger se leva d'un bond et se précipita vers un petit placard à balais aménagé à l'angle de la pièce. « Une fusillade », répondit-il, l'air grave. Il ouvrit le placard et en sortit un fusil à sélecteur de tir Colt M16. Déjà chargé, il était placé là en cas d'alerte.

Granger n'avait plus tiré depuis des années mais il ramena adroitement le levier de chargement, fit signe à Hendley de ne pas bouger, et fila dans le corridor, l'arme pointée devant lui.

Grue vit l'homme apparaître au bout du couloir, une quinzaine de mètres devant lui. L'Américain découvrit au même moment les trois Chinois et tira aussitôt une brève rafale. Grue plongea se planquer derrière une jardinière à côté de la batterie d'ascenseurs mais, instantanément, d'une roulade il s'était remis à plat ventre en position de tir et vidait son chargeur.

Les genoux de Sam Granger se dérobèrent quand les projectiles déchirèrent sa poitrine. Un spasme involontaire lui fit lâcher une nouvelle salve de trois balles avant qu'il ne bascule à la renverse dans la salle de conférences.

Grue regarda par-dessus son épaule ; Canard avait reçu une balle en plein front, tirée par le type au M16. Il gisait sur le dos, au beau milieu d'une mare de sang.

Les deux Chinois survivants se relevèrent d'un bond pour foncer, sautant par-dessus le cadavre de l'Américain pour pénétrer dans la salle de conférences. Là, ils découvrirent un homme âgé, portant cravate mais en bras de chemise. Grue l'identifia d'après une photo que lui avait envoyée Centre. C'était Gerry Hendley, le directeur de la boîte.

« Mains en l'air », dit Grue et Mouette se précipita, coucha violemment le vieil homme sur son bureau et lui ligota les mains dans le dos.

69

Grue avait demandé à ses hommes de regrouper tout le monde dans la salle de conférences au premier. Soit neuf personnes en plus des trois vigiles et du cadre qu'ils avaient tués lors de l'attaque initiale ; les mains ligotées dans le dos, ils étaient tous assis contre le mur.

Grue appela son contrôleur et lui demanda de rétablir le courant dans l'immeuble, puis il s'adressa au groupe de prisonniers, d'une voix monotone à l'accent prononcé.

« Nous allons remettre en service votre réseau informatique. Nous devons le faire au plus vite. Je demanderai à chacun de vous de me donner ses mots de passe, de me décrire sa tâche et de me fournir son degré d'habilitation. Vous êtes déjà bien assez nombreux ; je n'ai pas besoin de tout le monde. » Et sur le même ton monocorde, il précisa : « Si vous refusez de nous aider, vous serez abattus. »

Gerry Hendley prit la parole. « Si vous laissez repartir tous les autres, je vous donnerai ce que vous voulez. »

Grue, qui avait déjà porté son attention ailleurs, se retourna vers Hendley. « On ne parle pas. » Il leva son pistolet-mitrailleur, le pointa vers le front de Hendley. Demeura quelques secondes ainsi.

Son oreillette pépia. Il porta la main à son oreille en se détournant. « *Ni shuo shen me ?* » Qu'est-ce que t'as dit ?

Dans le hall d'entrée, Tétras, à genoux derrière le comptoir de la réception, répéta à voix basse : « J'ai dit qu'un type âgé s'approche de l'entrée, accompagné d'une fille.
— Empêche-les d'entrer, répondit Grue.
— Il a une clé. Je l'ai vue dans sa main.
— OK. Alors, laisse-les faire, puis capture-les. Tu les gardes en respect jusqu'à ce qu'on ait récupéré les mots de passe, au cas où ils les détiendraient eux aussi.
— Pigé.
— Tu veux que je t'envoie quelqu'un ? »
Tétras grimaça, sa blessure à la cuisse l'élançait à nouveau, mais il répondit sans hésiter. « Bien sûr que non. Ce n'est jamais qu'un vieux bonhomme avec une fille. »

John Clark et Melanie Kraft entrèrent dans le hall de Hendley Associates et aussitôt, Tétras surgit de derrière la réception, la mitraillette Steyr braquée sur eux. Il leur fit mettre les mains sur la tête et se retourner face au mur ; puis il s'approcha d'eux en titubant et les palpa d'une main tout en gardant le canon de son arme braqué vers leur tête.

Il trouva sur le vieil homme un SIG Sauer, ce qui le surprit. Il le sortit de l'étui d'épaule pour le glisser à sa taille. La femme n'était pas armée mais il la soulagea de son sac. Puis il les fit se mettre contre le mur près des ascenseurs, les mains sur la tête.

Les doigts entrelacés dans ses boucles brunes, Melanie Kraft essayait de résister à la panique qui menaçait de la submerger. Elle jeta un coup d'œil vers M. Clark ; lui aussi était debout, mains sur la tête, mais son regard était scrutateur.

Elle chuchota. « Que devrions-nous faire ? »

Clark baissa les yeux pour la regarder. Mais avant qu'il ait pu ouvrir la bouche, le Chinois lança : « Pas parler ! »

Melanie s'appuya au mur, les jambes flageolantes.

L'homme armé partageait son attention entre ses deux prisonniers et la façade de l'immeuble.

Melanie put l'observer à loisir et vit un homme dénué de tout sentiment, de toute émotion. Une ou deux fois, il prononça quelques mots dans son talkie, mais en dehors de cela, il avait quasiment l'apparence et les mouvements d'un robot.

Excepté cette claudication. Il avait manifestement un problème avec une jambe.

Melanie, toujours aussi terrifiée, tourna de nouveau les yeux vers John, avec l'espoir de lire en lui le signe qu'il avait un plan. Ce qu'elle nota en revanche, c'est qu'il avait changé en quelques secondes. Son visage était devenu rubicond, ses yeux semblaient vouloir jaillir de leurs orbites.

« John ?

— Pas parler ! » répéta le Chinois, mais Melanie avait cessé de s'intéresser à lui. Toute son attention était mobilisée sur John Clark, car il était évident que quelque chose ne tournait pas rond.

Avec une grimace de douleur, il baissa les mains pour les porter à sa poitrine.

« Mains sur tête ! Mains sur tête ! »

Clark s'agenouilla lentement. Son visage était désormais cramoisi ; elle voyait des veines pourpres saillir sur son front.

« Oh mon Dieu ! s'exclama-t-elle. John, qu'est-ce qui se passe ? »

Le vieil homme recula d'un pas et s'appuya d'une main au mur.

« Pas bouger ! » s'écria Tétras et il braqua son pistolet-mitrailleur sur l'homme qui essayait de retrouver son équilibre. Tétras nota son visage congestionné, vit la jeune femme le regarder avec inquiétude.

Le commando de l'Épée divine tourna le canon de son arme vers la fille. « Pas bouger ! » répéta-t-il, essentiellement parce qu'il maîtrisait mal l'anglais. Mais la jeune brune s'était accroupie auprès de l'homme et l'avait bientôt pris dans ses bras.

« John ? John ? Qu'est-ce qui ne va pas ? »

Le vieux *gweilo* porta la main à sa poitrine.

« Il est en train de faire une crise cardiaque ! » dit la fille.

Tétras lança un message radio en chinois : « Grue pour Tétras. Je crois bien que le vieux fait une attaque !

— Eh bien, laisse-le crever. Je t'enverrai quelqu'un récupérer la fille et nous l'amener. Terminé. »

L'homme blanc gisait sur le côté, à même le sol carrelé, il tremblait, pris de convulsions, son bras gauche était raide, il tenait la main droite plaquée contre sa poitrine.

Tétras pointa son arme vers la fille.

« Vous, bouger ! Debout ! En arrière ! » Il s'agenouilla lentement, handicapé par sa douleur à la jambe et, de sa main libre, il agrippa la jeune femme par les cheveux. Il essaya de l'écarter du vieux *gweilo* mourant. Il réussit à l'en détacher, la plaqua au mur à côté des ascenseurs puis, alors qu'il se retournait vers l'homme, il sentit brusquement un impact aux chevilles, ses pieds se dérobèrent sous lui et il tomba à la renverse. Il se retrouva par terre sur le carrelage, à côté du vieil homme qui n'avait plus du tout l'air à l'agonie.

Les yeux que l'Américain rivait sur lui étaient emplis de détermination et de haine. Le vieil homme l'avait fauché par un ciseau des jambes et maintenant il s'était saisi, avec une force surprenante, de la bride en nylon de sa mitraillette et tirait si fort dessus que Tétras se retrouva cloué au sol, à plat dos. Ses doigts avaient glissé de sous le pontet de la détente quand il avait tendu la main pour essayer d'amortir sa chute et il se démenait à présent comme un beau diable pour se libérer de la bride tout en se battant avec l'Américain pour récupérer son arme.

Le vieux se défendait avec ardeur. C'est qu'il était bien vivant, en parfaite santé et d'une vigueur ahurissante. Il tenait entortillée à son poing la bride passée autour du cou de Tétras ; chaque fois que ce dernier essayait de récupérer sa mitraillette, son adversaire tirait la bride de côté et lui faisait perdre l'équilibre lorsqu'il tentait de se rasseoir et de saisir l'arme.

Tétras regarda vers la cage d'escalier, il chercha à crier à l'aide mais le vieux bonhomme serra un peu plus fort, entaillant sa trachée. Son cri s'évanouit dans un gargouillis.

Encore un coup sec de l'Américain vers la gauche

et Tétras s'étala sur le dos et lâcha prise. Ses mains tâtonnaient dans le vide, cherchant en vain son arme.

Tétras se débattait, donnait des coups de pied, mais il se sentait faiblir.

L'Américain avait pris le dessus.

John Clark n'arrivait pas à glisser la main droite à l'intérieur du pontet de l'arme à cause de sa blessure qui limitait sa dextérité mais il avait réussi à entortiller parfaitement la bride autour du cou du Chinois, aussi serra-t-il de plus en plus fort, l'étranglant jusqu'à ce que mort s'ensuive.

Quand tout fut terminé, soit quelque quarante-cinq secondes après que son simulacre d'infarctus lui avait offert une ouverture pour riposter, il resta quelques instants allongé sur le dos près du cadavre pour reprendre son souffle.

Mais il savait qu'il n'avait pas une minute à perdre, aussi se rassit-il pour se mettre à l'ouvrage.

Il fit rapidement les poches de l'homme et récupéra son calibre 45 et un téléphone mobile, puis il subtilisa son oreillette. Il ne parlait pas mandarin mais il coiffa les écouteurs, après avoir pris soin de presser le bouton qui coupait le micro pour qu'on n'entende pas sa voix.

Melanie continuait de le fixer, interdite. « Il est mort ? » demanda-t-elle enfin, car elle n'avait toujours pas bien saisi ce à quoi elle venait d'assister.

« Oui. »

Elle hocha la tête. « Vous l'avez abusé ? En simulant une crise cardiaque ? »

Il acquiesça.

« J'avais besoin qu'il se rapproche. Désolé, dit Clark en passant autour de son cou la bandoulière du Steyr.

— Il faut qu'on appelle la police, dit-elle.

— Pas le temps », répondit Clark. Il examina rapidement la jeune femme. Ryan avait dit à Clark que Melanie l'avait compromis, apparemment sur ordre d'un homme qu'elle croyait être un agent du FBI. John n'était pas trop sûr de savoir pour qui elle travaillait en réalité, ou quelles étaient ses motivations, mais il lui semblait évident que ce Chinois étendu raide mort sur le carrelage avait appartenu à l'escouade d'assassins qui avait tenté de la tuer sur la voie express, juste quelques heures auparavant.

Elle n'était certainement pas leur complice.

Clark n'avait aucune idée du nombre de tueurs étrangers qui restaient encore dans l'immeuble, aucune idée non plus de leur arsenal et de leur entraînement, mais si c'était le groupe qui avait éliminé cinq hommes de la CIA à Georgetown, il ne faisait aucun doute qu'ils avaient le niveau.

Clark ne faisait pas confiance à Melanie Kraft mais il décida qu'elle était en ce moment le cadet de ses soucis.

Il brandit son pistolet SIG. « Vous savez vous en servir ? »

Elle regarda le flingue et acquiesça lentement.

Il lui tendit l'arme qu'elle prit aussitôt à deux mains, le canon pointé vers le bas, à hauteur de taille, en posture de combat.

« Écoutez-moi attentivement, ordonna Clark. J'ai besoin que vous restiez en arrière. Loin derrière moi, mais sans jamais me perdre de vue.

— OK, répondit-elle. Qu'est-ce qu'on va faire ?

— On monte. »

John Clark se débarrassa de ses mocassins avant

de s'engager dans la cage d'escalier plongée dans les ténèbres. À cet instant précis, il entendit une porte s'ouvrir à l'étage, juste au-dessus.

70

Grue avait ordonné à Bécassine de descendre récupérer la femme tandis que les trois autres, Caille, Sterne et Mouette resteraient garder les prisonniers dans la salle de conférences. Quant à lui, il prit Gavin Biery, le responsable de la sécurité informatique, pour se faire conduire auprès d'un des serveurs dans la salle des ordinateurs. L'Américain leur avait dit qu'il redémarrerait le réseau puis s'y connecterait en fournissant aux Chinois des droits d'administrateurs leur permettant d'agir à leur guise.

Par deux fois, Grue lui donna une claque sur la nuque parce qu'il traînait délibérément, et les deux fois, il le fit tomber de sa chaise. La troisième, quand il vit de nouveau l'Américain manifester de l'hésitation, il lui dit qu'il allait retourner en salle de conférences et se mettre à descendre les prisonniers un par un.

Gavin, à contrecœur, se connecta.

John Clark considérait le corps inerte d'un jeune Chinois musclé. Le plus que sexagénaire américain l'avait entendu descendre les marches et s'était planqué sous le palier du premier, attendant qu'il arrive en bas.

À ce moment, Clark l'avait assommé par-derrière d'un violent coup de crosse du Steyr. Le jeune type s'était effondré et trois autres coups sur le crâne l'avaient étendu pour le compte.

Melanie sortit de sa cachette sous les marches, défit la ceinture de la victime et s'en servit pour lui ligoter les mains dans le dos. Puis elle rabattit son blouson sur ses épaules pour lui compliquer un peu plus la tâche s'il s'avisait de se libérer. Elle récupéra son pistolet-mitrailleur mais, en ignorant le maniement, elle le passa autour du cou et suivit John dans l'escalier.

John ouvrit lentement la porte du premier et parcourut du regard un corridor : d'abord une batterie d'ascenseurs, puis le cadavre d'un vigile – il reconnut un vieil ami du nom de Joe Fischer – et enfin, tout au bout, la porte de la salle de conférences, grande ouverte. Dans le même temps, il surprit dans son oreillette un dialogue en chinois. Il ne comprenait pas la langue, bien sûr, mais il avait coiffé les écouteurs pour guetter le moment où cette bande de tueurs allait s'apercevoir qu'une partie de leur effectif manquait à l'appel.

Et ce moment était venu. Le même message fut émis une deuxième fois, une troisième ; sur un ton toujours plus insistant, de plus en plus inquiet. Clark pressa le pas, l'œil rivé au petit viseur du Steyr TMP tenu dans sa main gauche.

Il avait dépassé les ascenseurs et n'était plus qu'à cinq mètres de l'entrée de la salle de conférences quand un homme surgit soudain, levant déjà son arme. Dès qu'il aperçut John, il voulut se mettre en position de tir mais Clark l'abattit de cinq balles tirées en rafale.

Il se précipita aussitôt vers la salle de conférences, sans trop savoir ce qu'il allait y trouver.

Avant qu'il n'ait eu le temps d'embrasser du regard toute la scène, un Asiatique vêtu de noir lui tira dessus à l'arme automatique ; John s'effaça prestement, mit en joue la menace et vit aussitôt que l'homme se tenait devant une rangée d'employés de Hendley, assis ligotés. Clark n'hésita pas une seconde – il tira coup sur coup deux balles de pistolet-mitrailleur et l'homme tomba à la renverse – sur l'analyste Tony Wills.

Il y avait une autre menace. L'homme regardait de l'autre côté quand John était apparu à la porte mais il s'était à présent retourné vers l'Américain qu'il braquait avec son Steyr. Il allait tirer quand Melanie Kraft entra, un flingue dans chaque main, et l'aligna aussitôt. Elle tira un seul coup de feu et son projectile passa trop haut mais l'assassin chinois détourna le canon de son arme dans sa direction, offrant à John la demi-seconde nécessaire pour se recaler sur cette menace et descendre le bonhomme d'une longue rafale dans le torse.

Dès que le Chinois fut à terre, Gerry Hendley les avertit. « Il y en a un autre. Il tient Biery, ils sont aux serveurs. »

Clark laissa Melanie avec les huit employés du Campus et ressortit pour foncer vers la salle abritant les machines.

La fusillade avait cessé, terminée par un coup de feu isolé – celui tiré par Melanie avec le SIG calibre 45 de John Clark – mais tout ce vacarme avait attiré l'attention de Grue. Le chef du commando appela ses hommes plusieurs fois de suite, en vain, mais dans le même temps, il avait pris Biery par la peau du cou et lui avait fait quitter son siège.

Le bras passé autour du cou de l'Américain, le canon du Steyr placé contre sa tempe, Grue le ramena sans ménagement vers le couloir pour tomber nez à nez avec un vieux bonhomme, cheveux gris, portant lunettes. Le type brandissait l'arme d'un de ses hommes, qu'il pointait vers sa tête.

« Posez ça ou je le tue », dit Grue.

Le vieux ne réagit pas.

« Je vais le faire ! Je vais l'abattre ! »

L'Américain plissa légèrement les paupières.

Grue le regarda droit dans les yeux. Il n'y lut que concentration, résolution, application.

Grue connaissait ce regard ; il connaissait cet état d'esprit.

Ce vieux bonhomme était un guerrier.

« Ne tirez pas, dit-il. Je me rends. » Et Grue lâcha son arme.

Dans la salle de conférences, Melanie avait libéré le personnel de Hendley Associates. Elle n'avait pas la moindre idée de ce qui se passait mais elle était depuis un bout de temps parvenue à la conclusion que son petit ami, le fils du président, ne travaillait pas exclusivement dans la gestion financière. De toute évidence, cette boîte était une sorte de prestataire de services – sécurité ou renseignement – œuvrant dans le plus grand secret pour le gouvernement. Et il était tout aussi manifeste qu'ils s'étaient attiré de sérieux ennuis avec les Chinois.

Elle comptait bien demander à Jack de lui expliquer tout ça par le menu avant de former son jugement, s'il lui offrait du moins l'occasion de lui reparler. Après qu'il l'eut accusée de travailler pour les Chinois, une allégation qu'elle jugeait bien sûr absurde, Melanie redoutait que la faille qui s'était creusée entre eux fût trop large pour être comblée par de simples explications.

Clark et trois autres hommes ramenèrent les deux Chinois survivants à l'entrée du couloir près des ascenseurs où ils les ligotèrent, dos à dos. Le meneur du groupe clama d'une voix forte qu'il était membre de l'Épée divine, une unité commando spéciale de l'Armée populaire de libération, et qu'en conséquence, on les traitât comme des prisonniers de guerre. Clark répondit en lui assénant un bon coup de crosse de SIG derrière l'oreille, ce qui eut la vertu de lui clore prestement le bec.

D'autres employés de Hendley se mirent à fouiller le bâtiment, étage par étage, à la recherche d'autres victimes et d'autres tueurs ; tous s'étaient armés de pistolets et de mitraillettes.

Clark venait de palper Grue, récupérant sur lui un téléphone mobile à l'aspect bizarre, quand celui-ci vibra. Il regarda l'écran. Le numéro bien sûr ne lui disait rien mais une idée lui vint.

« Gerry ? lança-t-il à Hendley. Y a-t-il ici quelqu'un qui parle mandarin ? »

L'ex-sénateur était secoué, surtout après la mort de son ami Sam Granger, mais Clark se réjouit de le voir déjà reprendre contenance.

« J'ai bien peur que non, mais ces deux lascars parlent anglais.

— Je songeais à celui qui est en train d'appeler. »

Le mobile se remit à vibrer et John vit s'afficher à nouveau le même numéro.

Merde. C'était l'occasion ou jamais d'en apprendre plus sur cette organisation.

« Si t'as besoin d'un sinophone, je pense savoir où on peut t'en dégoter un rapidement », dit Gerry.

Jack Ryan Jr. était assis à côté d'Adam Yao dans son Acura deux portes. Ils avaient quitté Hongkong et traversaient à présent les Nouveaux Territoires en direction de la frontière avec la Chine continentale.

Ils roulaient depuis quelques minutes à peine quand le mobile de Jack pépia. Un peu décalqué à cause du décalage horaire après ses dix-sept heures de vol, il ne répondit qu'à la quatrième sonnerie.

« Ryan.

— Jack, c'est John Clark.

— Eh, John.

— Écoute attentivement, môme. C'est urgent. » En trente secondes, Clark lui résuma ce qui venait de se produire à Hendley. Avant que Jack ait pu réagir, il lui expliqua que quelqu'un était en train d'appeler le chef du commando d'assassins, qu'il voulait retransmettre l'appel sur le mobile de Yao avant de rappeler, voir si le Sino-Américain pourrait faire croire à son correspondant qu'il était l'un des tueurs.

Ryan transmit rapidement la situation à Yao, puis il l'équipa lui-même de son oreillette, pour qu'il n'ait pas à lâcher le volant.

Adam entendit alors la voix de John. « Tu es prêt ? »

Adam savait qui était John Clark, mais l'heure n'était pas à l'échange de salutations. Il demanda juste : « Une idée de qui est à l'autre bout du fil ?

— Pas la moindre. Faudra improviser.

— OK. » Improviser, après tout, c'était le gagne-pain d'un agent clandestin. « Vous pouvez rappeler le numéro. »

On ne décrocha qu'après plusieurs sonneries. Adam Yao ne savait trop à quoi s'attendre, mais sûrement pas à entendre quelqu'un s'exprimer en anglais avec un accent russe.

« Pourquoi n'as-tu pas répondu quand j'ai appelé ? »

Adam s'était préparé à répondre en mandarin. Il passa à l'anglais, mais pimenté d'un fort accent chinois.

« Occupé.

— RAS ?

— On est chez Hendley. »

Une pause. « Évidemment que vous êtes chez Hendley. Est-ce que toute l'opposition a été éliminée ? »

Adam commençait à comprendre. Cet individu connaissait déjà le programme.

« Oui. Aucun problème.

— OK. Avant que vous effaciez les données, j'ai reçu instruction de télécharger tous les fichiers cryptés qui se trouvent sur le poste de travail de Gavin Biery pour les transmettre ensuite à Centre. »

Yao continua de jouer le jeu. « Compris. »

Il y eut un bref silence, puis : « Je suis en bas. Je vais rentrer par-devant. Préviens tes gars. »

Nom de Dieu, se dit Adam. « Entendu. » Il coupa le micro et se tourna vers Ryan. « Il y a un gars, un Russe, en bas de l'immeuble, sur le parking, apparemment. Il s'apprête à entrer par-devant. »

Jack avait mis l'ampli pour Clark. Sans qu'il ait eu à relayer le message, John répondit. « Pigé. On s'en occupe. Clark, terminé. »

Une minute plus tard, Clark était encore au premier, surveillant les deux prisonniers, quand Tony Wills apparut à la porte palière, tenant un calibre 45 contre la nuque d'un barbu en costard-cravate. L'homme avait les mains ligotées dans le dos, et son imper avait été descendu jusqu'aux coudes.

John s'assura que Biery avait le canon du pistolet-mitrailleur Steyr braqué vers le sol devant les deux Chinois et le doigt à l'extérieur du pontet de la détente, puis il s'avança dans le couloir pour voir ce que l'autre client venait faire dans cette histoire.

Il était parvenu à moins de cinq mètres du barbu quand ce dernier écarquilla les yeux, ahuris. « *Toi ?* »

Clark s'arrêta, dévisagea le bonhomme.

Il ne lui fallut que quelques secondes pour reconnaître Valentin Kovalenko. « *Toi ?* »

Le Russe essaya de reculer, mais ce fut pour enfoncer un peu plus sa nuque dans le canon du 45 de Wills.

Clark eut l'impression que Valentin allait tomber dans les pommes. Il fit signe à Tony de le conduire dans la salle de conférences voisine, puis de rejoindre ensuite Biery pour garder avec lui les prisonniers.

Une fois seul avec Kovalenko, John le poussa sans ménagement sur une chaise avant de s'asseoir en face de lui. Il examina le Russe durant quelques instants. Depuis le mois de janvier de cette année, pas un jour n'avait passé sans que Clark n'ait pensé à rompre le cou du petit connard assis à quelques dizaines de centimètres de lui. L'homme qui l'avait enlevé, torturé, qui l'avait privé de ses dernières bonnes années d'active en lui mettant la main en compote.

Mais pour l'heure, John avait d'autres objectifs, plus urgents.

« Je ne vais pas faire comme si je savais ce que tu viens foutre par ici. Pour autant que je sache, je te croyais mort ou en train de bouffer de la soupe à la neige dans un goulag au fin fond de la Sibérie. »

Depuis quarante ans, John instillait la peur dans le cœur de ses adversaires, mais il ne lui semblait pas, de toute sa vie, avoir vu un ennemi terrorisé à ce point. À en juger par sa réaction, il était évident que Kovalenko n'avait aucune idée du rôle que pouvait tenir John Clark dans cette opération.

Comme Valentin restait muet, John poursuivit. « Je viens de perdre plusieurs amis chers et j'ai bien l'intention de découvrir pourquoi. Tu as les réponses.

— Je... je ne savais pas...

— Je me fous de ce que tu ne savais pas. Je veux savoir ce que tu sais. Je ne vais pas te menacer de torture. Nous savons, toi et moi, que je n'ai aucune raison de te menacer. Soit je te démonte, membre par membre, soit je m'abstiens de te démonter, membre par membre, que tes informations me soient utiles ou pas. Je te dois un sacré calvaire.

— Je t'en prie, John. Je peux t'aider.

— Ouais ? Alors aide-moi.

— Je peux te dire tout ce que je sais.

— Vas-y, je t'écoute.

— Le renseignement chinois est dans le coup.

— Non, sans blague ? J'ai toute une tripotée de soldats chinois, ligotés ou refroidis, dans tous les coins de cet immeuble. Mais toi, qu'est-ce que tu mijotes avec eux ?

— Je... je pensais qu'il s'agissait d'espionnage industriel. Ils m'ont fait chanter après avoir organisé mon évasion, ils ont fait de moi leur complice. Au début, ça a été facile, puis c'est devenu de plus en plus dur. Ils m'ont trompé, menacé, menacé de me tuer. Je ne pouvais pas leur échapper.

— De qui reçois-tu tes ordres ?

— Il se fait appeler Centre.

— Est-ce qu'il attend de tes nouvelles ?

— Oui. Grue – c'est l'un des survivants ligotés là-bas – devait me permettre d'entrer pour collecter des données sur l'un de vos serveurs, les télécharger, puis les transmettre à Centre. Je n'ai pas imaginé une seconde qu'il y aurait du grabuge et des victimes ou...

— Je ne te crois pas. »

Kovalenko regarda le bout de ses pieds. Enfin, il acquiesça. « *Da, da*, tu as raison. Bien sûr que je savais ce qui se passait. Leurs premiers meurtres, l'autre jour à Georgetown ? Non, là je ne savais pas qu'ils feraient un truc pareil. *Idem* quand ils ont descendu le chauffeur de taxi et tenté de tuer la femme, aujourd'hui. J'ignorais encore que c'était leur plan. Mais à présent ? Je ne suis pas un imbécile. Je me doutais bien qu'en entrant dans cet immeuble, j'allais enjamber des monceaux de cadavres. » Il haussa les épaules. « J'ai juste envie de rentrer chez moi, John. Je ne veux plus rien à voir avec ça. »

Clark le toisa. « C'est ça. Fais-moi pleurer. »

Il se leva et ressortit.

De retour dans le couloir, Clark retrouva Gavin Biery en grande conversation avec Gerry Hendley. Quand Biery vit arriver leur aîné, il se précipita vers lui.

« Ce gars, là-bas, dans la salle de conférences. Est-ce qu'il bosse pour Centre ?

— Ouais. Enfin, c'est ce qu'il dit.

— On peut se servir de lui, suggéra aussitôt Gavin. Il doit avoir sur son ordinateur un programme qu'il utilise pour communiquer avec Centre. Cryptogram. J'ai créé un virus qui peut s'y infiltrer pour photographier à son insu l'interlocuteur à l'autre bout de la ligne.

— Mais il va falloir d'abord le convaincre d'accepter de nous aider, pas vrai ?

— Oui, convint Biery. Tu dois le convaincre de se connecter à Centre *via* Cryptogram, puis de persuader ce dernier de télécharger un document. »

Clark réfléchit quelques instants. « OK. Viens avec moi. »

Accompagné par Biery, Clark regagna la salle de conférences.

Kovalenko était resté assis seul, les mains ligotées dans le dos et positionné de telle sorte qu'il avait à ses pieds les cadavres des deux assassins chinois. C'était délibéré. Clark avait voulu le laisser en compagnie des morts, pour le forcer à réfléchir à son triste sort.

Biery et Clark s'assirent autour de la table.

Avant qu'ils aient pu ouvrir la bouche, Kovalenko se lança. « Je n'avais pas le choix. Ils m'ont forcé à travailler pour eux.

— Tu l'avais, le choix.

— Bien sûr, j'aurais pu me tirer une balle dans la tête.

— Tu m'as plutôt l'air d'un gars qui était prêt à survivre à ce genre de dilemme.

— Évidemment. Mais ne me raconte pas de conneries, Clark. Si quelqu'un veut ma mort, c'est bien toi.

— J'avoue que ça me réjouirait, c'est juste. Mais ce qui est plus important, c'est de vaincre Centre avant que ce conflit s'envenime un peu plus. Ce sont des millions d'existences qui sont en jeu. Ça va au-delà de notre petite vendetta personnelle.

— Qu'est-ce que vous voulez ? »

Clark regarda Gavin Biery. « Peut-on se servir de lui ? »

Gavin était encore un peu secoué. Mais il opina avant de se tourner vers Kovalenko. « As-tu Cryptogram sur ton ordi ? »

Le Russe fit un signe d'assentiment.

« Je suis sûr, intervint Clark, que tu dois avoir une procédure de sécurité quelconque pour garantir que c'est bien toi qui communiques avec Centre.

— En effet. Mais c'est même un peu plus compliqué.

— Comment ça ?

— Je suis quasi certain que pendant qu'on dialogue sur Cryptogram, il m'observe en même temps *via* ma webcam. »

Clark arqua les sourcils et se retourna vers Biery. « C'est possible ?

— Monsieur Clark, vous n'avez pas idée de tout ce qu'on a pu rencontrer depuis votre départ. Ce gars pourrait m'annoncer que Centre a recopié son cerveau sur une puce que ça ne me ferait même plus sourciller. »

Clark se retourna vers Kovalenko. « Ce qu'on veut, c'est te ramener chez toi, te demander de te connecter avec Centre. Tu peux faire ça pour nous ?

— Pourquoi devrais-je vous aider ? Vous allez me tuer de toute manière. »

Clark ne pouvait pas lui donner tort. Il se contenta donc de répondre : « Rappelle-toi le bon temps où tu gagnais ta vie en faisant l'espion. Je ne parle pas de Centre. Mais d'avant... au SVR. T'as bien dû avoir une raison de choisir ce métier, non ? D'accord, je sais que ton cher vieux papa était un espion du KGB, mais qu'est-ce que ça lui a rapporté ? Même gamin, t'as bien dû t'en rendre compte : les heures interminables, la paye ridicule, les affectations dans des trous perdus, et t'as dû te dire : *Pas question que je perpétue la tradition familiale.*

— C'était différent dans les années 1980, répondit Kovalenko. Il était traité avec respect. Et plus encore dans les années 1970. »

Clark haussa les épaules. « Mais toi, tu t'y es mis dans les années 1990, quand la faucille et le marteau avaient déjà pas mal rouillé. »

Kovalenko opina.

« As-tu, même fugitivement, envisagé qu'un jour tu pourrais faire le bien ?

— Bien sûr. Je n'étais pas corrompu, moi.

— Eh bien, Valentin, tu prends guère plus d'une heure de ton temps pour nous filer un coup de main, et il y a de bonnes chances que tu empêches un conflit régional de dégénérer en guerre mondiale. Il n'y a pas des masses d'espions qui puissent s'en vanter.

— Centre est plus malin que vous », lâcha Kovalenko, d'une voix éteinte.

Clark sourit. « On n'a pas l'intention de le défier aux échecs. »

Kovalenko regarda de nouveau les cadavres étendus au sol. « Je ne ressens aucune compassion pour ces types. Ils m'auraient tué, une fois achevée la mission. J'en suis absolument certain.

— Aide-nous à le détruire.

— Si vous ne le tuez pas, et je parle de lui – pas de son virus, de son réseau ou de son organisation. Si vous ne lui logez pas une balle dans la tête, il reviendra.

— Cette balle, ça peut être toi, intervint Gavin Biery. Je veux que tu télécharges sur son système un truc qui nous permettra de le localiser avec précision. »

Kovalenko esquissa un sourire. « On peut toujours essayer. »

Tandis que Clark et Biery se préparaient à foncer avec Kovalenko vers son appartement du District fédéral, Gerry Hendley sortit du bureau de Gavin. « John, je viens d'avoir Chavez au téléphone de Pékin ; il veut te parler. »

Clark saisit le téléphone satellite que lui tendait le patron. « Eh, Ding.

— T'es OK, John ?

— Je vais bien. N'empêche, c'est un vrai cauchemar, ici. T'es au courant, pour Granger ?

— Ouais. Quelle chierie.

— Ouais. T'a-t-il parlé du déplacement en voiture du général Su, prévu jeudi matin ?

— Ouais. Il m'a dit que Mary Pat Foley avait été prévenue directement par le gouvernement chinois. Il semble que quelqu'un par chez eux n'apprécie pas ce qui se passe en mer de Chine méridionale.

— Comment évalues-tu vos chances de succès ? » demanda Clark.

Chavez hésita avant de répondre. « C'est jouable. Je pense qu'on doit de toute façon essayer, vu qu'on n'a plus aucun agent américain opérationnel en Chine.

— Bref, vous êtes prêts à foncer ?

— Il y a quand même un problème.
— Lequel ?
— On accomplit la mission, puis on se tire. Pour nous, c'est réglé. Mais toi et moi, on a pratiqué suffisamment longtemps les dictatures pour savoir qu'ils vont attribuer les faits à un groupe de pauvres bougres, qu'il s'agisse de dissidents ou de membres d'une association quelconque. Et pas uniquement aux mômes avec qui l'on bosse. Qu'on liquide Su et l'APL trouvera aussitôt un bouc émissaire, et je ne voudrais pas être à sa place.

— Ils exécuteront tous ceux qui leur sembleront avoir eu les moyens et la motivation. Il y a des centaines de groupes dissidents en Chine. L'APL voudra faire un exemple pour empêcher tout nouveau soulèvement populaire.

— À coup sûr. Merde. Ça me met mal à l'aise », convint Chavez.

Debout au milieu du couloir, le téléphone collé à l'oreille, Clark réfléchit au problème. « Vous allez devoir laisser des indices prouvant que ce n'est pas l'œuvre d'un groupe local de dissidents.

— J'y ai pensé, répondit aussitôt Ding. Mais quel que soit cet indice, il désignera forcément les États-Unis, et ça, on ne peut pas se le permettre. Que les observateurs internationaux débattent de savoir si l'on vient d'assister à l'application de la doctrine de Ryan, parfait. Mais si on laisse la moindre preuve derrière nous, on court le risque de voir la Chine communiste l'exploiter pour prouver au monde que les États-Unis ont... »

Clark l'interrompit. « Et si vous laissiez des indices qui pointent vers quelqu'un d'autre ? Quelqu'un qui ne verrait pas d'inconvénient à assumer la responsabilité de l'opération ?

— À quel genre de preuve songes-tu ? »

John baissa les yeux vers les deux assassins ligotés. « Pourquoi pas les corps de deux agents spéciaux chinois, abandonnés sur les lieux comme s'ils avaient fait partie du commando ? »

Après une pause, Chavez reprit : « Impec, *'mano*. On ferait ainsi d'une pierre deux coups. Est-ce que par hasard, tu ne saurais pas où je pourrais trouver des volontaires pour la tâche, hmm ?

— Pas des volontaires. Mais deux candidats, sûr.

— Ce n'est pas plus mal, convint Ding.

— Je vous rejoins d'ici trente heures avec les deux connards de l'Épée divine qui ont survécu. On les liquidera sur place.

— *Toi ?* Tu viens à Pékin ? Comment ?

— J'ai encore deux ou trois amis dans les bas-fonds.

— Des Russes ? T'as des potes russes qui pourraient t'infiltrer ?

— Décidément, tu me connais trop bien, Domingo. »

71

Une heure plus tard, Clark, Biery, Kraft et Kovalenko arrivaient à l'appartement de l'espion russe sur Dupont Circle. Il était près de quatre heures du matin, soit près d'une heure après le délai accordé par Centre à Kovalenko pour le contacter. Le Russe était nerveux à l'idée de cette conversation imminente, mais plus encore à l'idée de ce qui allait lui arriver ensuite entre les mains de John Clark.

Avant qu'ils ne pénètrent dans l'immeuble, John se pencha vers l'oreille de Kovalenko pour lui murmurer : « Valentin. Voici ce que tu dois bien comprendre. Tu n'as qu'une chance et une seule de bien t'en tirer.

— Je fais ça, et je me tire ?

— Tu fais ça, et on te tient sous bonne garde. Je ne te lâcherai que lorsque tout sera fini. »

Kovalenko ne protesta pas. Tout au contraire. « Bien. Je n'ai pas envie de doubler Centre et de me retrouver livré à moi-même. »

Ils entrèrent dans l'appartement. Il y faisait noir mais Valentin ne tourna aucun interrupteur. L'ordinateur était éteint et John, Gavin et Melanie se mirent de côté pour ne pas être dans le champ de la webcam quand elle s'activerait.

Kovalenko gagna la cuisine et Clark se précipita sur ses talons, craignant qu'il n'essaie de récupérer un couteau. Mais au lieu de cela, le Russe alla ouvrir le congélateur, en sortit une bouteille de vodka toute givrée et en but au goulot plusieurs lampées. Puis il ressortit et rejoignit son ordinateur, la bouteille à la main.

En passant devant Clark, il haussa les épaules comme pour s'excuser.

Biery avait donné au Russe une clé USB avec le logiciel malveillant qu'il avait concocté à partir du programme de transfert de fichiers de FastByte22 et de son cheval de Troie. Valentin glissa la clé dans le port USB, puis il lança la machine.

Quelques dizaines de secondes plus tard, il ouvrait Cryptogram et lançait une conversation avec Centre.

Kovalenko tapa : « SC Lavande. » C'était son code d'authentification. Puis il attendit, assis dans le noir, las, fatigué, priant le ciel qu'une fois cette histoire réglée, ni Centre ni Clark n'auraient l'idée de se débarrasser de lui.

Il avait l'impression de faire de la corde raide au-dessus d'un vertigineux précipice.

Une ligne de texte apparut, en vert sur fond noir : « Que s'est-il passé ? »

« Il y avait chez Hendley Associates des hommes que Grue n'a pas détectés. Après notre entrée, et alors qu'on venait d'extraire les données du serveur, ils sont passés à l'attaque. Ils sont tous morts. Grue et ses hommes. »

La pause fut plus brève qu'attendue.

« Comment avez-vous survécu ?

— Grue m'a ordonné de quitter les lieux pendant qu'ils se battaient. Je suis allé me planquer derrière les arbres.

— Vos ordres étaient de fournir de l'aide en cas de besoin.

— Si j'avais suivi mes ordres, vous auriez perdu tous vos atouts. Si vos assassins n'ont pas réussi à tuer les Amerloques, j'en aurais été certainement incapable.

— Comment savez-vous qu'ils sont morts ?

— On a évacué leurs corps. Je les ai vus. »

La pause, cette fois, se prolongea. Plusieurs minutes. Kovalenko s'imagina que quelqu'un était en train de recevoir des instructions pour la suite. Il tapa une série de points d'interrogation, qui ne reçurent aucune réponse immédiate.

Une nouvelle fenêtre Cryptogram s'ouvrit et Valentin avisa l'icône du téléphone, comme précédemment dans la journée.

Il coiffa le casque-micro et cliqua. « *Da ?*

— Ici Centre. » Aucun doute, c'était bien le même homme que plus tôt. « Avez-vous été blessé ?

— Pas gravement, non.

— Vous a-t-on suivi ? »

Kovalenko savait que Centre écoutait les intonations de sa voix, y guettant le moindre signe de supercherie. Il devait à coup sûr également l'observer *via* la webcam. « Non. Bien sûr que non.

— Comment le savez-vous ?

— Je suis un professionnel. Qui me filerait incognito à quatre heures du matin ? »

Il y eut un long silence. Puis, enfin : « Procédez au téléchargement. » Et l'on raccrocha.

Kovalenko transmit le fichier stocké sur la clé USB de Gavin Biery.

Une minute plus tard, Centre tapa : « Reçu. »

Les mains de Valentin s'étaient mises à trembler. Il tapa : « Instructions ? »

À voix basse, presque sans bouger les lèvres, il souffla à Biery : « Et c'est tout ?

— Oui, répondit Biery. Ça devrait fonctionner presque immédiatement.

— Vous êtes certain ? »

Biery n'en était pas certain. Mais il était confiant. « Ouais. »

Une ligne de texte apparut dans la fenêtre Cryptogram. « Qu'est-ce que c'est ? »

Kovalenko ne répondit pas.

« C'est une application ? Ce n'est pas ce qui était demandé. »

Kovalenko fixa la caméra.

Lentement, il leva son poing fermé devant son visage, puis son majeur se dressa.

Clark, Kraft et Biery regardèrent son geste, bouche bée.

Il ne fallut que quelques secondes pour que s'affiche une nouvelle ligne de texte.

« Vous êtes mort. »

La connexion fut coupée aussitôt.

« Il a coupé », commenta Kovalenko.

Biery souriait. « Attendez voir. »

Clark, Kovalenko et Kraft le regardèrent.

« Attendre quoi ? demanda le Russe.

— Attendez voir », répéta-t-il, très lentement.

Melanie intervint. « Il s'est déconnecté. Il ne peut plus envoyer aucun... »

L'icône d'un fichier apparut dans la fenêtre Cryptogram. Kovalenko, toujours assis devant sa machine, leva les yeux vers Gavin Biery. « Est-ce que je...

— Faites, je vous en prie. »

Kovalenko cliqua sur l'icône du fichier et une photo envahit aussitôt tout l'écran. Dans l'appartement plongé dans l'obscurité, les quatre témoins se penchèrent pour mieux la détailler.

Une jeune femme aux traits asiatiques, lunettes et cheveux bruns taillés court, était assise devant la webcam, les doigts posés sur un clavier d'ordinateur. Derrière son épaule gauche, un homme plus âgé, également asiatique, chemise blanche et cravate desserrée, était penché, examinant un point situé juste au-dessous de la caméra.

Valentin était perplexe. « Qui est... »

Du bout du doigt, Gavin Biery toucha le visage de la fille à l'écran. « J'ignore qui c'est, en revanche, ce type, là, mesdames et messieurs, c'est notre PSEC. »

Melanie et Valentin le dévisagèrent sans rien dire.

Biery expliqua. « Le Dr Tong Kwok Kwan, nom de code Centre. »

John Clark sourit avant de préciser : « Le Putain de Salopard En Chef. »

72

Adam Yao possédait des papiers lui permettant de pénétrer sur le continent, ainsi pouvait-il aisément faire la navette d'un côté à l'autre de la frontière, en voiture comme en train.

Jack Junior en revanche était loin d'avoir la même chance. Adam avait certes un moyen de lui faire franchir la frontière mais au prix de quelques risques et sûrement pas dans les mêmes conditions de confort.

Adam traversa le premier, en voiture, passant le poste frontière de Lok Ma Chau à dix-sept heures. Il voulait être en place de l'autre côté pour accueillir Jack et lui épargner d'errer comme un *gweilo* sans papiers, un scénario qui aurait assurément mal fini pour le fils du président.

Ryan prit donc un taxi pour San Tin, puis il continua à pied sur quelques centaines de mètres pour gagner le parking d'une quincaillerie, où il retrouva ses passeurs.

C'étaient des « amis » d'Adam : il les avait croisés dans le cadre de son activité « légitime » avec SinoShield. C'étaient des contrebandiers, ce qui avait rendu Jack nerveux, mais dès qu'il les rencontra, il se détendit.

Ces jeunes gens de petit gabarit lui semblaient infiniment plus inoffensifs que tout ce qu'il avait pu fantasmer ces douze dernières heures.

Adam lui avait dit de ne pas leur proposer d'argent, vu qu'il s'était déjà occupé de tout, et même si Jack ignorait ce que cela sous-entendait au juste, il faisait suffisamment confiance à Adam pour observer ses instructions.

Il jaugea les trois gars qui l'attendaient dans la pénombre qui venait très vite. De toute évidence, ils n'étaient pas armés. Jack avait été formé à repérer les armes à feu dissimulées et ces types n'en portaient ni à la ceinture, ni aux chevilles, ni sous les aisselles. Il ne pouvait pas être certain qu'ils n'aient pas planqué quelque part une arme blanche, mais même si ces trois gringalets se jetaient sur lui en même temps, Jack se dit qu'il pourrait leur fracasser la tête et gagner la frontière tout seul.

Ce ne serait toutefois pas la solution qui avait sa préférence.

Aucun des trois ne savait un mot d'anglais, une situation quelque peu embarrassante pour Jack, alors que, debout à côté de leurs motos, ils désignaient ses jambes et ses pieds. Il crut qu'ils admiraient ses mocassins Cole Haan, mais il n'en aurait pas juré. L'incident se conclut rapidement toutefois par quelques rires échangés entre les trois hommes.

Ils le firent monter à l'arrière d'une des motos, ce qui n'était pas un plan génial, vu que Jack, avec son mètre quatre-vingt-cinq, se retrouvait assis derrière un garçon joufflu qui devait mesurer un petit mètre soixante. Il dut se concentrer pour garder son équilibre alors que le petit Chinois faisait des embardées au guidon de sa bécane essoufflée au moteur mal réglé en zigzaguant entre les nids-de-poule sur de méchantes routes secondaires.

Au bout de vingt minutes de trajet, Jack vit pourquoi les Chinois avaient paru préoccupés par ses souliers de cuir. Ils se retrouvaient à présent au milieu de rizières qui s'étendaient jusqu'à un cours d'eau le séparant du continent. Ils allaient devoir patauger avec de l'eau jusqu'aux genoux sur quelque huit cents mètres avant de rejoindre la digue qui longeait la rivière. Dans ces conditions, il était hors de question pour lui de garder aux pieds ses mocassins.

Ils garèrent donc les motos et descendirent ; c'est alors qu'un des trois jeunes gens se découvrit miraculeusement une aptitude à s'exprimer en anglais. « Vous payer. Payer maintenant. »

Ryan n'aurait vu aucun inconvénient à glisser la main dans la banane à sa ceinture pour en extraire quelques centaines de dollars en échange de leur service mais Yao s'était montré catégorique. Il n'était pas question de leur donner un sou. Jack dodelina du chef. « Adam Yao vous payer », dit-il, espérant que s'exprimer en petit-nègre pourrait faciliter la compréhension.

Bizarrement, les hommes semblèrent ne pas du tout le comprendre. Il tenta une variante. « Adam payer vous. »

Les hommes hochèrent la tête, comme s'ils n'avaient toujours pas saisi avant de répéter : « Vous payer nous. »

Jack glissa la main dans sa poche, en sortit le mobile acheté l'après-midi même à l'aérogare, et composa un numéro.

« Ouais ?

— C'est Jack. Ils veulent des sous. »

Yao gronda comme un ours en colère, ce qui surprit Ryan. « Passez-moi celui qui vous paraît le plus futé de la bande, bordel de merde ! »

Jack sourit. Il aimait bien le style d'Adam Yao. « C'est pour vous », dit-il en tendant le téléphone à l'un des trois contrebandiers.

Il y eut un bref échange. Jack n'y comprenait rien, bien sûr, mais la tête que fit le jeune homme révélait sans le moindre doute qui avait le dessus dans la dispute. Il grimaçait à chaque épithète de Yao et avait le plus grand mal à placer un mot.

Au bout de trente secondes, il rendit le téléphone à Ryan.

Ce dernier le porta à son oreille. Avant qu'il ait pu ouvrir la bouche, il entendit Yao. « Ça devrait avoir réglé la question. Tout le monde se remet en selle, mais ne leur montrez pas l'ombre d'un fifrelin, à ces connards.

— OK. »

Ils repartirent et pataugèrent à nouveau dans les rizières alors que le soleil disparaissait pour laisser place à la lune. Jack perdit ses chaussures presque aussitôt. Les trois hommes avaient échangé au début quelques mots mais à l'approche du fleuve, toute conversation cessa. À vingt heures, ils arrivèrent sur la digue et l'un des hommes tira un radeau dissimulé dans les hautes herbes. L'embarcation avait été confectionnée avec des plaques d'agglo posées sur des cartons de lait en guise de flotteurs. Ryan et le contrebandier qui l'avait piloté embarquèrent, poussés par les deux autres, restés sur la berge.

La traversée de ces eaux glaciales ne prit que cinq

minutes. Ils abordèrent dans un quartier d'entrepôts de Shenzhen et dissimulèrent aussitôt le radeau derrière les cailloux et les herbes de la rive. Dans l'obscurité, le contrebandier remonta jusqu'à la rue avec Ryan, ils traversèrent la chaussée au pas de course juste après le passage d'un bus, puis l'homme dit à Jack de l'attendre dans une cabane en tôle ondulée.

Le contrebandier disparut et Jack rappela Yao.

Adam répondit très vite. « Je suis là dans moins d'une minute. »

Yao récupéra Jack et ensemble ils filèrent aussitôt vers le nord. Adam expliqua le programme. « On traverse Shenzhen et on aura rejoint Canton d'ici une heure environ. L'immeuble de Centre est situé dans une banlieue au nord de l'agglomération, près de l'aéroport.

— Comment l'avez-vous trouvé ?

— Je l'ai pisté à partir du déménagement de leurs superordinateurs depuis Hongkong. Les serveurs ont pris la voie maritime et j'ai pu retrouver le cargo, le port, puis la société de transport routier qui les a livrés par camion à l'immeuble de China Telecom. Je n'étais pas sûr au début, mais en papotant avec une fille qui travaillait dans leurs nouveaux bureaux, j'ai appris qu'elle s'était pointée au travail un beau matin pour découvrir que le bâtiment avait été intégralement vidé du jour au lendemain parce que l'APL l'avait réquisitionné.

« Dès lors, n'ayant quasiment plus aucun doute, j'ai loué un appartement dans une tour d'habitation situé en face de l'immeuble de CT, de l'autre côté d'un fossé de drainage. De là, je peux observer les soldats qui gardent les lieux, repérer les allées et venues des civils.

Ils ont installé sur le parking tout un tas d'équipements techniques et placé sur le toit d'énormes paraboles. Ils doivent consommer un max d'électricité.

— Quelle est la prochaine étape ? »

Yao haussa les épaules. « La prochaine étape, c'est de me dire pour qui vous travaillez vraiment. Je n'ai pas demandé votre présence ici parce que j'avais besoin d'un ami. J'ai besoin de quelqu'un aux États-Unis qui soit en dehors de la CIA. Quelqu'un capable de réaliser quelque chose.

— Réaliser quoi, au juste ? »

Adam hocha la tête. « Je veux que vous soyez en mesure de contacter quelqu'un au gouvernement, quelqu'un de haut placé mais qui n'appartienne pas à la CIA, pour raconter ce qui se passe. Nous serons capables d'en apporter la preuve sans l'ombre d'un doute. Et, une fois que vous l'aurez fait, je veux que quelqu'un se ramène ici et fasse sauter le truc.

— Vous voulez que j'appelle mon père. »

Yao haussa encore une fois les épaules. « Lui pourrait le réaliser. »

Ryan dodelina de la tête. Il devait, dans la mesure du possible, tenir son père à l'écart de ses activités. « Il y a quelqu'un d'autre que je pourrais appeler, suggéra-t-il. Quelqu'un qui pourra lui faire passer le message. »

73

Le président Jack Ryan décida de se rendre au Pentagone pour entendre ses conseillers lui exposer leur plan. Pour attaquer les infrastructures chinoises de réseau informatique et détruire leurs capacités d'échanges de données. La plupart des grands stratèges militaires américains ne travaillaient à peu près qu'à ça dans ce bâtiment, faisant de leur mieux pour improviser, un peu à l'aveuglette, leur défense tactique, vu que la cyberattaque contre le pays avait paralysé leurs capacités à obtenir de l'information, des suggestions, et à se former une image cohérente du champ de bataille.

On attribuait à Napoléon cette remarque de bon sens qu'à la guerre, il fallait d'abord nourrir son homme. Mais ça, c'était au temps de l'Empire. Aujourd'hui, il était évident pour tous ceux qui venaient de subir ces attaques que l'armée américaine nourrissait surtout des ordinateurs et que, vu les circonstances, elle n'avait guère d'autre choix que de les laisser à la diète.

Deux jours s'étaient écoulés depuis qu'il avait demandé qu'on élabore un plan et la situation avait encore empiré. En plus des cyberattaques, toujours plus nombreuses, visant les États-Unis – des attaques qui avaient entraîné deux jours d'arrêt des cotations à Wall Street –, les Chinois avaient exploité d'autres vecteurs d'attaque contre l'armée. Bon nombre de satellites militaires et de satellites espions avaient été piratés et leurs signaux brouillés, tant et si bien que quantité d'informations cruciales sur le théâtre des opérations ne parvenaient plus au Pentagone. Les satellites encore en ligne ne renvoyaient leurs données qu'à très bas débit, ou bien ces données étaient corrompues de manière sporadique, de sorte que leur image de la situation était, au bas mot, fragmentaire.

De nouveaux duels aériens au-dessus du détroit de Taïwan avaient entraîné la perte de cinq nouveaux chasseurs de la république de Chine et d'un Hornet des marines, à mettre en balance avec huit nouveaux appareils chinois abattus.

Ryan écouta, assis en silence, des colonels, des généraux, des capitaines et des amiraux lui exposer les options pour une frappe militaire ou, pour être plus précis, leur manque apparent d'options pour une frappe militaire.

L'aspect le plus terrifiant dans l'élaboration d'une liste d'objectifs était de toute évidence la faible qualité de la couverture de la zone. Plus que tout, c'était la dégradation des données satellitaires qui obligeait tous les intervenants à reconnaître que leur plan d'attaque n'était guère plus qu'un torchon de papier.

« Mais certains de nos satellites sont quand même encore opérationnels ? » demanda Ryan.

Ce fut Burgess qui s'y colla. « Oui, monsieur le président. Mais vous devez bien comprendre que, en dehors des duels aériens au-dessus du détroit, la guerre ouverte entre la Chine et les États-Unis n'a pas encore éclaté. Tout ce qu'ils ont fait jusqu'ici pour entraver nos capacités de combat, ils l'ont réalisé avec du code informatique. Si nous attaquons pour de bon, ou si nous rapprochons nos porte-avions, bref, si nous dévoilons un tant soit peu notre jeu, vous pouvez parier qu'ils recourront à des mesures balistiques pour interrompre pour de bon ces liaisons satellitaires.

— En descendant nos plates-formes ? » demanda Ryan.

Burgess acquiesça. « Ils ont montré, lors d'un test sur leur propre équipement, leur capacité à détruire un satellite avec un missile cinétique. »

Ryan s'en souvenait.

« Ont-ils la capacité de le faire à grande échelle ? »

Un général d'aviation prit la parole : « Les armes cinétiques antisatellites ne sont jamais le choix de première intention. Elles sont nuisibles pour tous ceux qui possèdent des plates-formes satellitaires à cause des débris qui peuvent rester en orbite pendant des dizaines d'années et venir percuter à grande vitesse d'autres équipements spatiaux. Il ne faut qu'une particule d'un centimètre de côté pour neutraliser un satellite. Les Chinois le savent parfaitement, aussi pensons-nous qu'ils s'abstiendront de faire sauter nos équipements spatiaux sauf nécessité absolue.

— Ils peuvent également attaquer nos satellites avec une arme à impulsion électromagnétique au moment où ils les survolent ? »

Burgess secoua la tête. « Jamais les Chinois ne feront détoner dans l'espace une arme à EMP.

— Comment peux-tu en être aussi sûr, Bob ? s'étonna Ryan.

— Parce qu'elle endommagerait du même coup

leurs propres équipements. Eux aussi, bien entendu, ont des satellites de communication ou de GPS en orbite au-dessus de leur territoire, or ceux-ci ne sont pas assez loin de nos plates-formes. »

Jack acquiesça. C'était le genre d'analyse qu'il appréciait. De celles qui avaient une certaine logique. « Ont-ils encore d'autres tours dans leur sac ?

— Oh, ça oui, dit le général d'aviation. L'APL a également la capacité d'aveugler temporairement des satellites à l'aide de lasers à haute puissance. Une technique appelée "éblouissement", qu'ils ont déjà mise en œuvre avec succès ces deux dernières années, contre des satellites indien et français. Dans les deux cas, ils ont totalement dégradé les capacités de la plate-forme à voir le sol ou à communiquer avec sa base pour une durée de trois à quatre heures. Notre prédiction est qu'ils commenceront par cette méthode et que, si elle ne leur donne pas les résultats désirés, ils se mettront alors à tirer des missiles pour abattre nos plates-formes de communication et de collecte de renseignement. »

Ryan dodelina du chef, contrarié. « Il y a deux mois, j'ai prononcé un discours à l'ONU et averti que toute attaque contre un satellite américain serait considérée comme une attaque contre notre territoire. Le lendemain matin, la moitié des agences de presse du pays et les trois cinquièmes de celles du reste de la planète affirmaient que je revendiquais la propriété de l'espace pour les États-Unis. Le *Los Angeles Times* a même publié dans ses pages opinion une caricature me présentant déguisé en Dark Vador. Les beaux esprits n'ont pas l'air de mesurer les enjeux auxquels nous sommes confrontés.

— Vous avez fait ce qu'il fallait, dit Burgess.

L'avenir de la guerre est appelé à se développer sur de nouveaux territoires, monsieur le président. Il semblerait que nous sommes les heureux élus destinés à les sonder.

— OK, dit Ryan. Donc, nous sommes à moitié aveugles dans le ciel. Qu'est-ce que ça donne au niveau de la mer ? »

Un amiral se leva. « Interdiction d'accès, interdiction de zone, monsieur. La Chine n'a pas une marine renversante mais leur programme de missiles balistiques sol-mer et de missiles de croisière est le plus vaste et le plus actif de la planète. Le deuxième corps d'artillerie de l'APL dispose de cinq brigades opérationnelles de missiles balistiques à courte portée braqués sur Taïwan. Le renseignement de la défense estime qu'ils possèdent plus d'un millier d'ogives. »

Debout devant un tableau blanc constellé de notes à l'intention du président – ça changeait des présentations PowerPoint –, un capitaine prit le relais. « Le deuxième corps d'artillerie, avec ses missiles balistiques conventionnels antinavires, offre également à l'APL une option de déploiement supplémentaire permettant de renforcer ses stratégies d'interdiction d'accès ou de zone pour toute menace venant de la mer.

« Les radars transhorizon de leur réseau de surveillance maritime sont capables de détecter un groupe de bataille de porte-avions à une distance de dix-huit cents milles nautiques et leurs satellites de détection de signaux électromagnétiques peuvent alors prendre le relais pour localiser avec précision les navires et les identifier.

« Les émissions du groupe sont détectées, leur route prédite, même sous une couverture nuageuse.

« Le Dong Feng 21D est leur vecteur balistique. L'engin est doté de son propre radar et il peut également récupérer les informations de guidage à partir de données satellitaires. »

Cela continua sur le même ton pendant une heure. Ryan prenait soin de maintenir le rythme de la discussion ; il voyait comme une perte de temps l'obligation pour ces officiers d'expliquer les nuances de tous les systèmes d'armes de chaque camp à un homme qui avait juste à donner ou non son assentiment à l'ensemble de l'opération.

Mais il devait trouver le juste milieu. Dans son rôle de responsable ultime, il devait aux guerriers du pays d'être le mieux informé possible des options à leur disposition avant d'envoyer des milliers de ses concitoyens au casse-pipe.

Après une matinée entière d'échanges de vue, un amiral, ancien pilote de F-14 Tomcat, chef d'escadrille et désormais l'un des meilleurs tacticiens du combat naval, exposa en détail au président le plan d'attaque contre la Chine. Il impliquait le tir, par des sous-marins nucléaires positionnés en mer de Chine orientale, d'un barrage de missiles conventionnels sur les postes de commandement et de contrôle de l'APL, sur ses services techniques mais aussi sur les infrastructures électriques les alimentant.

Simultanément, des submersibles positionnés dans le détroit de Taïwan et au large des côtes de la ville chinoise de Fuzhou devraient tirer des missiles de croisière sur les bases aériennes de l'aviation chinoise, les batteries fixes de missiles répertoriées et les installations de commandement aérien.

L'aviation de chasse américaine décollerait alors des

porte-avions *Reagan* et *Nimitz* et, après ravitaillement en vol au-dessus de l'océan, les chasseurs frapperaient la côte chinoise sur toute sa longueur aux abords du détroit de Taïwan, éliminant les sites de missiles SAM, les bâtiments de guerre en mer ou au mouillage, et une longue liste de capacités d'interdiction accès/zone, y compris les sites de missiles balistiques antinavires que les Chinois avaient installés au sud du pays.

L'amiral admettait que plusieurs milliers de ces missiles, parmi les plus évolués à la disposition de l'APL, étaient tirés depuis des plates-formes mobiles et que la piètre couverture photographique aérienne de la région signifiait que ces engins survivraient à coup sûr à une attaque montée par les Américains.

Ryan fut atterré par l'ampleur des difficultés que la marine allait de toute évidence devoir affronter pour réaliser cette tâche apparemment insurmontable. La question suivante était évidente mais il en redoutait la réponse.

« Quelles sont vos estimations de pertes parmi les forces américaines ? »

L'amiral revint à la première page de son calepin. « Parmi les équipages de vol ? Cinquante pour cent. Si nous disposions d'une meilleure visualisation, le chiffre serait significativement inférieur, mais nous devons prendre en compte le champ de bataille tel qu'il se présente aujourd'hui et pas celui de nos jeux de guerre du passé. »

Ryan poussa un soupir. « Donc, nous perdons une centaine de pilotes.

— Disons de soixante-cinq à quatre-vingt-cinq. Un chiffre appelé à gonfler si des frappes supplémentaires sont nécessaires.

— Poursuivez.

— Nous perdrons également des sous-marins. Impossible de dire combien, mais ils devront croiser à faible profondeur et se dévoiler dans des eaux où la marine chinoise est active et sous des cieux tenus par leur armée de l'air, donc, oui, ils seront en danger. »

Jack Ryan visualisa le naufrage d'un sous-marin. Tous ces jeunes Américains qui avaient obéi à ses ordres et mourraient d'une mort qu'il avait toujours considérée comme la plus horrible qu'on pût imaginer.

Il leva les yeux vers l'amiral, après quelques secondes de réflexion. « Le *Reagan* et le *Nimitz*. Ils seront à la merci d'une riposte immédiate.

— Absolument, monsieur. Nous nous attendons à voir le Dong Feng employé au combat pour la première fois. À vrai dire, nous ignorons ce qu'il vaut au juste, mais dire que nous espérons le voir ne pas fonctionner comme prévu serait un euphémisme. Nous pouvons bien entendu appliquer un certain nombre de contre-mesures. Mais la plupart sont tributaires d'un réseau informatique opérationnel et de données satellitaires de bonne qualité, deux éléments pour le moins défaillants à l'heure actuelle. »

Tout cela mis bout à bout, Ryan pouvait s'attendre à perdre entre mille et dix mille hommes avec cette attaque contre la Chine. Un chiffre sans aucun doute susceptible d'exploser si Taïwan était attaquée en représailles.

« Peut-on penser qu'une telle action coupera court aux cyberattaques contre l'Amérique ? »

Ce fut au tour de Bob Burgess de prendre la parole : « Les meilleurs esprits de la NSA et du cybercommandement sont incapables de répondre à cette question, monsieur le président. Nous devons bien avouer que notre appréhension de l'architecture et de l'infrastructure de cette attaque des réseaux informatiques reste, pour tout dire, théorique. Nous ne pouvons qu'espérer détériorer de manière temporaire leurs capacités de nuisance informatique et leurs capacités d'attaque conventionnelle sur Taïwan. Des détériorations et perturbations temporaires au prix peut-être de dix mille vies. »

L'amiral crut bon d'intervenir, bien que ce ne fût pas précisément son domaine d'expertise. « Monsieur le président, sauf votre respect, les cyberattaques contre l'Amérique tueront bien plus de dix mille personnes cet hiver.

— C'est un excellent argument, amiral », convint Ryan.

Arnie Van Damm, le secrétaire général de la présidence, entra sur ces entrefaites et lui parla à l'oreille.

« Jack, Mary Pat Foley est ici.

— Au Pentagone ? Pourquoi ?

— Elle veut te voir. Elle s'excuse mais dit que c'est urgent. »

Jack savait qu'elle ne serait pas là sans une bonne raison. Il s'adressa à son auditoire. « Mesdames et messieurs, je vous suggère une pause d'un quart d'heure, et nous reprendrons là où nous en étions. »

Ryan et Foley furent conduits dans l'antichambre du bureau du secrétaire de la marine. On les laissa seuls. L'un et l'autre restèrent debout.

« Je suis désolée d'avoir à marchander de la sorte mais...

— Pas du tout. Qu'est-ce qui est si important ?

— La CIA a depuis un certain temps un agent clandestin en poste à Hongkong qui opère de sa propre initiative et sans aucun soutien de l'Agence. C'est lui qui a localisé le pirate chinois impliqué dans les attaques contre les drones. »

Ryan hocha la tête. « Le môme tué à Georgetown avec les gars de l'Agence.

— Tout juste. Eh bien, nous pensions l'avoir perdu – il a disparu il y a quelques semaines – mais voilà qu'il vient de réapparaître et de nous faire parvenir un message depuis la Chine continentale. » Elle marqua un temps. « Et il a localisé le centre nerveux d'où sont parties la plupart des attaques informatiques visant les États-Unis.

— Qu'est-ce que ça veut dire ? Je viens de passer toute la matinée à écouter une brochette de généraux me raconter que les opérations de guerre informatique chinoises émanaient de services et de centres de commandement essaimés sur tout le territoire.

— C'est peut-être vrai, tempéra Mary Pat, mais il n'en reste pas moins que l'architecte de la stratégie d'ensemble et le principal responsable de cette opération nous visant se trouve dans un bâtiment situé dans la banlieue de Canton. Avec une équipe d'environ deux cents ingénieurs et pirates informatiques dotés d'une batterie de superordinateurs réunis sur le même site. Un site que nous avons localisé avec précision. Nous sommes quasiment certains que l'immense majorité des attaques informatiques chinoises est bien partie de ce bâtiment. »

Ryan trouva que ça paraissait trop beau pour être vrai. « Si c'est bien le cas, Mary Pat, nous pourrions considérablement restreindre l'envergure de l'opération navale que nous avons envisagée. En épargnant la vie de milliers d'Américains. Et merde, épargner également celle de milliers de Chinois innocents.

— Je suis d'accord.

— Cet agent clandestin. S'il est en territoire chinois, comment pouvons-nous être sûrs qu'ils ne le détiennent pas ? Comment savoir qu'il ne s'agit pas d'une autre manœuvre d'intoxication de Pékin ?

— Il est opérationnel et n'a pas été repéré.

— Qu'en savons-nous ? Et pourquoi le directeur Canfield ne m'a-t-il pas livré cette information ? Et comment ce type parvient-il à communiquer avec Langley sans être compromis alors que l'Agence est infiltrée ? »

Foley se racla la gorge. « L'agent clandestin n'a rien dit à Langley. C'est à moi qu'il a communiqué l'information.

— Directement ?

— Ma foi... (Elle hésita.) Par le truchement d'un de nos éléments.

— D'accord. Donc, cet agent clandestin n'est pas seul sur le terrain ?

— Non. » Elle se racla de nouveau la gorge.

« Bon Dieu, Mary Pat. Pourquoi ces cachotteries ?

— Jack Junior est avec lui. »

Le président devint livide. Il ne dit rien, aussi Mary Pat se crut-elle autorisée à poursuivre. « Ils y sont allés tous les deux de leur propre chef. C'est Junior qui m'a appelée et qui m'a convaincue. Il m'a assuré qu'ils étaient tous les deux en sécurité et ne couraient absolument aucun risque.

— Putain, tu es en train de me dire, là, que mon fils est en Chine ?

— Oui.
— Mary Pat... » Mais il resta sans voix.

« Je lui ai parlé. Il m'a confirmé que K.K. Tong et toute son équipe opèrent depuis un bâtiment de China Telecom à Canton. Il nous a déjà transmis des photos et des coordonnées GPS. Nos communications avec lui sont lacunaires, comme tu l'imagines, mais nous avons tous les éléments nécessaires pour viser la cible. »

Ryan regardait dans le vide. Il plissa les yeux plusieurs fois, puis dodelina du chef. « Je pense qu'on peut se fier à la source », sourit-il. Mais c'était un sourire sans joie, qui trahissait seulement sa détermination. Il indiqua l'entrée de la salle de conférences. « Balance-leur tout ce que tu sais. On peut limiter l'attaque, la concentrer sur ce seul centre nerveux.

— Oui monsieur le président. »

Ils s'étreignirent. Elle lui glissa à l'oreille : « On va le ramener. On ramènera Junior à la maison. »

74

John Clark volait à bord d'un Lear-Jet privé loué sur la plate-forme d'aviation générale où était déjà basé le Gulfstream de Hendley Associates, sur l'aéroport de Baltimore-Washington International. C'était Adara Sherman, à la fois gérante, hôtesse de l'air et responsable de la sécurité à bord, qui avait organisé tous les détails du vol matinal vers la Russie alors qu'ils survolaient le Pacifique à dix mille mètres d'altitude et que le Gulfstream au départ de Hongkong était encore dans les airs après avoir déposé Jack Ryan Jr.

Clark s'entretint *via* son téléphone satellite avec Stanislas Birioukov, le patron du FSB – le contre-espionnage russe. Clark lui avait rendu un fier service l'année précédente, en sauvant quasiment Moscou de l'annihilation nucléaire[1]. Le directeur Birioukov lui avait dit alors que sa porte lui serait toujours ouverte et un bon Russe n'oublie jamais ses amis.

John Clark avait désormais l'occasion de le vérifier. « J'aurai besoin de pénétrer en Chine depuis la Russie avec deux personnes, et je dois le faire sous vingt-

---

1. Lire *Ligne de mire, op. cit.*

quatre heures. Oh, et au fait, les deux autres sont des ressortissants chinois qui seront ligotés et bâillonnés. »

Il y eut un long moment de silence, puis un ricanement sourd, presque maléfique, à l'autre bout du fil. « Vous les retraités américains, toujours friands de vacances originales ! Chez nous, on préfère les bains de soleil dans la datcha. »

Clark ne releva pas l'ironie. « Êtes-vous en mesure de m'aider ? »

Birioukov ne répondit pas directement. « Et une fois là-bas, John Timofevitch ? Aurez-vous besoin d'une assistance technique ? »

Cette fois, John sourit. « Ma foi, puisque vous le proposez... »

Birioukov lui devait certes un service, mais John était conscient que toute aide qu'il pourrait recevoir du chef du FSB serait considérée comme adressée indirectement à l'ami de Clark, le président des États-Unis. Birioukov se doutait bien que Clark était commandité par son pays dans le cadre de son conflit avec la Chine, il savait également qu'il ne travaillait pas pour la CIA, ce qui était une bonne chose, car au FSB, on n'ignorait pas que l'agence américaine était brûlée en Chine.

John fournit à Birioukov la liste de ce qu'il allait avoir besoin d'introduire en Chine et le directeur du FSB la consigna scrupuleusement. Il demanda à Clark de se rendre directement en avion à Moscou où l'attendrait un cargo de l'armée avec tout l'équipement demandé déjà à bord, puis il l'assura qu'il s'occuperait de régler tous les autres détails pendant que John profiterait de sa balade.

« Merci, Stanislas.

— Je suppose que vous aurez également besoin d'un billet de retour ?

— J'espère bien », convint John.

Birioukov étouffa de nouveau un petit rire, ayant parfaitement saisi l'allusion. S'il n'avait pas besoin d'un billet de retour, c'est qu'il serait mort.

Birioukov raccrocha, appela ses principaux responsables d'opérations et leur dit qu'ils étaient virés s'ils n'étaient pas fichus de régler la question.

Clark et ses deux prisonniers ligotés et bâillonnés atterrirent à Moscou, puis redécollèrent presque aussitôt à bord d'un cargo Tupolev, direction Astana, la capitale du Kazakhstan. Là, ils furent transférés sur un appareil déjà chargé de munitions à destination de la Chine. Rossoboronexport, la compagnie de transport pour la défense – une entreprise d'État –, effectuait souvent des missions confidentielles en Chine ; elle était habituée à obéir aux ordres du FSB sans poser de questions.

On indiqua à Clark une palette près de la porte de soute. Y étaient posées plusieurs caisses vertes et John attendit d'être seul après le décollage pour les inspecter. Entre deux caisses, il découvrit une bouteille de vodka Iordanov, accompagnée d'une note manuscrite.

Profitez bien de la vodka et voyez-y le cadeau d'un ami.
Quant au reste... voyez-y le remboursement d'une dette.
Restez prudent, John.

C'était signé « Stan ».

John décrypta le message véhiculé par le billet et la vodka. Le FSB voyait dans son assistance le remboursement intégral de l'aide que Clark et l'Amérique avaient procurée à la Russie l'année passée dans les steppes du Kazakhstan.

L'Iliouchine 76 atterrit à Pékin trente heures pile après que Clark eut quitté Baltimore ; des agents du FSB présents à l'aéroport récupérèrent les trois hommes et les caisses, avant de transférer le tout dans une planque située au nord de la ville. Moins d'une heure plus tard, Sam Driscoll et quatre hommes du Sentier de la liberté, la force rebelle naissante, débarquaient pour les ramener dans leur propre cachette.

Domingo Chavez accueillit John à la porte. Malgré la pénombre, Ding nota les poches sous les yeux de Clark, son visage chiffonné après cet interminable voyage et après le combat dans le Maryland. C'était un homme de soixante-cinq ans qui sortait de plus de trente heures d'avion en ayant traversé douze fuseaux horaires, et ça se lisait sur ses traits.

Les deux hommes s'étreignirent, John prit une tasse de thé vert offert par Yin Yin, mangea un bol de nouilles à la sauce de soja, puis on le conduisit à un lit de camp à l'étage. Les deux prisonniers furent placés dans une pièce au sous-sol, fermée à clé et gardée par deux hommes armés.

Chavez examina le matériel que Clark avait apporté de Russie. Dans la première caisse, il trouva un fusil Dragunov pour tir de précision, équipé d'une lunette grossissant huit fois et d'un silencieux. Ding connaissait bien cette arme qui lui donna d'emblée quelques idées pour l'opération à venir.

Il ouvrit ensuite deux caisses identiques ; chacune contenait un lance-grenades antichar RPG-26.

Des armes idéales pour défoncer une voiture blindée.

Une autre grande caisse contenait deux lance-grenades RPG-9 accompagnés de huit roquettes.

Les autres caisses révélèrent des radios équipées de modules de cryptage numérique dernier cri, des munitions, des grenades fumigènes et d'autres à fragmentation.

Ding ne risquait pas de confier un lance-grenades ou une arme antichar aux gringalets du Sentier de la liberté. Il les avait interrogés sur leurs connaissances des armements et des tactiques qu'ils allaient devoir adopter s'ils voulaient avoir une utilité quelconque lors de l'attaque, et en avait conclu que la petite vingtaine de jeunes Chinois serait mieux employée à assurer la sécurité de la fuite du commando à l'issue de l'opération, ou bien à distraire l'ennemi lors de celle-ci en faisant un maximum de raffut avec leurs fusils.

Chavez discuta avec Dom et Sam de la faisabilité de l'opération à venir. Les trois Américains commencèrent avant tout par s'interroger sur leurs chances de succès.

Un exercice dans lequel Ding se montra tout sauf encourageant. « Personne n'est obligé d'y aller. Ça va être violent. Merde, on ne sait même pas combien d'agents de sécurité protégeront le cortège.

— Les mômes du Sentier de la liberté... on va se servir d'eux, non ? » demanda Driscoll.

Chavez ne le nia pas. « On va se servir d'eux pour arrêter une guerre. Ce n'est pas ça qui va m'empêcher de dormir. Je vais tâcher de faire mon possible pour qu'ils ne se fassent pas massacrer mais qu'il n'y ait pas de méprise : s'ils réussissent à nous rapprocher suffisamment du général Su, on tente le coup. Il sera bien temps après de gérer les conséquences. Plus aucun d'entre nous ne sera en sécurité par la suite. »

La conversation se porta sur les Chinois et quand Chavez informa Yin Yin de leur intention d'attaquer le cortège du général Su à son entrée dans la ville au retour de Baoding, elle répondit qu'elle pourrait les aider en leur procurant à l'avance des informations sur l'itinéraire des véhicules.

On déplia sur une table un plan à grande échelle de la capitale ; les trois Américains et la jeune rebelle se penchèrent pour l'examiner.

« Nous avons un complice au sein de la police de Pékin, indiqua Yin Yin. Il est fiable – il nous a déjà procuré des informations quand on a envisagé de cibler un cortège.

— Des informations pour faciliter vos attaques ?

— Non. À la vérité, nous n'avons jamais encore attaqué un cortège de véhicules officiels mais il arrive qu'on brandisse des pancartes sur les ponts surmontant l'itinéraire du convoi.

— D'où votre indic chez les flics tient-il ses infos ?

— Le ministère de la Sécurité publique est chargé d'envoyer des motards sur les ponts, les rampes d'accès et de sortie, afin de bloquer le trafic sur l'itinéraire du cortège. Notre indic fait justement partie de ce détachement motocycliste, avec quelques dizaines d'autres motards. Ils ne sont prévenus qu'au tout dernier moment, et la police procède par roulement, en ne les informant qu'à mesure des points de passage à sécuriser, au rythme de la progression du cortège.

— Il doit y avoir des dizaines d'itinéraires possibles pour gagner Zhongnanhai.

— C'est exact, mais ça, c'est pour quand ils sont déjà dans la capitale. Les barrages de police sont établis après le franchissement de la sixième route de ceinture, puis tout au long de l'itinéraire *intra muros*. Impossible pour nous d'attaquer avec ce périphérique parce que nous n'aurons encore aucune information sur l'itinéraire emprunté. Nous ne pouvons pas non plus traîner longtemps, une fois passé le sixième périphérique, car il y aura rapidement trop d'options. Même si nous connaissions précisément son itinéraire, nous n'aurions plus assez de temps pour préparer une attaque.

— Bref, c'est au niveau de ce sixième périphérique qu'on doit monter le coup », observa Dom.

Yin Yin dodelina du chef. « Non. C'est un point où la sécurité sera renforcée.

— On dirait qu'on n'a pas des masses d'options », grogna Driscoll.

La jeune fille acquiesça. « Mais c'est un avantage. Le convoi n'a plus que deux itinéraires possibles, une fois passée la sixième route de ceinture : la route de Jingzhou ou la G-4. Dès que nous saurons laquelle est sécurisée par la police, nous aurons le temps de les intercepter avant qu'ils n'atteignent le dédale du centre-ville.

— Mouais. Ça m'a l'air hasardeux.

— C'est du cinquante-cinquante, concéda Chavez. Nous devrons nous positionner à mi-chemin des deux autoroutes et foncer comme des malades pour rejoindre le bon point d'embuscade. »

Le mercredi soir, les trois Américains, Yin Yin et deux jeunes Chinois se rendirent sur les deux sites choisis à bord d'un petit minibus aux vitres teintées. Ils auraient bien aimé pouvoir tâter le terrain en plein jour mais ils ne réussirent à trouver un site convenable sur la G-4 qu'aux alentours de dix heures du soir. Et il était minuit passé quand ils tombèrent sur un endroit propice à une embuscade sur la route de Jingzhou.

Celui sur la G-4 était le meilleur. Ils étaient bien couverts par une rangée d'arbres côté nord, avec une possibilité d'évacuation rapide *via* une route secondaire qui traversait un bout de campagne déserte avant de rejoindre un carrefour important, ce qui signifiait que très vite après l'embuscade, Chavez, ses compagnons et les rebelles du Sentier de la liberté pourraient se disperser et se perdre dans la métropole.

Sur la route de Jingzhou, en revanche, le terrain était plus découvert. Certes, il y avait une colline herbeuse qui longeait du côté nord ce tronçon rectiligne de l'autoroute à huit voies, mais le côté sud était un peu plus bas, juste au-dessus du niveau des rues, et derrière, un dense quadrillage d'immeubles d'habitation et de rues rendrait difficile toute fuite au milieu des embouteillages matinaux.

Chavez examina la disposition des lieux de ce site éventuel d'embuscade. « Nous pouvons attaquer depuis l'un ou l'autre côté, observa-t-il, et placer un tireur tout là-bas, sur la passerelle pour piétons, vers le nord. Il faudra que quelqu'un se trouve sur l'autoroute derrière le cortège pour les empêcher de battre en retraite à contresens. »

Driscoll se retourna complètement pour fixer Ding droit dans les yeux. « J'ai vu mon content d'embuscades en L. Jamais entendu parler d'une embuscade en O. Et sans vouloir t'offenser, Ding, je pense qu'il y a pour ça une bonne raison : éviter de se tirer mutuellement dessus.

— Je sais, admit Chavez, mais écoute-moi jusqu'au bout. Nous attaquerons de tous les azimuts, mais si on évite de canarder dans tous les sens, tout devrait bien se passer. Le gars sur la passerelle tirera vers le bas. Celui côté sud, sur l'autoroute, tirera depuis un véhicule, donc largement au-dessous du pont. Le Sentier de la liberté sera posté sur la colline pour tirer vers le bas sur le cortège ; quant à moi, je serai placé de l'autre côté, avec le fusil à lunette, sélectionnant avec soin mes cibles depuis la fenêtre d'un de ces appartements.

— Et comment vas-tu faire pour y entrer ? »

Ding haussa les épaules. « Un détail, *'mano*. »

Ils revinrent à leur planque et trouvèrent un John Clark réveillé, occupé à examiner les armes qu'il avait apportées de Russie.

Chavez avait prévu de laisser Clark dans la grange au moment de l'attaque, ne voulant pas de sa présence sur le site de l'embuscade. Il redoutait plus ou moins que John insiste pour participer à l'opération mais il se dit qu'il admettrait sans doute volontiers qu'à son âge, et avec une seule main valide, il leur serait d'une utilité discutable.

Ding s'approcha de lui alors qu'il inspectait la rangée d'armes posées au-dessus de leurs caisses. Il semblait particulièrement intéressé par les deux armes antichars.

« Tu tiens le coup, John ?

— Ça va », répondit John tout en continuant d'inspecter les fusils posés contre le mur, les caisses en bois des lance-roquettes, les boîtes de munitions et de grenades.

« Qu'avez-vous derrière la tête, monsieur C. ? » demanda Ding, soudain inquiet à l'idée que Clark imaginât pouvoir tenir son rôle dans l'action à venir. En ce qui le concernait, c'était hors de question mais il n'était pas chaud pour abuser de son rang vis-à-vis de John Clark.

« Je me demande où tu veux me voir demain matin. »

Chavez hocha la tête. « Je suis désolé, John. Mais je ne peux pas te laisser venir avec nous. »

Clark le fixait à présent et son regard se durcit. « Tu veux me dire pourquoi, fiston ? »

Merde. « Ça risque d'être chaud. Je sais que tu peux tenir ta place. Bon Dieu, tu l'as prouvé encore une fois l'autre soir à West Odenton contre l'Épée divine. Mais notre seule possibilité de nous en tirer ce coup-ci, c'est avec une opération éclair. » Ding avait accompagné son explication d'un sourire, avec l'espoir qu'il contribuerait ainsi à désamorcer la colère qu'il sentait déjà monter dans le regard de son beau-père.

Mais Clark ne se démonta pas. « Et qui va manier les armes antichars ?

— Je n'ai pas encore décidé, admit Chavez avec un hochement de tête. Il va falloir placer un tireur à au moins deux cent cinquante mètres en retrait, ce qui nous prive d'un tireur sur le site de l'intervention proprement dite, aussi je...

— Problème résolu, coupa Clark, désormais souriant.

— Pardon ?

— Je me tiens planqué en retrait avec les deux

RPG-26, je sécurise la route d'exfiltration et j'engage à ton signal. Dès que j'ai fini, je retourne aux camions.

— Désolé, John. Mais en te positionnant sur cet itinéraire, tu n'auras plus l'autoroute en ligne de mire. »

Clark s'approcha de la carte. Il la considéra une dizaine de secondes, cinq pour chacun des points d'embuscade définis. « Bien, dans ce cas... ce passage supérieur me donne une vue panoramique s'ils prennent cet itinéraire, et s'ils prennent celui-là, cette crête fera parfaitement l'affaire. »

Ding vit instantanément la suggestion de Clark, qui était excellente. Il s'en voulut de ne pas avoir eu l'idée lui-même ; sans doute avait-il été obnubilé par son désir de le tenir à l'écart.

Rétrospectivement, il aurait dû savoir qu'il serait hors de question de laisser Clark poireauter dans la planque.

« T'es bien sûr ? »

Clark acquiesça ; il s'était déjà mis à genoux pour inspecter les lance-roquettes antichars. « Ces armes pourraient faire la différence entre le succès et l'échec. Il faut que tu parviennes à forcer tous les membres du cortège à sortir des véhicules. Les coincer en les arrosant de tirs soutenus au lance-grenades et à l'arme automatique risque au contraire de les amener à rester planqués à l'intérieur, avec l'espoir que le blindage résistera jusqu'à l'arrivée des renforts. En revanche, s'ils voient les deux premiers véhicules se faire pulvériser devant eux, tu peux être certain que tout ce beau monde n'aura qu'une envie : détaler au plus vite des voitures et des camions.

— Tu peux tirer de la main gauche ? »

Clark renifla, ironique. « Je n'ai jamais non plus tiré

avec ces engins de la main droite. Ça fait déjà ça de moins à réapprendre.

— Et que fait-on des deux Chinetoques au sous-sol ? » intervint alors Sam Driscoll.

Clark répondit d'une question de son cru : « Eh bien quoi ? Tu ne vas pas faire le délicat, non ?

— Tu veux rire ? Ces deux salauds ont tué Granger et la moitié de notre personnel de sécurité. Plus cinq agents de la CIA, sans compter qu'ils ont tenté d'assassiner la copine de Ryan. Je me demandais si on allait tirer à la courte paille pour avoir ce plaisir ou bien jouer ça à pile ou face. »

Clark opina. Il n'y aurait aucun plaisir à exécuter les deux agents spéciaux chinois mais c'étaient eux qui avaient tué de sang-froid.

« Sam, reprit Chavez, tu conduiras le camion à l'arrière du commando. Tu prendras les prisonniers avec toi. Tu les descends et tu les laisses dans le véhicule. »

Sam acquiesça sans un mot. Deux années plus tôt, il avait eu pas mal d'ennuis pour avoir abattu des hommes dans leur sommeil[1], même s'il n'avait alors pas eu le choix. Il avait donc fait ce qu'il devait faire, et il était prêt à recommencer maintenant.

---

1. Lire *Mort ou vif*, op. cit.

75

À minuit, quatorze pilotes de F/A-18C des marines décollèrent vers le ciel de Taïwan. Ils s'enfoncèrent dans l'épaisse couverture nuageuse au-dessus de l'île et adoptèrent une trajectoire de vol qui laisserait croire aux radars ennemis qu'ils se dirigeaient vers leurs positions habituelles de patrouille dans le détroit, comme ils l'avaient fait des dizaines de fois jusqu'ici.

Les F-16 taïwanais déjà en position commencèrent à dégager leurs secteurs, comme si les appareils en approche allaient assurer la relève, là encore pour offrir aux Chinois des signatures radar évoquant des chasseurs en mission de protection de l'île des incursions par-dessus le détroit.

Mais tous les appareils n'étaient pas en mission de chasse, ce soir. Bon nombre d'entre eux, ceux de Trash et Cheese inclus, étaient équipés pour une mission de bombardement et leur destination n'était pas un carré de ciel noir au-dessus des eaux internationales.

Non, leur objectif était le quartier de Huadu à Canton.

Avec tout son armement et des réservoirs supplémentaires, le F/A-18C de Trash pesait plus de vingt-trois tonnes et ses commandes étaient devenues molles.

Ce Hornet lui semblait appartenir à une autre espèce que l'appareil si agile au combat qu'il avait piloté lors de ses deux premiers duels aériens victorieux. Il lui paraissait même différent de la veille, lorsqu'il avait abattu son troisième chasseur ennemi, un Su-27, avec un missile AIM-9.

Il était absolument exclu qu'il puisse livrer un combat tournoyant avec toutes ces bombes et ces bidons accrochés sous les ailes ; si un J-10 ou un Su-27 venait à pourchasser leur escadrille, lui et ses ailiers n'auraient d'autre choix que de larguer toutes les munitions air-sol fixées aux pylônes avant de pouvoir se concentrer sur leur survie.

Cela pourrait certes leur sauver la vie mais signerait en même temps l'échec de leur mission et on les avait prévenus, on ne passerait l'éponge qu'une seule fois.

Le quatorzième appareil – ils volaient en formation de deux et quatre – approchait du détroit comme pour se mettre en position mais aucun avion chinois n'était encore venu à leur rencontre car la météo était mauvaise ce soir et ils auraient quantité d'occasions d'engager un duel aérien le lendemain, quand il ferait grand jour.

Ils retrouvèrent au-dessus du détroit deux ravitailleurs taïwanais et ce rendez-vous aurait pu paraître incongru aux radaristes de l'APL mais sans pour autant provoquer d'inquiétude. On pouvait imaginer en effet que ces avions prolongeaient simplement leur mission de surveillance.

Une fois que Trash et les autres eurent refait le plein, ils mirent cap au sud, là encore, un comportement analogue à celui de presque tous les appareils en vol à l'ouest de Taïwan depuis maintenant un mois.

C'est là qu'on abordait la partie intéressante.

Trash et les treize autres plongèrent vers la mer, abandonnant leur altitude de croisière à trente mille pieds – neuf mille mètres – pour mettre le cap à l'ouest. Leur vitesse s'accrut, ils resserrèrent la formation au maximum dans la nuit noire, en direction de la mer de Chine méridionale.

Trash et Cheese faisaient partie des six appareils de cette opération chargés de larguer des bombes sur le bâtiment de China Telecom à Canton, une cible plutôt étrange aux yeux des pilotes même s'ils avaient été par trop occupés ces huit dernières heures après le briefing initial pour s'interroger sur leur rôle dans la stratégie globale.

Les quatre autres Hornet étaient lestés chacun de deux bombes JDAM – *Joint Direct Attack Munitions*. Des Mark 84 dotées d'ailerons de queue pour améliorer la précision et accroître la portée de tir. Ces armes étaient certes d'une précision redoutable mais aucun des pilotes de la formation ne pouvait dire s'ils allaient pouvoir les employer car le signal des satellites GPS qui passaient loin au-dessus de leurs têtes clignotait comme l'ampoule d'une lampe de chevet au câblage défectueux. Si l'on avait équipé les chasseurs de ces munitions, c'était pour la simple et bonne raison que le potentiel de survie d'un appareil larguant des JDAM en altitude et à bonne distance de la cible était meilleur qu'avec l'autre option.

À savoir des bombes « idiotes » larguées à basse altitude.

Ce rôle était dévolu à l'équipe B de la mission, Trash et Cheese. Si les quatre premiers Hornet n'arrivaient pas à accrocher un signal GPS leur permettant de larguer leurs bombes, ce serait au tour de l'équipe B de prendre le relais. Les deux F/A-18C emportaient chacun deux Mark 84. Cette bombe était restée la même depuis l'époque où des F4 Phantom la larguaient au-dessus du Vietnam, près d'un demi-siècle auparavant.

À l'heure des machines ultramodernes comme le F-22 Raptor et le F/A-18E Super Hornet ou des munitions air-sol dernier cri comme les bombes à guidage laser ou GPS, Trash trouvait ironique que son leader et lui partent au combat avec des appareils vieux de vingt-cinq ans dotés de bombes âgées de cinquante.

En complément des six appareils désignés ce soir pour l'attaque au sol, six autres avaient un rôle strictement air-air. On les avait donc armés d'AIM-9 et d'AIM-120 et chargés de se porter à la rencontre de tout agresseur qui s'aviserait d'approcher l'escadrille.

Les deux derniers avions de la mission étaient équipés de missiles à grande vitesse HARM, destinés à détruire les sites de missiles sol-air SAM placés sur leur route.

Tous les pilotes étaient équipés de lunettes de nuit qui leur permettaient de voir à la fois leurs écrans tête haute et le terrain à l'extérieur, même si tous étaient conscients qu'un tel équipement ajoutait un risque supplémentaire à une opération déjà remplie de dangers : en cas de pépin, il ne fallait surtout pas oublier de s'en débarrasser si l'on ne voulait pas, au moment de l'éjection, avoir le cou rompu par le poids de ce dispositif positionné en porte-à-faux à l'avant du casque.

Il était une heure trente du matin et les Hornet fonçaient en rase-mottes au-dessus des vagues, cap au sud-ouest. Tous les pilotes se doutaient bien que les

Chinois avaient déjà dû faire décoller d'urgence la chasse et mettre en batterie la DCA tout le long de la côte ; mais, en tout cas pour un petit moment encore, l'ennemi ne savait pas quel était l'objectif de cette escadrille.

Après un changement de cap annoncé par le leader de la formation, les appareils virèrent d'un seul bloc vers le nord, droit sur Hongkong.

Trash était le onzième de la formation de quatorze et il gardait l'œil rivé sur son affichage tête haute, pour s'assurer qu'il n'allait pas percuter l'eau ou l'un de ses ailiers en effectuant son virage à moins de cent mètres au-dessus de la surface. Avec un petit sourire, il faillit lâcher en chinois une exclamation de surprise à l'intention des radaristes qui, d'un bout à l'autre de la côte, devaient être à leur écoute.

Plusieurs escadrilles de chasseurs chinois décollèrent de bases proches du détroit de Taïwan pour se porter au-devant des Hornet qui fonçaient vers le continent. Des chasseurs taïwanais en patrouille de combat au-dessus du détroit se déroutèrent aussitôt pour les intercepter, lançant leurs AIM-120 avant même d'avoir traversé la ligne de démarcation et pénétré dans l'espace aérien chinois au-dessus du détroit. Cela mit fin à l'attaque visant l'escadrille des marines mais déclencha une bataille aérienne de grande ampleur qui se prolongea plus d'une heure au-dessus du détroit.

D'autres appareils chinois décollèrent à leur tour de bases de Shenzhen et de Hainan pour intercepter les appareils en approche, qu'ils pensaient être pilotés par des Taïwanais et sûrement pas par des marines américains. Quatre Hornet armés de munitions air-

air quittèrent la formation pour affronter les Chinois ; ils tirèrent d'emblée des missiles moyenne portée et abattirent trois J-5 avant même que l'adversaire ait eu le temps de réagir.

Un F/A-18 fut abattu à douze milles nautiques au large de Hongkong, victime d'un missile J-5 à guidage radar mais deux autres J-5 furent descendus par des missiles américains quelques secondes plus tard.

Pendant ce temps, le reste du détachement aérien d'intervention poursuivait sa course au ras des vagues, survolant les navires porte-conteneurs à la vitesse de cinq cents nœuds.

Quatre sous-marins nucléaires américains s'étaient, au cours des dernières quarante-huit heures, déroutés de leurs zones de patrouilles dans le détroit pour se porter au sud de Hongkong.

Aussi, quand l'escadrille américaine arriva dans les parages, des missiles de croisière Tomahawk tirés par les quatre submersibles surgirent des eaux noires et, après avoir incliné leur trajectoire, foncèrent droit vers les batteries de SAM disposées le long de la côte.

Tous les Tomahawk atteignirent leur cible, détruisant quatre sites de missiles AA installés aux abords de Victoria Harbour et au-delà.

À deux heures quatre du matin, ce furent dix chasseurs en formation serrée qui survolèrent le port de Hongkong à moins de cent mètres d'altitude. Le grondement de leurs vingt turboréacteurs brisa les vitres et réveilla quasiment tous les dormeurs à moins de deux kilomètres des rives du chenal.

Leur plan de vol les avait amenés à survoler le centre

de la métropole pour la bonne et simple raison que les collines au nord, les immeubles de grande hauteur et l'intense trafic maritime brouilleraient durant un temps leur signal radar, empêchant les batteries de DCA protégeant Shenzhen de se verrouiller sur eux et de tirer leurs SAM avant qu'ils n'aient rejoint le continent.

Mais d'autres chasseurs chinois apparurent sur les radars, obligeant les deux derniers intercepteurs de l'escadrille à se dérouter vers le nord-est. Une formation de six Su-27 engagea aussitôt le combat avec eux au-dessus de Shenzhen. Les deux pilotes des marines enregistrèrent d'emblée des victoires et, moins d'une minute et demie après le début de l'engagement, les deux F/A-18 qui avaient affronté les J-5 au-dessus de la mer de Chine entraient à leur tour dans la bataille.

Les SAM abattirent deux Hornet au-dessus de Shenzhen mais les deux pilotes purent s'éjecter. Deux autres Hornet furent détruits par des missiles air-air ; l'un des pilotes s'éjecta mais son compagnon percuta le flanc du mont Wutong et trouva la mort.

Les quatre intercepteurs des marines avaient abattu six avions chinois et ralenti les autres, faisant gagner de précieuses minutes aux dix chasseurs-bombardiers.

Ces derniers franchirent la frontière entre Hongkong et la Chine continentale et aussitôt après, huit d'entre eux grimpaient en chandelle jusqu'à dix mille pieds. Seuls Cheese et Trash poursuivirent leur vol à basse altitude, dans l'obscurité, concentrant presque toute leur attention sur le relief du terrain que dessinaient en vert leurs lunettes de vision nocturne.

Adam et Jack étaient installés dans l'appartement qu'ils avaient loué dans la banlieue nord de Canton.

Depuis bientôt quarante-huit heures quasiment non-stop, ils s'étaient livrés à une seule et unique occupation : surveiller l'immeuble de China Telecom. Ils avaient déjà des photos prises au zoom de K.K. Tong arpentant son balcon du onzième étage. Ils en avaient également de dizaines d'autres personnalités que, dans leur grande majorité, Ryan n'avait pas réussi à identifier à partir du fichier enregistré sur son ordi portable et filtré à l'aide d'un logiciel de reconnaissance photographique.

Le coup de fil de Jack à Mary Pat Foley, la veille, obtenu après peut-être trente-cinq essais infructueux de connexion satellite, avait été le point culminant des efforts d'Adam pour traquer l'organisation pour laquelle avait travaillé Jha, depuis Hongkong. Une organisation, c'était désormais clair, à l'origine des attaques contre l'Amérique.

Depuis, les deux hommes avaient continué d'accumuler des informations dans l'espoir que Jack, une fois de retour aux États-Unis, pourrait les confier à Mary Pat Foley dans le but d'accroître la pression sur le gouvernement chinois pour arrêter Tong ou, à tout le moins, le dissuader de poursuivre ses attaques.

Cela dit, Ryan ne savait toujours pas à quoi s'attendre au juste.

Il somnolait, les yeux mi-clos, emmitouflé dans une couverture et calé dans une chaise près de la fenêtre, l'appareil photo posé sur un trépied devant lui, quand quelque chose le réveilla soudain : un éclair, perçu derrière ses paupières lourdes. Venu du nord, deux ou trois kilomètres derrière le bâtiment qu'il surveillait. Un signal lumineux, surgi au niveau du toit d'un immeuble. Jack crut d'abord à un orage – il pleuvait quasiment sans discontinuer depuis plusieurs jours – mais alors un deuxième éclair, puis un troisième, brillèrent à peu près au même endroit.

Un grondement sourd se fit bientôt entendre et il se redressa sur son siège.

Encore des éclairs, ceux-là plus au nord-ouest, et de nouveaux grondements, plus forts, cette fois.

« Yao ! » s'écria-t-il. Adam dormait sur un tapis, à un mètre de lui. L'agent de la CIA ne broncha pas et Jack dut s'agenouiller pour le secouer.

« Qu'y a-t-il ?

— Il se passe quelque chose. Réveillez-vous ! »

Jack retourna à la fenêtre et découvrit alors les sillages bien reconnaissables de balles traçantes – des canons de DCA tiraient vers le ciel. Encore un éclair vers le nord, suivi d'une explosion, puis, manifestement, un tir de missile sol-air.

« Oh mon Dieu ! fit Jack.

— Vous ne pensez pas que c'est nous qui attaquons, non ? »

Avant qu'il ait pu répondre, un épouvantable crissement déchira le ciel derrière leur immeuble. Le bruit d'un réacteur, ou plutôt, d'une flopée de réacteurs... et le ciel à présent était zébré de stries lumineuses.

Jack savait que Mary Pat avait dû l'avertir avant le début de l'attaque, mais il savait aussi que les communications par téléphone satellite étaient sérieusement dégradées. Il lui avait également indiqué qu'il se trouvait à « quinze cents mètres environ » du bâtiment surveillé, un chiffre très exagéré mais il savait que Mary Pat était en relation quasi permanente avec son père et il ne voulait surtout pas distraire ce dernier de ses tâches, autrement plus importantes que de se soucier de l'éventuelle interpellation de sa progéniture à proximité du centre névralgique des cyberattaques chinoises.

On avait à présent l'impression que l'Amérique attaquait un bâtiment situé à bien moins de huit cents mètres de l'endroit où se trouvait Jack Ryan Junior.

Il en était encore à chercher le pourquoi du comment quand Adam Yao empoigna l'appareil sur son trépied et s'exclama :

« On file !

— Où ça ?

— Je n'en sais rien, mais on ne moisit pas ici ! »

Ils s'étaient préparés à décaniller vite fait en cas de pépin ; ils avaient rangé à peu près toutes leurs affaires dans deux sacoches en toile et la voiture d'Adam était garée juste en bas, le plein fait. Ils finirent de bourrer les sacs, éteignirent les lumières et se ruèrent dans l'escalier.

76

Les deux Hornet chargés de traiter la DCA s'étaient détachés des autres appareils lestés de bombes au risque, ainsi isolés du reste de l'escadrille, de devenir des cibles faciles. Mais leurs moyens de contre-mesures électroniques et leurs missiles HARM leur permettaient de localiser et détruire à mesure les sites de missiles SAM chinois.

Trash et Cheese volaient aussi bas que possible, derrière les huit autres avions. Ils remontèrent la rivière des Perles qui traversait le centre de Canton ; passèrent entre deux rangées de gratte-ciel dont ils rasaient parfois les façades du bout des ailes, à moins de cent mètres. Puis ils virèrent au nord pour tourner au-dessus de la ville, et les canons de DCA se mirent à les accrocher. Les traits étincelants des balles traçantes griffaient le ciel tout autour d'eux. Trash avisa des tirs de missiles sol-air à quelque distance ; il avait vu qu'ils visaient les bombardiers Hornet au-dessus d'eux mais il savait aussi que si on lui demandait de larguer ses bombes, il devrait s'exposer et se retrouverait avec le pire des deux mondes : en rase-mottes, la menace de la DCA et de tirs venus du sol, et un peu plus haut, celle des missiles sol-air.

Les quatre chasseurs-bombardiers armés de bombes JDAM s'identifièrent l'un après l'autre à la radio pour annoncer qu'ils n'avaient plus aucun signal GPS, alors que ce dernier était critique pour guider leurs bombes intelligentes jusqu'au point d'impact. À peine quelques secondes plus tard, Trash entendit dans ses écouteurs les appels plaintifs d'un des pilotes : il venait d'être touché par un SAM et s'éjectait. Un des Hornet de défense antimissile tira sur la batterie d'où était parti le tir mais d'autres SAM striaient déjà le ciel. Un autre pilote de chasse dut manœuvrer pour esquiver un tir de missile ; il rompit de ce qui restait de la formation et se mit à zigzaguer tout en larguant des leurres passifs.

Un autre pilote de chasseur-bombardier dut lui aussi passer sur la défensive, ce qui l'obligea à larguer ses munitions pour mieux pouvoir manœuvrer. Son ailier resté dans la formation fut le premier à s'aligner pour effectuer une première passe au-dessus de la cible et bombarder celle-ci.

Il ne pouvait toujours pas obtenir de signal GPS, ce qui signifiait que sa bombe descendrait à l'aveuglette mais il pouvait toujours la larguer au jugé en comptant sur la chance.

Il entama un piqué vers la cible depuis son altitude de quinze mille pieds.

Six kilomètres au sud du bâtiment de China Telecom, le Hornet fut touché par un tir de DCA. Depuis sa position au-dessus du fleuve, Trash vit l'appareil disparaître dans un éclair et basculer soudain, la pointe de l'aile gauche tournée vers le sol, avant de piquer du nez vers les immeubles.

Trash entendit un bref « Éjection », vit la bulle se détacher, puis le siège du pilote jaillir dans les airs.

Les balles traçantes redoublèrent, avec ce succès de la DCA chinoise. Un autre chasseur dut à son tour larguer ses bombes avant de s'échapper par un demi-tour vers le sud.

Trash se rendit alors compte que le poids de la mission ne reposait plus désormais que sur Cheese et lui. Jamais le chasseur-bombardier survivant ne parviendrait à effectuer une nouvelle passe avant d'être contraint à son tour de larguer ses munitions et fuir la zone, maintenant que les tirs de missiles et de DCA, auxquels s'ajoutait l'approche par l'est d'appareils ennemis, avaient transformé le ciel de Canton en machine à ratatiner l'aviation américaine.

Alors que Trash venait de comprendre qu'ils devaient y aller, lui et son leader, il entendit la voix de ce dernier dans ses écouteurs.

« Vol Magic, déclenchement passe d'attaque.

— Magic Deux-Deux, compris. »

Trash et Cheese remontèrent à mille pieds, amorcèrent la séquence de délestage des bombes et sélectionnèrent le mode qui leur permettait de larguer leurs paires de Mark 84 quasiment en simultané. Trash savait que ses quatre tonnes de fer balancées ensemble sur un immeuble de onze étages auraient un effet dévastateur, même si ce n'était pas suffisant pour le raser entièrement. Il n'avait qu'à suivre la trajectoire d'attaque de Cheese et, à eux deux, ce n'était pas moins de huit tonnes d'explosifs à forte puissance qu'ils allaient larguer, deux points d'impact de quatre tonnes à la file.

« Dix secondes », annonça Cheese.

Trash eut un sursaut involontaire quand une salve de DCA passa juste devant sa verrière. Les ailes de son appareil tremblotèrent, il perdit quelques mètres d'altitude mais se rétablit bien vite.

« Bombes larguées », venait d'annoncer Cheese et, une seconde plus tard, les deux Mark 84 de Trash se détachaient avec un claquement métallique ; l'appareil, soudain allégé, fit une embardée. Des parachutes se déployèrent à l'arrière des deux bombes, ralentissant leur course et permettant aux Hornet de s'éloigner à distance de sécurité avant la détonation.

Trash fila pour éviter les éclats meurtriers.

Droit devant lui, les tuyères des réacteurs du Hornet de Cheese basculèrent vers la gauche en descendant vers le sol, lui aussi essayait de mettre le maximum de distance entre lui et l'explosion imminente.

Un éclair au nord détourna son attention. « Lancement de missile !

— Magic Deux-Un sur la défensive, annonça aussitôt Cheese. Missile en poursuite ! »

Depuis le parking de l'immeuble, Jack Ryan regarda les deux appareils qui venaient de le survoler. Il n'avait pas relevé le largage des bombes mais presque aussitôt, le bâtiment de China Telecom, à huit cents mètres de là, explosa dans une boule de feu, de fumée et de débris.

Un grondement ébranla le sol sous ses pieds et un champignon de fumée gris-bleu piquetée de flammes s'éleva dans les airs.

« Putain de merde », souffla Jack.

Dans son dos, Yao hurla. « Montez en voiture, Jack ! »

Jack obéit et Adam remarqua : « Je ne voudrais pas

être le seul à conduire un Américain dans les rues de Canton, à l'heure qu'il est. »

Alors qu'il démarrait, tous deux aperçurent dans le ciel la lueur d'une autre explosion, celle-ci à plusieurs kilomètres au nord. Au loin, un chasseur en flammes tombait en tournoyant vers la ville.

« Magic Deux-Un touché ! » annonça Cheese, quelques secondes seulement après que Trash eut piqué vers le sol. « Contrôles de vol HS. Plus rien ne répond !

— Éjecte-toi, Scott ! » cria Trash.

Il vit l'appareil de Cheese rouler sur la droite et passer sur le dos, puis le nez s'inclina vers le sol, alors qu'il n'était plus qu'à deux cent cinquante mètres au-dessus des immeubles.

Il ne s'éjecta pas.

L'appareil piqua du nez pour s'écraser dans une rue à plus de sept cents kilomètres-heure ; il se rompit dans une gerbe tourbillonnante de métal, de verre et de matériaux composites, suivie d'un jet de kérosène enflammé qui ne s'éteignit qu'une fois que l'épave eut été engloutie dans les eaux écumeuses et noires d'un fossé de drainage.

« Non ! » hurla Trash. Il n'avait vu ni éjection ni parachute avant le piqué final. Son esprit rationnel avait beau lui dire qu'il était impossible que Scott ait pu s'éjecter à son insu, Trash n'en continuait pas moins à scruter le ciel au-dessus de lui alors qu'il venait de dépasser l'épave, cherchant désespérément une corolle grise dans la nuit.

Il ne vit rien.

« Magic Deux-Deux. Magic Deux-Un abattu, à mes coordonnées. Je... je ne vois pas de parachute.

— Bien reçu, Deux-Deux. Relevé Magic Deux-Un abattu à vos coordonnées », telle fut la réponse succincte du PC.

Il ne pouvait plus rien pour Cheese ; il lui fallait dégager la zone vite fait. Il poussa la manette des gaz à fond, jusqu'en butée, enclenchant la postcombustion. L'appareil se redressa presque à la verticale et il sentit son casque se plaquer contre l'appui-tête, alors que les presque vingt-cinq tonnes de l'appareil étaient propulsées comme une fusée dans le noir du ciel.

Le regard du jeune marine balaya les écrans devant ses yeux. Altitude trois mille, quatre mille, cinq mille. L'affichage tête haute défilait comme une machine à sous.

Puis il regarda l'afficheur présentant la carte. Canton défilait sous ses ailes. Lentement, bien trop lentement à son goût. Il avait hâte de mettre du temps, de l'espace et de l'altitude entre lui et le site de leur bombardement.

Six mille pieds – dix-huit cents mètres.

En cet instant, toute son attention se concentrait sur l'ensemble de ses afficheurs. Les indicateurs de menace étaient encore tous au vert, à l'exception d'une escadrille ennemie, cent trente kilomètres à l'est mais qui s'éloignait, sans aucun doute pour intercepter les F/A-18 de la marine en train d'attaquer les navires dans le détroit.

Sept mille pieds.

Il survolait à présent les quartiers sud de la ville.

Un bip dans ses écouteurs attira son attention.

Il regarda vers le bas et vit qu'il venait d'être illuminé par le radar d'une batterie de missiles SAM, au sud-est de sa position. À peine deux secondes plus tard, un autre radar l'accrocha, pile à sa verticale.

« Lancement missile. »

Il bascula sèchement dans un sens, puis dans l'autre ; passa sur le dos et se prit 5 g lorsqu'il revint en palier et vira sur la droite, tout en déployant ses contre-mesures, fusées et paillettes métalliques.

Sans succès. Un missile sol-air explosa à moins de dix mètres de son aile gauche, criblant d'éclats l'aile et le fuselage.

« Magic Deux-Deux touché ! Magic Deux-Deux touché ! »

Le témoin d'incendie de son réacteur gauche s'alluma. Suivi aussitôt d'une alerte audio : « Alerte principale », puis : « Incendie moteur gauche. Incendie moteur droit. »

Trash n'écoutait plus Betty la Bêcheuse. Son affichage tête haute s'était mis à clignoter, s'éteindre, puis se rallumer et il s'efforçait d'absorber le maximum de données quand il était encore en fonction.

Un autre SAM avait pris l'air. Ses cadrans, ses écrans et ses afficheurs étaient en train de le lâcher, mais l'alerte vocale continuait dans son casque.

Trash s'échinait à maintenir son zinc en palier et il poussa la manette des gaz jusqu'au-delà de sa butée, dans une tentative désespérée pour gagner un peu plus de vitesse relative.

Mais le manche à balai était devenu léthargique, la manette de gaz n'avait aucun effet.

Le F/A-18 blessé à mort perdit toute portance, le nez s'inclina et l'appareil roula sur bâbord. Trash regarda par-delà l'afficheur tête haute désormais éteint, par la verrière, et découvrit que les lumières scintillantes de la ville occupaient à présent tout son champ visuel. Alors que l'appareil cabriolait dans le ciel, le noir revint derrière la bulle, les lumières furent chassées par une impénétrable obscurité.

Quelque part, pris entre sa terreur du moment et ses efforts pour garder les idées claires et réagir comme il convenait, Trash comprit que son avion était en train de descendre en vrille vers le sud de l'agglomération et le delta de la rivière des Perles.

Les lumières de Canton et sa banlieue.

Le noir du fleuve, de ses bras, des terres cultivées du delta.

« Magic Deux-Deux s'éjecte ! »

Trash ôta prestement ses lunettes infrarouges, les chassant sur le côté de son casque, puis il se pencha pour saisir à deux mains la poignée d'éjection entre ses genoux. Il tira. Le geste déclencha les cartouches situées sous l'assise et le gaz chassé dans les tuyauteries réparties dans tout le cockpit accomplit toute une série de fonctions préétablies : allumer les batteries thermiques du siège éjectable, pousser un piston pour libérer les verrous de sécurité, déclencher la procédure de largage de la verrière et mettre à feu une autre charge pyrotechnique qui retendit le harnais de Trash afin de le plaquer contre son siège et le placer ainsi dans la position idéale pour une éjection sans risque.

Enfin, le gaz sous pression actionna la soupape amorçant une nouvelle cartouche à retardement qui, au bout de trois quarts de seconde, enclencha le cycle complexe de la procédure finale d'éjection : mettre à feu les verrous balistiques de la bulle et de la catapulte et propulser le siège sur ses rails de guidage. Ce mouvement vers le haut libéra une autre cartouche de gaz.

L'alimentation en oxygène bascula sur la bouteille intégrée au siège, la balise de détresse fut allumée, des sangles immobilisèrent automatiquement les jambes du pilote.

Jusque-là, Trash n'avait été propulsé que par des gaz mais lorsque son siège fut parvenu au sommet des rails de guidage, le moteur-fusée placé dessous fut mis à feu, l'éjectant du cockpit et le propulsant à plus de cinquante mètres de la carlingue.

Un premier parachute se déploya, écartant la verrière qui se balança dans les airs tandis que Trash et son siège atteignaient leur altitude maximale avant de redescendre.

Trash virevoltait les yeux fermés ; un cri s'échappa de ses lèvres parce qu'il ne ressentait plus que cette impression de chute interminable, et qu'il savait qu'il était trop bas pour continuer longtemps en chute libre. Si son parachute ne s'ouvrait pas d'une seconde à l'autre, il allait se fracasser au sol à près de deux cents à l'heure.

Il banda tous les muscles de son corps en prévision de l'impact qui, lui disait son cerveau rationnel, le tuerait sur le coup.

S'il vous plaît, mon Dieu, aidez-m...

La secousse du harnais ralentissant sa chute lui broya les couilles, la poitrine, le dos. En l'espace de deux secondes, il passa de la chute libre au balancement sous son parachute et le choc lui coupa le souffle.

Avant qu'il ait pu reprendre sa respiration, il percuta de biais une construction métallique. Un petit abri de pêcheur au toit en tôle ondulée, installé au bord de l'eau. Sous l'impact, toute la cabane fut repoussée de côté.

La traction du parachute lui fit traverser le toit de biais ; parvenu au bout, il chuta lourdement trois mètres plus bas sur l'asphalte. Il atterrit sur le côté droit et entendit le bruit écœurant de fracture de ses os du poignet et de l'avant-bras.

Trash poussa un hurlement de douleur.

La brise s'engouffra dans la corolle, il essaya de résister, le bras droit pendant, inerte, à son côté, mais fut chassé vers les roseaux de la berge. Il se releva à genoux mais une autre rafale le déséquilibra et le poussa vers le fleuve. Dès que les capteurs de son harnais eurent détecté de l'eau, celui-ci se détacha pour le libérer, mais pas assez vite pour l'empêcher d'être emporté par le courant.

Alors qu'il plongeait dans l'eau glacée, il entendit hurler des sirènes.

77

Adam Yao et Jack Ryan fonçaient en voiture quand ils virent le Hornet être touché par un SAM. Ils regardèrent l'avion filer vers le sud, s'éloigner de la brume lumineuse électrique qui coiffait la ville et s'enfoncer dans les ténèbres surmontant le delta de la rivière des Perles. Puis l'appareil piqua du nez et ils purent tout juste deviner, à deux kilomètres de distance, l'éjection du pilote avant que ce dernier ne disparaisse derrière les toits des immeubles.

Adam accéléra, tentant désespérément d'atteindre le pilote abattu avant la police ou l'armée qui devaient déjà sans aucun doute être en route. Il y avait encore quelques véhicules sur l'avenue, mais pas tant que ça. La route dégagée leur permettait de foncer, mais dans le même temps rendait leur voiture d'autant plus repérable dans ce coin désert.

Ils se fatiguaient pour rien, l'un et l'autre le savaient, mais il n'était pas question pour eux de repartir sans connaître le sort du pilote.

L'APL devait être sur le pied de guerre, tout comme la police locale, ce qui rendait nerveux les deux Américains même s'ils ne rencontrèrent aucun barrage sur leur route. L'attaque aérienne était terminée ; manifestement une attaque surprise car les forces de sécurité erraient un peu au hasard, cherchant le pilote ou rudoyant les piétons descendus dans la rue pour savoir ce qui se passait.

Mais Adam et Jack avaient de l'avance ; ils étaient à présent sortis de la ville.

De gros hélicoptères de transport passèrent au-dessus d'eux, cap au sud, avant de disparaître dans la nuit.

« Ils ont la même destination que nous, observa Jack.

— C'est clair », acquiesça Yao.

Vingt minutes après le crash et l'éjection du pilote, Yao et Ryan avaient rejoint l'endroit où s'était écrasée l'épave, un champ longeant un bras secondaire de la rivière des Perles. Les hélicos s'étaient posés et des troupes s'étaient déployées en direction d'un large bosquet, côté est. Ryan apercevait les faisceaux de leurs torches entre les arbres.

Adam poursuivit sa route sans s'arrêter. « Si le pilote est accroché dans ces arbres, ils le tiennent à coup sûr. On ne peut rien faire. Mais s'il est tombé du côté du fleuve, le courant aura pu l'emporter. On peut toujours aller y jeter un œil. »

Parvenu au fleuve, Adam emprunta la route qui longeait la berge vers l'aval, et en chemin passa devant toute une série de remises où les riziculteurs du coin entreposaient semences, engrais et matériel agricole. Bientôt, la route céda la place à un chemin de terre étroit. Yao consulta sa montre et vit qu'il était trois heures du matin. Ce serait un sacré manque de pot s'ils rencontraient qui que ce soit à une telle heure dans les parages.

Au bout de dix minutes de conduite au ralenti sur la berge, les hommes aperçurent la lueur de torches électriques sur un pont, quelques centaines de mètres plus bas. Jack sortit du sac d'Adam ses jumelles pour observer la scène et il identifia quatre voitures particulières arrêtées sur le pont, et un petit groupe de civils en train de scruter attentivement la surface du fleuve.

« Ces gens ont eu la même idée que nous, observa Jack. Si le pilote est dans la flotte, il va fatalement passer sous eux. »

Adam poursuivit sa route jusqu'à ce qu'il trouve un emplacement pour se garer, à proximité d'un hangar au bord du fleuve.

« L'endroit va bientôt grouiller de flics et de militaires. Si vous voulez rester ici, planquez-vous sur la banquette arrière. De mon côté, je vais monter sur le pont, voir si je peux apercevoir quelque chose.

— OK, dit Jack, mais dans ce cas, appelez-moi. »

Yao descendit de voiture, laissant Jack dans l'obscurité complète.

Yao se retrouva sur le pont au milieu d'un groupe d'une douzaine de civils auxquels s'étaient joints deux soldats de l'APL. Tous maudissaient ce bougre de pilote. Quelqu'un soutenait que c'étaient des avions taïwanais qui avaient attaqué la ville, d'autres le traitaient d'imbécile car s'en prendre ainsi à la Chine serait pour Taïwan une manœuvre suicidaire.

Ils continuaient de scruter la surface, certains d'avoir vu le parachute se poser sur le fleuve, mais Adam ne put trouver personne qui l'avait vu de ses propres yeux ou s'était entretenu avec un témoin direct de la scène.

Tout cela vous avait des allures de séance d'autopersuasion, chacun rivalisant d'inventivité pour imaginer ce qu'il ferait subir au pilote si jamais il le repêchait. Les soldats avaient bien sûr des fusils mais la plupart des civils s'étaient armés de râteaux, fourches, tuyaux de plomb ou démonte-pneus.

Yao savait que si le pilote avait survécu à l'éjection et réussi de plus à ne pas se faire capturer à proximité du site du crash, il vaudrait mieux pour lui qu'il tombe aux mains de soldats de l'armée régulière plutôt que sur un de ces groupes d'autodéfense qui avaient dû converger vers le fleuve pour le traquer.

L'un des hommes, équipé d'une torche, était descendu sur la berge, côté aval, pour scruter la surface des eaux. Alors que tous les autres avaient les yeux fixés vers l'amont, espérant repérer le naufragé une centaine de mètres avant qu'il n'arrive à leur hauteur, lui seul avait choisi cette autre tactique.

Mais au grand étonnement de Yao, ce fut lui qui héla les autres, s'écriant qu'il avait repéré quelque chose. Yao et le reste de la bande traversèrent la chaussée pour se pencher au-dessus du garde-fou, côté aval et, quand ils braquèrent leurs lampes pour illuminer les eaux brunes, ils discernèrent en effet un homme. Flottant les bras en croix, les jambes écartées ; il portait une combinaison d'aviateur de couleur verte, quelques autres accessoires mais était dépourvu de casque. Adam se dit qu'il avait l'air mort mais comme il flottait sur le dos, il pouvait n'être qu'inconscient.

Yao pressa une touche sur son mobile pour rappeler le dernier numéro qu'il avait composé – celui de Jack.

Il s'écarta du garde-fou au moment où l'un des soldats tirait sur la forme qui s'éloignait et sortait déjà du faisceau de sa torche. Toutes les autres lampes se mirent à le traquer dans l'obscurité.

Tout le monde descendit en courant vers la berge ou remonta en voiture, tous étaient excités par cette chasse à l'homme, tous voulaient être parmi les premiers à repêcher le démon.

Jack répondit. « Prenez le volant et foncez vers le sud, tout de suite ! ordonna Yao.

— J'y vais. »

Jack le récupéra au vol et tous deux se ruèrent sur le chemin empierré qui longeait la berge. Rapidement, ils dépassèrent les poursuivants à pied mais trois voitures avaient encore une bonne avance sur eux.

Ils n'avaient pas roulé quatre cents mètres quand ils aperçurent les voitures garées au bord du chemin. La berge était un peu plus loin sur leur droite, à une quarantaine de mètres, et l'on voyait le faisceau des torches dans les herbes hautes bordant la rive.

« Ils l'ont retrouvé, souffla Yao. Merde ! »

Jack se gara à côté des autres véhicules. Il plongea la main dans le sac d'Adam et en sortit un canif, puis il descendit rapidement de voiture et dit à Yao de le suivre.

Mais il ne courut pas tout de suite rejoindre le petit groupe fort agité sur la rive. Il commença par s'approcher des voitures garées pour crever deux pneus de chacune à l'aide du canif. Et tandis que des sifflements aigus remplissaient l'air, les deux hommes foncèrent dans l'obscurité en direction des faisceaux lumineux qui dansaient sur la berge.

Brandon White, vingt-huit ans, avec son mètre soixante-douze et ses soixante-dix kilos n'avait rien d'une terreur, sauf quand il était installé dans le poste de pilotage de son F/A-18, casqué et ses armes au bout des doigts. Mais en ce moment, étendu sur les herbes et les cailloux de la rive, avec tous ces hommes autour de lui qui le frappaient et lui flanquaient des coups de pied, avec son bras cassé, son début d'hypothermie, son début d'épuisement, il ne valait guère mieux qu'une poupée de chiffon.

Ils étaient treize dans la mêlée autour de lui. Il n'avait pas vu un seul visage avant de se prendre un coup de pied dans la tempe. Par la suite, il avait gardé les yeux fermés ; il avait bien tenté une fois de se redresser mais ils étaient trop nombreux à s'acharner sur lui pour qu'il ait ne fût-ce qu'une chance de se remettre à genoux.

Il avait bien un pistolet dans sa combinaison de vol mais chaque fois qu'il essayait maladroitement de lever la main gauche pour dégainer l'arme glissée dans son étui sur la droite, quelqu'un d'autre venait le frapper ou lui écarter le bras.

Finalement, l'un des hommes s'empara de l'arme du pilote qu'il pointa sur sa tête. Un autre chassa le revolver d'un coup de pied, au prétexte que la meute devait le tabasser à mort.

Il sentit craquer une de ses côtes flottantes, puis une douleur fulgurante lui vrilla la cuisse. Quelqu'un venait d'y planter sa fourche. Il hurla, on le poinçonna de nouveau, alors il voulut donner un coup de botte vers son agresseur mais son pied ne réussit qu'à atteindre l'outil et sous la violence de l'impact, il se brisa un orteil.

C'est alors qu'il entendit d'autres grognements de douleur, ce qui était bizarre puisqu'il était le seul à se faire tabasser, mais lorsque, plongé dans la confusion, il rouvrit les yeux, ce fut pour voir une lampe échapper de la main de quelqu'un. Un de ses agresseurs s'effondra tout à côté de lui, puis les hommes se mirent à glapir en chinois, sur le ton de la surprise et de l'étonnement.

Un fusil claqua, tout près, et dans un geste réflexe, tout son corps torturé se contracta douloureusement. Un autre coup de feu suivit en réponse et un soldat lui tomba dessus. Voulant s'emparer de son fusil, Brandon réussit à dégager son bras valide mais il n'avait plus la force de le libérer d'une seule main. Avec des cris de panique, ses adversaires essayèrent à leur tour de lui subtiliser l'arme mais Brandon roula dessus et tint bon, faisant un barrage de son corps pour la protéger de toutes les forces qui lui restaient.

Cette fois, ce fut une longue salve d'arme automatique qui transperça les airs. Il entendit aussitôt les hommes autour de lui s'affoler, tomber, puis se relever et fuir. Certains pataugeaient dans le fleuve, d'autres filaient sur la berge envasée – il entendait leurs pieds clapoter.

Après une nouvelle salve, Brandon rouvrit les yeux et découvrit toutes les lampes de poche qui jonchaient le sol autour de lui. Dans le faisceau d'une de ces torches, il discerna un homme armé ; il était plus grand et plus athlétique que ses agresseurs. En outre, il avait le visage caché derrière un masque en papier.

L'homme s'agenouilla au-dessus d'un soldat chinois dont le corps sans vie gisait dans l'herbe et il récupéra sur son torse un chargeur pour sa mitraillette. Puis il se retourna pour héler quelqu'un resté un peu plus haut sur la berge : « Prenez le volant. Je vais le remonter. »

Était-ce de l'anglais ?
L'homme s'était à présent agenouillé à côté de White. « On vous ramène à la maison. »

Jack Ryan Jr. aida le blessé à s'installer à l'arrière de la voiture, puis il monta ensuite. Adam écrasa la pédale d'accélérateur et la petite voiture fonça de nouveau plein sud, dépassant au passage plusieurs des civils chassés par Ryan, grâce au fusil de l'infortuné soldat dont il venait de trancher la gorge une minute plus tôt.

Adam ne connaissait pas le coin mais il savait aussi qu'ils n'avaient pas la moindre chance de tenir le coup bien longtemps à bord d'une voiture dont des dizaines de personnes allaient d'un instant à l'autre donner à l'armée le signalement.

Il voyait déjà les hélicoptères dans le ciel, les barrages de police, les hordes de militaires lancés aux trousses du pilote abattu et des espions qui l'avaient secouru.

« Il faut qu'on trouve une autre voiture, annonça-t-il à Ryan.

— OK, dit ce dernier. Si possible un minibus ou une fourgonnette, qu'on puisse allonger ce gars bien à plat, il a le dos en compote.

— Entendu. »

Jack regarda le pilote dans les yeux. Il put y lire la douleur, le choc, la confusion, mais il y lut aussi qu'il était bien vivant. *White* était le nom cousu sur sa combinaison.

« White ? Tenez, buvez un peu d'eau. » Jack ouvrit une gourde en plastique piochée dans le sac de Yao et voulut la porter à la bouche du capitaine. Mais celui-ci la prit lui-même avec sa main valide et but une grande lampée. « Appelez-moi Trash.

— Moi, c'est Jack.
— Un autre zinc s'est fait descendre. Avant le mien.
— Ouais. On l'a vu.
— Le pilote ? »

Ryan dodelina lentement de la tête. « Aucune idée. Je n'ai pas vu ce qui s'est passé. »

Trash resta un long moment les yeux fermés. Jack crut qu'il avait perdu connaissance. Et puis le pilote souffla : « Cheese. »

Il avait rouvert les yeux. « Vous êtes qui, les mecs ?
— Nous sommes des amis, Trash. On vous conduit dans un endroit sûr.
— Dites-moi au moins que notre putain d'objectif en valait la peine.
— Celui que vous avez touché ? demanda Jack. Vous ne savez pas ce que vous avez bombardé ?
— Un bâtiment quelconque, répondit Trash. Tout ce que je sais, c'est qu'à nous deux, on l'a proprement dégommé. »

La voiture roula dans un nid-de-poule, secouant les deux hommes à l'arrière et le marine eut une grimace de douleur. Mais Adam venait de rejoindre une route plus importante qui filait vers le sud-est en direction de Shenzhen.

Jack, qui avait basculé sur le côté, se redressa et éclaira Trash. « Capitaine, grâce à ce que vous avez fait là-bas, il se pourrait bien que vous ayez empêché une guerre. »

Trash referma les yeux. « Des conneries », lâcha-t-il dans un souffle.

Bientôt, Jack fut certain qu'il s'était rendormi.

78

Un début de matinée typiquement pékinois : grisaille, brume épaisse, ciel nuageux et pollué ne laissant guère d'indice du soleil levant.

C'est à bord de quatre véhicules – une berline, un camion et deux minibus – que la force de vingt-cinq hommes, des Chinois et des Américains, s'était répartie pour aller prendre position.

Driscoll était au volant du camion. À l'arrière de la cabine, toujours ligotés, les deux hommes de l'Épée divine, Grue et Bécassine.

Alors que les rues étaient gagnées par le vrombissement de la pointe de circulation matinale, la pluie se mit à tomber. Clark et Chavez avaient choisi de positionner leurs forces sur la rue de Gongchen nord – une rue parallèle à l'artère à quatre voies au tracé nord-sud qui joignait les deux points d'embuscade envisagés. Bientôt, ils avisèrent une longue file d'autobus garée le long du trottoir, au niveau d'un fossé de drainage bétonné rempli d'eaux pluviales qui se poursuivait sous l'autoroute.

Les Américains se sentaient incroyablement exposés. Leurs véhicules transportaient deux douzaines de rebelles chinois avec leurs armes, leurs munitions, des cartes pour le moins compromettantes, des talkies-walkies et tout un tas d'autres équipements.

Sans oublier les deux types aux mains et aux chevilles ligotées, bâillonnés avec du ruban adhésif d'électricien.

Pour peu qu'un agent de police vienne s'arrêter à la hauteur de leur petit rassemblement au bord du trottoir, ils seraient obligés de le neutraliser d'une manière ou de l'autre, une solution qui pouvait sembler claire, nette et sans bavure mais qui, dans la précipitation, pouvait très vite dégénérer.

Même si l'artère qu'ils avaient choisie était relativement isolée, des dizaines de tours d'habitation s'élevaient au sud-est de leur position et à mesure que la matinée avancerait, ils se retrouveraient sous les yeux de plus en plus de monde.

Huit heures… huit heures trente. Il pleuvait de plus en plus fort sous les gros nuages gris et, de temps en temps, des éclairs zébraient le ciel au nord, accompagnés de coups de tonnerre.

À deux reprises, Chavez ordonna aux chauffeurs des deux minibus d'aller se garer à un autre endroit du quartier. Cela ralentirait leur déploiement mais Ding voulait à tout prix éviter qu'on ne les repère avant l'attaque.

À huit heures quarante-cinq, Caruso s'adressa à l'interprète qui se tenait sur le trottoir près du minibus. « Yin Yin, on a vraiment besoin d'avoir des nouvelles de votre pote le motard.

— Oui, je sais.

— "Un si par terre, deux si par mer" », plaisanta Dom, reprenant la phrase célèbre[1].

---

1. « Un si par terre, deux si par mer » : ce devait être le signal lumineux convenu, donné par la lanterne d'une église de Charles-

Yin Yin pencha la tête, intriguée. « Par terre. Forcément. Pékin est trop loin de la mer.

— On oublie... »

Elle lui tendit sa radio et il entendit un flot quasiment ininterrompu de messages mais il avait renoncé à chercher à saisir ne fût-ce qu'un mot compréhensible dans tout ce charabia.

Une voix masculine aboya un appel bref et la jeune fille se retourna si brusquement que Dom sursauta. « Jingzhou Road ! » s'écria-t-elle.

Dom répercuta aussitôt l'annonce par sa radio. « Jingzhou, tout le monde fonce ! »

Chavez continua de donner ses instructions alors que tous les véhicules s'étaient déjà ébranlés pour rejoindre leurs objectifs. « On fait comme on a dit hier soir. Souvenez-vous, la carte n'est pas le territoire. Quand nous serons sur place, ça ne ressemblera pas à ce qu'on a découvert en pleine nuit, ça ne ressemblera pas non plus au plan qu'on a examiné. Vous n'aurez que quelques minutes pour vous mettre en place. Ne cherchez pas la position idéale, juste la meilleure que vous aurez pu trouver dans le temps imparti. »

Sam, John et Dom répondirent « OK » et Ding put à nouveau se préoccuper de son rôle personnel dans l'opération.

Chavez conduisait l'un des minibus. À son bord, trois rebelles, dont aucun ne savait un mot d'anglais.

---

town, pour indiquer aux colons de Boston, sur la rive opposée de la rivière Charles, par quelle voie allaient arriver les troupes britanniques, à la veille de la bataille de Lexington, lors de la guerre d'Indépendance.

Ils avaient toutefois reçu leurs ordres de Yin Yin, même s'ils étaient désormais incapables de communiquer avec l'Américain.

Le minibus se gara devant un immeuble d'appartements de cinq étages dans lequel les quatre hommes entrèrent précipitamment. Deux d'entre eux restèrent en bas surveiller l'entrée tandis que Ding et le dernier Chinois, lestés de sacs en plastique allongés, se dirigeaient vers l'escalier.

Parvenus au troisième, ils filèrent vers un appartement situé à l'angle nord-ouest de l'immeuble. Le jeune Chinois toqua à la porte et sortit de son blouson un petit pistolet Makarov en attendant qu'on réponde. Au bout de trente secondes, il toqua de nouveau. Chavez, pendant ce temps, continuait d'écouter le talkie pendu sur sa poitrine, tout en dansant nerveusement d'un pied sur l'autre.

Le reste des participants à l'embuscade se démenait pour être en place avant l'arrivée du cortège et monsieur restait planté dans un corridor, attendant bien gentiment qu'on lui ouvre la porte.

Finalement, Chavez l'écarta délicatement pour la défoncer d'un grand coup de pied.

L'appartement était meublé, manifestement occupé, mais il était vide.

À présent, le boulot du jeune Chinois était de protéger Chavez de toute intrusion. Il s'installa dans le séjour d'où il surveilla la porte, l'arme prête à tirer, tandis que Chavez cherchait un emplacement convenable où se poster à l'affût.

Il se dirigea rapidement vers une fenêtre dans la chambre d'angle, l'ouvrit, puis regagna la pénombre de la pièce pour caler une lourde table en bois contre un des murs du fond. Enfin il s'allongea sur la table, le canon de son fusil de précision bien calé sur son sac à dos.

Il scruta la route dans sa lunette de visée. Elle se trouvait à deux cent cinquante mètres, une distance tout à fait accessible.

« Ding en position. »

Il scruta ensuite le talus herbeux de l'autre côté de la chaussée et repéra bientôt le second minibus. Ses portes étaient ouvertes et il était vide.

Dom Caruso rampait dans l'herbe haute mouillée par l'orage matinal, en priant le ciel de ne pas se retrouver seul sur le pont au moment crucial. Il redressa la tête, repéra son emplacement, à une cinquantaine de mètres des voies descendant vers le sud que le cortège allait emprunter dans quelques minutes à peine. Il positionna Yin Yin sur sa droite et lui demanda de dire aux quinze autres rebelles qui les accompagnaient de se déployer ensuite de deux mètres en deux mètres.

De leur poste, ils pourraient tirer vers le bas par-dessus la circulation normale pour atteindre les véhicules du cortège dès leur apparition.

« Dom en position. »

Chavez lui répondit depuis son perchoir de tireur embusqué. « Dom, le reste de ta bande va se mettre à tirer au petit bonheur la chance. Je veux que tu fasses gaffe quand tu vas tirer avec ce lance-grenades. Tu vas devenir une cible à chaque coup, alors trouve-toi un endroit où te planquer et change toujours de position entre deux tirs.

— Compris. »

Sam Driscoll se trouvait deux kilomètres au sud du point prévu pour l'embuscade. Il était garé sur le bas-côté à bord d'un pick-up quatre portes à la benne chargée de parpaings. Bécassine et Grue étaient à côté de lui, ligotés, une cagoule sur la tête. Le cortège le dépassa, noyé dans la circulation matinale ; sept berlines et 4 × 4 de loisir noirs et deux gros camions militaires kaki. Sam savait qu'il pouvait y avoir entre quinze et vingt soldats dans chacun des camions bâchés, et une bonne vingtaine d'agents de sécurité répartis dans les autres véhicules. Il détailla par radio la composition du convoi, puis il sortit un Makarov qu'il avait glissé sous sa ceinture, descendit du pick-up et là, au bord de la route, il abattit calmement les deux Chinois d'une balle dans le cœur et une dans la tête.

Il ôta ensuite leurs cagoules, arracha le ruban adhésif qui les ligotait, puis jeta deux vieux fusils type 81 à leurs pieds, sur le plancher du véhicule.

Quelques secondes plus tard, il redémarrait, s'insérait dans le trafic et accélérait pour rattraper le convoi. Le suivit une berline avec à son bord quatre autres jeunes militants du Sentier.

John Clark avait caché son visage sous un masque en papier et des lunettes noires – un rien déplacées par ce temps orageux. Le rebelle chinois qui l'accompagnait l'aidait à porter, chacun à un bout, deux grosses caisses en bois, empilées l'une sur l'autre. Ils pénétrèrent dans le passage piéton couvert qui enjambait les deux fois quatre voies de l'autoroute urbaine, à quelque deux cent cinquante mètres au nord-est du lieu de l'embuscade. Un motard de la police descendu de sa machine marchait loin devant eux. Des dizaines de personnes se rendant au travail ou gagnant les arrêts d'autobus situés de part et d'autre se croisaient sur le pont.

La tâche dévolue au militant du Sentier de la liberté était, sous la menace de son revolver, de désarmer le policier avant que Clark n'attaque le convoi. John espérait que le jeune rebelle à l'air terrifié aurait le cran et l'adresse de mener à bien sa mission, ou le culot de descendre le flic au cas où celui-ci refuserait d'obtempérer. Mais John avait pour l'instant d'autres chats à fouetter et, sitôt qu'ils furent parvenus à la verticale de la chaussée nord, il mit le flic de côté pour se concentrer sur l'action en cours. Les deux hommes posèrent les caisses au pied du garde-fou, puis John fit signe au jeune rebelle d'aller s'occuper du flic avant de s'agenouiller, d'ouvrir les deux caisses de la main gauche et de prendre l'arme rangée dans la première pour en ôter le cran de sûreté.

Dans le même temps, il annonça dans son talkie : « Clark en position. »

Tout autour de lui, les gens passaient, si pressés qu'ils ne lui prêtaient pas la moindre attention.

« Encore une trentaine de secondes », lui signala Driscoll.

Le général Su Ke Qiang, président de la Commission militaire centrale de la République populaire de Chine, se trouvait dans le quatrième des neuf véhicules du cortège, protégé par cinquante-quatre hommes armés de fusils, de mitraillettes et de lance-grenades. Comme toujours, il ne prêtait pas la moindre attention à sa garde rapprochée. Il était concentré sur son travail et aujourd'hui, celui-ci consistait pour l'essentiel à lire les journaux posés sur ses genoux ainsi que les tout derniers communiqués émanant du détroit de Taïwan et de la région militaire de Canton.

Il les avait déjà tous lus, et il les relirait encore.

Son sang bouillait.

Tong était mort. Ce n'était pas dans les journaux ; Su l'avait appris à cinq heures du matin, après que son corps eut été identifié à partir des deux moitiés de cadavre trouvées dans les décombres. Quatre-vingt-douze informaticiens, ingénieurs et cadres du Vaisseau fantôme avaient également péri dans ce bombardement et l'on comptait des dizaines de blessés. Les serveurs informatiques avaient été réduits en pièces, et pour couronner le tout, Su avait appris presque aussitôt que le réseau sécurisé du ministère américain de la Défense avait retrouvé son débit normal, que leurs satellites de communications étaient de nouveau en ligne et qu'une bonne partie des actions de Centre aux États-Unis – en particulier la dégradation des infrastructures critiques du système bancaire et des télécoms – avaient pris fin ou avaient à tout le moins largement perdu leurs capacités de nuisance.

D'un autre côté, les *botnets* que Centre avait lancés sur le réseau continuaient d'exécuter leurs attaques par déni de service contre quantité de sites Internet américains, les chevaux de Troie, virus, piratages et interceptions qui affectaient les réseaux de la défense et du renseignement étaient toujours en place et toujours opérationnels, sauf que plus personne n'était là pour collecter les données piratées et les transmettre à l'Armée populaire ou au ministère de la Sécurité.

C'était un désastre. L'unique riposte de masse que pouvait livrer l'Amérique. Su le savait et il savait aussi qu'il allait devoir l'admettre aujourd'hui même, lorsqu'il se présenterait devant le Comité permanent.

Pas question pour lui toutefois de reconnaître qu'il aurait dû mieux veiller à la sécurité du réseau de Tong. Il pouvait broder sur l'excuse, tout à fait légitime, que l'immeuble de China Telecom n'était qu'un quartier général temporaire, faute de temps pour en trouver un autre dans la précipitation consécutive au compromis de Hongkong. Mais il se refusait à endosser la responsabilité de cette erreur. Certes, une fois le présent conflit terminé, une fois la mer de Chine méridionale, Taïwan et Hongkong revenus dans le giron de la Chine continentale, il comptait bien mettre à la porte les responsables du déménagement de Tong à Canton, mais pour l'heure, il devait d'abord fournir son évaluation honnête des dégâts qu'avait occasionnés l'attaque de Jack Ryan la nuit précédente.

S'il devait le faire, c'était pour une bonne raison – et une seule.

Aujourd'hui, lors de cette réunion du Comité permanent, il allait faire part de son intention de frapper les trois porte-avions américains, le *Ronald Reagan*, le *Nimitz* et le *Dwight D. Eisenhower* avec des missiles balistiques Dong Feng 21.

La Commission allait se faire tirer l'oreille mais il n'imaginait pas qu'un de ses membres puisse lui barrer vraiment la route. Su expliquerait avec soin, et avec vigueur, qu'en portant ce coup dévastateur à la marine de guerre américaine, ils forceraient Jack Ryan à se désengager. Su préciserait en outre qu'une fois que les bâtiments de guerre américains auraient quitté le théâtre des opérations, la Chine pourrait alors pousser son avantage et s'assurer une hégémonie totale sur la région, et que cette domination serait synonyme de puissance, de même que la puissance de l'Amérique lui avait permis de contrôler son hémisphère.

Si, pour une raison quelconque, l'attaque des porte-avions n'était pas couronnée de succès, l'étape suivante serait une attaque générale de Taïwan par des missiles balistiques et des missiles de croisière, douze cents vecteurs prenant pour cible l'ensemble des sites militaires de l'île.

Su savait que Wei rouspéterait sur les dégâts que cela porterait à l'économie mais le président savait aussi que cette projection de force l'aiderait à régler les problèmes intérieurs et, au bout du compte, à améliorer la situation extérieure du pays, une fois que l'étranger aurait admis son hégémonie sans limites et reconnu son statut de grande puissance avec laquelle il fallait désormais compter.

Su n'était pas un économiste, il l'admettait bien volontiers, mais il savait sans le moindre doute que la situation de la Chine ne pourrait qu'être meilleure une fois qu'elle serait redevenue le centre du monde.

Il mit de côté ses dossiers et regarda dehors en réfléchissant à son laïus. Oui, c'était jouable. Le général président Su pouvait encaisser le terrible épisode de la veille, ce coup sérieux porté en riposte à son attaque contre les États-Unis, et il pouvait retourner les événements en sa faveur et obtenir exactement ce qu'il voulait du Politburo.

Après la mort de vingt mille marins américains et l'humiliation consécutive de l'US Navy, Su ne doutait pas une seule seconde que l'Amérique allait abandonner la zone, laissant à la Chine l'entier contrôle de la région.

Tong serait encore plus utile mort que vivant.

En dehors de Driscoll qui se trouvait désormais une centaine de mètres derrière le dernier camion transporteur de troupes, personne ne put, avec cette pluie, apercevoir le cortège avant son arrivée sur le lieu même de l'embuscade. Aussi tous reçurent-ils l'ordre de rester sur le qui-vive, tant que Clark n'aurait pas tiré une roquette antichar depuis sa position côté nord. Le temps que ce dernier ait eu la certitude qu'il s'agissait bien de leur cortège, les premiers véhicules du convoi avaient déjà dépassé la position de Dom et de son groupe de tireurs.

Clark jeta un bref coup d'œil derrière lui pour s'assurer que personne ne se trouvait sur la trajectoire du souffle. Rassuré de ce côté, il ajusta son tir, alignant le guidon de visée du tube sur une berline blanche qui précédait immédiatement le cortège. Il savait – du moins l'espérait-il – qu'au moment de l'impact, ce véhicule aurait laissé place au premier SUV du convoi.

Il tira, ressentit le souffle du moteur-fusée quand la munition quitta le tube, tube qu'il lâcha aussitôt sur l'asphalte sous le passage supérieur pour sortir de la caisse le second lance-grenades.

À cet instant seulement il entendit la détonation, venue du sud-ouest, à deux cent cinquante mètres de là.

Il mit le tube à l'épaule et put constater qu'il avait fait mouche. Le SUV qui ouvrait le cortège n'était plus qu'une épave noyée dans une boule de feu qui faisait des tonneaux en se désintégrant au milieu de la chaussée. Les véhicules qui le suivaient faisaient des écarts à gauche et à droite, cherchant désespérément à éviter la carcasse en flammes et surtout à dévier de la ligne de mire du mystérieux tireur embusqué.

John visa un endroit dégagé situé juste à gauche de l'épave et une vingtaine de mètres plus près de sa position. Il tira la seconde roquette, jeta le tube, sortit un pistolet de sa ceinture et fila au pas de course, rebroussant chemin sur la passerelle. Ce n'est qu'à cet instant qu'il lança un coup d'œil en contrebas et put constater que son second tir avait touché la route juste devant une grosse berline, ouvrant un cratère dans le bitume et mettant le feu à l'avant de la voiture.

Derrière celle-ci, le reste des véhicules avaient pilé net et ils commençaient à reculer, cherchant à mettre le plus de distance possible entre eux et la passerelle piétonnière d'où provenaient les tirs de roquettes.

Sam Driscoll ouvrit la portière de son camion qui roulait au ralenti, jeta sur la chaussée un gros sac en toile, puis il sauta à son tour. Il se trouvait cent mètres derrière le dernier véhicule du convoi mais son gros pick-up continua de progresser, lentement, pesamment, car il avait, à l'aide d'une corde, bloqué la direction et le levier de vitesse était resté enclenché.

Sam heurta la chaussée humide, fit un roulé-boulé, se releva et courut récupérer le sac qu'il ouvrit pour en sortir un RPG-9 et un AK-47. Le temps de braquer le lance-roquettes vers le convoi, il vit que plusieurs voitures noires reculaient ou manœuvraient pour faire demi-tour. Les deux gros camions militaires étaient toutefois encore en train de ralentir. Tout cela réduisait la longueur du convoi, mauvaise nouvelle, surtout pour ceux qui s'y trouvaient.

Sam visa le camion bâché qui fermait la marche et tira. La grenade munie d'un empennage couvrit la distance en un peu plus d'une seconde et toucha la bâche juste au-dessus de la benne. Une boule de feu enveloppa le véhicule, tuant une partie de ses occupants, les autres tombant et sautant précipitamment de l'épave.

Sam se retourna pour jeter un bref coup d'œil derrière lui. Sous cette pluie battante, bien des automobilistes ne pourraient apercevoir le sinistre avant d'être parvenus à une centaine de mètres de sa position actuelle, ce qui signifiait qu'un carambolage en chaîne allait se produire d'un instant à l'autre. Il mit de côté le risque – mineur – d'être écrasé, rechargea son lanceur et tira une autre grenade. Celle-ci traversa la portière restée ouverte du pick-up et alla frapper le second camion militaire qui venait juste de percuter de l'arrière le mur séparant les deux voies de circulation en essayant de faire demi-tour. L'impact, étant latéral, entraîna moins de pertes chez les soldats, mais le camion en feu bloquait désormais toute retraite aux véhicules du cortège restés intacts.

Sam quitta la chaussée pour se laisser glisser sur le bas-côté ; il atterrit dans un fossé d'écoulement rempli de cinquante centimètres d'eau glacée et se mit aussitôt à tirer avec son AK sur les soldats survivants qui continuaient de se déverser des deux camions militaires en feu.

Sur toute la largeur du talus herbeux trempé par la pluie sur la droite de Caruso, le bruit d'une fusillade indisciplinée déchira l'air. Dominic avait lancé trois roquettes. Deux étaient passées trop haut pour se perdre de l'autre côté de la voie express, la troisième avait ricoché sur un SUV, l'expédiant contre un autre véhicule mais sans le détruire. Dom récupéra un fusil sur le cadavre d'un des rebelles mais, contrairement à ses camarades surexcités, il ajusta calmement son tir, visant un homme en fuite, à soixante mètres de là. Il le suivit sur quelques mètres, de droite à gauche, puis appuya d'un doigt délicat sur la détente. L'arme tressauta et l'homme s'effondra, raide mort.

Il répéta la manœuvre avec un soldat en train de s'échapper d'un des camions en feu.

Tandis qu'à côté de lui, quinze autres tireurs, y compris la petite Yin Yin, canardaient au hasard, mais avec un bel entrain et sur toute sa longueur le cortège.

Domingo Chavez scrutait les berlines au milieu du convoi, y cherchant des officiers. Il s'accorda un répit pour fixer son attention sur un gorille en civil qui avait fui l'épave d'un SUV et courait vers le muret central pour se réfugier derrière. Ding le cueillit au bas du torse, puis il le quitta des yeux, le temps de remplacer le chargeur vide de son Dragunov à la culasse brûlante et fumante. Il prit une demi-seconde pour embrasser du regard la zone des combats. Sur sa gauche, les deux camions bâchés étaient la proie des flammes et une épaisse fumée noire s'en élevait, tachant le ciel gris ardoise. Des corps – de loin, ce n'étaient que des formes indistinctes sur le sol – gisaient près des véhicules.

Coincés entre les camions militaires, à l'arrière, et les deux premiers véhicules du cortège, également en flammes, le reste des 4 × 4 et des berlines noires s'étaient arrêtés en accordéon, et, lui tournant le dos, il repéra une bonne demi-douzaine d'hommes en costume noir ou en uniforme vert, allongés sur le sol ou tapis à l'abri des véhicules. Ding avait déjà descendu un bon nombre de leurs occupants.

Tous avaient sauté de leurs voitures car les roquettes

antichars et les grenades qui pleuvaient dru leur avaient prouvé qu'un véhicule à l'arrêt était bien le dernier endroit où se réfugier en ce moment.

Ding remit l'œil derrière sa lunette de visée et parcourut rapidement le site, de droite à gauche, à la recherche de Su. Il estima qu'il devait rester encore au bas mot trente soldats et gorilles sur la chaussée ou sur le bas-côté. Ceux qui tiraient semblaient tous viser un endroit situé à l'écart, du côté est, loin de lui.

Il scruta à la lunette la position de tir de Dom et des rebelles, à trois cent cinquante mètres de lui. Il vit plusieurs corps gisant dans l'herbe du talus et nota les gerbes impressionnantes de boue, d'herbe, de branches et de feuillage projetées sous la pluie par le feu nourri des Chinois sur la route.

Domingo savait que la position peu étendue occupée par des combattants mal entraînés serait anéantie d'ici une minute s'il ne se dépêchait pas plus. Il ramena donc son viseur vers la chaussée et centra dans son réticule le milieu du dos d'un gorille en imper noir.

Le Dragunov cracha et l'homme bascula tête la première pour s'effondrer sur le capot d'un SUV.

Caruso cria pour couvrir le bruit de la fusillade. « Yin Yin est morte ! Je ne peux plus communiquer avec ses copains.

— Continue de tirer ! » cria Chavez.

Driscoll intervint. « On a des voitures de police qui déboulent du sud-ouest !

— Occupe-t'en, Sam ! ordonna Ding.

— Compris, mais je vais être à court de munitions d'ici une minute. »

Ding répondit, d'une voix hachée par le rythme de

ses coups de fusil. « Si on n'a pas dégagé – *pan !* – d'ici une minute – *pan !* – on ne dégagera jamais – *pan !*

— C'est clair », répondit Driscoll.

Le général Su Ke Qiang quitta l'abri de sa voiture pour ramper derrière la rangée d'hommes en train de tirer vers le talus, à l'ouest. Sur sa gauche et sur sa droite, on voyait des véhicules en flammes et des corps étendus sous la pluie battante, et leur sang s'écoulait sur la chaussée en longues rigoles mêlées de pluie.

Il n'arrivait pas à y croire. Tout près de lui, il vit la silhouette affalée de son aide de camp, le général Xia. Su ne pouvait voir son visage ; il ne pouvait dire s'il était mort ou vif, mais à l'évidence, il ne bougeait plus.

Su continua de progresser en rampant, criant quand des éclats de verre brisé se logeaient dans ses paumes et ses poignets.

Un crépitement d'armes automatiques venait du sud, du talus longeant les voies opposées.

À deux cent cinquante mètres de là, Domingo Chavez entrevit en un éclair du mouvement au bord de la chaussée, non loin du quatrième véhicule. Il cala son réticule sur un homme en uniforme en train de ramper et, sans la moindre hésitation, il appuya sur la détente.

La balle fila se loger dans l'omoplate gauche du général président Su Ke Qiang. Le projectile chemisé de cuivre lui déchira le dos, transperça le poumon et ressortit sur l'asphalte. Avec un cri plaintif, de surprise et de douleur, l'homme le plus dangereux du monde mourut au bord de la route, à plat ventre, à côté de jeunes soldats qui tiraient des centaines de balles en tous sens, dans une tentative désespérée pour repousser l'attaque.

Chavez ignorait que le dernier homme du cortège qu'il venait d'abattre était Su ; tout ce qu'il savait, c'est que tous avaient fait de leur mieux et qu'il était temps à présent de dégager fissa. Il cria dans sa radio. « Exfiltration ! Tout le monde se bouge ! *Go ! Go ! Go !* » Son ordre serait traduit par ceux qui comprenaient au profit de ceux qui ne comprenaient pas, mais quiconque était à l'écoute pourrait aisément décoder le message.

Quatre minutes plus tard, Clark et son accompagnateur récupéraient Chavez et le sien. Driscoll et les trois rebelles survivants de son unité traversèrent les huit voies de circulation pour remonter au pas de course le talus de l'autre côté, où ils rejoignirent Dom et deux autres Chinois survivants qui essayaient désespérément de ramasser tous les corps gisant sur la pente, tout en restant abrités dans le fossé qui les protégeait des derniers tirs sporadiques venus de la route. À eux tous, ils réussirent à regrouper tous les corps tandis qu'un des hommes allait récupérer le minibus.

L'orage les aida à s'échapper. Des hélicoptères les survolaient, Chavez entendait claquer leurs pales dans cette soupe noire alors qu'ils fonçaient vers le nord-ouest, mais leurs équipages avaient une visibilité limitée et il y avait un tel carnage, une telle confusion sur les lieux de l'attaque qu'il leur fallut près d'une heure rien que pour arriver à comprendre ce qui s'était passé au juste.

Les Américains et les dix Chinois qui avaient survécu étaient de retour à leur planque avant midi. On déplorait quelques blessures – une main fracturée pour

Sam, mais il ne s'en était même pas rendu compte. Une balle, en ricochant, avait entaillé la hanche de Caruso ; il saignait abondamment, mais rien de sérieux. Un des Chinois avait pris une balle dans l'avant-bras.

On soigna les blessures et chacun espéra que ni l'APL ni la police n'allait les trouver avant la tombée de la nuit.

79

Installé dans le bureau Ovale, le président des États-Unis regarda le texte de son allocution et se racla la gorge.

Sur la droite de la caméra, à trois mètres à peine de Jack Ryan, le réalisateur annonça : « Cinq, quatre, trois... » Il tendit deux doigts, puis un, qu'il pointa alors vers lui.

Ryan ne souriait pas ; il devait trouver le ton qu'il fallait et plus il jouait à ce petit jeu, plus il devait bien admettre que ses règles, bien que fort pénibles, étaient bien souvent justifiées. Pas question de trahir indignation, soulagement, satisfaction, ou tout autre sentiment qu'une confiance mesurée.

« Bonsoir. Hier, j'ai ordonné une frappe aérienne limitée sur un objectif situé dans le sud de la Chine que nos spécialistes de la défense et du renseignement avaient pu identifier comme le centre névralgique des cyberattaques menées contre les États-Unis. De courageux pilotes, marins et commandos américains ont participé à cette opération et je suis heureux de pouvoir confirmer que celle-ci a été totalement couronnée de succès.

« Ces dernières vingt-quatre heures, nous avons constaté des améliorations notables après l'assaut de grande envergure mené contre les infrastructures militaires et commerciales du pays. Même si nous sommes encore loin d'avoir réparé les dégâts considérables perpétrés par le régime chinois, je puis vous promettre que tous nos experts, tant au gouvernement que dans la société civile, sont mobilisés et travaillent main dans la main dans tous les domaines visés par ces attaques massives, pour nous permettre de surmonter cette crise et de mettre en œuvre des mesures afin d'empêcher qu'un tel événement se reproduise à l'avenir.

« Lors de cette opération en Chine, nombre de nos concitoyens ont perdu la vie, d'autres ont été capturés par les forces chinoises et sont retenus prisonniers. Ici, sur le sol des États-Unis, le bilan des morts et des blessés dus aux coupures de courant, à la perte des services de télécommunications, à la perturbation des réseaux de transport reste encore long à évaluer.

« Il faut en outre ajouter à ce bilan les huit membres de nos forces armées tués il y a deux mois, lors de la première salve d'attaques perpétrées par la Chine, avec le détournement de ce drone Reaper et le tir de missiles sur nos soldats et nos alliés.

« Je vous ai parlé des pertes humaines du côté américain. Mais les pertes que déplorent les Taïwanais, les Indiens, les Vietnamiens, les Philippins des suites de l'agression américaine alourdissent encore ce tragique bilan.

« L'Amérique et ses alliés ont souffert inutilement, et notre colère à tous est légitime. Mais nous ne voulons pas la guerre, nous voulons la paix. Je me suis entretenu avec le ministre de la Défense, Robert Burgess, et avec tous les responsables du Pentagone pour que nous trouvions un moyen de résoudre cette crise avec la Chine qui, au lieu de coûter encore des vies, en préservera.

« Dans ce but, et à dater de demain à l'aube, la marine américaine entamera un blocus partiel des livraisons de pétrole à la Chine passant par le détroit de Malacca qui relie l'océan Indien à la mer de Chine méridionale. La Chine reçoit quatre-vingts pour cent de ses importations de pétrole par cet étroit passage maritime et dès demain, nous réduirons de moitié cet approvisionnement.

« Les dirigeants chinois ont une décision immédiate à prendre. Ils peuvent retirer leurs bâtiments de guerre de la mer qu'ils occupent, retirer leurs troupes des îles, îlots et bancs sur lesquels ils ont débarqué au cours du mois écoulé, et cesser toute incursion au-delà de la ligne médiane séparant les eaux territoriales dans le détroit de Taïwan. Aussitôt qu'ils auront obtempéré, le pétrole pourra de nouveau transiter sans restriction par le détroit de Malacca.

« D'un autre côté, si la Chine devait poursuivre ses attaques contre ses voisins, ou si elle lançait une nouvelle attaque, quelle qu'en soit la forme – terrestre, maritime, aérienne, spatiale ou cybernétique – contre les États-Unis d'Amérique, alors qu'elle sache que nous répliquerons à l'unisson, mais surtout que nous interromprons complètement l'écoulement du pétrole par ce détroit. »

Ryan quitta des yeux son texte. Il fixa la caméra, sa mâchoire se raidit. « Et quand je dis complètement, je veux dire pas la moindre goutte. »

Il marqua un temps, rajusta ses lunettes, consulta

de nouveau ses notes. « Cela fait plus de quarante ans que les États-Unis se sont montrés des amis fidèles et des partenaires commerciaux loyaux de la République populaire de Chine. Nous avons eu nos différends, nous avons nos différences, mais nous conservons, inchangé, tout notre respect pour le grand peuple chinois.

« Notre présente querelle se situe avec certains éléments au sein de l'Armée populaire de libération et du Parti communiste chinois. Et manifestement, nous ne sommes pas les seuls à critiquer les actions du pouvoir militaire. En vérité, il existe des factions, au sein même de l'APL, qui manifestent leur mécontentement vis-à-vis de cette attitude agressive.

« Il y a quelques heures, à Pékin, le président de la Commission militaire centrale, principal architecte des attaques coordonnées menées par la Chine contre ses voisins et contre les États-Unis, a été assassiné. Les premiers éléments en notre possession semblent indiquer que ce sont des membres de l'armée qui sont impliqués dans l'attaque du cortège qui le ramenait dans la capitale. Rien ne pourrait mieux souligner la profondeur du mécontentement face à l'actuelle politique militaire du régime que de constater que cet audacieux attentat contre le général Su a été le fait de ses propres hommes.

« Le président Wei voit désormais un choix important se présenter à lui, et ce choix affectera l'existence d'un milliard quatre cents millions de Chinois. J'en appelle au président Wei pour qu'il fasse le bon, cesse toutes les hostilités, ordonne à ses soldats de regagner leurs bases, et œuvre sans relâche à réparer les dégâts occasionnés par les actions de la Chine au cours de ces derniers mois.

« Je vous remercie pour votre attention. »

Wei Jen Lin était assis à son bureau, les paumes plaquées sur son sous-main, et il regardait droit devant lui.

Le Comité permanent du Politburo voulait sa tête. C'était clair : ils avaient voulu celle de Su, mais puisque ce dernier était déjà mort, ils brûlaient à présent d'éliminer Wei, faute de mieux, pour assouvir leur rage mais surtout prendre leurs distances vis-à-vis de politiques – économique, sociale et militaire – qui avaient si lamentablement échoué.

Le président Wei regrettait amèrement que Su ne se fût pas simplement contenté de faire ce qu'il lui avait demandé. Quelques rodomontades, quelques fanfaronnades au sujet de la mer de Chine méridionale, de Hongkong et de Taïwan, Wei en était certain, auraient suffi pour que l'ensemble de la région s'aligne sur l'économie forte et les perspectives d'avenir de la République populaire de Chine.

Mais non, Su voulait tout avoir, il voulait sa bonne vieille guerre, voulait la débâcle de la marine américaine, la voir se replier jusqu'à ses ports d'attache.

L'homme était un imbécile. Wei était convaincu que si c'était lui qu'on avait choisi pour diriger la Commission militaire centrale, il aurait fait un bien meilleur boulot que Su Ke Qiang.

Mais regretter que les choses ne se soient pas passées comme on l'aurait voulu était une perte de temps, or Wei n'avait plus de temps à perdre.

Il entendait dehors s'approcher les véhicules lourds du ministère de la Sécurité de l'État. Ils venaient l'arrêter, tout comme ils l'avaient fait quelques mois plus tôt, sauf que cette fois-ci, Su n'allait pas surgir pour le sauver.

Le sauver ? Non, Su ne l'avait pas sauvé alors. Il avait juste retardé sa chute assez longtemps pour pouvoir ternir un peu plus son héritage.

Le cœur empli de colère, mais aussi de regret et de défi à l'égard de ceux qui s'entêtaient encore à ne pas le comprendre, le président et secrétaire général Wei Jen Lin retira sa main droite du sous-main, saisit la crosse du pistolet et porta rapidement le canon à sa tempe.

Il réussit à se louper. Il hésita en songeant au recul de l'arme et le canon dévia vers le bas. Il tira dans la pommette droite et la balle lui déchiqueta le visage, traversant les sinus pour ressortir de l'autre côté.

Il tomba, vrillé par la douleur indescriptible, se tordant au sol derrière son bureau, renversant sa chaise, se débattant dans son propre sang.

L'un de ses yeux s'était rempli de larmes et de sang mais de l'autre, il put voir Fung qui se tenait au-dessus de lui, sidéré, indécis.

« Achève-moi ! » s'écria-t-il, mais ses paroles étaient confuses. La douleur atroce, la honte d'être vu se roulant au sol dans son bureau après avoir échoué dans une tâche aussi simple, tout cela lui déchirait l'âme tout autant que la balle lui avait déchiqueté le visage.

« Achève-moi ! » hurla-t-il encore une fois et, encore une fois, il se rendit compte qu'on ne pouvait le comprendre.

Fung restait planté là, immobile.

« Je t'en supplie ! »

Fung tourna les talons, disparut de l'autre côté du bureau, et entre ses propres cris et ses appels, Wei l'entendit refermer la porte derrière lui.

Il fallut au président quatre minutes pour mourir étouffé par son propre sang.

Épilogue

La Chine libéra les pilotes capturés au bout de trois jours seulement ; elle les mit discrètement dans des vols affrétés pour Hongkong, où ils furent récupérés par un appareil du ministère américain de la Défense qui les rapatria.

Brandon « Trash » White était déjà revenu à Hongkong. Il avait passé la première journée après son atterrissage d'urgence dans un petit appartement de Shenzhen en compagnie de l'Américain masqué prénommé Jack et de l'agent asiatique de la CIA qui se faisait appeler Adam ; il avait alors reçu la visite d'un médecin hongkongais que cet Adam semblait connaître. L'homme de l'art avait traité ses blessures et l'avait préparé pour son transport et puis, durant la nuit, Jack et Trash avaient franchi un fleuve sur un radeau, puis traversé des rizières pendant une heure avant d'être récupérés de l'autre côté par ce fameux Adam.

À partir de là, Trash s'était rendu dans un hôpital de Hongkong où il avait été accueilli par des membres de la DIA, le service de renseignement de la défense, qui l'avaient alors transféré à Pearl Harbor. Il allait

863

rapidement se remettre et serait bientôt de retour aux commandes du F/A-18, même s'il se doutait que ce ne serait plus jamais pareil, sans Cheese comme leader.

John Clark, Domingo Chavez, Sam Driscoll et Dominic Caruso passèrent neuf jours à Pékin, se déplaçant de planque en planque, passant des mains du Sentier de la liberté à celles de la Main rouge et vice versa, jusqu'à ce qu'une grosse liasse de billets, remise en main propre par Ed Foley à un vieillard de Chinatown, accélère enfin le mouvement.

Au beau milieu de la nuit, les quatre Américains furent conduits à un immeuble où logeaient des pilotes russes de la Rossoboronexport, l'entreprise d'État chargée des livraisons d'armes, et peu après, ils embarquaient très discrètement à bord d'un Yakovlev qui retournait en Russie après avoir fait un crochet pour livrer aux Chinois des bombes à sous-munitions.

Clark avait négocié leur retour par le truchement de Stanislas Birioukov. L'opération se déroula sans anicroche, même si John était conscient que le patron du FSB lui avait désormais entièrement réglé sa dette, et qu'il ne pourrait donc plus dorénavant compter sur lui pour des coups de main en dehors de ses attributions officielles de patron d'un service de renseignement pas toujours allié.

Valentin Kovalenko passa près d'une semaine bouclé dans une chambre d'une planque qui appartenait à Hendley Associates. Durant son séjour, il ne vit que les deux vigiles chargés de lui apporter journaux et nourriture, aussi passa-t-il son temps à regarder les murs en se languissant de rentrer au pays retrouver sa famille.

Mais il ne pouvait pas croire que cela pût arriver.

Il redoutait, il s'y attendait, non, il était certain que dès que John Clark serait de retour, il entrerait dans cette chambre, un pistolet à la main, et qu'il lui logerait une balle dans la tête.

Mais un après-midi, un vigile qui disait s'appeler Ernie déverrouilla sa porte, lui tendit mille dollars en liquide et lui dit : « J'ai un message de John Clark.

— Oui ?

— Dégagez.

— OK. »

Ernie tourna les talons et ressortit. Quelques secondes plus tard, Valentin entendit une voiture démarrer et s'éloigner dans l'allée.

Encore ébahi, le Russe quitta la maison une minute après et découvrit qu'il se trouvait dans un ensemble résidentiel situé quelque part dans la banlieue de Washington. Il se dirigea à pas lents vers la rue, en se demandant s'il serait en mesure de héler un taxi et où en fait il allait demander au chauffeur de le conduire.

Après être revenu de Hongkong à bord du Gulfstream de Hendley Associates, Jack Ryan Jr. fila directement vers l'appartement de Melanie Kraft à Alexandria. Il l'avait appelée à l'avance, lui donnant le temps de décider si elle serait ou non présente pour l'accueillir, et de réfléchir à ce qu'elle allait bien vouloir lui dire de son passé.

Devant un café à la table de bistro de sa minuscule cuisine, il lui dit ce qu'elle savait déjà. Il travaillait pour une organisation de renseignement qui œuvrait en secret à défendre les intérêts des États-Unis mais dégagée des contraintes de la bureaucratie gouvernementale.

Elle avait eu plusieurs jours pour digérer ces informations depuis l'attaque terroriste chinoise contre Hendley Associates ; elle voyait l'intérêt d'une telle organisation, tout en discernant dans le même temps les dangers manifestes qui l'accompagnaient.

Puis ce fut son tour de se confesser. Elle lui expliqua comment son père avait été compromis, comment elle l'avait appris puis avait décidé dans la foulée de ne pas le laisser détruire sa vie par son erreur.

Il comprenait la difficulté de sa situation mais il fut incapable de la convaincre que l'homme du FBI, ce Darren Lipton, avait dû être un pion manipulé par Centre et non pas un agent missionné pour une véritable enquête.

« Non, Jack. Il y avait un autre gars au FBI. Le patron de Lipton. Packard. J'ai encore sa carte dans mon sac à main. Il a tout confirmé. En plus, ils détenaient la décision judiciaire. Ils me l'ont montrée. »

Ryan dodelina du chef. « Centre t'a manipulée depuis qu'il a intercepté les conversations téléphoniques de Charles Alden où il évoquait de quelle façon tu devais travailler pour lui, lui procurer des informations sur moi et sur Hendley Associates afin de discréditer John Clark.

— Lipton, je ne l'ai pas inventé. Il est au courant pour mon père et...

— Il est au courant parce que Centre lui a dit ! Centre a pu récupérer cette information en piratant les dossiers du renseignement pakistanais. Avec les moyens dont il disposait, c'était facile. »

Il vit bien qu'elle ne le croyait pas ; elle avait l'impression que tout son passé allait lui dégringoler dessus quand le FBI l'accuserait d'avoir menti sur le passé d'espion de son père.

« Il y a un moyen tout simple de régler ça une bonne fois pour toutes, suggéra Ryan.

— Lequel ?

— On va rendre visite à Lipton. »

Il leur fallut une journée pour le trouver. Il avait pris un jour de congé et les deux jeunes gens redoutaient qu'il n'ait fui le pays. Mais Ryan demanda à Biery d'aller fouiner dans les relevés bancaires de leur homme et quand il découvrit qu'il venait de retirer quatre cents dollars d'un distributeur à l'hôtel DoubleTree de Crystal City quelques minutes à peine auparavant, Jack et Melanie foncèrent.

Le temps d'y parvenir, Biery leur avait trouvé le numéro de la chambre et quelques minutes plus tard, Jack introduisait dans la serrure le passe que Melanie avait subtilisé à une femme de chambre.

Ryan et Kraft tombèrent en entrant sur un Lipton à demi nu en compagnie d'une prostituée toute nue, elle, et Jack dit à la fille de récupérer ses affaires, ses quatre cents billets et de filer.

Lipton semblait terrorisé de voir Ryan et la fille mais il ne se pressa pas pour se rhabiller. Jack lui tendit un futal. « Pour l'amour de Dieu, enfile ça, mec. »

Lipton obéit mais s'abstint de cacher sa bedaine sous une chemise.

« Qu'est-ce que vous me voulez ? demanda-t-il.

— Centre est mort, l'informa Jack, au cas où tu ne serais pas déjà au courant.

— Qui ça ?

— Centre. Le Dr K.K. Tong.

— Je ne vois pas de qui...

— Écoute, connard ! Je sais que tu travaillais pour Centre. On a les transcriptions de toutes vos conversations, et on tient Kovalenko qui peut te balancer. »

Lipton soupira. « Le barbu russe ?

— Ouaip. »

C'était un mensonge mais Lipton le goba.

Il arrêta son cinéma. « Centre était mon agent traitant mais j'ignore qui est K.K. Tong. Je n'avais pas la moindre idée que je travaillais pour les Russes, sinon bien sûr, jamais je n'aurais...

— Tu travaillais pour les Chinois. »

Darren Lipton eut un rictus. « Encore pire.

— Qui était Packard ? » intervint Melanie.

Lipton haussa les épaules. « Ce n'était qu'un autre pauvre bougre que Centre tenait par les couilles. Tout comme moi. Il n'était pas du FBI. J'ai eu l'impression que c'était un flic. Peut-être du District, peut-être du Maryland ou de Virginie. Centre l'a envoyé me trouver quand la décision de justice bidon n'eut pas réussi à vous convaincre de piéger le mobile de votre copain. J'ai déguisé le bonhomme, je lui ai fait un petit topo d'un quart d'heure sur la situation, et il est allé jouer le bon flic, pendant que je faisais le mauvais.

— Mais vous m'avez donné l'adresse du siège du FBI pour aller le rencontrer. Et si j'avais dit d'accord ? »

Lipton hocha la tête. « Je savais que jamais vous ne franchiriez la porte du bâtiment Hoover. »

Melanie était si furieuse d'avoir été manipulée par ce fils de pute que, dans un accès de fureur, elle lui expédia un coup de poing au visage. Aussitôt, du sang apparut sur la lèvre inférieure de Lipton.

Il lécha le sang, puis adressa un clin d'œil à Kraft.

Elle rougit comme une pivoine, avant de gronder. « Merde ! J'avais oublié. C'est ça qui l'excite, ce taré. »

Ryan regarda Melanie, comprit ce qu'elle voulait dire et se retourna vers Lipton.

« Eh bien, excite-toi avec celui-là », lâcha-t-il avant de lui asséner le direct du droit le plus vicieux de toute son existence. Le poing s'écrasa sur la joue rebondie de l'agent du FBI. Sa tête bascula vers l'arrière et il s'effondra comme une masse. En quelques secondes, la mâchoire avait viré au violet et doublé de volume.

Jack s'agenouilla au-dessus de lui. « Tu as une semaine pour démissionner du FBI. Tu le fais, ou on repasse te voir. Tu comprends ? »

Lipton acquiesça faiblement, leva les yeux vers Ryan, et hocha de nouveau la tête.

Les obsèques des employés de Hendley Associates tués par les commandos de l'Épée divine se déroulèrent en Virginie, dans le Maryland et dans le District fédéral. Tout le personnel du Campus assista aux diverses cérémonies, derrière Gerry Hendley.

Jack se rendit seul aux obsèques. Melanie et lui étaient parvenus à une sorte de détente dans leur relation ; tous deux comprenaient à présent pourquoi ils s'étaient menti l'un à l'autre, mais la confiance réciproque est un bien précieux dans une histoire d'amour, et l'un comme l'autre avaient entièrement trahi celle-ci.

Quelles que soient les justifications, leur relation avait été ternie et ils découvrirent qu'ils avaient bien peu à se dire.

Jack ne fut pas surpris de voir Mary Pat Foley et son mari, Ed, aux obsèques de Sam Granger à Baltimore. À l'issue du service religieux en ce samedi après-midi, Jack demanda à la responsable du Renseignement national de lui accorder quelques minutes d'entretien en privé. Ed s'excusa pour aller bavarder avec Gerry Hendley et le gorille de Mary Pat resta en retrait tandis que sa patronne et le fils du président arpentaient, seuls, les allées du cimetière.

Ils trouvèrent un banc de bois et s'y installèrent. Mary Pat se retourna vers son garde du corps, lui adressa un signe de tête qui signifiait « Laissez-nous un peu d'air », et l'homme recula d'une vingtaine de mètres avant de leur tourner le dos.

« Tu tiens le coup, Jack ?

— Il faut que je te parle de Melanie.

— OK.

— Elle m'espionnait, d'abord pour le compte de Charles Alden, l'an dernier, lors de l'affaire Kealty[1], et puis, après l'arrestation d'Alden, elle a été abordée par un type du FBI, du service de la Sécurité nationale. Il voulait des infos sur moi et sur Hendley Associates. »

Mary Pat arqua les sourcils. « La Sécurité nationale ? »

Jack opina. « Ce n'est pas aussi dramatique que ça en a l'air. Ce gars était en fait une taupe de Centre.

— Bon Dieu. Son nom ?

— Darren Lipton. »

Elle hocha la tête. « Eh bien, il sera au chômage dès lundi midi, c'est plié. »

---

1. Lire : *Ligne de mire*, op. cit.

Jack esquissa un sourire forcé. « Tu ne le trouveras pas à son bureau lundi. Je crois qu'il s'est fracturé la mâchoire.

— Je suis sûre que l'administration pénitentiaire sera en mesure de lui procurer un régime liquide. » Le regard de Mary Pat se perdit dans le vide. Au bout d'un long moment, elle reprit : « Pourquoi Melanie a-t-elle accepté de t'espionner ? Je veux dire, en dehors du fait qu'elle obéissait aux ordres de son supérieur et aux directives de la loi fédérale ?

— Un secret de son passé. Un truc que Centre a découvert au sujet de son père, qui a permis au gars du FBI de la faire chanter. »

Mary Pat attendait que Ryan s'explique. Devant son silence, elle crut bon d'insister. « Je vais avoir besoin de savoir, Jack. »

Ryan hocha la tête. Alors il lui parla du père de Melanie, de son mensonge.

Mary Pat ne parut pas aussi surprise qu'il l'avait escompté. « Je suis dans ce métier depuis un bon bout de temps. La motivation, la détermination que j'ai vues chez cette jeune femme avaient quelque chose d'unique. Je comprends mieux, maintenant. Elle compensait, essayait de surpasser tout le monde parce qu'elle y voyait comme une obligation.

— Si ça peut aider en quoi que ce soit, Clark dit qu'elle a sauvé des vies chez Hendley. Sans elle, on aurait dû assister à d'autres d'obsèques. »

Mary Pat acquiesça ; elle semblait à moitié perdue dans ses pensées.

« Qu'est-ce que vous allez faire ? demanda Jack.

— Elle est au courant de l'existence du Campus. Elle est brûlée à la CIA pour avoir menti lors de son enquête de moralité, mais ce ne sera sûrement pas moi qui vais lui passer un savon. Je vais la voir illico.

— Si tu lui demandes de démissionner, elle saura que tu es au courant de l'existence du Campus. Ça pourrait te poser un problème. »

La directrice Foley balaya l'objection d'un revers de main. « Je ne me fais pas de souci pour moi. Ça peut paraître cul-cul, mais l'essentiel à mes yeux est de préserver l'intégrité du renseignement américain, et surtout de préserver la sécurité de l'organisation que ton père a fondée avec les meilleures intentions du monde. J'essaie de m'y employer de mon mieux. Il le faut. »

Jack acquiesça. Il se sentait minable.

Mary Pat s'en rendit compte. « Jack. Je ne vais pas l'accabler. Elle a fait ce qu'elle pensait devoir faire. C'est une fille bien.

— Ouais, admit Jack après un instant de réflexion. Ça, c'est sûr. »

Le Suburban noir de Mary Pat Foley s'arrêta devant la roulotte qui tenait lieu d'appartement à Melanie Kraft, à Alexandria. Il était un peu plus de quatre heures de l'après-midi. La température était tombée au-dessous de zéro et le ciel gris et bas crachotait une fine averse de neige fondue.

Le chauffeur de la directrice du Renseignement resta l'attendre dans la voiture mais son garde du corps l'accompagna, tenant dans sa main gauche un parapluie pour l'abriter. Il demeura à ses côtés le temps qu'elle frappe à la porte, sa main libre glissée à l'intérieur de sa gabardine, contre sa hanche droite.

Melanie répondit presque aussitôt ; où qu'elle pût se trouver, elle n'était guère à plus de dix pas de l'entrée.

Elle ne sourit pas quand elle découvrit Mary Pat qui était pourtant devenue son amie en même temps que sa patronne. Elle s'effaça plutôt pour la laisser entrer en l'invitant d'une voix timide.

Lors du trajet de retour de Baltimore, Mary Pat avait demandé à son garde du corps s'il voyait un inconvénient à ce qu'elle passe quelques minutes seule avec l'une de ses employées, chez elle. Ce n'était qu'un petit bout de la vérité, mais il fut suffisant. L'agent de sécurité à la carrure imposante fit un rapide tour du minuscule propriétaire avant de revenir se poster à l'entrée sous son parapluie.

Dans le même temps, à l'intérieur, Mary Pat scruta du regard le séjour. Il ne fallut pas longtemps à la patronne du renseignement américain pour appréhender la situation. Il était évident que l'occupante des lieux s'apprêtait à déménager. Deux valises ouvertes étaient appuyées contre le mur. À moitié remplies de vêtements. Plusieurs caisses en carton étaient déjà fermées par du ruban adhésif, et d'autres, posées verticalement contre le mur, attendaient encore d'être dépliées.

« Asseyez-vous », dit Melanie, et Mary Pat s'installa dans le minuscule confident. La jeune femme se jucha sur un tabouret de bistro en métal.

« Je ne m'apprêtais pas seulement à partir, crut bon d'expliquer Melanie. J'allais vous appeler ce soir pour vous demander si je pouvais passer.

— Que fais-tu ?

— Je démissionne.

— Je vois », dit Foley. Puis : « Pourquoi ?

— Parce que j'ai menti lors de mon enquête de

moralité. J'ai menti si bien que j'ai trompé le détecteur de mensonge. Je m'étais dit que ça n'avait pas d'importance, les trucs que j'omettais, mais je vois à présent que n'importe quel mensonge peut être exploité pour faire chanter quelqu'un, surtout quelqu'un qui connaît les secrets les mieux gardés du pays.

« J'étais vulnérable et l'on m'a dupée. On s'est servi de moi. Tout ça, à cause d'un stupide mensonge dont jamais je n'aurais pu imaginer qu'il reviendrait me hanter.

— Je vois, répéta Mary Pat.

— Peut-être, peut-être pas. Je ne suis pas sûre de ce que vous savez mais ne me dites rien. Je ne veux pas faire quoi que ce soit qui puisse vous compromettre.

— Donc, tu te fais hara-kiri ? »

Melanie étouffa un petit rire. Elle se pencha vers l'une des piles de livres posées par terre contre le mur et, tout en continuant de parler, entreprit de les ranger dans une caisse en plastique qui avait contenu des bouteilles de lait. « Je ne voyais pas les choses ainsi. Tout ira bien pour moi. Je reprendrai mes études, trouverai une autre activité qui m'intéresse. » Son sourire devint plus franc. « Et puis zut, je ferai tout pour y briller.

— Je n'en doute pas un instant.

— Mais je regretterai le boulot. Je regretterai de ne plus travailler pour vous. » Elle eut un léger soupir. « Et je regretterai Jack. » Après une pause, elle reprit : « Mais je ne regretterai sûrement pas cette putain de ville.

— Où vas-tu ? »

Elle fit glisser la caisse en plastique, désormais pleine, puis elle attira vers elle un carton. Qu'elle emplit à son tour de livres. « Je rentre chez moi. Au Texas. Auprès de mon père.

— Ton père ?

— Oui. Je lui ai tourné le dos il y a bien longtemps, à cause d'une faute qu'il avait commise. Je me rends compte à présent que ce que j'ai fait n'était guère différent, et je ne pense pas être quelqu'un de mauvais. Je dois rentrer à la maison, revenir auprès de lui pour lui dire que malgré tout ce qui s'est passé, on forme toujours une famille. »

Mary Pat Foley voyait bien que Melanie était résolue mais que sa décision lui était encore pénible.

« Quoi qu'il ait pu se produire dans le passé, Melanie, tu fais aujourd'hui le bon choix.

— Merci Mary Pat.

— Et je veux que tu saches que tu n'as pas perdu ton temps ici. Ça valait le coup. Tu as fait une réelle différence. Tâche de ne jamais l'oublier. »

Melanie sourit, termina de remplir de livres le carton, le fit glisser sur le côté, et tendit le bras pour en prendre un autre.

Après les obsèques, Jack retourna dans la demeure familiale à Baltimore.

Le président Jack Ryan et Cathy son épouse étaient là pour le week-end, de même que les enfants. Jack se faufila entre les gardes du corps de son père pour aller le voir dans son bureau. Ryan Senior embrassa son fils, ravala ses larmes de soulagement à le voir en chair et en os et surtout en un seul morceau, puis il le prit aux épaules et l'écarta de lui pour le toiser, de pied en cap.

Jack sourit. « Je vais bien, p'pa. Promis.

— Quelle putain de mouche t'a piqué ? dit alors son père.

— Fallait le faire. J'étais le seul disponible, alors j'y suis allé et je l'ai fait. »

La mâchoire de Senior se crispa, comme s'il voulait contester cet argument mais finalement il resta muet.

Ce fut Junior qui reprit la parole. « Je veux te parler d'autre chose.

— C'est tout ce que t'as trouvé pour changer de sujet ? »

Un sourire effleura Jack Junior. « Non. Pas ce coup-ci. »

Les deux hommes allèrent s'installer dans le canapé. « Parle-moi.

— C'est Melanie. »

Les yeux de Ryan Senior parurent étinceler soudain. Il n'avait jamais caché le fait qu'il avait eu d'emblée un faible pour la jeune analyste du renseignement. Mais le président avait bien vite relevé le ton sombre de son fils. « Qu'est-ce qui se passe ? »

Jack lui narra presque tout. Comment Charles Alden avait enquêté sur le lien entre Ryan et Clark, et comment Darren Lipton, travaillant pour les Chinois, avait dupé la jeune femme en l'amenant à placer un mouchard dans son téléphone.

Il ne lui parla pas toutefois des Russes à Miami, passa sur le détail des autres missions à Istanbul, Hongkong ou Canton, ou sur la fusillade avec les commandos de l'Épée divine à Georgetown. Le jeune Ryan avait désormais acquis une maturité suffisante pour ne plus éprouver le besoin de raconter des exploits guerriers qui ne feraient que tracasser inutilement ceux qui se faisaient du souci pour lui.

Pour sa part, le président Jack Ryan ne demanda pas de précisions. Ce n'était pas par manque de curiosité. La quête de l'information était pour lui presque une seconde nature. C'était plutôt, tout simplement, qu'il ne voulait pas mettre son fils dans la position de se sentir obligé de tout lui raconter.

Ryan Senior se rendit compte qu'il traitait les dangereux exploits de Jack à peu près comme Cathy avait traité les siens en son temps. Il savait que son fils ne lui avait pas tout dit, et de loin, du reste. Mais si Jack Junior ne jugeait pas utile de lui en parler, Jack Senior n'allait pas le lui demander.

Quand il eut tout entendu, sa première réaction fut de lui demander s'il avait parlé à quiconque de ce Lipton.

« On s'occupe de son cas, répondit le fils. Mary Pat ne va en faire qu'une bouchée.

— Je veux bien te croire. »

Le président resta songeur quelques instants. Puis : « Mlle Kraft est venue dans le salon ouest et dans la salle à manger de la Maison-Blanche. Dois-je demander à la sécurité de focaliser ses prochaines recherches de mouchards sur ces deux pièces ?

— Je crois qu'elle m'a tout dit. C'était moi la cible de Lipton, pas toi, pas non plus la Maison-Blanche. En outre, je suis certain qu'ils auraient déjà trouvé quelque chose si elle avait placé un micro ou un mouchard... mais allez-y, on n'est jamais trop prudent. »

Senior prit le temps de rassembler ses pensées. Enfin, il reprit : « Jack, chaque jour que Dieu fait, je remercie le ciel que ta mère soit restée avec moi. Il y avait une chance sur un million que je tombe sur quelqu'un qui soit prêt à partager l'existence d'un espion. Les secrets que l'on doit garder, les relations que nous sommes obligés d'avoir, les mensonges que nous devons raconter, systématiquement. Tout cela ne favorise pas des relations épanouies. »

Jack s'était fait les mêmes réflexions.

« Tu as pris la décision de travailler pour le Campus. Cette décision pourra te combler, t'exciter, mais elle s'accompagne de quantité de sacrifices.

— Je comprends.

— Le cas Melanie Kraft ne sera pas le dernier exemple où ton boulot viendra s'immiscer dans ta vie privée. Si tu peux décrocher, maintenant, pendant que tu es encore jeune, fais-le.

— Je ne décroche pas, papa. »

Senior hocha la tête. « Je m'en doutais. Sache simplement que les relations qui se brisent, la confiance qu'on trahit, le grand écart constant entre toi et tes proches, ça fait partie intégrante des risques du métier. Tous ceux auxquels tu tiens seront en danger de devenir un jour des cibles qu'on retournera contre toi.

— Je sais.

— Ne perds jamais de vue l'importance de ton travail pour ce pays, mais ne renonce pas non plus au bonheur. Tu le mérites.

— Je n'y renoncerai pas », promit Jack avec un sourire.

Cathy Ryan apparut sur ces entrefaites. « À table, les garçons. »

Le président et son fils rejoignirent les autres pour un repas de famille dans la salle à manger.

Jack Junior se sentait d'humeur sombre à cause de la mort de ses amis, de sa rupture avec Melanie, mais de se retrouver ici, à la maison, en famille, l'égaya d'une manière inattendue. Il sourit un peu plus, se détendit un peu plus, laissa la partie calculatrice de son esprit au repos, pour la première fois depuis des mois, à présent qu'il ne redoutait plus d'être compromis par les forces mystérieuses qui s'en étaient prises à lui et à son organisation.

La vie était belle et il était sur un petit nuage. Pourquoi ne pas en profiter quand l'occasion se présentait ?

L'après-midi laissa place à la soirée, Cathy monta se coucher tôt, les enfants filèrent jouer avec leurs consoles vidéo, et les deux Jack Ryan retournèrent dans le bureau, cette fois pour parler de base-ball, des femmes, de la famille – enfin, tout ce qui compte vraiment dans la vie.

Tom Clancy
dans Le Livre de Poche

DERNIERS OUVRAGES PARUS

Les Dents du Tigre n° 37154

Le XXIᵉ siècle s'est ouvert sur une ère d'hyperterrorisme. Frapper n'importe où, n'importe qui, n'importe quand, tel est le mot d'ordre des nouveaux monstres sans visage face auxquels CIA et FBI se sentent désormais impuissants. Pour répondre à cette ultraviolence, il faut un réseau et une force imparables. Le « Campus » est une institution indépendante du pouvoir politique, qui s'appuie sur des agents très spéciaux. La mission de ces jeunes recrues est de neutraliser les terroristes et d'éliminer tout élément nocif. Quitte à enfreindre les règles… Mais déjà, la menace islamiste met à feu et à sang des centres commerciaux de l'Amérique. Le Campus est prêt à intervenir. Le nouveau roman de Tom Clancy est peut-être le plus actuel : fondé sur des éléments authentiques et une nouvelle génération de héros, dont le fils de Jack Ryan, il mêle fiction et réalité pour notre plus grande… terreur.

Ligne de mire (2 vol.)   n° 33344 et n° 33345

Alors que l'on croyait la menace islamiste dissipée depuis la neutralisation de l'Émir, chef charismatique qui programmait la destruction de l'Occident, de nouveaux attentats meurtriers surviennent un peu partout dans le monde. De Paris à l'Asie centrale, de l'Allemagne au Pakistan, Jack Ryan Jr et les troupes d'élite du Campus, organisation secrète chargée de traquer et d'éliminer les terroristes, sont sur tous les fronts, tandis qu'à Washington Jack Ryan Sr livre une bataille sans merci pour se faire réélire à la Maison-Blanche. Dans cette nouvelle intrigue menée tambour battant, le maître du techno-thriller réunit tous les héros qui ont fait le succès des aventures de Jack Ryan. Suspense garanti de bout en bout.

Mort ou vif (2 vol.) n° 33039 et n° 33040

Le Campus : une organisation secrète, créée sous l'administration du président Jack Ryan, chargée de traquer, localiser et éliminer les terroristes. Et tous ceux qui les protègent. Son pire ennemi : l'Émir, un tueur insaisissable, qui a programmé la destruction de l'Occident. Ses hommes : Jack Ryan Jr et ses cousins, plus quelques recrues de choc. Leur mission : prendre l'Émir. Mort ou vif ! *Mort ou vif* signe le retour tant attendu du maître incontesté du techno-thriller. Comme toujours parfaitement informé des enjeux politiques et militaires les plus secrets de la planète, l'auteur d'*Octobre rouge* et du terrifiant *Sur ordre* qui avait décrit cinq ans à l'avance les attentats du 11 septembre 2001, s'y montre, ici, avant la mort de Ben Laden, d'une prescience troublante.

Red Rabbit (2 vol.) n° 37106 et n° 37107

Bien avant de devenir président des États-Unis, Jack Ryan était un jeune analyste de la CIA. L'une de ses premières missions fut d'élucider les propos étonnants d'un transfuge soviétique qui prétendait qu'en URSS des officiels de haut rang projetaient d'assassiner le pape. Ryan fut chargé de vérifier la véracité du complot puis de se battre pour déjouer l'attentat. Car ce n'était pas seulement la vie du pape qui était en jeu, mais tout l'équilibre du monde occidental.

Du même auteur
aux Éditions Albin Michel :

Romans :

À LA POURSUITE D'OCTOBRE ROUGE
TEMPÊTE ROUGE
JEUX DE GUERRE
LE CARDINAL DU KREMLIN
DANGER IMMÉDIAT
LA SOMME DE TOUTES LES PEURS, 2 tomes
SANS AUCUN REMORDS, 2 tomes
DETTE D'HONNEUR, 2 tomes
SUR ORDRE, 2 tomes
RAINBOW SIX, 2 tomes
L'OURS ET LE DRAGON, 2 tomes
RED RABBIT, 2 tomes
LES DENTS DU TIGRE
MORT OU VIF, 2 tomes
LIGNE DE MIRE (avec Marc Greaney), 2 tomes
SUR TOUS LES FRONTS (avec Peter Telep), 2 tomes

Deux séries de Tom Clancy et Steve Pieczenick :

OP-CENTER 1
OP-CENTER 2 : IMAGE VIRTUELLE
OP-CENTER 3 : JEUX DE POUVOIR
OP-CENTER 4 : ACTES DE GUERRE
OP-CENTER 5 : RAPPORT DE FORCE
OP-CENTER 6 : ÉTAT DE SIÈGE
OP-CENTER 7 : DIVISER POUR RÉGNER
OP-CENTER 8 : LIGNE DE CONTRÔLE
OP-CENTER 9 : MISSION POUR L'HONNEUR
OP-CENTER 10 : CHANTAGE AU NUCLÉAIRE
OP-CENTER 11 : APPEL À LA TRAHISON

NET FORCE 1
NET FORCE 2 : PROGRAMMES FANTÔMES
NET FORCE 3 : ATTAQUES DE NUIT
NET FORCE 4 : POINT DE RUPTURE
NET FORCE 5 : POINT D'IMPACT
NET FORCE 6 : CYBERNATION
NET FORCE 7 : CYBERPIRATES
NET FORCE 8 : LA RELÈVE

Une série de Tom Clancy et Martin Greenberg :

POWER GAMES 1 : POLITIKA
POWER GAMES 2 : RUTHLESS.COM
POWER GAMES 3 : RONDE FURTIVE
POWER GAMES 4 : FRAPPE BIOLOGIQUE
POWER GAMES 5 : GUERRE FROIDE
POWER GAMES 6 : SUR LE FIL DU RASOIR
POWER GAMES 7 : L'HEURE DE VÉRITÉ

Documents :

Sous-marins. Visite d'un monde mystérieux : les sous-marins nucléaires
Avions de combat. Visite guidée au cœur de l'U.S. Air Force
Les Marines. Visite guidée au cœur d'une unité d'élite
Les Porte-avions. Visite guidée d'un géant des mers

Le Livre de Poche s'engage pour l'environnement en réduisant l'empreinte carbone de ses livres. Celle de cet exemplaire est de :
500 g éq. CO₂
Rendez-vous sur
www.livredepoche-durable.fr

Composition réalisée par NORD COMPO

Achevé d'imprimer en avril 2015 en France par
CPI BRODARD ET TAUPIN
La Flèche (Sarthe)
N° d'impression : 3010939
Dépôt légal 1re publication : avril 2015
Édition 03 – avril 2015
LIBRAIRIE GÉNÉRALE FRANÇAISE
31, rue de Fleurus – 75278 Paris Cedex 06